김사밀과 효심

고려 최고의
민초의 **난**

김원 장편소설

아 라

김사미와 효심

초판 | 1쇄 인쇄일 2013년 04월 03일
초판 | 1쇄 발행일 2013년 04월 12일
저자 | 김원
교정·교열 | 최이락(울산 수필가)
발행인 | 김수현
발행처 | 도서출판 아라
주소 | 서울시 강동구 천호동 287-10 일진빌딩 2층
전화 | 02) 476-5060
팩스 | 02) 489-5689
등록 | 2012년 09월 13일 제2012-52호
이메일 | ara5060@naver.com
홈페이지 | www.ara5060.com
표지·편집디자인 | 강신용

ISBN | 978-89-98502-24-9 (03800)
정가 | 15,000원

저자와 협의하에 인지는 생략합니다.
잘못 만들어진 책은 교환해 드립니다.
이 책은 『저작권법』 제53조에 따라 저작권에 등록되었습니다.
저작권 등록번호 제 C-2011-004993호

이 도서의 국립중앙도서관 출판시도서목록(CIP)은 서지정보유통지원시스템 홈페이지(http://seoji.nl.go.kr)와 국가자료공동목록시스템(http://nl.go.kr/kolisnet)에서 이용하실 수 있습니다.(CIP제어번호: CIP2013002028)

김사미와 효심

고려 최고의 민초의 난

독자님께 올리는 말씀

　저는 고향의 중학교 재학시절 국사시간에 고려 중기에 '김사미와 효심의 난'이 울산, 밀양과 청도의 경계 산악지역에서 일어났다는 사실에 큰 관심을 가졌다. 그 후 농수산부울산농업통계사무소, 조달청부산사무소와 과천 재무부(현 기획재정부)에서 공직생활을 하다가 1999년 9월에 낙향하여 울산광역시청에 근무하면서, 여유시간에 울산·밀양·청도·양산·경주·김해·창녕 등지의 명산, 역사유적지와 명승지를 두루 답사하였다. 그리고 그 지역의 시·군지를 대부분 읽었다.

　그 결과 상기 농민의 난 발생지인 영남의 동남부 지역, 소위 영남알프스 일원에 남다른 애착을 가지게 되었다. 이 지역의 선사시대부터 2013년 현재까지의 역사적 사실·유적지, 명승지·등산로·축제의 대강을 '김사미와 효심'이란 소설로 정리하여 후세에 남겨야겠다는 사명감을 절감하게 되었다. 소설의 줄거리는 물론 농민란이 주요 골격을 이루며 진행되고 있다.

그리하여, 2005년도부터 고려 500년 동안에 규모도 가장 컸고 동시에 가장 처참하게 진압되었던 지방 농민반란이었던 이 난에 관련된 책자 150여 권을 읽었고, 12년간 이 지역을 답사한 경험을 바탕으로 2007년도부터 본 소설을 쓰기 시작하였다. 2009년 8월에 8권(약 2,400쪽) 분량으로 집필을 마쳤으나, 전문 소설가는 저자가 아는 것을 다 써서 분량이 너무 많아 박진감이 떨어진다고 많이 줄이라고 하였다. 그 충고를 받아들여 올해 1월에야 단권(약 520쪽) 분량으로 끝을 맺게 되었다.

위와 같은 동기와 과정 위에 집필된 본 장편역사소설은 다음과 같은 세 가지 목적을 이루려고 애를 썼다.

첫째, '김사미와 효심의 난'은 고려 500년 동안은 물론이고 우리 역사상 가장 참혹하고 규모가 컸던 농민란이었을 것이다. 그렇기에 21세기를 살아가는 우리 국민들이 이 농민란의 내용을 이전보다는 더욱 자세히 알아보고, 당시의 무능하고도 부패했던 무신정권과 농민들의 곤경함을 더 자세히 이해할 수 있게 하는 역사공부의 자료로 내어놓았다.

둘째, 당시 고려 무신정권은 여러 해 동안 지속된 흉년 중에도 농민을 잘 살게 할 대책을 세우기는커녕, 중앙과 지방의 무신들이 오직 과중한 세금을 징수하거나 농민들의 민전(民田)을 탈점(奪占)하여 조정의 고관대작들에게 상납하여 일신의 출세만을 지향하였다. 그 결과 수령에 빌붙어 살아가는 토호와 악덕지주들만이 배를 불리고 일반 농민들은 초근목피로 연명하여야 하였다. 죽지 못해 농민과 유민들이 주·현을 공격하여 관아의 창고를 털어 허기를 때우는 사건이 발생하였다. 결국 개경의 정예군대인 토벌대가 경상도에 파견되어 김사미와 효심의 무리를 운문적과 초전적이란 이름을 뒤집어 씌워 무참하게 살육하였다. 경상도 선대(先代)들이 800여 년 전 이렇게 억울하게 죽어갔음에도 지금껏 그 농민란을 소설화하거나 영화화하여 그 혼령을 위무한 적이 없었다. 소설을 처음 쓰는 저자가 감히 그 당시 무참하게 살육당한 경상도 선대들의 혼령을 오늘날에나마 조금이라도 위로하기 위하여 이 소설을 쓰게 되었다.

셋째, 주5일 근무시대를 맞아 국민들(특히 수도권)이 KTX를 타고 내려와, 한강 이남에서는 가장 아름다운 역사유적지와 명승지로 가득 찬 본 소설의 배경지인 영남알프스 일원을 답사할 수 있게 하는 가이드북의 역할도 겸할 수 있게 하였다. 말하자면, 영남 동남부의 역사유적지와 명승지에 대한 역사·관광·등산 등의 안내서로 활용할 수 있게 하였다.

마지막으로 본 소설의 참고서적과 독자들의 이해의 편의를 위해 '미리 읽어두기'를 적어둔다.

참고서적

『고려사』, 『고려사절요』, 역사학자들의 각종 지시와 논문 등 『고려시대 사람들은 어떻게 살았을까1·2권』, 『문화재사랑』, 울산·밀양·청도·양산·경주 등의 시·군지 등, 『조선왕조 500년 유머』, 『옛 사람들의 재치와 웃음』, 중앙과 울산의 신문들, 기타 수많은 책자와 자료들.

미리 읽어두기

단위계산 거리는 4km를 현대와 같이 십 리, 1간(間) = 1.82m(6자), 1자(尺) = 30.3cm, 1결(結) = 1,500평(1평 = 3.3㎡)

제일 말단의 지역 행정단위 당시에는 촌(村)이었고 조선 초기의 경국대전이 시행되고부터 현대와 같은 면(面)·리(里)가 사용 되었음. 고려사 등에 그 고을명이 분명히 나타나는 군·현 등은 당시 지명을 그대로 썼고 그렇지 않은 말단지역의 지명은 최근의 지명에다 리(里) 대신 촌

(村)을 붙이는 방법으로 지명을 마무리하였음.

해설서 모둠 소설의 어떤 부문은 영남 동남부 지역의 선사시대부터 2013년 현재까지를 대상으로 했으므로 이해의 편의를 위해 부록으로 '해설서 모둠'을 두어 독자들의 역사에 대한 이해 및 공부에 다소나마 도움이 되도록 하였음.

독자 참여마당 저자는 전문 역사학자가 아닌데다 오직 현지답사와 관련 자료를 많이 모아서 이 방대한 소설을 쓰다보니 여러 곳에 역사적 사실에 대한 오류가 발견될지도 모를 것임. 그래서, 독자들이 본문 가운데 역사적 사실의 오류를 발견하여 저자에게 연락을 준다면 저자가 명백히 틀린다고 인정되는 1건 마다에 저자가 합당한 사례를 할 것을 약속함. 단, 오탈자 등은 제외함. 혹시 재판(再版)을 하게 될 경우 그 틀린 부문을 수정하여 후학들에게 물려줄 완벽한 소설이 되도록하기 위해서임.

- 김원

차례

독자님께 올리는 말씀 _4
주요 등장인물 _28

1부/ 헌양 남천 무술대회 후 급부상한 효심과 법성(김사미)

헌양 남천의 단오날 무술대회 _37
   효심과 법성(김사미) 개경 출사 권유를 거절하다 _40
   경상구산 장사들 우정을 다지다 _43
괴력을 주체 못하는 배냇골 효심 장사 _45
   효심의 이웃들 _45
운문사 사미승 출신 법성(김사미) _53
   신라왕족 후예로 경주 농민봉기를 주도했던 김사미 _53
   지룡산성의 지렁이와 마을 처녀가 낳은 아들 견훤 _55
문수산의 불우한 선비 김진원의 젊은 시절 _60

2부 / 개경에 유학한 경상구산 수재들

울주·경주의 사설학당 훈장들 _63
    울주 태화학당의 명훈장 이인기 _63
    경순왕과 문수보살의 서글픈 전설 _63
    삼대가 후레자식들이로다 _65
    경주의 대학자 최학림 _68
    자린고비로 소문난 젊은 시절의 최학림 _68
    동경 기생에게 개망신 당한 개경의 교수관 _70

경상구산 수재들 개경 유학길에 오르다 _75
    스승의 후덕한 지원, 정덕순의 질투와 구혼 _75
    경상구산 수재들 개경 유학길 여정 _78
    두 나그네 승려의 자기 절집 자랑 _78

개경 유학생활과 과거 시험 _79
    벽란도 환영연의 서해항로 이야기 _79
    과거 합격자의 임관과 중앙관료의 생활상 _84

김진원과 박선구 대과에 합격 _84
용기와 꾀로 대장군까지 승진한 손유익 _87
김진원 임관 포기, 개경생활 정리 _90
　박대한 선(錢)의 장벽에 막혀 임관 포기 _90
　압록강 참배 후 개경생활 정리 _91
　안북대도호부사의 강간사건 명판결 _92
　경주인들의 얼굴에 오물을 덮어씌우는 이의민 가족의 패륜행위 _95
　벽란도 기생 금란에게 첫정을 바침 _97
절망에 빠진 김진원의 친지들 _99

3부 / 운문사와 배냇골(초전)로 운집하는 경상도 유민들

양식·농우·부녀자 달비 등 닥치는 대로 징수하는 수령들 _105
  조세에 저항하는 군민들 무참하게 짓밟는 징수자들 _105
  그 손가락이 아닌데 _111
유민촌을 돕거나 무관심한 부자들 _115
  대촌락을 이룬 운문사와 배냇골(초전)의 유민들 산채 _115
  양주의 전병수, 양주방어사에게 「규방 여섯 보물」을 가르치다 _123
농민들을 속이는 권세가들, 농민들의 불만 폭발 _125
  양주 뒷비알산 내석촌의 농토분쟁 피바람 _125
  이천서당 김정열에게 조세의 기본을 묻다 _130

4부 / 울주의 태화강과 고래의 바다

석남산 일출시 김사미와 효심 의형제의 연을 맺다 _133
    김진원 효심의 참모가 되다 _134
울주의 젖줄 태화강 나들이 _135
    철새떼의 천국 태화강변의 여전사 매희와 난희 _135
    한여름밤 효심과 소홍의 진한 정사 _142
대왕고래 뱃속을 째고 탈출하며 고래를 잡은 농민군들 _145
    코 큰 남정네의 연장이 꼭 훌륭한 것만은 아니더라 _148
태화강 용선대회 _151
삼한에서 해가 가장 먼저 뜨는 간절곶 _153
    설화의 고향 처용암 _153
    왜구의 야습에 피로 얼룩진 서사포 _156
    서사포 해변의 흥겨운 멸치 후리치기 _161

5부 / 신해년 겨울나기
- 극심한 흉년과 폭정으로 들끓는 민심

쭉정이가 절반인 추수마당, 한숨짓는 농민들 _165
  고개마다 산적들, 장시마다 뜨내기 무사들 _165
  한 오줄없는 효심의 형수와 삼촌 _168
  효심과 복순의 혼인 _172
  배냇골 방문객-남해현 상단과 연일현 승려들 _176
  술·여자·육고기가 극락보다 더 좋지 _177
혹한과 기아의 와중에 오갈 데 없는 민심 _178
  헌양감무 효심의 제2차 개경 무관출사 권유 _178
  우유부단한 조세징수로 파직되어 귀향한 수령들 _179
  양주 신불만댕이 사람들의 처참한 겨울나기 _180
  금오주막에서 몸을 파는 젊은 아낙네 _180
  막노동으로 입에 풀칠하는 남편 _182

염포 소금장수와 풍각현 오산촌 부녀자들 _186
뒤로 하고 간고등어 두 마리 얻는 금천댁 _188
생색내기에 그친 수령들의 거창한 권분선언 _191
삭풍 속에 떠도는 처참한 소문들 _191
반란의 첫 조짐 - 자식들을 서로 바꾸어 고아먹는 부모들 _191
반란 무산과 부자들의 기민 구제활동 _194
김정열 효심에게 농민군 장군이 될 것을 권유함 _196
활천촌 효자효부 이야기 _199

6부 / 운문고을과 배냇골(초전) 유민들의 연합세력 태동

기어코 기민구제의 횃불은 타오르다 _202
   황산강 작원관원문 연말 밤 기습공격 _202
   밀성군·수산현 악덕토호들의 창고 급습 _206
   효심의 독수리 문양을 흉내 내는 도적들의 횡행 _210
   과부와 홀아비의 고추 생산량 경쟁 _212
운문고을과 배냇골(초전) 세력의 연합과 유민구제 방안 _214
   임자년 정초 운문고을의 「동경촌의 농민군 구상」 _214
임자년 정월대보름부터 떠도는 불길한 징조들 _222
   개경 관료들의 사치스런 생활상 _222
   경주 남산꼴 뚤꼬지무당 때문에 파면당한 영주 상호장 _224
   철저하게 추락한 뚤꼬지무당 _230
효심농민군 참모 김진원, 운문농민군 참모 구본석 _233
   김진원 덕순 누나의 원수를 갚다 _235

7부 / 대규모로 조직화되어 가는 농민군

참꽃 피고 두견새 울 때 농민군 기반은 다져지고 _241
  참꽃이 필 때 효심농민군 터전 다지기 시작 _241
  이인기의 사망과 군자금 모금 _243
  진원의 고독을 몸으로 달래주는 정심 _244
  운문천 두견새 울 때 운문농민군 기반은 다져지고 _250
농민군 교관은 개경의 고급무관쯤 되어야지 _251
  오봉산의 군반씨족 손무열과 손종익 _251
효심농민군의 장정 모집과 훈련장 확정 _253
  무거운 쇠솥을 훔쳐 지고 다니는 우대 _253
  요전재의 장골이와 산적들 _255
  밀성군 향·소·부곡 촌장을 농민군 책임자로 영입 _258
  동해용왕 아들과 그 부하고기 일만 마리가 바윗돌로 변한 만어사 어산불영 _259
  손유익 대장군의 개경정세 전갈 _261

운문농민군 사찰의 향도와 촌장을 중심으로 편성 _262
  양근으로 돌을 날려버리는 기찬장사 _262
  역발산기개세로 부자각시를 얻은 서역사 총각 _264

8부 / 농민군의 계급화,
효심의 체포와 탈출,
김정열의 참수

효심농민군의 계급화와 결사대 선발 _270
　결사대 선발 뒤 신불평원의 여름밤 단합대회 _274
　주력훈련과 지리학습은 농민군의 생명줄 _276
운문농민군의 주력훈련과 지리학습 및 계급화 _278
　운문농민군의 계급화와 운문사 방어선 구축 _279
　도토정 본가로 귀환한 최서방 _281
　수리장군 밀성군 촌장대회의에서 무술실력 과시 _283
　효심농민군의 지도부 구성 마무리 _288
　태화들 여전사 배냇골 농민군 가입 약속 _289
매 타작을 당한 귀경길의 지밀성군사 _290

효심농민군 헌양감무가 압송 중이던 효심을 구출 _295
동경놈 코는 코도 아니다 _300
효심농민군의 전략가 김정열의 참수 _306
김정열 훈장의 절명시 _308

9부 / 운문·초심농민군 드디어 주·현을 공격함

운문농민군 호사대 선발대회 _311
  극기용 '숯불 위 달리기' 시합 _311
  임자년 겨울 난장판이 된 구휼죽 배급소 _315
농민군 동경유수군의 겨울철 기습을 격퇴 _318
  농민군 반란계획을 밀고 받은 동경유수의 대책 _318
  동경유수군 지리(의곡)역 참패와 대천 얼음구덩이 몰사 _322
  동경유수군의 배냇골 기습공격 박살남 _330
  이의민·동경유수·농민군의 현상유지 전략 _334
  고려 귀족사회에서 입신양명한 천민출신의 무신들 _338
  운문고을의 정신적 지주 혜자 입적, 신임주지 숭산 주석 _344

연합농민군 드디어 주·현을 공격하다 _348

  이비와 김순 주·현의 공격을 부추기다 _348

  운문·효심농민군 연합하여 주·현을 공격하다 _350

10부 / 초전박살로 만신창이가 된 토벌대 정예병을 교체·증파

동경유수의 토벌대 파견요청과 농민군의 토벌대 격퇴 작전회의 _357
  독수리와 비호 금주방어사 관아와 석두창 동향 파악 _359
  승려들의 후정놀음 _359
경군 토벌대 파병 결정, 손유익과 박선구 개경 탈출 _365
석두창과 금주관창 세곡탈취 대작전 감행 _368
  무학산 불기둥 치솟을 때 석두창 창고문은 박살나고 _368
  운문농민군 필사적인 본포나루 도강과 이송 작전 _372
  노을진 황산진나루 농민군과 금주 관군의 공방전 _373
토벌대 분리 주둔, 농민군의 협조 격문 부착 _378
  마누라가 두렵지 않은 자는 푸른 깃발 아래로 _378
지리를 이용한 농민군에게 연패를 겪는 토벌대 _381
  이지순 장군과 농민군의 은밀한 밀통 _381
  불덩이 마소떼에 짓밟혀 풍비박산이 난 토벌대 _383

대천촌과 고점촌의 수공작전에 수중고혼이 된 토벌대 _386
　　이천옥 여주인 떠돌이 장인을 탐하다 _388
　　효심농민군 사자평의 화공작전으로 토벌대를 궤멸시킴 _392
　　여천각시 때문에 단조산성의 전초전 패배 _392
　　토벌대 사령관 전존걸 기양현에서 음독자살 _397
조정의 토벌대 지휘부 교체·강화로 위축되는 농민군 _399
　　농민들의 몸에 돌을 매달아 강물에 빠뜨려 죽이는 토벌대 _401
농민군 봉기가 반란인가? 혁명인가? _404
　　토벌대는 농민군의 봉기를 주인을 물려는 개와 같은 역적들의
　　반란이라 함 _404
　　위기의식 속에 결별하여 독자노선을 택하는 두 농민군 _406
　　농민군은 자신들의 봉기를 신라부흥을 위한 '아래로부터의
　　혁명'이라 함 _410

11부 / 삭풍에 애처로이 지는 저전촌 꽃잎들이여

토벌대 병마사 항복하는 김사미를 참수함 _413
   운문농민군에게 죽자고 항의하는 운문고을 농민들 _413
   운문국사와 연화의 배넘이재 이별 _416
   운문농민군 운문산에서 장기전으로 관군과 결사항전을 맹세함 _420
농민군과 토벌대의 피 말리는 공방전 _422
   효심에게 눈이 멀어버린 지밀성군사의 아내 _422
   영남루 앞 모래밭의 효심과 고용지의 각저 시합 _425
   고용지의 속임수 작전에 말려 농민군 기습에 찬동하는 토벌대 _428
   토벌대 울주의 주성황신 계변천신께 제사 올림 _428
   사량주 운문고을 정면돌파 중 농민군에 참수 당함 _431
   김사미가 원수 갚아달라며 김상원의 꿈에 현몽 _431
남로병마사 고용지 배냇골 초토화 _435

효심농민군 지기쇠왕설 따라 중산·용암산으로 본거지 이동 _439
　운문농민군 동해안을 따라 명주(강릉)까지 북상 _439
　지리산 청운거사의 배냇골 지기쇠왕설 _441
　새 본거지의 촌민들과 형제애로 뭉치다 _446
　폭풍전야 - 정중동 속의 전쟁준비 _447
　효심농민군과 고용지 병마사 간의 치열한 첩보전 _447
　토벌대 밀성군 동북부 산골마을 초토화 시작 _453
삭풍에 지는 저전촌 꽃잎들이여! _455
　무술일 남서풍이 불 때 화공작전으로 초전적을 불살라라 _456
　불바다능선으로 변한 효심농민군 본거지, 농민군 시체가 산을 이룬
　저전촌·오치고개 _458
　농민군의 생명줄도 억새꽃잎처럼 아름답고 고귀한 것이거늘 _462
　고용지 배냇골의 잔여 효심농민군까지 소탕함 _465

12부 / 재궐기의 몸부림을 치던 효심, 자결을 택함

재궐기의 꿈을 안고 경상도 농민군 두령들 접촉 _469
  양주 색골첩에 빠져 한동안 절망감에서 탈피 _469
  항복과 재궐기를 동시에 생각함 _473
  조성 동향 - 이순, 황제께 항복하고 벼슬을 받다 _473
  오방사거리 주막에서 인육을 장만하는 주인에게 죽을 뻔함 _476
  효심과 이비의 재궐기 협상 결렬 _481
  문무왕 수렛길로 기림사·오어사에 가다 _481
사로잡힌 초전민들 서해도(황해도) 귀양의 처참한 최후 _485
  초전의 소두목 패좌 초전민을 훈련시킴 _485
  묵형당한 얼굴로 서해도(황해도)에 귀양 가서 노비가 된 초전민들 _485
  효심과 패좌 새벽녘 고용지 행영 기습으로 원수 갚기 시도 _490
  경상도 안찰사가 운문령 여자 떡장수에게 당한 봉변 _491
  농민반란군 토벌 도중 죄인 파면, 고용지 상장군 승진 _494

사로잡힌 효심 자결 후 저승의 농민군 부하 곁으로 _495
  언양장터에서 사로잡히는 효심 _495
  효심과 김진원 언양장터에 목만 내놓고 산 채로 묻히다 _498
  양주 처가에서 효심을 구해주다 _502
  개경 상경길에 공부상서 승진 통첩을 받는 고용지 _505
  효심 신불산 억새평원에서 자결 후 저승의 부하 농민군 곁으로 _507
  김진원 신불산 억새평원에서 효심의 목을 치다 _507
  음독자살 후 스승무덤 옆에 묻히는 김진원 _512
  '아리랑'이란 말은 운문고을에서 처음 태동 _515
  운문사 사적기에 등장하는 아리령 _515

후기 / 그 후의 농민항쟁과 최충헌에 의한 마지막 함락 _518
부록 / 해설서 모둠 _519

주요 등장인물

효심과 그의 가족들_ 효심은 초전(배냇골) 농민봉기군의 최고 지도자. 평민으로 괴력의 장사이며 글을 못 배움. 패전 후 신불산 억세평원에서 자결함. 아버지는 산동(山童), 어머니는 반구댁, 형님은 목심(木心), 처는 복순, 이모는 반구대의 복덩이, 여동생은 수심(水心). 삼촌은 초전 이천옥 주인 전동이.

김정열_ 경주 남산 출신으로 대과에 급제한 전직 개경 관리. 무신란 이후 배냇골에 정착하여 효심을 농민군 지도자로 이끌다가 헌양 감무에게 잡혀 참수당함.

법성 스님(김사미)과 그의 친우들_ 법성 스님(김사미)은 신라 왕손으로 본명은 김대영. 경주 농민봉기군을 이끌다가 관군에 패하여 운문사로 숨어들었음. 운문농민군을 조직하여 최고 지도자가 됨. 병마사 행영(行營)인 강릉에 가서 항복을 하였으나 병마사 최인이 즉시 참수하였음. 운문사에 같이 들어온 친우가 법명이 엄장인 이학진과 법명이 혜광인 박부라 두 사람임.

이무량_ 임진년(1192.6)까지 동경유수로 봉직한 무관. 흉년인데도 관할 수령들에게 혹독한 조세징수 방안을 제시함.

주지 혜자_ 운문사 주지로 김사미의 농민군을 양성하여 무신 폭정으로부터 백성을 구제하려고 애씀. 후임 주지 숭산은 김사미의 농민군과 진로가 달라 갈라섬.

김진원과 정덕순_ 울주 문수산 출신의 선비 김진원은 동안군(서생, 온산, 온양)의 이인기 스승의 도움으로 개경 구제학당에 수학하여 대과에 합격함. 재산과 배경이 없어 벼슬길에 못 나가고 효심의 부관으로 들어감. 정덕순이란 이웃사촌 누나와의 첫사랑은 비극적으로 끝남.

박순환_ 언양 화장학당 훈장으로 언양 최고의 학식과 재산을 겸비한 선비임. 효심농민군을 적극 지원하는 동시에 관군과도 척을 지지 않아 끝까지 살아남게 됨.

이인기와 이정심_ 이인기는 울주의 대표적인 선비이며 동안군 신암촌의 지주로 태화학당의 훈장임. 김진원을 대과에 합격시켰는데, 그에게는 이정심이란 딸이 있었음.

이정건_ 울주 다전촌 부자의 아들로 태화학당 및 개경의 구제학당에서 김진원과 동문수학한 낙천적 사나이. 농민란이 발발하자 김진원 대신에 태화학당의 훈장을 맡아 후학을 양성하였음.

최학림_ 경주 돌산학당의 훈장으로 대과에 합격한 경주 당시 최고의 학자로 성격이 강직함. 젊은 시절에는 완전 자린고비였음.

조영대_ 김진원과 손유익이 압수(압록강)에 가던 길에 하룻밤 신세를 진 안북대도호부사로 손유익의 선배 무관임.

김상원_ 경주 황룡사 근처에 살며 개경에 자주 드나들고 송·왜와의 무역을 하는 거상임. 청도현 섬계(산내천) 상류에 동경(東京)을 건설하여 운문농민군을 적극 지원함.

전동_ 효심의 숙부로 초전에서 이천옥(梨川屋)이란 큰 주막을 경영함. 수전노(守錢奴)로 효심을 돕다가 고용지에게 죽임을 당함.

전병수_ 창녕군 출신으로 양주(양산)에서 장사를 하여 거부가 됨. 효심의 농민군을 적극 지원하는 반면 수령들과도 잘 지냄. 농민란 이후 그 내통 사실이 드러나자 고향의 우포늪에서 숨어살게 됨.

최충길_ 방어진 촌장으로 승려 법성(김사미)과 효심이 고래 잡으러 왔을 때 친하게 됨. 개경 토벌대가 경상도로 내려올 때, 운문농민군을 인도하여 합포현(마산) 석두창의 세곡창고를 털어서 울산만으로 돌아와 태화루 아래서 관군에게 전사함.

방통_ 김진원의 초전 큰 어머니의 친정 조카로 장사이며 성질이 불같고 솔직하여 농민군을 많이 웃김. 효심농민군의 결사대장 겸 행동대장임.

남해 상단 - 김대성·박해운·문철규·용이·김민구_ 배냇골 효심의 농민군으로 들어온 남해상단의 일원들. 김대성은 문서작성·관리관, 박해운은 군사작전관, 문철규·용이는 용감한 전투원이 됨. 김민구는 농민군을 동경유수에게 밀고한 죄과로 경주에서 신불평원으로 잡혀와 효심에게 참수됨.

연일현 승려들 - 이우헌·김석기_ 불문에 입문했다가 곧 효심농민군에 들어와 이우헌은 동향파악관으로 김석기는 관재관으로 활약함. 효심농민군이 궤멸된 후 귀향했다가 임자년 초가을에 고향 연일현과 장기현에 나타난 효심과 김진원에게 부근의 역사유적지를 안내함.

이정희_ 울주 굴화촌 출신이며 운문국사 김사미의 이종사촌 여동생. 운문사 입구 운문주막의 여주인이 되어 운문농민군에게 밥과 술을 팔아 생계를 유지함. 생김새가 수려하고 후덕하며 억척같이 벌어 자식들을 학당에서 교육시킴.

안종태_ 신해년(1191) 한 해 동안 지밀성군사로 봉직하면서 그가 개경에서 데리고 온 판관 진덕만과 더불어 여자의 달비까지 징수하는 등 악랄하게 조세를 징수하다가, 임자년(1192) 개경으로 상경하던 중 원한을 품은 밀성군민들로부터 남성현(고개)에서 재물을 다 빼앗기고 겨우 목숨만 건져서 올라감.

구본석_ 경주 남산골 뚤꼬지 무당에게 밉게 보여 영주(영천) 상호장 직을 박탈당하고 운문사에 들어가 법성(김사미)의 참모가 되어 운문농민군을 이끌어나감.

최영만_ 김상원(김사미의 재종형)의 그림자 집사(執事)로 관재(管財)의 달인임.

이지순 · 전존걸_ 이지순은 권신 이의민의 장남으로 김사미와 효심의 난을 진압하러 경상도에 내려온 제1차토벌대 장군으로 농민군과 정보와 군수물자를 교환함. 이지순이 농민군과 내통한 결과 관군 토벌대가 연이어 패전하자 토벌대 총사령관 전존걸 대장군이 기양현(예천)에서 자결함. 조정에서는 몇 달 뒤에 남적(南賊)을 토벌하기 위하여 훨씬 보강된 제2차토벌대를 파견하여 김사미와 효심의 난을 진압하게 됨(1194년).

손유익 손무열 부자와 손종익_ 손유익은 경주 건천촌 출신으로 중앙에서 대장군까지 승진하였다가, 개경 무신정권에 환멸을 느끼고 운문 · 효심농민군에 합류함. 손무열은 손유익의 아버지로 전직 개경 무관 출신이며 퇴직후 운문농민군의 교관이 됨. 손종익은 경주의 고급 무사로 운문농민군에서 괄목할만한 활동을 펼침.

전존걸_ 명종 23년(1193)에 경상도의 김사미와 효심의 난 등 소위 남적의 토벌대 총사령관으로 파견되었으나, 이지순과 내통한 농민 반란군에게 번번이 패전하다가 기양현(예천군)에서 음독자살함.

최인_ 명종 23년(1193)에 제2차 남적 토벌대 총사령관으로 경상도로 오다가 난이 심해지던 명주(강릉성)로 가서 그곳에 항복해온 김사미를 참수해버림.

이영태_ 서사(생)포 촌장으로 동해안의 정황을 탐색하던 김사미와 효심을 간절곶과 멸치후리치기 행사에 안내함.

고용지_ 경상도에 토벌대 사령관으로 파견된 대장군 고용지는 장군 김존인·사량주·박공습·백부공·진광경과 협력하여 김사미와 효심의 반란군을 진압하게 됨. 저전촌에서 효심농민군을 진압하고 상경하여 공부상서로 승진됨.

박상홍_ 반구대 촌장이며, 효심 이모의 남동생으로 저전촌 패전 후 반구대촌에 피신해 있던 효심과 김진원에게 반구대암각화와 천전리각석을 설명해줌.

하수임_ 양주(양산)의 대지주 하덕경의 손녀로 절세의 미인이지만 팔자가 세어 다섯 번이나 남편과 사별하고 여섯 번째로 효심의 첩실이 됨.

고려 지방제도 오도·양계

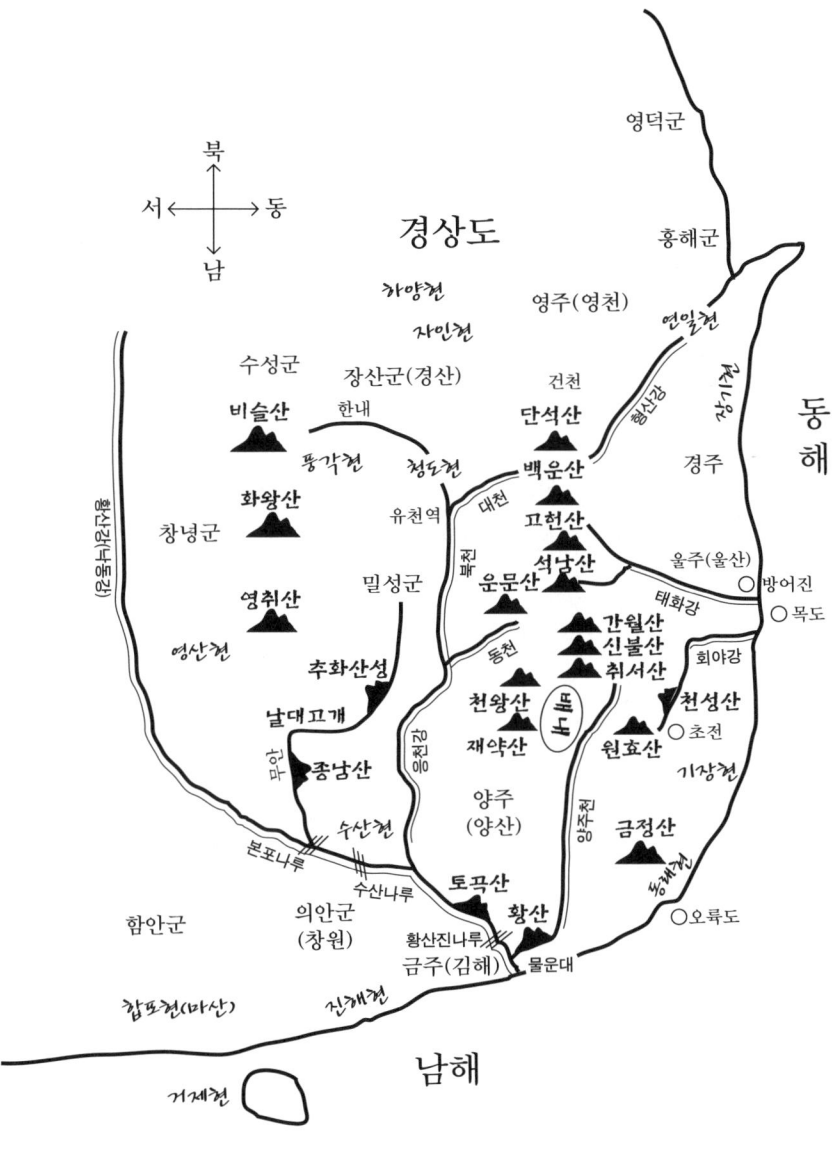

김사미와 효심의 난 발생지역

제1부 / 헌양 남천 무술대회 후 급부상한 효심과 법성(김사미)

헌양 남천의 단오날 무술대회

"빠각!"

"따각!"

"휘~익!"

"딱!"

"관중이오!"

"효심이! 만세!"

"짝! 짝!"

"과연 신궁이다! 법성스님! 만세!"

경상도 헌양읍성 앞의 남천 거랑에 일천여 명의 군·현민들이 모여, 동경유수가 주최한 무술대회를 구경하면서 헌양현이 떠나갈 듯 함성을 질러대고 있었다. 고려 무인시대 명종 21년(辛亥年, 1191)의 단오날이었다. 무술대회장은 어림잡아 일백결(一百結, 약 15만평)은 됨직했다. 초여름이라 구경꾼들은 땡볕 아래서 이마와 얼굴에 땀을 흘리면서도 손에 땀을 쥐고는 군인들과 무사들의 '말타고 활쏘기 시합'을 흥미진진한 눈길로 지켜보고 있었다. 오늘 대회에 참석한 군현은 경주, 울주, 양주, 밀성군, 청도현, 풍각현, 헌양현, 수산현인데 그 고을의 수령과 군인 및 무사들이 참석하였다.

대회장 밖의 갱빈(江濱, 강가 모래자갈밭) 버드나무와 소나무 아래에는 장사꾼들이 차양을 치고 솥을 가져와 주방을 차리고 술과 국밥 등을 팔고 있었다. 몇 군데로 나뉜 대회장에는 여기저기서 계속 함성이 솟아올랐다. 군악대들이 대회장의 분위기를 돋우기 위해 쏟아내는 꽹과리소리, 징소리, 장구소리, 북소리 등이 요란스러웠다.

한편, '말타고 활쏘기 시합장'의 서쪽에는 작렬하는 태양 아래 긴 목검으로 '검도대회'가 한창이었다. 검도대회장에서 잿빛 승복을 입은 승려들이 귀가 아프도록 소리를 질러댔다.

"운문사 이겨라!"

"법성스님 이겨라!"

"잘 한다! 정말 명검승부다!"

각 고을에서 온 군인과 무사들은 사생결단으로 상대방과 겨루었다. 관중들은 숨을 죽이고 시합을 구경하였다. 그러다가 누가 용감무쌍하게 싸워서 이기면 주변의 산천이 떠나가도록 함성을 질렀다.

이윽고 '말타고 활쏘기 시합'과 '검도시합'이 끝나고, 이어서 서쪽에는 씨름시합이 동쪽에는 수박희시합이 벌어졌다. 두 시합에 나온 사람들은 이마에는 머리띠를 둘렀고 벌거벗은 상체는 구릿빛의 근육이 간혹 썰룩거리고 있었다. 아랫도리는 삼베 잠방이를 입고 있었다.

씨름시합과 수박희시합 다음에는 '창과 방패쓰기 시합'과 격구시합이 있었다. 구경꾼들이 격구시합이 시작되자 웅성거리기 시작하였다.

"여보게! 저거 말을 타고 달리면서 공채로 공을 치는 저 무예는 무엇인가? 처음 보는 이상한 것인데."

"아저씨, 저 것을 격구라 합니다. 개경이나 동경에서는 자주 하는데 지방군들은 별로 하지 않지요."

"아니! 언제부터 격구가 우리나라에 들어왔나?"

"군인 하는 우리 형님이 그라는데, 서역(페르시아)에서 당나라를 거쳐서 약 오백 년 전에 우리나라에 들어왔다더군요."

"그래? 마상훈련이 아주 잘 된 군인이 아니면 격구를 하기는 불가능할 것 같아."

"그렇지요. 격구는 전에 경주에서 죽은 의종 황제가 아주 좋아한 놀이라고 하더군요."

이때 남천의 둑 위에 세워진 본부석 차양 아래에서 꽹과리, 징, 장구, 북이 동시에 울리어 점심시간을 알렸다. 동편의 버드나무 옆에 '배냇골[이천(梨川)]'이라 쓴 깃발이 서 있었다. 배냇골 마을 사람들은 효심이 대회에서 연거푸 장원을 하자, 기분이 좋아서 떠들어 대었다.

"장원은 효심이가 틀림없어."

구경꾼들이 입을 모아 격찬하는 무술의 달인이란 효심 장사는 신체며 얼굴 생김새가 비범하였다. 한낮의 햇빛에 비친 청년의 검붉은 얼굴에는 굳은 결의가 번득이고 있었다. 시원한 넓은 이마, 검고 짙은 두 눈썹, 그 아래 양쪽으로 치켜뜬 두 눈에는 호랑이의 눈동자가 이글거리고 있었다. 떡 벌어진 양 어깨와 장대한 체구며 검정 삼베옷 속에 가려진 골격이 우람차기가 마치 석남산(가지산) 기슭의 노송줄기와 같이 믿음직스러웠다.

이윽고 긴 점심시간이 끝나고 오후부터 경마대회가 시작되었다. 곧, 북과 징이 울리자마자 인마가 태화강 중류 백룡담(白龍潭)의 선바위로 달리기 시작하였는데, 마치 헌양현에 천둥이 치는 듯하고 광풍이 부는 듯 흙먼지가 달리는 서른 명의 군인들을 뒤덮었다. 석양 무렵 동경유수가 본부석 차양 앞에 나와 시상을 하였다.

"오늘의 장원 효심에게는 황소 한 마리를, 차석인 법성 승려에게는 암소 한 마리를 상급으로 내린다."

뜨거운 해는 서서히 식어가면서 신불산으로 넘어가려 하고 있었다. 효심과 법성은 상급으로 받은 소를 타고 대회장을 한 바퀴 돌면서, 두 손을 공중 높이 쳐들고 좌우로 힘차게 흔들면서 어쩔 줄 몰라 하였다.

"효심 장사 만세!"

"법성 스님 만세!"

효심이 황소에서 내리자 배냇골 김정열 훈장이 효심의 손을 맞잡고는 자기 일인 듯 기뻐서 말했다.

"효심이! 유수가 연회장에서 자네를 개경에 군인으로 보낸다면 부드럽게 거절하게나. 그리고, 법성 스님을 형님으로 깍듯이 모시고 형님이라 불러라. 그라고, 오늘 참석자들과도 반드시 친해 놓게나. 내말 명심하여라."

"옛. 넌서 가서 산채를 하고 기십시오."

효심과 법성(김사미) 개경출사 권유를 거절하다

대회가 파한 해거름, 헌양읍성 안의 연못 가운데 우뚝 솟은 취향정(翠香亭)[1]에는 동경유수가 주관한 연회가 열리고 있었다. 연회장에는 오늘 대회 출전자들과 동경유수 관할의 각 수령 및 군인들이 참석했다. 취향정에는 붉은색과 푸른색 등불들이 켜져 있었고, 산해진미의 안주와 청주가 넉넉하게 준비되어 있었다. 술이 몇 순배 돌자, 기분이 아주 좋아 보이는 유수가 동쪽과 서쪽의 제일 앞자리에 앉은 효심과 법성에게 술잔을 권하면서 말했다.

"이런 무술대회를 고을마다 격년제로 시행하는 것은 나라에서 전국의 훌륭한 무사들을 발굴하여 중앙군을 충원하기 위해서지. 두 사람도 무술실력이 그만하면 중앙에 가도 늘그막에 장군이나 대장군은 충분히 할 수 있을 것일세. 이번 기회에 중앙군으로 출사할 용의가 없는가? 내가 이의민 장군에게 특별히 천거를 하겠네."

유수의 말에 좌중이 일순간 조용해졌다. 이에 효심이 먼저 선뜻 자신의 처지를 말했다.

"유수님, 말씀은 고마우나 소인은 벌써 나이가 서른한 살이니 고향에서 부모님 모시고 조용히 살렵니다."

이어서 승려 법성이 대답하였다.

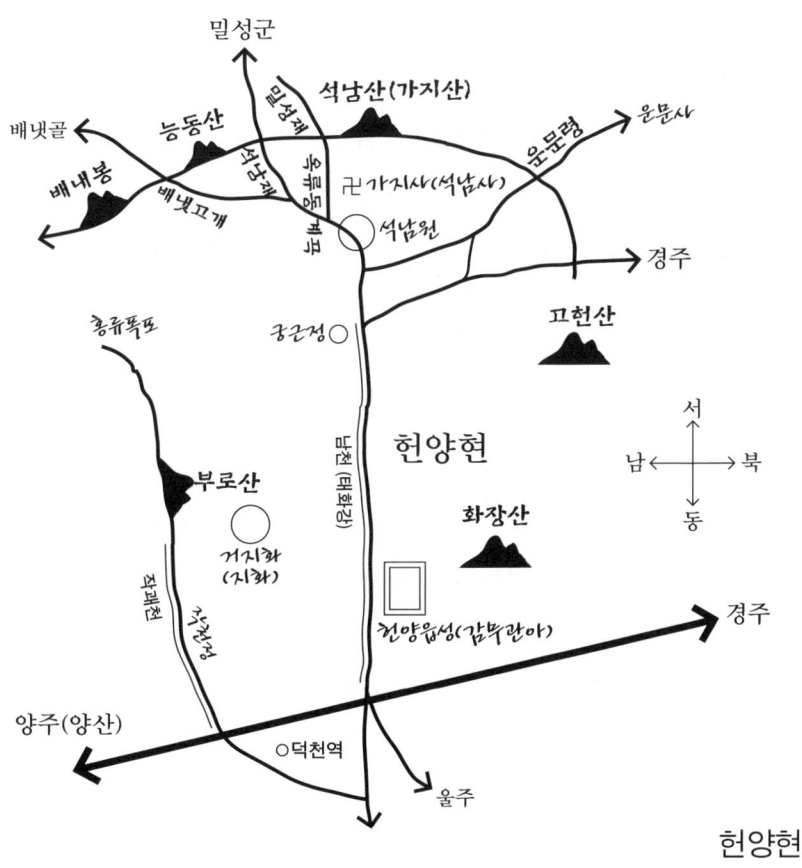

헌양현

"소승 역시 운문사에서 불도에 전념하겠습니다. 벼슬에는 적성이 맞지 않습니다."

유수 이하 연회 전 참석자의 얼굴이 굳어졌다. 대부분의 사람들이 이런 경우 유수의 도움을 강력하게 요청하여 관리로 출사할 것을 원하는 것이 일반적이었다. 그러나, 두 사람은 예외의 경우였다. 기분이 좋아서 웃고 있던 이 유수의 표정이 갑자기 굳어진 후 조금 있다가 다시 말을 하였다.

"내 청을 단박에 거절하니 참으로 섭섭하구나. 두 사람의 몸은 황상과 나라의 몸이지 개인의 몸이라 생각하면 안 되는데… 이 문제는 차후에 다시 한 번 의논하고 오늘밤은 마음껏 마시고 대취하세나. 자! 자! 술잔을 가득 채우시오."

정자 위의 모두가 알딸딸하게 취하자, 수령들만 남고 무술대회에 참석한 장사들은 성 밖으로 나왔다. 연회장에서 술이 불쾌하게 취한 유수기 수령들만 남자 드디어 불만을 털어놓았다.

"효심! 법성! 저 녀석들이 뭐라고 감히 내 말을 우습게 여겨! 내가 그 자식들의 무예를 좀 추켜세웠더니 눈에 보이는 것이 없는 모양이지. 어때? 제관들은 저들을 어찌 생각하는가?"

평소 조용하고 은밀하며 상대방의 뒤통수를 잘 치는 지밀성군사(知密城郡事) 안종태(安宗泰)가 곁에서 누군가 자기의 말을 듣기라도 하듯 음성을 착 깔더니 유수에게 건의했다.

"둘의 무술실력이 비범합니다. 저들을 이의민 장군에게 올려 보내면 유수님은 크게 상찬을 받을 것이외다. 머지않아 한두 번 더 권해보고 끝까지 말을 듣지 않으면, 강제로 옭아매어 함거에 실어서라도 개경으로 올려 보냅시다."

유수가 그 말에 동의를 하면서 고함을 질러대었다.

"옳지! 그래라도 해야지. 우리가 가진 것이 힘뿐인데 저놈들 사정 봐

줄 것이 무어 있나. 안 그래? 나라가 없다면 저것들이 어찌 살 것인데. 하룻강아지 범 무서운 줄도 모르고 지랄들이야."

술이 취하여 자제력을 잃은 무부(武夫) 출신 수령들이 일제히 유수의 편을 들고 나섰다.

"유수님! 걱정 마십시오. 저놈의 자식들은 우리가 알아서 처리하겠습니다요."

경상구산 장사들 우정을 다지다

대회참여자 삼십여 명이 읍성 밖에 나오자마자, 오늘 장원한 효심이 쩌렁쩌렁한 목소리로 제안을 하였다.

"여러분들! 지가 오늘 장원을 했는데 그냥 갈 수가 있나요. 조촐하게 우리끼리 한잔 더 합시다. 어때요?"

혀가 꼬부라진 어떤 장사가 외쳤다.

"높은 사람들 앞에서 조심이 되어 술맛이 별로던데, 우리끼리 멋지게 한잔 합시다!"

이때 법성(김사미) 스님이 차분하게 말했다.

"효심 장사 말이 맞소. 이것도 인연이고 우리 친해두어야 좋지요. 아직 초저녁인데 한잔 더 합시다."

남천가의 석남정(石南亭) 2차 술자리에서, 경상구산 장사들은 제각기 자신들을 소개하고 앞으로 협조하자면서 우정을 다졌다.

효심과 부뜰은 법성과 다른 두 운문사 승려와 더불어 서쪽의 석남원(石南院)쪽으로 향하였다. 법성과 효심은 석남원 앞 운문령과 배냇골의 갈림길에서 작별인사를 나누었다.

효심이 혀가 약간 꼬부라진 목소리로 법성에게 간청했다.

"형님, 멀지 않아 곧 만나서 의형제의 연을 맺도록 합시더. 지도 형님 같은 훌륭한 분을 뫼시고 배워서, 세상물정에 눈을 떠야 할 것 같심더. 골짝에서 짐승이나 사냥하고 사니 마치 짐승이 되어 가는 것 같아 한심합니더. 형님, 그래 할 수 있겠지요?"

"그래요. 나도 효심 장사를 동생으로 두면 세상에 무서울 것이 없을 것 같소. 이렇게 합시다. 오는 칠월칠석날 해가 뜰 때, 석남산 정상에서 만나 의형제의 연을 맺고, 태화강을 따라서 동해로 갑시다. 동해에서 고래를 잡아 그 기름으로 우리 절과 배냇골 유민들의 호롱불 기름에 사용하면 좋을 것이니까요. 괜찮겠지요?"

"좋지요. 성님, 밤길 잘 살펴 가십시오."

효심은 삼경이 가까워 배내마을 철구소에 있는 그의 집에 당도하였다. 마을 사람들이 만취상태라 정신이 제대로 된 사람이 별로 없었다. 효심의 어머니는 맨발로 뛰어나와 아들의 두 손을 맞잡았다. 뒤에는 복순이 상글상글 웃으면서, 장원한 정혼자를 존경하는 눈초리로 올려다보았다. 마을 사람들은 효심이 타고 온 누런 큰 황소를 보고는

"야! 완전 한 살림 밑천 실하데이. 올가을에 복순이 하고 혼인하면 되겠구만. 안 그렁교? 효심 엄마."

불 밝은 마루 위에서 효심이 빙글빙글 웃으면서 아낙네들이 칭찬하는데 기분이 좋아, 이웃 사람들이 권하는 술을 넙죽넙죽 잘도 받아 마셨다. 그런데, 옆에 앉은 효심의 어멈은 아들의 얼굴을 보고는 하염없이 눈물을 흘리기 시작하였다. 효심과 마을 사람들이 하도 어이가 없어 물었다.

"이리 좋은 날에 망측스레 눈물이 무어요?"

효심 어머니는 숯검정으로 더러워진 치마말기로 눈에서 연방 나는 눈물을 훔치더니 혼잣말처럼

"사람이 어디 좋은 일만 있을라고, 크게 나쁜 일이 없다면 그거이 다

행인기라." 라고 내뱉고는

"휴우!" 하고 한숨을 내쉬었다.

아들이 눈물 흘리는 노모를 보고는 당황하여 일어서서 손을 잡고 위로를 하였다. 마을 사람들은 효심에게 무언가 좋지 않은 운명 같은 것이 있음을 짐작하였다.

괴력을 주체 못하는 배냇골 효심 장사

효심의 이웃들

효심은 동쪽의 신불평원과 서쪽의 사자평 사이 이십 리가 넘는 옥류계곡 배내천 가의 철구소 옆 초가삼간에 살고 있었다. 그는 경상도 최고의 절경이자 고향인 배냇골을 너무나 사랑하고 있었다. 그는 수십만 평이 넘는 신불평원과 사자평원의 억새밭에서 산새와 산짐승을 잡아 생계를 꾸려가고 있었다. 효심은 어릴 때부터 힘이 너무 세어 스스로 주체를 못하는 것으로 근동에 소문이 나 있었다. 그런 그가 평원에서 사냥을 하면서 청년이 되자 대단한 무술도 겸비하게 되었던 것이다.

그는 모레 초전(草田, 양산시 덕계)[2]에서 이천옥을 경영하는 전동(錢童)이 삼촌에게 가서, 장원한 것을 통기도 하고 인사를 해야 하기에 온종일 사냥을 했다.

배냇골 효심의 이웃에는 스무여 집이 오순도순 살고 있었지만, 특히 효심의 집과 가깝게 지내는 집은 김정열 훈장과 복순네였다.

김 훈장집인 이천서당(梨川書堂, 이천분교)은 효심의 집에서 동남쪽 배내거랑쪽으로 삼사백 걸음 정도 나오면 있었다. 김 훈장은 오십대 중반을 넘어섰고 그의 부인은 박씨였다. 그는 십여 년 전 배냇골에 이사 올

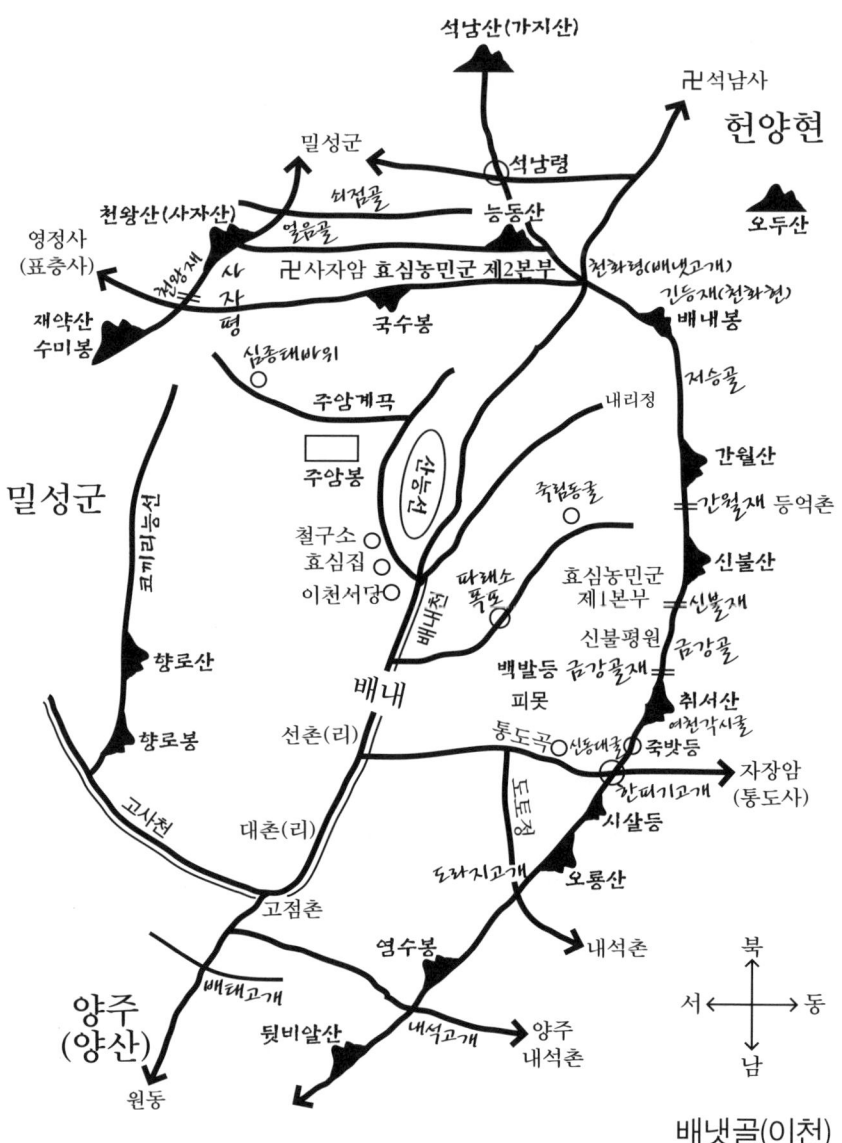

배냇골(이천)

때, 자기의 출신과 향후 포부에 대하여 이렇게 밝혔다.

"본래 경주 남산 기슭에서 태어나 과거에 급제하여 개경에서 벼슬살이를 하다가, 이의민이 의종 황제를 시해하고 무부들이 피비린내 나는 권력투쟁을 계속하기에, 관직에 염증을 느끼고 경상도로 낙향하였다. 절경인 배냇골에서 학동들을 가르치면서 여생을 보내겠다."

괴력을 가지고 순수하며 가난한 이웃을 위하여 많은 노력을 기울이는 효심에게 김 훈장은 정신적 지주였다. 효심이 남천 무술대회에 참가하기 위하여 한 달간 죽자고 강한 훈련을 한 것도, 헌양 화장산 화장학당의 박순환(朴順煥) 훈장을 소개받은 것도 모두 그 때문이었다.

효심은 신불평원에서 사냥을 했던 그 이튿날 오후 해질녘, 남쪽의 죽전(竹田)마을에 있는 복순네 집에 갔다. 약혼자의 부모님과 오라버니가 밀성군과 양주에 날품팔이를 가고 그녀 혼자만 집을 지키고 있었다. 복순은 효심이 가져간 꿩으로 반찬을 장만하였기에 막걸리와 저녁을 맛있게 먹었다. 약혼자끼리 뜨뜻한 이불 아래 누워 서로의 눈동자를 뚫어져라 바라보고 있는데 먼저 처녀가 물었다.

"올 가을 농사가 끝나면 꼭 혼인을 해야지요. 오라버니, 알고 있지요?"

"그렇게 해야 할 텐데..." 라면서

총각은 말끝을 흐려버렸다. 이런 저런 이야기를 하다 보니 어느 새 밤이 이슥해졌다. 처녀가 근육이 불끈불끈 솟은 장사의 팔뚝에다 머리를 올려놓으며 다가왔다. 처녀의 윤기 나는, 칠흑 같은 머릿결에서 향긋한 체취가 효심의 큰 콧구멍 속으로 솔솔 밀려들고 있었다. 노총각의 몸이 불덩이 같이 뜨거워 오고, 전신의 피가 머리에 다 모여드는 듯 머리털 끝이 뻣뻣해왔다.

허리띠 아래의 남근이 불쑥 솟아 복순의 풍만한 양다리의 허벅지 사이에 마주 부딪치었다. 여자의 살결이 조금 떨리더니, 누워있는 남자의 배 위로 그녀가 몸을 올려놓았다. 처녀의 서글서글한 눈동자에 긴장감과 기쁨이 교차되었다. 그녀는 혓바닥을 쭉 빼더니 효심의 입 속으로 쑥 밀어 넣었다. 서로의 입에서 막걸리 냄새가 뿜어져 나왔다.

총각은 초여름 평원의 풀밭 속에서 맡던 향긋한 풀내음과 꽃향기를 처녀의 온몸에서 맡을 수 있었다. 그는 이럴 때가 가장 행복하였다.

처녀, 총각은 입에 침이 마를 때까지 서로의 입술과 혓바닥을 계속 핥아대었다. 둘의 눈은 불같은 열기로 가득 하였고, 얼굴에는 땀이 흘러 번들거렸다. 처녀가 자기의 윗저고리를 벗겨 내리더니 자신의 굵고도 검붉은 두 젖꼭지를 남자의 큰 입에 물렸다. 효심이 복순의 젖꼭지를 혀를 날름거리면서 빨아대자, 그녀는 허공에 뜬 구름을 탄 듯 기분이 들떠서, 큰 몸집을 비척거리다가 비비 꼬아대었다.

효심은 늦여름에 다 여물어 버린 큰 호박같이 큼지막한 복순의 엉덩이를 크고 우악스런 왼손으로 아래위로 좌우로 계속 쓸어내렸다. 이윽고 처녀 총각의 입에서는 뜨거운 열기가 내뿜어지기 시작하였다.

감흥이 극도로 고조되어 절정으로 치닫는데, 남자가 불쑥 윗몸을 일으켜 세우더니 여자의 젖무덤을 확 밀쳐버렸다. 놀란 그녀가 김이 샜는가

"오라버니, 내가 싫어요?" 라고 다급하게 물어왔다. 총각은

"아니야, 엄마가 혼인 전에는 절대로 하지 말라고 했어. 처녀, 총각이 아이를 낳으면 망신스러워 가족들이 마을을 떠야 한다고." 라면서 심각한 얼굴을 지어 보였다.

벌떡 일어선 총각이 방문을 열고 급히 마당으로 나가버렸다. 그녀가 곧 바로 방문을 열고 마당에 내려서서, 토담 앞에 선 효심의 등허리를 희미한 호롱불빛 속에서 유심히 바라보고 있었다. 총각이 그의 양물을 왼손으로 잡고서 오른손으로는 바지 말기를 잡고 엉거주춤한 자세로 서 있어, 오줌을 누는가 싶었는데 오줌 갈기는 소리는 나지 않았다. 그가 왼손

잠이란 것을 처녀는 알고 있었다.

　이상한 생각이 들어 더 자세히 보니, 큰 엉덩이를 뒤로 약간 빼고 상체는 앞으로 약간 수그렸고, 완강한 두 다리에는 힘이 바짝 들어 있었다. 왼쪽 팔꿈치가 앞뒤로 아주 빠르게 요동치고 있었다. 그런 후, 남자가 이윽고
"으~으~"
"아~ 앗!"
하는 요상한 신음소리를 낮게 그러나 힘차게 내리질렀다. 그 후, 그의 뒷모습에서 온몸에 힘이 쭉 빠지며, 상체가 아래로 축 처지는 것을 느낄 수가 있었다.

　처녀가 총각에게 다가가 다급하게 물었다.
"왜 그래요? 어데가 대기 아픈 거 같구만. 저녁 먹은 것이 체했능가요?"
"아니야. 갑자기 두통이 심했을 뿐인데, 이제 깨끗이 나아버렸네." 라고 사나이는 어렵게 자제하는 척 하면서 그녀의 두 손을 다정히 맞잡았다. 그 순간, 효심의 두 손에서 비릿한 냄새가 나고 미끈거리는 물 같은 것을 느낄 수가 있었다. 총각은 마당에 놓여 있던 옹기그릇에다 찬물을 부어 얼굴과 손을 깨끗이 씻고는 방으로 들어갔다.

　한밤중을 넘겼는데도 처녀는 배꼽 아랫도리의 불덩이가 잦아들지 않아 끙끙 신음을 하면서 몸을 뒤척이었다. 총각은 편안한 듯 코를 골고는 잠에 떨어졌다.

　그녀는 총각의 남근에 오른손을 얹어 두고 잠을 청한 것이었다. 조금 전까지만 하여도 효심의 남근이 마치 나무토막 같이 바지를 앞으로 뻣뻣하게 받치고 있었는데, 마당에서 전신에 힘이 빠지는 것을 본 후로는 그의 남근이 맥이 빠져버렸으니, 참으로 그 까닭을 알 수가 없었다.

　배내천의 물소리가 귓가에 더욱 또렷이 들려왔고, 멀리서 개 짖는 소리가 아슴푸레 들려왔다.

복순네 집(죽전)에서 배내거랑을 건너 동남쪽으로 십 리를 가면 도토(태)정이란 곳을 지나 도라지고개로 갈 수가 있었다. 도토정에는 민가가 한 채 있었는데, 이 집 사람들은 외부와 거의 얘기도 않고 지내는 형편이었다. 이 집 주인 부부는 앞산 오룡산에서 산나물과 버섯 등을 채취하여 통도사 앞에 가서 팔았고, 밭도 일구고 배냇골 논도 소작하여 살림은 따습게 꾸려가고 있는 편이었다.

이 집 주인 최 서방은 일 년 전부터 신원도 확실히 알지 못하는 나그네 중과 친하게 지냈는데, 이 중은 그 집에 오면 번번이 며칠씩이나 묵고 갔다. 이 집 안주인은 통도사 근처에서 여기로 시집을 왔는데, 현실 생활에 만족을 못하고 은근히 색을 밝히는 편이었다.

그 여자는 친정 나들이 할 때마다, 친우와 친척으로부터 남녀관계의 희한한 성교자세에 대한 재미나는 이야기를 듣고는, 그런 자세로 부부관계를 하려고 간절히 기대하고 있었다. 남편은 낮에는 황소같이 농사를 짓고, 저녁밥만 먹으면 은근히 밝히는 아내에게 정자세로 성의 있게 몸 보시를 베풀었다. 아내는 합궁의 자세를 여러 가지로 바꾸어서 방사를 치러보자고 남정네에게 졸랐다. 그러나, 남정네는 밤농사에 대해서는 별로 무관심하였고, 어디서 배울 곳도 마땅하지도 않아 늘상 아내에게 미안해하고 지내던 터였다. 그에게는 밤이 그만 무서워지기 시작하였다.

마침 그때 나그네 중이 나타났던 것이었다. 경상도 골짝골짝을 돌아다니면서 온갖 풍상을 겪었고, 재미있는 얘기도 많이 알고 있는 그 중놈에게 최 서방은 홀딱 반해버렸다. 그때가 일 년 전이었다. 눈발이 간간이 뿌리고 있던 초겨울 해가 질 무렵 그 떠돌이 중이 집에 왔다. 둘은 술을 취하도록 마시고는 머릿방에서 같이 잠이 들었다.

그 중은 평소에 보인 안주인의 은근한 눈치를 알아채었기에, 밤이 꽤 깊어지자 안방에 슬그머니 들어가서는 다짜고짜로 안주인의 가슴에 얼굴을 파묻어버렸다. 여자는 기다렸다는 듯이 안기어 들고 중은 그녀의 허리를 힘껏 껴안았다. 안주인은 중의 입에서 나는 퀴퀴한 술 냄새가 다소 역겨웠으나, 평소 외간 남자에 대한 기대감이 컸고 본래의 색기가 발동하여, 중이 하자는 대로 따라했다.

이 중놈은 경상도 전역을 떠돌아다니며 나쁜 짓을 이골이 날 정도로 한 돌중이라, 여러 자세로 안주인에게 밤새도록 몸보시를 하였다. 정자세는 물론이었거니와, 그녀의 크고도 뚱뚱한 엉덩이를 호박 안듯이 자신의 무릎 위에 앉히어, 몸을 들었다 놓았다 하면서 만족시켰다. 그녀는 밤새도록 이어지는 성희에 기분이 꼴깍꼴깍 넘어가면서 입구멍에서는 희열의 신음소리를

"아!"

"어~으!"

하고 내뿜으면서 좌로 우로 방바닥을 기어 다녔다. 중놈과 안주인은 서로에게 있는 힘을 다하여 맘을 사로잡고자, 땀을 뻘뻘 흘리면서 밤새도록 그 짓을 일곱 차례나 하였다. 두 사람 모두 살아생전 처음으로 꿈속을 헤맨 것이었다. 중놈은 컴컴한 새벽에 방문을 열고 나가면서,

"아주머님, 그 자세에 대하여 이젠 성이 찼소?" 라고 능글맞게 물었다.

여편네는

"스님, 너무 잘 해주어 기분이 조흘습니다. 우리 자주 만나면 한이 없겠심더." 라고 코맹맹이 소리로 대답하는 품이 아주 만족한 음성이었다. 그 중놈은 지난 일 년간 부쩍 자주 최 서방 집을 드나들면서, 올 때마다 꼭 같은 짓을 되풀이 하였다.

오늘도 최 서방이 술에 만취가 되어 곯아떨어진 것을 확인하고는, 중은 기다렸다는 듯이 머리 깎는 체도로 주인의 머리카락을 모조리 깎아버렸다. 그리고는 자신의 승복과 두건을 그에게 입히고, 자신은 주인의 옷

과 삿갓으로 바꾸어 입었다.

중이 아침에 마당을 쓸고 있는데, 최 서방이 술에서 얼 깨어나 일어나 앉아, 자기 꼴을 보고 괴이하여 물었다.

"내가 어째서 갑자기 중이 되었지?"

"자네가 본래 중이거늘 어찌 갑자기 중이 되었다고 하는가? 여기 온 지도 꽤 오래 되었으니 이젠 절로 돌아가거라." 하고 중이 꾸짖었다.

주인이 즉시

"그런가." 하고 어물쩡 일어나 문을 나서 절로 향하는데, 마음으로는 의심을 떨치지 못하여 돌아다보며 다시 물었다.

"혹시 자네가 나이고, 내가 자네 아닌가?"

중이 빗자루를 휘두르며 성을 내어 꾸짖었다.

"자네 아직도 꿈을 깨지 못했는가? 어찌 자네와 나를 분별하지도 못한단 말이냐? 쓸데없는 소리 말고 속히 절로 돌아가거라."[3]

최 서방은 배냇고개를 넘고 석남사 앞을 지나서, 구름도 쉬어 넘는 높은 고개 운문재를 힘겹게 넘어서 운문사로 들어갔다. 그가 술이 덜 깨어 정신이 혼미한 상태에서도 집과 가까운 석남사에 가지 않았음은, 원망스러운 중놈과 아내에게 들키는 것이 남세스러웠기 때문이었다.

그는 운문사에서 땀 흘려 농사일을 거들고 농막에서 자면서 근근이 입에 풀칠을 하였다. 도토정 자기 집과의 사이에는 구름도 쉬어 넘는 석남산(가지산)을 두고서, 지난날의 행복을 잊지를 못하면서 몇 년을 그렇게 살아가야만 했다.

운문사 사미승 출신 법성(김사미)

신라왕족 후예로 경주 농민봉기를 주도했던 김사미

운문사 법당 안에 사찰 승려들이 모두 참석한 가운데, 동경(경주)에서 온 세 행자의 삭발식이 거행되고 있었다. 그 삭발식 시각은 경술년(庚戌年, 명종 20년, 1190)의 마지막 날을 며칠 앞두지 않은 섣달 스무사흘 날이었다.

세 행자의 삭발식을 바라보고 있는 혜자 주지와 여타 스님들의 눈에는, 삭발을 하고 있는 행자들이 가슴 속에 무엇인가 깊은 비밀을 가득 간직하고 있는 것으로 보였다. 운문사의 승려들은 올 경술년(1190) 연초부터 경주에서 농민 봉기자들이 관에 저항하여 봉기를 일으켜, 관군들과 접전하여 수많은 사상자를 내었다는 것을 잘 알고 있었다. 최근 섣달에 접어들어 개경에서 토벌군이 대거 경주로 파견되어 관에 저항하는 농민봉기군을 죽였고, 그런 와중에서 살아남은 농민봉기군이 인근의 깊은 산속으로 많이 숨어들었다는 것도 알고 있었다. 그 산 가운데에서도 운문산이 가장 깊고도 높은 곳이었다. 주지 이하 운문사 승려들은 세 행자를 구제한다는 은혜적 배려에서 이들에게 삭발식을 허용하였다. 오늘 삭발식을 한 세 행자는 속명이 김대영(金大英), 박부라(朴富羅), 이학진(李學進)이었다.

세 행자가 삭발식을 했던 날 밤, 그들의 숙소인 요사채에도 밤이 깊었다. 요사채나 그 앞의 절집 마당이나 모두 운문천 얼음 아래의 물속과 같이 고요하였다. 시각은 자정을 갓 넘기고 있었다. 잠을 이루려고 누워있는 김 행자의 가슴 속에는 두 가지의 상반된 뚜렷한 의지가 불타오르고 있었다.

'그 하나는, 사바세계와의 모든 인연을 단절해버리고 이제는 부처님에게 귀의해야지. 불자의 목표인 위로는 보리를 구하고[상구보리(上求菩

提)], 아래로는 중생을 제도하는 것[하화중생(下化衆生)]에 전념하고 살아야지.'라는 결심과

'또 다른 하나는, 운문사의 막대한 재산력과 승려 및 유민들의 힘을 이용하여 현금의 썩어빠진 고려조정을 뒤엎어버리고, 다시 신라를 부흥하여 헐벗고 굶주리는 농민과 천민들이 온전한 생활을 영위할 수 있게 해야 한다.'는 결심이었다.

김 행자는 몸을 뒤척이면서 앞으로 해야 할 상구보리와 하화중생의 불교의 이상을 생각해보았다. 그런데도 불과 열흘 전까지 자신이 몸담아 피를 흘리면서 싸웠던 섬뜩한 과거가 더욱 뇌리 속에 선연히 떠올랐다.

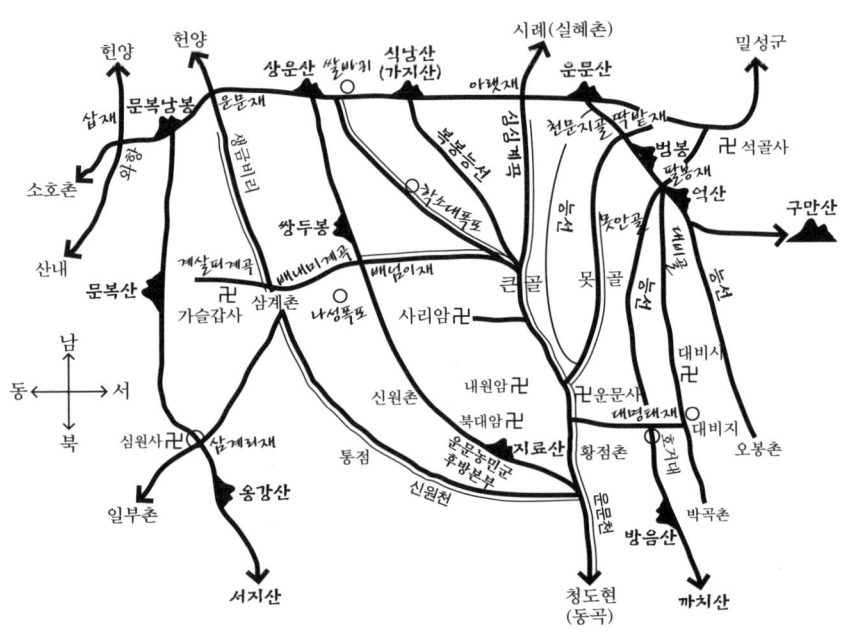

운문사

김 행자는 신라 왕실의 몰락가문의 후손으로 황룡사·분황사 근처에서 조실부모하고 어렵게 성장하였다. 그가 열다섯 살 때 개경에서 무신란이 일어났다. 무신란 이후 경주의 정치파동을, 영리하고 감각이 뛰어난 그는 어린 나이에도 상세히 기억하고 있었다.

지룡산성의 지렁이와 마을처녀가 낳은 아들 견훤왕

삭발식이 끝난 이튿날, 김 행자의 책임자 승려 명조당(明照堂) 스님이 세 행자의 앞장을 서서, 운문산과 석남산(가지산) 및 지룡산의 역사유적지와 명승지를 안내하였다.

맨 먼저 절 북동쪽에 우뚝 솟아있는 바위절벽산인 지룡산(地龍山, 혹은 복호산)과 그 위에 후백제 견훤왕(甄萱王)이 쌓았다는 지룡산성(호거산성, 운문산성)을 둘러보았다. 그 다음 날은 상운산(上雲山)과 운문사 남쪽의 심심계곡·학심이골과 학소대(鶴巢臺)폭포·큰골·못골 및 천문지골(天門之谷)을 둘러보았다. 그들은 운문산과 석남산(가지산)의 고봉준령 속에 펼쳐진 비경인데다, 넓은 반석 위에 고요히 흐르는 옥류가 선경을 연상케 하였다. 그래서, 신라 화랑들이 운문사 일원에서 심신을 연마하면서, 이곳을 명산대천(名山大川)이라 불렀던 모양이라 생각되었다.

명조당은 서쪽의 명태재에서 운문사로 내려오면서 재미있는 이야기를 하나 하였다.

"앞의 저 산이 지룡산인 것은 후백제왕 견훤이 지렁이의 아들이라는 탄생설화[4] 때문에 붙은 이름이란다. 그런데, 우리가 알기로 견훤은 경상도 북쪽편의 상주(尙州)가 고향인데, 왜 이런 전설이 여기에 남아 있는지가 의심스럽기도 하다.

신라가 견훤왕에게 시달린 결과 미워서 그런 탄생설화를 만들어 유포하지 않았나 짐작이 되고 있단다. 견훤왕이 여기에 군사를 이끌고 와서, 신라 서라벌을 공격하려고 산성을 쌓았다는 이야기는 짐작이 가긴 하지만… 하여간, 운문고을에 남아 있는 지룡산성과 견훤에 대한 전설을 그대로 옮겨보면 다음과 같다네."

「신라 말엽, 신원촌(염창 마을)에 아름답고 마음씨 착하고 과년한 처녀가 살고 있었는데 원근의 젊은이들이 그녀를 흠모했다. 처녀는 부모님을 모시고 현숙하고 화목하게 살았다. 꽃피는 춘삼월 밤, 밝은 달을 쳐다보며 춘정이 도도한 마음을 억누르면서, 장차 배필이 될 헌헌장부를 그리다가 밤이 이슥하여 문고리를 잠그고 잠이 들었다.

얼마나 지났는지 이상한 인기척에, 처녀가 깜짝 놀라 깨어보니 머리맡에 웬 청년 하나가 앉아 있지 않은가. 처녀는 너무 놀라 고함도 못 지르고 총각을 쳐다보다가, 급기야 정신을 가다듬고 물어보았다.

"누구시온데 이 밤중에 함부로 남의 규수 방에 들어왔어요?"

"낭자, 무례함을 용서하시오. 나는 여기서 좀 떨어져 있는 곳에 살고 있소. 낭자를 밤낮 사모하던 끝에, 이런 무례를 범하게 되었으니 너무 책하지 마시오."

처녀가 총각의 모습을 바라보니 늠름하고 믿음직한 미장부였다. 처녀는 저도 모르게 이끌려 오래 전부터 사귀어 온 사이 같이 마음을 빼앗겼다. 젊은 남녀는 달콤하고 행복한 하룻밤을 보내고, 새벽이 되자 총각은 훌쩍 가버렸다. 처녀는 한시도 잊지 못하고 총각이 나타나기를 애타게 기다렸다.

이튿날부터 자정이 조금 넘으면, 언제나 찬바람이 일면서 늠름한 총각이 처녀의 방으로 찾아들었다. 그들은 깊은 밤 사랑을 속삭이고 불태우다가 첫닭이 울기 전에 총각은 훌쩍 떠나버렸다. 한 달이 가고 두 달이 가고 반 년이 지났다.

부모들은

"애야, 동실(동곡)에 좋은 총각이 있으니 시집가도록 하자."고 딸의 마음을 떠보았으나,

"어머님, 저는 시집은 가지 않고 혼자 부모님 모시고 이렇게 살아가겠습니다." 라고 우기었다.

"애야, 어디 마음에 두고 있는 총각이라도 있느냐?" 면서 달래고 추궁하였다.

"어머님, 절대로 그런 일은 없습니다." 라고 딸은 딱 잡아떼었다.

달이 가고 칠팔월이 지나자, 처녀는 그간 잉태한 사실을 부모에게 숨기고 배를 천으로 싸매어 지냈다. 하루는 모친이 방에 들어서는 딸을 보니 분명히 잉태한 모습이었다.

"애야, 거기 서 보아라. 치마를 벗어 보아라." 라면서 모친이 딸의 허리띠를 잡고는 치마를 벗겨 보았다. 배는 벌써 만삭이었다. 모친은 정신이 아득하여 풀썩 주저앉고 말았다. 하나밖에 없는 딸이 이렇게 되었으니, 남의 이목과 딸의 장래가 크게 걱정되었다.

딸은 어쩔 수 없이 울면서 지난날의 일을 다 털어 놓았다. 모친은 남편과 의논하여 하루 속히 그 총각과 혼례를 올리기로 작정하였다. 부친이 딸을 불러 설득을 하였다.

"일이 이렇게 되었으니 그 총각 집에 매파를 보내 혼사를 정하도록 할 테니, 너무 걱정 말고 그 총각의 거처와 이름을 말해라."

처녀는 부모님의 따뜻한 사랑에 눈물을 흘리며 사정을 말했다.

"죄송합니다. 사실은 그 총각의 거처도 이름도 모르옵니다.

'앞으로 석 달만 기다려 주면 반드시 모든 것을 밝히고 아내로 맞이하겠으니, 그 동안만 절대로 나의 거처를 알려고 하거나 정체를 알려고 하지 마세요. 절대 거짓으로 하는 말이 아니니 낭자는 나를 믿어 주세요.' 라고 하니 약속을 지켜야 합니다. 석 달만 기다려 주세요."

부모는 어쩔 수 없이 딸의 말을 믿고 승낙하며 위로했다.

며칠이 지난 뒤 모친이 헐레벌떡 집으로 달려오더니 남편에게 말했다.

"어떡하면 좋아요. 글쎄, 온 마을에 우리 딸이 어떤 남자와 붙어, 아기를 뱄다는 소문이 쫙 퍼졌지 뭐예요. 우리가 무슨 낯으로 동네사람들을 대하며, 딸의 신세는 어떻게 되겠어요?"

아내의 눈물을 보니 영감도 기가 차 딸을 불러 이야기를 했다.

"이제는 하루도 지체할 수 없으니, 총각의 부모를 알아서 혼사를 치러야겠다."

"네… 알겠습니다."

그날 밤 처녀는 총각에게 사실을 이야기하고 혼례를 올리자고 부탁하자, 총각은 더 애가 타는 듯 조금만 더 기다려달라고 사정했다.

며칠이 지난 다음 저녁을 먹은 뒤, 딸의 임신을 크게 걱정하던 모친이 드디어 계책을 내놓았다.

모친은 명주실 한 꾸리(실을 감은 뭉치)를 딸에게 건네주었다.

"오늘밤에 그 총각이 오거든 발목에 이 명주실을 묶어 두어라. 반드시 거처를 알 수 있으니 꼭 그리 해야만 된다."

딸은 명주실 꾸리를 받아들고 제 방으로 돌아갔다.

그날 밤도 총각은 어김없이 찾아들었고 정다운 시간을 보내는데, 처녀는 마음속으로 깊은 갈등에 휩싸였다. 총각의 당부를 배신할 수 없었다.

"이제 겨우 며칠만 지나면 되오."

어머니의 당부도 떠올랐다.

"성도 모르는 아이를 낳고, 애비 없는 자식을 길러야 하는 너의 신세가 말이 되느냐?"

두 사람의 엇갈린 말에 마음을 종잡지 못하던 처녀는, 결국 명주실을 총각의 발에 묶기로 마음을 먹었다.

총각이 새벽에 떠나려고 처녀를 안고 이별을 안타까이 여기고 있을 때, 그녀는 발목에 명주실을 묶었다. 처녀는 잠을 자는 둥 마는 둥 하다가 날이 밝자 부모님에게 사실을 알렸다. 부모들이 딸의 방으로 달려가 보니 명주실이 창문 구멍으로 빠져 나가고 있었다.

부모들이 명주실을 따라 추적했더니, 바로 지룡산 중허리의 깊은 동굴 속으로 이어져 있었다. 부모들은 실을 따라 동굴 안으로 들어갔다. 명주실이 끝나는 굴 끝에, 오색찬란하고 짚동같이 굵은 지렁이가 몸통을 길게 뻗고 낮잠을 자고 있지 않은가.

워낙 지렁이가 큰지라 부모들이 잡을 도리가 없어, 궁리 끝에 노루가 죽을 지렁이 몸통에 덮어 씌웠다. 지렁이는 죽고 말았다. 그날 밤부터 총각은 나타나지 않았다. 그 지렁이 총각의 말대로, 며칠만 더 두었더라면 그는 사람으로 변신했을 것이다.

달이 차서 처녀는 그 지렁이의 아이를 낳았는데, 그가 바로 후백제왕 견훤이며 상주(尙州) 견씨의 시조라 한다. 견훤은 후백제를 세우고 신라를 정복하기 위하여, 선조 지렁이의 영지인 지룡산을 찾아 지룡산성을 구축하였다. 그러나, 아들 신검(神劍)에게 왕권을 빼앗긴 후, 금산사(金山寺, 전북 김제)에서 등창에 걸려 죽고 말았다.」

김 · 박 · 가 행자는 신해년(1191) 정월달 말쯤, 사미십계(沙彌十戒)를 받고 사미승이 되었다. 그 해 사월초파일에 세 사미승은 주지로부터 법명을 받았다. 큰스님 앞에서 명조당을 이어 새 은사(恩師)가 된 무착(無着) 스님이 각자의 법명을 불러주었다.

"김사미는 법성(法成)으로, 박사미는 혜광(慧光)으로, 이사미는 엄장(嚴莊)으로 한다."

사미승에서 법명을 받은 세 승려는 이제 불도에 정진하면서 절집의 대소사 등 중요한 일에도 관여할 수 있게 되어, 행동반경이 크게 넓어지게 되었다.

문수산의 불우한 선비 김진원의 젊은 시절

울주(울산) 읍성 서남쪽에 문수산(文殊山)이란 아름답고도 묘하게 생긴 산이 있었다. 그 산기슭에는 신라시대부터 문수암, 영축사, 망해사, 청송사, 금신암 등의 사찰이 즐비하여 불교성지로 유명하였다. 신라가 서역(西域)으로부터 불교를 받아들이는 과정에, 울주의 항구는 불교 유입의 중요한 관문역할을 하였던 것이다.

영축사(靈鷲寺)가 있는 영축촌에, 김진원(金眞源)이라는 소년이 초가 삼간집에서 어렵게 살고 있었다. 그때의 그의 나이는 십칠 세였다. 그는 어릴 때 어머니를 여의고 아버지를 모시고 십 년 이상 살림을 살았다.

신해년(1191) 현재 서른한 살인 그는 오년 전에 개경에서 과거 예부시(禮部試)에 합격하였다. 그러나, 그는 관리로 등용되는데 필요한 막대한 재물도 갖고 있지 못 했다. 그는 자신을 밀어줄 조정의 고관들도 알지

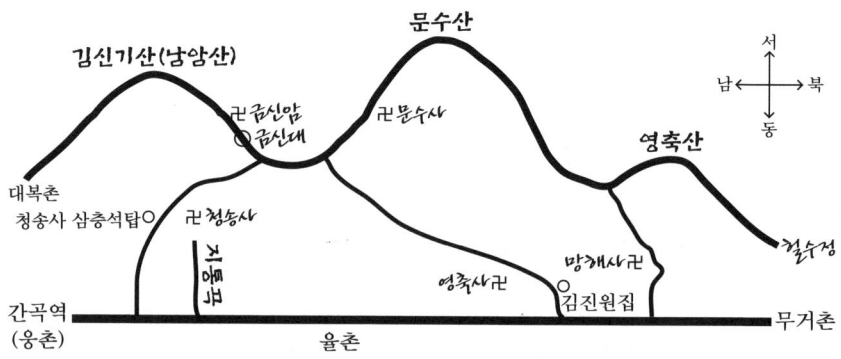

김신기산(남암산) · 문수산 · 영축산

못하여, 관직에 임용도 되지 않아 사년 전에 낙향하였다.

그는 요즘 자신이 전에 수학하였던 울주 치소(울산시 중구 학성산)에 있는 태화학당(太和學堂)에서 고향 후배들을 가르치고 있었다. 그의 아버지 태정 옹은 영축촌장이었고, 어머니는 그가 열한 살 때 지병으로 돌아가셨다. 진원 소년의 집 서쪽 고개를 넘으면 정대만의 집이 있었다. 정대만의 아들 대순은 진원의 친우였고, 대순의 누나 덕순은 진원을 끔찍이 좋아하였다. 태정옹은 부자가 사는 집에 와서 가사를 도맡아 거들어 주는 덕순을 장래 며느리로 생각하고 있었다.

제2부 / 개경에 유학한 경상구산 수재들

울주 · 경주의 사설학당 훈장들

울주 태화학당의 명훈장 이인기

울주 읍성(邑城, 울산 중구의 학성산)이 있는 개지변(皆知邊) 또는 학성(鶴城)에, 이인기(李仁基)라는 명훈장이 태화학당(太和學堂)을 열어 울주의 젊은이들을 가르치고 있었다.

태화학당에는 문수산의 김진원, 다전(茶田)의 이정건(李廷鍵)과 학성의 박정태 등 울주의 부잣집 자제들 이십여 명이 수학하고 있었다. 김진원은 오늘 처음으로 학당에 나왔는데 그 외의 학동들은 모두 부유한 집안 출신이었다. 그가 학당에 나간 것은 이십 세 때로 다른 학동들보다 몇 살 많았다. 그는 십여 연간 집에서 독학으로 워낙 열심히 공부했기에 다른 학동들보다 실력이 앞서 있었다.

경순왕과 문수보살의 서글픈 전설
오늘 수업시간에 김진원이 손을 들어 질문을 하였다.
"스승님, 문수산에 경순왕과 문수보살에 관련된 전설이 있다던데, 그에 대해 말씀하여 주시기 바랍니다."

"그러지."

「신라의 경순왕이 마의태자와 둘째 왕자를 데리고, 문수보살을 만나 폐망 직전의 신라의 운명을 결정지을 계시를 받기 위해, 영축산으로 가는 도중에 한 동자스님이 홀연히 나타나서

'대왕님께서 오실 줄 알고 안내하기 위하여 왔나이다.' 라고 말하였다. 왕은 매우 반갑게 여기고 동자스님을 따라갔다. 현재의 삼호에 이르러 태화강을 건너자 몇 발자국을 더 가더니 동자스님이 하는 말이

'더 이상 가실 필요가 없습니다.' 하고는 그만 순식간에 간데 온데 없이 사라지고 말았다.

경순왕은 그 동자스님이 바로 문수보살임을 깨닫고

'하늘은 이미 과인을 버렸으니 이젠 더 이상 어쩔 수가 없다.'

하고 크게 세 번을 탄식하였단다. 그러나 왕은 가까이에 혹시 문수보살이 숨지나 않았을까 싶어

'문수보살님! 문수보살님! 문수보살님!' 하고 세 번이나 불러보았지만 허사였다네. 왕은 체념을 했다.

'이젠 헐 수 없도다, 이젠 헐 수 없도다.' 하고 되풀이하면서 되돌아서서 서라벌로 환궁하고 말았다네.

그 길로 경순왕은 군신회의를 열고 그 결과에 따라 고려에 합병하고 말았지. 그래서 태화강과 문수산 사이의 지명이 다음과 같이 생겼다고 전해진다. 동자스님이 자취를 감춘 곳이 무거(無去), 왕이 문수보살을 세 번이나 부른 곳을 삼호(三呼), 왕이 크게 세 번 탄식한 자리를 삼탄(三嘆), 왕이

'이젠 헐 수 없도다' 하고 체념한 자리를 헐수정이라 했단다. 그리고, 문수보살이 지금의 문수산에 숨었을 것이라 짐작하여 문수산이란 이름이 생겨났단다. 그 산은 산세가 청량하고 아름다워, 문수보살이 여기에

와서 살았다고 청량산(淸凉山)이라고도 불리었단다.
 그 후 세월이 흐르면서 변칙이 되어, 지금은 삼호가 삼호(三湖)로 삼탄이 삼탄(三灘)으로 되기도 하였지.」

삼대가 후레자식들이로다
 점심을 먹고 난 뒤 쉬는 시간이었다. 이정건이 간혹 싱겁고 재미있는 얘기들을 하는 모양이었다. 학동들이 그를 에워싸고
 "형님, 오늘은 무슨 얘기를 해주실 겁니까?"
라고 재촉하는데 눈동자를 말똥말똥 굴리면서 그를 올려다보았다. 그는 빙긋 웃으며 말했다.
 "에~, 오늘은 진원 형님도 처음 나오셨고 하니 하나만 하겠다."
 그는 시종 얼굴에 웃음을 지우지 않고 재미나게 이야기[5]를 하였다.
 「수십 년 전 다전촌에 나이 많은 조씨 선비가 살았는데, 아들과 손자 등 삼대가 한집에서 살고 있었다. 그런데, 이 선비는 부인과 며느리가 모두 일찍 죽어 부자가 홀아비였고, 그 손자는 나이 열서너 살 정도로 아직 미혼이었다.
 하루는 조씨 선비의 생일날이 되어 아들이 조촐한 잔치를 마련했는데, 잔칫날 아침 선비가 삼호촌의 사돈 할머니를 초청하기 위해 그의 손자를 보냈다.
 손자가 사돈 할머니를 모시고 돌아오던 중 태화강에 다다르니 물이 많아, 할머니가 신과 버선을 벗고 치마와 바지를 걷어 올린 다음에 건너야만 할 형편이 되어 매우 민망했다. 그래서, 손자는 할머니께 제의했다.
 "제가 할머니를 업고 건너도록 하겠습니다."
 "응, 기특하기도 하네. 내 몸이 가벼우니 업을 수 있을게다."
 이렇게 하여, 손자가 할머니를 등에 업고 강을 건너는데, 마침 업은

한 손이 사돈 할머니의 치마 밑 속곳 가랑이 속으로 들어가 사타구니 사이에 닿는 것이었다. 그리고는 움켜 쥔 손가락이 움푹 파인 부드러운 그곳으로 점점 깊이 들어감을 느꼈다.

사돈 할머니가 부잣집인데다 지체가 있어서 호강스럽게 지내기에, 나이에 비해 살이 피둥피둥하고 살결이 곱고 탱탱한 편이었다. 향료가 할머니의 몸에 배어, 업고 가는 손자의 코를 이상야릇하게 자극시키고 있었다. 이에 손자는 사춘기 소년으로서 야릇한 감정을 느끼며, 자신이 업고 있는 사람이 사돈 할머니라는 사실을 잠시 잊고, 마음속에 그리워하던 어떤 젊은 처녀를 업은 착각 속으로 빠져들고 말았다.

곧, 손자는 얼굴이 붉게 달아오르면서 자신도 모르게 손가락이 조금씩 움직이고 있었다. 그러자, 이상야릇한 정감이 일면서 기분이 고조되었고, 그래서 일부러 걸음을 천천히 하여 제법 많은 시간이 걸려 강을 다 건너왔다. 냇기에 내린 할머니는 아무 일도 없었다는 듯, 어떤 내색도 하지 않고 길을 걸어 선비의 집에 도착했다.

저녁 때, 잔치가 끝나고 사람들이 모두 돌아간 뒤, 노마님은 조용히 선비의 아들을 불러 앞에 앉히고 이야기를 했다.

"이 사람, 잘 듣게나. 자네 아들이 아직 나이도 어린 것이, 이 늙은이를 업고 내를 건너면서 손가락을 가지고 이러이러한 장난을 했다네. 그런 짐승 같은 행동을 해서야 되겠는가? 아비로서 좀 따끔하게 벌을 내려야 하겠기에 내 부끄러움을 무릅쓰고 얘기하는 것일세."

이렇게 정중하게 훈계하니, 듣고 있던 선비의 아들이 미처 얘기가 다 끝나기도 전에, 손을 내저어 말을 못하게 막고는 뛰쳐나가면서 말하기를,

"노마님, 알았습니다. 지금 그 얘기를 듣는 순간, 제 다리 사이의 물건이 어찌나 발동을 하는지 견딜 수가 없습니다. 그만 얘기해 주십시오. 도저히 진정할 수 없어 물러가옵니다." 하고는 얼굴이 벌개져 고개를 숙이

고 물러가는 것이었다.

이 모습을 본 노마님은 이렇게 욕을 해댔다.

"그 아들에 그 아비로다. 부자가 잘들 한다."

그리고 노마님은 다시 늙은 선비, 곧 바깥사돈에게로 가서 지금까지 있었던 이야기를 대충 설명한 다음에,

"손자와 아들이 모두 이 지경이니, 단단히 교육을 다시 시켜야 하겠습니다. 경우에 따라서는 큰 낭패를 당할 수도 있지 않겠습니까?" 하고, 걱정되는 심정을 정중하게 토로했다.

이 때 안사돈의 얘기를 듣고 있던 늙은 선비가 고개를 푹 숙인 채 눈물을 흘리기 시작했다. 이를 본 노마님이 자기의 말이 너무 지나쳐서 부끄러워 눈물을 흘리는 줄 알고는, 부드러운 목소리로 이렇게 위로하며 사과했다.

"사돈 영감, 그렇게까지 무안해하실 필요는 없습니다. 내가 너무 지나치게 얘기했다면 죄송합니다. 양해해 주십시오."

늙은 선비는 한참 동안 머리를 숙이고 있다가 입을 열었다.

"그래서 우는 게 아닙니다. 옛날에는 지금과 같은 그런 얘기를 들으면, 다 듣기도 전에 금방 내 다리 사이의 물건이 꼿꼿하게 발동해 견디기 어려웠는데, 지금은 그 얘기를 끝까지 다 들어도 전혀 그것이 반응을 보이지 않고 있습니다. 그게 슬퍼서 눈물이 나는 것이니, 어디 좋은 약이 없겠습니까?"

이 말을 들은 안사돈은 자리를 박차고 일어서면서,

"늙은 것 젊은 것 할 것 없이, 이 집안 삼대(三代)가 모두 후레자식들이로다." 하고는 떨치고 돌아가버렸다.

세상에 흔히 쓰이고 있는 '삼대 후레자식'이란 욕설은 이 얘기에서 비롯된 것이라고 전해진다.」

경주의 대학자 최학림

최학림은 경주읍성(북부동)의 남쪽에 돌산학당(突山學堂)을 세워 후학들을 가르치고 있었다. 그는 동경의 대학자로 오십대 초반의 노인이었다. 그는 주변의 끈질긴 권유에도 과거에 응시하지 않았다. 말하자면, 그는 고려 왕조에는 출사하지 않는 신라왕조에 깊은 향수를 지닌 골수분자라고 할 수가 있었다. 그의 학문적 깊이와 철저하고도 근엄한 처신 때문에, 동경유수를 위시하여 전 고을 사람들이 그를 존경하였다.

그가 모든 과거시험 과목에 정통해 있었기 때문에, 학당에는 항상 오십여 명의 학동들이 들끓고 있었다. 돌산학당에서도 과거시험 때마다 이삼 명 정도가 합격하였다.

그리하여, 당시에는 이런 소문이 관가에 나돌았다.

"고관대작이 되려면 개경에서는 문헌공도(文憲公徒)가 되어야 하고, 동경에서는 돌산학당에 다녀야 한다."

자린고비로 소문난 젊은 시절의 최학림

최학림은 지금은 오십대 초반의 나이에다 흰 수염을 더부룩하게 길러서 전설에나 나오는 도인의 풍모를 하고 있지만, 이십대의 젊은 시절에는 엽기적인 자린고비였다. 검소한 것이 도가 넘어서 천박한 생활을 하던 그 때를 한번 회상해보기로 한다.

「자식이 셋이나 되는 그가 책자만 계속 보다가 저녁밥을 먹을 때, 아내가 장시에서 사온 맛있는 갈치를 구워 올린 적이 있었다. 어린 자식들은 동해 강구(江口, 감포 해변)에서 갓 잡아온 신선한 갈치를 굽고, 가을의 시래기를 넣어 찌진 갈치찌게를 맛있게 먹기 시작하였다. 도구새(논 가장자리)에서 벤 벼로 찧은 윤기가 나는 햅쌀밥을 갈치와 맛있게 먹고 있었다.

바로 그때였다. 최학림이란 아버지가 벌떡 일어나더니,

"왜! 밥 도둑놈을 사왔느냐?" 라고 외치면서 둘레판 위의 갈치구이와 갈치찌게를 갑자기 거두어 마당에 던져버렸다. 아내와 아이들은 아버지의 갑작스런 엽기적인 행위에 어이가 없어 멍하니 바라보았다. 그 집과 이웃의 개들이 주르르 달려와서 그 아까운 갈치고기를 맛있다고 집어 삼켰다.

젊은 시절의 그는 워낙 고집이 세서 동네 사람들이 말했다.

"황소 목을 휘었으면 휘었지 학림의 고집은 못 꺾는다." 고들 수군거렸다.

그는 자식과 아내가 맛있는 고기 때문에 쌀밥을 너무 많이 먹는 것을 경계했던 것이었다.

그는 설날과 한식날이 되면 남녀종들에게,

"너희들은 오늘 산에 가서 묘지마다 돌아다니면서 장례에 사용했던 종이를 모조리 다 주워오너라." 고 지시했다.

그는 그 종이를 다른 용도에 썼다. 또 종들에게 지시했다.

"너희들 길거리에서나 남의 집 주위에서 버린 짚신을 보거든 모두 주워 와서 우리 밭에 거름으로 땅 밑에 묻어라. 동과(冬瓜, 수박 비슷한 채소)를 심어서 돈을 벌 수가 있어서 좋을 것이다."

근동에 제삿날만 닥치면, 그는 부조로 쌀 한 말을 가지고 종놈들을 십여 명이나 데리고 제삿집에 가면서 지시했다.

"너희들, 오늘 제삿집은 부자집이니 우리 집에서 먹을 때보다 배로 먹어 배가 터지게 먹어야 한다. 그리고 수저는 반드시 우리 집으로 가져와야지 밥을 먹고 수저를 잊어버리고 오면, 반드시 몽둥이찜질을 당할 줄로 알아라." 고 단단히 일렀다.

하루는 그와 종들이 제삿집에서 배가 터지게 먹고 집으로 돌아가던 도중에 종들에게서 수저를 거두었다. 한 종놈이 수저를 내놓지 않고 우

물쭈물하였다. 학림이

"너는 왜 수저를 가져오지 않았니?" 하니까,

"주인님, 소인은 수저를 얻지 못하고 바리때를 얻었습니다." 라고 대답했다. 그가 웃으면서

"내가 욕심내던 것이 사발이었다. 잘 되었구나. 빨리 내놓아라." 하면서 만족해했다.6」

동경 기생에게 개망신 당한 개경의 교수관

동경(경주)에 최학림과 같이 엄격한 자제력을 가진 학자를 부끄럽게 한 사건이 수년 전에 발생했다. 그도 동경 향교의 사건 당사자와 학문을 토론한 바가 있었는데, 최학림의 상대가 될 만한 학식을 쌓은 학자였기 때문에 더욱 그러하였다. 그 사건의 내막7은 이러하였다.

「개경 출신인 '이경수(李硬壽)'라는 유학교수관(儒學敎授官)은 임금의 특명을 받아 동경 향교 생도들의 학업을 권장·감독하기 위하여 파견되었다. 그는 성격이 고지식한데다 엄격한 가풍에 따라 여색을 멀리하여 기생들을 보기만 하면 담뱃대로 그들의 머리를 때리면서,

"이 사기(邪氣), 이 요기(妖氣) 같은 것들." 이라고 말하며 멀리 쫓았다.

그래서 기생들이 매우 괴로워하니, 얘기를 들은 동경유수가 기생들을 모아놓고 말했다.

"너희들 중 누가 저 교수관을 속여 꾀어서 여색에 빠지게 하면 내가 상을 내리겠다. 누가 해볼 사람 없느냐?"

이에 자원한 어린 기생은 통인(通引) 하나만 데리고 교수관이 혼자 거처하고 있는 향교 안 재실로 갔다. 그리고 수수한 시골 여자 차림을 하고는 매일 향교 정문에 나타나, 문설주에 기대서서 통인을 부르며 교수관의 눈에 뜨이도록 숨었다 나타났다 하는 것이었다. 어떤 때는 통인을 불러

내 데리고 가기도 했는데, 하루에 두세 번씩 와서 이렇게 할 때도 있었다.

기생이 며칠 동안 이러한 행동을 계속하니, 교수관이 처음에는 못 본 척하다가 며칠 지난 뒤에 어느 날 통인을 불렀다.

"얘, 저 여인이 누군데 매일 와서 너를 부르느냐?"

"예, 나으리. 저 아이는 제 누이동생입니다. 혼인한 지 반년 만에 남편으로부터 매를 맞아 쫓겨나, 곧 재혼하여 이제 일 년이 되었는데, 재혼하자마자 또 남편이 멀리 장사하러 가서 돌아오지 않고 있습니다. 그래서 외롭고 쓸쓸해 오라비인 소인을 불러, 함께 놀자며 데리고 가는 것이옵니다."

통인은 교수관이 관심을 갖도록 이렇게 대답했다. 하루는 통인이 일부러 핑계를 대고 외출했는데, 통인이 없는 사이에 여인이 여느 때와 마찬가지로 향교에 와서 통인을 부르는 것이었다. 이 때 혼자 무료하게 앉아 있던 교수관이 여인을 보고는,

"얘야, 마침 잘 왔다. 이리 올라와 화롯불을 좀 가져다 다오. 네 오라비가 화롯불을 준비해 놓지 않고 나가서, 돌아오지 않으니 내 손발을 덥힐 수가 없구나." 하고 말하면서 손짓을 해 부르는 것이었다.

이에 여인이 수줍어하면서 머리를 숙이고 올라와 화로를 가져다 손발을 덥힐 수 있게 해드리니, 교수관은 여인에게 다시 말했다.

"얘야, 네가 통인의 동생이라지? 곱기도 해라. 여기 마루에 올라와 좀 앉으려무나."

이 말에 여인은 못 이기는 체하면서 마루로 올라와 교수관 앞에서 다소곳이 웅크리고 앉았다. 이 때 그는 그 수수하고 아리따운 여인의 모습에 정신을 잃을 지경이었다.

"얘야, 내 말 잘 들어. 내가 지금까지 많은 여자를 보아 왔지만 너만큼 예쁜 여자는 처음 본다. 내 너를 보고는 눈앞이 어른거리며 정신이 혼미

할 정도니, 오늘 밤에 조용히 내 방으로 와다오. 꼭 와야 하느니라, 알아들었지?"

"나으리, 그런 부당한 말씀을 거두소서. 소녀는 미천한 신분이라 감히 나리의 방에 들어갈 수가 없는 여자이옵니다."

"애야, 그러지 말고 오늘 밤에 내 방으로 꼭 좀 와다오. 내 너를 본 후로 병이 날 지경이니라. 꼭 와야 한다."

그는 이렇게 재삼 당부하면서 간절한 애정을 표하는 것이었다. 그래서 여인은 수줍은 듯이 머리를 숙이고 이야기했다.

"나으리, 진정 그러시오면 여기는 향교 재실이라 여자가 있기 민망스럽사옵니다. 나중에 제 오라비를 통해 전립(氈笠 머리에 덮어쓰는 천으로 만든 모자)을 보내드리겠사오니, 그것을 쓰시고 밤에 소녀의 집으로 오소서. 기다리고 있겠사옵니다. 소녀의 집은 오라비에 물으소서."

여인은 이렇게 말하고 얼른 일어나 물러나왔다.

이날 밤, 그는 여인이 시킨 대로 하여 그녀의 집으로 가니, 여인은 술상을 차려놓고 기다리고 있었다. 그녀는 나으리에게 몇 잔의 술을 권한 후 술상을 치우고 그에게 옷을 모두 벗게 한 다음, 자신도 옷을 벗고 알몸이 되어 함께 이불 속으로 들어갔다. 교수관은 오랜만에 여인의 몸을 안고 활활 달아 떨면서 어쩔 줄을 모르고 빨리 서둘렀다.

그 순간이었다. 밖에서 벼락같이 대문 두드리는 소리가 들리었고, 어떤 남자가 술에 취해 대문을 박차면서 고래고래 소리를 지르고 소란을 피우는 것이었다.

이에 남자와 함께 이불 속에 누워 있던 여인이 놀라고 두려워 당황하면서 이렇게 말했다.

"나으리! 저 남자는 소녀의 전 남편이옵니다. 성질이 고약하고 만나기만 하면 때리는 난폭한 남자입니다. 만약에 우리가 옷을 벗고 있는 것을 알면 아마도 살인사건이 날 것이옵니다. 소녀가 나가서 승강이를 벌이는 동안 어르신은 빨리 저 궤 속에 들어가 숨으소서."

여인은 윗목에 있는 커다란 궤를 가리키면서 이렇게 이르고는 주섬주섬 옷을 주워입었다. 이에 나으리는 옷 입을 겨를도 없이 여인이 시키는 대로 급히 궤 속으로 들어가니, 여인은 얼른 궤 뚜껑을 덮고는 자물쇠를 채우고 문밖으로 나갔다.

그리고 여인은 그 남자에게 왜 찾아왔느냐고 따지면서 싸우는 것이었다. 이에 남자도 맞서 고래고래 소리를 지르면서,

"이년아! 내 따져 해결할 문제가 있어 왔으니 어서 방으로 들어가기나 해." 하고는 여인의 손을 끌며 문을 박차고 방으로 들어왔다.

방에 들어온 남자는 이것저것 막 집어던지며, 한참 동안 행패를 부리더니 소리쳤다.

"이년아! 예전에 내가 해준 옷들 다 어디 있느냐? 다 내놓아! 빨리 내놓지 못해!"

이에 여인이 몇 가지 옷을 내주니, 남자는 씩씩거리면서 다시 이렇게 말했다.

"저 윗목에 있는 궤는 비단 두 필을 주고 샀지 않느냐? 그 중 한 필은 내가 준 것이니 오늘 내가 궤를 지고 가겠다."

이러며 궤를 만지니, 여인은 앙칼진 목소리로 대꾸했다.

"아니, 둘이서 샀는데 왜 혼자서 지고 가겠다는 거요? 말도 안 돼요. 이 궤는 절대로 가져갈 수 없어요."

이렇게 둘이서 싸우다가 남자는 기어이 궤를 관청에 가지고 가서 송사를 해 결판을 내야한다고 하면서, 궤에 끈을 매어 짊어지고는 관가로 달려가 관청 뜰에 내려놓았다.

유수가 뜰에 불을 밝히고 여인과 남자의 얘기를 듣고는 엄숙한 목소

리로 판결을 내리는데, 아주 명판결이었다.

"두 사람은 듣거라! 둘이 힘을 합쳐 산 궤이니, 톱으로 가운데를 잘라 두 동강으로 내어 줄 테니 하나씩 가지도록 하라."

이 판결에 따라, 곧 관노들이 달려들어 큰 톱으로 궤를 자르기 시작했다. 이 때 안에 있던 교수관이 다급하게 소리치는데,

"이 사람들아, 사람 살려! 궤 안에 사람이 들어 있느니라." 하고 연속으로 외쳐댔다. 유수가 멈추게 하고 궤를 열어 보라 하여 뚜껑을 여니, 알몸의 남자가 나왔는데 보니까 그렇게도 여색을 엄하게 금하던 교수관이었다.

사람들이 모두 크게 놀라는데, 유수는 교수관을 부축하여 당상으로 올라오게 하고 옷을 갖다 주어 입히라고 했다. 그래서 급한 김에 향리들이 긴 여자 장의(長衣)를 갖다 입혀 주니, 그는 맨발로 향교로 돌아갔다.

교수관은 그 길로 사직하고 도망쳐 집으로 돌아가 버렸는데, 이후로 동경에는 '궤 유학교수관'이라는 말이 유행했다.」

성희롱 · 성추행 · 성폭행의 구별

'궤 교수관'의 추문이 경주에 번져나가고 있을 때, 경주 사람들 사이에는 성희롱 · 성추행 · 성폭행이란 말이 어떻게 다른지 구분하기 어렵다고 말이 많았다. 이때 어떤 학동이 이 세 가지를 구분하기가 어려웠던지 수업시간에 최 훈장에게 이것을 물었다.

"너희들에게는 헷갈릴 것이여. 사람에게는 세 가지 끄트머리가 있는데 특히 남자는 그들의 사용을 주의하여야 하느니라. 잘못하면 너희들도 그 못난 '궤 교수관' 신세가 되느니라.

성희롱은 혀끝으로 자행되고 있지. 정숙한 여성들 앞에서 말로 여자를 희롱하면 안 된다. 성추행은 손끝으로 자행되고 있단다. 손끝으로 여

자의 엉덩이나 젖가슴을 만지작거리면 성추행범이 되어 관가에 잡혀가지. 성폭행은 남근의 끝으로 자행되고 있지. 여자가 싫다는데 연장을 보드라운 여자의 옥문 안으로 억지로 밀어 넣으면 성폭행범이 되어, 그 역시 관가에 붙잡혀 가서 평생신세를 망치게 되느니라."

훈장의 설명이 끝나기가 무섭게 나이가 든, 변성기에 이른 한 학생이 물었다.

"훈장님! 발가락 끄트머리로 여자들의 옥문을 괴롭히는 아주 고약한 사내들도 있어, 여자들이 모욕감으로 완전 미쳐버리는 경우가 있지요. 발가락 끄트머리로 하는 것은 무엇인지요?"

"아하! 그래? 나도 그것은 처음 듣는 것이다. 발가락이 옥문 속으로 깊숙이 들어가지는 못할 것이니 그것은 성추행에 해당된다고 봐야겠지."

경상구산 수재들 개경 유학길에 오르다

스승의 후덕한 지원, 정덕순의 질투와 구혼

경자년(庚子年, 명종 10년, 1180)에 접어들자, 이인기는 진원을 개경에 유학보내기로 결정하고 태정 촌장의 허락도 받아내었다.

그러던 어느 날 수업이 끝나고, 이 훈장은 진원을 데리고 동안군(東安郡)의 신암촌(서생면 신암리) 자기 집으로 갔다. 때는 삼월 봄날이라 기와집 주위에 배꽃이 겨울날 적설마냥 하얗게 만발하고 있었다. 스승의 외동딸과 사모님 박씨 부인이 나와서 반갑게 맞았다. 그는 만면에 미소를 머금고 아내와 딸에게 제자를 소개시켰다. 특히, 외동딸이 만면에 미소를 보이면서 차분한 태도로 자신을 소개했다.

"저는 정심(正心)이라고 부릅니다. 만나 뵈어서 반갑답니다."

그녀는 웃는 표정도 영리해보였고 음성도 촉촉이 젖어 있었으며, 얼굴과 피부가 배꽃만큼이나 맑고 희었다. 얼굴은 갸름하였고 눈에는 아름답고도 야릇한 광채가 반짝이고 있었다. 청결한 미녀였다.

이튿날 태화학당까지 오면서 진원은 스승에게 한 가지만 물어보았다.

"스승님, 동안군이 온통 배밭으로만 이루어진 것 같던데, 삼한에서도 이렇게 배가 많이 재배되는 지방이 있는지요?"

"정확히는 모르지만, 삼한에서 우리 동안군의 배 재배면적이 가장 넓을 것이라고 생각되네.[8]"

그가 스승의 집에 심부름을 가기도 하는 등의 일로 동안군에 자주 드나들었다. 스승의 집에 외동딸이 있고 그와 그녀가 친하게 지내고 있다는 소문이, 태화학당 학동들에 의하여 정덕순의 귀에 들어갔다.

문수산의 초여름 녹음방초가 절정에 달한 어느 날 석양 때, 진원이 학동들과 술을 적당히 마시고 집에 왔다. 스승의 딸과 그의 소문을 듣고 괴로워하고 있던 덕순 누나가 마침 집에 와 있었다. 그가 자기 방에 가서 쉬려고 누웠는데, 누나가 방에 따라 들어와 누워있는 그를 꿰뚫어 보듯 내려다보았다. 그런 뒤에 그녀는

"진원! 다른 마음먹어서는 절대로 안 돼! 개경 가서 과거 합격하여 나와 혼인을 하여 같이 한평생을 살아야 돼. 알았지? 너를 다른 사람에게 보내는 일은 결코 없을 것이야. 그러면, 나는 마음이 허망하여 죽고 말 것이다." 라고 독한 마음을 먹고 힘주어 말했다.

취기가 돌아 맘을 푹 놓고 있던, 그가 정신이 번쩍 들어 일어나 앉았다.

"누나! 오늘 따라 왜 이래요? 세월이 둘을 갈라놓거나 합할 것인데. 자연스런 인연으로 부부가 되는 것이 아니겠습니까? 제발, 서둘지 마세요."

누나가 진원 앞에 바짝 다가와 앉았다. 그리고 나직이 힘차게 말하였다.

"진원, 개경 유학 가기 전에 우선 아이를 낳자. 내가 키우는 동안에 유

학하고 돌아오렴."

　누나가 앉아 있는 그의 두 귀를 두 손으로 잡더니, 갑자기 입을 맞추고는 혓바닥을 길게 내밀어 진원의 술 냄새가 나고 있는 입 안에다 쑥 밀어 넣었다. 그는 화들짝 놀라 일어나 정신을 바짝 차렸다. 그녀의 머릿결에서 성숙한 여인의 체취가 물씬 풍겨 그의 양물에 힘이 바싹 들어갔다. 순간 그의 연장이 벌떡 일어서버렸다.

　이런 낌새를 알아챈 누나가 이때를 놓치지 않고, 일어서더니 저고리의 앞섶을 풀어 헤쳤다. 그녀의 팽창한, 불그스름한 젖꼭지가 탐스럽게 진원의 눈앞에 실제보다 더 크게 부풀려 보였다. 그녀가 그의 두 손을 잡고서 희고도 보드라운 젖가슴에 가져가서 만지도록 하였다. 너무나 당황한 그가 젖가슴을 슬쩍 밀어버렸다. 잔뜩 기대와 욕망에 부풀어 올랐던 그녀가 크게 실망하면서 한숨을

　"휴!" 하고 내쉬었다. 그리고는 내뱉었다.

　"자꾸 이러면 죽도 밥도 안 되는데. 정말로 문제로구나." 라더니, 그녀가 체면도 잊은 듯 눈이 뒤집힌 모습을 보이고는, 갑자기 상체를 진원의 상체에 밀착시켰다. 그녀가 그의 상체를 두 손으로 밀어서 방바닥에 눕히려 할 때, 진원이 방문을 열어버렸다.

　"아이구! 니가 우리 사이를 엉망진창으로 만들고 있네." 라면서 허리를 굽히더니, 두 팔로 서 있는 진원의 양 다리를 잡고서 몸을 솟구쳐서 방바닥에 쓰러뜨리려 했다. 그는 마음을 다 잡고는 방문을 열고 밖으로 뛰쳐나왔다. 마당에는 소나기가 세차게 내리고 있었다. 누나가 나오더니 그의 얼굴을 원망에 가득 찬, 눈물이 글썽이는 눈동자로 잠시 동안 바라보고는, 소나기 속으로 달려서 집으로 뛰어가면서 울부짖듯 외쳤다.

　"진원! 너 정말 이래도 되는거냐 말이다!"

　어이없는 평소와 다른 누나의 그런 모습을 바라보면서 진원은 그녀

의 심정이 이해는 되었으나, 여자의 질투가 저렇게나 엉뚱하게 표출이 되는구나고, 크게 놀라서 한동안 가슴을 진정시켜야만 하였다.

경상구산 수재들 개경 유학길 여정

두 나그네 승려의 자기 절집 자랑

경주의 거상 김상원과 경주와 울주의 유학생 일행이 이천군(利川郡)의 어느 주막에서 점심을 먹고 쉬고 있는데, 옆 자리에서 두 스님이 자신들의 절집이 크다고 서로 자랑을 하기 시작하였다. 양주(양산) 통도사 스님이 자기 절집을 자랑하고 싶었는 모양이었다. 그래서 옆에 앉아 있던 묘향산 보현사 스님에게 말을 건넸다. "스님, 보현사 정랑이 전국에서 크기로 소문이 나 있던데, 어느 정도로 큽니까?"

"뭐, 별로 크지는 않습니다. (별 것 아니라는 표정으로 가벼운 기침을 하였다) 지가 아침 먹고 똥을 싸고 나왔는데, 점심때인 지금쯤 그 똥이 정랑바닥에 떨어졌는지 모르겠군요. 지가 말을 타고 여기까지 급히 오긴 하였는데요?"

옆에서 이야기를 듣고 있던 나그네들이 어이가 없는지 입을 다물지 못했다. 이번에는 보현사 중이 통도사 중에게 물었다.

"통도사에는 손님이 많아 가마솥이 크기로 소문이 나 있던데요. 도대체 어느 정도나 됩니까?"

"뭐, 별로 큰 편은 아닙니다. (대수롭지 않다는 듯이 고개를 천천히 흔들면서 말했다) 그저 이 정도는 되지요. 동지 팥죽을 끓이기 위하여 나룻배 다섯 척이 가마솥에 들어가서 돌아다니면서 팔죽을 저어야 됩니다. 별 것도 아닌데요. 뭘."

듣고 있던 나그네들이 두 중의 자기 절집 자랑이 너무나 황당하여 박수를 치면서 크게 비웃고 말았다.

　울주 태화학당과 경주 돌산학당의 유학생들은 김상원 장자가 개경 벽란도의 송나라 물품을 구입하러가는 대형마차를 타고 가고 있었다. 경주의 한 학동이 김 장자에게 물었다.

　"어르신, 경주에서 개경까지는 천리나 되는데, 이 마차로 며칠 정도 걸립니까?"

　"서둘러 가면 엿새 정도 걸리지."

　"이 마차는 어느 지방을 지나가게 됩니까?"

　"신라시대부터 이용되어 왔던 길인데, 왕도(王都) 경주에서 각 지방으로 연결되는 5통(五通)이라는 교통로 가운데에서, 북요통(北傜通)[9]이라는 교통로를 이용하게 된단다. 이 도로는 신라에서 서북쪽의 당나라로 통했던 조공도(朝貢道) 혹은 부역도(賦役道)로 여겨지는데, 발해와 경계를 이룬 지역으로 가던 길로 여겨지고 있단다.

　경주의 감문역(坎門驛)을 출발하여, 영천 - 의성 - 안동 - 영주 - 단양 - 제천 - 충주 - 장호원 - 이천 - 광주 - 양주 - 파주 - 개성으로 가게 되지."

개경 유학생활과 과거시험

벽란도 환영연의 서해항로 이야기

　개경에 당도한 날 석양에, 유학생들은 김 장자와 그의 친구인 홍준수 거상과 예성강 하구 벽란도(碧瀾渡) 저잣거리의 '삼신산(三神山)'이란 청루(靑樓)에서 환영연을 하고 있었다. 예쁜 기녀들이 권하는 청주가 몇 순배 돌자, 정건이 홍 장자에게 물어보았다.

　"장자님, 나루에 수많은 외국 상인들과 고려 상인들이 득실거리던데,

외국인들은 주로 어느 나라 상인들입니까?"

"고려 초기에 송상(松商)들의 얘기를 듣고 서역[대식국(大食國), 아라비아] 상인단들이 세 차례 벽란도에 와서 열대 특산의 몰약(沒藥), 향료와 수은을 바치고 고려 상품을 사갔지. 그 뒤에는 서역 상인단들이 고려에는 오지 않고 송상에게서 고려의 물품을 계속 사갔다고 한다. 그 결과 고려의 존재가 전 세계에 알려지게 되었단다.[10]"

이번에는 진원이 물었다.

"장자님, 송나라와 고려 상인들이 서해 항로를 거쳐 보따리 장사를 하

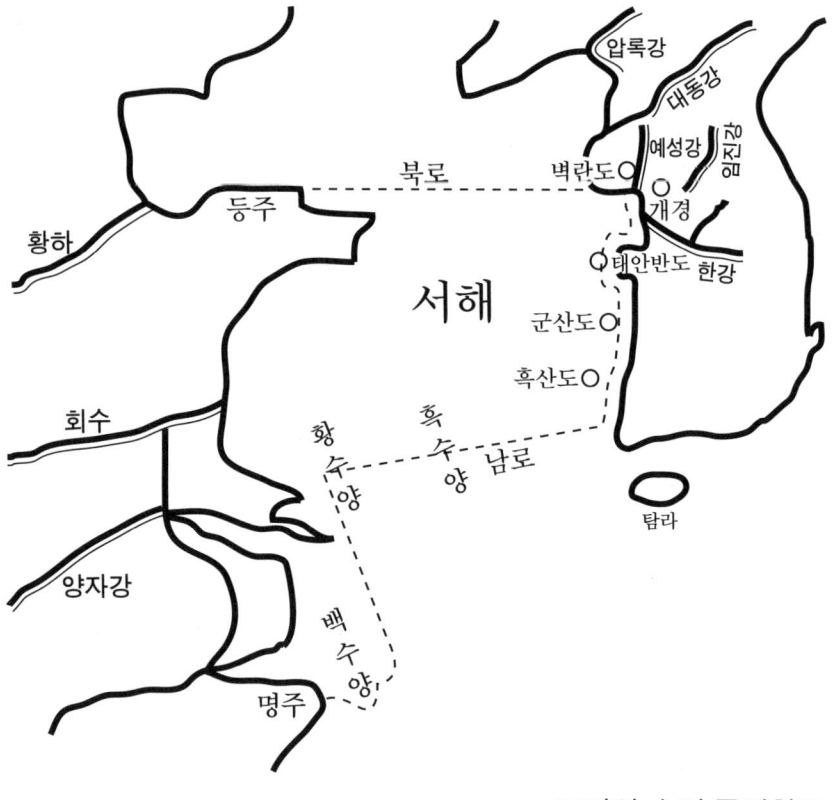

고려와 송의 무역항로

는 데는 거친 풍랑 때문에 죽거나 숱한 곤란이 있다던데, 그 정도가 어느 정도나 됩니까?"

"자네는 벌써 무역에 대한 식견이 있구나. 지루하겠지만, 어차피 여러분들은 고려와 송의 무역항로[11]에 대하여 알아두어야 할 것이니 해보겠네."

이 자리에는 개경에 상경한 뒤 한 달 뒤에 알게 된 경상도 동남부 유학생도 합류하고 있었다.

홍 장자가 한잔 마시는 동안에 성질이 괄괄한 밀성군 출신의 선구가 먼저 물었다.

"송나라에서 벽란도로 오는 항로는 몇 가지가 있습니까?"

"두 가지가 있단다. 우선 산동반도 북단의 등주(登州)를 떠나 동쪽으로 황해의 북부에 이른 다음 장산곶을 돌아 예성강으로 들어가는 북로가 있었지. 이 길은 거리도 짧고 큰 위험도 없었으며, 비록 난파하더라도 어쨌든 해안에 도착할 확률이 컸다네.

다만, 장산곶을 돌 때 물결이 급하여 파선할 위험이 있을 뿐이었다. 그래서 북로로 가는 배들은 장산곶 부근에 이르면 용왕에게 제사를 지냈는데, 이곳이 곧 심청이 공양미 삼백 석에 몸을 던진 인당수(印塘水)란다.

이렇듯 좋은 항해조건에도 불구하고 이 길을 왕래하는 배들은 점차 줄어들었다. 대신 남로의 교통이 활발해졌다. 거란, 여진 등 송나라에 적대적인 북방민족이 중국 북쪽을 장악하고 있는 상황에서, 북로를 이용하면 자칫 그 경내로 들어갈 위험이 컸기 때문이었다."

다시 진원이 물었다.

"장자님, 남로의 해상로는 어디어디를 경유합니까?"

"당시 송나라에서는 강남 개발이 진척되어 중요한 물산은 대개 그 곳에서 산출되었다. 서역(西域, 서남아시아, 인도, 아라비아)의 물품을 실은 배들도 강남의 항구들에 기착하였다. 따라서 고려에 오는 상선들은 대개 강남에서 물품을 싣고 출발했으니, 출발지로는 명주가 가장 많이 이용되었다. 그러나, 이 길은 북로에 비해 거리가 배나 되고 바다 또한 위험하였다.

서해는 깊이와 바닥의 구성 물질, 해류에 실린 먼지 등으로 여러 가지 빛깔을 나타낸다네. 선원들은 바다 빛깔을 보고 출항지에서 얼마나 멀어졌는지, 목적지까지는 얼마나 남았는지, 무엇을 조심해야 하는지를 짚어 낼 수가 있단다. 명주에서 출발한 배는 백수양 → 황수양 → 흑수양의 순으로 바다를 지나야 했다.

백수양은 양자강의 앞바다로 희뿌연 민물이 다량 흘러들고 수심이 얕아 흰빛을 띠었다. 중국에 가는 배는 바다 빛깔이 희게 변하면 목적지에 다 왔다는 것을 알 수 있었다.

황수양은 누런빛을 띠는 데서 얻은 이름이다. 서해를 보통 황해라 하는 것은 이 황수양으로 서해를 대표하는 것이다. 몽고 고비사막에서 봄 날이면 강한 서풍이 불어 황토먼지(황사)를 날리는데, 그것이 두텁게 쌓인 대지 위로 황하가 흘러 이렇게 된 것이란다. 아무리 오랜 세월이 지나도 되지 않을 일을 '백년하청(百年河淸)'이라 하는 것은, 황하의 물 빛깔이 결코 맑게 될 수 없음을 빗댄 말이란다.

이 바다에 이르면 선원들은 잔뜩 겁을 집어먹어야 했다. 이는 물빛이 사람을 현혹시켜서가 아니라 바닥이 보이지 않기 때문이었다. 황하에서 유입된 많은 토사는 물줄기를 따라 1천여 리를 흘러내리다가, 마지막에 군데군데 모래 언덕을 높이 쌓아 놓았다. 그런데 물빛이 누렇기 때문에 육안으로 발견할 수가 없었다.

배가 이 위를 스쳐 키가 부러지는 것은 그래도 다행이었다네. 밑창이 V자형으로 좁아든 형태였으므로 얹히기라도 하는 날이면 곧 전복될 판이었다. 그래서 황수양을 지날 때면 추를 드리워 깊이를 재면서 조심조심 나가야 했다.

서해를 항해한 상인들 가운데에는 다음과 같은 경험담을 얘기하는 사람들이 있단다. 즉,

'배가 갑자기 모래톱 위로 올라가기에 엉겁결에 돛을 내렸더니 돛대가 두 동강이 났다.',

'낮에 세 개의 보조키가 부러졌고 밤에 중심키가 또 부러졌다.'는 등의 소문들이 나돌고 있어, 이곳의 위험이 얼마나 컸던가를 알 수가 있겠지.

이렇게 어려운 황수양을 지나면 이번에는 바다가 점점 검은 빛을 띠게 된다. 이는 깊이가 깊어지면서 햇빛이 투과하지 못하여 생긴 현상인데, 깊은 만큼 파도 또한 높았다. 서해 항로를 다니던 사람들은 이 바다의 수심이 끝이 없다는 뜻에서 '무저곡(無低谷)'이라 불렀다. 내가 아는 중국 대상인이 흑수양을 다음과 같이 무시무시하게 묘사하더군.

'그 물빛은 어둠이 깊이 파고들어 검기가 먹과 같다. 졸지에 그것을 보면 정신과 담력을 다 잃는다. 성난 파도가 내뿜고 닥치는 것이 산들이 치솟는 듯하다. 배가 파도 위로 오르면 바다가 있음을 느끼지 못하고, 오직 하늘의 해가 밝고 쾌청할 뿐이다.

그러다 우묵한 파도 밑으로 내려가게 되면 파도의 높이가 하늘을 가려, 위장이 뒤집히고 헐떡이는 숨만 남는다. 쓰러져 토악질을 하며 밥알이 목구멍으로 내려가지 않는다.'

흑수양을 거의 지나면 물빛이 차차 맑고 푸른빛을 띠게 된다. 이 바다에 이르면 뱃사람들은 그간의 위험에서 벗어났음을 축하하고 뱃머리를 북쪽으로 돌렸다. 맑고 푸른 물빛은 고려에 가까이 왔음을 알려주기 때문이었다.

대개 흑산도 부근의 바다가 이에 해당되는데, 남양만(인천 앞바다)의

누런 물빛이 전라도 서해안에 이르면 푸르게 변하는 것을 볼 수 있다. 상선은 흑산도를 스쳐 군산도[12]에 이른 다음 연안을 따라 북쪽으로 올라왔다. 도중에 태안반도 부근의 사나운 조류만 조심하면 이제 벽란도에 도착한 것이나 진배없단다."

홍 장자가 경상도 유학생들을 환영한다면서 많은 경비를 거리낌 없이 지출하였다. 그들은 오랜만에 산해진미와 술을 기생들과 더불어 대취하도록 마셨다. 이집의 기생들 중에서 이화와 금란이가 정건과 진원에게 무엇인가 던져주는 눈치를 보였다. 이화(梨花)는 백설같이 흰 살결과 가녀린 몸매가 매혹적이었는데 정건에게 음탕한 눈길을 보내왔다. 금란(金蘭)은 천고마비의 가을날 살찐 암말마냥 풍성한 엉덩이와, 젖을 먹이고 있는 암소의 풍만한 젖통을 가졌는데, 진원에게 애틋한 눈길을 보내곤 하였다.

오늘 유학생들이 개경에 당도하여 마차에서 내리자마자 그 시설에 질려버린 것은, 넓고도 곧게 뻗은 도로와 끝도 없이 이어진 궁궐 같은 기와집들이었다. 길거리의 사람들은 대부분 값비싼 비단옷과 모시옷 등으로 치장을 하였고, 얼굴들이 희멀겋고 살이 피둥피둥 쪄있었다.

과거 합격자의 임관과 중앙관료의 생활상

김진원과 박선구 대과에 합격함

경상구산 유학생들은 개경의 최고학부인 국자감과 중등학교인 학당에 가지 않고, 과거시험 준비하는데 가장 적합하다는 최충(崔沖) 선생이 세운 사립학교인 구재학당(九齋學堂)에 입학하였다.

진원이 스물다섯 살 되던 해 과거시험을 한 달 앞둔 어느 날, 선구가 옆자리에서 공부하던 이규보에게 물었다.

"규보야, 너는 신동으로 소문이 나 있던데 과거 준비하는 특별한 방법이라도 있느냐?"

"아홉 가지 경서와 세 가지 역사책을 다 읽어 외우고 이해해야 하는데, 춘추좌씨전(春秋左氏傳) 같은 책자는 19만7천여 자가 되지 않습니까? 그 많은 책자를 전들 별수가 있나요? 죽자고 암기하고 운수에 맡겨야지요. 저도 형님들과 별반 다를 것이 없다오."

드디어, 대과시험일인 예부시(禮部試)의 날이 다가왔다. 경상도 동남부(경상구산)의 유학생들이 스승에게 물어보았다.

"스승님, 대과시험에 특히 주의해야 할 사항은 무엇인지요?"

"시험장이 마치 난장판 같으니 조심해야 한다. 소와 말 하인들은 물론이고 기생, 사기꾼은 말할 것도 없고 술과 밥을 파는 난전상들이 시험장 주위에 진을 치고 있으니 그에 현혹되어서는 안 되지."

대과시험장에 가니 정말로 난장판이었다. 진원도 이전에 시험장에 대해서 듣기는 했으나 이렇게 혼잡스러울 줄은 몰랐다. 아침부터 술 취해 다리를 가누지 못하는 시골선비와 하인들이 더러 보였다. 가체를 하고 비단옷을 곱게 차려입고 송나라 향수를 풍기면서 양산을 쓴 기생 같은 여인들도 더러 눈에 띄었다. 말과 소의 잔등에 음식과 이불 보따리를 잔뜩 실은 자들도 있었다.

시험이 시작되기도 전에 술과 밥을 준비하느라 솥을 걸어 놓고 불을 떼고 연기를 내뿜고 있었다. 진원은 정신을 바짝 집중했다. 이런 분위기에 휩쓸리면 실패가 불 보듯 뻔하다는 것을 알았기 때문이었다. 예부 관리들이 장사꾼들에게 뇌물을 받는 것 같기도 하였는데, 그것은 오랜 관행 같아 보였다.

선구가 한창 백지에 휘갈겨 쓰고 있는데, 시험감독관이 그를 부르자 성질 급한 선구가 벌떡 일어났다. 그리고는 옆의 좌판에서 큰 술잔에 술을 가득 부어서, 한잔 마시면서 외쳤다.

"에잇! 더러워라. 성질 뻗치어 과거 못 보겠구나!"

그는 자신의 시험지를 찢어버리려 했다. 감독관이 급히 제지하여 다행히 답안지가 제출되었다. 선구보다 감독관의 마음이 참으로 넓은 경우였다고 보아야 할 것이다.

해가 중천에서 강한 햇살을 뿜어대는 신시(申時, 15~17)가 되어서야 33명의 합격자 명단이 방에 내걸렸다. 진원과 선구도 대과에 최종적으로 합격되었다. 김진원의 합격성적은 거의 말석이었고 박선구의 그것은 중간 정도였다.

진원은 경주의 윤달수와 경주 오봉산 손무열의 아들로 개경에 살고 있는 손유익 대장군의 집을 방문하였다. 그의 집은 개성 외성(外城) 내의 낙타교(駱駝橋) 가까이에 있었다. 사랑채에 있던 손 대장군은 두 사람을 고향후배라 반갑게 맞았다. 그는 머리카락이 흘러내리는 것을 막기 위해, 머리에는 푸른색 비단으로 된 건(巾)을 반듯하게 쓰고, 온몸에는 고급스런 흰색 모시옷을 입고 있었다. 대장군은 골격이 우람찬 사십 대 중반의 사내였다.

두 사람이 주인에게 큰절을 올리고 자리에 좌정하자마자, 진원이 먼저 물었다.

"대장군님, 제가 알기로는 과거에 합격해도 곧바로 관직에 등용되는 것이 아니고, 보통은 3~4년 내에 지방관으로 임용되는 것이 원칙이지만, 무인집권기인 요즘에는 심지어 30년 가까이 임명되지 못하는 경우도 있다고 하던데요?"

"사실이 그렇다네. 요즘과 같은 무인집권시대에는 과거시험이 문신 관료가 되는데 결정적인 역할은 못하고 있다네. 과거가 되어도 중앙의 권력자들과 줄이 닿지 않고 막대한 재산을 바치지 않으면 임용되기가 어렵단다. 나도 자네의 임관에 대하여 한번 알아보겠으나 너무 기대는 말 게. 이의민 등의 고관들이 너무 많은 뇌물을 바라니까 나로서도 가슴이 아프다네."

용기와 꾀로 대장군까지 승진한 손유익

경주땅 서쪽 오봉산[五峰山, 주사산(朱砂山)]의 북녘 건천촌(건천읍 신평리 가척)에 군반씨족인 손무열(孫武烈)이란 전직 무신이 살고 있었다. 무신은 무반관직을 가진 사람이고 무인은 그냥 무사를 가리킨다.

그에게는 손유익(孫有翼)이라는 장자가 있었다. 유익은 동경의 연병장과 명산에서 무술을 익혀 동경에서는 그를 이길 자가 거의 없었다. 아버지는 자식의 장래를 위해서 농토를 팔아서라도, 중앙의 고관들에게 주선하여 아들을 무관으로 출세시키려고 노력하였다.

이를 눈치 챈 아들은 한사코 부친을 만류하고는 홀몸으로 개경에 올라갔다. 20대 초반인 그는 개경의 무인들과 어울리면서 무신 고관들의 끈을 잡으려고 3년간 갖은 고생을 하면서 음지를 배회하였다. 고향 생각도 나고 혼인도 해야 하기에, 그는 어느 날 사생결단의 용기를 내어 기어코 벼슬을 차지하기 위해 과감하게 돌진하였다.

「유익은 살아있는 꿩을 한 마리 얻어 화살로 꿩의 눈알을 꿰뚫고는, 당시 제일 권세 있는 중서문하성 재상집 후원 담 밖에 가서는 그 꿩을 마당 한가운데 던져 넣은 뒤, 허리에는 화살을 차고 손에는 활을 잡고 급히 문 앞에 가서 큰소리로 외쳤다.

"내 꿩을 이 댁 담장 후원 안에 떨어뜨렸으니 곧 가져다 내게 달라."

말소리가 매우 높으니 재상이

"누가 무슨 일로 와서 문 앞에서 시끄럽게 떠드는고?" 하고 물었다. 노비들이 사정을 아뢰었다.

재상이 무인을 부르니 무인이 활과 화살을 가지고 와서 마루 아래 서니, 훤한 풍채에 말도 잘 하는지라 재상이 물었다.

"그대는 어떤 사람인고?"

"소인은 군반씨족이나 집이 가난하여 할 일 없이 노는고로 틈만 나면 사냥을 다녔는데, 활 쏘는 재주가 있어 조금 전 댁의 후원 나무 위에 꿩이 앉아 있기에 쏘아서 눈을 맞추었습니다. 그래서 제 꿩을 찾아가려고 소란을 피웠는데 황송함을 이기지 못하겠나이다."

"눈을 쏘아 맞히다니 신통한 무술이로고."

"소인이 활을 쏘면 헛방이 없으나 그 눈을 맞춘 것은 역시 우연일 뿐입니다."

재상이 즉시 하인에게 명하여 후원에 들어가 그 꿩을 가져오게 하니, 과연 화살이 그 눈을 꿰뚫고 아직 생기가 있었다. 재상이 칭찬해 마지않으며 거듭 묻기를,

"그대는 어떤 집안 출신이며 벼슬한 선대가 있는가?"

"소인은 동경의 군반씨족으로 아비와 할아버지는 낭장과 장군을 지낸 바가 있습니다만, 지금은 가세가 기울어 출사도 못하고 건달과 같이 지내고 있지요."

"훌륭한 집안이로다. 자네, 잠시 내 곁에 있으면서 입신출세할 길을 생각해 봄이 어떨고?"

"황송하옵니다. 진실로 제가 원하던 바입니다."

재상이 곧 좌우에 두고 유익은 정성을 다해 섬기니, 과연 능란하고 재주가 있으며 감당하지 못하는 것이 없는지라 재상이 매우 사랑했다.

몇 달이 지나자 유익이 아뢰었다.

"듣자하니 오장(伍長)(하급장교) 자리 하나가 마침 비어있다고 합니다. 만약 재상께서 병부상서에게 부탁한다는 편지 한 통만 주시면 염려

없을 것 같은데 어떨지 모르겠군요."

"내 마땅히 시도해보지." 하고 즉시 병부상서에게 편지를 써주니 병부상서가 회답하되,

'이번에는 마침 친하고 간절한 사람이 자리를 구하는지라. 다음에 비는 자리가 생기면 즉시 시행할 것이니…' 하는 것이었다. 재상이 편지를 보여주며,

"병부상서의 답장이 이와 같으니, 아직은 다음 자리를 기다리는 것이 좋으리라." 하자 유익이 말없이 밖으로 나와 청지기에게 말했다.

"나는 바로 집으로 돌아가고자 하니 너는 들어가 재상께 아뢰어 지난번 내 꿩값을 찾아오너라. 내가 가지고 떠나련다."

청지기가 들어가 아뢰니 재상이 대노하여,

"제 놈이 내가 아끼고 사랑해준 은혜를 배반하고 감히 꿩값을 말하며, 알리지도 않고 떠난단 말이냐? 이제 보니 형편없는 놈이로다." 하고 돈 한 닢을 내어주며,

"이것을 주고 당장 내쫓아라." 하며 노기를 그치지 못하고 거듭 또 병부상서에게 서신을 쓰기를,

'조금 전 부탁한 무인은 역시 친하고 간절한 사람도 아니오. 이제 그 사람됨이 도저히 안 되겠다는 것을 알았으니, 비단 이번만이 아니라 비록 다음 번 자리가 있더라도 고려하지 마시오.' 라고 하였다.

병부상서는

'이 재상이 다음 번 자리라는 말에 화가 나서 이 같이 불쾌한 말을 하는구나.' 하고 생각하여, 바로 답장을 쓰려는 차에 문득 해당 오장을 차출하라는 명이 구전으로 오니, 병부상서가 즉시 그 무인으로 첫머리에 낙점을 찍었다.

유익이 이미 벼슬을 얻고 무관복을 입고서, 곧 재상집에 들어가 절하

니 재상이 노하여 꾸짖었다.

"그대가 무슨 낯으로 감히 와서 나를 보느냐?"

"소인이 차라리 죽을지언정 어찌 재상께서 아끼고 사랑해주신 은혜를 잊겠습니까? 소인이 병부상서의 허락하지 않음을 보고 밖으로 나가 꿩값을 찾고 물러난 것은, 대감께서 반드시 화를 내어 소인에게 벼슬을 주지 말라는 것으로 다시 병부상서에게 알릴 것이고, 병부상서는 반드시 재상의 화가 즉시 시행치 아니함에 있다고 알아 불안하여, 즉시 시행할 것이라 믿고 제가 꾀를 낸 계략입니다. 재상과 병부상서께서 과연 소인의 계교에 빠졌기에 소인은 이 벼슬을 얻었으니, 엎드려 바라옵건데 재상께서는 굽어 살피시어 죄를 용서하심이 어떠합니까?" 하고 손 오장이 웃으며 말했다.

이에 재상이 화를 풀고 기뻐하며 유익을 기특하게 여기며,

"늠름하다! 그대여. 기특하도다! 그대여. 자네가 기히 장수 제목이로다." 하고 극구 칭찬하니, 유익이 이로부터 영원히 재상에게 충성하고 재상도 역시 힘껏 주장하여 등용하니, 유익의 벼슬이 대장군에까지 올랐다.」[13]

김진원 임관 포기, 개경생활 정리

막대한 전(錢)의 장벽에 막혀 임관포기

진원은 대과에 합격한 뒤 여기저기 부지런히 찾아다니면서 임관의 줄을 잡으려고 무척 노력하였다. 문제는 문수암 절 재산과 맞먹는 거액의 돈이 있어야만 지방관이라도 발령이 날 것이란 사실을 안 것이었다. 울주의 스승과 홍준수와 김상원 등의 지원자들이 돈을 마련하겠다고 연

락을 해왔다. 그러나, 그는 더 이상 그들에게 신세를 지기가 싫었다.

무신들의 백성들에 대한 탐학이 극에 달하여 공주 명학소(鳴鶴所)의 망이(亡伊)·망소이(亡所伊) 난이 진압된 지 6년 뒤(1182년)에, 충청도 관성[管城(옥천)]과 부성[富城(서산)]에서 수령의 탐학에 반항하여 농민의 반란이 일어났다. 전주에서도 군인과 관노가 반란을 일으켰다.

관성·부성과 전주의 반란이 불과 2년 전이었는데, 삼한 땅 어디에서고 농민과 천민들은 무신들의 탐학에 견디다 못해, 신분해방을 위해 반란을 일으킬 기세였다. 그런데도, 이곳 개경의 황족과 문·무신 관료들은 궁궐 같은 와가에서 비단옷을 겹겹이 걸치고는, 기름진 음식을 배가 터지도록 먹고서도 더 재산을 긁어모을 궁리에 여념이 없었다. 그는 오랜 고민 뒤에 자신의 진로를 결정했다.

'내가 막대한 재산을 바치고 지방관이 되어 보아야, 결국 농민과 천민을 괴롭혀 재산을 긁어모아 이곳 개경의 고관들에게 상납하면서, 살아야 할 것이 뻔한 일 아닌가? 과연 이 길과 그런 삶이 내가 열심히 공부하여 관리가 되고자 한 결과란 말인가? 일단 울주에 내려가서 깊이 생각해 볼 문제로다.'

그는 설날 이전 귀향하기까지 국토의 북단인 압수(鴨水, 압록강)까지 가보고, 정건과 같이 벽란도에 가서 금란과 하룻밤 자기로 결심을 굳혔다.

'이것이 내 팔자인 모양이다.'

압록강 참배 후 개경생활 정리

섣달 초하루 날, 진원과 정건 및 달수는 손유익 대장군을 모시고 개경을 벗어나 북방의 압수로 가고 있었다. 그들은 고려의 22역도(驛道, 국도) 가운데 금교도 - 절령도 - 흥교도 - 흥화도를 거쳐, 그 팔백 리를 사일만에 달릴 예정으로 말을 몰았다.

안북대도호부사의 강간사건 명판결

대장군 일행은 영주(寧州, 안주) 성내의 안북대도호부사 관아에 들어가서 부사에게 인사를 하고는 저녁대접을 받았다. 부사 조영대(曺永大)는 손 대장군의 중앙군 선배로 두 사람은 형제처럼 친했다. 무장이라 성

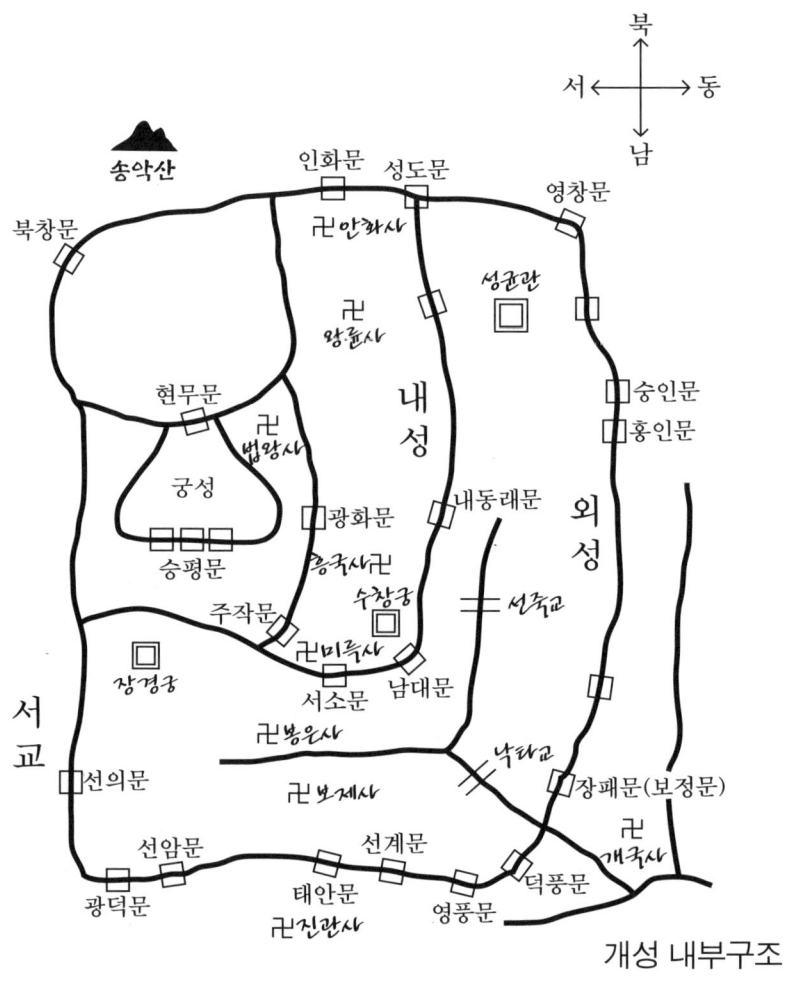

개성 내부구조

격이 시원시원하고 활달했으며, 살결이 희고 부드럽게 보였고 수염이 멋있고 눈에 광채가 나서 과연 옥골선풍(玉骨仙風)이었다. 저녁자리에서 부사가 손님들에게 설명을 하였다.

"이곳 영주는 살수(薩水, 청천강)을 끼고 있는 북계의 군사 및 교통 요충지로서 예부터 거란족과 여진족이 우리 왕궁을 침략하는 공격로를 방어하는 곳이지."

술잔이 몇 순배 돌자 화색이 불콰해진 부사가 기분이 좋아, 최근에 직접 강간사건을 판결한 다음과 같은 경험담[14]을 재미나게 이야기 했다.

「몇 달 전에 해가 질 무렵, 어떤 노인이 영주의 한 민가에 와서 하룻밤 자고 갈 것을 청했다. 주인이 난처해하면서 그 나그네에게 물었다.

"이미 두 과객이 자기 위해서 우리 방에 와 있는데, 같이 잘 수가 있는지요?" 라고 물었다. 노인이 그렇게 하겠다고 방에 들어가 보니, 이팔청춘인 한 소년과 건장하게 생긴 젊은 청년이 먼저 들어와 있었다.

이 집 여주인이 매우 예뻐서, 젊은 청년이 그 부인에게 정감을 품어 기회를 노리고 있었다. 밤이 깊어 모두 잠든 사이, 청년은 가만히 문을 열고 나가 안방으로 들어가서 자고 있는 여주인을 덮쳤다. 손으로 입을 막고 억지로 눌러 옷을 벗긴 후 급히 욕망을 실컷 채우고 나왔다.

그런데, 여주인은 어두운 밤에 갑자기 당했기에 자기를 덮친 놈이 누군지를 알 수가 없었다. 이튿날 부인은 안북대도호부사 관아에 와서,

"강간범을 잡아 달라." 고 하였다.

"나는 그 집에서 잔 세 사람을 불러서 엄하게 문초하였으나, 셋은 모두 그런 적이 없다고 잡아떼었다. 하는 수 없이 집에 온 나는 내자에게 이 어려운 상황을 얘기했다네. 내말을 듣고 웃고 있던 아내가 자신이 알 수가 있다고 이렇게 일러 주었다네.

'영감! 간밤에 강간당한 부인에게 물어보십시오. 남자가 몸을 덮칠

때, 뾰쪽한 송곳으로 찌르는 것 같은 느낌이었다고 하면 소년이 범인이고, 막대기로 내리쳐 때리는 것 같은 느낌이 들었다면 그 청년이 범인이며, 마치 삶아 놓은 가지나물처럼 말랑말랑한 것을 밀어 넣는 것 같은 느낌이었다면 노인이 범인입니다.'

이튿날 강간당한 부인에게 알아보았더니 막대기로 내리치는 듯한 느낌이었다고 말했다. 그래서 너무 아파서 괴로웠다고 말했다. 그리하여 젊은 청년의 실토를 받아내었지.”

부사는 기분이 좋아서 만면에 미소를 지우면서 크게 웃었다. 듣고 있던 네 사람도 따라 웃었다. 손 대장군이 고개를 좌우로 돌리면서 의문의 표정을 지었다. 그리고는 말했다.

“부사님, 사모님께서 그것을 어찌 알았는지 그것이 문제입니다.”

“사실 나도 그 점이 맘에 걸렸다네. 그래서 아내에게 물었지.

'여보 부인! 당신은 혹시 젊은 청년과 어린 소년과도 나 몰래 만나느냐?'고 물었다네. 그러자, 아내가 웃으면서

'당신이 그렇게 물을 줄을 다 알고 있었오.'라고 말하더군. 그런 뒤에 이런 말을 했다네.

'내가 당신의 어린 시절과 젊은 시절 및 지금의 노인 시절을 다 경험했지 않았오? 지금의 당신은 물렁물렁하게 삶은 가지나물 같은 것을 가지고 억지로 애를 써서 밀어 넣고 있지 않습니까?' 라고 동정하는 듯이 말하더군.”

부사는 쓸쓸한 표정을 짓더니,

“나도 벌써 오십 대이니, 속바지에서 남근을 억지로 오른손으로 끄집어내어야 오줌을 살 수가 있지. 젊은 시절 바지만 내리면 연장이 송곳처럼 꼿꼿이 서서 오줌을 눌 수 있던 때가 있었지.”

손 대장군이

"부사님, 이제 연식이 오래되어 자연스런 것이니까, 크게 염려하실 필요가 없지 않겠습니까?" 라고 위로하였다.

손 대장군 일행은 이틀을 더 달려서 압수 아래의 강동육주(江東六州)의 용주(龍州)에 당도하였다. 압수 넓은 물길이 꽁꽁 얼어 있어 황소와 짐을 진 농사꾼들이 지나가도 꿈쩍 않았고, 날씨는 강바람이 불어 살이 에이는 듯 차가왔다. 일행은 강 언덕 위에 서서 서산으로 기울어 가는 석양을 바라보았다. 그들은 압수 건너 바다보다도 넓은 요동벌판을 바라보면서, 천리장성의 축성, 서희 장군과 강동육주, 거란족과 여진족과의 쟁투에 대한 과거 이야기들을 나누었다. 그런 뒤, 마지막으로 석양을 바라보며 천지신명께 기도하였다.

'압수처럼 우리 민족의 운명도 강인한 생명력을 지니고 세세연년 이어가기' 를 진심으로 빌었다.

경주인들의 얼굴에 오물을 덮어씌우는 이의민 가족의 패륜행위
진원이 속내를 잘 드러내지 않고 있는 손 대장군에게 말했다.
"대장군님, 개경에서 무관생활은 만족하십니까? 그리고, 이의민 공과는 자주 만나십니까?"
"지금의 고려 조정은 썩어 빠졌어. 다시 신라와 같은 평화스런 나라가 건국되어야 하는데. 신라부흥을 하는 세력이 있다면 나에게 연락하게. 내가 돕겠네. 고향에 가면 재종제 종익(鍾翼)이란 무사가 있다. 김 선비, 그 동생을 통하여 나에게 연락을 다오.
이의민은 나와는 성격이 달라. 나는 글줄이나 공부하여 양심이 살아 있는데, 그는 최근 황제의 총애를 한 몸에 받아서인지 온갖 횡포와 권력 남용을 저지르고 있다네.
현재 그의 관직이 공부상서 수사공(守司空) 좌복야(左僕射)이지만,

실질적으로 문하시중을 능가하는 삼한 최고의 실질적 권력자란다."

"그 횡포와 권력남용의 정도가 어느 정도인지요?"

"그는 전주(銓注, 관리의 인사권)를 마음대로 하고 정치를 재물로써 하니, 여러 무리들이 연이어 결집되매 조신(朝臣)들은 누구도 감히 어찌하지 못하고 있단다. 많은 민가를 점령하여 자신의 사저를 크게 일으키고, 남의 토지를 빼앗아 탐학을 마음대로 하니, 백성들의 원망이 개경 거리에 진동하고 있다네. 같은 동향인이란 말을 하기가 부끄러워 내가 찾아가기는커녕 피하고 있는 실정이네. 그 자의 나이가 오십 대 중반이니 나이가 들대로 들었는데도, 노욕에서 벗어나지 못하고 헤매고 있는 것일세."

"그의 자식과 처도 원성을 많이 받고 있다고 하던데요?"

"그 아비에 그 자식들이지. 장남 지순(至純)은 장군으로 차남, 삼남보다는 신중하다고 듣고 있네. 그 아래 둘은 지영(至榮)과 지광(至光)인데 그 횡포와 방자함이 아비를 능가하고 있단다. 별명이 '쌍킴(雙刀子)'로 악명을 날리고 있다네.

지영도 장군인데, 맘에 안 드는 사람을 예사로 죽이고 미녀는 겁탈하고 황제의 비첩까지도 간음하였는데, 황제마저도 죄를 주지 못하는 실정이라네. 그의 처는 질투가 심하여 자신의 가비(家婢)를 죽일 정도로 포악했다. 처가 자신의 사노와 간통한 일이 있었는데, 이의민은 그 사노(私奴)를 죽이고 처를 내쫓아버렸다네. 그 후 양가의 여자로 자색이 있다고 소문만 나면 유인하여 혼인하고 다시 버리기를 반복했다네. 그의 딸 역시 어미를 닮아 음탕하고 방자하여, 남편이 동거도 하지 않았다고 전하고 있단다."

"그의 뒤를 이을 실질적 무인은 누가 될 것인지 짐작이 됩니까?"

"요즘 젊은 무신들 가운데에는 이런 말이 돌고 있다네. 무신란 이전부터 해주 가문의 최원호 장군이 무신들에게 존경을 받고 있었는데, 그의 아들 최충헌과 최충수 형제가 멀지 않아 부상할 것이라는 소문이 그것일세."

벽란도 기생 금란에게 첫정을 바침
예성강의 겨울밤은 차갑기도 하고 강바람이 더 세어 바람소리가
"휘~오~오."
"휘~이~익!"
하며 마치 귀신들이 우는 소리와도 같았다. 벽란도 삼신산의 금란이 촛불 옆에 서서 조용히 저고리와 치마를 벗고 나서, 다시 속치마를 벗기 시작하였다. 숫총각은 숨소리마저 줄이고 옷을 벗는 처녀의 아름다운 자태를 음미하고 있었다. 비단속치마의 치마말기가 풀리자마자, 발끈 매어져 있었던 젖가슴이 불쑥 솟아올라 출렁거렸다. 탕실탕실 탄력이 넘치는 젖가슴 말단의 꼭지는 약간 천장쪽으로 들려있는 듯 보였다.

진원이 여자 경험은 처음이지만 여러 경험자들이 얘기하는데, 여자의 젖은 대접젖, 연적젖, 병젖, 쇠뿔젖, 쇠붕알젖, 그리고 젖꼭지가 안으로 들어간 구융젖 등이 있는데, 지금 보고 있는 금란의 젖은 병젖임에도 크고도 풍성하였다.

세찬 바람에 멀리서 취객들의 노랫소리가 여기까지 실리어 와 귓전을 때렸다.

숫총각인 그는 어설프나 다정다감하고도 따스한 손길로 금란의 탱탱한 젖가슴을 서서히 어루만지기 시작하였다. 드디어 총각이 기생의 배 위로 조심스레 타고 올라가서 입맞춤을 하였다. 그녀의 입술에서 나는 옅은 소금냄새와 진한 단내가, 진원의 코를 파고들어 황홀경에 빠지게 하였다.

여자는 흥분이 되어 몽롱한 의식 속을 헤매며 온몸을 비비꼬면서, 코에서는 가쁜 숨을 내쉬고 입술에서는 작은 신음 소리를 뿜어내었다. 남

자의 꼿꼿한 양물이 여자의 양 허벅지 사이의 보드라운 살동굴 속으로 후~욱 빠져들었다. 그녀의 그곳은 깊고 깊어 끝을 모를 심연이었다. 금란의 속은 따뜻했다. 그리고 포근하고 부드럽기만 했다. 여성의 속은 비좁은 듯한 느낌이 들었다. 남성은 미끈거리는 쾌감을 느끼면서, 넣었다 빼었다 하는 왕복운동을 점점 더 격렬하게 해나갔다.

두 사람의 몸은 열기와 땀으로 범벅이 되었고 벌써 이불은 발 아래로 벗겨져 있었다. 왕복운동이 더욱 세차고 격렬하게 계속 되더니, 드디어

"앗! 아~아~"

"어~엇!~어~"

라는 외마디 소리를 지르더니 총각은 여자의 가슴 속에 머리를 처박고는 축 처져버렸다. 총각이 처녀의 옆에 눕자, 처녀가 어미처럼 총각의 이마의 땀을 훔치고는 머리카락을 위로 쓸어 올렸다. 그가 그녀에게 귓속말로 속삭였다.

"금란이, 나는 곧 고향으로 간단다. 내 가슴 속에 이 벽란도와 같이, 자네의 숨결을 잊지 않고 평생을 지니마. 자네가 나의 첫 번째 여자야."

"소녀는 참으로 행복합니다. 선비님 같이 헌헌장부의 동정을 받아들였으니까요. 저도 오늘밤의 행복을 가슴 속에 고이고이 간직하면서, 한 평생을 살아가겠습니다."

"이번에 낙향하면 다시는 개경에 오지 못할 것이네. 다음에 또 인연이 되면 만나지겠지."

"지가 동경으로 가서 술청에서 기생노릇을 하면 안 되겠습니까? 저도 그곳에 가서 선비님의 첩이라도 되어 살아가면 여한이 없겠습니다."

자정이 다 될 때까지 굵은 황촉불이 다 타들어가고 있었다. 진원은 금란의 풍성한 몸을 으스러지게 껴안고는 독백처럼 중얼거렸다.

"오! 내 사랑 금란이! 기회가 온다면 반드시 개경에 와서 자네를 내 고

향으로 데리고 가겠네. 따스한 남녘에서 둘이서 단칸 초가집에서라도, 한평생을 살 수만 있다면 왕공귀족이 부러울 것인가!"

두 남녀는 다시 서로간의 다리를 휘감고 허리에 더욱 힘을 넣고는 이번에는 여자가 남자의 넓은 사타구니 위에 올라탔다. 길고긴 겨울밤이 지나고 창호지에 희뿌연 여명이 비칠 때까지, 이별을 아쉬워하면서 울고 흐느끼면서 처녀 총각은 무려 일곱 차례나 강렬한 정사를 되풀이 했다.

진원은 인간이 살아가는 데 맘에 맞는 남녀가 성관계를 함이, 이 세상에서 가장 큰 쾌락이라는 것을 이십 대 중반이 된 오늘밤에야 깨달았다.

오늘 정오 옆방의 정건에게 삼신산의 금란과 이화를 만나러 가자니, 정건이 스물다섯 살이 되도록 공부만 하는 형님이 안쓰러웠던지 그의 제안에,

"형님, 화대는 지가 대겠심더. 나도 오늘밤 이화 고 년을 껌뻑 죽여주고야 말겠심더." 라면서 들떠서 좋아하였다.

선구는 밀성군의 아버지 박용남이 개경에 직접 올라와서 그의 친우인 고관의 힘을 빌고, 막대한 돈을 쏟아 부어 내년에 전라도 지방관으로 부임한다고 했다.

절망에 빠진 김진원의 친지들

안개가 자욱한 계묘년 가을날 이른 새벽, 태화나루에 실성한 듯한 젊은 새댁이 두 팔로 강물을 휘적휘적 저으면서 깊은 강물 속으로 들어가는 것이 여러 번 발견되었다. 물속에서 그녀가 애달프게 불렀다.

"진원! 제발 나에게 돌아와 줘!"

"나를 버리면 안 된대이!"

그때마다 새벽 물을 길러 온 동네 어른들과 통발의 물고기를 수거하러 온 청년들에 의하여 구조되었다. 마을에 이상한 소문이 나돌기 시작

하였다. 그녀를 구한 사람들이 하는 소리는

"백 서방의 처가 강물 속에서 애절하게 부르는 사람이 있었는데, 그 사람 이름이 '진원'이었지 뭡니까."

"그는 몇 달 전에 개성으로 유학 간 그 선비가 아닌가? 범인이 누군고?" 하고 쑥덕거렸다.

계묘년(1181) 진원이 개경으로 유학을 떠난 얼마 뒤의 일이었다. 울주의 태화루 북편(울산 성남동)에 사는 백만갑(白萬甲)이란 자가 있었다. 그는 영축사에 자주 불공을 드리러 다녔다. 그가 덕순을 보고는 탐을 내어 서둘러 그녀를 아내로 맞이하였다.

그때 덕순과 그녀의 남동생과 어머니는 개경의 진원에게 서신을 보내어 그의 진심을 물어보았다. 그러나, 개경에서는 공부 때문에 여유가 없으니 막연히 기다리라고만 했다. 그녀의 아비는 백씨 집안이 대지주인데다 진원의 대답이 미지근하고, 동안군의 정심이가 진원과 약혼한 사이라는 주장을 하여 급히 딸을 혼인시켜버렸다.

백가는 울주 주군(州軍)의 훈련교관인 개경에서 파견된 송대규(宋大揆)와 친하여 밤마다 술을 마셨다. 무술연마에 자신이 붙은 백가는 어느 날 밤 술자리에서

"송 무관님, 나도 돈이 많이 들더라도 개경에 가서 하급무관이라도 되고 싶습니다. 연줄이 닿는 분이 계시면 좀 주선해주십시오."

송 무관은 외로운데다 그에게 술을 많이 대접받아 미안해하던 차에, 그 말을 듣고서 꼭 그러겠다고 헛장담을 하였다.

그러던 어느 날 한밤중, 만취된 송 무관이 잠자던 덕순을 덮치다가 격렬하게 저항하던 그녀를 던져버렸다. 불행하게도 그녀는 장롱 모서리에 머리를 박아 피가 범벅이 된 상태로 새벽에야 발견이 되었다. 백가는 취중에 송 무관과 아내와의 교접을 허락한 것이라 양심의 가책을 크게 받았다.

그녀는 친정어머니의 극진한 치료로 살아나긴 했으나 이전의 총명한 덕순은 아니었다. 멍하니 사람을 쳐다보고 실죽실죽 웃다가 기맥이 빠진 듯 계속 잠을 잤다. 집안일을 못하게 되니 시어머니의 구박이 심해졌다. 몇 달이 지났으나 덕순의 중세는 조금도 호전되지 않았고, 배가 불러와 임신되었음이 확인되었다. 초겨울 백씨 집에서는 정대만을 불러, 재산을 좀 건네면서 딸을 데리고 가라고 했다.

을사년(乙巳年, 1185) 섣달 열이틀 날, 진원은 김상원의 마차로 삼년 전 올라왔던 그 천리 길을 달려 울주로 내려왔다. 병든 아버지는 아들의 대과합격을 진심으로 축하했다. 그리고는 덕순의 비극을 전해주었다.

진원이 목을 푹 숙이고 덕순네 집에 갔다. 그녀의 엄마가 그를 반긴 뒤, 연이어 눈물을 훔치면서 그를 원망하였다. 머릿방에 누워 아들에게 젖을 물리고 있던 누나가 문을 열고 들어왔다. 그녀는 눈을 껌뻑껌뻑하더니

"어, 진원 아닌가? 어~히! 히! 히!" 라고 제법 정신이 있는 듯 반갑게 대했다. 그 뒤에는 엄마가 보는 앞인데도 진원에게 입을 맞추고, 어린애처럼 진원에게 안기면서 무슨 말인지 알아듣지 못할 소리를 해대었다. 진원은 너무나 절망적인 현실에 가슴을 쥐어뜯고 싶어 아무 말도 없이 그 집을 나섰다.

겨울날씨가 정말 따스했다. 진원은 영축사의 말을 한 필 빌려 타고 동안군의 스승댁으로 갔다. 스승은 기뻐서 어쩔 줄 몰라 하면서 과거합격을 대견해하였다. 진원이 무심결에 물었다.

"정심이 처녀는 보이지가 않군요."

그러자, 사모님이 대답했다.

"기장현에 부자집이 있어 이 년 전에 혼례식을 치렀는데, 아들도 하나 낳다네."

"예, 잘 되었군요."

진원은 새삼 자신을 되돌아보자니 너무나 불쌍한 생각이 들어, 그만 눈물을 주르르 흘려버리고 말았다.

병오년(丙午年, 1186) 정월 대보름의 밝은 달밤, 덕순 누나가 천방지축으로 동네를 돌아다니다가 집 위의 못 둑에 뒹굴어, 반신불수 상태로 며칠간 앓더니 숨을 거두고 말았다. 덕순 집 가족들은 그녀가 마지막으로 황천에 가는 길에라도, 평소에 그렇게나 목이 메어 불렀던 사랑하는 남자와 지내다가 가도록 둘이 되도록 오랜 시간을 보내게 내버려 두었다. 그녀의 가족들은 덕순이 주장한 대로 하지 않은 것을 늦게야 크게 후회하였다.

진원 아버지도 덕순의 비참한 죽음에 크게 충격을 받은 듯 그녀의 초상을 치르고 난 뒤, 시름시름 앓더니 2월을 며칠 앞둔 추운 겨울날 49세를 일기로 세상을 하직하였다.

제3부 / 운문사와 배냇골(초전)로 운집하는 경상도 유민들

고려가 개국되고 250여 연간은 귀족정치가 그런 대로 잘 유지되었다. 그러나, 의종 24년(1170년)에 지금까지 계속 문신들에게 천시를 받아오던 무신들이 난을 일으켜, 문신들을 대량 살육하고 그들이 직접 정권을 잡고 좌지우지하게 되었다. 황제는 허수아비로 전락되었고, 중방정치(重房政治)가 행하여져 중앙관료는 물론 지방관도 모두 무신들이 차지하게 되었다. 무식하고 용감한 무신들로 충원된 조정과 지방의 관리들은, 대부분이 백성들 특히 농민들의 토지를 수탈하여 재산을 비축하여, 당시 실권자인 정중부, 이의방, 이의민과 그 밖의 고관대작들에게 바치고 승진을 하거나 요직에 앉았다. 그러다 보니, 백성들 특히 농민들의 생활은 극도로 빈곤하게 되어, 그 이전부터 생겨났던 유민들이 폭증하여 전국에 떠돌아다니게 되었다.

　이때 중앙의 고관대작들이나 지방 수령들의 폭정에 못지않게 농민들의 생활을 도탄에 빠뜨린 것은, 거의 일백 년이나 지속된 냉해로 인한 농사의 흉작이었다. 특히, 김사미와 효심의 난이 일어난 명종 23년(1193) 전후에는 칠 년간이나 극심한 홍수와 가뭄이 되풀이 되어, 굶어죽은 농민들이 길가에 널브러져 있었다.

　지금부터는 작년 즉 극심한 가뭄이 있어 가을마당에 나락(벼)의 수확량이 급격히 감소되었던 명종 20년(1190) 섣달부터의 경상도 농민들의 처참한 생활상을 살펴보기로 한다.

양식 · 농우 · 부녀자 달비 등
닥치는 대로 징수하는 수령들

조세에 저항하는 농민들 무참하게 짓밟는 징수자들

밀성군 산내촌(산내면) 사자봉(천황산) 기슭의 한 농가에서 진덕만(秦德萬) 소윤(少尹)이 큰 농우를 세금조로 거두어 들이고 있었다. 그러자, 화들짝 놀란 주인이 그의 소매를 붙잡고 울부짖었다.

"나으리! 농우가 있어야 올봄에 농사를 짓지요. 농사를 안 짓고 어찌 세금을 냅니까? 농우는 안 됩니다."

그러자, 무서운 나으리는 자신을 붙잡고 늘어지는 힘없는 농부의 옆구리를 발로 걷어차고, 꽥 고함을 지르면서 흰 창이 많은 눈동자를 희번덕거렸다.

"이 사람아! 그래서 내가 저 송아지를 남겨두고 가지 않나. 속히 저 새끼소를 키워서 농사를 짓도록 하라구!"

그러자, 농부가 어이가 없는지 엉덩이를 땅바닥에 털썩 박고는, 두 발의 짚신을 벗어 두 손에 쥐고는 땅바닥을 두들기면서 발악을 하였다.

"나으리! 그것은 우물에서 숭늉을 찾는 격이오. 저 송아지를 몇 달만에 어찌 큰소로 키워서 부린단 말이오."

단장촌(단장면) 승학산 남쪽 용회마을에서는, 한 농가의 놋쇠 제기와 식기를 세금을 연체하였다고 몽땅 거두어 마차에 실었다. 그러자, 효성이 지극한 농부 부부가 군인과 향리들에게 하소연 하였다.

"나으리! 아무리 흉년이라 쌀을 못 내기로서니, 조상님을 봉사하는 일을 못하게 제기를 가져가시오. 지발 돌려주시오. 나으리들은 조상제사를 지내지도 않으시오. 올해 농사를 지어서 쌀을 내겠소. 부탁이오."

역시 진 소윤이 눈에 핏대를 보이면서, 자신의 손을 잡고서 매달리는 농부 부부의 가슴팍을 양손으로 확 밀치면서 고함을 질렀다.

"이 사람아! 나라와 고을이 있고 조상이 있지. 죽은 조상이 최고냐?

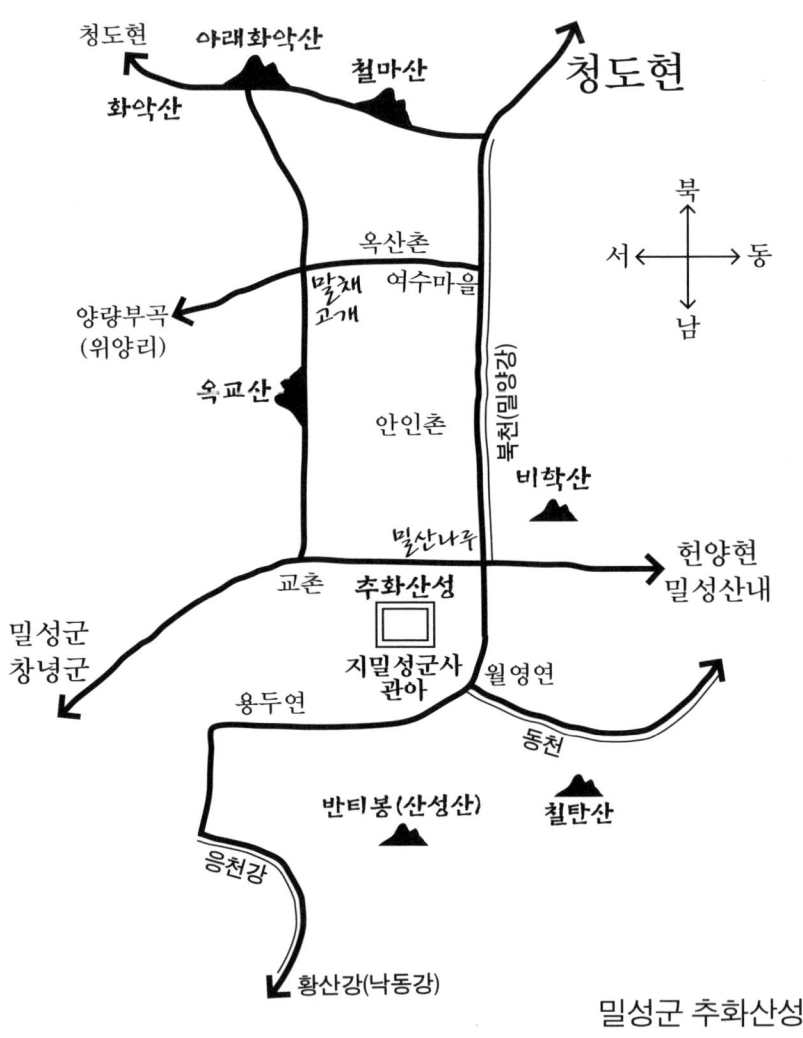

밀성군 추화산성

산골촌에 처박혀 세상물정을 모르는 우물안 개구리일세. 나라가 없으면 자네들이 초적에게 집이고 가족이고 다 빼앗기지, 지금처럼 평화롭게 살 것 같은가? 어림 반 푼어치도 없지."

또 소윤이 단산촌(丹山村, 산외면 금곡리)에서는 온 마을을 뒤져서, 농부들이 올봄에 씨앗으로 쓸 종자를 제외하고는, 쌀뒤주에 있는 쌀, 보리, 조, 콩, 피, 수수 등을 닥치는 대로 마대에 담아서 마차에 실었다. 농민들은 갑자기 가족이 봄까지 먹을 양식을 빼앗겨, 오늘밤부터 굶어야 하겠기에 안면이 있는 지방군을 잡고서 통사정을 하였다.

"군인 나으리! 올봄까지 살아야 농사를 짓지요. 이 추운 겨울에 어디 가서 양식을 구하라고, 한 톨도 안 남기고 다 빼앗아 가나요. 우리는 모두 죽으란 말이요. 너무 심하지 않소? 가실개 추수마당에 세금을 내겠오. 우리 다 얼어 죽기 전에 그 양식을 돌려주시오."

밀성군 출신의 지방군들이 농민들의 사정을 잘 알기에 하도 딱하여, 농민들의 하소연을 듣고는 뒤로 슬금슬금 물러나기 시작하였다. 그것을 본 소윤이 골이 머리끝까지 나서 고함을 치면서, 지방군의 허리와 배를 차기 시작하였다.

"야! 이 자식들아! 너거들이 세금 거두러 왔지 군민들 사정 봐주기야! 정 이런 식으로 나오면 돌아가서 몽둥이찜질 당할 줄 알아라!"

지방군들은 그때서야 마지못해 농가에서 거둔 양식들을 마차에 실었다. 밀성군 군인들은 마치 자기집 양식을 싣고 가는 것 같아 얼굴이 한없이 어두웠다.

소천봉 아랫말에서 소윤 일행이 세금을 연체한 농가의 새댁 며느리의 달비를 억지로 자르려고 하자, 그 시아버지가 겨우 들릴락말락 힘없는 목소리로 애원했다.

"나으리들. 우리가 세금을 못 내었으면 내년 가을에 다시 쌀을 거두어야지. 어찌 목숨과도 같은 아낙네들의 달비를 잘라서 가져가오. 신관 지군사는 너무 심하지가 않소?"

진덕만의 양 눈썹이 대뜸 아래위로 올라갔다 내려갔다 하면서 씩씩거리더니, 늙은이에게 확 내질러버렸다.

"영감쟁이가 말이 많소! 백성들이 농사지어서 나라에 세금을 내는 것이 당연지사지. 뭐를 잘했다고 잔소리요. 아낙네들의 머리는 키우면 될 것 아니오. 맑은 강물에 머리를 자주 감아서 속히 키우시오. 양식을 내고 굶어 죽는 것보다야 낫지 않소. 영감! 알았오?"

영감은 시퍼런 창검을 든 군인들의 서슬에 겁을 집어먹고는 입을 다물어버렸다. 자기 영감과 소윤의 말싸움을 잠자코 지켜보던 할매가 영감 앞으로 떡 나서면서, 소윤의 눈을 뚫어지게 응시하며 따지듯 물었다. 영감과 마찬가지로 할매도 허리가 굽어 있었다.

"여보시오. 우리 며느리 달비를 잘라 갈 것이 아니라, 우리 영감 할멍구 상투와 쪽머리는 안 되겠능교?"

소윤은 어이가 없다는 듯이 피식 웃더니 또 확 내뱉었다.

"이 할망구가 촌골짝에서 아는 것이 없고 억수로 무식하구나. 젊은 사람들 윤기 나는 머리라야 귀부인들의 가체를 만들지. 엉! 늙어 쉬어빠진 영감 할맹이 흰 멀끄댕이를 어디에다 쓴단 말인가? 무식해도 어느 정도가 있어야지. 쓸데없는 소리 듣지 말고 빨리 짤라! 이 자식들아!"

가는 마을마다 밀성군 출신의 지방군들은 지군사가 너무 심하다고 생각하여, 자기 형수와 누님 및 누이와도 같은 동향 여자들의 달비를 적극적으로 자르지 못하고 머뭇거렸다. 그러다 보니, 자연히 진덕만으로부터 따귀를 맞거나 엉덩이를 걷어차이고 난 뒤에야, 겨우 달비를 잘랐다.

경상도 밀성군의 지군사로 안종태(安宗泰)가 작년(1190) 연말에 새로 부임하였다. 그는 이의민의 아들들에게 조상대대로 물려받은 민전을 대다수 팔아서 상납하고, 작년 연말의 정기인사인 대정(大政) 때 밀성군의 수령으로 발령을 받았던 것이다. 그가 부임하고 열흘이 조금 지나 신해년(辛亥年, 1191) 정초가 되었다. 그가 개경에서 내려 올 때 데려온 속관 진덕만 소윤에게 말했다.

"벌써 해가 바뀌었으니, 농가에 나가서 연체된 세금을 모조리 다 거두도록 하게나. 이대로 가다간 백년하청일 것이야."

그 지시가 있은 뒷날부터, 진 소윤은 개경에서 데리고 온 경군(京軍) 십여 명과 밀성군 출신의 지방군 십여 명을 데리고, 세금을 연체한 산촌에 쳐들어갔다. 그들은 마치 전투라도 하듯 무자비하게 농가를 샅샅이 뒤지며 양식, 가축, 놋쇠식기 및 부녀자들의 달비를 거두어들였다.

세금을 제대로 못 낸 마을은 주로 다랭이 논밭이 산기슭에 층층이 펼쳐진 깊은 산촌이 대부분이었다. 밀성군에서도 삼랑진, 수산현이나 군북촌(부북면) 같이 벌판이 넓은 곡창지대보다는, 동북부 산촌지역 단장촌, 산내촌, 산외촌, 상동촌 일원에서 장기간 세금을 연체하고 있었다.

그리하여, 세금을 징수하기 시작한 지 두 달만에, 달비를 말 한 마리에 실을 분량인 한 타(駄)를 거두게 되었다. 군인들이 세금 연체한 농가를 위협하고 급박하고, 줄기차게 찾아서 독촉을 한 결과였다. 밀성군의 농민들은 부녀자의 머리카락을 잘리고도 군사들의 칼 앞에서 별로 반항을 못 하였다. 그러나, 밀성군민들의 원성은 하늘을 찌를 듯하여, 그들의 가슴 속에 분출 직전의 용암처럼 울렁거리고 있었다.

이월 초순의 어느 날, 밀성군 동북부의 산촌 농부들이 추화학당 박용남 훈장의 집 앞에 모여들어 주인장에게 외쳤다.

"훈장님! 우리들은 가난이 죄가 되어 안해의 머리카락을 잘리었오. 마누라가 모두 스님같이 머리가 **빡빡**머리요. 대명천지 하늘 아래 어찌 이런 가혹한 일이 일어납니까? 장자님께서 우리 불쌍한 것들을 위해서,

지군사에게 다시는 이런 일이 없도록 간청하여 주시기 바라오."

농민들의 기세가 곧 저 추화산성 위의 지군사 관아로 몰려갈 기세임을 박 훈장은 눈치를 채었다. 우선 그는 농민들을 달래기로 하였다.

"여러분! 우리군 유지들과 지군사에게 가서 부탁을 해보겠소. 우리 집에 오신 김에 부인들이 쓸 고깔을 하나씩 받아가시오. 이런 일을 당할 때는 욱 하는 성질로 관가에 대들었다간, 우리만 피해를 입게 되니 신중해야 합니다. 탁배기 한 잔씩 쭈~욱 드시고, 일단 마음을 누그러뜨리시오."

농민들은 막걸리와 안주로 목을 축이면서, 각자의 가슴 속에 맺힌 것을 하소연했다. 술을 급하게 마셔 취기가 많이 오른 한 사람이 꼬부라진 혀로 더듬더듬 물었다.

"장자님! 와 곡식 대신에 세금을 머리카락으로 거두어 가지요. 참으로 이상하요잉."

"밀성군에서는 구경도 못했겠지만, 경주나 개경에 가면 고관대작들의 귀부인들은 가체(加髢, 月子, 다리)를 머리가 무거울 정도로 치장하여 다니지요. 그 가체를 만들기 위해서 머리카락이 필요한 것이오."

"달비가 쌀보다는 가벼워 그런가 봐요?"

"그렇기도 하지만, 세금을 쌀로 걷는 것보다 달비로 거두면 관리들이 남는 것이 훨씬 많지요. 개경에서 쌀로 바꾸면 되니 말이오."

"이제야, 신관 지군사의 속셈을 알겠구만요. 부녀자들의 머리카락까지 잘라서 자신의 재물을 늘리겠다는 심보가 꼬롬하군요."

"군민을 보살펴야 할 지군사가 악마와 다를 게 뭐 있나. 돌로 쳐 죽여야 할 놈이로고."

며칠 뒤 밀성군 동부의 산촌에, 박 훈장이 나눠준 고깔을 쓰고 논밭에서 일하는 여승 아닌 부인네들이 간혹 눈에 띄는 진풍경이 연출되었다.

그 손가락이 아닌데

청도현 감무 송이순(宋利淳)은 처음 부임하여, 청도 유지들에게 현민들의 사정을 물어보고 농가에 직접 나가보기도 하였다. 그는 농가순행 뒤에 이런 결심을 굳혔다.

'계속된 흉년과 악덕 지주와 토호들 때문에 청도현 농민들은 눌러봐야 똥밖에 나올 것이 없다. 이런 상황에서 나라에서 할당된 세금을 다 거두는 것이란 불가한 것이다. 이걸 어쩐담 … 중앙에 상납도 하고 나도 좀 챙겨야 상경시에 본전을 뽑는데. 수령을 지낸 결과가 대대로 내려오던 우리 전답만 다 날리는 꼴이 되겠구려.'

그의 귓전에는 지난 연말 부임인사차 이의민의 집에 갔을 때, 그의 아들들이 외치던 소리가 아직도 생생했다.

"제관들! 수령의 임무가 무엇이오. 군현에 할당된 세금을 잘 거두고 유민들을 방지하며, 부지런히 행춘(行春, 농사철에 농사 권장)을 하는 것이 아니오."

신해년(1191)이 밝아오자, 송 감무는 관아에서 세금징수 걱정을 하면서 골치를 썩이고 있었다. 그때 향리와 군인들로부터 안종태 지군사가 군민들로부터 가혹하게 세금을 징수하여, 그 원성이 하늘을 찌르고 있다는 소문을 들었다. 그에게는 중앙에서 데리고 온 김귀영이란 무부 출신의 소윤이 있었다. 그 역시 밀성군의 진덕만 소윤과 별반 다를 것이 없는 악독한 인물이었다. 감무는 밀성군의 가혹한 세금징수 소문에 귀가 번쩍 뜨이어 자세히 들어보았다. 그가 그 소식을 듣고는 자신도 모르게 무릎을

"철썩!"

소리가 나도록 때렸다. 그는 너무나 절묘한 방안에 반가와 가슴이 울렁거림을 느꼈다.

'옳지. 지군사 정도 하려면 그 정도는 대갈머리가 확확 돌아가야지.

나는 안종태의 발바닥이라도 핥아야 할 못난 놈이야.'

감무가 그 소문을 듣고 난 바로 이튿날이었다. 김귀영이 용각산(龍角山) 북쪽의 말마리고개를 넘어 관하촌(館下村)으로 가고 있었다. 고개에서 잠깐 쉬고 있는데 세금을 징수하러 따라가던 한 정용군(精勇軍)이 소윤에게 나긋나긋하게 말했다.

"나으리, 관하촌에서 일어났던 재미난 이약을 하나 할까요?"

소윤은 찬바람이 횡횡 부는 촌락에 들어가서 농부들과 싸울 일을 생각하니 그나마 기분이 심란한데, 한 군사가 친절하게 이야기를 한다니 못마땅한 듯 내뱉었다.

"한번 해보아라. 찬물만 마시고 쉬어가기가 좀 그렇긴 하네."

그때서야 군인은 좋다고 신바람이 난 듯 입을 놀리기 시작하였다.

"우리가 가는 관하촌의 별칭이 비지촌(非指村)15인데 그런 이름이 생긴 데에는 재미난 사건이 벌어졌기 때문이지요. '비지'란 말은 '그 손가락이 아닌데'라는 뜻입니다."

소윤이 이야기가 별로 재미가 없을 것 같음을 직감하고 통명스럽게 되받았다.

"그래, 그까짓 손가락이 뭐 어쨌다는 게야."

「"죽여주지요. 마실의 한 젊은이가 집에서 좀 멀리 떨어진 선의산 기슭으로 뽕을 따러 갔지요. 한 부잣집 옆에 삼을 심어 놓은 밭이 있고, 그 삼밭 주변에 매우 큰 뽕나무가 있어서 뽕잎이 무성했답니다.

그는 그 뽕나무에 올라가 열심히 뽕을 따고 있었지요. 그런데, 뽕나무 아래 삼밭을 보니 사람들이 드나든 흔적이 있고, 삼이 쓰러져 있었다 이겁니다. 이때 문득 한 남자가 나타나 쓰러진 삼을 밟고 삼밭 안으로 들어서더니, 길게 휘파람을 부는 것이 아닙니까. 얼마 후, 삼밭 옆에 붙어 있는 부잣집에서, 스무 살 가량 되어 보이는 예쁜 부인이 술과 안주를 들고 나와, 사방을 두리번거리다가 그 남자가 있는 삼밭 안으로 들어왔지요.

　남자는 부인을 보자마자 곧장 껴안으며 치마를 벗겨 쓰러진 삼위에 깔고, 그녀가 숨을 쉴 틈도 주지 않고 강렬하게 한바탕의 욕구를 채웠지요. 교접행사가 끝난 후 남자는 앉아서 술을 부어 마시고, 부인은 아랫도리를 벗은 채 남자의 허벅지를 베고 누웠지요. 그리고는, 부인이 남자의 양근을 살살 만지작거리면서 콧소리로 속삭였답니다.

　'이봐요, 우리들의 사랑을 확인하기 위해, 나는 당신의 양근을 빨 테니 당신은 내 옥문을 빨아 줘요.'

　'응! 좋아, 그렇게 하지.'

　남자가 웃으면서 그렇게 하자고 하니, 부인은 곧장 행동으로 옮겨 얼굴을 남자의 두 다리 사이에 파묻고, 그것을 입에 넣어 한참 동안 정성스레 빨았지 뭐요.

　그런 다음에 부인은 자기 것을 남자에게 빨아달라고 하면서 반드시 누워 자세를 취했지 뭡니까. 이때 남자는 부인이 자기의 무릎을 베고 누워 있는 상태에서, 윗몸을 구부려 얼굴을 가져다 대보니, 입이 오목한 그곳에까지 닿지 않았지 뭡니까. 그래서 남자가 불평하듯 말하였지요.

　'아이 참, 네 옥문은 너무 깊은 곳에 있어서 내 입이 거기에까지 미치지 못해. 그러니 이렇게 하면 어때. 내가 손가락을 그 속에 깊이 넣었다가 꺼내어, 그 손가락을 내 입에 넣고 빨면 되지 않겠나? 매 일반이 아니야? 응?'

　'좋아요. 그렇게 해도 돼요. 자, 그렇게 해봐요.'

　부인의 동의에, 남자는 곧 가운뎃손가락을 부인의 그 깊은 속으로 푹 집어넣었다가 꺼냈지요. 그리고 그 손가락을 빨려고 입 가까이 가져가 보니, 손가락에 멀건 쌀뜨물 같은 것이 묻어 있어 축축하고 매우 지저분했다 이겁니다.

그래서 남자는 부인의 옥문 속에 넣었던 그 가운뎃손가락이 아닌 둘째손가락을 입에 넣고,

'쪼~옥, 쪼~옥'

하는 소리를 내면서 부인이 듣도록 빨아재꼈다 이겁니다."

군인의 이야기가 이쯤 나가자 소윤과 창정은 어느 듯 무관심을 날려버리고, 군인의 요상한 이야기에 넋을 잃고는 입을 헤벌쭉 벌려서 다음 이야기를 독촉하는 눈치였다. 이에 군인은 만면에 만족한 미소를 흘리면서, 진도를 쫘~악 뽑아버렸다.

이 때 부인이 누워서 쳐다보다가 눈치를 채고는 소리를 쳤다 이겁니다.

'여봐요, 그 손가락이 아닌 것 같은데 왜 속여요?'

'뭣? 무슨 소리야! 이 손가락이 분명히 맞아. 이 손가락!'

남자는 둘째손가락을 들어 보이며 틀림이 없다고 우겼지요. 이에 맞서 부인도 그것이 아니라고 하면서 눈을 흘기며 우기니, 두 사람은 한참 동안 손가락을 가지고 서로 다투면서 목소리가 높아졌지 뭡니까요.

뽕나무 위에서 이 모습을 내려다보고 있던 청년이 그만 자신도 모르게 정의감이 치솟아 올랐다 이겁니다.

'저런! 남자 녀석이 왜 저렇게 솔직하지 못하고 엉큼해…'

이렇게 중얼거리고는, 오른손 둘째손가락과 가운뎃손가락을 펴들고, 왼손으로 그 손가락을 차례로 짚어 보이면서 큰소리로 꾸짖었지요.

'아니, 이봐요! 사내대장부가 아녀자 앞에서 거짓말을 해요? 내가 똑똑히 다 내려다보고 있었는데, 그 속에 넣었던 것은 분명히 가운뎃손가락이지 둘째손가락이 아니지 않아요? 남자 자존심이 상해서 더 이상 내려다볼 수가 없구먼.'

이에 두 사람은 난데없이 하늘에서 큰소리가 들리니 깜짝 놀라 반사

적으로 위를 쳐다보았답니다. 그리고 나뭇가지에 걸터앉은 사람을 보고는 당황하여 남자는 급히 도망을 치는데, 부인은 아랫도리를 벗은 상태라 도망도 못치고, 상체만 발딱 일으켜 세우고는 머리를 숙이고 웅크린 채 가만히 있었지요.

앉아 있는 부인의 몸을 한참 동안 내려다보고 있던 청년은,

'아 참, 내 이런 기회를 함부더러 놓쳐서는 안 되지 …'

하면서 슬그머니 뽕나무에서 내려와, 웅크리고 앉아 있는 부인 뒤에서 가만히 허리를 안으니, 부인은 아무 반응도 없이 축 늘어지면서 청년이 하는 대로 몸을 맡기는 것이었다 이겁니다. 그래서 청년은 부인을 눕히고 뜻밖에도 가슴 후련한 재미를 마음껏 누리고야 일어났지요. 그는 부인을 돌려보내고 남은 술과 안주를 맛있게 먹었답니다.

땅거미가 깔릴 무렵, 청년은 뽕을 한 짐 짊어지고 집으로 돌아오면서 이렇게 중얼거리며 웃었답니다.

'그 참, 오늘은 일진이 매우 좋네그려. 명실공히 뽕도 따고 임도 보았거든. 허, 허, 허 …'

이런 일이 있고 난 후, 그 소문이 부근 촌락에 널리 퍼지니 사람들은 뽕나무가 많은 이 마실을 가리켜 '비지촌'이라고 부르게 되었다 아잉교."

유민촌을 돕거나 무관심한 부자들

대촌락을 이룬 운문사와 배냇골(초전)의 유민들 산채

경상도 동남부 지역의 남단부 동래현에서 북쪽 울주로 올라오는 관도 가운데 초전역(草田驛, 양산시 덕계리)이 있었다. 그 마을 대로변에 효심의 삼촌 전동(錢童)이가 이천옥(梨川屋)이란 큰 주막을 열어 장사를

하고 있었다. 그런데, 요즘 걸음도 제대로 걷지 못하는 60대 70대 노인들이 눈동자에 초점이 풀리어, 억지로 발걸음을 옮기면서 이천옥 평상에 앉아서 하소연을 하였다.

"주인장, 금주에서 오는데 벌써 이틀이나 밥을 구경 못해서 배에서 꼬르륵 꼬르륵 소리가 요란하다오. 인자 도저히 못 가겠으니 밥을 한 그릇만 주시오. 살아생전에 적선을 하면, 죽어서 극락 환생할 것이오."

전동이 보니 불쌍해서 밥을 주고 싶지만, 하루에도 여러 가족이 와서 밥을 달라고 하는데 어찌 다 준단 말인가. 하도 딱해서, 그런 걸인들에게

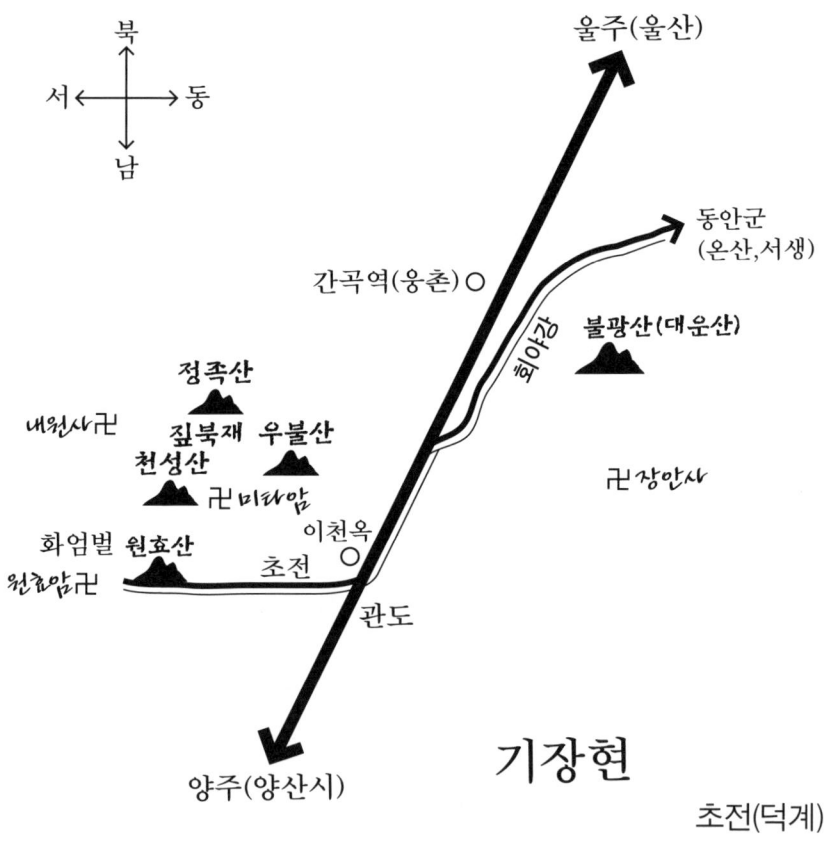

116

물어보았다.

"영감님, 지금 어디로 가시는 것이오?"

"고향에서 전답을 악덕지주나 토호 및 관리들에게 다 빼앗기고 정처 없이 간다오. 이 마을에도 살 수가 있는가요?"

"이 마을에는 영감씨를 받아줄 집은 없다오. 농토도 얼마 안 되고요."

"그러면, 청도현 운문사로 갑니다."

"우리집에 온 대부분의 나그네들이 가족들 데리고 운문사로 간다던데, 운문사에 가시면 누가 밥을 먹여준답디까?"

"운문사는 대자대비한 부처님을 모시는 대찰이고 농토가 많아 소출이 엄청나니, 우리와 같은 불쌍한 중생들을 거두어 줄 것이라 믿고 가는 것이오."

"운문사로 간 사람들이 벌써 수백 명은 되는 것 같은데, 다 받아줄지 모르겠네요."

"달리 방법이 없지 않습니까? 그렇다고 생목숨 죽을 수도 없고 말이요. 말도 못하겠으니 얼른 밥이나 한 그릇 주시구료. 지발 부탁입니대이."

전동은 눈물이 날 것 같아서, 팔다 남은 식은 밥이나 갱죽(羹粥)이나 누룽지를 숭늉에 섞어서 나물과 준 경우가 종종 있었다. 그러면, 걸인들은 고개를 굽실거리면서

"주인장, 고맙소이다. 만수무강하소서."

"부디 저승 가더라도 극락환생하소서."

라고 여러 번 고마움을 표하고, 험한 음식이나마 맛있게 먹고는 또 인사를 하였다. 그런 뒤 축담에서 이슬을 피하며 밤을 새운 뒤, 아침밥도 먹지 않고 절뚝거리면서 걸어갔다.

전동은 어릴 때부터 고향 배냇골을 벗어나 경상구산 일원의 장시를 돌아다니면서, 죽자고 돈을 모아 결국 이천옥을 열었다. 그는 결국 부모

님이 지어준 이름 '무조건 돈을 많이 벌어라.'라는 그 값을 톡톡히 한 것이다. 그는 몸은 초전에 있으나 절경인 배냇골 고향을 잊지 못하여 주막 이름을 고향이름을 따서 지었다. '배내' 즉 '배나무가 있는 시내'란 의미의 이천을 옥호로 쓰게 되었다.

신해년(1191) 들어 이천옥에 걸인들이 부쩍 늘어나자, 전동은 종종 놀러오는 양주의 전병수 장자와 하덕경 지주에게 물어보았다.

"요새 많은 걸뱅이들이 와서 밥을 달라니 미쳐버리겠네요. 운문사로 간다던데 다 받아줍니까?"

"큰절에서 다 받아줄 수도 없으니까 그들은 화전민이 되거나 남의 노비가 되거나, 대부분 초적 등의 도적이 되어 사회에 불안을 야기시키지요."

이제까지 점잖게 듣고 있던 전 장자가 한마디 하였다.

"꼭 세금뿐만 아니라 나라에서 부담을 시키는 가혹한 역역(力役) 또한 농민들을 못살게 하여, 걸식하면서 떠돌게 하고 있지요. 여기서 멀지 않은 곳 헌양읍성의 증축공사 할 때의 처참한 사정을 한 가지 예로 이야기하겠오.

작년 여름 헌양현 백한수(白漢守) 감무는 파면을 면하기 위해, 개경 조정에서 하달된 헌양읍성 증축공사에 현민과 현군들을 동원하여 박차를 가하였답니다. 동원된 농민들과 군졸들은 보리로 된 주먹밥을 된장과 간장에 절여, 점심시간에 먹고서 허기를 면하는 것이 대부분이었습니다. 사정이 더욱 어려운 사람들은 남천강물을 실컷 마시고는 굶고서, 잠만 자고 다시 오후 일을 한 뒤 다리를 질질 끌면서 집으로 돌아가곤 했습니다.

「맹효라는 군졸은 집이 매우 가난하여 점심밥을 가져오지 못하였답니다. 그러자 다른 군졸들이 밥 한 숟가락씩을 나누어 주어 겨우 허기를 면하고 지냈지요. 그런데, 하루는 그의 아내가 음식을 마련해 가지고 와서는 남편에게 말하기를,

'친한 사람들을 불러서 함께 드십시오.' 라고 하였다지 뭡니까. 이에 맹효가 말하기를,

'집이 가난한 데 어떻게 이런 음식을 장만했는가? 다른 남자에게 몸을 팔았는가, 아니면 남의 재산을 훔쳐서 준비했는가?' 라고 하니, 그의 아내가 말하기를

'얼굴이 추하니 누가 가까이 하며, 성격이 옹졸하니 어찌 도적질을 하겠오. 머리를 잘라 팔아서 사가지고 왔소.' 라고 대답하였다. 그러면서 아내가 머리를 보이니, 맹효는 목이 메어서 먹지를 못하고 듣는 동료 부역꾼들도 모두 슬퍼하였답니다.」[16]

신해년(1191) 단오절 승려 법성(김사미)과 효심 장사가 헌양 무술대회에서 장원과 차석을 하는 것을 보고, 오갈 데 없이 방황하던 수많은 경상도 유민들이 운문사와 배냇골로 꾸역꾸역 몰려들기 시작하였다.

승려 법성은 혜자 큰스님의 허락을 받고 절 입구의 황정촌(皇停村)에 유민등록소를 마련하였다. 효심은 김정열 훈장의 지시를 받아 이천서당 마당에 유민등록소를 차렸다. 날씨가 점점 더워지고 산에 녹음방초가 무성해지는 오월 말이 되자 운문사와 배냇골에는 벌써 일천여 명의 유민들이 들어와 살게 되었다.

효심과 김정열 훈장은 배냇골에 몰려든 유민 일천여 명 가운데 절반을 신불평원, 배냇골과 사자평에 살게 하였고, 나머지 절반은 초전에 살게 하였다. 그리하여, 운문사와 배냇골에는 신해년 오월 말에 유민촌의 산채로 인하여 크나큰 마을이 생겨난 것이었다. 승려 법성과 효심 장사는 각기 유민들에게 앞으로 살아갈 방도에 대한 생활지침을 다음과 같이 내렸다.

「첫째, 각자는 스스로의 힘으로 살아갈 집을 짓되 겨울나기가 좋도록 방구들의 고래에 특히 신경을 쓸 것.

둘째, 유민들 사이에 도적질·싸움질·강간질 등을 하여 유민촌의 질

서를 어지럽히면 무조건 쫓아낸다.

셋째, 스스로 논밭을 개간하여 경작하는 자에게는 그 농토의 소유권과 농작물의 수확권을 인정한다.

넷째, 현재 살고 있는 곳을 벗어나 먼 곳으로 출입하는 것을 금한다. 수령의 부당한 간섭을 초래하기 때문이다.

다섯째, 유민촌 방어를 위하여 체력단련·무술연마를 부지런히 행하여야 한다.

여섯째, 양식이 모자라므로 산짐승과 물고기를 잡고 산과일과 산나물 등을 채취하여 비축하는 등 가족을 부양한다.

마지막으로, 위의 여섯 지침을 조금이라도 소홀히 하는 자는 유민촌에서 즉시 추방한다.」

운문사의 혜자 큰스님과 법성 스님은 유민들이 계속 운문사로 밀려오자, 절 재산만으로는 이들을 장기적으로 부양할 수가 없음을 알았다. 그리하여, 청도현과 풍각현의 장자들 가운데 유민을 도울 자들과 비협조적인 자들을 파악하였다.

청도현 감무 관아 앞의 화양촌(華陽村)에 이정한(李正漢)이라는 지주가 살았다. 그는 화양의 고침(皐枕)들과 이서의 하건지(下乾地)들이 거의 자신의 땅이었다. 그는 머리가 명석하나 가난한 종제 이정경을 공부시켜 오산서당(鰲山書堂)의 훈장을 맡겼다. 그는 종제에게 쥐꼬리만한 급료를 주면서 청도현 양반자제들을 가르치게 하고, 그 명예와 공과는 고스란히 자신이 차지하는 수법을 썼다. 종제가 대과를 준비하고자 하면 온갖 수단을 동원하여 방해를 놓아, 이정경도 젊은 시절에 대과의 꿈을 접어버렸다.

이 장자는 감무에게는 명절 때마다 송아지를 잡아다 바치고 쌀을 후하게 갖다 올렸다. 이 훈장은 종형이 나이가 들어갈수록 재산을 더욱 축적하면서, 이웃의 가난한 자들에게는 너무 냉정하게 대하는 노추(老醜)에 진절머리가 났다. 그는 매일 매일 가슴에 울분이 쌓여가고 있었다.

'에라잇! 세상이 어수선한데 농민봉기라도 일어나면 나도 합류하여, 뱃대지에 기름이 질질 흐르는 악덕토호들과 수령놈들을 실컷 두들겨 패버리고 싶구나.'

이정한이 청도현 산서(山西)지방의 내로라하는 장자인데 비하여, 산동지방의 동곡촌(東谷村, 동실촌)에는 오병근(吳炳根)이라는 큰 부자가 살았다. 청도현을 산동과 산서로 구분 짓는 경계점은 용각산, 곰티재와 말마리고개였다.

오씨는 어려서부터 수십 년간 이웃 고을의 특산품을 사와서 동곡장시에다 팔고, 동곡장시의 물건을 이웃 고을의 장시에다 팔아서 이문을 남겨서 결국 거만대금의 돈을 벌었다. 오씨는 찢어지게 가난하게 살았던 아버지에게서 장사꾼의 마음가짐을 귀가 닳도록 들어가면서 성장하였다. 그는 부친의 가르침을 철저히 실행하였다. 그는 지금도 부친이 끈질기게 강조하던 '장사꾼의 처세술'을 자기의 아들에게도 가르치고 있다.

"하루에 쌀 닷 되를 벌어야 하는데 그에 못 미치게 벌었으면 굶어야 한다. 한번 손 안에 들어온 돈은 절벽 위의 나뭇가지를 잡고 있듯이 놓치지 말고 끝까지 지켜야 한다. 남에게 밑천을 빌리되 남에게 빌려주어서는 안 된다. 돈이 되는 장사면 기생 가랑이 밑으로도 기어들어가라. 남에게 갚을 것은 최대한 오래 끌고 남에게 받을 것은 최대한 악착스레 빨리 받아라. 돈이 생길 것 같으면 똥장군(똥통)속의 구더기라도 씹어 묵어라. 이문이 남을 일이 생기면 상대방의 발바닥을 핥더라도 상대방 기분을 맞추어 거래를 성사시켜라. 돈을 빌려주느니 차라리 마누라를 빌려주어라. 거래자를 속일 수 있으면 최대한 수단방법을 가리지 말고 속여라. 돈과 거래자를 신주 모시듯이 모시어라. 관리들에게는 불만을 나타내지 말고 주기적으로 돈을 바쳐라."

그는 자기보다 약한 자에게는 인색하였고 세력가에게는 비굴할 정도로 잘 순응하였다. 당연히 그는 실인심(失人心)하여 촌민들의 원성의 대상이 되었으나, 그는 그런 반응을 완전히 무시하고 묵묵하게 자기 일만 죽자고 열심히 하였다. 길거리에 이웃 사람들이 굶어 죽어도 아랑곳 하지 않았다. 동곡 사람들은 그가 보이지 않은 곳에서 험담을 하였다.

'저 놈의 소대가리는 대갈통에 송곳을 박아도 피 한 방울 안 나올 것이야.'

풍각현(豊角縣)에는 작은 지주들은 더러 있었으나 대단한 장자는 없었다. 그러나, 풍각현 옥산촌(玉山村)에 설석암(薛石巖)이라는 괴짜처사가 살았는데, 그는 현민들에게 수더분한 사람으로 인기가 있었다. 그는 20여 년 전 전라도에서 이주하여 왔는데 문장과 글에 능하여, 감무도 없는 속현 풍각현의 관아에서 근방의 학동들을 가르쳤다.

청도현과 풍각현에는 위와 같은 부잣집 외에, 경주의 적선지가 김상원 장자가 운문사의 유민촌을 적극적으로 도왔다. 그는 법성 스님의 재종재로 개경에서 대과에 급제하였으나 이의민 등의 무신들이 설쳐대는 꼴을 보기 싫어, 경주에서 무역업을 하여 경주인들의 생활을 윤택하게 하고 있었다.

한편, 효심을 보고 경상도에서 몰려온 배냇골과 초전의 유민촌을 돕는 선량한 장자들도 몇 있었다. 우선 배냇골 이천서당의 김정열 훈장과 헌양현 화장산 화장학당의 박순환 훈장이 적극적이었다. 그 다음으로 양주의 전병수 장자가 초전촌 이천옥에 자주 드나들며, 효심 장사의 괴력과 신기에 가까운 무술실력에 반하여 많은 도움을 주었다. 그리고, 황산강가의 원동 임천태(任天台) 장자와 삼랑진 한정우(韓正宇) 장자가 또 효심의 간청에 알게 모르게 도움을 주었다. 그러나, 수산현 무관출신 이

정치(李正致) 장자와 밀성군의 몇몇 장자는 효심의 요구에 냉담하였다.
이들 가운데 전병수는 술과 여자를 좋아하고 낙천적이라, 여기서 따로 구분하여 이야기할 필요가 있다.

양주의 전병수, 양주방어사에게 「규방 여섯 보물」을 가르치다
전병수는 20여 년 전 창녕군에서 총각때 이곳에 와서, 배를 굶어 가면서 돈을 신주 모시듯 모아서 그의 꿈을 이루었다. 50대에 접어든 그는 최근에 인생살이에 대하여 나름대로 생각을 굳혔다.
'재산을 여기저기 필요한 곳에 나누어 쓰는 것이 훌륭한 적선이지. 재물은 거름과 같아서 한곳에 계속 모아만 두면 썩지만 여기저기 나누어 사용하면 좋은 영양분이 되지. 특히, 내 재산을 관리하면서 여생을 즐기려면 관리들을 주어 삶아버려야 해.'
그가 오늘은 부임한지가 얼마 안 되는 박봉구(朴鳳九) 양주방어사와 어스름에 초전의 이천옥으로 왔다. 그는 이천옥 주인과는 아삼육이었다. 방어사와 전 장자 및 주인장이 동동주가 몇 순배 돌자, 낙천적이고 장난을 좋아하는 전 장자가 분위기가 좋음을 기화로 농담을 시작하였다.
"방어사님, 지가 우스갯소리 한마디 할까요?"
"그렇게 하시지요."
"'규방에 여섯 보물'[17]이 있다는 것을 알고 기십니까?"
"처음 들어보는 소리네요. 나도 개경 기방에서 술을 많이 했는데."
그는 기분이 좋은가 시익 웃으면서 말을 꺼냈다.
"착(窄)이란 여자의 성기가 좁아야 하고, 온(溫)이란 여자 성기를 온유지향(溫柔之鄕)이라 일컬어 따뜻하고 부드러워야 하며, 치(齒)란 여자의 성기가 남자의 성기를 이처럼 깨물어야 한다는 것이며, 요본(搖本)이란 여자가 엉덩이를 흔들어 남자가 눈앞이 캄캄하게 교태를 부리는 것이

요, 감창(甘唱)이란 교접의 절정을 당하여 땀을 흘리며 교성을 지르는 것이요, 속필(速畢)이란 교접의 절정에 오르는 때 남자는 빠르고 여자는 더디나, 여자가 도리어 빨리 움직여 함께 절정에 도달하는 것을 말합니더."

조용히 다 듣고 나자, 사람들이 한꺼번에 박수를 치면서 지붕이 날아갈 듯 크게 웃었다. 방어사가 겨우 웃음을 자제하면서 그를 격찬했다.

"전 장자! 하! 하! 정말 좋은 것을 가르쳐주었오. 나도 평소 여자와 교접할 때 그것을 마음속으로만 어렴풋 느끼고 있었는데, 어찌 그것을 족집게로 집듯이 그렇게 정확히 집어냅니까? 정말 존경하오이다."

그러던 어느 날, 전동은 조카를 데리고 전병수 집에 갔다. 전 장자는 효심을 보고는 깜짝 놀라면서 외쳤다.

"아니! 저 장사가 이천 어른의 조카란 말이지?"

"와 그래도 놀라나?"

"내가 헌양 무술대회에 다녀왔었지. 지 장사의 괴력과 무술에 얼마나 탄복을 했는지 모른다네. 세상이 좁긴 좁구나. 장사! 참으로 반가우이."

"아삼육! 내가 조카에게 훌륭한 말을 한 마리 선물하려하네. 신불목장에서 골라줄 수가 있겠지."

전병수는 무릎을 탁 치면서 외쳤다.

"아이쿠! 주인이 따로 있구나. 작년에 탐라(제주도)에 가서 엄청 비싸게 사왔다네. 지금 당장 가자꾸나."

그들은 양산천 서쪽의 신불목장에 갔고, 전 장자는 효심에게 그 유명한 한혈마(汗血馬) 한 마리를 선사했다. 그는 효심에게 이런 당부를 했다.

"세상이 하도 어수선 하고 무서우니, 만일에 경우 자네가 우리 집을 잘 보호해주게나."

배냇골에 돌아온 효심은 김정열 훈장과 의논한 후에 그 말을 신불마(神佛馬)라 명명했다.

농민들을 속이는 권세가들, 농민들의 불만 폭발

삼한 전역에서 굶주림에 지친 농민들의 반란이 여러 지방에서 수시로 일어나자, 명종 황제는 지방관의 폐단에 대한 문제를 지적하여 개혁교서를 여러 차례 반포하였다. 그러나, 썩을 대로 썩은 조정과 지방의 관리들이 그런 교서를 지킬 리가 만무하였다. 안찰사 등이 각 고을을 암행 감찰하여 수령들의 죄상을 적발한 뒤에 파면조치를 하더라도, 후에 수령들이 조정의 고관대작들에게 재물을 갖다 바치면 다시 관직에 임명되기도 하였다.

상황이 이렇다 보니, 수령들은 농민들의 양식과 농토를 빼앗아 중앙의 고관대작들에게 상납하여, 자신의 입신출세에만 눈이 충혈되어 있었다. 농민들은 탐관오리와 악덕 토호 및 지주들의 가렴주구 속에 시달리면서 초근목피로 연명하다가, 유민이나 도적이 되거나 수십 명 또는 수백 명이 무리지어 농민봉기를 일으키게 되었다.

양주 뒷비알산 내석촌의 농토분쟁 피바람

명종 21년(1191) 이른 봄날 오후였다. 양주 내석고개에 사십여 명의 아이들과 아낙네들이 각기 이불보따리와 옷가지 등을 이고 지고, 아주 불안한 모습으로 남쪽의 내석촌(內石村)을 내려다보고 있었다. 그들의 얼굴에는 떼 국물이 흘러내렸고 끼니도 제대로 챙겨먹지 못하고 지내는 사람들 같았다. 그런데, 곧 내석촌 공중에 검붉은 연기가 하늘을 찌를 듯 솟아올랐다. 일다경(一茶頃)이나 지났을까 고개 아래에서 여러 남정네들이 미친 듯 뛰어올라오면서 외쳤다.

"형구야! 준비는 다 되었제?"

"싸기싸기 배냇골로 죽자고 뛰어가야 한 대이."

"머뭇거리다가는 몰죽음인기라."

"아부지, 알았구만이라. 엄마야 날래 뜰 수가 있제?"

내석촌에서 시뻘건 얼굴을 하고 뛰어올라온 사내들과 고개에서 기다리던 아낙네들과 아동들은, 앞서거니 뒤서거니 부리나케 뛰어서 배내천 고점촌으로 달려내려갔다.

이 가족들은 개경과 양주의 세금을 징수하러온 사람들을 여럿 죽이고 도망을 가는 사람들이었다.

중앙과 지방의 고관대작과 수령들의 농민들에 대한 토지탈점이 유행하던 명종 말기 때였다. 양주의 내석촌에서 성난 농민들에 의하여 세금을 징수하던 개경의 사환(使喚)과 양주 관리 등 몇 명이 죽게 되었다. 사건의 전말은 이러하였다.

사건이 벌어진 내석촌은 양주의 염수봉(鹽水峰), 내석고개, 뒷비알산, 능걸산으로 연결되는 높은 능선의 동남쪽 기슭에 있는 40여 호의 마을이었다. 그 마을 역시 산촌으로 평야지대는 아니라 벌판이 좁은 편이었다.

이 촌락의 장다리는 40대 중반의 민전(民田)이 많은 따사로운 집안의 일원이었다. 민전은 토지국유제인 고려였으나 개인의 소유가 인정되고 매매가 가능한 토지였다. 그는 선친으로부터 많은 민전을 물려받았으나, 키가 크고 마음이 턱없이 좋아 성격이 비좁은 소인배들에게 취약하여 사기를 많이 당하였다. 최근에 그는 술과 노름을 좋아하여 빚을 많이 졌는데, 몇 년간 지속된 흉년 때문에 타작마당에서도 소출이 별로 없었다. 그러면 당연히 씀씀이를 줄여야 했는데도, 그는 여전히 태평스럽게 전과 같이 경비를 쓰고 노비를 부렸다.

결국 그는 몇 년 전, 민전을 대부분 양주의 석인보(石仁寶) 장자에게 팔았다. 석 장자는 자기의 장남을 개경의 하급관리로 임용 받도록 하기 위하여, 이의민의 부장인 이재석(李在錫) 대장군에게 덕산촌의 농토를 헐값에 팔았다. 장다리는 석 장자에게 판 이전의 자기 농토를 노비와 더불어 경작하고 세금을 석 장자에게 내었다.

그러다가, 삼년 전 가을 수확마당부터 뒤통수를 얻어맞는 기가 찰 일이 그에게 벌어졌다. 석 장자가 가을 타작마당에 와서 전호(佃戶)인 그에게 관행대로 수확량의 절반을 받아갔다. 그런데, 한 달 뒤 차가운 겨울에, 개경에서 왔다는 비단옷 차림의 얼굴이 번질거리는 사내가 그에게 수확량의 절반을 내라고 하였다. 그는 고개를 갸우뚱거리면서 반문했다.

"나으리, 지가 부치는 논은 양주의 석 장자가 주인이라 벌써 절반의 수조를 내었는데, 왜 또 와서 내라는 것이오?"

개경 양반은 품속에서 논문서를 내보이며 떵떵거리면서 말했다.

"여기 논문서를 보시오. 석 장자에게 우리가 논을 샀단 말이요. 앞으로 석 장자에게는 쌀을 낼 필요가 없소이다."

그리하여, 그는 일 년 지은 농사를 세금으로 다 내었다. 결국 같은 농토에서 일 년에 두 번이나 세금을 낸 것이다. 그가 석 장자에게 물었다.

"개경에서 온 양반이 논문서를 보이면서 석 장자에게 논을 샀다고 하던데, 내가 와 두 번이나 세금을 내야 하오?"

"아니, 나는 논을 판 적이 없소. 이 논문서를 보시오. 개경에서 온 자는 나는 모르오. 당신이 나를 잘 알지 않소? 생사람 잡지 마시오."

"그래요. 내년에는 개경놈에게 수조쌀 내지 않을 것이다."

그런데, 이듬해 겨울에 또 개경에서 그 양반이 왔다. 세금을 못 낸다고 버티었더니, 개경 양반은 방어사의 대영수(大英秀) 소윤과 군인 열 명을 데리고 와서 위협하였다. 쌀이 없다니 얼마 남아 있지 않은 장다리의 민전을 내어 놓으라고 위협을 가했다. 양주방어사와 그 아래 관리들도 개경 권세가의 압력에 굴복하여, 장다리 몰래 그의 남은 민전을 세금을 안 내었다는 이유로 이재석 대장군의 농토로 편입시켜 버렸다.

지난 이년 동안 이재석 대장군의 사환 정종무가 장다리 때문에 수조권을 행사하는 가운데 열을 받아, 삼 년째는 겨울을 지난 봄(명종 21년, 1191)에야 장다리에게 왔다. 그 사환은 개경 무사 세 명을 데리고 왔는데, 방어사의 대 소윤과 관리 한 명도 그 개경 손님을 모신다고 그들을 따라왔다. 정 사환은 장다리 집에 도착하자마자 대뜸 큰소리로 윽박을 질렀다.

"장다리, 자네는 이제 이 땅에서 나가게. 전에 자네의 땅이 모두 우리 것이 되었으니 말일세. 며칠 내로 안 나가면 하는 수 없이 우리가 강제로 쫓아낼 것이야."

"예, 알았습니대이. 지가 선친으로부터 물려받은 은병을 오늘밤 양주에서 가져와 수조쌀 대신에 드릴 테니, 나으리께서는 우리 사랑채에서 술을 들고 계시지요. 몇 년간 속을 끓여 죄송하나이다."

장다리가 선량한 인상으로 고분고분 나오니 정 사환은 고개를 끄덕이었다. 그는 사랑채 손님들에게 막걸리와 닭백숙 등을 푸짐하게 대접하였고, 이웃 촌락의 술집여자들도 데리고 와서 시중들게 하였다. 사환 일행이 술을 계속 마시는 동안, 장다리는 수십 년 동안 자기 집의 토지를 경작한 전호 십여 명을 모아서 대담하고도 섬뜩한 모의를 하였다.

사환과 양주관리들이 독이 든 술에 취해 계집들과 희희낙락하는 것으로 보아 저들은 벌써 제정신이 아니었다. 장다리와 전호들은 바짝 마른 소나무단을 들고 사랑채 둘레에 섰다. 장다리가 먼저 방문을 확 열자마자 신호 삼아 천둥소리로 외쳤다.

"야잇! 짐승보다도 못한 악마들아! 화탕지옥에나 가거라!"

고분고분 하던 그가 방문을 갑자기 열어젖힌 뒤에 발악을 하니, 방안의 취객들이 술이 확 깨는가 멍하니 장다리를 올려다보았다. 그때 불이 활활 붙고 있는 소나무단을 술상 위에다 던져버렸다. 방안에서는 순식간에 비명이 터져 나왔다.

"와이고! 날 살려라! 저놈이 생사람 죽인대이!"

그는 재빠르게 방문을 닫고 문고리에다 쇠고챙이로 빗장을 지르면서 외쳤다.

"에라잇! 개자식들아 빨리 죽어라!"

곧바로 방안의 무사들이 발길질로 방문을 부수고 마당으로 뛰쳐나왔다. 사랑채의 동서남북 사방에서 불길이 치솟고 있어, 옷과 얼굴에 불이 붙은 방안 사람들이 술에 취하고 불에 타서 마당에 나뒹굴었다. 장다리가 고함을 질렀다.

"한 놈도 놓치지 말고 처 죽여라! 여자는 죽이지 마라!"

그 순간 십여 명의 농민들이 얼마나 가슴에 한이 맺혔던지 말 한마디 없이, 도끼와 곡괭이 등으로 웬수들의 목을 치고 등판을 찍고 하여 죽여 버렸다.

이웃 사람들이 불붙고 있는 집을 보고 피를 흘리며 죽어가고 있는 낯선 사람들을 보고는, 사정을 짐작하고서 불을 끄지도 않았다. 장다리와 농민들은 걸음아 날 살려라 하고는 뒷비알산과 염수봉 사이의 내석고개에 올라섰다. 장다리 일행은 북쪽의 배내천 상류쪽으로 발바닥에 불이 날 정도로 빨리 달려서 올라갔다.

양주 내석촌에서 장다리 등 농민들의 저항이 있던 그 즈음, 청도현 용각산 서편이며 대남바위산 북쪽인 음지촌(陰地村)에서도 농민 몇 명이 청도현 소윤에게 억울한 일을 당하다가, 관리들을 낫과 도끼로 찍어 죽인 후 운문고을의 김사미 아래로 숨어든 사건이 발생했다. 젊은 음지촌민 한 명이 두세 결(3천~45백평) 정도의 야산을 개간하여 수확하다가, 몇 년 뒤 중앙에서 온 청도감무의 속관에게 그 토지를 빼앗기고, 아내마저 속관에게 겁탈을 당했기 때문이었다. 이런 사건들은 양주와 청도현뿐만 아니라 경상구산 고을마다 심심하지 않게 발생하고 있었다.

이천서당 김정열에게 조세의 기본을 묻다

장다리 일행은 배냇골 이천서당에 가서 김정열 훈장과 효심 장사에게 그들의 억울함을 살인으로 매듭지었음을 알렸다. 그런 뒤에 솔직하게 선처를 호소하였다.

김 훈장은 근심스런 표정으로 고개를 끄덕이더니 천천히 입을 열었다.

"방어사가 여러분들을 잡으러 올지도 모르니, 서로 분산되어 산채에서 꼼짝 말고 숨어서 사시오."

"훈장님, 알겠구만요."

장다리가 김 훈장에게 물었다.

"훈장님! 지가 지난 몇 년간 세금에 대하여 워낙 속다가 보니, 관리들에게 물어도 자꾸 엉뚱한 소리만 해대어, 이번 기회에 속시원하게 한번 물어봅니다. 우리가 경작하는 논은 세금을 얼마나 내어야 합니까?"

"고려는 백성들이 농토를 경작하여 내는 세금인 조세와 그 외에 공공사업에 노동력을 제공하는 요역 및 지방 특산물을 바치는 공부(貢賦)로 나라 살림을 꾸려가지요. 대대로 물려받아 사유지와 같은 민전을 경작하여 수확량의 십분의 일을 나라에 바치면 되는데, 나라에서는 이런 민전을 공전이라 하지요. 또, 귀족이나 양반관리는 자기의 사전을 전호들로 하여금 경작하게 하고, 수확량의 2분의 1을 받아들입니다. 이에 대하여 황실의 토지나 공해전·둔전의 공전에서는 그 4분의 1을 받는답니다."

"훈장님, 양주 석 장자에게 판 땅을 지가 경작하여 절반을 낸 것은 맞는데, 왜 두 번 내지 세 번이나 받아갑니까? 그라고 무단히 세금이 늦어진다고 구렁이 알 같은 내 땅을 논문서를 위조하여, 아예 빼앗아 가는 것은 또 무슨 근거로 합니까?"

"토지탈점(土地奪占) 그것이 문제요. 부강양반(富强兩班)이 경외양반(京外兩班)·군인의 가전(家田)·영업전(永業田)과 일반 백성의 고래정전(古來丁田)을, 공문서 위조와 고리대를 통하여 수조권 혹은 토지 자체를 빼앗아, 백성들의 불만이 누적되어 농민봉기가 일어나고 있습니다."

"개경 이재석 장군의 사환이라고 하던 그 자는, 그 뒤에 누가 있어 그리도 당당합니까?"

"무인정권에 들어서서 최고 집정자 정중부·이의민 등이거나, 아니면 그 주변의 권력세력에 해당하는 인물들이지요. 최근에 권세가들(집행자 사환들)에 의하여 농민들의 토지탈점 사례가 많아 농민봉기가 삼한 전역에서 일어나자, 황상이 그런 사환들의 목에 칼을 씌워 개경으로 올려 보내라고 하는 개혁교서가 내려오고 있답니다. 이재석도 함부로 여러분들을 족치지는 못할 것이요. 방어사가 은밀히 당신들을 나포할 가능성은 있지만요."

제4부 / 울주의 태화강과 고래의 바다

석남산 일출시 김사미와 효심 의형제의 연을 맺다

경상구산의 종주봉 석남산(가지산) 정상에 멀리 동쪽의 문수산, 영축산과 김신기산(남암산)에서 칠월칠석날 아침 햇살이 눈이 부실 정도로 찬란하고도 강렬하게 비추고 있었다. 정상의 바위봉 앞에는 주과포의 간단한 제물이 차려져 있었다. 그 앞에는 운문사 승려 세 명과 배냇골의 세 명이 서 있었다.

엄장 스님이 놋대접을 바위 제상 앞에 앉아 있는 효심과 법성 스님 사이에 놓았다. 두 사람이 단검으로 각기 자신의 팔뚝을 썩 그었다. 팔뚝에서 선혈이 놋대접에 뚝뚝 떨어졌다.

엄장이 동해에 찬란히 솟아오르는 진홍색의 태양을 등지고 선창을 하였다. 법성과 효심은 엄장을 따라서 후창을 하였다.

"법성과 효심은 오늘부터 형제가 되어,"
"법성과 효심은 오늘부터 형제가 되어,"
"헐벗고 굶주리는 경상도 백성들을 구제하기 위해,"
"헐벗고 굶주리는 경상도 백성들을 구제하기 위해,"
"이 한 목숨 바칠 것을, 천지신명과 석남산신께 맹세하나이다."
"이 한 목숨 바칠 것을, 천지신명과 석남산신께 맹세하나이다."

"천지신명이시여! 석남산신이시여! 우리들의 소원이 성취되게 힘을 주시옵소서."

"천지신명이시여! 석남산신이시여! 우리들의 소원이 성취되게 힘을 주시옵소서."

엄장이 연이어 외쳤다.

"형님인 법성 스님이 먼저 피를 마시고, 다음에 동생인 효심이 마시지요."

의형제가 된 두 사람이 대접의 피를 나눠마셨다. 동산 위의 이글거리는 태양은 두 영웅의 의형제의 결연을 축하라도 하듯이, 더욱 강렬한 빛을 발하면서 점점 중천으로 솟아오르고 있었다. 의형제의 연을 맺는 당사자인 두 사람외의 네 사람들이 동시에 목소리를 높여 외쳤다.

"두 영웅의 의형제 결연을 축하하오며, 소원성취를 진심으로 비나이다."

법성과 효심 일행은 급히 석남사로 하산했다. 효심이 석남사 서편의 빈석 계곡 위를 흐르는 옥류를 가리키면서 말했다.

"형님, 이 옥류동계곡이 비경인데다 태화강의 발원지가 됩니다."

김진원 효심의 참모가 되다

신해년 유월 초순, 태화학당에서 훈장 노릇을 하던 김진원이 배냇골 효심의 집을 방문하였다. 효심은 자신을 찾아온 김 선비를 데리고 이천서당의 김정열 훈장에게 데리고 갔다. 효심과 김정열이 그가 온 이유를 묻자 당당하게 답했다.

"효심 장사를 모시고 이 썩어빠진 고려를 뒤집고, 모든 백성이 골고루 잘 사는 나라를 세우고 싶습니다."

연장자인 김정열이 반가운 표정으로 답했다.

"김 선비가 태화학당에 계시다는 소문을 듣고 한번 찾아갈까도 생각 중이었오. 하여간 힘을 합해 도탄에서 허덕이는 경상도 백성들을 위하여 보람찬 일을 해봅시다."

김진원이 김정열에게 감사하다고 말한 뒤, 일어나서 효심에게 큰절을 하면서 말했다.

"나는 장사님과 동갑이지만 앞으로 주인으로 모시겠습니다. 잘 거두어 주십시오. 이제 말씀도 하대어를 사용하여 주십시오."

효심이 빙그레 웃으면서 말했다.

"김 선비, 나는 일자무식꾼이오. 잘 해봅시다."

울주의 젖줄 태화강 나들이

철새떼의 천국 태화강변의 여전사 매희와 난희

법성과 효심 일행은 말을 몰아 정오쯤에는 벌써 삼호촌의 태화강[오산(鰲山)] 십리대밭에 근접하고 있었다. 이 십리대밭은 백로와 겨울 까마귀 등 철새가 삼한에서도 제일 많이 몰리는 곳으로 유명하였다. 진원이 법성 스님에게 물어보았다.

"스님, 울주의 동해안에는 왜 가십니까?"

"알다시피 운문사와 배냇골에 유민들이 벌써 천여 명을 넘어섰으니, 겨울철에 호롱불에 쓸 기름이 필요해서 고래기름을 구하러 가는 길이네."

"아~ 신루지(蜃樓脂)]¹⁸ 말씀이군요."

"김 선비는 많이 배워 역시 머리가 빨리 돌아가는군."

마침 한여름의 낮시간이라, 신해년 가뭄의 극심 때문에 땡볕에 목이 타들어갈 지경이었다. 그 길옆의 콩밭에서, 허리가 굽은 노모와 아리따운 딸이 웅덩이에 고인 물을 나무통에 길어서 콩밭에 주고 있었다.

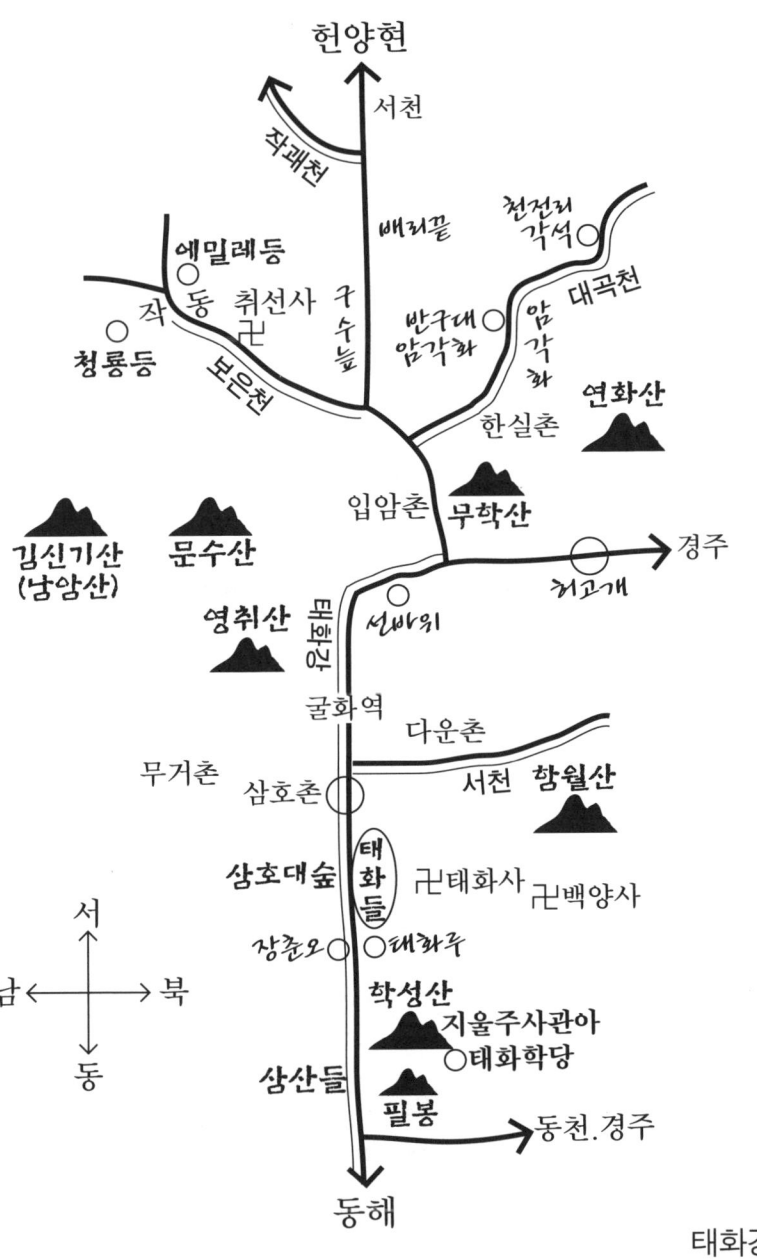

효심이 선바위 거랑가에서 천렵을 하여 배가 부르고 여유도 있어서 인지 장난기가 발동하는 것 같이 말했다.

"법성 성님! 우리 내기를 하나 합시다."

"무슨 내기를?"

"김 선비가 저 콩밭의 처녀와 입을 맞추면 태화루에 가서 성님이 술을 사고, 그렇게 못 하면 내가 술을 사는 것 말이올시다."

진원이 갑작스런 효심의 제안에 어이가 없어 눈알이 둥그레져 효심을 쳐다보았다. 법성이 놀란 얼굴의 김 선비를 곁눈질로 힐끗 보면서 재미있다는 듯이 빙그레 웃으며 답했다.

"참으로 재미있겠구나. 김 선비가 향토사는 많이 알고 있더구만. 여자를 잘 다룰지는 심히 의심이 되네."

그의 얼굴이 굳어지더니 단호하게 잘라 말했다.

"형님들, 알았오. 내가 해보이지요."

효심 일행의 마차와 말들이 길가의 버드나무 아래에 쉬게 되었다. 일행이 나무그늘 아래 앉아서 진원의 하는 행동을 흥미롭게 지켜보고 있었다. 그가 골똘히 생각에 잠기면서 천천히 길에서 논밭두렁으로 내려가고 있었다. 부뜰이가 걱정이 되는가 한마디 하였다.

"내가 보기엔 반드시 실패할 것 같아. 사람이 너무 온순하던데. 저 얌전한 처녀와 어찌 입을 맞대어 문질러 댄단 말인가."

법성이 웃는 얼굴로 말했다.

"김 선비 얼굴에 결심이 대단하던데. 한번 지켜보자고."

김진원이 콩밭의 모녀에게 다가가니, 여자들은 웬 남자가 무엇 때문에 자기에게로 오는지 영문을 몰라 물끄러미 바라다보았다. 그가 노모에게 다가가서 점잖게 말했다.

"어머님요, 미안하지만 찬물 한모금만 주시오. 땡볕에 목이 말라 죽겠오."

"알았심니대이. 양반, 조금만 기다리소."

할머니가 주전자쪽으로 돌아서려는 순간, 그가 갑자기 외마디 소리를 질렀다.

"아이고! 어머님요, 내 눈에 무엇이 들어갔기에 아프고 눈을 뜰 수가 없네요. 어머님요, 내 눈을 한번 까뒤집어 살펴봐주소."

할머니가 당황하여 말했다.

"나는 늙어서 눈이 어둡네요. 애야, 니가 눈을 한번 봐드려라."

처녀는 외간 남정네의 눈을 까뒤집어 보기가 민망하여 난처해 망설였다. 그가 상황을 속히 간파하고는 엄살을 부렸다.

"와이고! 낭자. 까딱 잘못되면 장님이 되겠는데 무슨 내외를 하고 그러요. 속히 좀 봐 주이소."

그때서야 육덕이 풍만하고 눈이 서글서글한 과년한 처녀가 그에게 다가와서 눈을 까뒤집어 눈을 가까이 하여 살펴보았다. 그녀는 입을 오목하게 하여서 남자의 눈 안의 검불을 불어내기라도 하듯이

"후~우."

"후~우."

하고 힘껏 불었다. 바로 그 순간 눈을 번쩍 뜬 진원이 두 손으로 처녀의 두 귀를 꽉 잡고서, 처녀와 입을 맞추어

"쭉~욱, 쭈~욱."

"쪼~옥. 쪽."

게걸스레 빨기 시작하였다. 그 순간 처녀가 기겁을 하고는 외쳤다.

"엄마야! 어짜노?"

그 점잖던 선비가 짐승으로 돌변하여 과년한 딸의 입술을 쭉쭉 빨아재꼈다. 화들짝 놀란 할매가 정신이 아득하여, 흙덩이를 짚어들더니 김선비에게 마구 던지면서 발악을 하였다.

"짐승 같은 인간아! 이 벌건 대낮에 이기 무슨 난리고. 당장 꺼져라 이 놈아!"

 김진원이 그때서야 처녀를 놓았다. 그러자, 처녀가 쏜살같이 태화강 가의 외딴 기와집으로 달려갔다. 그가 큰일을 성사시켜 기분이 흐뭇하여, 점잖게 자신을 보고 웃고 있는 느티나무 아래의 일행에게로, 자랑스러운 듯 당당하게 걸어가고 있었다. 그때였다. 김 선비의 뒤에서 여자들의 앙칼진 발악소리가 들려 왔다.

 "야! 이놈아 게 섰거라! 안서면 죽여버리겠다!"

 진원이 놀라서 획 뒤를 돌아보았더니, 그 처녀가 손에 활을 들고 등에 장검을 맨 낭자 둘과 급하게 달려오고 있었다. 그가 돌아서서 일행쪽으로 몇 발자국 걷는 데 머리 뒤쪽에서 갑자기

 "슈~웅. 척." 하는 소리가 나더니 화살이 날아와 그의 죽립(竹笠)에 꽂혔다. 깜짝 놀란 그가 뒤돌아보는 순간, 또 하나의 화살이 역시 죽립에 꽂혔다. 그때서야 그도 우선 목숨을 부지해야겠다는 결심에 안간힘을 다하여 일행에게로 달려갔다. 효심이 그것을 보고는 장검을 빼들고 활 쏘는 두 여자에게로 급하게 달려들었다.

 "낭자들! 와 사람을 죽이려고 드오? 이야기를 합시더."

 "왜 벌건 대낮에 여염집 처녀를 욕보이고 그러오. 저 사람을 가만히 두지 않을 것이요. 털북숭이! 그대는 빨리 비키시오!"

 "저 사람은 나의 친우인데 용서를 빈다오. 성질 좀 죽이시오."

 "털북숭이! 안 비낄 것이오. 자꾸 막으면 가만히 두지 않겠오!"

 검정 삼베옷 차림의 두 처녀는 이목구비가 분명한 얼굴에, 얼굴 생김새가 갸름하고 의지적으로 생겼는데 아름다운 얼굴이었다. 두 처녀는 서로 얼굴을 쳐다보더니 고개를 끄덕이고는 장검을 뽑았다. 두 여자가 효심에게 동시에 달려들었다. 가뭄으로 불볕인 들판에 날카로운 금속성이

부딪는 소리가 귀를 찢는 듯하였다.

"쨍그랑!"

"쨍! 딱!"

"쨍!"

두 처녀가 동시에 칼로 효심의 복부쪽을 찔렀다. 효심이 공중으로 솟아오르면서, 칼로써 힘껏 두 여자의 칼을 기합을 넣으면서 힘껏 내리쳤다.

"얍!"

효심의 워낙 센 괴력에 그만 두 처녀는 칼을 땅에 떨어뜨렸다. 순간, 효심이 재빠르게 처녀들의 목덜미를 잡아서 서로의 머리를 박아버렸다. 그녀들은 땅바닥에 굴렁쇠처럼 뒹굴더니, 발딱 일어서면서 양팔을 앞으로 쫙 뻗어 앙칼진 음성으로 기합을 넣었다.

"얏!"

"허~헛!"

효심도 칼을 던져버리고 수박희의 자세를 취했다. 두 여자가 공중으로 붕 솟더니, 또 기합을 넣으면서 발로써 효심의 턱을 공격하였다. 효심이 번개처럼 피하면서 그녀들의 발이 땅에 닿는 순간, 발바닥으로 그녀들의 허벅지를 걸어 차버렸다.

"아악!"

"헛!"

하는 소리를 지르고 두 처녀는 땅에 엉덩방아를 찧고서 더 이상 일어나지를 못했다. 그녀들은 생각했다.

'저 털북숭이가 도저히 우리의 상대가 아니다. 용서를 빌고 인사를 해야 하겠다.'

효심이 저 여자들이 이제 일어서지 못할 것이란 점을 알고서 부드럽게 달래었다.

"낭자들, 인자 정신이 들지요? 서로 인사나 나눕시다. 무술실력이 대단합니다. 도대체 뉘시오?"

처녀들은 허벅지를 워낙 세게 가격을 당했는지라, 아직도 일어서지 못하고 다만 맑은 눈동자로 효심을 올려다보면서 대답만 하였다.

"우리는 태화들 저 기와집에 사는 매희(梅姬)와 난희(蘭姬)라는 쌍둥이 자매입니다. 털북숭이 장사 그대는 정말 대단한 괴력을 가졌오. 우리는 아직도 그대와 같은 장사로 비호같은 사람은 처음 만났다오."

"나는 배냇골 사는 효심이란 사람이오. 내 친구의 무례는 참으로 미안하였오. 낭자들, 우리는 갈 길이 바빠서 갑니다. 후에 인연이 되면 다시 만나지겠지요."

두 처녀는 서로 얼굴을 쳐다보면서 눈알이 둥그렇게 되어 입을 다물지 못했다.

'저 자가 바로 그 유명하다던 배냇골의 효심 장사로구나. 과연 소문에 듣던 대로 무술실력이 신기에 가깝네그려.'

나그네 일행은 태화사 절집에 참배한 뒤 창건설화를 듣고 태화루에 올라서 태화강을 내려다보았다. 효심이 물었다.

"김 선비, 태화강이란 이름과 태화사는 무슨 관계가 있겠네?"

"그래요. 태화사 앞을 흐르는 강이라 태화강이라고 이름이 붙었지요. 그러니, 신라 선덕여왕 때부터 그렇게 불렀다고 생각됩니다."

동쪽 바다쪽에서 시원한 강바람이 계속 불어오고 있었다. 다시 김진원의 설명이 이어졌다.

"태화루는 울주를 찾는 고관들을 접대하는 영빈관이라고 알려져 있지요."

이번에는 경주에서 공부를 많이 한 승려 엄장이 물었다.

"김 선비, 성종 임금께서 동경에 행차하셨다가 당시 홍례부였던 이곳 태화루에 와서, 큰고기(大魚)를 잡숫고 병환을 얻어서 개경에 환궁하시어 돌아가셨다던 이야기를 들었는데, 그게 사실이오?"

"예, 그런 일이 있었지요. 팔월에 태화루에 오셨다가 그해 시월에 돌아가셨지요. 그때 잡수신 대어를 고래고기라고도 하는데, 확실하지는 않답니다."

효심이 법성과 김진원이 너무 어려운 이야기를 자꾸 해대니, 다소 짜증스런 표정을 짓고는 한마디 툭 쏘았다.

"성님! 울주 대처에 왔으니 저 아래 주막에서 하룻밤 자고 가시지요? 아무리 향토사 배우는 것도 좋지만 컬컬한 막걸리 한 대접과 울주의 고래고기, 태화강 연어회와 은어회를 안주하면서 즐겨야 알찬 걸음이 되지요, 아닙니까요?"

법성이 즉시 미안하여 그를 달래듯이 답했다.

"아이구! 아우님. 내가 눈치도 없이 자꾸 배우기만 했네. 그렇게 해야지."

나그네 일행은 태화루 동쪽에 강변을 따라 동서로 쭉 늘어선 주막껄을 지나다가, 제일 번듯하고 넓은 술청이 있는 함월옥(含月屋)에 들어갔다. 그들은 태화강의 명물인 '줄배'를 타고 횃불을 들고서, 삼지창으로 팔뚝만한 연어를 열 마리 정도 잡아서 술을 취하도록 마셨다.

한여름밤 효심과 소홍의 진한 정사

술자리가 파하고 모두가 잠자리에 들었다. 태화강의 고기잡이 등불도 강변 주막껄 등불도 다 꺼져버렸다. 진원이 효심에게 기생 소홍을 붙여 사랑채로 안내하니, 효심은 만면에 흐뭇한 웃음기를 흘리면서

"김 선비, 고맙대이. 보시는 무슨 보시 무슨 보시해도 육보시(肉布施)가 최고인기라. 저년 꽃값(화대)이나 듬뿍 주게나."

남녀가 방으로 들어가는 것을 보고서, 진원은 술을 좋아하지 않고 벌

써 잠을 충분히 자버려 눈이 말똥말똥한 부뜰에게로 갔다.

"부뜰아, 볼거리가 있다. 조용히 따라와라."

둘은 사랑방 뒷간으로 고양이 걸음을 하여 걸어갔다. 사랑방에는 남녀의 두 그림자가 부둥켜안고 입맞춤이 한창이었다. 얼마나 급한지 남녀의 씩씩거리는 숨소리가 방문 밖에까지 들렸다. 진원은 침을 검지 손가락 끝에 발라서 창호지에다 구멍을 내었다. 발광하는 두 남녀가 마치 용금소의 암수용과 같이 몸이 뒤섞였다.

굵은 촛불이 높은 황촉대 위에서 무심히 타고 있었다. 먼저, 진원이 안을 엿보다가 부뜰이도 보게 하였다. 그가 부뜰이 귀에다 대고 속살거렸다.

"저 사람들이 촛불도 끄지 않고 하는 것 보니, 낮걸이 하는 기분을 내는가 보다. 그렇지?"

부뜰이는 방안의 남녀가 벌리는 애욕의 향연을 훔쳐보노라 대답도 않았다. 소홍이 화다닥 저고리를 벗었다. 희디흰 가슴에 젖가슴이 병처럼 앞으로 쑥 내민 병젖이었는데, 젖꼭지는 유난히 검붉고 잘 익은 오디 같이 앞으로 튀어나와 보였다. 여체가 풍만하지 않고 호리낭창한데 윤기가 아름답게 흘러넘치고 있었다.

효심도 흥분을 참지 못하여 옷을 훌러덩 다 벗어버렸다. 기생이 속히 교접할 것을 바라는 강렬한 눈빛을 보내는데도, 효심은 뜸을 들이는 것인지 자기의 장대한 물건을 과시하려고 그런지, 왼손 손가락으로 자신의 성깔이 날 대로 난 장대한 물건을 툭툭 치면서 자랑스러운 표정을 짓고는,

"남자가 이 정도의 연장은 달고 다녀야 여자들이 껌뻑껌뻑 가버리지. 안 그런가?"라고 말하면서 넌지시 소홍의 대답을 듣고 싶어 하였다.

"아이고! 맞고말고요. 얼른 올라오세요. 잘 해드릴게요."

효심이 소홍의 두 다리를 자신의 몸 좌우로 벌리고는 그녀의 작고 가녀린 몸 위에 자신의 거구를 포개었다. 마치 취서산의 검은 독수리가 배

냇골 농가 마당의 작은 암탉을 덮치는 형상과도 같이, 효심이 크고도 구릿빛이 은은히 감도는 몸체를 작은 버들가지 같은, 그러나 강인한 소홍의 몸 위에다 부리었다. 곧, 여자의 비명소리가 들렸다.

"제발 좀 살살해! 아이고! 까물어져 버리겠네."

진원과 부뜰이가 깜짝 놀라서, 부둥켜안고는 땅바닥에 주저 앉아버리고 말았다. 남녀가 씩씩거리고 우당탕거리고 아주 분답스럽게 난리를 쳐대었다. 두 사람은 다시 정신을 가다듬고 문구멍에다 눈을 맞추었.

전신에 땀범벅이 된 두 남녀가 이상한 괴성을 입에서 열기와 같이 내뿜더니, 천천히 기생이 스르르 장사의 넓은 가슴 위에다 이마를 처박았다. 진원이 넋을 잃고 문구멍을 바라보고 있는 부뜰의 팔을 끌어당겨서 마당으로 나왔다. 벙어리처럼 이제껏 말이 없던 부뜰이 심각한 표정으로 물었다.

"기생의 허리가 활처럼 휘고 찢어져라 고함을 와 지르노? 나는 모르겠네이."

"여자들이 절정에 다다르면 신음소리가 커지고 허리가 활처럼 몸이 휘어지는기라. 니도 너거 마누라에게 그렇게 한번 진하게 해봐라. 알겠제?"

부뜰은 이해가 안 된다는 듯이 고개를 설레설레 흔들었다. 그가 또 물었다.

"소홍이 고 작은 몸뚱이로 어찌 효심의 황소 같이 큰 몸뚱이를 상대하여 잘 버티는지, 그것도 잘 모르겠는기라."

"여자는 배 위에 자기 몸의 다섯 배까지 남자몸을 올려도 잘 버틸 수가 있다고 하는 것 자네는 처음 들어보나? 장가 간 아저씨가 노총각인 나보다 더 모른다카니 말이 되나?"

두 사람은 대청에 와서 잠을 청하려 하였으나, 좀 전에 두 연놈의 벌거벗은 몸뚱이와 격렬한 방사장면이 눈앞에 어른거려 도저히 잠을 이룰 수가 없었다. 다른 일행들은 깊은 잠에 빠져서 코를 골고 있었다. 진원은 벌떡 일어나 부뜰의 손을 잡아끌었다. 진원은 행수기생 성산월과 부뜰은 기생 정향과 옆방에 들어가, 각자의 배꼽 밑에서 부글부글 끓고 있던 씨물을 여자의 살동굴 안에다 깊이깊이 확실히 쏟아 부었다.

대왕고래의 뱃속을 째고
탈출하며 고래를 잡은 농민군들

칠월 여드렛날 새벽, 방어진 앞바다에 동이 트려고 수평선 전체가 붉은 노을로 물들어 너무나 아름다웠다. 마침 아침바다는 호수와 같이 잔잔했다. 넓고 푸른 바다의 여기저기에서, 고래가 사람 키의 4~5배(최고 높이 10m)의 높이로 희디흰 수증기를 뿜어 올리는 것을 보고, 운문사 승려들은 감탄하여 입을 다물지 못했다.

뭍에서 출발하여 바다로 오리쯤 나오자, 고래 떼들이 수십 마리씩 줄을 지어 물에 잠수했다가 물 위로 떠올랐다 하면서, 아주 빠르게 남쪽으로 신나게 달리고 있었다. 최충길 방어진 촌장이 고래 떼들을 유심히 살펴본 후에 말했다.

"우리가 제일 먼저 왔으니 고래 떼의 앞길을 배로 막아섭시다. 작살을 단단히 잡고서 고래의 눈을 명중시켜야 하는데, 눈이 여의치 않으면 꼬리를 제외하고 등이나 배나 옆구리를 아주 깊숙이 찔러야 합니다. 여러 개의 작살이 빗나가면 우리가 오히려 고래에 떠받치어 물에 빠져 죽을 수도 있다오."

모두가 자신 있다는 듯이 외쳤다.

"예, 한번 해봅시다요."

한참을 기다리니 북쪽에서 고래 수십 마리가 줄지어 오고 있었다. 열 척의 배가 활처럼 둥글게 고래의 진행방향의 앞에서 멈추어 기다렸다.

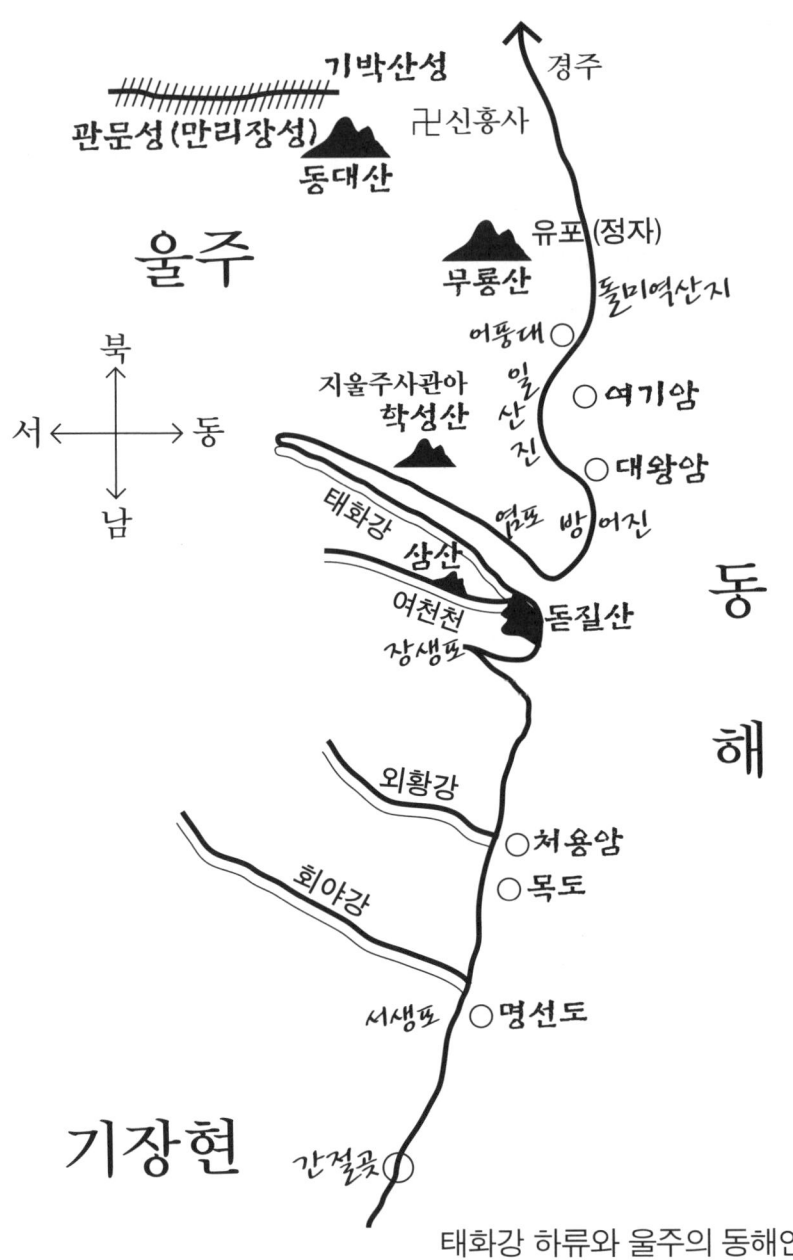

태화강 하류와 울주의 동해안

효심이 적당한 거리에 온 제일 앞의 고래에게

"야잇!" 하는 기합소리와 동시에 긴 작살[19]을 날려서 명중시켰다. 동시에 다른 배에서도 같은 고래의 몸에다 작살을 잽싸게 날려서 깊숙이 꽂았다. 배에 탄 사람들이 일제히 외쳤다.

"명중이다!"

"명중이다!"

일행이 한 고래를 잡는 사이 다른 고래는 배를 비켜서 계속 가버렸다. 작살 맞은 고래가 갑자기 바다 깊숙이 잠수해버렸다. 얼마 뒤에 기진맥진한 고래가 숨이 떨어졌는지, 머리를 일시적으로 공중으로 치켜세워 수직자세를 취했고 꼬리는 물속에다 처박았다. 배에서는 창을 수십 개 날렸다. 두 척의 배가 고래를 끌고 육지로 나갔다.

얼마 뒤에 또 수십 마리의 고래가 남쪽에서 북쪽으로 몰려왔다. 조금 기다리고 있는데, 효심 일행이 탄 나뭇배가 갑자기 파도 위로 불쑥 솟는가 싶더니 갑자기 주위가 밤처럼 캄캄해졌다. 모두가 기절을 하였는가 잠시 조용하였다. 그때 최 촌장이 발악하듯 외쳤다.

"대왕고래의 아가리 속이다! 먼저 효심 장사가 칼로써 고래의 배를 가르고 밖으로 나가시오! 다음은 각자 서로 다치지 않게 따라 나가시오!"

그 뒤에는 말이 없었다. 모두가 사생결단으로 칠흑 속에서 환도를 사용하여 고래의 아가리 속을 헤집고 나아갔다. 한참 뒤에 효심이 바다로 나가서 다른 배에 올랐다. 다음은 나머지 사람들이 모두 나왔다. 고래는 죽었고 주변에는 고래의 붉은 피가 파도에 섞여 출렁이고 있었다. 고래 뱃속에서 나온 사람들 모두가 전신이 검붉은 고래의 피로 범벅이 되어 있었다. 최 촌장이 기쁨을 감추지 못하고 목청을 돋우어 크게 외쳤다.

"모든 창을 던져서 고래를 끌고 가자."

최 촌장 집 앞에서 방어진 촌민들이 고래 해체작업을 하면서 술도 실컷 마셨다. 법성 일행은 운문사의 은병과 쌀가마니로 값을 후하게 쳐주고 고래 기름과 고기를 구입하였다.

코 큰 남정네의 연장이 꼭 훌륭한 것만은 아니더라

나그네들은 그날 오후 해가 마골산(麻骨山) 꼭대기에 붉은 빛을 발하면서 이글거리고 있을 즈음, 울주 동해안의 고래잡이를 마쳤다. 승려 법성은 이틀간 친절하게도 자신들을 안내해준 최 촌장에게 막걸리나 한 잔 대접하고 싶었다. 촌장이 그의 제의를 받아들여 주막집을 안내하면서 말했다.

"내 친구가 어풍대(御風臺)주막을 하고 있는데, 횟감이 싱싱하기도 하려니와 이빨이 세어서 구수한 이야기를 잘 한다오."

주막주인 강 첨지가 해거름인데도 몹시 더운지 삼베저고리를 입긴 입었으나, 불퉁한 배를 쑥 내밀고 부채질을 열심히 하고 있었다. 그는 최 촌장을 보고서 벌떡 일어서더니, 만면에 웃음을 띠고 반기었다.

일행이 바닷가 평상에서 술잔을 기울일 때, 촌장의 권유에 의하여 주인이 음담패설[20]을 늘어놓았다.

주인장은 이야기를 길게 하려는 듯 혀를 내밀어 입술 상하에 침을 발랐다.

「"학성 장시(場市)에 보신탕집을 하는 아주 음탐한 여편네가 있었지요. 그녀는 나와 같은 마을에서 자란 여자 친구라 간혹 만나면 못하는 말이 없다오. 그런데, 그녀는 자기 남편의 작은 남근은 성에 차지 않아서 늘상 남근 큰 남자를 찾아 다녔답니다. 그러나, 겉으로 보아서 남자의 남근이 큰지를 알 수가 없어 큰 고민을 하고 있었습니다요. 그러던 중 이웃집 남자가 그녀의 고민을 알고서 다음과 같은 귀뜸을 해주었다지요.

'남자가 코가 크면 그에 따라서 남근도 확실히 크단 말이야.'

그래서, 그 년은 보신탕 장사는 근성으로 하면서 장터에 온 남자들의 코를 계속 살폈다 이겁니다. 어느 날 장터에 삿갓을 쓰고 가는 남자를 보니 코가 보통 사람들의 두 배나 되어 보였답니다.

'야! 드디어 발견했다. 바로 저 사람… 놓치지 말아야 한다.'

이렇게 생각하고는 기쁨에 넘쳐 하루 종일 이 남자를 졸졸 따라다녔지요. 해가 질 무렵 그 남자가 장터에서 일을 다 보고 집으로 돌아가는데, 그년이 슬그머니 접근하였습니다요.

'여보시오. 양반님네. 혹시 저를 모르겠능교? 어릴 때 옆집 오라버니 같은데요.' 라고 능청을 떨었답니다. 그녀는 갖은 아양을 떨어서 결국 코가 큰 남자를 자기집으로 데리고 갔지요. 그년은 자기 맘에 들지도 않은 남편은 헌양으로 보낸 뒤였습니다. 여자는 남자를 방안으로 안내하고 술과 맛있는 음식을 차려서 저녁 식사를 잘 대접하였지요. 그러고는 큰 기대 속에 가슴을 설레며 남자를 반드시 눕혀두고 바지를 벗기고 만져보니, 아뿔사! 이게 웬일인가? 부풀었던 기대는 풍비박산이 나고 가슴속에는 찬바람만 휑~ 하니 스치고 지나갔지요.

기대와는 달리 양근이 어린애의 그것 같이 작았고 또 힘도 없어 허물허물하였다 이겁니다. 여주인은 그때까지 공들인 것이 너무나 분하고 원통해서,

'무슨 남자가 코만 크고 연장은 이 모양이란 말이오?' 하고 화를 내며 꾸짖었답니다.

여자가 분을 참을 수가 없어서 남자의 배 위에 쭈그리고 걸터앉았지요. 그리고 자신의 옥문을 양근에 접근시켜 보았으나 전혀 감흥이 일어나지 않았답니다. 여자는 더욱 화가 나서 몸을 돌려 남자의 얼굴 위에 걸터앉아 그 큰 코를 덮치고 흔들어 요동해 보니, 작은 연장보다는 한결 감흥이 일고 좋았답니다.

그래서, 고년은 코 큰 남자를 애타게 기다렸던 기나긴 세월에 대한 보

복감으로 화가 치밀어, 자신의 엉덩이 밑의 옥문에다 남자의 코를 끼우고는 오랫동안 힘껏 휘둘러서, 가슴 속에 켜켜이 쌓였던 불만을 확 풀어버렸다 이겁니다.

결국 남자는 코가 여자의 그것에 눌려 숨도 잘 쉬지 못하고 고생하다가 새벽닭이 울고서야 겨우 쫓겨났답니다. 남자는 슬퍼하면서 집으로 돌아오며 중얼거렸지요.

'나는 왜 코만 크고 연장이 작아 좋은 기회를 놓치고 이런 수모를 당해야 하나? 에잇! 시퍼럴! 재수가 없으려니 별일이 다 생기네그려.'

사내는 탄식에 가까운 소리를 내면서 아직도 어둠이 가시지 않은 길을 땅만 보고 걸었지요. 그런데 때마침, 새벽에 들에 나온 이웃집 사람을 만나 얼굴을 드니, 이웃 사람이 이상하다는 듯 한참 동안 얼굴을 처다보다가는 묻는 것이었다 이겁니다.

'아니, 이 사람아! 밤새 이디에 갔었던가? 그런데 그 참 이상하네. 왜 미음을 입으로 안마시고 코를 대고 먹었는고? 코 근처에 온통 미음을 뒤집어썼구먼.'

그 여자가 밤새 코 위에 체액을 쏟아 범벅을 해놓아서, 그것이 엉겨붙어 허연 미음같이 보였기 때문이었지요."」

이야기가 끝이 나자 듣던 사람들은 물론 강 첨지마저 배를 움켜쥐고 한참 동안 웃었다. 겨우 정신을 차린 김진원이 덧붙였다.

"그녀에게 가르쳐 준 그 사내의 말은 사실입니다. 그 남자가 드물게 있는 예외인 경우이지만요. 남녀 모두 신체의 말단부는 모두 닮았다는 것이 그 근거지요. 남자의 코나 손가락 끝이나 발가락 끝이 굵고 크면 남근의 끝 역시 뭉툭하고 크다고 보는 것이 맞지요. 여자도 입술이 두툼하면 옥문 부분이 두툼하고 두께가 있어 좋답니다. 얇은 입술을 가진 여자보다 두툼한 입술을 가진 여성이 더욱 매력적이란 말이 성립이 됩니다요."

나그네들은 서산에 해가 진 어스름 속에 불콰해진 얼굴을 하고서, 태화강물이 동해바닷물에 흘러드는 염포(鹽浦)의 해안을 지나 울주 학성산의 태화학당으로 가고 있었다. 진원은 일행에게 설명을 했다.

"소금 생산과 운반선이 많아 염포로 불리는 이곳은 반드시 기억을 해야 합니다. 삼한에서 소금은 이곳 염포와 서해의 곰소만 소금이 유명합니다. 바닷물을 가마솥에 끓여 자염(煮鹽)을 만드는데, 울주에서는 염포의 소금과 달천의 철생산 때문에 부촌으로 소문이 나 있지요."

이때 엄장 스님이 불쑥 한마디 물어보았다.

"울주의 동해안을 왜 고래의 바다라고 하는지요?"

"다음 세 가지 때문이지요. 오늘 보셨듯이 고래가 수백 마리씩 몰려다니고 있고, 현재 고려 최고의 문장가인 김극기(金克己)가 최근에 태화루시(太和樓詩) 서문(序文)에서 이곳을 경해(鯨海)라고 불렀답니다. 또, 태화강을 거슬러 오십 리 정도 올라가면 반구대에 암각화가 있답니다. 그 암각화에 귀신고래 등 고래가 많이 그려져 있는데다, 포경선이 고래를 잡는 장면도 그려져 있지요."

태화강 용선대회

맑디맑은 태화강 푸른 물결 위에, 뱃머리가 마치 동해의 용대가리 모양으로 생긴 용선(龍船) 여러 척이 물결을 힘차게 가르면서 달리고 있었다. 배 앞머리에 앉아서 고수(鼓手)가 힘껏 북을 쳤다.

"둥! 둥!"

노잡이들이 힘을 모은다고 큰소리로 외쳤다. 노를 몸 앞가슴으로 잡아당기면서

"어랏!" 했고 다시 앞으로 밀면서

"차!" 라고 호흡을 맞추어 기합을 넣었다.

"둥! 둥!"

…

노잡이들은 구리빛 근육이 실룩실룩 거리도록 안간힘을 다하여 노를 젓는데 입을 굳게 다물고 전신에 땀을 비 오듯 흘리면서 용을 써대었다. 여섯 척의 용선이 그림처럼 동쪽으로 밀려나가는 것을 본 태화학당 이웃의 남정네 하나가 이인기 훈장에게 물었다.

"훈장님, 용선대회는 언제부터 시작이 되었나요?"

"용선은 중국 진나라 때 누명을 쓰고 강에 빠져 자살한 당대 최고 시인 추자양의 추모제에서부터 유래되었단다."

여섯 척의 용선에는 각 조의 이름이 흰 천에다 검정글씨로 크게 쓰여 배의 양옆에 달려 있었다. 이를테면, 운문사와 배냇골 장정들이 탄 용선에는 '운문조(雲門組)'라는 천이 달렸다.

"운문조, 이겨라!"

"함월조, 이겨라!"

각기 참여한 조의 촌민들이 응원하노라 북과 꽹과리, 징을 치고 하여 태화강 남북쪽 양안 전체가 어수선하고 긴장감은 최고도로 고조되었다. 강 양안의 응원꾼 인파들이 마치 야단법석판을 벌린 듯 소란스러웠다.

지울주사가 매년 시행하는 태화강물축제는 수백 명의 주민들이 참여하는 행사였다. 그 가운데서도 용선대회가 가장 흥미로웠는데, 법성 일행도 이인기 훈장의 권유로 용선대회에만 참가해 장원을 하였고 백미 한 섬을 상급으로 받았다. 그 대회에는 운문사 마부와 태화강변의 매회와 난희 자매도 한 조가 되어 탄탄한 조를 구성하였던 것이다.

칠월 아흐렛날 밤이 이슥하였는데, 장원 축하주에 만취된 효심과 부뜰은 벌써 기생을 끼고 어디론가 가버리고 없었다. 진원도 농익은 성산월의 체취가 그리워 뒷방으로 가려고 할 참이었다. 그런데, 함월옥에서 허드렛일을 하는 채(蔡) 서방이 심각한 얼굴을 하면서 그에게로 다가왔다.

"선비님과 덕순 아씨는 친한 사이였지요?"

"그렇소. 이웃사촌 누나요."

"그 아씨가 억울하게 죽었는 것을 아십니까?"

"남편의 실수로 비극이 있었다고 알고 있소."

"아니예요. 지가 그 사정을 소상히 알고 있답니다."

채 서방은 김 선비에게 자초지종을 다 이야기 하고 난 뒤 흐느끼듯 중얼거리면서 아쉬워했다.

"참으로 살림 질하고 후덕하여 인기가 그만이었는데, 지금도 아씨 생각만 하면 눈물이 납니다. 선비님, 악독하고 안하무인격인 그 놈들을 처단하여, 아씨의 원수를 반드시 갚아주십시오."

"알았네. 이놈의 새끼들! 모가지를 비틀어 처참하게 죽여주리라."

삼한에서 해가 가장 먼저 뜨는 간절곶

설화의 고향 처용암

칠월 초열흘 한낮에, 법성 스님 일행은 울주 동해안의 남쪽 해안가 개운포(開雲浦, 황성동 세죽마을 앞바다)의 처용암이 건너다보이는 이층 누각 위에서 처용무를 감상하고 있었다. 처용암(處容巖)은 개운포 바닷가에 떠있는 마치 한 척의 나룻배처럼 보였다. 길손들의 요청에 의해 처용촌장 유대식(劉大植)이 손님들 앞에서 춤을 보여주고 있었다.

처용탈을 쓴 두 사람[21]이 춤을 추고 한 사람은 장구를 쳤다. 춤을 끝내고 좌정하여 얼굴의 땀을 닦고 있던 춤꾼이 막걸리를 벌컥벌컥 마셨다. 그러더니 대뜸 그가 큰소리로 외쳤다.

"촌장님! 귀한 손님들이 오셨는데, 처용무(處容舞)만 보는 것보담 형수님의 배꼽춤을 구경시키시는 것이 어쩔까요?"

형수님이란 그 여인이 누각 위에 올라온 것을 본 나그네들은 천상에서 내려온 천사를 본 듯 감탄에 젖고 말았다. 진원이 감동에 젖어 하마터면 큰 소리를 지를 뻔하였다.

'아니! 절세의 미인이로다. 저 여인은 살빛이 거무스름하고 눈동자며 속눈썹이 유난히 검구료. 개경과 벽란도에서 간혹 보던 서역의 여인임에 틀림이 없다.'

촌장이 그 여인을 올려다보면서 말했다.

"그대가 여기 귀인들을 위해, 그 춤을 한번 멋지게 추어보게나."

그 여인은 두 손을 가지런히 자신의 무릎 위 비단옷에다 놓고시, 고개를 다소곳이 숙이면서 그렇게 하겠다는 뜻을 나타내었다. 얼굴만 예쁜지 알았는데 몸매도 완벽하게 아름다웠다. 잠자리 날개와도 같은 얇은 비단 속에 비치는 젖가슴이 불룩하였고 엉덩이가 풍만하여, 보는 남자들의 구미를 당기게 하였다. 양다리도 길게 쭉 뻗었는 데다 검정색 피부에 살이 튼실하게 쪄서 육욕적이었다. 악사가 장구를 천천히 쳤다.

"땅~따앙. 띠~따앙."

"따~땅~앙~떵."

그러자, 여인은 장구의 가락에 맞추어 느릿느릿 춤을 추기 시작하였다. 저 개운포 상공의 해신(海神)이라도 불러들이듯 두 팔을 공중으로 쭉 뻗었다가 천천히 용이 여의주를 희롱하듯 무엇인가 자신의 가슴으로 안아들였다. 두 발의 발끝으로 전신을 지탱하고 있는데다, 허벅지에 힘을 잔뜩 넣어 엉덩이가 탱탱하게 부풀어 올랐다. 장구 가락의 소리가 빠르고 격해지면서 그녀의 몸놀림이 더욱 빠르고도 격렬해졌다. 긴 손가락의 두 손을 위로 아래로 좌로 우로 놀려대면서 발의 움직임도 빠르고 격렬해졌다.

누런 금색 허리띠 아래로 매달린 은색빛 실에 붙어 있는 작은 구슬 크기의 휘황찬란한 여러 가지 색깔의 보석 알갱이들이 엉덩이를 흔들 때마다 찰랑대었다. 젖가슴과 엉덩이는 박사 비단옷으로 가리었으나, 몸놀림이 격렬할 때는 쭉 뻗은 두 다리와 허리부분 및 배꼽의 맨살은 그대로 노출되었다가는 가리어지곤 하였다.

장구소리가 빠르고 격렬해지자, 그녀는 엉덩이를 둥글게 원을 그리면서 획획 돌리다가 위아래로 올렸다 낮추었다가 미친 듯이 몸을 움직였다. 여인은 마치 자위의 극치감에 빠진 듯 한동안 광란의 춤을 추다가, 허리를 크게 굽혀 이마가 마루바닥에 닿을 듯 절을 하고서, 머리를 세차게 흔들며 꼿꼿이 섰다. 그녀가 격렬하게 춤추고 그치는 모양이, 마치 남녀가 격렬한 방사를 치를 때 심한 요분질을 하다가 사정을 한 뒤, 이윽고 거꾸러지는 그런 모습을 연상하게 하였다.

촌장과 춤꾼들이 일제히 박수를 쳐대었다. 나그네들도 그 사이 이국 여인의 매혹적인 춤사위에 침을 흘리면서 맘을 졸이다가, 드디어 꿈에서 갓 깬 듯 멍하니 여인을 쳐다보면서 박수를 쳤다. 천상의 여인 같은 그녀의 이마에 땀방울이 송글송글 맺혔다. 팔다리에도 땀기가 서려 물기가 진득진득 배어 있었다.

"짝! 짝 !짝!"

"짝! 짝 !짝!"

나그네들은 서역 여인이 묘한 웃음을 지우면서 옆에 조용히 앉자, 그들의 바지를 엉버티고 있던 뻣뻣한 남근을 왼손으로 꽉 쥐어 눕히노라 분주하였다. 그들의 귀두에서는 벌써 씨물이 진하게 흘러나와 삼베바지와 허벅지 및 항문을 흥건하게 적시고 있었다. 그 여인은 외간 남자들의 그런 사정을 훤히 알고 있다는 듯, 한번 싱긋 웃고는 이전의 고요한 얼굴로 되돌아갔다.

왜구의 야습에 피로 얼룩진 서사포

그날 석양에 효심 일행은 서사포(서생포) 회야강(回夜江, 곰내) 하구의 강양촌(江陽村) 강구(江口)나루터의 이층 정자 서사루 위에서 무더위를 식히고 있었다. 유대식 촌장은 손님들이 서사포와 간절곶을 둘러보라고, 그의 친구인 서사포 촌장 이영태(李永泰)에게 대려다주고 어둡기 전에 벌써 떠나버렸다. 이 촌장은 키가 작은 편이었으나 눈동자가 맑고 아주 어진 어른이었다.

정자 위에서 손님들을 접대하던 이 촌장에게 법성이 말했다.

"촌장님, 저 명선도 앞바다가 잔잔한 호수와 같아 배가 정박하기엔 아주 좋네요."

"그런데, 그게 큰문제가 있답니다. 이곳이 대마도와 가까워 왜구들이 시도 때도 없이 밤에 쳐들어와, 마을의 양식과 가축 심지어는 부녀자들까지 약탈하여 가서, 재산과 인명 피해가 이만저만 아니지요. 나라가 이런 먼 어촌까지는 보호할 힘이 미치지 않기 때문이지요."

명선도 남쪽의 모래밭을 내려다보던 촌장이, 자신의 이마를 탁 치며 더듬거리면서 말했다.

"아이카! 내 정신 좀 보거래이. 내일 밤에 멸치후리기를 한다고 저기 바닷가에 촌민들이 몰리어 준비를 하고 있구나. 매년 이맘때면 촌민의 축제로 멸치후리기를 명선도 앞바다에서 하는데. 손님네들, 내일 새벽에 간절곶 일출을 보고 밤에는 명선도에서 멸치 잡는 것을 보시오. 한번 볼 만 합니다."

법성(김사미) 일행은 저녁을 먹고, 내일 구경할 것에 잔뜩 기대감을 갖고서 깊은 잠에 빠져들었다. 부뜰은 초저녁부터 누웠는지라 오밤중에 잠이 깨었다. 그는 정자에서 내려와 강양촌을 바라보면서, 자신의 남근을 꺼내어 회야강 하구의 강물에 오줌을 한없이 멀리 뻗어가도록 깔겨버렸다. 술도 깨고 오줌도 누고 나니 정신이 맑아왔다. 바닷가의 오밤중이라 여름밤인데도 오히려 한기가 드는 것 같았다.

그는 명선도 남쪽의 어슴푸레한 넓은 바다(진하해수욕장)를 넋을 잃고서 바라보고 있었다. 은하수 아래에 휘영청 떠있는 달로 보아 곧 보름달이 될 것 같았다. 흐릿한 수평선 위에는 세 개의 큰 횃불이 해안 가까이로 오고 있었다. 사경(四更, 01~03)이나 된 듯싶었다. 그는 대번에 그것이 한밤중에 동쪽에서 오는 배로 보아, 서사포 어부들이 타고 오는 배는 아니라는 생각이 들었다.

그의 머릿속에 번개같이 스쳐지나가는 회상,

"아이쿠나! 촌장이 말한 왜구의 야습이다. 틀림없다."

그는 자신도 모르는 사이에 고함을 질렀다.

"모두 일어나! 왜구의 야습이다!"

"효심아! 빨리 일어나라 바쁘대이."

"빨리 일어나라 해도! 뭐 하노! 급하구마는."

그는 속히 이층 정자로 올라가서 깊은 잠에 빠진 일행들을 흔들어 깨웠다.

"부뜰이, 자지 않고 왜 호들갑이냐?"

"효심아! 저기를 보아라. 배가 해안에 접근하고 있지 않나? 저런! 수십 명이 배에서 내리고 있다. 칼이 달빛에 번쩍이고 있다. 큰 일났대이."

효심이 그때서야 정신이 드는가, 친구가 가리키는 해안을 바라보고는 "어! 정말 그러네. 성님들! 속히 일어나소!"

얼마 후, 고요하던 서사포는 불 난 집 같이 난장판으로 돌변했다. 촌장과 종놈들은 징과 꽹과리를 정신없이 두들겨 재꼈다.

"징! 징! 징!"

"깨갱! 깨갱! 깨갱!"

"컹! 컹! 컹!"

해안가 초가집에는 벌써 여러 집에 불이 붙기 시작하여 마을이 마치 한낮과 같이 밝았다. 검정 옷을 입고 머리카락을 뒤통수에 묶은 왜구들이, 번쩍이는 장검으로 울면서 뛰어다니는 촌민들의 배를 찌르고 가슴을 그어버려 아비규환 그 자체였다.

"아이고! 사람 살류!"

"나 죽는다."

"왜구들이야!"

침입자들은 소의 배를 찔리서 도끼로 소의 주검을 해체하여, 피가 뚝뚝 듣는 상태인데도 배로 들고 갔다. 침입자들은 침묵 속에서 아주 민첩하게 각자 맡은 일을 하고 있었다. 양식을 자루에 담아서 배로 가져갔고, 부녀자들을 겁탈하고는 손발을 묶어서 어깨에 짊어지고서 배 위에다 짐짝처럼 던져버렸다.

기집의 향긋한 살내음에 도취가 된 듯 어떤 왜구는, 단검으로써 한 중년 부녀자의 치마와 저고리를 찢고는 허연 속살이 드러나게 하였다. 소스라치게 놀란 여인의 흰 몸매에 출렁이는 두 유방과 두 다리 사이의 검정 체모가 불길 속에서 유난히 두드러지게 눈에 띄었다. 그녀는 몸을 던져서 죽어버리기라도 하듯이 검은 바닷물 속으로 뛰어들었다. 희디흰 여체를 보고는 빡빡머리의 왜구가 미친 듯 달려가서, 바닷물 속의 여자를 번쩍 들어서 모래바닥에다 넘어뜨리고, 그녀의 배 위에 올라타서는 욕구를 채웠다. 한 놈이 욕구를 채우고 바지를 올리자, 또 한 놈이 욕구를 채우고 그 다음에는 또 한 놈이 올라탔다. 왜구들도 고려인들과 같이 삼세 번을 지키는가 정말 기가 막혔다. 능욕을 당한 중년여인은 죽었는지 기진하였는지, 바닷물이 철썩철썩 무심하게 그녀의 하체를 씻는 데도 손가락 하나 움직이지 않았다.

서사포 넓은 해안은 순식간에 차마 눈뜨고 볼 수가 없는 생지옥이 되어버렸다. 효심과 법성(김사미)은 전동에서 화살을 꺼내어, 왜구들이 몇 명 몰린 곳에다 화살을 날렸다. 왜구들은 약탈에 정신을 잃었다가는

"아이쿠!"

"지쿠!"

하는 외마디 소리를 지르고 쓰러져 갔다. 몇 놈이 쓰러지자 옆에서 탈취에 혈안이 되었던 왜구들이, 화살이 날아오는 쪽을 쳐다보고는 소스라치게 놀라서 짚더미 뒤로 고목나무 뒤로 화다닥 뛰어가 숨었다.

효심과 법성(김사미)이 바람처럼 말을 달려서 왜놈의 목을 베고 또 베었다. 삽시간에 십여 명의 왜구의 목이 달아나자 그들은 배쪽으로 뛰어올라갔다. 효심이 마치 천둥 같은 쩌렁쩌렁하는 소리로 외쳤다.

"이 웬수들아! 내 칼맛을 보아라!"

배 위에 있던 왜구들의 목이 다 날아가자, 바다와 모래판에서 항거하던 수십 명의 왜구들이 칼을 버리고 손을 들어 항복을 하였다. 명선도 앞의 조그만 초가집 마을 하나가 불타 없어졌다. 촌장이 외쳤다.

"저 왜구들은 관아에 넘겨 관노비가 되게 하여라."

피비린내가 나는 짧은 싸움 뒤에 보니까, 엄장 스님이 가슴팍에 칼을 맞아 검붉은 피를 철철 흘리고 있었다. 부뜰이는 왼쪽 팔을 절반이나 잘리어 모래사장에 뒹굴고 있었다. 결국 둘은 전신이 피범벅이 되어 정신이 나간 사람 같았다.

얼마 뒤, 동해의 수평선에 아주 옅고도 붉은 노을기가 비치기 시작하

였다. 이 촌장은 손님들을 모시고 남쪽으로 해안가 길 십리를 잠시만에 달려 간절곶에 갔다. 진원이 말을 내리자마자, 심각한 표정으로 동해의 만경창파를 응시하면서 말했다.

"촌장님, 촌민들이 슬픔에 쌓여 있는데 우리들이 간절곶 해맞이를 보러 오고, 오늘 멸치후리기를 하는 것이 가족과 가옥을 잃은 촌민들의 가슴 속에, 원망의 앙금으로 남게 되지 않겠습니까?"

"그야 말하면 뭐 합니까? 어차피 물질(어업으로 살아감)을 하여 살아가야 하고, 이 바다를 포기하지 않으면 계속 그런 사건은 일어나니까요. 간밤에 손님 일행이 없었다면, 우리 집은 물론 더 많은 가옥이 불타고 숱한 촌민들이 어육이 되었을 것이오. 선비님, 잊어버리고 오늘을 살아가도록 합시다요."

혜광(박사미)이 촌장에게 물었다.

"간절곶은 앞의 망망내해와 뒤의 넓디넓은 노송림이 정말 절경이군요. 이곳을 왜 간절곶이라 부릅니까?"

"먼 바다를 항해하는 어부들이, 이곳을 바라보면 마치 긴 간짓대(긴 대로 만든 장대)처럼 보인다고 해서 붙였답니다. 백성들 사이에서는 간절곶이 우리 삼한의 뭍에서는 해가 가장 먼저 뜨는 곳이라고들 하고 있지요."

이야기를 주고받고 있는데, 붉디붉은 아침 해가 수평선 위로 얼굴을 내밀었다. 넓디넓은 바다가 온통 붉은 진홍색 물결로 출렁이었다. 붉은 해는 천천히 아니 아주 빨리 바다 위로 솟아올랐다. 보는 이의 가슴에 강렬한 희망과 엄숙함을 안겨주어 모두들 숙연하여 합장을 하였다. 효심과 김진원이 촌장에게 한마디 했다.

"간절곶의 일출은 정말 환희 그 자체로군요."

촌장이 일행에게 의미 있는 말을 하였다.

"울주 간절곶에 해가 떠야 우리 삼한에 새벽이 오지요."

서사포 해변의 흥겨운 멸치 후리치기

칠월 열하루 날 해가 서산에 걸리자, 울주 남부의 수백 명 주민들이 출어고사(出漁告祀)와 멸치 후리치기를 구경하러, 명선도 남쪽의 넓은 모래밭에 모였다. 해안가에는 풍어를 기원하는 출어고사상이 차려져 있었다. 뜨거운 여름해가 서산에 걸리어 서사포 앞바다에는 간밤의 비극을 씻은 듯 붉은 노을이 아름답게 깔려 있었다.

막 해가 서산을 넘어갈 무렵에 고사가 행하여졌다. 누런 모시 건(巾)을 쓴 촌장이, 고사상 앞에서 두 손을 들어서 서두를 꺼내었다. 그는 제주로서 도포를 입고 있었다. 촌장 옆에는 서사포에서 유명한 현씨 무당이, 고깔모자를 쓰고 울긋불긋한 옷을 차려 입었으며, 오른손에는 요령을 들고 고사에 협조하고 있었다.

서사포 선비들과 원로 어른들이 앞줄에 서고, 뒷줄에는 오늘 멸치 후리치기에 참석하는 어민들이 십 명씩 팔십여 명이 여덟 줄을 섰다. 향불이 피어오르고 초헌관인 이 촌장이 술잔을 상에 올리고 현 무당이 풍어를 기원하는 염원을 구성지게 읊조리었다. 무당은 북과 장구를 쳤고 신명나게 춤도 추었다.

공중에서 달이 밝은 빛을 내리쏟아낼 즈음, 고사가 끝이 나고 멸치 후리치기가 시작되었다. 해안가 군데군데 장작더미에 불을 놓아 대낮같이 밝혔다. 잔잔한 서사포 앞바다가 달빛에 뿌연 연무로 뒤덮인 것 같아 마치 산속의 호수와도 같았다. 몇 척의 어선이 그물을 싣고서 멀리 수평선 쪽으로 멀어져 갔다.

멸치떼들을 발견하였다는 표시로 배 위의 어부들이 횃불을 둥글게 흔들어 원을 그려 보였다. 이 촌장은 여유 있게 어촌 책임자에게 지시를 하였다.

"이 서방! 어부들이 모이게 고동을 불어라!"

얼굴이 온통 검정수염으로 뒤덮인 어촌 책임자는 이마에 땀이 젤은 삼베수건을 질끈 동여매고 있었다. 그는 커다란 고동을 입에 물고서 눈이 튀어나올 것 같이 힘을 다하여 불기 시작하였다.

"부~웅!"

"부~웅!"

배가 바닷가로 다가오자 어부들이 바닷물로 뛰어 들어서 그물 끝의 밧줄을 당기기 시작하였다. 어부들은 모두 힘을 합하여 그물 당기는데 안간힘을 쏟았다.

"영차! 영차! 영차!"

"영차! 영차! 영차!"

……………………

해안가가 한동안 온통 시끌벅적하였다.

한참 동안 그렇게 그물의 밧줄을 당겼다. 수십 명의 줄 당기는 어부들의 이마와 가슴팍에 드디어 땀이 진득하게 흐르기 시작하였다. 드디어 그물이 모래밭으로 올라오기 시작하자, 줄을 당기던 어부들이 그물에 가득한 멸치들의 펄떡거림을 보고서, 얼굴에 환희가 감돌며 너털웃음을 흘리기 시작하였다.

드디어 어부들의 멸치털이가 시작되자, 이 서방이 먼저 구성진 목소리로 선창을 하자 멸치 터는 어부들이 후창을 하였다.

"삼월이라 삼짇날."

"삼월이라 삼짇날."

"헤이야차 헤야차."

"헤이야차 헤야차."

"연자제비 거동보소."

"연자제비 거동보소."

……………………

 멸치 터는 어부들의 목소리는 펄떡이는 멸치떼들의 생동감마냥 힘겹고 숨가쁘게 서생포 밤하늘에 메아리쳤다.
 칠월 열이틀 날 오전, 법성 일행은 말을 몰아 운문사와 배냇골로 향했다. 의형제의 연을 맺었고, 며칠간 울주의 태화강과 동해안을 돌아보는 사이에, 운문사 승려들과 배냇골 호걸들은 똘똘 뭉친 진정한 형제가 되었다.

제5부

신해년 겨울나기
극심한 흉년과 폭정으로
들끓는 민심

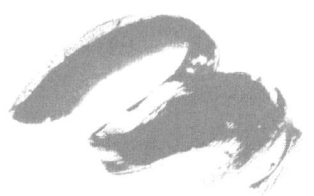

법성과 효심 일행은 말을 타고, 머리 끝 정수리가 탈 듯한 뙤약볕을 쬐면서 태화강을 따라 헌양으로 올라가고 있었다. 울주 읍성에 가까운 삼호촌(三湖村)을 벗어나자, 길거리에 배를 곯아 굶어 죽은 노파와 어린 아이 등의 시체를 보자니 가슴이 답답하였다.

쭉정이가 절반인 추수마당, 한숨짓는 농민들

고개마다 산적들, 장시마다 뜨내기 무사들

효심 일행이 반천촌(盤泉村)에서 헌양읍성 동쪽의 요도(蓼島, 어음리)로 가려고 고모산(古毛山)의 곰재(고무재)를 넘을 때였다. 고개 양옆에서 효심 일행을 무기로 위협하여, 말에 싣고 가던 물품을 강탈하려던 네 명의 산적을 효심이 혼자서 제압하였다. 바로 서쪽의 헌양현에 사는 그들의 이름은 몽쇠, 간짓대, 바우, 도야지였다. 그들은 곧바로 효심의 부하가 되었다.

효심은 헌양 장시의 '남천(南川)주막'에 들어갔고, 운문사 승려들은 서둘러 절집으로 가버렸다. 그 주막 주인 주철이는 효심과 동갑내기로 어릴 때부터 친구였다.

주인이 막걸리를 옹기단지에 철철 넘치게 가져왔다. 장터에는 장사꾼들이 많이 몰려 떠들썩하였고 풍성한 분위기가 조성되어 있었다. 효심과 산적들이 술 때문에 알딸딸하게 되었을 때, 그들의 시야에 허리에 칼을 찬 무인 네 명이 나타났다. 그들은 낮술을 마셨는가 얼굴이 시뻘겋게 붉었다. 험악하게 생긴 무사 하나가 쌀을 파는 농부에게 다가가더니, 위협조로 떠들었다.

"너것들, 우리가 지켜주지 않는다면 여기에서 어찌 장사를 할 수 있단 말인가? 쌀을 장세로 내어놓게들. 너희들도 가만 보고 있지 말고, 쌀 파는 놈들에게서 쌀을 몇 되씩 걷게나."

나머지 세 명의 무사들이 그 무사의 지시대로, 근처 싸전에 있던 마대 자루의 쌀을 자기들의 마대에 퍼 담기 시작했다. 그 광경을 본 효심의 두 눈썹이 V자로 일그러졌다. 그는 주철에게 고함을 버럭 질렀다.

"주천이! 현규(縣軍)들은 저 놈들을 잡아들이지 않고 왜 그대로 두나?"

주인은 효심이 불의를 보고는 참지 못하는 불같은 성격을 가지고 있다는 것을 잘 알고 있었다. 그는 벌벌 떨면서

"효심아! 참아야 한대이. 저놈들은 눈에 보이는 것이 없고, 칼을 함부로 휘둘러 농민들을 죽이기까지 한다네. 현군들은 저들에게 힘이 부치어서 갚지도 않고 있는 실정이란다."

한 싸전 주인이 무사들이 자기의 쌀자루에서 쌀을 가져가는 것을 보고는

"나으리! 안됩니더. 우리 아부지 약 한 재 달여드려야 합니대이. 늙은 우리 아부지 곧 죽씹니대이." 하고는 자기의 쌀자루를 움켜쥐고는 엉덩이를 땅바닥에 눌러 앉아 늘어졌다. 그랬더니 술 취한 무사가 그 농부의 귀때기를 사정없이 휘갈겼다. 불시에 따귀를 몇 대 맞은 농부는 코와 입에서 피를 흘리면서 얼굴을 자갈밭에 박으며 쓰러졌다.

효심이 막걸리 사발을 집어던지고는 무사들에게로 달려가서 호통을

쳤다.

"이놈들! 어디에 와서 불쌍한 백성들에게 행패냐? 다리몽둥이가 부러져야 정신을 차리겠어?"

그 목소리가 워낙 벼락같은 우렁찬 소리라 장터 사람들이 놀래서 모여 들었다. 나이 들고 험악한 무사가 급하게 대들었다.

"네놈은 도대체 무엇이관데 우리가 장세 걷는 일을 방해하느냐? 뜨거운 맛을 좀 보아야 하겠나? 꼭 산적같이 생겨먹은 놈이 힘깨나 쓰게 생겼구나."

효심은 벌써 제정신이 아니었다. 주먹으로 그 무사의 아구통(입과 턱)을 후려치려니까, 무사가 다급했던지 칼을 뽑아 효심의 배를 찔렀다. 효심이 순간적으로 엉덩이를 뒤로 재끼더니 왼발로 나이 든 무사의 음낭을 힘차게 걷어차면서, 동시에 오른손 수도(手刀)로 무사의 목 뒷덜미를 세차게 내리쳤다.

효심의 동작이 워낙 빨라서 장터사람들의 눈에는 잘 보이지 않았다. 상대 무사는 칼을 갱분(자갈밭)에 떨어뜨리고는 쭉 뻗어버렸다. 아마 목뼈가 부러져 반은 죽은 것 같아 보였다. 나머지 세 무사는 놀라서 칼을 뽑아들고 저희들끼리 몸을 가까이 하여 밀집방어에 나섰다.

효심은 갑자기 언덕 아래의 남천으로 내려가더니, 자신의 키 두 배나 되는 큰 버드나무를 뽑았다. 수많은 구경꾼들은 말을 못하고 입을 헤벌레 하고 눈만 끔벅끔벅할 뿐이었다. 장사가 맨손으로 십년도 넘은 버드나무를 거랑바닥에서 마치 밭의 무를 뽑듯이 쉬이 뽑아버렸기 때문이었다. 그것도 눈 깜빡 할 겨를에 말이다. 장사는 그 무겁고도 긴 버드나무를 마치 지게 작대기 들 듯, 들고서 언덕 위로 급히 뛰어 올라왔다. 세 무사는 칼을 곧추세우고 상대가 저 큰 나무로 어떻게 할까를 숨을 고르며 지켜보았다. 비호처럼 달려온 장사는

"에잇! 버러지보다 못한 인간들아! 죽어버려라!" 라고 외치면서 빗자루로 낙엽을 쓸 듯이, 세 무사를 나무뿌리로 순식간에 장터바닥에 쓸어버렸다. 워낙 세차게 나무뿌리에 허리부분을 받혀 셋은 장터바닥에 떨어져 얼굴을 땅바닥에 처박았다. 그들은 죽었는지 몸을 움직이지 않았다. 효심은 누워있던 세 무사의 몸 위에 차례로 솟구쳐서 뛰어내리는데, 두 발로 각 무사의 두 허벅지를 힘껏 밟아서 다리를 거의 못쓰게 만들어 버렸다. 세 사람은 차례로 밟히면서 꿈틀거릴 뿐 아무 소리도 내지 못했다.

효심은 그 무사들의 칼 네 자루를 자기의 말안장에다 매어 달고는 떠들어대었다.

"헌양 사람들이여! 저런 악당들은 앞으로 내가 버르장머리를 고쳐 놓겠오. 에잇, 오늘 술맛 다 떨어졌네. 주철이, 미안하구나."

주철은 잔뜩 긴장된 얼굴로 대답하였다.

"저 놈들의 친우가 헌양현 감무리던데 감무가 곧 나를 잡아들일 것일게야. 내가 죽게 생겼어."

효심은 구경꾼들에게 웃음을 머금은 흐뭇한 표정으로 왼손을 흔들어 보이고는, 고삐를 힘껏 당겨서 말의 앞발을 공중으로 솟구치니, 말은

"히이~잉" 소리를 내었고, 효심은 남천의 계곡물을 튀기면서 바람처럼 작천정(酌川亭)쪽으로 달려가버렸다.

구경꾼들은 순식간에 벌어진 네 무사와 한 젊은 장사의 격투를 보고는, 꿈을 꾼 듯 도저히 믿기지 않은 사실을 인정해야 했다. 그것도 한여름 대낮 장터걸에서, 한낮의 격투이자 수백 명이 한꺼번에 목격한 장면이니 믿지 않을 수도 없었다.

한 오줄없는 효심의 형수와 삼촌

효심이 울주를 둘러보고 집에 갔더니, 평소에 친절하던 형수 원동댁

이 왠지 모르게 효심을 보고 말을 잘 못하고 쩔쩔 매는 모양이었다. 효심의 형 목심(木心)은 올봄에 원동의 처녀와 혼인식을 올리고, 부모가 거처하는 큰방의 옆방인 머릿방에 신접살림을 꾸리고 있었다. 그는 새신부의 꽁무니를 졸졸 따라다녀, 그의 어머니 반구댁이 얼굴을 찌푸리며 여러 번 장남을 심하게 나무랐다. 말하자면, 부부의 금실이 아주 좋은 편이었다.

효심이 형수의 행동이 의아한 것을 보고 어머니에게 물어보았다. 그러자, 모친이 곰곰이 생각하는 모습을 보이더니 차분히 말했다.

"나는 형수가 잘못 생각한 작은 실수 때문에, 너희 형제들의 의가 상하는 것을 원하지 않는다. 너도 듣고 용서하고 잊어버리거라."

"무슨 이야기인데 그렇게 정색을 해요?"

"며칠 전에 빨래터에서 마을 아낙네들이 형수에게 농담 삼아 물었단다. '원동댁, 시동생은 돼지우리 같은 집에 살면서 보리밥도 겨우 먹는데, 어찌 살이 푸둥푸둥 찌고 뼈가 통뼈로 힘이 항우장사로 센가 이상하구만요. 까닭이나 알겠는가?'

형수가 이때 말을 잘못한기라.

'아마도 도야지 몸을 타고서 이 세상에 태어난 것이 아닐까요?' 라고 답을 했단다."

"그래서요?"

"마실 아낙네들이 며느리의 실수를 덮어주지 않고, 온 마실에 떠들어 형수를 놀림감으로 만들어 버렸단다. 너의 형이 이 소문을 듣고는 형수를 몹시 조져버렸다네."

"형이 뭐라고 했는데요?"

"여편네가 눈치도 없이 동생에게 잘 해준 것도 없으면서, 마을 사람들에게 동생을 도야지라니 제정신인가? 앞으로 한번만 더 그런 실수를 한다면 원동으로 쫓아버리겠다고 했단다. 우리 집은 동생 때문에 살아가는 편인데 그것도 모르고 난리인고 라고 했단다."

"그래서, 형수가 나를 보고는 쩔쩔매는구나." 하고서 효심은 '내가 집안 형편보다는 몸을 잘 타고난 것은 틀림이 없지. 뭐.' 라고 생각하면서 만족스러운 듯 싱긋이 웃고 말았다.

효심이 울주에 다녀온 이튿날, 이천옥에 가서 소, 돼지, 닭을 잡고 행패를 부리는 손님들이 오면 겁을 주어 무마시키곤 하였다. 그는 숨도 크게 쉬지 않고 조용히 일만 하였다. 그런데 해질녘에 문제가 불거지고 말았다. 이 주막 단골손님이 와서 효심이 헌양장터에서 무사들을 조진 무용담을 자랑삼아 했는데, 삼촌이 자기의 재산이 크게 축이 날 것이 염려되자, 이튿날 오전에 조카에게 벌을 세우고 말았다.

전동은 노총각 조카에게 머리에 물통을 이고 대문 담장 밑에 꿇어 앉아있게 하였다. 그 대문이 초전의 대로변에 있었기에 행인들이 지나가면서 모두들 그 이상한 광경을 쳐다보았다.

효심은 어제 포악한 무사들을 짓이긴 것을 정의라고 생각했으나, 집안 전체를 걱정하는 눈치 빠른 삼촌의 뜻에 따르기로 했다. 정오가 넘어서자 오줌이 마려워 죽겠는데, 비단으로 휘황찬란하게 단장한 가마 한 대가 양주쪽으로 가고 있었다. 효심이 하도 화려하게 치장한 가마라 그것을 멍히 바라다보고 있었다. 그는 팔다리가 아프고 고통스러워 은근히 화가 치밀었다.

그런데 가마를 매고 가던 가마꾼들이 효심이 벌서고 있는 꼴이 우스꽝스럽기도 하고, 또 재미있기도 하여 가마 옆의 가리개 휘장을 들어올렸다. 가마꾼들이 주인마님에게 재미있는 광경을 선사하는 경우였던 것이었다. 가마 안의 여인이 효심과 눈길이 마주쳤다. 남녀 상호간에 은근히 오가는 눈길에 정이 묻어나 불길이 번쩍였다. 거리가 불과 몇 간(一間=1.82m)이 안 되어 서로의 얼굴을 충분히 볼 수가 있었다.

고운 비단으로 몸을 감싼 귀부인은 머리에 흑발의 가체를 아름답게 얹었는데, 젊디젊은 부인은 사자평이나 신불평원에서 간혹 외로이 피어 있는 여름날의 산나리꽃과 꼭 같은 자태를 하고 있었다. 얼굴이 갸름한데 혈색이 좋아 붉기가 산나리와 같았다. 몸매 또한 키가 커 보였고 갸름하나 강인함이 배어나오고 있었다. 두 남녀는 정신을 잃고 서로를 한참 동안 바라보았다. 가마꾼들이 남녀 사이에 감정이 교감되는 것을 직감하고는, 가마의 가리개 휘장을 내려버렸다.

가마가 멀어져 가는데도 효심의 가슴 속에는 웃는 듯 반기는 듯 은은한 미소를 머금고 바라보던 젊은 귀부인의 고귀한 모습이, 그의 무딘 가슴속에 더욱 강한 앙금을 만들어가고 있었다. 그러나 그는

"저런 돈 많은 귀부인은 나와는 전혀 어울리지 않아. 나에게는 복순이가 딱이야."

조금 있으니 간밤에 만취되어 한낮이 되도록 자고 나오던 조 장자가 효심의 그런 모습을 보고는 깜짝 놀랐다. 그는 배웅 나온 전동을 보고는 이해가 안 된다는 듯 뇌까렸다.

"아니! 주인장! 왜 저런 훌륭한 조카를 상을 못 주고 벌을 세워요?" 하더니 효심이 머리에 이고 있던 물통을 두 손으로 와다닥 밀쳐서 땅바닥에 떨어뜨려버렸다. 최근에 들어 무신년(1188, 명종 18년)에는 홍수가 잦더니, 그 뒤를 이어 기유년, 경술년, 신해년까지 내리 삼 년 동안에는 또 극심한 가뭄이 지속되었다. 그러다보니 농민들의 생활은 생지옥 바로 그것이었다. 그래도, 지방의 무관 출신 탐관오리나 악독한 토호들은 이런 흉년을 이용하여, 힘없는 농민들의 문전옥답을 흰죽 한 솥단지에 사들이는 대담한 탐욕을 발휘하여 재산을 더욱 늘려나갔다. 이런 논밭을 흰죽논이라고 불렀다. 신해년 여름도 워낙 가물었기에 나락은 쭉정이가 대부분이었고 벼의 수확량은 평년의 3분의 1도 못 되었다.

효심과 복순의 혼인

이미 신해년 추석이 지났고 추수의 대부분이 끝났다. 배냇골 앞뒤 산의 나무들이 낙엽을 다 떨어뜨리고 앙상한 나뭇가지에는 찬바람이

"휘~이~잉."

"휘~이~잉"

불면서 지나가고 있었다.

배냇골 복순의 집 마당에서는 효심과 복순의 혼례식이 거행되고 있었다. 혼인식장 앞뒤에는 수십 명의 손님들과 또 수십 명의 거지들이 들끓고 있었다. 새신랑은 김정열 훈장이 가르쳐준 그 말씀을 기억하고 식을 엄숙하게 치르고 있었다.

"혼인은 인륜지대사로 옛 성인의 말씀에

'얼음이 녹으면 농상이 시작되고 혼례를 치르면 사람의 일이 시작된다.'고들 하였다네."

한창 잔치 분위기가 무르익어 술 취한 손님들이 봄날 물 잡힌 논에 개구리들 울 듯 왈왈거리면서 소란스러운데, 부뜰이가 급히 뛰어와서 효심의 모친에게 알렸다.

"어머님, 거지가 놋쇠 밥그릇을 가지고 도망가버렸심더. 어쩌면 좋능교?"

그러자, 반구댁 역시 급히 말했다.

"아이고! 그 놋쇠 밥그릇을 팔아먹으려면 뚜껑이 있어야 지값을 받는데… 어쩌노?

니가 이 뚜껑을 가지고 그 거지를 따라가서 주고 오너라. 알았제?"

"예, 알겠구만요." 라고 대답하였다. 그는 그 뚜껑을 받아들고서 거지가 원동쪽으로 갔다고 믿고, 배내천을 따라 남쪽으로 힘껏 달려갔다. 어두워 오는 배내천을 따라 달리면서, 그는 가슴 속에서 무엇인가 울렁거리고 있음을 느낄 수가 있었다. 그 울렁거림이란 바로 이런 것이었다.

'반구댁은 정말이지 살아있는 보살님이다. 거지놈을 잡아서 족쳐야 할 판국에, 도리어 이렇게 뚜껑까지 그 놈에게 가져다주라니. 삼한 천지에서 저렇게 생불 같은 맘씨를 가진 여자는 없을 것이다. 정말로 진국이야 진국이라.'

진원도 그의 주인이 혼인하는 날이라 술을 잔뜩 마신 자리에서, 김정열 훈장에게 덕담을 한마디 하였다.

"훈장님, 옛사람의 말에 의하면,

'한 고을의 정치는 술에서 보고, 한 집의 일은 양념맛에서 본다. 대개 이 두 가지가 좋으면 그 밖의 일은 자연히 알 수 있다.' 라고 했는데, 오늘 배냇골의 술맛과 양념맛을 보아하니 배냇골의 수준이 대단히 높다고 보아집니다."

"하! 하! 하! 김 선비, 배냇골의 수준이 그냥 만만치는 않지."

대부분의 외부 손님들이 다 돌아가고 머릿방에 신방이 차려졌다. 가만히 촛불을 바라다보고 있던 새각시가 의아한 표정을 하고서 새신랑에게 물었다.

"오라버니, 한 가지 물어볼게 있는데요."

"무엇인데?"

"언젠가 오라버니가 내가 혼자 있던 집에 와서 자고 갈 때였어요. 마당에서 오줌을 누는 것도 아니고 서서 손으로 양물을 잡고서 벌벌 떨더니, 전신에 힘이 쫙 빠져버리던 것 말이오. 방에 들어오자마자 잠이 들어버린 그것이 왜인지 모르겠어요."

"허! 허! 허! 그것이 아직까지도 의심기가 있단 말이지?"

"그렇답니다. 말해 주세요. 이제 혼인을 했으니 서로 터놓고 얘기해도 되지요?"

"남새시러봐서, 이제 와서 새삼스레 그 이야기를 하자니 좀 그렇네.

그만 하면 안 될까?"

"와요? 한번 이야기해보소."

"그건 우리 같이 못 배운 천덕꾸러기에게는 '손장난 한다.'고 하고, 훈장님 같이 많이 배운 사람들은 수음(手淫)이라고 한단다."

"손장난이고 수음이 다 뭔데요?"

"나 같은 노총각이 혼인을 못하고 여자 생각이 나도 달리 방도가 없을 때, 참아도참아도 안 되면 독사 대가리처럼 성깔이 난 남근을 다섯 손가락으로 심하게 털어 그 성질을 확! 죽여버리는 지랄발광이란다."

"호! 호! 호! 이제는 알 것 같네요. 이제 손장난 안 해도 되겠네요. 오라버니, 그럼 빨리 불끄고 잡시더."

"중늙은이가 되어 복순에게 순정을 바치자니 만감이 교차된단 말일세."

이때 반구댁이 갑자기 문을 밀치고 신방에 들어왔다. 그리고는 대뜸 나무라듯이 쏘아붙였다.

"빨리 불 끄고 안자고 뭐 하노? 할 이야기가 그리도 많노."

"엄마요. 뭐가 그리 급하요?"

"신랑이 말이 신랑이지 중늙은이 아닌가배. 내가 손자를 얼마나 보고 싶은지나 아나? 니 형은 왜 아이도 이제껏 못 놓노? 신랑 신부는 이제 일할 때 말고는 계속 붙어서 자거라. 그래야 아들이 빨리 생기제. 알았나?"

"지가 곧 떡두꺼비 같은 손자를 엄마품에 안겨드릴게요."

"아이고! 듣기만 해도 포사시럽구나. 효심이도 인자 손장난 안 해도 되겠네."

새신랑이 어머니의 갑작스런 이야기에 어이가 없는가, 엄마를 뻔히 쳐다보다가 창피스럽다는 듯이 불평을 하였다.

"엄마, 신부 앞에서 혼인 첫날부터 내가 '손장난쟁이'라고 까발리면 내가 뭣이 되능교? 참. 미쳐버리겠네요."

"말이 나왔으니 말이제. 며눌아. 노총각이 머릿방과 초당방에 혼자 있을 때, 손장난을 하는 것을 내가 여러 번 훔쳐보았단다. 저 장성한 아들이 각시가 없어 손장난 할 때, 노총각 마음이 어땠으며 그것을 지켜보는 이 에미 맘이야 또 얼마나 아팠겠냐? 알겠제? 잉!"

"엄마! 알았심더. 빨리 자러 가이소. 복순아! 빨리 불 끄고 자재이."

반구댁이 아들에게 쐐기를 박 듯이 마지막으로 단호하게 한마디 내뱉었다.

"야야! 말이야 참말이지. 니 각시 복순이가 어른들 잘 모시지 마음이 신불평원보다 더 넓지. 그런데다 몸이 풍성하여 육덕은 또 얼마나 좋노. 마을혼사지만 헌양현에서 저런 좋은 각시는 구하기 힘들기라. 다 니 복인기라."

새색시가 시어머니의 칭찬에 눈시울이 붉어지면서 떨리는 목소리로 고마워했다.

"어머님, 너무 과하게 말씀하시니 부끄럽습니다. 뼈가 가루가 되도록 모시겠심더."

복순이 촛불을 입바람으로 끌 것 같이 붉고도 두툼한 입술을 동그랗게 오무렸다. 그것을 본 반구댁은 천천히 방문을 나섰다. 축담에 내려선 반구댁은 캄캄한 기둥에 기대어 방안 신랑·각시의 소리를 귀담아 듣고 있었다. 일다경의 시간도 흐르지 않았는데 복순의 희열에 찬 외침이 들려왔다.

"아얏! 오라버니!"

어둠 속에서 반구댁이 만면에 안도의 흐뭇한 웃음기를 보이면서 중얼거렸다.

"인자, 며눌아이 금사(金絲, 처녀막)가 뚫렸구나. 효심의 장대한 쇠몽댕이가 늦게야 지 살동굴을 찾았는기라. 그라고, 초전의 전동 삼촌 아니면 우리 형편에 어찌 장가를 보내나. 저거 아비 깜냥으로는 어림 반푼어치도 없지. 삼촌이 참으로 고맙네."

배냇골 방문객 - 남해현 상단과 연일현 승려들

효심이 혼인식을 마치고 며칠이 지난 뒤, 배냇골 효심의 집에 두 종류의 특이한 사내들이 연이어 찾아 왔다. 하나는 남해현의 해산물과 특산물을 팔러다니는 남해현 상단이었고, 또 다른 하나는 불심이 약한 연일현 승려들이었다.

이천서당의 유민등록소에서 효심과 김정열이 지켜보는 가운데, 유민등록의 책임자 진원이 먼저 방문한 남해현 상단에게 물어보았다. 남해현 상단은 합포현에서 전에 관리로 근무했던 김대성(金大成)과 개경에서 낭장(郎將, 정5품) 벼슬을 한 적이 있던 박해운(朴海雲) 등 다섯 명이었다.

"대인들은 유민은 아닌 것 같은데 어찌 우리들에게 오셨오?"

"배냇골 효심이란 장사가 사람들을 모아 고려를 엎어버리고 신라를 다시 건국한다기에 왔답니다."

남해상단이 떠난 그 이튿날 머리를 빡빡 깎고 회색 승복을 입은 승려 둘이 배냇골 이천서당에 나타났다. 키가 크고 성질이 괄괄한 승려는 이우헌(李宇憲)인데 법명이 증관이라 하였고, 키가 작고 차분한 성격의 소유자는 김석기(金石淇)인데 절에서는 종선이라고 불린다고 했다. 그들도 신라 부흥운동을 도와 벼슬이나 한번 하겠다고 방문목적을 분명히 하였다.

김정열 훈장이 떠나는 두 종류의 방문자들에게 당부했다.

"경상도 유민구제에 동참할 진정성이 있다면, 고향의 재산을 처분한 뒤에 내년 봄에는 돌아오시오. 유능한 인재나 힘센 장사가 있다면 데리고 와도 좋소."

술 · 여자 · 육고기가 극락보다 더 좋지

삼한시대부터 넓은 평야를 가진 밀성군 수산현에 이정치(李正治)라는 전직 무관이 살았다. 그는 소시적에 개경에서 한창 잘 나갈 때는 장군의 벼슬까지 하여 지금도 '이 장군'으로 불리고 있었다. 이목구비가 반듯하고 체격이 좋았으며, 성격이 다소 급하여 말을 좀 더듬었다. 그는 매일 술을 마시어 얼굴이 항상 불그스름하였고 코끝에 주독이 맺혀서 빨간 색깔이었으며, 코끝에 수십 개의 좁쌀만한 홈이 파여져 있었다(딸기코).

「이 장군은 광막한 농토를 선대로부터 물려받아 넉넉한 살림살이에 아무 어려움 없이 한평생을 살아 왔다. 이제 늙어 병이 들어서 의원을 청해 진맥을 부탁하였다.

"자네가 내 병을 고쳐 주면 많은 보상을 하겠네."

이 말을 들은 수산현의 용하기로 소문난 지봉현 의원이 방안을 한 바퀴 둘러보았다. 장군은 비단이불을 덮고 평온하게 누워 있었다. 그의 왼쪽에는 아름답게 치장한 여인들이 쭉 앉아 있었고, 그의 오른쪽에는 거문고와 가야금 등 각종 악기가 나열되어 있었다. 그 앞쪽에는 술과 고기가 가득 차려진 술상이 놓여 있었다. 지 의원은 아무 말 없이 정중하게 진맥을 한 다음, 엄숙한 표정을 지으며 이렇게 이르는 것이었다.

"장군님, 잘 들으십시오. 병을 고치고 더 오래 장수하시려면, 여기 왼쪽과 오른쪽에 있는 것들을 모두 치우시고 앞에 놓인 술상도 물리치시어, 이러한 것들을 결코 가까이하지 않으셔야 합니다."

이 말을 들은 이 장군은 손을 좌우로 내저으면서 말했다.

"지 의원, 내가 병을 고쳐 더 오래 살려고 하는 것은 이런 것들과 더불어 젊은이 못지않게 더욱 즐기면서 살고자 함일세. 만약 이것들을 치우라고 한다면, 비록 백 년을 더 산다고 해도 내 하지 않겠네. 자네는 그냥 물러가게나."

이에 의원은 웃으면서 뒤도 돌아보지 않고 물러갔다.

며칠 후, 수산학당의 안민주 훈장이 병문안을 위해 장군을 방문하여 이렇게 이르는 것이었다.

"장군께서는 마땅히 술과 고기를 물리치고 염불을 하면서 몸을 단정히 하시면, 부처님의 은덕을 입어 극락세계로 가실 수가 있을 것입니다. 부디 염불을 부지런히 하십시오."

이 말에 장군이 큰 관심을 가지고 물었다.

"이 사람아, 거기 극락세계인가 하는 곳에 가면 지글지글하게 구운 돼지머리 안주며 알맞게 데운 맑은 죽엽주와, 그리고 고운 옷을 입고 아름답게 치장한 예쁜 기생들이 기다리고 있다고 하던가?"

"장군님, 극락세계에 그런 것들이 있다는 말은 들어보지 않아 모르겠습니다만, 일을 하지 않아도 안락한 생활을 할 수 있는 곳으로 알려져 있습니다."

이 때 장군은 손을 내저으면서,

"그만두게나, 나는 극락세계가 아니라 그보다 훨씬 더 좋은 곳이 있다고 해도 그런 것들이 없으면 가지 않겠으니, 자네는 더 말하지 말고 물러가게나." 하고는 돌아누워 눈을 감아버렸다. 훈장은 이런 장군의 꼬락서니를 보고는 말문이 막혀서 구토가 나올 것 같아 얼른 장군의 집을 나와 버렸다.」[22]

혹한과 기아의 와중에 오갈 데 없는 민심

헌양감무 효심의 제2차 개경무관 출사 권유

헌양읍성 백한수 감무의 방, 효심이 두 무릎을 꿇고 심드렁한 표정을 짓고 감무를 쳐다보고 있었다. 밖에는 초겨울 햇살이 미닫이문의 창호지에 내리쬐고 있었다. 감무가 자기 앞에서 그런 자세로 앉아있는 효심에게, 반 권유 반 위협조의 목소리로 말했다.

"자네가 헌양 바닥에서 무사들을 짓밟아 버렸다지. 그런 겁대가리 없은 짓들이 얼마나 큰 죄인지는 알고나 있나. 말해봐."

"그 무사들이 감무님의 권세를 믿고 현민들을 무수히 괴롭히기에 그리한 것이고. 치료비 등은 초전 삼촌이 보상하였지요."

"세상만사가 자네 생각대로 그리 호락호락한 것으로 믿으면 큰 오산이네. 나는 법대로 자네를 옥에 가두어 몇 년을 고생시킬 수도 있어."

"앞으로 조심하지요. 뭐."

"자네는 개경 가서 군인으로 출세할 생각은 없는가? 생각만 있다면, 내가 소개서를 이의민 장군에게 써주지. 자네만 잘 하면 크게 입신출세를 할 수가 있지."

"거듭 말씀드리지만 지는 개경 갈 생각은 없다오. 고향에서 조용히 살라요."

"자네가 나의 권유도 결국 뿌리치고 마는구나. 벌써 두 번째야. 다음에 본관이 부를 때는 개경 가는 것이 몸에 이로울 것일세."

큰 범과 같은 효심이 어슬렁거리면서 방문을 나서는 것을 보면서, 백한수는 우두둑 이빨을 갈았다.

'개자석아! 제 발로 맘대로 나가는 것도 이번이 마지막이다. 다음엔 관두지 않겠다. 본관의 당부를 지가 뭔데 그렇게나 허망하게 거절하다니. 괘씸한 놈!'

우유부단한 조세징수로 파직되어 귀향한 수령들

신해년 섣달에 정기인사인 대정이 있었다. 동경유수 관할의 경상구산 지역의 수령들 가운데, 동경유수 이무량, 양주방어사 박봉구, 지밀성군사 안종태 등이 유임되었고 약 절반의 수령들은 파직되었다. 유임된 수령들은 공통적으로 조정의 고관대작들과 고래심줄 같은 끈이 닿아 있었다. 그 외에도 농민들에게 원성을 들어가면서도, 전혀 흔들림 없이 혹독하게 세금을 징수한 결과였다.

우유부단한 조세징수로 짧은 임기를 마치고 파직되어 귀향한 수령들은 다음과 같았다. 즉, 지울주사 석무주는 변정호(卞正鎬)로, 헌양감무 백한수는 박재구(朴在九)로, 청도현 감무 송이순은 전신우(全信宇)로 바뀌었다. 전임 수령들이 파직이 된 것은 그들의 임무인 조세와 공물의 징수 및 유민방지의 실적이 저조하다고 낙인이 찍혔기 때문이었다.

양주 신불만댕이 사람들의 처참한 겨울나기

금오주막에서 몸을 파는 젊은 아낙네

황산강(낙동강)쪽에서 한겨울의 따스한 햇살이 좁은 주막방에 오롯이 내리쬐어 방안이 따뜻하였다. 청색 건을 쓴 선비가 대처 사람의 살결과 말씨를 하고 있는 여인에게 청주를 권하고 있었다. 이 '金烏酒幕(금오주막)'에서 허드렛일을 거들고 있는 순이는, 청주 두세 잔에 얼굴이 발갛게 변하여 콧소리로 말했다.

"선비님, 술을 더 가져올까요?"

"그러세."

"지는 혼례식날 큰상 받고는 청주가 처음인데 가슴이 자꾸만 벌룸거리네요."

부엌에서 술 한 주전자를 더 가져와 소반 위에 올려놓은 순이는 엉덩이를 방바닥에 풀썩 내려놓으면서 지껄였다.

"아이구! 몸이 와 이리 화끈거리노." 하고는 삼베저고리를 벗어 재꼈다. 작은 모시 속저고리가 남았는데 백옥 같은 피부의 배와 배꼽이 드러났다. 선비가 갑자기 순이의 허리를 와락 끌어안았다. 곧, 남녀는 실오라기 하나 없는 맨몸이 되어 비지땀을 흘리면서 격렬한 방사를 계속하였다. 여인이 감창을 계속하면서 감탄한 듯 중얼거렸다.

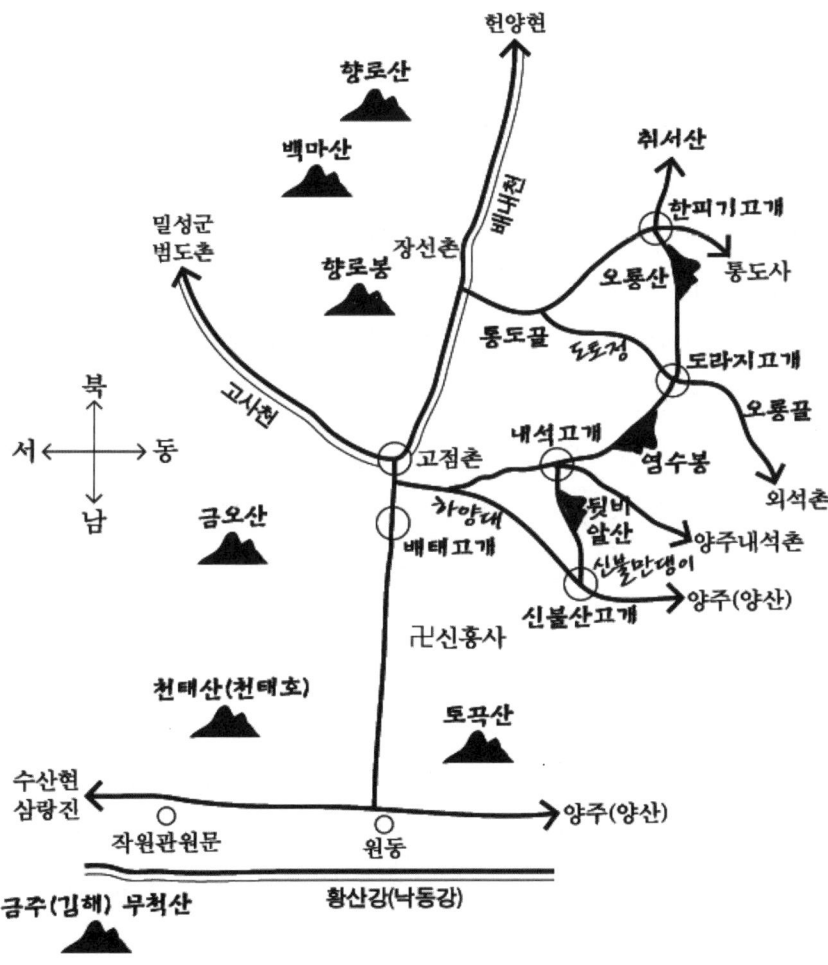

고점촌 · 배태고개 · 원동 · 작원관원문 · 내석고개 · 신불산고개

"아~ 너무 좋아. 구름을 탄 기분이네."

만난 지 얼마 되지 않은 낯선 남녀가 세 번이나 과도한 방사를 치렀다. 방문을 열어보니 한낮이라 추위가 많이 풀렸다. 서편으로 기운 태양으로 미루어 보아 미시(未時, 13~15시)는 된 듯싶었다. 큰방에 대기하고 있던 종자는 갈 채비를 다 갖추어 두고 주인을 기다리고 있었다. 젊은 선비가 나귀에 오르자 그녀는 다소곳이 고개를 숙여 그에게 절을 올렸다.

막노동으로 입에 풀칠하는 남편

황산강 남쪽의 '鵲院關院門(작원관원문)'이란 커다란 현판이 걸린 이층 문루(門樓) 앞에서 천복이는 열심히 짐을 운반하고 있었다. 그는 황산강가에 가서 작원관의 물품을 이륜수레에 싣고 와서 이 관아의 창고에 입고하는 일을 했다.

작원관원문은 경상도의 동과 서, 남과 북을 연결하는 교통요지에 세운 숙박과 검문을 위한 시설이었다. 원(院)은 공무로 여행하는 관원들의 숙소이며 관(關)은 출입하는 사람과 화물을 검문하는 곳이었다. 작원관원문은 이름 그대로 원과 관의 시설을 모두 갖춘 시설이었다. 문 주변에는 잘 지은 기와집이 다섯 채가 있어 관원들이 자고갈 수가 있었다.

한겨울의 세찬 강바람을 쐬면서 일을 하는데도 그의 머릿속에서 지워지지 않는 장면이 있었다. 그것은 다름 아닌 오늘 아침에 그가 일자리를 구하기 위해 이곳에 왔을 때 목격한 처참한 걸인들의 모습이었다.

그가 관리들에게 일자리를 물어보려고 문 앞에서 서성거리고 있는데, 낡아빠진 삼베옷을 걸치고 얼굴이 그을어 새까맣고 눈동자의 흰자위만 하얀 거지들이 몇 명 웅성거리고 있었다. 거지들은 피골이 상접하고 머리는 봉두난발이었고 얼굴은 온통 주름투성이었다.

그들이 문의 북쪽 평평한 돌들로 만들어 둔 마당에서 손으로 무엇인가 훔치고 있었다. 천복은 그들이 아침 일찍 무엇을 하는가 싶어 가까이 가서 살펴보았다. 추위에 벌벌 떨면서 그들이 손으로 훔치고 있는 것은, 사람들이 구토해둔 오물이었다. 그가 지켜보고 있는데 거지들은 부끄러운 줄도 모르고, 손에 잡은 구토물을 기갈 들린 듯 먹고 있었다. 그는 얼굴이 화끈거려서 외면을 하는데, 거지들은 천복이 그 구토물을 빼앗으러 온 것으로 알고 급하게 먹어치웠다. 하도 기가 차서 짐꾼들이 쉬고 있는 양지바른 곳에 가서 물어보았다.

"여보시오. 저 걸인들이 먹는 것이 무엇이오? 먹어도 되는 것이요?"

나이가 꽤나 들어 보이는 짐꾼이 대꾸를 해주었다.

"관원들과 군인들이 간밤에 배터지도록 술을 마시고는 구토해놓은 것이지요. 당신도 저것을 먹으로 온 모양이지요?"

"아니오. 혹시 여기에 일거리가 없나 싶어서 왔오. 일 할 수 있소?"

"힘깨나 쓰게 생겼네. 오늘 마침 몸이 아파 못 나온 일꾼이 있어 자리가 비었는데 일하겠오?"

"예, 고맙심더. 저 사람들이 여기에 자주 오나요?"

"날씨는 추워서 뱀도 개구리도 못 잡고 일할 힘도 없고 누가 도와주지도 않으니, 굶어죽는 것보다야 구토물이라도 먹고 연명을 해야지요. 잘 모르는 모양인데 밀성, 수산, 양주 등지의 관가 앞이나 부잣집 앞에 가면 저런 걸인들이 자주 눈에 띤다오."

천복은 해가 질 때까지, 황산강가의 관에서 물품을 수레에 실어 작원 관원문까지 운반하였다. 창고에 입고되는 물품을 자세히 살펴보니, 병장기, 식품, 건어물, 양곡, 피류 및 향료 등 수십 가지 진귀한 것들이었다.

짧은 겨울해가 서산에 빠지자, 삼베옷에 강바람이 휘몰아쳐서 턱이 덜덜덜 떨렸다. 천복은 일당으로 받은 식품들을 낡은 마대에 담아, 발이 안 보일 정도로 이십 리 길을 빨리 뛰어서 집에 왔다. 캄캄한 마당에 인기척이 나자, 아내가 얼른 방문을 열고 반가운 목소리로 그를 맞았다. 남편이 방안에 들어가자마자, 아내가 먼저 자랑을 하였다.

"오늘 주막에 부자손님이 와서 쌀 두 되와 모시 한 필을 주기에 주인 아지매와 반 갈랐심더. 그라고 당신 고생한다고 주인 아지매가 주는 안주와 술을 조금 준비하였심더. 잡수이소. 내가 한잔 따루지요."

"야! 대단하구나. 오늘은 일진이 아주 좋구나. 나도 쌀과 보리쌀과 명태 두 마리를 받아왔네."

순간 순이가 탄성을 지르며 양팔로 남편을 왈칵 끌어안았다.

"아이고! 좋아라! 며칠은 잊어버렸네."

젊은 부부는 기분이 좋아서 막걸리 잔을 주고받다가 취하여 방사를 길고도 길게 치루었다. 군불을 많이 넣은 방안은 신불고개 칼바람과는 달리 엉덩이 밑의 방바닥은 뜨끈뜨끈 하였다. 천복은 잠에 떨어지기 전 혼사서 빙긋 웃으면서 생각했다.

'우리 같은 천것들은 등 따시고 배부르면 최고라. 다른 골치 아픈 것 생각할 것이 뭐 있노! 오늘 같은 일진만 자꾸 있다면야, 우리는 살림을 불릴 수도 있지 뭐. 오늘 새벽에 아내와 처음으로 일을 나갈 때 얼마나 걱정을 했던고.'

겨우내 순이는 금오주막에 가서 일했고, 천복은 작원관원문과 양주와 삼랑진 등에 가서 일거리를 구하였다. 그러나, 첫날과는 달리 일진이 그리 좋은 것만은 아니었다. 그는 처음에는 야무지게 결심하였다.

'아무리 배가 고파도 군인들의 구토물은 먹지 않을 것이야. 뒷산 바위 덩이에다 대갈통을 처박아 죽어버리지. 절대로 구토물은 안 먹는다. 아무렴, 사나이가 남의 구토물을 묵을 수야 없지 않나.'

순이는 주막에서 첫날 교접했던 아불의 선비는 물론 여러 나그네와 살을 섞었고 양식과 포목을 받았다. 설을 지내고 이월이 지나고 강남 갔던 제비가 돌아올 때에는, 천복이도 어쩔 수가 없이 걸인들처럼 관원들이나 군인들의 구토물을 수차례 핥아먹으며 살아남았다. 비릿하고 역겨운 구토물을 먹어야 하다니, 자존심이 상하고 개새끼와 다를 바가 없다는 생각이 들었다. 그러나, 처자식을 두고 죽어서 캄캄한 흙 밑에 파묻히기는 정말 싫었다. 그것도 천운에 죽지 못하고 몇 십 년을 앞당겨서 저승으로 간다는 것이 더욱 싫었다. 그래서 죽지 못해 구토물을 핥아먹었고 이웃의 그 누구에게도 그런 사실을 말하지 않았다. 심지어 순이에게도 그런 말은 함부로 할 수가 없었다.

신불고개에 삼월이 와서 들과 산에 초록색이 번져갈 무렵, 객지에서 왔던 천복이 가족과 금오주막 주인 과부네는 또 짐을 싸들고 헌양현으로 가야만 하였다. 이 마을에서 아동들에게 글을 가르치던 박 훈장이 금오주막에서 순이가 길손들에게 몸을 판다는 얄궂은 소문을 듣고는, 마을사람들과 의논을 하여 두 집 사람들을 다른 곳으로 쫓아버렸다. 마을 아낙네들은 수군거렸다.

"고년이 얼굴이 반반하게 생기고 붙임성이 있더니, 벌써 몇 달 전부터 아무 남정네들에게 헐값에 몸을 맡기고 묵고 살았다카대."

이 말을 들은 남정네들이 농담 삼아 떠들었다.

"아이고! 그 삼삼하게 생긴 년을 꼭 껴안고, 보드라운 살동굴에다 내 거시기를 힘껏 밀쳐 넣었다면 여한이 없겠는데. 참 아까운 것이여. 헌양에 꼭 한번 가야만하겠네."

그 말을 들은 여편네들이 벌컥 화를 내면서 소리를 꽥 질렀다.

"제 것도 못 챙기면서 다른 년을 껄떡거리다니 찬물 마시고 정신 좀 차리라고! 그년 같은 더러운 년은 잘 쫓아버렸네."

염포 소금장수와 풍각현 오산촌 부녀자들

　풍각현 서쪽 비슬산(琵瑟山) 기슭의 오산촌(梧山村) 안강달의 광 안에는 촛불과 호롱불이 켜져 있었고, 사내 몇 명이 골이 나서 씩씩거리고 있었다. 중앙에는 한 사내가 발가벗은 상태로 꿇어 앉아 겁에 질려 오들오들 떨고 있었고, 그 사내를 둘러싼 그 마을 사내들은 손에 장작개비를 들고서 벗은 사내에게 겁을 주고 있었다.
　장작개비를 든 한 사내가 중앙 사내의 어깨쭉지를 힘껏 내리쳤다. 그러자, 맞은 사내가 허리를 움찔하면서 비명을 질렀다.
　"아얏! 여러분, 이약을 합시더. 내가 뭣을 잘못했다고 그래요?"
　"이 자석, 소금장사로 몸이 단련이 되어서 맷집은 좋구나. 자빠트려지지도 않고 말씀이야. 잘도 버티네. 좀 더 두들겨 패서 죽여버리자."
　"그래. 맞다. 죽여서 후환을 없애자. 이까짓, 잡놈의 새끼 죽여서 파묻어버리면 누가 알랴. 소금장수하여 돈 벌고, 나무 여편네 자빠뜨려 재미 보고 복이 많은 새끼야."
　"이 새끼가 염포 괴기를 다 잡아묵어 그렁가, 사타리 새 연장 하나는 확실한 것을 달고 댕기네그려."
　둘러선 장정들이 각기 장작으로 앉아있는 사내의 허벅지와 가슴 및 등짝을 심하게 가격을 했다. 멀쩡하게 버티던 사내도 이제 죽음을 직감했던지, 고개를 쳐들고 눈물을 뚝뚝 흘리면서 두 손을 바쁘게 싹싹 비비었다.
　피를 흘리면서 맞고 있는 사내는 울주 염포의 소금장수 나팔수(羅八洙)였고, 그를 두들겨 패고 있는 사내들은 오산촌 장년들이었다. 그가 몇 년 동안 이 마을을 오가면서 소금을 파는 동안에, 몰래 아낙네들에게 간고등어를 주면서 재미를 보았기 때문이었다. 소금장수가 애원을 하였고, 안씨가 대표로 물어보았다.

"지발, 좀 살려주소. 댁네들의 심정을 미처 헤아리지 못했오."

"니! 그라면 앞으로 우리 마실에는 오지 말라. 그라고, 오늘 짊어지고 온 소금과 간괴기는 모두 우리에게 나눠주고 돌아가라. 그렇게 할 수가 있느냐?"

"그러지요. 앞으로는 안 껄떡거리고, 이곳에는 안 오겠심더."

나팔수는 골병이 든 몸뚱이를 오산주막의 군불 땐 문간방에서 하룻밤 푹 지지고는 이튿날 염포로 되돌아갔다.

나팔수는 벌써 이십 년 동안 지게에 소금 등 해산물을 가득 짊어지고, 운문령 - 운문사 - 호거대 소명태재 - 박곡촌 - 매전역 - 청도읍성 - 풍각현 관아를 거쳐 오산촌까지 오는 장사를 되풀이하였다.

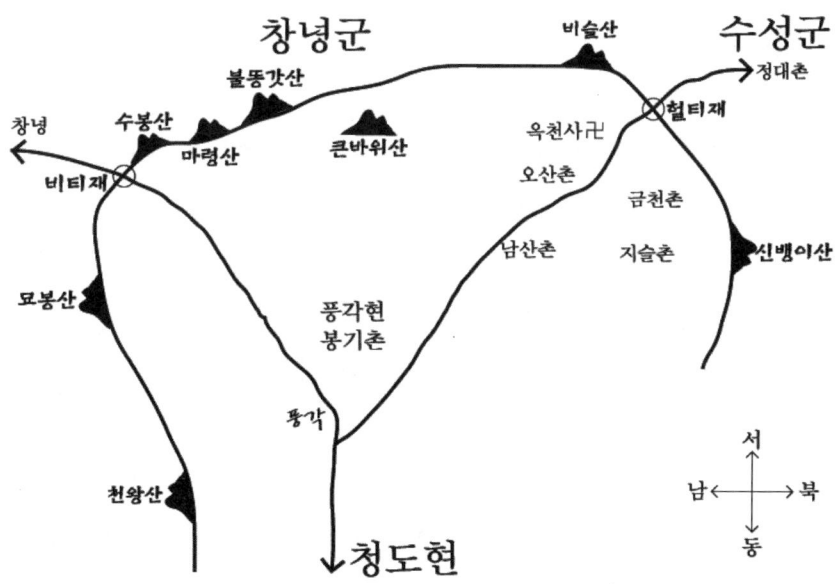

풍각현 오산촌 · 비슬산

뒤로 하고 간고등어 두 마리 얻는 금천댁

나팔수는 오늘도 헐티재를 넘기 전, 오산촌 옥천사(玉泉寺, 湧泉寺) 아래 '오산주막'에서 술밥으로 배를 채운 뒤 수성군으로 넘어갈 참이었다. 그가 주막 안주인 허씨와 안부를 주고받으며 막걸리 잔을 기울이고 있었다. 그때, 이 마을 몽이 엄마가 끼어들었다.

"나씨 양반, 우리 집에 소금이 떨어졌는데 갑시더. 간고등어도 사고요."

그는 몽이 엄마 금천댁을 따라서 골목길을 걸었다. 그녀는 평소 농담도 잘하고 엉덩이도 튼실하여 육덕이 있어 보이는 듯 했는데, 앞에서 엉덩이를 실룩거리면서 걷는 모양새가 짐작이 맞았음을 확인시켜주는 순간이었다. 그녀의 집에 들어가니 아무도 없고 사방이 괴괴하였다.

남정네와 여편네가 마루에 걸터앉아 마주 바라보았다. 이따금씩 만나는 두 사람이라 별로 스스럼없이 이야기를 나누었다. 그가 물었다.

"주인장은 어니로 갔어요?"

"벨 나락도 없어 허기나 면하려고, 비슬산에 친구들과 산짐승을 잡으러 갔지요."

"소금은 한 그릇 주고요. 간고등어도 사서 몽이와 그 아비의 반찬을 해주면 얼매나 좋겠노만, 이런 흉년에 … "

여편네가 고기 살 생각은 않고 중얼거리기만 하였다. 그러자, 나씨가 웃음기 띤 얼굴을 하고서 농담 삼아 한마디 하였다.

"간고등어가 그렇게 탐이 난다면, 아지매가 잘 하면 그냥 한 마리 줄 수도 있심더."

"어쩌면 잘 하는 긴데요?" 라고 그녀가 희색이 되어 물었다.

그는 햇볕에 그을린 까만 얼굴에 희디흰 이빨을 보이면서 음탐한 웃음을 흘렸다.

"그라면, 마, 방에 들어갑시더."

여편네가 수월하게 말하고는 방에 먼저 들어갔다. 그는 오늘도 삼세번을 원도 한도 없이 객고를 풀었다. 금천댁에게 제일 큰 간고등어 한 마리를 던져주고, 가을바람처럼 옥천사 앞을 지나 헐티재를 넘어 수성군으로 내려갔다.

나씨가 아줌마를 집적거리고 간 그날 저녁이었다. 몽이 아비 안강달은 친구들과 온종일 비슬산을 헤매었으나 토끼 한 마리 못 잡고 돌아와 저녁상을 받았다.

그는 저녁상에 오른 간고등어 한 토막에 유난히 관심이 갔다. 그도 그럴 것이 심심산골에서 흉년에 간고등어는 금쪽과 같았기 때문이었다. 소금과 참기름 냄새가 섞이어 고소한 것이 입맛을 돋우었다. 그는 아내에게 점잖게 물었다.

"여보, 이 귀한 괴기가 웬일이고?"

"소금장수와 한번 하고 한 마리 얻었심더."

여편네가 양심의 가책도 없이 하는 소리를 듣고, 남편은 자신의 귀를 의심하는 듯 한 동안 말을 못했다. 조금 뒤에 정신을 차려 높고 차분한 음성으로 재차 물었다.

"소금장수에게 한번 주고 얻었다고?"

"예, 그래요."

"에잇! 이 년이! 남자 얼굴에 똥칠을 해도 유분수지. 앞으로는 절대로 하지 말아라." 하고는 얼굴이 시뻘개져서 씩씩거렸다. 그래도, 간고등어는 맛있게 다 먹어치웠다. 그런 일이 있고 한 달 뒤쯤, 안씨의 저녁상에 또 고놈의 간고등어가 올라왔다. 심기가 몹시 불편한 듯 남편이 안사람에게

"이기 또 뭐꼬? 내가 앞으로 하면 쥐긴다 안 카드나? 이년아!" 하고 고함을 꽥 질렀다. 그러자, 여편네가 의아한 표정으로 대뜸 받아 앙칼지게 대꾸했다.

"당신이 앞으로 하지마라 하여 오늘은 뒤로 했다 아잉교? 앞으로 하니 한 마리 주더니, 뒤로 했더니 두 마리나 주대요."

안씨가 벌떡 일어나서 밥상을 마당에 휙 던져버렸다. 그리고는, 발광을 하면서 고함을 쳤다.

"야! 이년아! 하늘같은 지아비 말을 안 듣고 군서방 짓거리라니. 당장 어디로 가버러라." 라고 외쳤다. 그래도 분이 안 풀리는지 마누라의 머리채를 붙잡고 뒤흔들고 한동안 난리를 쳤다. 몽이는 아버지 왼쪽 다리를 두 손으로 손깍지를 끼어 잡고는

"아부지! 엄마 죽심대이! 괴기 맛있게 먹었시면 됐지. 와 그라능교? 마! 그만 하이소." 라고

"앙! 앙!" 울면서 방바닥에 뒹굴었다.

그런 일이 있은 며칠 뒤 초겨울 차가운 날씨 속에, 비슬산의 산짐승을 쫓던 오산촌 장년들끼리 양지바른 공터에 앉아서 이야기를 나누었다. 안서방이 마침내 소금장수와의 기막힌 사연을 분을 삭이지 못해 발설하고야 말았다. 그러자 친우들도 거들었다.

"사실 나도 그런 억울한 일을 당했다네."

"햐! 나는 내 혼자 그랬는지 알았는데. 자네들도 그랬구나. 우리 그 놈을 죽여버리던지 개 패듯이 패버리자. 도저히 분이 차서 참을 수가 없구나."

"그래, 그거이 좋겠구나. 가만 두면 우리 촌락 여편네들 맛을 다 볼 것 같아."

그런 사정을 모르는 나팔수가 차가운 초겨울비가 부슬부슬 뿌리는 어느 날, 짐을 잔뜩 짊어지고 오산주막으로 들어섰다. 마침 주막에서 시간을 죽이고 있던 안씨가 벌떡 일어나, 소금장수에게 다가가 어깨를 툭 치면서 무뚝뚝하게 말했다.

"어이, 소금장수, 내 좀 보자구." 라고 하자, 나씨는 자기가 지은 죄의

빛 때문인지 까만 얼굴에 얼핏 두려운 감이 스쳐갔다. 그리고는 일어서서
"무슨 할 말이라도 있소?"
"그래, 할 말이 있구 말구지."
안씨는 친우들과 나씨를 위협하여 자기 집 광 속으로 몰아넣었다.
나팔수가 오산촌에서 흠씬 얻어맞고 난 뒤에 한 달 정도는 이 마을에 얼씬거리지도 않았다. 뽀도시 살아가는 살림에 소금도 한 사발씩 사서 겨우 반찬에 양념을 해왔던 여편네들이, 소금이 떨어지자 문제가 생겼다. 며느리들이 반찬을 장만하여 시부모와 시조부모에게 올렸다. 그러면, 어르신네들이 불평을 털어놓기 시작하였던 것이다.
"얘야, 반찬이 와 이리도 싱겁노? 소금이 다 떨어졌나? 소금이 없으면 사람이 살 수가 없는데 와 그라노."
"요새 소금장수가 안 오네요. 그 장사가 죽었나 봅니더?"
"그라면, 어디 가서 다른 소금장수를 찾아서 오라고 해야제. 안 그렇나?"
오산촌 노인네들의 불만이 계속되자, 안씨는 풍각현 관아 앞에서 보름을 기다려 나팔수를 오산촌에 오도록 권하였다. 나팔수는 안강달 앞에서 엄숙하게 다음과 같은 맹세를 하였다.
"앞으로 남의 여편네들에게 절대로 나의 연장을 보이지 않겠소이다."

생색내기에 그친 수령들의 거창한 권분선언

삭풍 속에 떠도는 처참한 소문들

반란의 첫 조짐 - 자식들을 서로 바꾸어 고아먹는 부모들
밀성군 추화산성 북편에 사는 추화학당의 박용남 훈장이 아침 바람을 쐬러 응천강(밀양강)으로 나가는데, 지나가던 농부들이 자신의 학당

벽에 붙은 격문을 보고 웅성거리고 있었다. 그도 무엇인가 싶어 가까이 갔더니 근동에 사는 농부 하나가 물었다.

"훈장님, 저 격문에 적힌 것이 무슨 말인가요? 글을 아는 사람들은 저것을 보더니 얼굴이 흙빛이 되어 종종걸음으로 도망을 가더구만요."

흙벽에 풀로써 바른 종이에 적힌 방의 내용은 이러하였다.

「흉년이 벌써 몇 년이나 이어져[23], 혹한에 먹을 것이 없는 백성들이 굶다 못해 자기 자식은 차마 먹지 못하고, 자식을 서로 바꾸어 가마솥에 고아서 먹는 백성들이 생겨났다. 심지어 죽은 사람들의 고기를 비밀리에 장시에 내다 팔고 있으며, 더러는 사람을 죽여서 싱싱한 사람고기를 비밀리에 팔고 있다. 황제와 고관대작들 및 수령들은 백성들의 굶주림에는 아무런 대책이 없고 오직 양곡, 머리카락, 가축 및 농토를 징수하고 빼앗는 일에만 전념하니 이것을 어찌 나라라고 믿고 살아갈 수가 있으랴! 저들이 곧 칼만 안 들었지 강도요 도적이 아닌지. 수령들과 주·현·군의 창고에는 쌀이 있는데, 흉년의 백성들은 헐벗고 굶주려 자식을 먹어야 하는 현실이다.

밀성군민들이여! 굶어 죽기 전에 도끼와 낫과 곡괭이를 들고 관아의 창고를 습격한 뒤, 양곡을 분배하여 이 차가운 겨울을 넘깁시다. 우리가 일치단결하여 그 창고를 습격하면, 지방군들을 모조리 척살하고 굶지 않을 수가 있다. 우리가 죽고 나면 나라고 처자식이 무슨 필요가 있단 말인가.

밀성군민들이여! 두려워 말고 일치단결하여 관아의 창고를 박살내자. 오는 섣달 보름날 자시(子時)에 밀성군 군창(郡倉)을 습격한다. 군민들이여! 그 날 밤에 응천강 동편의 기회송림에 다 모여라. 비학산(飛鶴山)달집에 불이 붙으면 모두 군창을 박살내러 올라가자. 두려워 말라. 지도자를 내세울 필요도 없다. 오직 고려 조정과 수령들의 수탈에 의해 우리가 굶어죽지 않기 위한 자위대책이라 생각하면 될 것이다. 우리 개벽회(開闢會) 두령들이 동경유수 아래 전 주·군·현에 이와 같은 방을 붙여, 유수 아래 전 주·군·현민들이 동시에 봉기하도록 하고 있으니, 두려워 말고 봉기에 적극 참여하라. 허기진 배를 채우고 살아갈 수 있는 그 날까지 주·군·현 수령과 군인들을 깨부수자.

신해년 섣달 초아흐렛날 개벽회 밀성군 두령 정광대 백(鄭廣大 白)」

박용남의 얼굴이 사색이 되었다. 그의 머리를 스치고 지나가는 불길한 예감들.

'수령들이 애매한 주·군·현의 선비들을 잡아 족치겠구나. 자칫 잘못하면 피바람이 불겠구나. 아무리 백성들이 헐벗고 굶주려도 이런 방식은 안 되는데. 속히 지군사에게 알리어 의논을 해야겠구나.'

지군사 안종태가 박 훈장의 건의를 받아들여 동경유수 관아에 달려가 개벽회의 방문을 유수에게 보였다. 한식경이 지나자, 청도감무 전신우와 헌양감무 박재구가 각기 얼굴에 땀방울을 흘리면서 달려왔다. 그들도 얼굴이 사색이 되어 안 지군사가 내놓은 방문과 똑같은 내용의 방문을 내어놓았다. 그러나, 더 이상의 수령들이 달려오지는 않았다.

드디어 이무량 유수가 잔뜩 굳은 표정으로 말했다.

"농민들이 반란을 획책하고 있다는 것이 방으로 나붙은 것은 정말 심각한 사태요. 귀관들은 돌아가는 대로 개벽회의 정체를 알아서 본관에게 보고하시오. 본관이 개경의 이의민 장군에게 즉시 보고를 하여 다음 지시를 받을 때까지 귀관들은 돌아가서 기다리시오. 단, 향교의 교수관이고 학당 및 서당의 훈장 등, 방문을 쓸 수 있을만한 선비들은 모조리 옥에다 감금하여 물만 주고 굶기도록 하시오.

농민반란이 일어나더라도 그들의 수족을 묶어버리면 농민들은 감히 들고 일어나지는 못할 것이요. 그리고, 반란의 징후가 포착되거나 농민들이 수십 수백 명씩 몰려다니는 일이 있으면 즉시 감금하시오. 그리고 고발자가 나타나면 후히 상급을 주도록 하시오."

섣달 초아흐렛날 어둠이 짙어지기 전에, 밀성군·청도현·헌양현 지역의 모든 선비들은 한겨울의 차가운 땅바닥의 감옥에 감금되었다. 밀성군 등 몇 개 고을의 수십 명의 선비들이 감옥에 갇히고, 농민봉기가 일어날 것이란 방문의 내용이 백성들에게 확산되자 민심이 극도로 흉흉하게 되었다. 부모들이 어린 자식을 바꾸어 고아먹는다는 것은, 인간이기를 포기하고 짐승이 되어간다는 증거라서 백성들은 더욱 참담한 심정이 되었다. 군인들이 길목을 막아서 농민들의 몸을 검색하는 등, 온갖 행패를 부려서 백성들은 주눅이 들어서 외출도 하지 못 하였다.

이 유수가 이의민 장군에게 보낸 군관이 근 열흘만에 돌아와, 다음과 같은 장군의 대책을 전하였다.

"반란이 일어나면 즉시 토벌군을 파견하여 짓밟아버리겠으니 경거망동 말고 기다려라. 그 날까지 반란이 일어나지 않는다면 선비들도 즉각 방면하라. 그리고, 관창(官倉)의 양곡을 방출하여 백성들이 기근으로 죽는 것을 방지하라."

며칠 뒤, 엄동설한에 관곡이 백성들에게 방출되기 시작하였다. 농민들은 내년에 갚을 형편이 안 되는 것을 뻔히 알면서도, 일단 먹고 보자는 심정으로 양곡을 한 두 말씩 빌리게 되었다. 그런 관곡에 등겨와 모래가 섞인 경우가 허다하여, 양주(양산시)에서는 방어사가 담당 관리들을 죽이거나 귀양을 보낸 적도 있었다.

반란 무산과 부자들의 기민 구제활동

지방의 수령들과 군사들이 바짝 긴장하여 길목을 지키고 주막집마다 깔리어 민심의 동향을 살폈다. 그런데, 섣달 보름날이 지나도 농민반란은 일어나지 않았다. 동경유수는 이렇게 짐작하였다.

'흉흉한 민심을 바탕에 깔고 뜻있는 각 고을의 선비들이 방을 붙이고, 수령들이 어찌 나오는가를 눈여겨 본 것이리라.'

동경유수는 동시에 혹시나 농민반란이 일어날까 크게 염려하여, 민심을 진무하기 위해 다음과 같은 공문을 자신의 소속 수령들에게 전달하여 시행케 하였다.

"수령들은 각 고을의 재력가들이 창고에 쌓아둔 양곡을 굶주리는 백성들에게 나누어주도록 권장하라. 자고로 흉년이 들면, 수령들이 부자들에게 권하여 극빈자를 구제하는 권분(勸分)[24]은 전통이 있는 것이니라. 그리고 권분에 적극 동참한 부자들의 양곡 진휼량과 아예 동참하지 않은 부자들의 이름을 적어서 본관에게 보고하라. 사후에 반드시 침작하리라."

동경유수 관할의 수령을 위시한 향리들과 군인들이 부잣집마다 방문하여, 유수의 공문내용을 보이며 권분을 권하는 것이 아니라 아예 강제로 윽박을 질러대었다.

"부모가 자식을 고아먹는 이런 흉년에, 창고에 쌀과 피륙과 금붙이를 가득 쌓아두고 버티면 다리를 뻗고 평안히 살 수가 있겠오? 일찌감치 유수님의 권유대로 협조를 하시지요."

"예, 지당하신 말씀이옵니다. 다 같이 살아야지요." 라고 부자들은 답하면서 유들유들하게 관리들에게 굴었다. 그리고는 수령들이 보기에는 눈꼽째기만큼씩 양곡을 관아에 바쳤다. 그리고, 밤에 관리들을 불러서 술과 기생 대접을 하고는 그들에게 쌀 몇 가마니씩 선심을 썼다. 관리들과 부자들이 결탁하여 유수의 지시를 속이고 있었다. 말하자면, 처남 좋고 매부 좋은 작전으로 유수와 백성들을 기만하고 있었던 것이다. 권분에 의해서 기민들은 하루에 얼굴이 비칠 정도로 희멀건 흰죽 한 그릇씩을 얻어먹고는 차갑고 긴 겨울을 견뎌야 하였다. 모진 것이 사람 목숨이라고, 입에 그저 풀칠만 하고 비쩍 말라 앙상하게 되어 살아가더라도 죽기보다는 나았다.

김정열 효심에게 농민군 장군이 될 것을 권유함

배냇골 이천서당 마당에 효심이 멋진 갑옷차림으로 장검을 공중 높이 쳐들고 서 있었다. 그의 표정은 일만의 병사를 지휘하는 장수의 그것처럼 근엄하기까지 하였다. 그가 섣달 열여섯 날 밤의 달빛에 번쩍이는 칼을 올려다볼 때였다. 동쪽의 신불평원과 서쪽의 사자평에서 아침 햇살 같은 한줄기 서기어린 밝은 빛이, 그가 들고 있는 칼에 내리비쳤다. 순간 효심이 들고 있는 칼에서

"웅~"

"웅~"

하는 소리가 나면서 심하게 떨렸다. 그리고, 마치 무지개 같은 서기어린 빛이 효심이 들고 있는 장검에서 한동안 빛났다. 옆에서 그것을 지켜보던 김정열과 효심은 감동을 받아 서로의 얼굴을 쳐다보고, 환희에 들떠서 두 손을 굳게 잡았다. 훈장은 흥분이 된 듯 소리쳐 외쳤다.

"효심! 이것은 분명히 하늘이 자네에게 내리는 계시인 서기다. 자네는 오늘부터 민중의 지도자라는 확신과 긍지를 갖어라. 그리고, 천리에 순응하도록 몸과 마음을 절제하고서, 수많은 농민들과 더욱 가까운 친구가 되도록 하여라."

순간 효심은 감동을 받아 굳은 표정을 짓더니, 갑자기 땅바닥에 두 무릎을 꿇고는 머리가 땅바닥에 닫도록 훈장에게 큰 절을 올렸다.

"불학무식한 저를 이렇게나 아껴 주시고 역사에 남을 수 있도록 지도를 해주시니, 저의 신명을 다 받쳐 훈장님의 고귀한 의지를 따르다가 장

렬하게 죽겠십니더."

 훈장이 효심을 불러서 갑옷과 무기를 전하며 농민군의 지도자가 되라고 격려하는 이 광경을, 이천서당 뒷간에 숨어서 낱낱이 지켜보는 두 눈동자가 있었다. 그 청년은 이 마을 청년으로 출세욕이 강하고 배냇골의 사정 특히, 효심에 대한 모든 정보를 수집하고 있었다. 그는 이미 효심의 아내가 된 복순의 친정집 옆집에 살면서, 아직도 복순을 끔찍이 짝사랑하는 천성머리가 뒤틀린 젊은이였다. 평소에는 말이 없어 촌민들의 관심에도 없었고 눈에 띄지도 않았다.

 그날 밤 두 사람은 달이 재약산 너머로 기울 때까지, 앞으로의 나라사정과 굶주리는 백성들을 구할 이야기를 나누면서 대취하였다. 훈장은 술이 취하여 잠에 떨어질 때까지 효심에게 되풀이 하여 이런 당부를 하였다.

 "내일 당장 김진원 선비를 모셔 오너라. 태화학당을 그만 두고 여기에서 생활하면서 자네를 도와달라고 설득하거라. 큰 도움을 주는 참모가 될 것이다. 그를 의형제처럼 대하여라."

 효심은 새벽 일찍 일어나 어두컴컴한 여명 속에, 태화학당의 김진원을 데리고 오려고 태화강을 따라 달리고 있었다. 그는 숙취로 아픈 머리를 흔들면서 다짐했다.

 '그래 좋다. 힘만 세어 배냇골에서 짐승이나 잡아먹고 평생을 살 것이 아니라, 나도 인자부터 죽어가는 농민들을 구제하여 역사에 남을 대장부가 되어야지. 훈장님과 김진원의 지혜를 빌리고 운문사 성님의 도움을 받으면 안 될 것이 뭐 있노. 배냇골·초전과 운문사에 넘쳐나는 것이 유민들인데, 그들을 수천 명 뭉치면 겁날 것이 뭐 있겠노. 이왕 죽으면 썩어질 몸뚱이, 불쌍한 농민들을 위해서 불같이 살다가 영웅으로 죽어야지. 그래, 난세가 영웅을 낳는다더니 지금이 분명 난세야.'

 그는 간밤에 훈장에게 불려가서 충격적인 부탁을 받았던 것이 지금도 뇌리에 생생하였다. 효심이 김 훈장에게 큰절을 올리고 앉자마자, 근심어린 얼굴의 훈장이 무겁게 입을 떼었다.

"요새 같은 세상에 자네같이 정의롭고 힘이 장사인 사람은 세상에 귀하지. 이제부터라도 사람을 많이 모아 군대를 조직하여, 백성들이 관리들의 핍박에 시달리지 않도록 일어서야 할 것일세."

"훈장님, 그렇게 되면 지는 역적이 되어 집안이 몰살당하고 결국은 죽게 될 것이 아닌가요? 부패한 관리들과 싸우려면 수많은 농민군들이 모여야 하는데, 그것 또한 그리 쉬운 일도 아니다 아닙니꺼요? 심히 두려운 것이지요."

"자네 같은 장사는 이왕 죽게 되어 있지. 제 명대로 살아가기는 힘들어. 세상에 벌써 많이 알려졌기 때문이지. 오히려 먼저 선손(先手)을 써서 농민군이나 천민들의 지도자가 되어, 부패한 관리들과 싸우다가 죽으면 역사에 의인으로 기록될 것이네."

"훈장님, 당장 정의를 실현할 농민군을 어떻게 조직할 수가 있나요?"

"경상구산에서는 자네가 벌써 대단한 존재가 되었지. 이곳 백성들이 무신 지방관들에게 신음하면 할수록 자네를 따르려고 더 많이 모여들 것이네. 헌양현에서 무술대회를 지켜본 사람들도 마찬가지고. 말하자면, 수천 명의 백성들이 자네의 무술실력을 믿고 몰려들 것이네."

"훈장님 말씀 명심하겠심더. 지가 아무튼 농민군 장군이 되도록 애써 도와주십시오."

효심은 수천 명의 농민군을 이끄는 장군이 되어, 저 썩어빠진 무신 수령들을 쳐부수어 정의라는 것을 실현할 것을 생각하니, 가슴에 용기가 불끈 솟아오름을 새삼 느꼈다.

그는 신불마를 타고 헌양읍성쪽으로 내려가면서, 헌양 북쪽 백운산(白雲山, 열박산) 아랫마을(활천촌)에 있었던 효자효부의 장한 이야기[25]

를 생각했다.

활천촌 효자효부 이야기

「옛날 활천촌(活川村)에 단란하고 효성스러운 박씨 부부가 살고 있었다. 하루는 홀시아버님이 잡수실 술상을 차려두고 화롯불도 피워놓고는 부부가 들판에 일하러 나갔다. 시아버님이 술을 마신 뒤 제법 취하여 잠이 들었는데, 옆에 자고 있던 어린 손자가 일어나서 다니다가 화로에 엎어져 타죽고 말았다.

심한 냄새에 잠이 깬 할아버지는 죽은 손자를 보고 아들 부부에게 대할 면목이 없어 죽고만 싶었다. 그때 며느리가 들어오기에 자는 척 하고 누워 있었다. 그녀는 방문을 열자마자 끔찍한 광경을 보고는 까무러치고 말았다. 한참 후에 정신을 차린 그녀는 시아버님 몰래 불탄 아기를 보자기에 싸서 집 뒤 모퉁이에다 숨겨 두었다.

시아버지는 며느리의 거동을 살펴본 뒤 그때서야 깨어난 척 하면서 손자를 찾았다. 그러자, 며느리는 이웃집 아이들이 업고 놀러갔다고 대답하는 것이 아닌가. 그는 며느리의 지극한 효심에 감동되어 사실대로 털어 놓고 사과하고 싶었다. 그러나, 차마 그러지는 못하고 괴로움을 참고 있었다.

잠시 후에 남편이 돌아오자 아내는 그를 몰래 불러 조금 전에 일어났던 끔찍한 일을 얘기하였다. 얘기를 듣고 난 박씨는 가슴을 치면서 뒹굴기 시작하였다. 아내는 남편을 진정시키면서 위로하기를

"여보, 자식은 또 낳을 수가 있지만 부모는 한번 잃으면 다시는 얻을 수가 없으니, 아버님께 이 일을 비밀로 하여야 합니다." 라고 하였다. 아내의 지극한 효성에 놀란 남편은

"당신이야말로 정말로 효부구료." 라고 하면서 부인을 덥석 안고 말

앉다. 그는

"앞으로는 하루에 한 번씩 효부인 당신에게 내가 큰절을 하겠오." 하면서 큰절을 하는 것이 아닌가. 깜짝 놀란 아내가 극구 말렸으나, 남편은 막무가내로 매일 한 번씩 아내에게 큰절을 하였다. 이 소문이 온 마을에 퍼지고 경주까지 퍼져나갔다.

마침 경주에서 헌양현으로 가던 경상도 안찰사가 활천촌에 와서 박씨 부부를 불렀다. 행인으로 가장한 안찰사가 부인에게 절하는 이유를 묻자 박씨는 어디서 왔느냐고 물었다. 안찰사가 개경에서 왔다고 하자, 박씨는 얼른 몸 매무새를 가다듬고 북향사배한 후에 황제의 안부를 물었다. 안찰사는 충성스런 부부이구나 라고 생각했다. 박씨는 지난날에 있었던 사실과 아내의 효성을 모두 다 얘기해주었다. 안찰사는 이 효성이 지극한 박씨 부부를 가상히 여기고, 개경에 가자마자 황제께 이 사실을 아뢴 후 충효비를 세워주었다.」

제6부 / 운문고을과 배냇골(초전) 유민들의 연합세력 태동

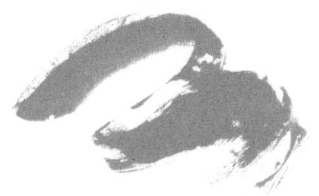

기어코 기민구제의 횃불은 타오르다

황산강 작원관원문 연말밤 기습공격

신해년 섣달 스무나흘 날밤 축시(丑時, 01~03)나 된 시각에, 황산강가 작원관원문에는 살을 에는 듯한 차가운 바람이 흐르고 있었다. 사방은 칠흑처럼 깜깜하여 누가 코를 베어가도 모를 지경이었다.

"악!"

"아얏!"

이층 문루 위 두 명의 초병이 갑자기 날아와 허벅지에 박힌 화살을 두 손으로 잡고서 비명을 지르면서 쓰러졌다. 연이어 아래층의 초병들이 괴한들에게 목이 졸리어 픽 쓰러졌다. 괴한들은 어둠속에 가볍고도 재빠르게 움직이고 있었다.

몇몇 괴한들이 문지기의 입에 재갈을 물리는 틈에, 삼십여 명이 장마철 홍수처럼 관아 안으로 밀고 들어갔다. 방 두 개에서 불빛이 흘러나오고 인기척이 있었다. 한방은 군인들이 마작을 하고 있었고, 한방에는 비단옷을 입은 관리인 듯한 자가 장부를 기재하고 있었다.

괴한의 두목은 관아의 마당 한가운데 서서 만일의 사태를 대비했다.

행동의 일체 지시는 부두목이 하였다. 부두목이 장정 두 명과 관리방에 성큼 들어섰다. 그는 낮고 힘찬 목소리로 상대를 제압했다.

"얏! 일어서! 손들어!"

"묶어라!"

관리는 떨지도 않고 멍하니 복면을 쓰고 소리치는 사람을 쳐다보았다. 부두목이 물었다.

"그대는 관원인 모양인데 직책이 뭐냐?"

"여기의 책임자다. 당신은 누구요?"

"우리는 활빈도다. 군인과 관리의 숫자를 대어라."

관리는 말을 않고 뻔히 쳐다보면서 망설였다.

"겨를이 없다. 빨리 묻는 대로만 말하면 죽이지는 않는다. 여기의 물품을 일체 다 가져가서, 굶주리는 백성들에게 나누어 줄 것이니 억울해 말거라. 그대도 무신정권이 썩어서, 엄동설한에 대부분의 백성들이 굶어 죽는 것을 잘 알지 않는가?"

"보아하니 도적이지만 배운 사람 같은데. 이 짓은 분명 국법을 어기는 범법행위로, 후에 잡혀서 죽임을 당할 것이니 지금이라도 물러가시오."

"그럴 것 같으면 여기 오지도 않았다. 속히 말하고 창고를 열어 나를 안내하라."

"나는 죽었으면 죽었지 도적에게 굴복할 수가 없오."

"활빈도라는데 왜 자꾸 도적이라 부른담. 저 관원장의 팔을 베어라. 피를 봐야 정신을 차릴 것 같구나."

시간이 지체되자 다급해진 부두목이 발길질로 관원의 불뚝 배를 걸어찼다.

"엇!" 하고 쓰러지자, 옆의 장정이 칼로써 쓰러진 관장의 팔등을 칼로써 쓰윽 그었다. 선혈이 소매쪽으로 홍건히 삐져나왔다. 그때서야 관원은 모두 불었다.

한편, 군인들이 마작을 하는 방에 침입자 십여 명이 뛰어 들어가니, 술이 반 술이나 된 군인 다섯이 옆의 칼과 삼지창을 들려고 하였다. 침입자들이 발로써 군인들의 명치를 걷어차니

"어이쿠! 지쿠!" 하면서 픽픽 방바닥에 누워버렸다. 밧줄로 군인들을 꽁꽁 묶어버렸다. 마작하던 군인들에게 물었다.

"나머지 군인들은 어디에 있느냐?"

겁에 질려서 대답이 없었다. 다급해진 괴한들이 칼끝으로 한 군인의 허벅지를 피가 나오도록 꽉 찔렀더니

"아이구! 나 죽는대이." 하면서 실토하였다.

"옆방에 잡니더."

옆방에 횃불을 처들고 급히 들어가니, 날랜 군인 몇이 비호처럼 일어나서 삼지창과 장검으로 장정들을 찔렀다. 넓은 군이방에서 횃불이 방바닥에 떨어지고, 침입자들과 군인들 사이에 단병접전이 벌어졌다. 노련한 군인들이 장검과 삼지창으로 격렬하게 치고 나오니 놀란 침입자들이

"부탁해요!"

"부탁해요!"

를 연발하여 외쳤다. 이 군호(軍號)를 듣고 마당에 있던 두목이 군인들 방에 뛰어 들어와, 수정목 몽둥이로 칼이고 삼지창이고 무엇이든 들고 설치는 군인들을 내리쳐 부수었다. 두목의 괴력에 손 한번 못 쓰고 열 명의 군인들이 모두 뻗어버렸다. 침입자들의 비명소리가 마당과 방안으로 울려 퍼졌다.

"아이고, 나 죽는대이."

"아이고! 아파. 아이고."

횃불로 살펴보니 침입자 장정 두 명이 피를 심하게 흘리고 있었다. 마

당에서는 벌써 부두목의 지시로, 창고 안의 병장기와 양곡 및 피륙 등이 말에 실리고 있었다.

 그 침입자들이 돌아오는 길가에 있는 원동과 양주의 수십 곳 초가집에 양식과 고기를 던져 넣었다. 특히, 신불산고개 아래 특수행정구역의 집단거주지 어곡소(於谷所)에는 더 많이 넣었다. 굶주리는 민가에 먹을 것을 던져 넣는 이들은 다름 아닌 배냇골 효심농민군이었다.

 한편, 설날을 며칠 앞둔 양주와 배태고개 농민들은 새벽에 일어나, 사립문 안에 떨어져 있는 양곡자루와 쇠고기 등을 보았다. 그 자루에는 누런 바탕종이에다 독수리 문양이 그려져 있었다. 그 아래에는 다음과 같은 글이 적혀 있었다.

 "배를 굶고 있는 이웃집들과 이 양식을 나누시오. 소문을 내지 말고 조용히 처리하시오. 설을 지나고 또 양식을 넣겠오. 죽지 말고 살아남아야 하오."

 농민들은 무섭기도 하고 떨리기도 하고 누가 이러냐 싶어 의아해하기도 하였다. 며칠 동안 물만 끓여 먹다가 걸음도 겨우 걷는데, 막상 양식을 보고나니 별다른 갈등도 생기지 않았다.

 "에라잇! 목구멍이 저승사자(포도청)라고 먹고나 보자."

 하고는 밥과 죽을 끓여서 먹고 나니 눈이 훤하게 띄었다.

 '시팔! 망할 놈의 세상. 먹고 죽은 귀신 때깔이라도 좋다던데.' 하고는 자포자기하였다.

 '주·현군이 잡으러 오면 잡혀가지 뭐. 이래 죽으나 저래 죽으나 죽을 것 며칠이라도 오래 사는 것이 낫지.'

 효심이 그 기습공격을 단행한 날 밤, 이천서당에서 어제 공격을 지시한 김정열 훈장에게 눈을 맞추고는 물었다.

 "훈장님, 그 작원관원문인가 하는 관청 말임더. 그 이름이 와 그리 어렵능교? 쉽게 설명 좀 해주시소."

"그렇겠지. 작원(鵲院)이란 곧 까치원이라는 지명인데, 여기에는 재미난 전설이 남아 있단다. 신라의 김유신 장군이 이곳에서 백제의 군사를 맞아 싸웠는데, 백제의 임금이 위기에 몰리게 되었단다. 부왕을 따라 종군한 백제 공주가 아버지를 구하기 위하여, 홀연 금까치(金鵲)로 화신하여 적장인 김유신 장군의 영기(令旗) 끝에 앉았단다. 금빛이 찬란한 까치가 이리저리 날아다니며 신라의 군진을 교란시킴에, 신라군의 전황이 불리해지고 백제 임금은 무사히 도망쳤지. 이에 화가 난 장군이 활을 쏘아 금까치를 적중시키니, 금까치는 푸르르 검세(儉世)쪽으로 날아가고 땅바닥에는 미녀의 시체가 나뒹굴었단다. 그 후에 금까치가 날아간 마을을 금새(金鳥, 금세)라 했고, 그곳을 까치원이라 했다는 것이다. 그 뒤에 황산강을 오르내리면서 무역을 하는 상선들을 검사하여, 세금을 거두는 관(關)의 기능이 추가되어 지금과 같이 작원관원문이 되었단다."

밀성군·수산현 악덕토호들의 창고 급습

섣달 스무닷새 날 밤 사경(四更, 01~03시) 무렵, 차디찬 바람이 세차게 부는데 어둠 때문에 사방을 분간할 수가 없었다. 그때 밀성군 추화산성 북편 교촌(校村) 마을에 솔가지 불을 든 이십여 명의 장정들이 말에서 내리고 있었다. 그들은 이곳 악덕지주로 유명한 정 첨지 집에 침입하여, 송아지만한 개 몇 마리를 죽이고 창고를 열어, 양식과 말·소·돼지·개·토끼 등 및 옷가지 등을 다 가져갔다. 그들은 동쪽의 북천을 건너 금곡의 단산주막걸을 지난 뒤 고점촌을 거쳐 배냇골로 올라갔다. 그 괴한들은 길을 가던 중간 중간에 능란한 칼솜씨로, 잡아가던 가축을 한 식경만에 해체하곤 하였다. 그들은 양식이 든 자루와 피가 벌겋게 묻은 육고기를 길 옆의 민가에 던져 넣었다.

　이튿날 새벽, 교촌 사람들이 정 첨지 집 방문의 빗장을 풀고 그 안에 갇혀있던 가족과 하인들을 풀어주었다. 그런데, 주인은 집 앞 높은 나무에 몸이 밧줄에 묶이어 대롱거리고 있었다. 그의 가슴팍에는 누런 바탕 종이에 다음과 같은 내용의 글이 적혀 있었다. 그 글자 옆에는 독수리 문양이 그려져 있었다.

「악덕토호 정천갑 : 권분에 불참하고 이웃 사람들이 굶어죽는데도 아랑곳 않고 자기 배만 기름지게 하는 짐승과 같은 자다. 죽어 마땅하여 활빈도의 이름으로 징치하노라.」

　섣달 스무엿새 날 새벽, 수산현에는 다음과 같은 소문이 쫙 퍼져 현민들이 경악을 금치 못했다.

　"오늘 캄캄한 새벽녘에 스무 명 정도의 괴한들이 이정치의 집에 들이닥쳐, 광안의 양식과 소말 등 짐승을 탈취하여 갔단다. 그 부자는 수산나루터 서편 절벽의 고목나무에 높이 매달려 있었는데, 가슴팍에는 누런 바탕종이에 그를 징치한다는 글이 있었다고 하데. 그 글 옆에는 독수리가 그려져 있더란다."

　"그런데, 황산강가 마을 집집마다 쌀과 보리쌀, 피가 갓 식은 소괴기와 돼지괴기 덩어리가 마당에 떨어져 있더란다. 이런 흉년에 횡재지 뭐니."

　정 첨지와 이정치 가족과 친지들 그리고 군내의 재력가들은 커다란 충격에 휩싸였다. 언제 그들도 그처럼 밤의 도적들에게 당하여, 재산을 빼앗기고 죽을지도 모른다는 위기감에 잠을 이루지 못했다. 그들은 여럿이 모여 지군사를 항의하러 방문하였다. 안종태 지군사 방에서 군내의 악덕 토호들은 눈을 붉히면서 지군사를 원망하였다. 지군사는 그들로부터 많은 재산을 챙겼기에, 앞으로 잘 보호해주겠다는 떨떠름한 말을 하고는 끝을 맺었다. 그들은 추화산성을 나오면서 지군사에게 신신당부하였다.

"언제 도적들이 또 나타날지 모르니 정말로 불안해요. 그들의 소굴이 어딘지 속히 알아서, 그 집들을 모두 불 사르고 가족들의 목을 치십시오."

정 첨지 부인과 밀성군의 재력가들은 동경(경주)의 친지들에게 알아보아, 전직 군인층인 무사들을 십여 명씩 고용하여 도적들을 지키게 하였다. 무사적 자질을 지닌 이들은 추화산성에 있는 군사(郡司)의 군인들과 기질이 비슷하고 친하여, 그들을 고용한 재력가들은 다소 안심을 하였다.

한편, 독수리 문양을 그린 의적으로부터 쌀과 고기를 받은 백성들은, 허기진 배를 희멀건 죽으로 채우면서 한겨울을 버티어나갔다. 백성들의 입에서 입으로 독수리 문양을 그리는 의적들의 고마운 이야기는 요원의 불길처럼 경상구산 골짜기 골짜기마다 퍼져나갔다.

한편, 추화산성의 지군사가 상호장 이하 향리들과 심각하게 의논들을 하였다. 양주나 다른 수령들도 마찬가지였다.

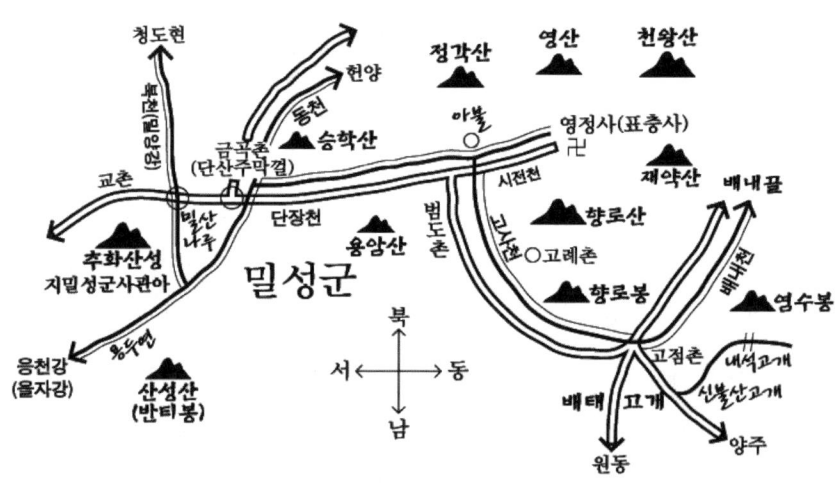

고점(배태고개) - 범도촌 - 금곡(단산주막껄)
- 북천(밀양강) - 추화산성 북편 교촌

"독수리 문양을 그리는 도적들의 소굴은 어디일까? 떼거리로 몰려다니는 무리들을 모조리 조사해보아라. 농민들은 자기들에게 양식과 고기를 던져주니 쌍수를 들고서 얼마나 좋아하는가?"

"지군사님, 길목 주막과 고개 및 대처의 여각에다 염탐자를 박아서 도적들의 정체를 밝혀내야 합니다. 시초에 도적들을 배미 대가리 자르듯 댕강댕강 잘라버려야지. 그대로 두면 큰일 납니다. 흉년과 폭정기에 굶주리는 백성들의 마음을 사로잡는 도적들이야말로 나라에 가장 무서운 적입니다. 반란군의 시발점이 될 것이니까요."

이때 지군사와 진덕만이 호장들과는 다른 엉뚱한 의견을 내어놓았다. 지군사가 다소 신중한 어투로 자신의 견해를 밝혔다.

"나는 생각이 좀 달라요. 백성들이 자꾸만 굶어 죽어가는 이 판국에, 도적들이 양식을 백성들에게 골고루 나누어주니까, 우리로서는 잘 되었

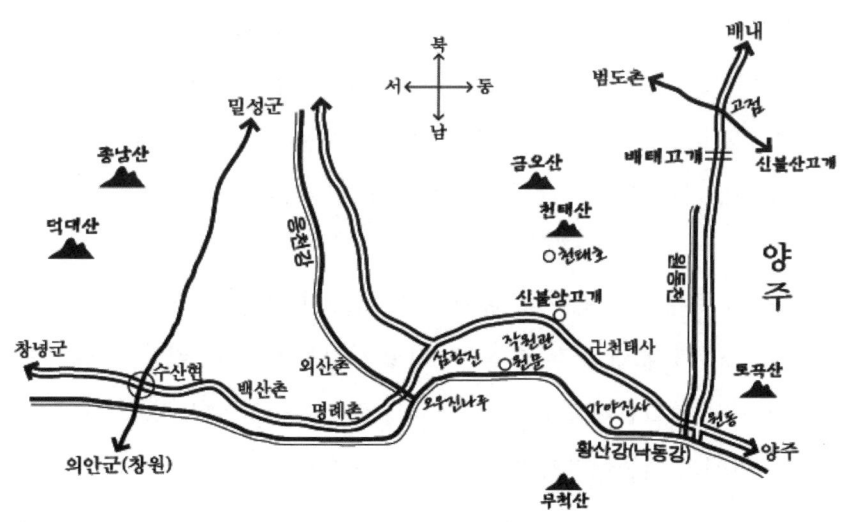

배태고개 - 원동 - 신불암고개 - 삼랑진 - 응천강 - 수산현

지요?"

진덕만이 건방스럽게 나이 든 향리들에게 큰소리를 쳤다.

"그 말씀이 맞아요. 그 자들은 권분에 협조도 않고 버티다가 도적들에게 죽게 생겼으니, 우리 지방관들은 손 안 대고 코푸는 격이 아니요. 모른 체 그냥 놓아둡시다."

깐깐한 호장 손정민이 다 듣고 난 뒤 다소 불쾌한 듯 진 소윤에게 반박했다.

"도적들이 추화산성을 무리지어 들이친다면 어쩔 것인지요?"

"호장! 여기는 산성이고 군사가 수백 명이나 되는데, 그까짓 도적들에게 뚫릴 리가 없지요. 내참! 답답하네그려."

"나으리! 그렇지가 않아요. 북풍한설에 굶어죽는 사람들이 관가에 대한 불만이 하늘을 찌르고 있는데다, 굶어 죽으나 싸우다 죽으나 이왕 죽을 몸 어떤 계기가 생기면 들불처럼 반란군이 일어날 것이요. 그들이 우리 군의 창고를 습격 않을 것이란 확신이 있나요?"

안종태가 공론을 잘라버리려는 듯 단호하게 말했다.

"그 기분 나쁘게끔 자꾸 반란 반란 하지 마시오. 밀성에서 반란이 일어나면 나는 모가지요. 그 도적들은 우리측에서 보아 큰 문제가 아니니, 당분간 관망하면서 우리 읍성이나 철저히 지킵시다."

효심의 독수리 문양을 흉내 내는 도적들의 횡행

섣달 스무엿새 날 오후, 말을 탄 몇몇 사람들이 울주, 헌양현, 밀성군, 양주 지역을 쏜살같이 달리면서, 악덕토호인 부잣집에다 경고문이 달린 화살을 안채의 기둥에다가 박았다. 그들은 이튿날 낮에, 어제 화살을 꽂은 부잣집에 일일이 확인을 위해 달려가 보았다. 그 부자들은 골목과 타작마당에서 쌀을 나누어주고 있었다. 그 외에도 주·군·현 관아의 공터에서 양곡을 나누어주고 있었다. 그런 광경을 보고는 효심이 김진원에게 말했다.

"이 활빈활동의 성공은 김 선비의 비상한 작전 때문이라 믿네. 고맙구만."

"천만에 말씀입니다. 이 모두가 장사님이 안 계셨다면 엄두도 못 낼 일입니다. 장사님이 하늘의 태양이라면 저는 땅 위의 한낱 모닥불에 지나지 않습니다요."

밀성군의 두 악덕토호들이 도적들에게 참혹하게 당했다는 소문과, 농민·천민들이 의적들의 양곡과 육고기를 받아먹었다는 소문이, 군내는 물론 이웃 고을에 겨울바람을 타고 널리널리 퍼져나갔다.

그런데도, 수령들이 기찰이나 순찰을 강화하지도 않고, 닭이 소 보듯 소가 닭 보듯 도적들에 대하여 미온적인 대응을 하였다. 그러자, 이번에는 독수리 문양을 그려서 효심을 흉내 내는 좀도둑들이, 부잣집을 침입하여 불을 지르고 사람을 죽이고 양곡을 퍼가고 가축을 잡아먹는 등 그 폐해가 아주 극심했다. 그 좀도둑들은 의적이 아니었다. 재산을 탈취하여서는 자기네들 배만 불렸지 굶주리는 이웃들을 돕지 않았다.

기민들은 이런 좀도둑들의 출현을 반기지 않았는데, 그 까닭은 그런 좀도둑들이 농촌의 분위기만 불안하게 만들었고, 그 결과 관가에서 기찰과 순찰을 바짝 강화시켰기 때문이었다.

악덕토호 집에다 화살을 날린 그 이튿날, 효심이 깊은 생각에 잠긴 듯 하더니 진원에게 물어보았다.

"김 선비, 노란 종이에 독수리를 그린 것은 어쩌라는 말인가?"

"예, 황색 바탕종이는 장사님이 사랑하는 신불평원의 가을날 억새밭의 색깔이요, 독수리 문양은 신불평원이 있는 취서산이 서축(인도) 마갈타왕국의 영취산과 같이 생겨서, 독수리가 많이 날아오기에 우리 농민군의 상징으로 그린 것이지요."

효심이 갑자기 순진하고도 호탕하게 웃으며 자신의 허벅지를 크게 치면서 외쳤다.

"김 선비! 과시(果是) 대과에 급제한 선비답게 생각이 조리가 있구나. 내 같은 둔재는 도저히 상상도 못할 묘안이로다. 인자부터 우리가 가는 곳에는 그 상징을 반드시 남기자꾸나."

과부와 홀아비의 고추 생산량 경쟁
다음의 우스개 이야기는 풍각현에서 인심을 잃고 이웃의 비난 속에 살다가 처참하게 죽은 하급무관 최달호가 술이 취하면, 이웃 사람들에게 버릇처럼 하던 것이었다.

「"오늘은 내가 여러분에게 양물과 같이 생긴 고추[26]에 얽힌 이야기를 하나 하겠다. 나도 우리 아버지에게 들은 이야기지. 할아버지 때 우리 마실에서 생긴 일이라네. 그때 어떤 홀아비와 과부가 고추밭을 이웃하여 경작하고 있었단다. 그런데, 매년 홀아비의 고추가 풍성한 수확을 거두었고, 반면에 과부의 고추는 형편없는 흉작을 거두곤 했더라네. 과부는 이웃 밭의 고추가 자기 밭의 고추와 생산량이 너무나 차이가 나는데, 늘상 심한 불만을 가지고 있었다네.

그 원인을 찾고 있던 과부가 어느 날 밤, 보름달빛 아래 자기의 고추밭을 내려다보고 있었지. 그런데, 홀아비의 장성한 딸 셋이 옷을 모두 다 벗고 희디흰 몸뚱이를 하고는, 홀아비 밭의 고추밭 고랑을 계속 뛰어다니고 있었지 뭐니. 한참 뒤에 처녀들은 얼굴을 덮고 있던 긴 머리카락을 뒤로 쓰다듬어 젖히고는, 이마에 맺혀있던 땀을 훔치고 옷을 주워 입고 집으로 돌아가버리더라네.

당연히, 과부는 이런 생각을 하게 되었지.

'아하! 저런 싱싱한 처녀들이 알몸으로 고추밭 고랑을 뛰어다니니까 고추가 저렇게 힘차게 자라났구나.'

과부도

'에잇! 나도 못 할 게 뭐 있담.' 하고는 즉시 옷을 벗고 처녀들처럼 고추밭 고랑 사이를 이리저리 정신없이 뛰어다녀버렸네.

그런데, 그 해 과부의 고추 수확량은 지난해보다 더 망쳐버렸지 뭐야. 과부의 고추밭 고추들이 쭈글쭈글한 늙은 과부의 알몸에 전혀 반응을 보이지 않고 오히려 실망을 해 푸석푸석해진 결과라고, 이웃 사람들이 쑤군거렸단다. 아매도 과부의 머리가 좀 띵한 것이었겠지. 안 그렇나?"

운문사 동안거(冬安居) 기간 동안 즉, 섣달이 다 가기 며칠 전 정오 무렵, 다음과 같은 충격적인 소문이 청도현과 풍각현에 급속도로 퍼져나갔다.

「간밤에 청도읍성 마을의 악덕지주 이정한과 동곡의 악덕상인 오병근과 풍각의 탐관오리 최달호의 집에 수십 명의 괴한들이 침입하여, 가축 말고도 광속의 양식과 피륙들을 탈취하여 여러 농가에 나누어주어, 기민들이 그것을 먹고 눈동자에 힘이 되살아났다. 이웃에 인심을 크게 잃고 자신의 보신만 하던 그들은, 괴한들의 칼날에 목이 잘리거나 나무에 묶였다가 결국 저 세상으로 떠났다. 농가에 던져진 양곡과 쇠고기 등이 든 자루에는 파란색 바탕종이에 호랑이가 그려져 있었다. 굶주리던 농민들은 설날 이전에, 그들에게 먹을 것을 준 사람들을 의적이라고 고마워하고 있다.」

혜자 스님은 간밤에 법성과 같이 입문한 승려들이 청도현과 풍각현 각 절집의 향도들과 청도읍성으로 간 것이라 짐작했고, 오늘 점심 공양 때 승려들과 참배객들이 간밤에 악덕토호들이 당한 이야기를 수군거리는 것을 엿들었다. 그는 법성 등이 간밤에 그런 일을 저질렀을 것이라고 짐작하였다.

그 날 오후, 청도와 풍각의 주요 거리에 급히 말을 몰아 부잣집 기둥에 글귀가 적힌 화살을 날리는 사내들이 눈에 간혹 띄었다. 그 글귀를 읽어본 부자들은 간밤에 당한 사람들처럼 끔찍한 죽음을 당하지 않으려고, 광을 열어 이웃에게 양식을 나누어주었다.

이듬해 새봄이 왔을 때, 누군가의 입에서 타인의 입으로 이런 소문이 운문고을과 경상구산 각지에 퍼져나갔다.

"운문고을의 활빈당이 청색바탕종이를 쓴 것은 운문천의 푸른 계곡물을 상징한 것이고, 호랑이를 그린 것은 호거산의 호랑이를 상징한 것이란다."

신해년(辛亥年, 명종 21, 1191)이 저물어 섣달 그믐날이 왔다. 그러나, 신해년을 보내는 백성들의 가슴속은 암울하기만 하였다. 벌써 몇 연간이나 홍수와 가뭄이 계속되어, 겨울에 쌀가마를 광에 쌓아두고 무김치를 담궈 평화스러운 겨울을 니 본 적이 없었기 때문이었다. 임자년이 내일인데도 새해에 대한 기대감보다는 절망감이 가슴을 꽉 눌리고 있었다.

사정이 이렇듯 빈곤하다보니, 여염집 농가에서는 이전에 풍년이 들었을 때 조청으로 강정을 만들어 조상께 올리는 차례상을 차리고 난 후, 가족들이 그것을 맛있게 나눠먹던 것이 아득한 옛날의 추억이 되어버렸다.

운문고을과 배냇골(초전) 세력의 연합과 유민구제 방안

임자년 정초 운문고을의 「동경촌의 농민군 구상」

임자년이 시작된 지도 열흘 이상이 지나갔다. 김상원이 작년 겨울 농한기에 지은 대천(大川) 상류 즉, 섬계 하류의 동경촌(東京村) 반월재(半月齋)에 호걸풍의 몇 사람이 머리를 맞대고 중요한 의논을 하고 있었다.

소위 '동경촌의 농민군 구상'이라 하여 농민군을 양성하여 경상구산 기민을 구제하는 큰 윤곽이 그려지는 순간이었다.

　백발의 선비풍의 노인이 말했다.

　"근래 들어와 삼한 전역이 아사자로 몸살을 앓고 있으니 큰 걱정입니다. 큰스님께서는 이 험한 세월을 견뎌나갈 수 있을 좋은 방도가 계시면 말씀하여 주시기 바랍니다."

　"우리 절집도 유민들이 이천을 넘어서고, 동경유수와 감무 등 수령들이 재물을 요구하여 큰 걱정입니다."

　"큰스님, 사찰 차원에서 올봄에 굶주리는 백성들을 구제할 방안을 강구할 수가 없겠는지요? 지가 처음 와서 이런 말씀을 드려 염치없지만요."

　"아니오. 중생구제가 승려와 불가의 중대한 사명중의 하나가 아닙니까? 우리도 청도와 풍각의 사찰과 향도 등이 앞장서서 기민구제에 신경을 쓰고 있답니다. 일단 올봄의 이 춘궁기를 넘겨야 하지요. 백성이 나라의 근본이자 주인이듯, 대중과 재가불자 없는 사찰이 어찌 건재할 수가 있겠습니까?"

　"이대로 가다간 경상도 농민들이 다 굶어죽을 것입니다. 부패한 관리와 악덕토호들의 창고를 부수더라도, 백성들이 올봄 춘궁기를 넘길 방도는 없을까요?"

　"훈장님, 그런 엄청난 일을 누가 맡아서 하겠는지요? 병장기와 훈련된 장정들이 수백 명은 동원이 되어야 할 텐데요."

　"대단히 송구스럽습니다만 그 일을 맡을 장수가 바로 우리 옆에 있습니다."

　근엄하고 차분하던 큰스님의 얼굴에 갑자기 당혹감이 스치고 지나갔다.

　"그래요. 승려의 손에 피를 묻혀야 합니까?"

　"살생은 피하고 양곡만 빼앗아 백성들에게 나누어주지요. 흉년이 극심할 때만 하는 임시방편으로 지금은 세상이 비상시가 아닌지요?"

"승려 법성과 효심 장사를 말씀하시는 것 같은데, 두 사람이 구체적으로 어찌해야 합니까?"

"법성 스님(김사미)은 각 사찰과 관련된 촌락의 향도조직을 활용하면 될 것입니다. 법성 스님은 청도와 풍각 및 경주 일원의 백성들을 구제하면 될 것이라 생각됩니다."

"그럼, 효심 장사는 밀성, 울주, 양주, 헌양현을 맡을 수밖에 없겠군요."

"맞습니다. 그 촌민들 중 힘센 장정들과 산고개의 도적들을 모아서 활약하면 됩니다. 오늘도 석남령과 아랫재에서 산적 여섯 명을 모았답니다."

"아무리 아사자들을 방지하기 위한 결단이지만, 불자로서 폭력과 도둑질을 한다는 것이 맘에 큰 부담이 되는군요."

"어쩔 수가 없는 자구책이 아닌가요? 폭력과 도둑질이 아니라 중생구제를 위한 본분이라 생각하시면 될 것입니다. 농민과 중생 대부분이 굶어죽는 판에 사찰만 편안하게 살면서 그것을 방관하고 살 수만은 없지 않습니까?

우리 역사상 불교계가 호국을 위하여 목숨을 초개같이 던졌듯, 이번에는 중생구제를 위하여 목숨을 바치는 것이 어쩔가 하고 물어보는 것이지요. 호국의 가치를 활빈의 가치로 바꾸어 생각해야 할 세월이라고, 본인은 진단하고 있지요."

큰스님은 잠시 생각에 잠기더니, 두 무릎을 꿇어앉아 그들의 이야기를 듣고 있던 법성과 효심을 번갈아 바라보았다. 혜자 스님은 두 호걸의 관상을 보고는 앞날을 예측하였다.

'두 사람은 분명코 역사에 남을 호걸들이로다.'

그는 두 믿음직한 인걸들에게 물었다.

"스님과 장사는 죽음을 두려워 않고 활빈을 하여 죽어가는 중생을 구할 수 있겠는가?"

이에 두 사람은 벌떡 일어나 확고한 결심이 섰다는 의미로 두 스승에게 큰절을 하였다.

이날 열사흘 날 밤 반월재에서, 혜자 큰스님, 김정열 훈장, 김상원 장자가 중심이 되고, 법성과 효심 및 김진원이 중간 중간 거들어 결정된 두 농민군의 양성계획은 다음과 같이 짜여졌다.

첫째, 승려 법성이 이끌 농민군을 '운문농민군'이라 하고, 효심 장사가 이끌 농민군은 '효심농민군'이라 한다. 각 군대의 수효는 3천 명 정도로 한다.

둘째, 운문농민군은 청도현과 풍각현을, 효심농민군은 울주, 양주, 밀성군, 수산현을 그 관할구역으로 한다.

셋째, 군량미는 단기적으로 경상구산 재산가들의 기부를 받고, 장기적으로 황무지와 산간지역을 개발하여 조달한다. 비상시에는 악덕토호와 재지세력의 창고나 관아의 창고를 털어서라도 조달한다.

넷째, 병장기는 민가나 관아로부터 수집하고 대장간에서 지속적으로 만들도록 한다.

다섯째, 개경의 중앙군 손유익 대장군과 문관 박선구 시랑을 영입하고, 손 대장군이 보내는 개경의 군인들로 농민군의 교관으로 삼는다.

농민군의 양성계획에 대한 의논이 대충 끝이 나는 것 같으니, 혜자 큰스님이 마지막으로 쐐기를 박듯이 강조했다.

"우리 농민군은 오늘 결정한 대로 법성 스님과 효심 장사가 모든 것을 책임지고 실천하도록 하지요."

다음에는 진원이 김상원 장자에게 물어보았다.

"장자님, 이곳에 하필이면 동경촌이란 마을을 건설한 목적이 무엇입니까?"

"우선, 동경유수가 운문고을의 농민군을 침입하면 전초기지가 되어 적의 예봉을 확 꺾기 위해 운문고을 입구에 세웠다네. 그리고, 동경이라 하여 옛 신라유민들을 결집시켜 신라부흥운동을 하는데 그 불길을 당기기 위해서지."

위에서 결정된 사항외에도 김정열 훈장이 구체적으로 밝힌 구상이 오늘 '동경촌의 구상'에 대부분 포함되었다. 이 구상은 작년 섣달 중순에 이천서당에서 김 훈장이 효심과 김진원에게 밝힌 것이었다. 그 날 그 세 사람이 주고받은 결심을 그대로 옮기면 다음과 같았다.

먼저, 진원이 물어보았다.

"훈장님, 울주나 청도 밀성 등에서 백성들이 안업(安業)을 누릴 수 있게 하는 방법이 있는지요?"

"효심이 경상도 동남부(영남알프스 일원) 백성들 중에서 용기가 뛰어난 청장년들을 많이 모아 농민군을 조직하여야 될 것이라 믿네. 그 다음에는 조직화된 농민군들이 울주, 청도, 밀성, 양주, 경주, 헌양, 풍각 지방의 지방관과 주현군(州縣軍)을 힘으로 무력화시키는 것일세. 그런 연후에는 여기 경상도 동남부의 세곡은 지방관들이 걷되 관리, 사용과 분배는 효심군(孝心軍)이 하도록 하는 것이네.

그렇게 되면 유민들과 거지들이 모두 이 지방에서 농사를 열심히 짓고 굶지 않고 살아갈 수가 있지. 칼날 위를 걷는 것 같이 위험하지만 내 생각으로는 그 방안 외에는 현재로서는 방법이 없네."

훈장의 속내를 듣고 난 진원이 고개를 끄덕이면서, 이해가 된다는 듯 차분하고 진지하게 물었다.

"훈장님, 주현군의 무력화는 어느 정도이고 농민군의 본부는 어디여야 하며, 조직체는 어떤 기존조직을 활용해야 합니까?"

"주현군의 무력화는 농민군들이 각 주현에 있는 군인 삼백 내지 오백을 허수아비로 만드는 것일세. 농민군의 본부는 석남산(가지산), 운문산 등 경상도 동남부 산악지대에 있는 대사찰 아래의 사하촌(寺下村)에 두어야 할 것일세. 조직이란 각 사찰에 협력하는 향도(香徒)를 결속하는 것이 제일 빠르고 손쉬울 것이라 믿네."

"아주 명쾌하신 구상입니다. 주현군이란 대부분이 그 고을의 농민자제로 구성되어 있고 그들의 집도 모두 굶주리고 있으니, 농민군이 거병하면 주현군들은 농민군 진압보다는 오히려 협조를 하거나, 농민군이 되기를 자처할 가능성이 높을 것입니다. 대사찰은 농토와 양식이 많은데다, 최근에 그 사찰들은 지방관들과 갈등이 빚어지고 있으니, 사하촌에 본부를 두어 협조를 받음이 좋겠지요. 대사찰은 석남산, 운문산 등의 고봉준령의 산악지대이니 관군들도 쉬이 근접을 못할 것입니다.

그리고 또 신라시대 이래 불상, 종, 석탑 등을 조성하거나, 법회에서의 대규모적인 노동력 및 경제력 제공 등 불교 신앙활동을 벌여온 향도들이, 요즘에는 호장들의 지휘를 받으면서 체계화 되어가고 있으니, 활용하면 급속히 대단위의 농민군을 모을 수가 있을 것입니다."

김정열은 입맛을 다시면서 급하게 설명해 나갔다.

"문제는 전형적인 무사 출신인 지방관들이 농민군들을 보고 참기가 어려울 것일세. 성미가 급하고 억센 무관들이 죽으면 죽었지 그런 꼴을 보고 가만있지는 않을 것일세. 끝까지 대항하고 협조를 않는 지방관들은 선별하여 죽여버리는 수밖에 없지. 선량한 농민들이 부지기수로 굶어 죽는 것보다 지방관 몇이 죽는 것이 정의겠지."

"훈장님, 결국 고려에 경상도에만 다른 나라가 존재하는 셈인데, 개경 조정에서 토벌군이 파견되지 않겠습니까? 잠시 동안 밥 제대로 먹고 큰소리치다가, 수많은 농민들이 짐승 같은 토벌군에게 목숨을 잃게 되지 않겠습니까?"

"그것이야 하는 수 없겠지. 최후의 일인까지 죽을 때까지 싸워서 패배하면 죽는 것이지. 이 상태대로 오래 가다간 굶어서 죽게 되니까 결과야 매일반이지. 토벌군이 내려오고 농민군이 밀리면, 경상도 백성들을 단합시키기 위하여 신라부흥을 부르짖어야 할 것이야. 고려조정이 썩었으니 경상도에서 영화를 누렸던 도민들에게 신라의 부흥을 외치면, 그들은 똘똘 뭉쳐서 강한 결속력을 갖게 될 것이라 믿네."

"저도 그런 생각을 해본 적이 있었지만, 훈장님처럼 구체적이고 곧바로 실행에 옮길 생각은 감히 못 하고 있었답니다. 말씀을 듣고 보니 용기가 불끈불끈 솟아납니다."

"고맙네. 효심은 나의 생각에 찬동을 하는가? 자네도 입을 다물고만 있지 말고 자신의 소신을 말하게나. 앞으로 수천 명 농민군의 장군이 되어 관군을 격퇴해야 하니까."

"두 어른이 계속 지도를 해주신다면, 경상도 농민들을 위하여 제 몸을 바쳐서 싸우겠구만요. 세상에 태어났다가 한번 죽는 것이 정한 이치인데, 의롭고 보람차게 살다가 죽어야지요."

"그럼, 되었네. 두 사람은 나의 구상을 급속히 실행할 생각을 가지고 있게나. 김 선비는 태화학당의 학동들을 다른 선비에게 넘겨주고, 배냇골로 와서 효심의 보좌인으로 아예 눌러 앉게나. 나는 늙어서 힘을 못 쓰니, 자네를 효심에게 붙이는 바이네."

진원은 훈장이 보는 앞에서 무릎을 꿇고 진심어린 음성으로 효심에게 말했다.

"효심 장사님, 오늘부터 소인은 장사님의 책사로서 주인으로 철저히 모시겠습니다."

"꼭 그렇게 해야 하나. 동갑끼리 친하게 지내면 되지 그러면 쑥스럽지. 나 참."

"아닙니다. 하늘이 내린 대업을 실행해 나가려면 상하가 분명해야 합니다. 오늘부터 저는 완전히 장사님의 부하입니다. 나의 생명은 장사님의 것입니다. 죽이든 살리든 그것은 장사님의 처분에 매여 있습니다요. 조직화되고 체계가 잡히면 그때 명칭을 부르겠지만, 우선은 장사님으로 부르겠습니다."

"나는 글도 모르고 힘만 센 무지랭이 출신이고 김 선비는 과거에 합격한 고귀한 신분인데, 어찌 내가 선비의 주인이라 행세할 수가 있을까?"

"그렇지가 않습니다. 사람은 천부적으로 운명을 타고 이 세상에 태어나지요. 장사님은 경상도 농민군의 지도자로서 역사에 남을 인물로 사명을 타고 태어났습니다. 허지만, 소생은 한낱 글공부나 하는 선비로 태어난 것입니다. 글공부가 인생의 전부가 아니지요. 정의롭게 백성을 곤경에서 구하는 대업을 달성하는 일은 아무나 하는 것이 아닙니다. 지금 개경조정의 실권자인 이의민 장군도 글을 모르나, 삼한의 군사권을 장악하여 나라를 안정시키는 막중한 역할을 하고 있지 않습니까? 장사님도 확고한 지도자로서의 긍지를 가지고 수많은 군대를 만들어, 도탄에서 헤매는 백성들이 배 곯지 않고 옷을 제대로 입고 따뜻한 구들방에서 잘 수 있게 하여주소서."

운문사와 배냇골 인물들은 간밤의 구상을 향후 철저히 실천하기로 굳게 약조하고서 이튿날 새벽에 돌아왔다. 배냇골 세 사람은 어제 운문 고을로 왔던 그 길, 즉 배내고개 - 석남령(석남터널, 가지산 터널) - 실혜촌(밀양시 산내면 남명리 · 삼양리) - 아랫재(운문산과 가지산 사이) - 심심계곡 - 큰골 - 운문사의 그 길로 다시 돌아가고 있었다.

쇠점골[27]의 오천평반석을 지나면서 진원이 말했다.

"훈장님, 김상원 장자에게서 알았는데요. 동경촌 앞의 섬계(산내천)에는 약 일천 결(一千 結, 150만평)의 하천부지가 농민군 훈련장으로 쓰인답니다. 동경촌의 원당은 동경사(東京寺)이고요. 보셨지요. 우리를 친절하게 안내하던 그 자가 최영만(崔英滿)인데, 동경건설의 일등공신인데 재산관리의 귀재랍니다."

임자년 정월대보름부터 떠도는 불길한 징조들

설날을 지나고 보름이 지나는 동안에, 아주 조금이긴 하나 낮이 길어졌고 햇살이 표가 나게 두터워졌다. 어느새 정월대보름[상원(上元)]이 되었다. 이 명절은 새해 들어서 처음 맞는 보름달이 세상의 어둔 곳을 환히 비추어 주는 날로 그 의미가 깊었다.

개경 관료들의 사치스런 생활상

효심은 농민군을 지도하다가 배냇골과 초전 전체가 조정의 토벌대에 불구덩이가 될 것이라 생각하니 은근히 겁이 났다. 그는 어느 날 이천서당에서 한가로이 화롯불을 뒤적이고 있던 훈장에게 물어보았다.

"훈장님, 앞으로 우리가 처 죽여야 할 무신들의 개경생활은 어느 정도인지요?"

"개경관리들의 사치스런 생활상을 이야기 해주지. 이들은 평소 거처하는 집 이외에도 별업(別業)이라는 별장을 가지고 있단다. 이외에 엄청난 규모의 부동산을 소유하고 있는 경우도 많단다. 그 가운데에서도 호사가 극에 달하는 명문대가는, 누각이 새가 날아다니는 길을 끊을 만큼 높고 해와 달을 가릴 만큼 컸단다."

효심이 머리를 설레설레 흔들며 말했다.

"그라면, 가난한 관리는 눈뜨고 찾아보려고 해도 찾을 수가 없습니까?"

"그렇지는 않다네. 세상만사가 예외는 있기 마련이란다. 공정하고 검소하게 살아가는 관리는 있지. 그들은 두어 개 서까래에 띠로 지붕을 이은 초라한 집에 살며, 사방에서 비바람이 들이치고 땔나무와 밥 지을 쌀이 없어도 항상 태연한 청빈한 관리도 있더라."

"훈장님, 고려에 그런 관리들이 있다니 믿기지가 않군요."

"너무 낙망은 말게나. 개경에 관리들이 모여 사는 마을에 가면 대궐 같은 푸른 기와집들이 즐비한데, 삼한의 농민들의 재산을 다 긁어모아 사치를 부린단다. 농민과 천민들의 부엌에는 솥과 그릇 몇 개가 있는데 반

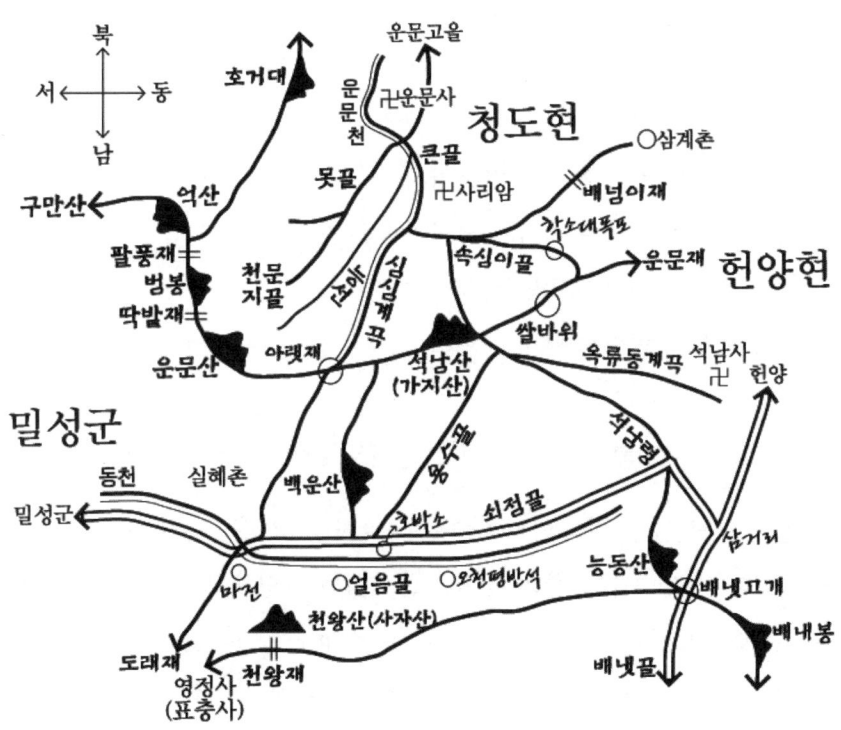

배냇골 - 배내고개 - 천화령(석남령) - 석남사 - 쇠점골
- 실혜촌(시례) - 아랫재 - 심심계곡 - 큰골 - 운문사

해, 관리나 귀족들의 집에는 청자그릇이 부지기 숫자이고 기와도 청자를 재료로 하는 집도 있단다. 일반 백성들이 겨울에도 거친 삼베옷을 입고 다니는데 반해, 그들은 비싼 비단옷을 몇 겹씩 입고 다니지. 호사스런 부인네들은 양쪽 어깨 위에다 비단(쇼올)을 길게 앞뒤로 걸치고 다닌다네."

"그럼, 황제와 고관대작들이 문제네요."

"그래 좋다. 내가 노래 하나만 더 읊고 이만 마치겠네. 개경의 기와집 뒤편 개미굴 같은 초가에서 가난한 사람들이 부르는 노래란다.

「차마 이대로 죽어 한데 길에 버려지길 기다릴 순 없어
마음을 비우고 산에 올라 도톨밤을 줍는다네
그 말이 처량하고 절실도 하구나
듣고 나니 가슴이 미어질 것 같아라
그대 보지 않았나
고관집 먹는 것이 하루에 만전어치
맛난 음식이 솥마다 가득가득 별처럼 늘려 있네
하인들도 술 취하여 비단 요에 토하고
말은 배불러 금마판에서 소리치네.」"[28]

경주 남산골 뚤꼬지무당 때문에 파면당한 영주 상호장

경주 남산 삼릉 아래 남산골에는 '뚤꼬지'로 불리는 유명한 무당이 살고 있었다. 동경유수 관할의 각 주·군·현의 백성들이 삼릉계곡에 있는 사찰들에 기도를 드리러 드나들면서 이 무당에게 자신들의 장래 운명에 대해서 물어보았다. 뚤꼬지란 별명이 붙은 까닭은 사람의 장래 길흉화복에 대해서 너무나 정확하게 알고서 송곳으로 뚫어버리듯이 맞추어버리기 때문이었다.

보살이니 도사니 하는 무당들은 세상사가 어렵고 험난할 때, 더욱 극성스럽게 설치고 인기가 높기 마련이었다. 중국인들은 고려 사람들의 귀신과 무당에 대한 숭배심을 보고 다음과 같이 놀랐다고 한다.

'고려 사람들은 병이 나서 아파도 약을 먹지 않고, 오직 귀신을 섬길 줄만 알아 저주하여 이겨내기를 일삼는다. 본래 귀신을 섬겨 주문과 방술을 알 따름이다. 백성들이 재난이나 질병이 생기면, 경주 남쪽에 있는 남산의 절에 가서 옷과 말을 바치고 기도한다.'[29]

경주 향교에서 머리에 피가 마르게 열심히 공부하여 대과에 급제한 뒤, 고향인 영주(永州, 영천)에서 몇 년간 술과 더불어 세월을 보내던 구본석(具本錫)이란 강직한 선비가 있었다. 그도 집안이 넉넉하지 못하여, 개경에 연줄을 대서 벼슬길에 나가지 못하고 허송세월만 하다 보니 몹시 괴로웠다. 그런데 몇 달 전에 영주의 상호장으로 계시던 부친이 병환으로 눕자, 임자년에 들어서 그는 부친의 상호장직을 승계하였다.

그런데, 영주(영천) 감무 정환주가 신임 상호장에게 이런 당부를 하였다.

"구 상호장, 경주 남산골 뚤꼬지 무당에게 가서, 재물도 바치고 기도를 올려 인사를 잘 하고 오시오."

임자년 2월 초순, 그는 감무의 권유에 따라 남산골 삼릉계곡의 '남산신당(南山神堂)'에 갔다. 미시(未時, 13~15)나 되었는데, 무당에게 온 사람들이 신당 밖에까지 줄을 서서 모닥불을 피우면서 추위를 달래고 있었다. 그도 대기자들 사이에 끼여 접견의 순서를 기다리고 있었다. 그는 올해 갓 서른 살이 되었다.

'고려가 불교국가이나 이념상으로는 유교를 지상으로 하고 있는데, 이 따위 신당이니 무당이니 하는 미신은 정말 내 맘에 내키지가 않아. 그렇다고 감무의 분부를 저버리고 그냥 되돌아 갈 수도 없는 노릇 아닌가.'

붉은 비단옷에 흰 천, 푸른 천, 누런 천 등으로 허리띠며 가슴띠를 한 뒷전무당도 여럿이 사람들을 맞아서 점을 치고 신수를 보아주고 있었다. 무당과 점보는 사람들이 무슨 할 말이 그리도 많은지, 앞줄은 줄어들지가 않아 정말로 답답하여 미칠 지경이었다. 그는 속에 천불이 났지만 꾹 참고 축담에 앉아 기다리다 보니, 벌써 서산 치술령 정상에 해가 뉘엿뉘엿 노닐고 있었다.

신당 안의 큰방 안을 자세히 들여다보니, 중간에 뚤꼬지무당이 앉아 있었고 양옆에 새끼무당이 둘씩이나 앉아 있었다. 뚤꼬지무당은 주름진 얼굴에 반백의 머리에 나이가 사십대 중반쯤 되어 보였다. 유명세를 한껏 자랑이라도 하는 듯이, 목심이 들어 목과 어깨가 뻣뻣한 것이 거만스러워 보였다.

그런데, 뚤꼬지무당이 비단옷을 잘 차려입은 돈이 많은 신도들이 자기 앞에 오니까, 특별히 신수를 봐준다면서 작은 요령을 손에 들고서 들보에 닿을 듯이 풀쩍풀쩍 뛰는 중간 중간에, 새소리 같은 목소리로 늦을락 빠를락 두서없이 예언을 중얼거렸다. 그 예언이 신통하게 잘 맞는다고 부자들마다 입을 모았다. 그리하여, 부자들은 손을 비비며 곡식과 옷감 등을 바쳤다. 타고 있는 여러 개의 촛불 둘레에 떡이며 고기, 과일로 질펀하게 차린 굿상 뒤 신당의 벽에는 무신도가 액자처럼 모셔져 있었고, 신이 내려오는 길목인 신간(神竿)과 굿상 곁에는 굿을 차린 사람이 바친 재물이 수북이 쌓여 있었다.[30]

구 상호장은 속으로 기가 차서 이런 생각이 들었다.

'영주만 하여도 지난 몇 년간 수백 명이 굶어 죽었는데 저런 미신을 믿는데 아까운 쌀과 고기와 옷감을 쓸어 붓는 꼴이 얼마나 한심하랴! 에라잇! 신당에 확 불을 질러버리면 속이나 시원하겠구만. 대대로 영주 향리 집안의 명문가로 소문난 집인데, 내가 일을 그르쳐서 조상을 욕되게

할 수는 없지. 꾹 참고 참자.'

이런 생각을 골똘히 하고 있는데 새끼무당 하나가 그를 보면서 말했다.

"그 선비 이리로 오시오. 어디서 온 누구며 무엇을 하시오?"

그 뒷전무당 하는 행동이 몹시 비위에 거슬렸지만 참기로 했다. 그녀 앞에 가서 앉아 판 하나를 사이에 두고 말을 했다.

"나는 영주 상호장 구본석이오. 신수를 좀 잘 봐주시오."

라고 하니 그녀가 제일 중요한 것을 물었다.

"그라면, 복채는 두둑히 가져 왔겠네요?"

그는 기분이 몹시 불쾌하였지만 계속 참았다.

"예, 남 되도록 가져왔심더."

"아니, 선비가 말하는 품새가 별로 친절하지가 않네그려."

"아! 예? 처음이라서 사정을 잘 모르니 잘 좀 봐주세요."

라면서 얼버무렸다. 결국 새끼무당에게서 일차로 면접을 본 것이었다. 뒷전무당에 의해서 드디어 뚤꼬지무당에게로 안내되었다. 뚤꼬지무당이 상호장을 찬찬히 살펴보았다. 그리고는 낮고도 묘한 목소리로 겁을 주듯이 말했다.

"벼슬을 하면 내가 제일 영험 있다고 모시는 남산의 성황신에게 제사 지내야 하네. 그래야, 영주의 길흉화복을 잘 내다볼 수가 있으니까. 조금 기다리게."

그리고, 또 캄캄할 때까지 기다렸다. 밥을 먹으라기에 밥을 먹었다. 그런 연후에 뒷전무당이 등불을 들고서, 그를 뒤따르게 하고는 삼릉계곡 중간의 성황당으로 올라갔다. 뚤꼬지무당과 새끼무당이 온갖 의식과 주문을 외우고 절을 여러 번 하였다. 그리고는 무당 둘이 말했다.

"상호장, 남산의 성황신에게 엄숙하게 절을 하라."

그러나, 상호장은 퉁명스럽게 대꾸하였다.

"나는 향리이고 유학자로서 이런 미신을 신봉할 수는 없으니까, 고개만 숙여서 예를 표하겠오. 이해하시오."

그러자, 뚤꼬지무당이 얼굴에 노기가 가득 차서 무섭게 꾸짖었다.

"젊은 선비가 신성한 남산 성황신을 무시하다니 천벌을 받을 것이다. 내일 보아라. 곧 천벌을 받게 될 것이니. 신을 무시하는 하찮은 인간 같으니. 얼마나 한심하랴!"

셋은 아무 말도 않고 다시 무당의 신당으로 내려왔다. 뒷전무당이 상호장을 밖에 세워두고서 뚤꼬지무당에게 다녀와서는 퉁명스럽게 말했다.

"복채나 주고 가시오."

그는 말안장에 준비해두었던 누런 고급삼베 두 필을 건넸다. 그것을 뒷전무당이 가져가서 뚤꼬지무당에게 건넸다. 그녀는 밖에서 대기하고 있던 그가 들으라는 듯이 외쳤다.

"아니! 동경유수나 수령들이 나에게 신수를 한번 보면, 쌀 열 가마나 은병 하나씩은 신당에 올리는데. 삼베 두 필이 뭐냐! 막둥아! 빨리 동경유수에게 이 쪽지를 전해라."

신당의 문간방에 있던 총각이 신당의 무당에게서 무엇인가 받아들더니, 말을 타고 비호처럼 달려서 포석정 앞의 큰길로 달려갔다.

상호장은 무엇인가 불길한 예감을 떨칠 수가 없었다.

'무당년이 동경유수와 거래를 한단 말인가? 그것 참.'

이튿날 오후에 동경유수에게서 통지가 전달되었다. 내용은 극히 간단하였다.

「정환주 영주(영천) 감무는 구본석 상호장을 임자년 정월 열이렛날 부로 파면하고 후임자를 조속히 임명할 것.

　　　　　　　임자년 이월 열하루 동경유수 이무량」

동경유수로부터 파면통지를 받고서 구본석은 어이가 없어 생각했다.

'아무리 고려가 귀신을 숭상하는 나라지만 영주의 상호장이 일개 무당 때문에 파면 당하다니! 대체 이놈의 세상이 어떻게 된 것인가? 내가 세상물정을 모르는가? 아니면 세상이 미쳐버렸는가? 하여간…'

그는 감무에게 마지막으로 의문점을 하나 물었다.

"감무님, 무당이 얼마나 권세가 높기에 감히 영주의 상호장인 나를 추풍낙엽처럼 이렇게 허망하게 날려버립니까?"

감무도 면목이 없는가 미안한 얼굴로 설명을 하였다.

"구 상호장 같은 사람이야 이해하기가 힘이 들지도 모르지요. 그러나, 무당이란 것이 귀신을 전문적으로 받들면서 신령과 교감하는 역할을 나라로부터 인정받아, 세상의 안정을 가져오는 데 도움을 준다고 믿어져 왔지요. 때로는 사람들의 불안한 마음을 악용하여 물의를 일으키기도 하지만요.

좀 더 자세히 말하자면, 나라에서나 백성들은 토속신과 같은 귀신들이 국토를 지켜주고 백성들을 보살펴 준다고 여기고 있어요. 그리고, 권력이나 재력으로도 어쩔 수 없는 불가항력의 재난으로부터 벗어나고픈 사람들의 바람을 신령과 교감하는 무당이 해결하여 준다고 믿기 때문에, 무당의 권세가 대단한 것이지요.

또 농업사회에서는 비가 무엇보다 중요한데, 가뭄이 들면 황제는 기우제를 지낸다 아닙니까? 그때 황제는 무당을 수백 명씩 관청 앞 등에 모아서 기우제를 지내지요. 그러다보니, 자연적으로 무당의 권세가 높아지지요. 무엇보다도 무당은 신령님의 딸이 아닙니까?"

"무당은 언제부터 있었고 왜 하층민들은 무당의 말이라면 무조건 믿습니까?"

"나보다 구 상호장이 더 잘 아시겠지요. 내가 아는 대로 말하자면, 무당은 고조선의 단군신화 때부터 있었다고 하더군요. 그 단군이란 것이 바로 무당이 아닙니까? 무당이니 무속이니 하는 것은, 춥고 배고프고 권력자에게 시달리는 하층민에게는, 유교나 불교보다 불안해소와 생활에 희망을 심어주는 중요한 종교적 기능을 수행해왔다고 보입니다. 고생하는 민초들에게는 어렵고 골치 아픈 유교나 불교보다는 가까이 있는 무속신앙이 훨씬 편하기 때문에, 무속신앙이 민중에 깊이 뿌리를 박고 있다고 생각됩니다."

"그런데, 무당이 민간들에게 폐해를 주는 사례도 많이 있다 아닙니까?"

"아주 많지요. 예전부터 무당이 죽은 사람을 살린다는 술수를 핑계하고 사대부의 집에 드나들면서 몰래 부녀자를 간음하기도 했답니다. 몸을 더럽힌 귀부인은 부끄러워서 감히 남에게 알릴 수 없었으므로, 이르는 곳마다 그러한 병폐가 많이 있었다고 합니다.

그렇기 때문에 유교학자들은 무속을 멸시하였지요. 무속에서는 남녀가 굿판을 벌여서 노래하고 춤추고, 간혹 굿을 빙자하여 간통, 재산축적 등 불미스러운 일을 많이 벌였지요."

구본석은 읍성에서 짐을 싸서 나오면서 생각했다.

'나에게 관직은 짧고 울분은 영원하게 되었구나.'

철저하게 추락한 뚤꼬지무당

동경유수는 물론 모든 수령들과 백성들이 뚤꼬지무당을 마치 신을 받들 듯이 귀하게 대하고 산더미 같이 많은 재산을 갖다 바치자, 그녀는 하늘 높은 줄을 모르고 방자하게 굴었다. 임자년 초부터 다음과 같은 괴소문이 횡행하였다.

'올해는 농민반란이 일어나 관창이나 부잣집 창고를 급습하여 많은

사람들이 죽을 것이다.'

그러자, 무당들은 백성들의 불안심리를 이용하여 재산을 모으고 여러 가지 폐를 끼치기도 하였다.

동경(경주) 남산의 뚤꼬지무당의 유명세는 개경에도 널리 알려지게 되었다. 그리하여, 임자년 이월 하순에 개경의 황궁에서 황제가 재를 지내는데 뚤꼬지무당을 초청하였다. 황제의 이러한 조치는 최고집권자 이의민 장군의 마음도 위로하고 동경 백성들의 마음도 진무하기 위한 포용력의 한 방안이었다. 개경 황궁에서 전대의 조상을 위한 제사를 지내는데, 경주의 뚤꼬지무당이 황제가 초청하여 상경한다는 소문이 삽시간에 전국에 퍼졌다. 그런데, 그녀가 개경에 상경할 때 남산골 신당 이웃에 사는 오형섭을 데리고 갔다.

동경유수는 자기의 부하 다섯 명에게 무당 일행을 수행하게 하였다. 그가 무당 일행을 떠나보내면서

"신모님, 오씨를 왜 데리고 갑니까?" 라고 물었더니 무당이 대답했다.

"재를 올리는 일에 그 자가 꼭 필요한 일을 해야 합니다." 라고 아무렇지도 않은 듯 말했다.

뚤꼬지무당이 황제의 제사에 간다는 소문을 들은 상경길목의 수령들은, 예복을 갖추어 입고 교외에 나가서 무당이 지나가는데 기다리고 있다가, 역마를 제공하는 등의 온갖 편의를 다 베풀었다. 무당을 홀대했다간 황제에 의하여 자신의 목이 달아날 것을 크게 염려했기 때문이었다.

무당 일행이 가는 곳마다 수령들에게 칙사대접을 받으면서 경주도 - 상주도 - 평구도(안동 - 이천) - 남경 - 개경[31]으로 상경하고 있었다. 일행이 상주에 갔을 때였다. 상주 목사(尙州 牧使) 변정치(卞正治)가 그 무당 일행을 맞이하지 않았다. 그녀는 노기가 머리끝까지 올라서 씩씩거리면서 저주를 쏟아내었다.

"변정치는 반드시 큰 재앙을 받을 것이다. 하늘이 무서운 줄 모르니 내가 그 자를 가만두지 않을 것이다."

무당 일행은 어쩔 수가 없어서 목사의 관아에서 떨어진 여각에서 잠을 자게 되었다. 그런데, 한밤중에 목사는 부하들을 시켜서 뚤꼬지무당과 오형섭이 벌거벗고 자고 있는 현장을 덮치게 하였다. 오밤중에 무당과 오형섭은 오랏줄에 묶이어 변정치 목사 앞에서 무릎을 꿇게 되었다. 목사가 준엄하게 꾸짖었다.

"무당과 오가는 들거라! 그대들은 도대체 어떤 사이인가?"

"우리 둘은 바늘과 실같이 굿이나 제사를 지내는데, 서로 도와가면서 행사를 치릅니다."

"그런데, 벌거벗고 잠까지 자야 하는가? 황상께서도 둘이 잠까지 자는 것을 알고 계시는가? 신을 모시는 신모가 어찌 불경한 짓을 하고서도, 황제가 주재하는 신성한 제사에 참석하러 가는가? 당장 자백하지 않으면 황상에게 보고하여 죽음을 면하지 못하게 하리라."

그때서야 무당은 눈물을 흘리면서 모든 사실을 자백하였다. 그리하여, 목사는 황제에게 이 사건을 보고하고 동경유수에게도 통보하여 남산의 성황당과 뚤꼬지의 남산신당을 폐쇄시켜버렸다.

전 영주 상호장의 원수는 타인의 손에 의해서 너무나 간단하게 해결되어 버렸다. 운문사로 입문하기 위하여 짐을 싸던 구본석은 이 소문을 듣고 안타까와 하면서 중얼거렸다.

"내 손으로 그 오만방자한 무당년을 짓이겨 버리려고 했는데, 이미 망하여 자취를 감추어버렸으니 참으로 허탈하구만. 사필귀정이야."

이 무렵 효심은 초전에서 양주를 거쳐 배냇골로 넘는 신불산고개를 넘고 있었다. 그는 고개에서 가마를 탄 귀부인을 납치하려던 산적들을 물리치고 그들의 신분을 물어보았다. 밀성군이 고향인 그들의 이름은 짱

두, 돌쇠, 쇠돌맹이였다. 귀부인은 하인과 하녀와 원동의 시댁으로 가고 있던 양주 내석촌의 하수임(河水任)이라고 했다. 효심은 전에 그녀를 어디서 본 것 같았는데 쉬이 기억이 나지 않았다. 그는 며칠 뒤 산적들과 원동의 토곡주막에서 만나 그들을 양주의 전병수 장자에게 맡겼다. 산적들은 효심의 부하가 된 것이다.

효심농민군 참모 김진원, 운문농민군 참모 구본석

김진원은 정월 대보름날 태화학당에 돌아와서 사흘 정도 밤낮으로 잠을 그르치면서 깊디깊은 고민을 하였다. 평생 아버지 못지않게 자신을 돌보아 준 스승이 중병으로 시달리고 있는데, 태화학당을 내팽개치고 배냇골로 떠나기가 맘에 큰 부담이 되었기 때문이었다. 그는 일단 스승의 병 상태를 알아보기로 하고 그의 집을 방문하였다. 스승의 병환은 다소 호전된 듯 보였다.

그는 태화학당으로 돌아오면서 갈등 속에 깊은 생각을 하였다.

'올해 효심 장사와 대의를 위하여 거병하게 되면, 태화학당은 누구에게 맡기나? 개경의 정건이가 돌아오면 맡기면 되는데. 과거에 합격하여 귀한 신분이 되겠다는 사람을 불러 내릴 수도 없고 말이야.'

그가 마판에 말을 매고 있는데, 학당에서 잔심부름하는 기봉이가 뛰어 와 말했다.

"훈장님, 아까 정건이란 손님이 다녀갔어요?"

"그래?"

진원은 태화강을 따라 서쪽의 다전촌으로 달리면서 안도의 한숨까지 뿜어냈다. 온몸이 희열로 가득 차면서, 머릿속이 마치 가마솥의 끓는 물에서 뜨거운 열기와 함께 뿌연 증기가 솟아오르는 것 같았다.

'정건의 귀향이라. 그래! 이제 동생에게 학당을 맡기고 신라를 부흥하여야 내가 살아가는 보람이 있지.'

진원의 무의식속에 차분히 가라앉아 있던 오 년 전 개경에서의 추억들이, 동생의 낙향에 의하여 끝없이 들끓으면서 의식의 수면 위로 떠올랐다.

'벽란도 삼신산의 금란의 탱탱한 유방은 지금쯤은 많이도 퍼졌겠지. 금란의 손목은 주막집 문고리인가? 이놈도 잡고 저놈도 잡고 온갖 잡놈이 다 잡았을 것이리라. 그녀의 고운 입술은 주막집의 막걸리 사발인가? 이놈도 빨고 저놈도 빨아 재끼니까. 그녀의 배는 예성강의 나룻배인가? 이놈도 타고 저놈도 타고 온갖 잡놈들이 다 타니 말일세. 홍준수 장자와 문장가 이규보는 어찌 되었는가?'

서천(척과천)의 서쪽 산기슭에 자리한 대궐 같은 기와집인 정건의 집 앞에서 말을 멈추었다. 기와집 좌측의 넓은 녹차밭에는 새순이 한창 탐스럽게 돋아나려고 하고 있었다. 당나라에서 통일신라로 차가 유입될 때 하동군(河東郡)에 먼저 심어졌고, 다음은 울주의 다전촌에 심어져 재배가 성공되었다는 것을 그도 들어서 알고 있었다. 정건이가 말울음 소리에 놀라 나와 보았다. 둘은 반가와 부둥켜안고 난 뒤, 할 이야기가 많아 급히 술상을 앞두고 좌정하였다. 주인은 손님에게 마누라와 조그만 아들을 소개시켰다. 마누라는 다름 아닌 삼신산의 이화였다.

"나도 그때 금란과 혼인을 하여 데리고 내려오는 것인데…"
"형님이 이리 외로이 지낼 줄 알았다면 같이 올걸 그랬네요."

그는 정건과 이화까지 곁에 있으니, 개경생활이 더욱 추억이 되고 마음이 한량없이 즐거워 청주를 잔뜩 마시면서 그간 밀린 이야기를 다 했다.

그러나, 정건은 농민혁명이니 신라부흥운동 같은 것을 섬뜩하게 여기며 아무런 관심도 보이지 않았다. 벌써 늙은이와 같이 세상을 유유자적

속에서 지낼 궁리만 하고 있었다. 그는 동생에게 신신당부를 한 끝에, 가까스로 태화학당의 훈장자리를 넘기게 되었다.

김진원 덕순 누나의 원수를 갚다

태화강변 함월옥 뒷골목에 밤은 깊었다. 한 사내가 그의 수하에게 강하고 짧게 지시했다.

"즉각 처단하라!"

주인의 명령에 거한인 부하가 앞에 꿇어앉아 두 손을 싹싹 빌며 살려달라고 애원하는 두 사람을 한 놈씩 목을 비틀어 죽여 버렸다.

"아~악!"

"아얏!"

이월 스무이틀 날 밤, 울주 남산 위에는 하현달이 소리 없이 두 사람의 살인자와 두 시체를 내려다보고 있었다.

이튿날 새벽에 태화강가 주막촌 뒤편 길거리의 노송나무에는 두 사람의 시신이 덩그러니 매달려 있었다. 그들의 가슴에는 이런 글귀가 적혀 있었다.

「악행을 일삼는 자는 뒤가 비참하기 마련이다.」

주막촌의 기생들이고 태화강물을 먹고 사는 사람들이 두 사내의 주검을 보고는 수군거렸다.

"저 자들의 가슴팍에 붙은 글귀가 참으로 용하구마는."

간밤에 진원은 배냇골에 간 며칠 뒤 방통을 데리고 다시 태화학당으로 돌아왔다. 두 사람은 함월옥의 채 서방을 불러내어 물었다.

"그 두 놈들이 지금 어디에 있나?"

"그 놈들은 날이면 날마다 바로 저 불빛이 희미한 삼산도(三山渡)라는 주막에서, 저녁과 술을 거나하게 먹고는 태화루 북쪽의 숙소에 가서는 손님을 못 받은 기생들을 공짜로 불러서 잔답니다. 주막의 불량배들을 쫓아주고 돈을 뜯어서 밤마다 그렇게 재미를 보면서 사는 것이오."

세 사내가 한동안 기다리자니, 두 사내가 혀 꼬부라진 말을 주고받으면서 삼산도를 나섰다. 어둠속에서 둘을 자세히 보니 덩치가 크고 건장하였다. 주막들의 횃불이 쏟아내는 빛에 의해서 그들의 얼굴을 식별해낼 수가 있었다. 얼굴에 살기가 감돌았고 다소 험상궂었다. 두 놈이 비틀거리면서 함월옥 근처에 왔을 때 진원이

"여봐라!"

하고 단마디로 겁을 주었다. 그 순간, 방퉁이 소리 없이 다가와 어둠 속의 두 거한을 번쩍 들어서 땅에다 처박아버렸다. 만취한 두 놈은 저항도 못하고 기습공격에 뻗으면서 다만,

"이~익!"

"이~억!"

라는 소리를 낮게 내질렀다.

방퉁이 두 놈을 엎고서 근처의 한적한 언덕 아래로 갔다. 방퉁이 뻗어 있는 두 놈의 엉덩짝을 몽둥이로 몇 대 내리쳤다. 그러니, 갑자기 정신이 번쩍 드는지 깜짝 놀라면서 호통을 쳤다.

"너거들 웬 새끼들이야! 주군(州軍)의 훈련교관을 몰라보고. 쥐새끼들이 고양이를 물고 지랄이네. 불개미 새끼들에게 좆 물리겠네."

진원이 조용히 나무랐다.

"쓸데없이 시간 낭비 말고, 묻는 말에나 대답하거라."

"이 겁대가리 없는 자석들이. 울주에서는 내 어깨에 손 얹었다가는 다 죽어! 시체가 된단 말이야! 알아듣겠어?"

"두 놈을 모두 입에서 피를 토하도록 몹시 쳐라."

다시 방퉁이 몽둥이로 두 놈의 가슴팍과 뱃대지 부분을 사정없이 내

리쳤다. 그제서야 심각성을 알아차린 두 놈이 조용해졌다. 김 선비가 조용한 어조로 물었다.

"백만갑과 송대규가 맞는가?"

"예!"

"예!"

"문수산에서 백가에게 시집 왔던 덕순이란 여인이 나의 누나다."

그 말에 백가가

"아~아~"

라고 후회 섞인 반응을 보이면서 놀라서 물었다.

"그럼, 당신은 김진원이란 선비요?"

"그렇다. 아내의 죽음에 일말의 가책을 느끼고는 있는 모양이구나."

"죽을 죄를 지었심더. 지가 무관벼슬이나 한 자리 잡으려고 한때 잘못 생각했심더."

"송대규는 여염집 부인을 아무리 덜 되먹은 남편이 성상납을 하더라도 거부했어야지. 짐승보다 못한 놈. 개경집을 구경도 못하고 세상을 하직해야 하네. 울주에서 좋은 술을 마실 만큼 마셨고 기생들과 놀만큼 놀았으니 너희들 죄를 알고 저승에 가서나마 누님에게 죄를 용서받아라. 더 이상 할 말이 있다면 말하게."

둘은 이제 죽음이 곧바로 옆구리에 왔음을 직감하고는 마치 도살장에 끌려가는 송아지처럼 몸을 움츠리고는 손을 싹싹 빌었다. 백가는 울고불고 사정사정하면서 김선비에게 매달렸다.

"선비님! 죽을 죄를 지었심더. 앞으로는 선행만 하고서 열심히 살겠심더. 제발 살려만 주십시오. 아이구! 허~어~억."

송대규는 무사답게 깨끗이 죄를 인정하고 죽음을 맞으려는가 말이 없었다. 자기 때문에 미쳐서 친정으로 쫓겨났고, 얼마 뒤에 죽었다는 덕순이란 여인에 대해서 말은 않았지만, 속죄할 기회가 오기를 항상 기다리고 있었던 참이었다. 그는 그녀를 추억했다.

'영리하고 아름다운 여인이었는데…'

전 영주(영천) 상호장 구본석은 인생이 만 리 같은데 죽을 수는 없어, 자신의 능력을 인정받으면서 야망을 실현할 방도를 찾기에 골몰하였다. 허름한 농부차림으로 경주에 와서 주막집에서 막걸리를 한 달간 마시면서 얻은 정보는, 운문사에 이천 명이 넘는 유민들이 모여 있다는 것이었다. 그는 아내에게 이렇게 말하고 집을 떠났다.

"나는 개경에 가서 어느 고관대작을 구워삶아 벼슬을 받아 올 테니,

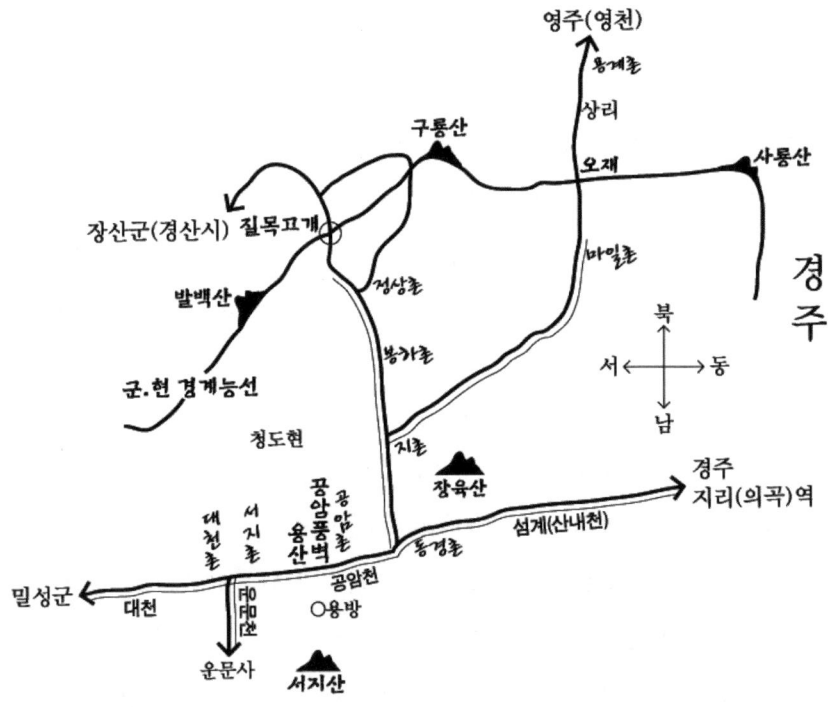

영주(영천) - 오재 - 지촌 - 동경촌 - 공암촌 - 대천촌 - 운문사

그때까지만 고초가 많더라도 잘 견디어 내시오."

그는 당장 비장한 각오로 고향을 떠났다. 그는 경주로 가는 관도로 가다가 남쪽의 상리촌(영천시 북안면)을 지나, 구룡산(九龍山)과 사룡산(四龍山) 사이의 오재고개를 넘었다. 오재를 넘으면서 굳은 결심을 하였는데, 그는 이 결심을 '오재의 결심'이라고 명명하였다.

'운문사에서 나의 신분에 맞는 든든한 자리를 차지하지 않고서는 절대로 오재를 다시 넘지는 않으리라.'

구 선비는 춘삼월 오후 늦게 황정촌의 유민등록소에서 법성(김사미)에게 농민군 입문 절차를 밟았다. 그는 이후 법성의 참모가 되어 맹활약을 하면서 몇 년간의 세월을 보내게 되었다.

제7부 / 대규모로 조직화되어 가는 농민군

참꽃 피고 두견새 울 때 농민군 기반은 다져지고

참꽃이 필 때 효심농민군 터전 다지기 시작

삼월 초나흘 새벽 동이 트기 전의 컴컴한 여명 속, 효심농민군 간부들은 취서산 정상의 독수리바위봉에서 해가 뜨는 동쪽을 바라보면서 천지신명께 재를 올리고 있었다. 김정열 훈장이 지시를 내렸다.

"여러 장사들, 이제 재는 끝이 났으니 백마의 피를 모두의 얼굴에 발라서 한 형제, 한 동지의 결의를 다져라."

"예! 따르겠나이다."

참석한 수십 명의 장사들이 얼굴에 붉은 백마의 피를 듬뿍 발랐다. 마침 동해의 아침해가 문수산과 김신기산 사이로 얼굴을 내밀어 눈부신 햇빛이 장사들의 붉은 얼굴에 내리비쳤다. 모두가 흥분과 감격에 가슴 벅찬 나머지 누가 뭐란 말도 않았음에도 불구하고, 둥글게 원을 그리고 손들을 마주 잡았다. 효심이 먼저 두 손을 번쩍 들면서 목이 터져라 외쳤다.

"효심농민군 만세!"

그러자, 모든 장사들이 따라서 산이 떠나갈 듯 큰소리로 합창하였다.

"효심농민군 만세!"

"효심농민군 만세!"

간밤 즉 임자년(1192) 삼월삼짇날 밤, 이천서당의 훈장 방에는 김정열과 효심 및 김진원 세 인물이 중대한 결정을 내렸다. 김 훈장이 효심농민군의 양성계획에 대하여 평소 갖고 있던 복안을 표출하였다. 그 중간중간에 김진원이 자기 구상을 밝혔다. 효심은 두 사람의 계획만 듣고 있을 뿐, 군대 양성에 대한 구체적인 계획안도 없었고 그럴만한 방안을 짜낼 머리도 못 되었다. 이날 밤 결정된 효심농민군의 양성계획은 대강 이러하였다. 이것은 '동경촌 구상'의 세부실천 계획에 해당하는 것이었다.

먼저, 배냇골과 초전의 현재 유민 이천여 명을 훈련시킨다. 힘깨나 쓰고 백성구제의 의욕이 충만한 농민 일천여 명을 더 모집해야 한다. 특히, 밀성군에는 향·소·부곡 같은 특수촌이 18개나 되니, 그 촌민을 중심으로 하고 추가로 일반농민들을 모집한다.

다음으로, 신불평원에 제1본부를 건립하고 사자평에다 제2본부를 건립한다. 원당(願堂)은 사자암이라고 사자평에다 세운다.

김정열이 마지막으로 제안하였다.

"우리 군의 웅대한 계획안이 완성되었으니, 성공을 기원하는 재를 내일 새벽 취서산 독수리봉에 가서 천지신명께 올리자."

배냇골 동쪽의 신불평원과 서쪽의 사자평에 봄의 절정을 알리며 참꽃이 흐드러지게 피기 시작하였다. 배냇골 장사들도 봄을 맞아 팔다리에 힘이 들어차서 근질근질하였다. 취서산 정상에서 재를 올린 뒤, 효심은 이천서당 마당에 산적 출신 등의 장사들을 모아두고, 간밤에 결정된 농민군 양성계획을 실천에 옮길 것을 재촉하는 연설을 하였다.

"형제들이여! 이제 우리가 일치단결하여 최대한 짧은 시일 안에 우리 군의 터전을 다져야 한다. 나는 삼백여 명을 이끌고 사자평에 제2본부와 원당 사자암을 건립할 것이다. 김진원 선비와 방퉁이 책임지고 신불평원에 제1본부를 건립할 것이다. 그라고, 본부 앞에는 각기 군사들의 훈련장도 닦는다. 어느 편이 더 빨리 짓느냐의 경쟁을 하여 마무리 되는 때, 진 편이 이긴 편에게 무릎을 꿇고서 술잔을 바치는 회식을 갖도록 하겠다. 여기 모인 각자는 내가 지정하는 황무지를 유민 일백 명씩을 동원하여 개간하고 곧바로 씨를 뿌려라. 다들 알아먹겠지?"

"옛!"

모두가 열정이 끓어오르는 듯 우렁찬 목소리로 대답하였다.

임자년 삼월 초닷새부터, 초전과 배냇골 요소요소에서는 유민들이 황무지를 개간하고 집을 짓는다고 움직이기 시작하였다. 신불평원과 사자평에는 아름드리 나무가 베어져 기둥이나 대들보 서까래 등으로 올라갔다. 장사들과 유민들은 이른 새벽에 일어나 일을 시작하여 저녁에 컴컴하여, 자재가 안 보일 때까지 비지땀을 흘리면서 본부를 지었다. 그리고, 사자평에서 얼음골로 내려가는 평평한 억새밭(샘물상회 자리)에 사자암을 지었다.

이인기의 사망과 군자금 모금

진원은 동안군 스승의 빈소에서 주검을 앞에 두고 하염없이 눈물을 흘리고 있었다.

'불과 한 달 전에 스승님의 건강이 괜찮은 듯하여, 성급하게 스승님을 속이고 배냇골로 나의 이상을 실현하기 위해서 간 것이, 양심에 가책이 되는구나.'

동안군 신암촌 상가에는 벌써 이웃 사람들 수십 명이 모여서 상례치를 준비를 바쁘게 하고 있었다. 배밭에는 배꽃이 겨울에 적설이 배나무에 내려앉은 듯 온천지가 하얗게 변해 있었다. 사모님과 정심도 그를 진심으로 반겼다. 진원은 설과 추석 등에 스승님께 인사를 하러 왔을 때, 기장현의 남편과 친정에 와 있던 정심을 만났다. 아이를 둘이나 출산한 그녀는 살이 올라 그 아름다움이 절정에 달해있었다.

장례일은 한 달 장으로 하고 장지는 동해가 바라보이는 용골산(龍骨山) 기슭으로 정했다. 입관을 하는 대로 발리촌[鉢里村(울주군 온양읍)]의 탑곡산(塔谷山)에 있는 동안사(東安寺)에서 화장을 하고, 그 절에서 사십구재와 백일재와 해마다의 기일재를 지내기로 하였다. 말하자면, 이씨 집안은 불교식과 유교식을 혼합한 장점을 택하여 장례를 치르게 된 것이었다.

삼월 초여드레 날 빈소에 진원, 정심과 필경이 모인 자리에서, 박씨 부인이 남편의 책상 서랍에서 발견한 다음과 같은 내용의 유언장을 공개했다.

「내가 죽거든 토지는 내자, 장질과 김진원이 꼭 같이 나누도록 하라. 진원이 굶주리는 백성들을 위해 재산을 사용하더라도 상관하지 말아라. 정심은 시집갈 때 이미 충분한 증여를 받았고, 시집이 부유하니 친정집 유산분배에는 관여하지 말아야 할 것이다.」

필경이 유언장을 다 읽자 모두들 만족한 듯 아무 말도 없었다. 초상이 나고 며칠을 지나고 나니, 상가에서 일하는 누구든 모두가 지쳐서 파김치가 되었다.

진원의 고독을 몸으로 달래주는 정심

삼월 초여드레 날 밤, 벌써 삼경을 넘어서 초상집은 고요하였다. 진원은 뒤란의 배밭으로 바람을 쐬러 나왔다. 한없이 넓은 배밭에 탐스럽게 살이 붙은 상현달의 희미한 빛이 고요히 스며들어 적막감이 감돌고 있었다. 멀리서 두견이가 피를 토하듯 울음을 울어대고 있었다. 동해쪽에서 들려오는 가녀린 파도소리는 스승 잃은 제자의 귀를 간질이고 있었다.

밤공기가 차가왔다. 그는 배나무 아래의 평상에 앉았다. 벌써 밤이슬이 내렸는지 손끝에 물기가 느껴졌다. 그는 스승이 돌아가시고 난 뒤의 세상살이에 대해 깊은 생각에 빠져들었다. 그가 골똘히 생각에 잠겨 있는데 뒤에서 인기척이 났다. 화들짝 놀라서 뒤를 돌아보니 소복차림의 정심이 서 있었다. 그가 벌떡 일어나서 떨리는 음성으로 말했다.

"정심씨! 자지 않고 웬 일이요?"

"선비님은 왜 이제껏 이렇게 방황하고 있소? 이 깊은 춘삼월 봄밤에 말씀이에요." 하고는 그녀가 진원 옆에 바짝 당겨서 앉았다.

"내가 여기 있는 것을 어찌 알았오?"

"나는 항상 선비님의 일거수일투족을 지켜보고 있었다오."

"그래요? 이 쓸쓸하기 그지없는 노총각에게서 눈을 떼지 않고 있었다니 정말 흥감하오."

"내가 선비님을 얼마나 좋아하는지 모르시는 모양이네요."

"그런데, 신랑은 왜 장인 초상에 오지 않았나요?"

"봄 멸치를 잡기 위하여 멀리 동래현 합포현쪽으로 갔다오. 한 열흘은 지나야 집에 올 것이구마는."

"그렇군요. 밤바람이 차네요. 방에 들어가야겠지요?"

"아니오. 선비님과 달밤에 이렇게 이야기를 나누고 있자니 행복합니다."

"나는 벌써 십 년이 훌쩍 지나버린 그 날이 너무 또렷이 기억에 새롭습니다. 그때도 오늘처럼 배밭에 눈이 내린 듯 온통 희디희었지요. 그때 정심씨도 마치 저 배꽃마냥 아름답고 눈부시었오. 내가 이 집에 처음 인사 왔던 그 날 말이오."

"선비님이 우리 집에 처음 왔던 그 날을 나도 선명히 기억하고 있답니다. 나는 가슴을 콩닥거리면서

'저분이 나의 평생 배필이 되겠구나.' 라고 생각했는데 운명이란 게 빗나가버리더군요."

그러면서 정심이 자신의 머리를 진원의 가슴팍에다가 기대었다. 순간 무르익은 여인의 체취가 노총각의 후각을 사정없이 자극해왔다. 남정네가 갑자기 여인의 허리를 꽉 껴안았다. 그러자, 정심이 몸을 획 돌리더니 두 팔로 선비의 목을 껴안으면서 향내가 나는 입술로 남자의 입술과 이마와 콧등과 얼굴에다가

"쪽! 쪽!"

"쪽! 쭈~욱!"

소리를 내면서 격렬한 접문(키스)을 퍼부었다. 노총각은 정신이 혼미하고 황홀하여 그만

"아~, 아이고!"

"음~"

하는 열락의 거친 숨소리를 뿜어내었다. 그러자, 정심이 남자의 목에 둘렀던 왼손을 풀어서 남정네의 바지말기 속으로 밀어 넣어, 팽창될 대로 팽창되어 있는 연장을 만지작거렸다. 급작스런 여자의 행위에 충격을 받은 진원이 그녀의 귀에다 대고 속살거렸다.

"스승님 상중에 이러면 안 되오. 천벌 받을 일이요."

"괜찮아요. 감정을 속이지 마세요. 감정의 파도가 치는 대로 그대로 맡겨두세요. 오라버니! 나는 오라버니를 나의 낭군으로 생각해왔어요."

다음은, 정심이 평상 위에 서더니 흰 치마 안에 입고 있던 살창고쟁이를 벗어버리더니, 겉치마만 입고서는 평상에 걸터앉아 있는 진원의 무릎 위에다 몸을 실었다. 두 남녀의 얼굴이 달빛 속에서 마주보게 되었다. 두 남녀의 눈동자는 욕정으로 이글거리고 있었다. 그녀는 또 왼손으로 남정네의 성깔이 날 대로 나 있는 연장을 곧추 세웠다. 그리고는 자신의 풍

만한 엉덩짝을 그 연장 위에다 얹었다. 벌써 물기가 미끈거리고 있는 보드랍고 따스한 그녀의 좁은 살동굴이 천천히 남자의 연장을 집어삼켰다. 그녀는 자신의 살동굴이 남정네의 성난 연장을 다 집어삼키자 입과 코에서 가녀린 비음을 뿜어내었다.

"아~이, 좋아. 너무 좋아."

"오라버니는 어때?"

라고 하더니 두 팔을 진원의 목에 감은 채로 큼지막한 엉덩이로 상하로 방아를 찧기 시작하였다. 진원은 정심의 풍만한 둔부를 두 손바닥으로 감싸 안고

"억!"

"어~허억."

"아~"

라는 신음소리를 이빨 사이로 뿜어내면서 용을 써대었다. 손바닥에 느껴지는 따스하고 매끄러운 피부의 촉감이 그의 스산한 맘을 진무시켜주었다. 정심은 엉덩이를 상하로 움직이다가 흥분이 고조되자 헉헉거리더니, 이번에는 엉덩이를 맷돌 돌리듯 둥그런 타원형을 그리듯이 빠르게 돌려대었다. 그는 흥분이 되어 엉덩이를 들어서 그의 연장이 정심의 살동굴에 더욱 더 깊숙이 파고들도록 하였다. 그런 동시에, 그는 두 손으로 정심의 치마말기를 아래로 확 벗겨 내려서 치마말기에 감추어져 있었던, 꼿꼿한, 검붉고도 큰 젖꼭지를 혓바닥으로 게걸스레 핥기 시작하였다. 두 남녀가 흥분이 절정에 오르자 으르렁 드르렁거리는 열락의 신음소리를 한동안 뿜어내더니 이윽고

"아앗!"

"어~허윽!"

"어~우~"

하는 불규칙하고 종잡을 수 없는 소리를 내리질렀다. 그 순간에 진원은 배꼽 밑에 몇 달간 고여 있던 봇물이 터지듯, 물길이 쭈~욱 빠져나가는 시원한 쾌감을 만끽할 수가 있었다. 반면에 정심은 배꼽 아래에 남정네의 뜨뜻한 씨물이 대량 흡입되어, 아랫배가 뜨뜻하여 정말 좋았고 절정의 행복감을 느낄 수가 있었다.

이윽고 남녀는 땀이 범벅이 된 얼굴로 서로의 얼굴에다 비비어대었다. 곧, 정심은 머리를 진원의 어깨 위에다 싣고는 축 쳐져버렸다. 그는 그녀의 허리를 한참동안 안고 있다가 평상으로 내리었다. 정심은 살창고쟁이를 주섬주섬 챙겨 입으면서, 진원의 눈 속을 뚫어져라 쳐다보고는 심각한 표정으로 물었다.

"오라버니, 만족했어요?"

"그만이었네. 이화에 월백인 배경에서 이런 진한 사랑은 정말 별미로구나. 영영 잊혀지지 않을 걸세. 살다기 이런 일이 가끔 벌어져야 하는데…"

"오라버니, 밖에서 임시방편으로 이래 하면 재미가 없거든요. 알몸으로 서로의 몸을 비비고 돌리고 그래야만 진짜 짜릿한 쾌감을 느낄 수가 있거든요. 다음에 봅시더."

진원이 싱긋 웃고 고개를 끄덕였다.

바로 그때였다. 박씨 부인이 나타나서 다음과 같이 차갑게 내질렀다.

"정심아! 상중에 잡된 놀이를 하면 천벌을 받는 것을 모르느냐? 못된 계집 같은 이라구!"

큰방과 배밭의 평상 사이에는 소갑(땔감)가리[소나무를 쌓아둔 것가 막히어 있어 큰방에서는 평상쪽이 보이지 않았다. 진원은 소스라쳐 놀라 벌떡 일어섰다. 사모님이 김 선비도 나무랐다.

"김 선비도 정심을 말려야지. 점잖은 사람이 같은 배를 타면 되나?"

딸이 다소 미안한 목소리로 어머니에게 투정조로 말하였다.

"엄마, 우리 둘이 하는 사랑 놀음을 아버지도 귀여워하지 욕하지는 않을 것이야. 좌우지간, 엄마는 이제 든든한 사위 하나 더 얻었고 나는 낭군 하나 더 얻었는기라. 그 얼마나 덕인고? 엄마는 이제 늙어서 죽을 때까지 둘째 사위의 시중을 받게 될 것이니, 걱정일랑 붙들어 매어라지."

"참, 어이가 없구나. 자기 잘못을 반성하기는커녕 계산 하나는 편리하게 하는구나. 앞으로는 절대로 이러지 마라. 알았제? 이 애가 처녀 때의 그 엄격하던 행실이 아이를 낳고 나니 형편없이 변해버리는구나."

그는 사모님 대할 면목이 없어서 슬며시 빈소로 가면서 한마디 하였다.

"사모님, 잘못했습니다. 앞으로는 정신 차릴게요."

드디어 삼월 열하루 날이 왔다. 동안사에서 다비식이 있고 며칠 뒤, 합포현에서 사위 강지현이 돌아왔다. 정심은 박씨 부인과 남편의 눈을 피해 가면서, 진원과 봄이 무르익어가는 탑곡산 기슭에서 밤이면 정사를 갖는 일이 잦았다. 정심이 정사에 미친 듯 골똘하면서 부르짖는 말이 있었다.

"세상을 살아보니 남녀의 완전한 성적결합보다 더 기대되는 일이란 아무것도 없더라."

그녀의 너무나 솔직한 이야기를 들은 진원도 그녀의 말이 옳다고 생각했다. 보통 선비나 식자들은 흔히 남녀간의 성관계를 다음과 같이 비난하는데도 불구하고서.

"성적쾌락은 허무하고 잡된 짓이다."

그러나, 그들의 말은 표리가 있는 거짓 심정의 표현이란 것을 진원은 최근 정심을 통해서 실감하였다.

임자년 사월 초순, 이인기의 유골이 든 석관을 운반하여 용골산 기슭의 양지바른 곳에다 음택을 정하여 매장하였다. 장례식이 끝나고 유족들은 위패를 동안사에 모시고 반혼제를 하였다.

진원이 장례식이 끝나고 스승의 집을 떠나는데, 정심이 갑자기 닭똥만한 눈물을 주르륵주르륵 흘리면서 두 손등으로 번갈아가며 두 눈을 닦았다. 그러나, 김 선비는 울음을 속으로 삼키고 절대로 내색을 않았다. 강지현은 아내가 눈물을 보이는 까닭에 의심이 갔으나, 그녀가 장인의 죽음을 슬퍼하거나 아니면, 노총각 김 선비를 동정하는 정도로 알고는 잊어버리려고 애썼다.

운문천 두견새 울 때 운문농민군 기반은 다져지고

그 무렵 운문사에서도 2~3천 명의 농민·유민들로 구성된 군대조직을 정비하였다. 그리고, 청도현과 풍각현 각 사찰에서도 일백 명씩 도합 일천여 명의 농민군 조직을 갖추었다. 그 외에도 병장기와 마차·교관 등을 준비하기 시작하였다.

섬계 남쪽 야산에 이백여 호나 되는 마을 동경을 건설한 김상원 장자는, 경주의 번화한 대처에서 관리들과 피지배층간의 갈등, 신라왕가와 고려 관료간의 갈등, 전주(田主)와 전호(佃戶)의 갈등, 불교계와 유학자 간의 갈등, 이의민 추종파와 경주 재지세력파와의 갈등 등 온갖 풍파에서 벗어나 운문사에 갈 때마다 운문사가 이승에서의 극락세계임을 절감하곤 하였다. 그러나, 운문사는 칠백 년도 넘는 불자들의 이상세계이니 자신의 관할 밖이었기에, 이곳에 작은 서라벌을 건설하여 기민구제를 하고 신라를 부흥하는 운동을 벌이다가 생을 마감하고 싶었던 것이었다.

농민군 교관은 개경의 고급무관쯤 되어야지

오봉산의 군반씨족 손무열과 손종익

임자년 사월 봄날이 한창인 때, 진원은 경주 오봉산[五峰山], 주사산(朱砂山)] 북쪽의 손무열을 방문하여 큰절을 올리면서 간청하였다. 손무열은 십여 년 전만하더라도 개경의 국왕 친위대인 용호군(龍虎軍) 소속의 낭장(郎將)이었다.

"낭장님, 소생은 울주의 태화학당 김진원 훈장입니다. 지가 개경에 유학중일 때 손유익 대장군을 여러 번 뵌 적이 있는데, 경상도에서 신라부흥운동이 일어나면 손종익 무사로 하여금 자신에게 통기를 넣어달라고 하셨습니다."

손 전 낭장은 오십대 말의 고령임에도 신라부흥운동이란 말이 나오자 표정이 굳어지면서 크게 놀랐다. 그러면서, 음성을 낮추어 물었다.

"초면인 선비가 사람 죽일 일을 하는군요. 그런 운동을 일으키는 세력이 있긴 있어요?"

"어르신, 죄송합니다만 운문고을과 배냇골에 그런 세력이 벌써 수천을 헤아리고 있답니다. 아시다시피 고려 조정은 완전히 썩었고, 경상도에는 아사자들이 수도 셀 수 없이 많습니다. 우리의 옛 신라를 다시 건국해야지요. 낭장님도 멀지 않아 고려나 신라부흥운동의 어느 한편을 택해야 할 것입니다. 사정이 급박해서 그렇답니다."

"유익이는 어디에 필요해서 찾는가?"

그는 젊은 사람에게 하대어를 쓰기 시작하였다.

"부흥운동을 할 농민군의 교관들이 많이 필요합니다. 대장군이 개경교관을 선발해서 보내주시고, 대장군님도 직접 귀향토록 하려고 그렇습니다."

"알았네. 이 늙은이는 소용이 없는가?"

노인은 무장답게 결심이 빨랐다.

"운문고을의 군사훈련에 어르신의 노련한 군사경험이 필요합니다."

"종익은 경주에서 술 마시고 무술훈련을 한다고 집에는 잘 붙어있지 않네. 오늘은 우리 집에서 묵고 내일 새벽에 그 조카를 만나세나."

"낭장님, 우리 편이 되어 주셔서 참으로 고맙습니다."

진원은 스승의 유산으로 은병 두 상자를 마련하여 배냇골로 왔다. 배냇골의 본부막사 건립과 훈련장 고르기와 황무지 개간은 순조로이 이루어지고 있었다. 이인기의 유산으로 흡족한 군자금까지 마련한 배냇골에서는 농민군 양성을 더욱 급속도로 밀어붙였다.

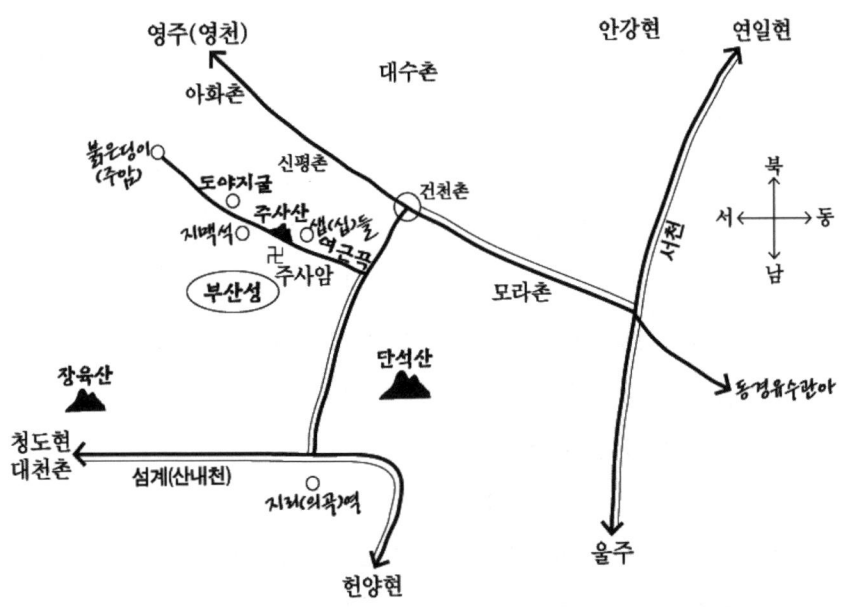

건천촌과 부산성

손정열은 진원을 데리고 오봉산에 올라가서 자신이 살고 있는 건천촌(乾川村, 신평리 가척) 일원의 역사유적지를 설명하였다. 신라 선덕여왕과 관련이 있는 오봉산 기슭의 여근곡(女根谷), 신라 서라벌의 서쪽을 지키던 난공불락의 요새지였던 부산성(富山城)과 김유신 장군이 보리로 술을 빚어 화랑들과 낭도들을 대접했던 수십 길 절벽 위의 바위공터인 지맥석(持麥石) 혹은 마당바위가 그들이었다.

이튿날 새벽에 손종익 무사가 왔기에 진원은 서신을 주면서 당부했다. 손 무사가 방에 들어오는데 자세히 보니 체격이 보통 사람보다는 컸다. 얼굴이 길고 각이 져서 강인한 느낌을 주었다. 눈이 독수리처럼 이글거리고 안광이 빛나고 있었다.

"손 무사, 반갑소. 개경의 손 대장군에게 이것을 전해주시오."

아침밥을 먹고 난 뒤, 손 무사는 비호처럼 말을 달려 서북쪽의 영주(영천) 방면으로 갔고, 진원은 건천촌에서 지리(의곡)역쪽으로 말을 몰았다.

효심농민군의 장정 모집과 훈련장 확정

무거운 쇠솥을 훔쳐 지고 다니는 우대

「"어느 날 밤이 깊어 새벽녘이 가까워질 무렵, 한방을 쓰고 있던 청빈한 선비 부자가 일찍 잠이 깨어 날이 새기를 기다리고 있었는데 문득 창 밖에서

'뚜벅, 뚜벅.'

발자국 소리가 나서 살그머니 일어나 문틈으로 내다보니, 등에 우장(雨裝, 도롱이)을 걸친 건장한 도둑놈이 때마침 기울어가는 그믐 달빛 아래 나타나더라지 뭡니까. 깜짝 놀란 부자는 숨을 죽이고 도둑놈의 행동

만 지켜보고 있었지요. 도둑놈은 거침없이 창 밑에 걸려있는 쇠솥을 보고, 아궁이에 도롱이를 걸친 채로 엉덩이를 내밀어 넣고는 부자가 그렇게 아끼던 솥을 등에 짊어지고 일어서서 나가려고 하였지요. 부자는 도둑놈이 급히 달아나다가 넘어져 다칠 것이 염려되었던 것입니다. 그래서 엉겁결에 큰소리로

'이 사람아 다칠라, 조심하게.' 라고 말했다는 것입디다요. 도둑놈은 들은 채 만 채 그 길로 가버렸답니다. 두 노인은 하는 수 없이 전과 같이 질솥(질그릇으로 만든 솥)에 밥을 지어 먹을 수밖에 없었지요. 그 부자가 몇 달 전에 정말 어렵게 마련한 쇠솥이라 애지중지하던 솥이었는데, 도둑을 당하자 가슴이 뻥 뚫린 것 같았답니다.

그럭저럭 일 년이 지났답니다. 어느 날 새벽녘에 잠이 막 깨려는데 '쿵' 하는 소리와 함께 인기척이 나서

'그 누구요?' 했더니

'작년에 왔던 도둑놈이 올시다.' 하고는 사라지더랍니다. 날이 밝아 나와 보니 창 밑에 커다란 밀기(짚으로 짠, 곡식 등을 넣어두는 용기) 하나가 동댕이쳐져 있었지요. 부자는 이것은 틀림없이 도둑질해온 것이라고 직감하였지요. 그때부터 그 부자는 새로운 걱정이 생겼다 이겁니다. 이 밀기의 주인을 어떻게 찾아 주느냐 하는 것이었지요.

부자는 마침 이웃 촌락의 친구 환갑잔치에 초대되어 갔답니다. 그곳에는 이웃 촌락의 많은 친구들이 와 있었지요. 그 자리에서 부자는 자초지종을 이야기하고 밀기 주인을 찾아보았더니 친우 중의 한 사람이 주인이었답니다. 그리하여, 밀기는 그 내용물과 함께 고스란히 주인에게 돌아갔답니다.

그러던 어느 날, 그 도둑놈이 부자를 찾아 와서는 뜰아래에서 무릎을 꿇고 비는 것이었지요. 솥 도둑질, 그리고 그 밖의 모든 죄상을 낱낱이

고백하며 깊이 반성하였답니다. 적선지가(積善之家)에 필유여경(必有餘慶)이란 말과 같이 착한 선비의 후손들은 번창하게 발전하였답니다."

농민군을 모집하러 다니는 효심과 김진원 등에게 이 이야기[32]를 하고 있는 사람은, 밀성군 화악산(華岳山) 남쪽 무연촌(舞鳶村, 밀양시 부북면 무연리) 촌장 대수였다. 효심이 그 얘기를 재미있게 듣고 난 뒤에 물어보았다.

"그 도둑의 이름은 무엇이며 요즘 어디에서 삽니까? 그런 장사를 썩게 놔두면 안 되는데."

"우대라고 맘을 바로잡고 우리 마을에서 머슴살이를 하고 있어요. 지금 나이가 스무일곱이라고 들었답니다."

요전재의 장골이와 산적들

「촌장인 내가 새벽에 요전재에서 간밤의 과음으로 설사가 나서 바지를 내리고 엉덩이를 까서 똥을 누고 있었답니다. 그 때 고개 한쪽의 언덕에서 커다란 고함소리가 내리 들리었지요.

"거기서 똥 깔기고 있는 놈아! 통행세를 받아야 되는데 빨리 볼일 끝내고 이리로 올라와라."

내가 고개를 들고 바위절벽 언덕을 올려다보니, 머리에 수근을 맨 사내 네 명이 장검, 창과 몽둥이며 활을 들고 웃으면서 이쪽을 내려다보고 있었답니다. 내가 일을 속히 끝낸 뒤 언덕 위로 올라가보았더니, 내보다 스무 살 가량 적어 보이는 도적들이었지요. 산적들은 빙긋이 웃으면서 농담반진담반으로 겁을 주기 시작했답니다.

"자네! 일단 거기 바위 아래 꿇어앉게나. 가진 것 모두 앞에 내어놓아라."

"아니, 이 사람들아, 흰 털북숭이 노인이니 자네라 말고 어르신이라 불러라. 그게 예의상 맞지. 우리가 배를 곯어 이러지 쐐 쌍놈은 아니잖나?"

"친구야, 알았네. 자네 말이 맞네그려."

내가 도둑들과 존댓말 문제와 봇짐 탈취문제로 옥신각신하고 있을 때, 소의 요령소리가 들리고 다섯 사람 정도 되는 장꾼들이 고개 아래에서 올라오고 있었다 이겁니다. 장꾼들이 고개 정상부에 올라와서 큰 노송나무 아래의 바위에 걸터앉아 땀을 훔치면서 쉬었답니다. 산적 중에서 나이가 제일 든 힘깨나 쓰는 작자가 아래의 장꾼들을 내려다보면서 외쳤지요.

"너희들! 소와 지고 가는 장거리 절반은 우리에게 통행세로 내고 가거라. 그러지 않으면 너희들 다리몽둥이를 분질러 놓겠다. 모두들 짐을 지고 이리로 올라와. 빨리!"

장꾼 가운데 몸집이 크고 얼굴이 우락부락하게 생긴 젊은이가 위를 쳐다보더니 싱긋이 웃으면서

"에잇! 개지랄들 떨고 있네. 버러지만도 못한 새끼들아!"

라고 하고는 길이 바쁜가 급히 고개를 넘어서 내려가고 있었답니다. 그 지경이 되었으니 도적들이 급히 내려가 장꾼들 앞을 막아섰지요. 나이 많은 긴 칼 찬 도적이 외쳤답니다.

"너희놈들이 귀머거리냐? 왜! 서라면 서지 않고 어른들 말을 듣지 않고 그냥 가나?"

우락부락한 장꾼 총각이 화를 벌컥 내면서 앞에 나섰지요. 그는 쌀가마니인 듯한 것을 지게에 지고 작대기를 짚고 있더라고요.

"당신네들! 뭔데 우리 가는 길을 막고 난리야. 죽으려고 환장을 한 모양인데 내가 손을 좀 봐 줘야겠구나."

총각이 지게를 작대기로 바치고 세우더니, 옆에 있던 작은 바위를 뽑

아서 번쩍 들어서는 칼 든 도적의 배에다 사정없이 던져버렸답니다. 눈 깜짝할 사이에 도저히 상상도 못할 일이 눈앞에 벌어지고 말았지요. 장꾼들이고 도적들이고 어이가 없어 입을 다물지 못하고 그 총각을 바라보고 있었답니다.

'아니, 저런 무거운 바위를 마치 호박 하나 던지듯이 던져버리다니… 저 놈이 사람이 맞나.'

방금 칼 들고 설치던 도둑 두목인 듯한 자가 바위에 깔리어 자빠지면서
"아이고!"
하는 외마디 소리를 지르면서 땅에 꼬꾸라지더군요.

옆에서 몽둥이를 든 도적이 앞으로 내달리면서 몽둥이를 번쩍 들고서 총각의 머리통을 내려치려는 찰나, 총각이 급히 허리를 굽히더니 한 손으로 산적의 몽둥이 든 손목을 잡았고 다른 손으로는 산적의 사타구니를 잡더군요. 그리고는 멀리 바위밭에다 던져버렸답니다.

"아앗!" 하는 외마디 소리를 지르면서, 바위밭 위에서 허리가 부러졌는가 사지를 뻗고 말이 없었지요. 또 삼지창을 든 덥석부리 도적이 급하게 창으로 총각의 배를 확 찔렀답니다. 총각은 민첩하게 몸을 꺾더니, 오른발로 창 쥔 자의 사타구니를 힘껏 걷어 차버리더군요.

"아얏!" 하는 외마디 소리를 지르더니만 두 손으로 양물을 움켜쥐고 앞으로 푹 꼬꾸라졌답니다. 그러자, 활을 들고 있던 산적은 풀썩 두 무릎을 꿇더니 두 손을 싹싹 비벼댔지요.

"아이고! 장사님, 몰라봐서 미안합니데이. 목숨만 살려줍소. 자식들 굶길 수는 없고 말입니더. 앞으로는 이런 짓 않겠심더. 야?"

방금 전에 기세등등하던 도적들이 통사정을 하는데 불쌍하기 짝이 없었다 이겁니다. 아침 해는 화악산 정상에 불쑥 솟아오르는데 가물어서인지 햇빛이 아주 붉더군요. 이때 내가 끼어들었지요.

"총각 장사! 나는 양량부곡(陽良部曲, 부북면 위량리)의 성철 촌장인데 총각은 어디 사는 누구인가? 이리 고마울 수가 있나."

"지는 요고촌(要古村) 호암산(虎庵山) 기슭에 사는 장골이라 합니더. 모레가 돌아가신 할배 대상이라 풍각장에 가는 중입니더. 바빠서 빨리 가야합니더. 나중에 또 봅시더. 촌장님, 잘 가시소."

성철 촌장은 효심 일행에게 이야기를 마칠 때쯤 한마디 더 했다.

"촌민들은 나를 '화악산 산신령'이라고 부른답니다. 그 날은 며칠간 복통이 멈추지 않아, 풍각현 옥산촌(玉山村, 청도현 각남면) 설석암 훈장에게 치료를 받고, 그 이튿날 돌아오던 길에 요전재에서 그런 일을 당했지요."

효심 일행은 촌장 성철에게 '화악산 농민군 책임자' 임명장을 주어, 화악산 남쪽 기슭 평밭에서 근동의 젊은이 일백 명을 모아 훈련을 하라고 지시했다. 그리고, 굳게 약조를 했다.

"훈련에 필요한 병장기와 교관 및 양식 등은 곧 보내리다."

밀성군 서부 향·소·부곡 촌장을 농민군 책임자로 영입

그들은 양량부곡에서와 같이 밀성군의 18개 모든 향·소·부곡을 찾아가서 의논을 한 뒤, 그 촌장들을 인근 명산의 훈련장 농민군 책임자로 삼았다. 촌장들은 모두 효심에게 다음과 같이 통사정을 하였다.

"지발 우리 향·소·부곡민들도 배 안 굶고 짐승 취급 안 받고 살다가 죽도록만 해주소. 우리는 어쨌든 장사님만 믿겠심더."

효심 일행은 석양의 노을을 등지고 수산현 황산강(낙동강) 북편의 넓디넓은 벌판을 따라 동으로 동으로 말을 달렸다. 김진원은 말을 달리면서 며칠 전에 김정열 훈장이 자신들에게 당부한 말을 생생히 기억했다.

"경상구산 남부지역에서 정의감에 불타고 힘깨나 쓰는 장정들을 모집하고, 촌장들과 의논하여 가까운 명산에다 훈련장을 마련하도록 하게나."

응천강(밀성강)과 황산강(낙동강) 본류가 합류하는 오우진(五友津, 디깨미)나루에서, 인마가 배를 타고 건너서 동쪽의 삼랑진(三浪津)으로 건너갔다. 다시 북쪽으로 응천강 동편의 벌판길을 달려서 금음물부곡(수音勿部曲, 삼랑진읍)에 도착하였다. 금음물 부곡의 만득이 촌장집에서 하룻밤 묵고 난 뒤에, 그를 '만어산(萬魚山) 농민군 책임자'로 임명하였다.

간밤에 배냇골 장사들이 술이 많이 취했는데 촌장 마누라가 남편을 불렀다. 촌장이 돌아와서 효심에게 귓속말로 속삭였다. 촌장의 말이 끝나자 효심이 껄껄 웃으면서 부하들에게 말했다.

"이 촌락 남정네들은 동래현으로 고기잡이 배 타러 가버리고 여자만 집에 있는데, 배를 쫄쫄 굶고 지낸단다. 우리의 남은 길양식을 여자들 주고 마음껏 회포를 풀고 오너라. 그 대신 내일 새벽에 빨리 떠나자."

동해용왕 아들과 그 부하고기 일만 마리가
바윗돌로 변한 만어사 어산불영

효심 일행이 금음물부곡 동쪽 십리에 있는 만어사 법당에 참배를 한 뒤, 마당에 내려서니 멀리 남쪽의 황산강 강줄기가 비단을 펼친 듯 봄 햇살에 반사되어 빛나고 있었다. 마침 황산강과 그 양안의 넓은 벌판의 공중에는 수십 개의 크고 작은 흰색 뭉개구름이 무심하게 두둥실 떠 있어 정말 장관이었다. 마당에서 주지 스님이 황산강을 내려다보면서 설명하였다.

"우리 절은 일천일백 년 전에 가락국 수로왕이 창건하였습니다."

이번에는 김진원이 물어보았다.

"절 앞의 저 바위너덜지대가 다른 곳에서는 발견하지 못할 아주 특이한 기물인데요?"

"그렇지요. 대중들이 삼랑진에서 우리 절까지 시오리 정도를 올라오는데 땀을 흘리고 고생을 하여도, 절간 마당에서 저 '어산불영(魚山佛影)'과 저 멀리 펼쳐진 황산강과 그 주변의 넓은 벌판의 광활함을 내려다보고서는 좋다고 탄복을 합니다.

어산불영이란 '어산에 있는 부처의 영상(影像)'이란 의미랍니다. 이 수많은 바위돌에는 재미난 전설이 있지요.

옛날 동해 용왕의 아들이 목숨이 다한 것을 알고 황산강 건너에 있는 무척산(無隻山, 김해의 제일 높은 산)의 신통한 스님을 찾아가 새로 살 곳을 마련해달라고 부탁을 하였지요. 스님은 가다가 멈추는 곳이 인연 있는 곳이라고 일러주었답니다. 왕자가 길을 떠나자 수많은 고기떼가 그의 뒤를 따랐는데, 왕자가 머물러 쉰 곳이 바로 이곳 만어사라고 합니다.

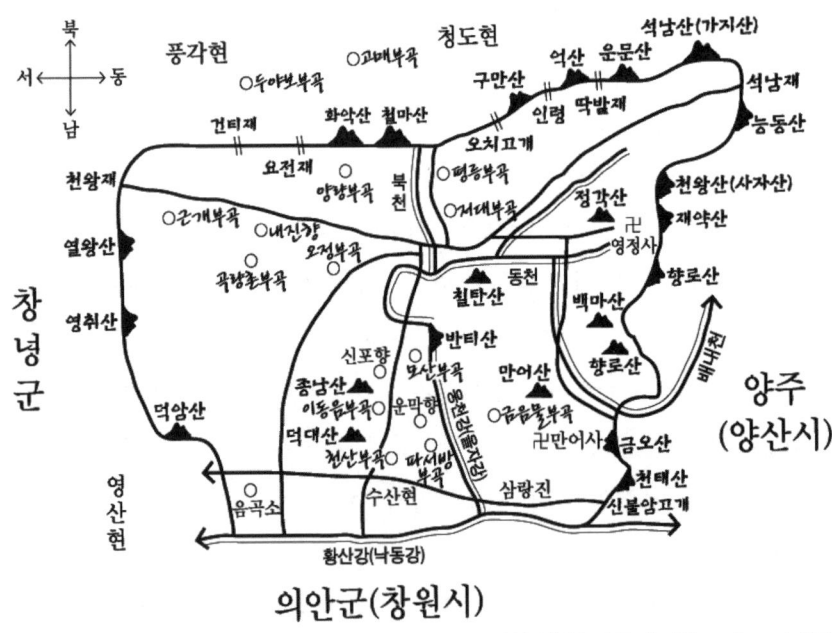

밀성군 18개 향 · 소 · 부곡

그 뒤에 왕자는 큰 미륵돌로 바뀌었고, 수많은 고기들은 크고 작은 돌이 되었다는 이야기가 전해지고 있답니다. 현재 이 절의 미륵전(彌勒殿) 안에 있는 열일곱자(5m) 정도의 뾰족한 자연석이 바로 용왕의 아들이 변해서 된 미륵바위라고 전해오는데, 이 바위에 기원하면 아들을 얻을 수 있다고 하여, 지금도 많은 사람들이 찾고 있지요. 미륵전 아래 첩첩이 깔려 있는 돌너덜의 어산불영은 고기들이 변해서 된 것이라 하여 만어석(萬魚石)이라 부르며, 두드리면 종처럼 맑은 쇳소리가 나기 때문에 종석(鐘石)이라고도 불립니다."

효심 등은 그 이튿날에도 쉬지 않고, 또 양주와 울주의 향·소·부곡에 가서 촌장들을 만나 장정들을 모집하고, 그 촌장들은 농민군의 책임자로 임명했다.

손유익 대장군의 개경정세 전갈

오월 초순 어느 날, 개경에 올라갔던 손종익 무사가 손유익 대장군의 개경정세를 전달하는 글월을 가지고 이천서당에 나타났다. 그는 모두 열두 명의 개경 무사들을 데리고 왔다. 그들은 모두 양인(良人)들이 입는 검정 삼베옷을 입고 있었다. 모두가 서당의 공부방에 좌정하자마자, 손무사가 그간의 사정을 설명하였다.

"대장군님은 이렇게 전하라고 하였답니다.

'지금 내가 내려가서는 안 된다. 경상구산의 상황이 긴박해지면 중방(重房)과 조정의 토벌대 구성의 정보를 가지고 내려갈 테니, 우선 훈련교관들 열두 명을 데리고 가서 훈련을 철저히 하라.'"

개경의 무사들은 외관상 보기에, 체격이 통나무 같이 단단한 가슴과 아주 민첩한 동작과 매서운 눈길을 하고 있었다. 진원이 손 무사에게 몰래 물어보았다.

"저 무사들의 성향은 어떤가?"

"형님의 말대로라면, 모두가 경상도가 고향이고 무술에는 남들 못지않은데도, 비빌 줄을 몰라 출세를 못한 불만무사들이랍니다."

효심과 김진원은 그 이튿날 12명의 개경 무관들을 각 명산 훈련장의 교관으로 배치했다.

운문농민군 사찰의 향도와 촌장을 중심으로 편성

운문사 법성은 김상원, 혜광·엄장과 같이 청도현·풍각현의 열개 사찰을 돌아다니면서, 각 사찰의 향도와 주지승에게 당부하여 사찰마다 일백 명의 농민군을 양성하도록 독려하였다. 동시에 운문사에서도 유민들 가운데 용력이 뛰어난 자들과 청도현·풍각현에서 무예에 자질이 있는 장정 등을 오백여 명 선발하였다. 효심농민군보다 운문농민군은 사찰의 농토와 정비된 조직 덕분에 별로 힘 들이지 않고, 조용히 농민군 일천오백 명 이상을 확보하였다. 김상원 장자가 별도로 동경에서 오백 명 내지 일천여 명을 양성할 계획을 가지고 있었다. 운문농민군에서 농민장정들을 모집·충원하는 과정에 다음과 같은 특이한 두 장사가 있었다.

양근으로 돌을 날려버리는 기찬 장사

옛날 이서고국(伊西古國)의 왕성지였던 백곡토성(栢谷土城) 동편의 토평촌(土坪村, 화양읍)에는 유충서(劉忠西)라는 큰 지주가 살았다. 그에게는 눈에 넣어도 아프지 않을 천사 같은 딸이 하나 있었다. 그녀의 이름은 미혜로 길쌈과 바느질도 잘 하며 음식 솜씨도 좋았고, 너그러운 천성으로 이웃의 칭찬이 자자하였다.

미혜는 또 백곡토성 뒤편에 있는 유등연지(柳等蓮池, 화양읍 유등리)에도 사시사철 자주 갔다. 유등연지는 그 면적이 자그마치 열네 결(206백평)이나 되어, 초여름이 되면 연꽃이 만발하여 경상도 각처에서 구경꾼들이 모여 들었다.

처녀는 중매가 많이 들어왔으나 눈에 차지 않아서 계속 퇴짜를 놓았다. 그러자, 조급증이 난 부모는 이러다가 딸을 처녀귀신 만들겠다고 크게 걱정을 하여, 이제부터는 중매가 들어오면 보내겠다고 딸에게 윽박을 질러 굳게 약조를 하였다.

하루는 중매쟁이가 찾아 왔는데, 처녀가 신랑감을 워낙 가린다는 소문을 들었기에, 아예 네 사람의 신랑감을 준비하여 가지고 온 것이었다.

「"낭자, 들어보구려. 한 총각은 공부를 많이 하여 문장가로 알려진 선비라오. 다음은 말타기와 활쏘기를 잘하여 소문이 난 씩씩한 무인이라네."

이렇게 설명을 한 중매쟁이가 처녀의 눈치를 살피니 별로 좋아하는 것 같지가 않았다. 그래서 계속 다른 총각을 소개했다.

"그리고 다음은, 물이 항상 고여 있는 저수지 아래에 비옥한 농토를 많이 가진 부잣집 아들이요. 그 다음은, 음… 낭자가 어떻게 생각할지… 이 총각은 정력이 매우 강한 청년이란다. 뻗치어 나온 양근에 돌을 가득 담은 큰 주머니 끈을 걸고 허리를 움직여 빙빙 돌리면, 그 돌주머니가 머리 위까지 넘어서 휙휙 돌아가는 그런 청년이지요. 낭자! 어때요? 이 넷 중에서 한 사람을 골라 보세요."

그 설명을 들은 미혜는 한참을 생각하더니 노래를 지어 대답하였는데, 이런 내용이었다.

"공부를 많이 해 문장을 잘 짓는 선비는 뜻이 넓어서 아내 고생만 시키고, 활을 잘 쏘는 무인은 전쟁에 나가 죽는 일이 있지요.

저수지 아래 좋은 논을 가졌다 해도 물 마르는 흉년에는 어쩔 도리 없을 테고, 뭐래도 돌을 담은 주머니를 걸어 머리 위까지 돌리는 그 억센 청년이 내 맘에 꼭 든답니다."」[33]

이 소식을 들은 토평촌 사람들은 미혜의 신랑감 정함을 보고는 이렇게들 수군거렸다.

"미혜가 과연 지혜롭고 시원시원한 결정을 하는구려."

그런데, 돌을 담은 주머니를 걸어 머리 위까지 돌리는 그 억센 청년의 이름은 '기찬'이라는 총각이었다. 미혜는 선을 보고 곧 기찬 총각과 혼인을 하였다.

기찬 총각이 혼인 후 운문농민군에 선발되어 지룡산 아래에서 핵심 농민군으로 생활하게 되자, 농민군의 궁핍한 사정을 본 미혜는 친정에서 재물을 많이 가져와서 농민군을 지원하였다. 활달한 그녀는 또한 낭군을 따라서 운문사 주위와 동경촌에서 말 달리고 활과 칼을 쓰면서 무예를 익혀 나갔다. 신랑과 각시가 부지런히 무술을 연마하며 그 실력이 일취월장하는 것을 지켜보던 운문고을 백성들이 부러워 한마디씩 하였다.

"각시는 과연 돌 날리는 기찬 총각을 잘 택했다. 우리 농민군을 위해 후일 반드시 크게 기여를 할 것일세."

"암, 그렇고말고. 밤일이 흡족하니 무술연마가 잘 될 수밖에 더 있겠나."

역발산기개세로 부자각시를 얻은 서역사 총각

「풍각현 서쪽 큰바위산 아래의 수월촌(水月村)에 어떤 부자 노인이 살았다. 그 노인은 땅 욕심이 많아 큰바위산 기슭에 밭을 개간하는데, 늘 호랑이가 나와서 머슴을 잡아먹는 것이었다. 그래서, 하루는 널리 사람들에게 이렇게 선포했다.

"산 아래 밭에 나타나는 호랑이를 처치해 주는 힘센 역사가 있으면 내

딸을 사위로 삼겠다."

이 소식이 널리 전해지니, 소문을 듣고 인근에서 몇 명의 역사가 찾아와서 시험해보겠다며, 밭에 나가 일을 하다가 모두 호랑이에게 물려 죽고 말았다.

그러던 어느 날, 정말 힘센 한 청년이 나타나 자원하고, 곧바로 그 밭에 가서 일을 하며 호랑이를 기다리고 있었다. 그 청년은 풍각현 봉기촌(鳳岐村)의 서역사(徐力士)였다. 한참 있으니 과연 큰 호랑이가 으르렁대며 나타났다.

"옳지. 이제 내 힘을 발휘할 기회가 왔구나."

하면서 서역사는 재빨리 호랑이의 뒤로 돌아가, 몸을 날려 호랑이 엉덩이 위에 엎드리면서 그 허리를 힘껏 끌어안았다. 그리고는 한 손으로 호랑이 허리를 안은 채 다른 손으로 호랑이 등을 내리치니, 곧 호랑이의 등뼈가 부러져 버렸다.

그리고 나서 놓아주니, 호랑이는 아파서 산이 떠나갈 듯한 큰 소리로 울며 달아나, 건너편 큰바위산의 언덕에 올라가서 끙끙 앓고 있었다. 이때 여우가 호랑이 앞에 나타나 물었다.

"산 속의 왕이신 호랑이 어른께서 이게 웬일이십니까? 무슨 일로 이렇게 슬피 울고 있습니까?"

호랑이는 여우를 쳐다보고는 부끄러운 듯이, 건너편 밭에서 일하고 있는 청년을 가리키면서 자신이 울고 있던 사연을 말했다.

"아무리 그렇지만 그래도 명색이 호랑이가 사람에게 당하고 그렇게 울고 있으면 자존심이 상하지 않습니까? 내가 가서 꾀로써 저놈을 꼼짝 못하게 하여 복수해 드리겠습니다. 두고 보십시오."

아파서 끙끙대는 호랑이의 하소연을 들은 여우는 깔깔대고 웃으며 호랑이를 놀려 준 다음 산 밑으로 건너갔다. 곧 여우는 예쁜 여자로 둔갑

하고서 청년 앞에 나타났다. 그러고는 살살 아양을 떨면서 청년을 유혹하니 청년은,

"험한 산속에 너 같은 예쁜 여자가 있을 리 없다. 필시 여우가 둔갑한 것이 분명하니, 요놈의 여우 내가 본때를 좀 보여주어야지." 하고는, 한 다리를 잡아 비틀어서 부러뜨려 버렸다.

그러자, 여자는 여우로 변해 뒷다리를 절면서 달아나, 저 건너 호랑이가 앓고 있는 언덕으로 가서 함께 울고 있었다.

이러고 있는데, 마침 큰 등에(파리같이 생겼는데 몸이 큼) 한 마리가 날아왔다. 등에는 호랑이와 여우가 함께 울고 있는 모습을 보고는, 이상하게 생각하고 우는 까닭을 물어보고 들었다. 등에는 기가 막힌다는 듯이 혀를 차면서 교만을 떠는 것이었다.

"산속의 왕과 꾀 많기로 유명한 여우가 그래 저 청년 하나에게 당하고 운단 말입니까? 정말 부끄럽고 자존심 상하는 일이네요. 제가 가서 독침을 쏘아서 죽이고 오겠습니다."

이러고,

"붕~"

소리를 내면서 서역사에게로 날아갔다. 등에가 청년의 목 뒤에 가서 앉아서 독침을 쏘려고 하는데, 청년이 재빨리 손을 들어 등에를 탁 쳐서 잡았다. 그리고 등에의 꽁무니에 있는 침을 뽑아버리고는 거기에 조 이삭을 꽂아서 날려 보냈다. 농촌에서는 등에가 곡식 이삭을 꽁무니에 꽂고 날아가는 것을 보기 위해, 여름과 가을철에 이런 장난을 많이 하곤 했다. 서역사를 독침으로 쏘아 해치려다가 실패하고 꽁무니에 조 이삭을 달고 날아온 등에도 호랑이와 여우 옆에서 분통을 터뜨리고 있었다.

이때 노인의 집에서는 딸에게 점심밥을 싸주면서,

"애야, 네가 이 점심을 가지고 밭으로 가서, 그 청년이 죽지 않고 밭

에서 일하고 있는지 확인해 보아라. 죽지 않고 있으면 곧 너와 그 청년은 혼례식을 올려야 하니 고분고분 잘 대해야 한다." 하고 일러서, 점심밥을 이고 밭으로 가라고 내보냈다.

서역사가 밭에서 보니 노인의 딸이 점심을 이고 오기에, 어찌나 좋은지 달려가서 이고 있는 점심을 받아 내려놓고는 덥석 껴안으며 말했다.

"이제 내가 호랑이를 처치했으니, 네 부친이 약속한 대로 너는 내 신부다. 아이 좋아."

청년은 점심 먹을 생각은 않고, 곧바로 밭 가운데에서 처녀의 아랫도리를 벗기고 다리를 벌려 서게 한 다음에 허리를 굽혀 엎드려 있으라고 했다. 그 딸은 부친이 고분고분 말을 잘 들으라고 당부했기 때문에 청년이 하라는 대로 순순히 따랐다. 곧, 청년은 처녀의 뒤로 가서 엉덩이에 자기의 사타구니를 붙이고 서서, 한 손으로 그 허리를 껴안고는 다른 손으로는 처녀의 한쪽 다리를 들고, 자기 허리를 밀착시키며 연장을 처녀의 몸속으로 밀어 넣기 시작했다.

이 때 멀리 건너편 언덕에서 이 모습을 보고 있던 호랑이가 놀라면서 외쳤다.

"저 놈 봐라. 저 놈이 나에게 한 것처럼 처녀 등을 껴안고 등뼈를 부러뜨리려 하고 있네. 저 처녀도 나처럼 등이 부러져 고생하겠네. 아이 가엾어라."

이 말을 들은 여우는 호랑이를 쳐다보며 이렇게 우겼다.

"아니오. 호랑이 어른! 저놈이 처녀의 한 다리를 잡아 비틀고 있지 않습니까? 저놈은 나에게 했던 것처럼 처녀의 한 다리를 잡고 부러뜨리는 중이예요. 나한테도 바로 저 모양으로 다리를 잡아들고 부러뜨렸거든요."

호랑이와 여우의 얘기를 듣고 있던 등에는 붕붕 소리를 내어 결코 그렇지 않다는 몸짓을 해 보이면서 말했다.

"그렇지 않아요. 두 분 어른은 틀렸네요. 저놈이 처녀의 뒤꽁무니에 무엇을 끼워 넣고 있는 것을 보니, 나에게 했던 것처럼 꽁무니에 조 이삭을 꽂고 있는 것이 틀림없어요. 저 봐요. 힘껏 밀어 넣고 있잖아요."

　서역사는 자기 신부가 될 처녀라는 생각에 좋아하면서 재미를 보고 있는데, 호랑이와 여우와 등에는 이런 것도 모르고 각기 제가 당한 대로만 얘기하며 우기고 있었다. 인간들보다 훨씬 하질인 짐승 등의 어리석은 생각들이었다. 짐승들이니 인간의 교접행위를 알아보지 못하지. 한심하게 시리.」[34]

제8부 / 농민군의 계급화, 효심의 체포와 탈출, 김정열의 참수

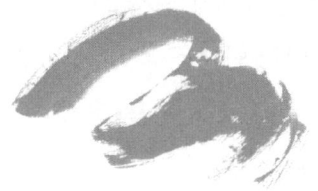

효심농민군의 계급화와 결사대 선발

임자년 유월 초하루 오전, 신불평원 중앙에 오백여 명의 효심농민군들이 무예실력을 겨루고 있었다. 열 개 유명산의 이름이 적힌 깃발을 앞세우고 앉아있는 군인들과, 그 앞에는 검술대회, 창술대회, 활쏘기, 맨손 격투기술인 수박희와 각저(씨름), 기마술의 여섯 종을 겨루는 군인들로 나누어져 있었다. 여섯 경기장에서 시합의 진행은 열개 조의 교관이 주심이 되었고 부심은 배냇골 인재들인 방통, 우대, 장골이 등이 맡아서 하였다. 대회를 통제하는 악기로는 사물(四物) 즉 풍물인 꽹과리, 북, 징, 장고를 나팔과 함께 사용하였다.

"얏!"

"합!"

"으라차!"

"잘~한다! 화악산 이겨라!"

"과연 진검승부다! 만어산아 이겨라!"

등의 함성이 넓은 평원 허공에 뒤섞여 광활한 억새밭이 마치 전쟁터와 같이 살기가 감돌고 있었다.

"징~쩡~"

"둥~둥~둥~"

"땅~따~땅~"

평원의 억새는 사람의 키만큼 자랐고 녹색이 충만하였으며, 향긋한 풀내음이 진동하고 있었다. 이곳에 모인 농민군은 열 개 산 농민군의 열성자들만 모인 것이었다.

이윽고 한여름의 이글거리는 햇빛이 평원에 모인 농민군의 정수리에 내리꽂히고 있었다. 대부분의 군인들이 점심을 먹고 난 뒤, 한 숨 쉰다고 풀밭에 눕거나 바위에 비스듬히 기대어 졸고 있었다. 그런데, 밀성군 화악산 군인들이 한 곳에 둘러앉아 웃으면서 무슨 이야기를 나누고 있었다.

우대 장사가 자기 옛 친우도 만날 겸, 그들이 모인 곳에 가서 이야기를 들어보았다. 허우대가 멀쩡한 한 군인이 떠들고 있는 '송이와 조개의 세경협상'이란 이야기는 참으로 아귀가 맞고 재미난 이야기였다. 그 이야기꾼은 입술에 침을 발라대면서 제법 길게 이야기를 이어나갔다.

"내가 남녀간의 운우지정에 대한 이야기를 하나 하겠심더. 흔히들 남자의 연장을 송이(松栮)라 하고 여자의 거시기를 조개라고 부르지요. 그런데, 어느 날 송이가 조개에게 새경을 올려달라고 요청을 하였지요. 송이가 그것을 주장한 이유는 다음과 같았지 뭐예요.

처음은, 아주 깊은 곳에서 작업을 해야 한다.

다음은, 습한 환경에서 작업을 해야 한다.

세번째는, 주말이나 명절에도 쉬는 일이 없다.

네번째는, 주로 야간작업을 해야 한다.

다섯번째는, 강제근로를 시키는 경우가 종종 있다.

여섯번째로, 물을 뿌리고 작업을 끝내야 한다.

일곱번째는, 작업 전후에 잔무가 많다.

송이의 이런 주장에 조개는 이런 반박을 하면서 새경의 인상을 거절했지요.

　우선, 어떤 경우에도 낮 동안(8시간)이나 밤 동안(8시간)을 계속 작업을 하는 일이 없다.

　다음으로, 조개가 불만스럽게 생각하는 경우가 많다.

　세번째는, 잠시 활동하고 나서는 제멋대로 쉬어버린다.

　네번째는, 항상 다른 작업장(조개)으로 옮기려고 한다.

　다섯번째는, 작업 횟수가 많아질수록 생산성이 떨어진다.

　여섯번째는, 단순반복 작업으로 누구나 할 수가 있다.

　여러분, 재미가 있나요?"

　그 군인의 말을 알아들은 군인들은 재미가 있다고 배를 움켜쥐면서 웃었고, 그 말뜻을 이해하지 못한 군인들은 그저 멍하니 웃는 사람들의 얼굴을 쳐다보고는 마지못해 멋쩍게 웃었다.

　한여름의 기나긴 해가 서남쪽 황산강 양안의 무척산(김해)과 오봉산(양산) 뒤로 숨을 때에야, 오늘의 결사대 선발대회도 끝이 났다. 대회에 참석한 농민군들이 단조산성 성돌 아래에 모였다. 효심이 키 높이의 네모난 성돌 위에서 저녁노을을 전신에 받으면서, 오늘의 대회를 매듭짓는 의욕에 찬 연설을 우렁차게 시작하였다.

　"형제들이여! 우리 농민군들이 열 개 산과 배냇골과 초전에 벌써 이천이나 된다. 그런데도, 계급과 명칭이 없어 아래 위가 없고 질서도 없다. 오늘 형제들을 모아 그 동안 연마했던 무술을 겨루게 한 것은 우리 군의 계급과 명칭을 정하고, 동시에 결사대장과 결사대를 선발하기 위해서다. 다음에 김진원 선비가 구상한 바를 발표할 것이니 잘 듣고 따라주기 바란다."

　그는 말을 마치면서 양손의 주먹을 쥐고 하늘로 쳐들어 부하들에게 용기를 북돋워 주었다. 곧이어 김진원이 돌탑에 올라서서 큰 목소리로 발표했다.

"지금부터 우리군의 계급을 매깁니다. 우리 군을 하나의 높은 산으로 보자면, 맨 꼭대기에 수리장군인 효심 장군이 있습니다. 수리장군은 새 신라가 서게 되면 새 신라의 왕이 될 것입니다. 수리란 아주 높은 산의 꼭대기란 뜻이지요. 수리장군 다음에는 본인이 참모로 총괄장군이 됩니다. 그 아래는 장사나 선비들로 구성된 작전관, 문서관리·작성관, 양곡관리관, 재무관리관 등의 행정관을 십여 명 둡니다. 이 관의 자리는 향후 차차로 충원이 될 것입니다."

이때 맨 앞자리에 앉아 있던, 성질이 급한 범어부곡의 양필 촌장이 오른손을 들더니 큰소리로 물었다.

"총괄장군님! 그라면 우리 촌장들과 교관과 장사들은 계급이 무엇이요?"

"각산의 농민군 책임자는 모두가 촌장들인데 '책임관'으로 자리매김 됩니다. 이를테면 '황산책임관'이라고 불러야 하지요. 그 다음 배냇골의 각 행정관들과 교관들은 동급으로 교관들은 그대로 교관으로 부릅니다. 배냇골 각관들과 각산의 교관들이 심사관이 되어, 훈련 결과 무예가 출중하고 용맹하게 출전을 할 농민군이 있을 것 같으면, 결사대에 편입될 수 있도록 천거를 할 수가 있습니다. 결사대는 죽음을 자랑스럽게 여겨야 합니다. 결사대는 책임관과 교관이 없거나 죽으면 곧바로 군인들을 지휘하여야 합니다."

또 어떤 군인이 손을 들어서 물었다.

"그라면, 촌장이나 일반농민군들은 결사대가 될 수가 없나요?"

"결사대는 출신이나 신분이 문제가 아니고 오직 무예의 성적과 용감성이란 개인의 경쟁력이 잣대가 됩니다. 그러니, 누구나 가능하게 개방이 되어 있지요. 다음에는 훈련을 장기간 열심히 받아서 무예실력이 괜찮으면 '전사(戰士)'이고 그 아래는 '군인(軍人)'이라 불립니다. 군인 아래는 배가 고파 굶주림을 면하려고 군대에 나온 농민들이나 어린이 노인 여성들은 '밀가리군인', '핏죽군인', '조군인', '수수군인' 등으로 최하위로 분류가 됩니다. 이들은 심부름이나 병기 운반이나 취사 등을 하는 사역 군인들이 될 것입니다."

마지막으로 수리장군이 오늘 행사를 매듭짓는 연설을 했다.

"농민군 여러분! 우리 군대가 생긴 지가 얼마 되지도 않았는데, 그간 열심히 훈련을 하였기 때문에 무술실력이 볼만 했네. 앞으로 더더욱 빡시게! 빡시게! 훈련을 받아야 할 것이다. 언젠가 개경의 관군이 덮쳐오면, 우리가 믿을 것은 오직 각자의 무술실력뿐임을 명심해야 한다. 임자년 유월 초하루 오늘은 대단히 뜻 깊은 날이다. 농민군의 계급이 정해졌고 결사대가 편성되었으니, 오늘이 바로 효심농민군의 창군일인 것이다. 결사대는 곧 발표가 될 것이다. 오늘밤은 술과 고기가 마련되었으니 술밥간에 실컷 마시고, 열 개 산 군대들의 단합대회를 갓도록 하겠다. 경비는 여기 참석한 우리들의 지원자 어른들로부터 나왔으니 허리끈을 풀어 헤치고 양껏 마셔라."

총괄장군의 사회로 결사대장과 결사대원들이 모두 수리장군 앞으로 나와 횡렬로 줄을 서서 임명장을 받았다. 결사대장으로 선발된 군인들은 아홉 명으로 배냇골 효심, 방퉁, 장다리, 장골이, 우대, 비학산 똘똘이, 황산의 진실이, 문수산의 대길이, 만어산의 길룡이었다.

결사대 선발 뒤 신불평원의 여름밤 단합대회

드디어 신불평원의 억새밭에 횃불이 요소요소 밝혀지고 거적자리가 수십 개나 깔렸다. 평원에 억새밭이 무한정으로 펼쳐져 있어 평원에 퍼질러 앉자니 마치 방에 앉은 듯 안온하였다.

신불평원 유민촌의 아낙네들과 배냇골 토박이 촌민들이 김이 무럭무

럭 오르는 이밥, 야채 안주와 산돼지구이 및 막걸리를 내오기 시작하였다. 농민군들은 기갈 들린 듯이 저녁을 먹기 시작하였다. 군인들이 서로 부어라 마셔라 식으로 술잔을 급하게 주고받았다.

다들 술이 많이 취하여 혀가 꼬부라졌고, 분위기는 마치 밀성장터와 같이 시끌벅적하였다. 그때 거구의 털북숭이 방퉁이 일어서서 외쳤다. 그러자, 일순 농민군들이 조용해졌다.

"지가 건배를 하겠오. 우선 술을 가득 따루시오. 술잔을 머리 위로 높이 바짝 쳐들어 나를 따라하시오. 이상은 높게!"

다들 일어나서 후창을 목이 터져라 외쳤다.

"이상은 높게!"

"다음, 술잔을 불알 앞에까지 가도록 낮추고, 사랑은 깊게!"

"사랑은 깊게!"

"다음은 가운데로 둥글게 모여서 잔을 서로 부딪치면서, 우정은 가까이!"

"우정은 가까이!"

"다들 쭉 한꺼번에 다 마십시다."

수십 개의 사발술잔이 부딪히는 소리가

"따닥!"

"따닥!"

"따닥!"

하고 울리면서 평원의 밤하늘에 널리널리 퍼져나갔다.

자정이 가까워 오자 평원은 다시 적막강산으로 변해갔다. 싸늘해진 밤바람만 억새밭을 일렁거리게 흔들고는 지나갔다. 그때야 평원에서 배냇골로 내려가는 두 사람이 있었으니, 그들은 녹이와 창이였다.

주력훈련과 지리학습은 농민군의 생명줄

"신라부흥!" "신라부흥!"

"주력훈련!" "주력훈련!"

"기민구제!" "기민구제!"

임자년 유월 중순 어느 날, 배냇골 농민군 수백 명이 경상구산 능선에 악발이로 우렁찬 구호를 외치면서 비지땀을 흘리고 달리고 있었다. 그들은 모두 맨발에다 삼베바지 아래 부분에 모래주머니를 달고 있었다. 그들이 달리고 있는 능선은 열수(사평도, 사라진:한강) 이남에서도 가장 아름다운 산악지대인 경상구산의 남부능선이었다. 그 능선[35]이란 취서산 정상 - 청석골 - 죽전마을 - 사자평 입구 - 재약산 수미봉 - 천왕재 - 천왕(황)산(사자봉) 정상 - 국수봉 북편 - 배냇고개 - 배내봉 - 간월산 - 간월재 - 신불산 - 신불평원 - 취서산 정상으로 이어졌다. 그 능선길은 약 칠십리(28.3km)로 보통 사람이 걷게 되면 하루 낮 시간(10시간30분)이 꼬박 걸리었다.

"정신 차려! 집에서 빌빌거리던 때를 생각하면 안돼!"

"이를 악다물고 뛰어라!"

"입에 게거품을 물어라!"

행군의 중간에 선 교관들과 간부들이 땡볕에 빌빌 거리면서 뛰고 있는 농민군들을 독려하기 위해 때까움 소리를 질러댔다. 행군을 하고 있는 능선길의 좌우에는 억새와 잡풀이 무성하여 군인들의 얼굴을 가리고 있었다.

불과 며칠 전 배냇골 농민군 간부들이 신불평원 제1본부에서 농민군의 획기적인 훈련종류에 대해 회의를 하고 있었다. 사자평의 전두광 교관이 먼저 자신의 소감을 강하게 주장하였다.

"우리가 행하고 있는 군사훈련 가운데 가장 중요한 것이 사실은 누락되어 있습니다. 그것이 무엇인고 하니 주력훈련과 지리학습이지요."

이때 총괄장군이 오른손으로 자신의 무릎을 탁 치면서

"옳거니. 그 훈련이 무엇보다도 중요하지. 그래 설명을 자세히 해보

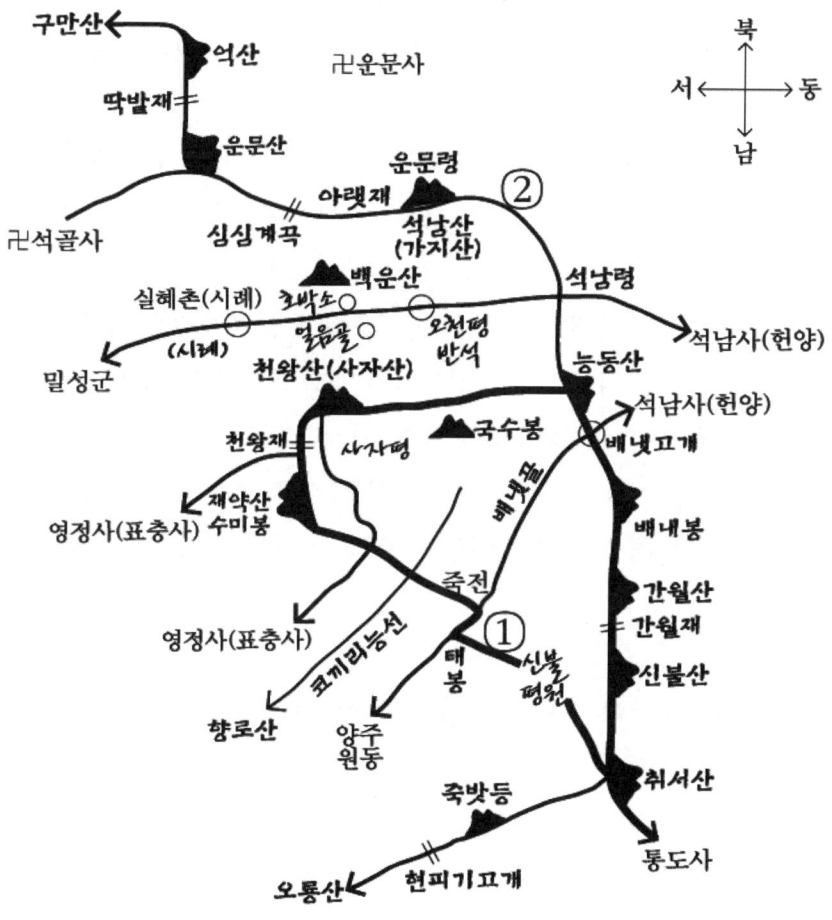

효심농민군 주력훈련 능선길(원점회귀 굵은선①)

※ 전체 경상구산 종주능선 포함 ②

러무나."

그가 일어서서 설명을 하였다.

"우리 농민군들이 적은 숫자로 관군과 맞서서 싸우기 위해서는, 경상 구산의 험준한 능선과 깊은 계곡을 백분 이용하여야 합니다.

그래서 첫째, 관군들이 말을 타고 잡으러 오면 깊은 산골로 숨어들어서 적을 무찔러야 하지요. 주력이 우리들의 생명줄입니다. 경사가 심한 산비탈을 빨리 달리지 못하고 헉헉거리면 곧바로 죽음뿐이지요. 그래서 주력훈련에 전력을 다해야 합니다.

둘째, 현재 우리 농민군의 근거지인 경상구산의 험준한 산과 그 사이의 골짜기와 주요한 길에 대해서 토끼길까지도 자세히 알아야 합니다."

이야기를 듣고 있던 수리장군이 한 머리를 짜내었다. 그가 배냇골 주변의 지리를 정확하게 알고 있었기 때문에 달릴 능선길을 지적했는데, 그 능선길이 채택되어 그 이튿날부터 곧바로 훈련에 들어갔다. 그는 또한 기대감을 걸고서 자신감 있게 말했다.

"그 산길을 처음에는 하루 낮 동안에 달리고, 육 개월 뒤에는 반나절만에 완주하도록 해야 할 것이야. 그래야 관군들에게 당하지 않을 것이네."

운문농민군의 주력훈련과 지리학습 및 계급화

"아리령! 아리령! 얏!"
"신라부흥! 신라부흥! 합!"
"사찰사수! 사찰사수! 압!"

칠월 초순의 어느 날, 운문사 일주능선에는 농민군들의 함성이 공중에 메아리쳐 가고 있었다. 그들은 삼베바지 하단에 조그만 자갈자루를 달고 맨발로 달리면서 발악을 해대었다. 얼굴이 땡볕에 익어 검정 색깔이 되었으나, 눈동자에는 무엇인가 성취하려는 의욕이 충만해 있었다.

지난 유월 말, 운문농민군 간부들이 효심농민군에게서 주력훈련과 지리학습의 중요성을 배워와 곧바로 시행했다. 학구파 승려 엄장이 그려서 설명한 주력훈련 능선길은 다음과 같았다.

"황정촌 - 호거대 - 억산 - 범봉 - 딱밭재 - 운문산 정상 - 아랫재 - 석남산(가지산) - 쌀바위 - 상운산 - 쌍두봉 - 배넘이재 - 지룡산 - 황정촌이 그것이오. 절집에서 올려다보면 한눈에 보이니, 길을 잃을 가능성은 없을 것입니다. 총 오십오 리 산길(21.4km)을 해가 지기 전에(13시간 10분 소요)에 일주를 끝내야 합니다."

그 며칠 후 엄장은 운문사 주변의 상세지도 역시 작성하였다. 운문농민군은 땡볕의 여름과 그 뒤의 가을·겨울을 정해진 능선길을 꾸준히 달려 점차로 고봉준령의 비호가 되어갔다.

운문농민군의 계급화와 운문사 방어선 구축

칠월 중순 운문사 입구의 황정촌 농민군 훈련장, 법성 스님이 운문사 주변의 농민군 일천여 명 앞에서 큰소리로 운문농민군의 계급을 발표하고 있었다.

"주지승 혜자의 당부대로 승려 법성이 '운문국사(雲門國師)'를 맡아 군을 총지휘 한다. 여기의 국사는 나라를 통할할만한 능력을 가진 자로 우리의 농민군이 불교를 바탕세력으로 하기 때문이다. 구본석 선비는 문수보살, 김상원 장자는 보현보살, 혜광 스님은 관세음보살, 엄장 스님은 지장보살, 동경의 최영만을 일광보살로 한다. 그 외의 각 사찰의 주지, 향도, 교관, 군인은 절의 이름을 달아서 적천사 주지, 적천사 향도, 적천사 교관, 적천사 군인 등으로 부르기로 한다. 각 사찰의 이름을 따서 소속 농민군들이 편제가 된다. 불자가 아니더라도 배가 고파서 우리 군대에 들어와서 일을 돕는 자들은 밀가리군인, 핏죽군인, 조군인, 수수군인 등으로 한다."

법성은 한여름의 땡볕 아래서도 농민군의 주력훈련이 열기를 더해감에 군사훈련에 자신감을 갖게 되었다. 그리하여, 구본석 선비가 작성한 '운문농민군의 계급화와 운문사 방어책 구상(안)'을 기본으로 농민군의 계급을 발표하였던 것이다. 이 발표문은 즉각 청도현과 풍각현 각 사찰에 하달되었다.

다음, 계급의 발표에 이어 계속된 운문사 방어선 구축 및 방어전략 등

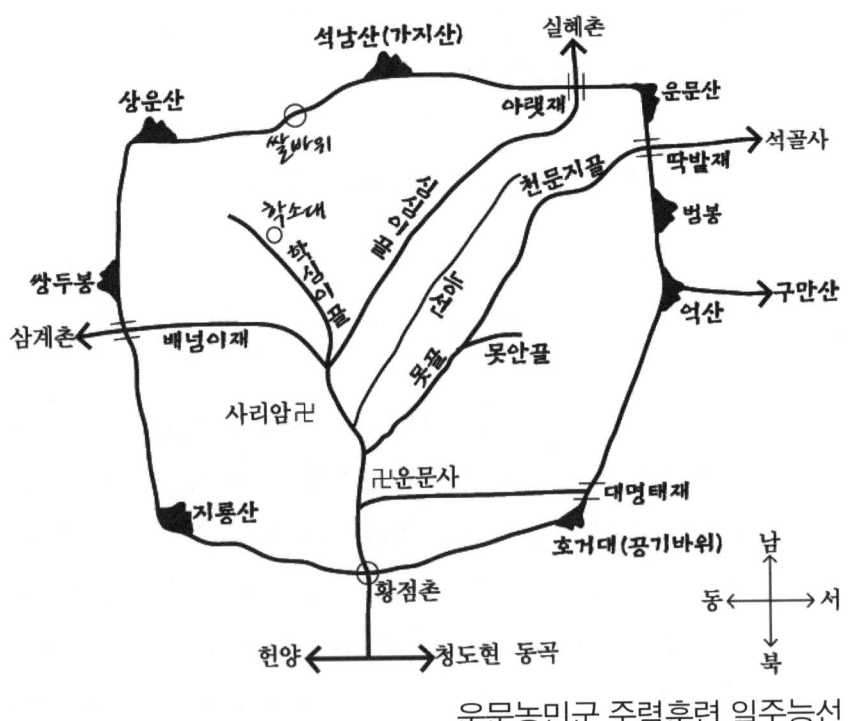

운문농민군 주력훈련 일주능선

은 대강 이러 하였다.

　첫째, 정훈교육, 주력훈련 등 시끄럽지 않은 훈련은 운문사 주변에서 하고, 함성이 필요한 훈련은 동경의 훈련장에서 한다.

　둘째, 운문사 방어선은 넓은 방어선으로 동쪽은 문복산 남봉 - 문복산 - 옹강산이고, 서쪽은 억산 - 귀천봉 - 대천(동창천)거랑이고, 남쪽은 억산 - 범봉 - 운문산 - 아랫재 - 석남산 - 운문령 - 문복산 남봉이며, 북쪽은 대천거랑으로 한다. 좁은 방어선은 주력훈련 능선으로 한다.

　셋째, 우리 군을 고산준령의 주요 고개에 배치하거나, 대처의 주막에 세작(細作, 간첩)도 심어서 관군의 동태를 철저하게 파악할 것이다.

　그 무렵, 운문국사는 혜자 큰스님의 허락을 받고, 절집 동편 지룡산의 북쪽 수백길절벽 위에, 관군의 공격을 감시하기도 하고 농민군의 주요한 비밀회의도 하기 위해 작은 돌집을 지었다. 그는 운문사 절집에서 군사에 대한 업무를 처리하기가 부담이 되어 이 돌집을 지었고, 여기에서 많은 군사업무를 처리하였다. 농민군은 이곳을 '운문정(雲門亭)'이라 하여 후방본부로 사용하였다. 전방본부는 동경 김상원의 반월재에 두었다.

　도토정 본가로 귀환한 최서방

　법성이 구본석을 데리고 배냇골에 농민군의 계급화와 훈련과정을 배우러 갔을 때였다. 운문사 농막에서 세월을 지내던 최 서방이 사자평 사자암 문 앞에서 효심과 딱 마주쳤다. 최 서방은 늘상 맥 빠진 표정으로 고개를 숙이고 다녔다. 그는 세상살이가 귀찮았다. 지난 몇 년간 도토정 집을 떠나 운문사에서 연명한 것을 생각하면, 마누라와 붙어먹는 땡땡이중을 찾아가서 칼로 찔러죽이고도 싶었다. 그러나, 과로에 몸은 여위었고 힘은 점점 빠져갔으며 용기도 나지가 않았다. 그러던 중에, 오늘 법성을 따라왔다가 효심을 보고 피하던 중이었다. 효심이 그를 발견하고서 물어보았다.

"아자씨, 어찌 도토정에 안 기시고 스님을 따라다녀요?"

최 서방이 기어들어가는 목소리로 하소연을 했다.

"효심이, 내가 오래 전에 집에서 불한당 같은 중놈에게 쫓겨났다네. 그런데, 인자 나이도 들어 농사일도 못하겠는데 집에도 못가고 죽겠네. 좀 봐줘."

최 서방의 억울한 사정을 전해들은 효심이 방통에게 명했다.

"방통! 니가 그 중놈을 끌고 오너라. 아주머니가 최씨 아자씨와 다시 살지 않겠다면 아주머니까지 포박하여 끌고 오너라. 안 살겠다면 운문사 여자 노비로 삼을 것이니, 중놈은 말할 것도 없고."

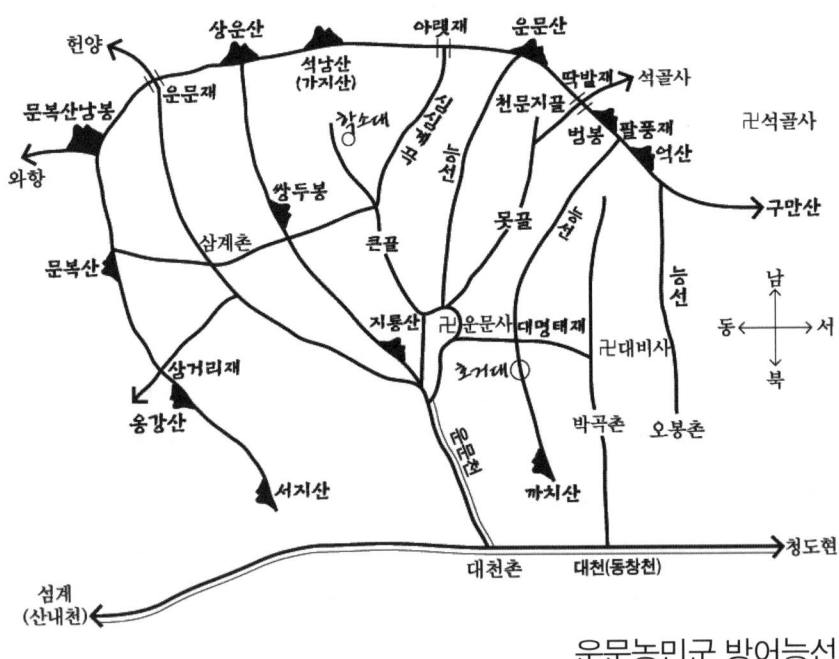

운문농민군 방어능선

수리장군 밀성군 촌장대회의에서 무술실력 과시

화악산 평밭 훈련장에 칠월 한낮의 뙤약볕이 내리쬐고 있었다. 어떤 중년 농부가 노란 참외를 머리에 이고 당산나무에 기대어, 바짝 긴장된 두 눈으로 앞을 응시하고 있었다. 그 농부의 오십 보 앞에는 덩치가 꼭 당산나무의 허리와 같이 우람찬 털북숭이 사내가, 강궁의 활시위를 팽팽하게 당겨 이쪽을 쏘려고 숨을 조절하고 있는 중이었다. 역시 바짝 긴장하여 그 두 사람을 둘러싸고 지켜보고 있는 남녀노소 촌민들이 백여 명이나 되어 보였다.

이윽고 궁수의 왼쪽 눈알이 번쩍하더니

"슈~욱, 딱!"

하는 짧은 소리가 모두의 귀에 선명히 들렸다. 순간 참외는 박살이 났고 화살은 뒤의 당산나무에 깊숙이 꽂혔다.

구경꾼 모두가 두 손을 높이 쳐들고 외쳤다.

"와! 대단하다!"

"효심이 만세! 명궁이다!"

"수리장군! 신궁이다!"

라고 감탄하여 박수를 오랫동안 쳐대었다. 참외를 이고 용기 있게 서 있던 모산부곡(밀양시 상남면) 용팔이 촌장은 긴 안도의 한숨을 내쉬었다.

효심이 이번에는 자기의 장검을 들고 나와, 산기슭에 있는 어른 허리통만한 참나무 옆에 다가가 구경꾼들에게 말했다.

"이 나무를 지가 한방에 잘라 보겠오. 잘들 보시오."

촌장들과 구경꾼들이 고개를 갸웃거렸다.

'아무리 힘이 항우장사라 해도 그렇지. 어찌 저런 굵고도 강한 고목나무 허리를 단번에 잘라버릴 수가 있단 말인가? 말도 안 되지.'

효심이 작은 사람의 키 길이만한, 번쩍이는 장검을 두 손으로 잡더니 깊은 숨을 들이쉬면서 눈을 감았다. 그의 왼쪽 발이 오른쪽 발보다 한 걸음 정도 앞으로 나와 있었다. 잠시 후에

"얏!"

"합!"

하는 기합을 넣는데, 어찌나 소리가 우렁찼던지 구경꾼들이 모두 놀라 순간 눈을 감아버렸다. 구경꾼들이 눈을 번쩍 떠보니 참나무는 처음 그대로 꼿꼿이 서 있었다. 사람들이 의아한 눈길로 장사를 뚫어지게 쳐다보았다. 그때 효심이 어른 키 높이만큼 공중으로 높이 치솟아 오르면서

"야앗!" 하고는 왼발 바닥으로 참나무를 힘껏 차버렸다. 참나무의 칼 맞은 부분이 휭! 날아가는 듯 땅에 떨어졌다. 칼이 지나간 나무허리의 단면은 마치 대패로 깎은 듯이 반지르르 하였다. 구경꾼들이

"와! 신기다. 항우장사다."

"효심 장사 만세!"

"수리장군 만세!"

라면서 박수를 오랫동안 쳐대었다. 구경하던 촌장들이 우르르 효심에게로 몰려가서 손을 잡고서는 놓을 줄을 몰랐다. 한동안 촌장들이 입에 침이 마르도록 그를 칭찬하였다.

"효심 장사! 정말로 대단하오."

"과연 듣던 그대로군요. 장하오. 존경한다오."

순간 촌장들과 양량부곡 촌민들의 얼굴에는 용기와 희망이 샘솟는 듯하였고 생기가 충만하였다. 구경꾼들은 효심의 장대한 체격과 신기에 가까운 무술실력을 보고는

'이 사람에게 의지하면 세상 살아가는 하루하루가 재미가 있고 생동감이 넘치겠다.' 라는 생각이 모두의 가슴에 전해져 갔다.

칠월칠석날 오후 효심의 무술실력 시범이 끝난 뒤, 어른들은 모두가 만취되어 떠들다가 멍석에 뒹굴면서 잠에 떨어졌다.

칠월칠석날인 오늘은 양량부곡(부북면 위양리)의 성철 촌장이 촌민들의 하소연을 받아들여, 밀성군 향·소·부곡의 열여덟 개 촌장을 모아 대회의를 열었다. 이런 대회의는 절박한 사정이 있을 경우 몇 년에 한 번씩 성철 촌장이 소집하였다. 그런데, 오늘은 배냇골의 수리장군을 초청하여 그들의 요구를 장군에게 주장하여 보기로 계획이 되어 있었다.

그 날 정오가 되어갈 때 효심 일행이 회의장에 도착하였다. 이층 정자 위의 회의장에서, 성철 촌장이 먼저 다른 촌장들에게 애로사항을 꺼내보라고 권했다. 먼저, 천산부곡(하남읍) 생의 촌장이 말을 했다.

"에, 황산강 건너에는 먹을 것이 없어, 행인들이 굶어 죽으면 밤에 몰래 끌고 가서 인육을 나눠먹는다는 소문이 돌고 있소. 훈련도 먹고 해야지 배 굶고 어찌 훈련을 하겠소. 수리장군님, 겨울에 갚을 테니, 마실마다 보리쌀 몇 가마씩이라도 빌려주시오."

촌장들이 그 주장에 한목소리로 찬동을 하였다. 또, 어느 촌장이 걸걸한 음성으로 외쳤다.

"수리장군님, 배냇골의 농민군이 일천 명도 넘는다니 훈련만 할 것이 아니라, 모두 낫, 칼과 도끼를 들고서 관아의 창고를 깨부수어 양식을 꺼내어 먹고 봅시다. 이대로 가다간 다 굶어죽고 말겠어요."

총괄장군은 촌장들의 주장을 모두 적었다. 수리장군이 응답했다.

"촌장님들의 사정을 잘 압니다. 일단 협조적인 장자들에게서 양곡을 빌려서 여름은 넘기도록 하겠오. 관아를 공격함은 시기상조이니 좀 참아주시기 바라오. 오늘 회의 경비로 쌀을 한 가마 가져왔으니 맘껏 드시고 마시도록 하세요."

촌장들과 손님들이 점심을 배불리 먹고, 김정열 훈장이 정성껏 설명하는 최근 나라 돌아가는 사정과 백성들의 고단한 삶에 대한 이야기를 들었다.

양량부곡의 칠석날 밤이 이슥하여졌다. 윤동은 술이 거의 깨자 희미한 방안을 두리번거리며 살펴보았다. 아직도 입에서는 막걸리 냄새가 나고 있었다. 방문을 열어두어서인지 그리 덥지는 않았다.

옆에는 여편네가 저고리를 걸치고 자고 있는 데도 검수레한 젖꼭지 두 개가 저고리 밑으로 삐쭉 드러나 있었다. 수건을 벗은 아내의 머리카락은 밀성 장시에 쌀 두 말과 바꾼다고 잘라버려, 아직 손에 잡히지도 않을 정도로 짧게 자라 있었다. 낮에 손님접대로 피곤한지 입과 코에서는 새근거리는 소리가 멈추지 않고 잦게 들리었다. 입은 반쯤 벌리어져 있었다. 숨을 쉴 때마다 젖가슴은 위로 올라갔다가 아래로 내려갔다를 반복하고 있었다. 두 다리는 벌려져 있었고 하의는 때가 절은 모시옷을 걸치고 있었다.

'오늘은 산도야지 고기와 막걸리며 이밥을 실컷 먹고 한숨 늘어지게 자고 나니 힘이 솟아오르는구나. 마누라와 그 일을 한 지도 오래되었구나. 오늘 한바탕 시기 해보자꾸나.'

남정네는 일로 못이 박힌 투박한 손으로 마누라의 보드라운 젖가슴에 오른손을 얹고는 서서히 둥글게 돌리기 시작하였다. 얼마 뒤에 마누라가 눈을 설핏 뜨더니 남편의 눈을 바라다보았다. 그리고는, 두 팔을 벌리더니 남정네의 목을 슬그머니 껴안았다. 좋은 느낌을 받은 남편은 일어나 앉아서 자기 옷을 훌러덩 다 벗어던졌다.

남정네가 입술을 여자 입술에다 겹치더니 격렬하게 핥고 빨기를 시작하였고, 손은 여자의 부드러운 살동굴을 계속 어루만졌다. 그의 남근이 불쑥 솟아오르자, 자신의 배 아래쪽에 있는 아내의 옥문 속으로 사정없이 밀쳐 넣었다. 여편네가 턱을 바짝 치켜세우면서

"읍!" 하고는 코에서 뜨거운 열기를 뿜어내더니 양손으로 남자의 등허리를 꽉 껴안았다. 남정네의 엉덩이가 심하게 오르내리면서 요동을 쳤다. 삼베이불이 옆의 철이에게로 날아갔고

"이~, 어!"

"쩝쩝, 찌~찍."

하는 잡소리가 소란스러웠다.

그때였다. 옆에 자던 아들 철이가 그 소리에 놀라 일어나 앉아서

"아부조! 지금 뭐 하노? 잉? 엉?"

"…"

철이가 아부지의 엉덩이를 꼬집으면서

"아부조! 뭐 하노 말이고? 으~엉."

"엄마 하고 말타기 놀이하는 것 아닌가배."

"그라믄 나도 같이 하자. 응."

"그래, 좋다. 니는 내 등더리 위에 타거라."

"그래, 좋다. 탔데이 인자 빨리 가자. 응."

"됐냐? 인자 막 달린대이. 꽉 잡아래이."

아버지가 엄마 몸 위에서 힘차게 헐떡거리면서 달렸다. 갈수록 아버지의 벌거벗은 엉덩이가 더욱 격렬하게 위로 아래로 오르내리기를 반복하였다. 결국은 등에 타고 있던 철이가 방바닥으로

"턱!" 하고는 떨어지고 말았다. 그래도 말은 가속도가 붙어 더욱 격렬하게 계속 달리고 있었다. 섭섭하게 토라진 아이가 털썩거리는 아버지의 엉덩이를 만지면서 말했다.

"아부조! 철이는 말에서 떨어졌다 아이가."

"한번 떨어졌다카믄 못 타는기 말타기 아닌가배. 철이는 기다려라. 아빠는 신나게 가야 하는기라. 알았제?"

287

"에이~ 시바! 같이 안 가고 아부지만 타고 가네. 기분 나빠."
얼마 뒤에 아버지와 어머니가 전신에 땀이 범벅이 되어
"휴!"
한숨을 크게 내쉬더니 아버지도 엄마의 흰 뱃덩이 위에서 방바닥으로
"퍼덕!" 하며 굴러 떨어졌다. 그러면서 아버지가 말했다.
"철아! 아부지도 말에서 떨어졌대이. 화~아! 힘들고 어렵대이."
"아부지도 말을 타는 것이 내맨추로 벨 수가 없네 뭐. 쳇!"

효심농민군의 지도부 구성 마무리

배냇골 이천서당 마당, 한여름의 땡볕 아래에서 수리장군이 앞에 줄 선 사내들에게 임명장을 주고 있었다. 총괄장군이 임명장에 적힌 내용을 읽고 있었다.

"김대성을 문서작성·관리관으로 박해운을 군사작전관으로 문철규를 수비대장으로 이우헌을 동향파악관으로 김석기를 재무관으로 각각 임명한다."

오늘 배냇골에 가족과 함께 들어온 작년에 왔던 남해상단과 연일현 승려들이, 그렇게 임명장을 받게 되자 효심농민군의 지도부 구성은 완전히 마무리 된 셈이었다.

배냇골 농민군이 여름철을 맞아 기나긴 하루씩을 비지땀을 흘리며, 오직 군사훈련과 황무지 개간에만 열을 올리고 있었다. 오늘 배냇골에 온 그들은 장사꾼이거나 지식층인 승려들이라서 그런지, 은병을 한 두 개씩 가지고 와서 군자금으로 쓰라고 내어 놓았다. 군대의 조직이 잘 갖추어지고 농민군 각자가 의욕을 갖고 사기가 오르니 극심한 흉년 속에서도 군대가 활성화 되어갔다.

태화들 여전사 배냇골 농민군 가입 약속

　태화들의 여전사가 사는 삼호 징검다리 아래의 전 민 별장(閔 別將) 집에 어둠이 내리고 있었다. 매희와 난희 두 쌍둥이가 아버지와 같이 저녁밥을 먹고 있는데, 태화강변과 집 뒤에서 뻐꾸기 소리가 요란하게 들렸다.

　"뻐꾹! 뻐꾹!"

　"뻐~버꾹! 뻑뻑꾸!"

　연세가 들어 벌써 눈과 귀가 어두운 민 별장이 의아한 표정을 지으면서 투덜대었다.

　"얘들아! 무슨 뻐꾸기 소리가 와 저리도 오랫동안 소란스럽냐? 니가 가서 쫓아버려라."

　매희가 대답했다.

　"아버지, 알았구만요."

　저녁밥을 다 먹을 때까지 뻐꾸기 울음소리가 더욱 극성스럽고 더 가까이에서 들렸다. 매희도 이상하다 싶어 삽작문 밖으로 나가서 소리가 나는 곳으로 가보았다. 컴컴한데 앞뒤에서 컬컬한 목소리가 들렸다.

　"전사님, 여기임더."

　"전사님, 이리 오이소."

　깜짝 놀란 그녀가 사방을 두리번거렸다. 자세히 보니 덩치가 짚동만한 두 사내가 자기를 부르고 있었다. 어둠 속에서 보아서 그런지 얼굴이 온통 검정 털로 덮이고 사납게 생긴 꼴이 연팡 산적의 생김새였다. 그녀는 자동적으로 대련자세를 취하고 물었다.

　"그대들은 뉘신데 나를 전사라고 부르오. 나를 아시기나 해요."

　"허! 허! 잘 알지요. 뻐꾸기 한다고 생고생 했다오."

　그때 풀숲에서 한 사내가 나오면서 말했다.

"매희 낭자, 잘 기셨오? 김진원이오."

"아이고! 선비님이셨군요. 많이 놀랬답니다."

"하여간 미안하오. 할 얘기가 있어서요."

김진원은 작년 태화강물축제에서 자기를 따르던 매희와 난희 쌍둥이 자매를 배냇골로 데려가 농민군에 편입시키기로 약조를 하였다. 내일 진원은 자매를 데리고 배냇골로 가기로 하였다. 두 자매는 태화들 집과 배냇골에 매일 교대로 한 사람씩 머물기로 합의를 하였다.

매타작을 당한 귀경길의 지밀성군사

"에헤에헤야 어화넘자에헤야

태산같은 병이들어

에헤에헤야 어화넘자에헤야."

남쪽의 청도현에서 북쪽의 자인현으로 넘어가는 남성현고개, 비온 뒤라 운무가 자욱하여 삼사백 보 앞은 잘 보이지가 않았다. 청도현에서 고개를 넘은 말을 탄 수령의 행렬이 진흙길이 미끄러워 천천히 내려가고 있었다. 북쪽의 자인현쪽에서 고개쪽으로 커다란 상여의 행렬이 올라오고 있었다. 상여꾼들은 북망산천 가는 사자의 명복을 빌기 위해서 구성진 상엿소리를 계속 불렀다.

상여 뒤에는 흰 상복을 입은 스무여 명의 상주와 백관 등이 따랐다. 짐꾼이고 상주고 백관이고 모두 삼베건으로 얼굴을 절반쯤 가리고 고개를 푹 숙이고 있어 얼굴을 구분할 수가 없었다. 상주들은 지쳤는가 곡도 하지 않았다. 상여가 아주 단순하여 수령 일행은 구경거리나 되는 듯 말 위에서 물끄러미 상여의 행렬을 바라다보고 있었다. 수령의 부하가 뒤의 수령을 돌아다보면서 위로를 하였다.

"장군님, 이제 맘 놓고 내려갑시다. 밀성군 촌놈들이 우리들에게 무슨 해꼬지를 할 힘이나 있어야지 말이지요."

"그런 것 같구나. 밀성에서 여기까지 오면서 맘을 많이 졸였네."

바로 그 순간이었다. 고갯마루 동편의 숲속에서 불화살이

"슝~우~웅!" 하고 날아오더니 상여의 윗부분을 치장한 종이 꽃송이에 박혔다. 그 종이꽃에 불꽃이 활활 피어나기 시작하였다. 순간 상여꾼들과 그 뒤를 따르던 백관과 상주들이 외쳤다.

"모두들 피해라!"

곧, 상여꾼들이 상여를 거꾸로 엎어버렸다. 귀경하던 전(前)수령 일행이 넋을 잃고 있는데 동서남쪽에서 고함소리가 귀를 찢었다.

"공격하라!"

"모조리 다 죽여라!"

상여가 뒤집히자 상여 안에서 장검, 활, 화살, 삼지창, 죽장창(竹長槍) 등 수십 개가 와르르 쏟아졌다. 상여측 사람들이 쏟아진 무기들을 잽싸게 손에 잡아들고 소리기 없이 수령의 행렬을 덮쳤다. 수령쪽이 놀라서 뒤쪽으로 돌아서는데 벌써 화살이 날아와서, 그를 호위하던 개경무사들이 화살을 맞아 쓰러지기 시작하였다.

"엇!"

"훅!"

"아~이 앗!"

"힝! 잉!"

"히~이잉!"

하면서 무사들이 말에서 떨어졌고, 말들이 산속으로 고개마루쪽으로 혹은 북쪽으로 뿔뿔이 흩어져 달아났다. 동시에 동서남쪽의 숲속에서

"와~아!"

"죽여라!"

하는 소리와 더불어, 말을 타고 혹은 뛰어서 수많은 복면을 한 괴한들이 뛰쳐나왔다. 수령인 듯한 자가 화살을 맞지 않고 도망갈 곳을 찾아 헤매며 말을 타고 빙빙 돌고 있었다. 수령의 호위무사인 듯한 다섯 명이 모두 화살을 맞았다. 그들은 무사답게 가슴에 박힌 화살을 두 손으로 급히 뽑아내고는, 장검을 빼어서 달려드는 괴한들을 칼로 내리쳤다. 죽음을 직감한 호위무사들이 칼을 맞받아서 방어하고 찌르고 안간힘을 다하여 공격을 계속하였다.

이때 검정 복면을 한 거구의 괴한이 고갯마루에서 산이 쩌렁쩌렁 울리게 외쳤다.

"싸움을 멈춰라! 안종태와 진덕만 및 개경무사들은 무릎을 꿇고, 나머지 군사들은 동편에 일렬로 줄지어 서라."

이 소리에 한 순간 물을 끼얹은 듯 사방이 조용해졌다. 벌써 화살을 맞고 목이 날아간 개경무사가 셋이나 되었고 나머지들은 다음 지시를 기다리는 듯 했다. 이들 관리들은 전 지밀성군사 안종태와 그를 호위하고 수행하는 개경무사와 밀성군의 지방군인들이었다. 복면을 한 거구의 사나이가 수령쪽으로 말을 타고 내려오면서 외쳤다.

"진덕만과 개경무사 두 명도 마자 목을 쳐라. 시간이 없다."

그 명령이 떨어지자마자, 개경의 세 무사가 죽을 각오로 자신들을 죽이려는 복면한 괴한들에게 칼을 휘둘렀다. 그러자, 고함치던 거구의 괴한이 기다랗고 번쩍거리는 언월도(偃月刀)를 번개처럼 휘둘러서 대적하던 개경무사 세 명의 목을 쳐버렸다.

눈 깜짝할 새에 개경무사들이 다 죽자 안종태의 얼굴이 흙빛이 되어 바위처럼 굳어졌다. 안종태 앞으로 온 거구의 말 탄 사나이가 언월도 끝에 붉은 선혈이 뚝뚝 듣는 것을 보이면서 크게 꾸짖었다.

"안종태! 그대가 얼마나 밀성군민들을 괴롭혔는지는 잘 알 것이다. 개경에 장군으로 승진하여 가니 이제 선정을 베풀어라. 그리고, 말에 싣고 가는 밀성군 여성들의 혼(魂)인 달비와 피륙과 보석은 우리가 모두 압류하여, 군민들에게 되돌려줄 것이다. 안 장군의 수행자들은 현행대로 계속 개경까지 가게. 안 장군! 마지막으로 할 말이 있으면 하라."

"왜, 나는 죽이지 않고 보내느냐?"

"아직 그대를 죽일 때가 오지 않았기 때문이다. 조정에 가서 알리거라. 앞으로 경상도 수령들은 악하게 굴면, 이 언월도에 다 목이 달아날 것이라고. 잘 가게나."

구십여 명이나 되는 괴한들이 고갯마루쪽으로 가려는데 거구의 두목이

"앗참! 잊어버릴 뻔 했네."

하면서 말머리를 다시 돌렸다.

"안종태! 말에서 내려와 엉덩이를 까거라. 곤장 삼십 대를 맞고 난 뒤에 가거라."

그 말을 듣고도 그는 말에서 내리지를 않았다. 무관 관복차림의 그가 지밀성군사에서 금번에 장군으로 승진되어 기세등등하게 개경으로 가는 길에, 도적을 만나 부하들 보는 앞에서 엉덩이에 곤장을 맞기는 자존심이 허락하지 않는 것 같이 보였다. 그러자, 괴한 두목이 피가 묻은 언월도를 그의 목에다 겨누면서

"그대의 죄과는 곤장 삼십 대로 더 이상 따지지 않을 것이니, 속히 엉덩이를 까거라."

안 장군도 무인답게 화끈하게 바지말기를 까내려 엉덩이를 하늘을 보게 불쑥 처들었다. 체격이 노송나무처럼 단단하게 생긴 한 괴한이 몽둥이로 안종태의 엉덩이를 힘껏 삼십대나 쳐대었다. 안 장군은 매 앞에도 장사였다. 엉덩이가 붉은 피로 엉겨서 엉망진창이 되었는데도, 앞니

를 깨물고 소리 하나 지르지 않고 참았다. 그는 죽지 않고 살아가는 것이 다행이라 생각하는 듯이 보였다.

금번 남성현의 안종태 징벌은 밀성군의 박용남 훈장, 설정주 선비 등의 식자층에서 군민들의 억울함을 진무하기 위해 효심농민군에게 부탁한 결과였다.

남성현 사건이 발생했던 전날인 칠월 열하루 날 밤이었다. 추화산성의 지군사 관아에서는 신임 지군사 노정식(盧正植)의 부임과 전임 지군사 안종태가 장군으로 승진하여 개경으로 상경하게 된 것을 축하하는 송별연이 열리고 있었다. 다들 화기애애한 분위기 속에서 전(前) 지군사의 장군승진을 축하하였다. 참석자들이 모두 술이 많이 취하여 분위기가 떠들썩한 가운데,

"아이고! 사람 죽이네."

"에! 고고!"

라는 여자의 외마디 비명이 장내를 바짝 긴장시켰다. 모두가 소리 나는 쪽으로 바라다보았다. 술에 만취된 전(前) 소윤 진덕만이 평소에 자기에게 수청 들던 관기 추향(秋香)의 두 쪽 볼을 촛불로 지져버렸다. 추향은 재주와 미모가 뛰어나 밀성군 관기들 중에서도 인정을 받고 사는 관기였다. 그가 개경으로 떠나니 추향을 데리고 갈 수도 없어 이런 악담을 하면서 볼을 지졌다.

"내가 이곳을 떠나면 다른 놈이 너를 차지하겠지. 내가 너를 다른 놈의 품안으로 넘겨줄 수야 없지."

급기야 분위기는 경색되었다. 다들 술도 많이 취하여 삼삼오오 추화산성을 내려가서 귀가를 서둘렀다. 그런데도, 안 전(前) 지군사는 자기의 심복부하 진덕만을 한마디도 나무라지 않았다. 연회에 참석했던 밀성군 재지세력들은 속으로 이를 갈았다.

'인면수심의 저 두 놈은 살려서 개경에 보내서는 안 되는데.'

드디어 열이틀 날이 왔다. 군인들 및 향리들 오십여 명이 안종태의 행차를 따라 청도쪽으로 갔다. 올해 여름 날씨가 늘상 그렇듯이 오늘도 비가 추적추적 내리고 있었다. 안 장군의 주변에는 말을 탄 개경에서 온 무사 다섯 명이 삼엄하게 경계를 펼치며 달리고 있었다. 그는 떠나는 길에 밀성군에서 악랄하게 세금을 거둔 것이 맘에 걸렸다. 그는 청도를 벗어나기까지 혹시나 군민들이 습격을 않을까 극도로 긴장한 가운데 나아갔다.

안종태 일행은 남성현을 넘는데, 말도 사람도 물을 함빡 먹은 땅에 미끄러지면서 힘들게 고갯마루에 올라섰다. 고개마루에는 진덕만이 보낸 선발대 여남 명이 허리에 칼을 찬 채 기다리고 있었다. 염탐병들을 본 진덕만이 반가와 물었다.

"자네들 수고가 많네. 다른 낌새는 없지?"

"얘, 저기 상여가 올라오는 것 말고는…"

효심농민군 헌양감무가 압송 중이던 효심을 구출

밧줄에 친친 묶인 한 죄수를 실은 나룻배가 밀성군 북천(밀양강) 어목진나루(상동교)를 건너고 있었다. 남쪽의 나루터에서 북쪽의 나루터로 건너고 있는데, 물길은 최근의 장맛비 때문에 수량도 많은데다 급류였다. 배가 북쪽 나루터에 거의 다 갔을 때였다. 북쪽 강둑 아래에서 불화살 한 개가 배 위로 날아들었다. 그것을 신호로 천둥 같은 고함소리가 나루터 사방에서 진동하였다.

"공격하라! 다 죽여라!"

"장군님을 빨리 구하여라!"

"와~아~ 쏘아라!"

배에 탄 관군들은 사방을 두리번거리면서 얼굴빛이 사색으로 변했다. 조용한 나루터에 화살이 비 오듯 쏟아졌다. 남쪽 나루터에는 죄수를 호송하던 관군들과 죄수를 구하려던 무리들간에 격전이 벌어져 생지옥으로 변했다. 그쪽에서 효심농민군의 김진원과 박해운이 목이 터져라 독전을 했다.

"칼을 거두어라! 항복하는 자는 살려준다!
"병장기를 버리고 손을 들어라!"

한편, 강 북안 가까이에서 배에 탄 죄수 호송 관군들이 군복을 입고 노 젓는 농민군의 목에다 장검을 갖다 대었다. 그러면서 외쳤다.

"너도 도적편이지?"
"와 이라는기오? 밀성군 군인입니더."

관군이 칼을 내리면서 독촉했다.

"배를 아래로 돌려라."
"알았오."

간짓대를 가진 자들이 뱃머리를 하류로 돌리는 척하다가, 몸을 휙 날리면서 강물로 뛰어들면서 외쳤다.

"에라잇! 개새끼들아!"
"한번 죽어봐라!"

그가 강물로 뛰어들면서 배의 좌측을 잡고서 물속으로 잠수해버렸다. 관군들이 좌측으로 확 쏠리더니 죄수가 탄 배가 뒤집혀버렸다. 그때 또 한척의 나룻배가 북천의 남안에서 출발하다가 역시 뒤집혔다. 밀성군 관군의 옷을 입은 사람들은 모두 효심농민군이 데려온 삼랑진의 어부들이었다.

이때 북안의 갈대밭에 매복하고 있던 어부들 십여 명이 잠수하여 죄수를 물속에서 끄집어내었다. 그 죄수는 다름 아닌 배냇골의 수리장군이었다. 그는 밤새 지쳤는 데다 물을 많이 마셔 기절해 있었다. 방통 등이 수리장군을 달구지에 태워서 곧 서쪽의 옥산촌(玉山村) 여수(麗水)마을로 들어갔다. 농민군이 수리장군을 모셨던 집은 골목길에서 안쪽에 들어앉은 조용한, 바깥주인이 없는 과부집이었다.

어목진 사건이 발생했던 하루 전날인 칠월 중순의 어느 날 석양에, 수리장군은 헌양감무의 부름을 받고 감무방에서 술을 대작하고 있었다. 감

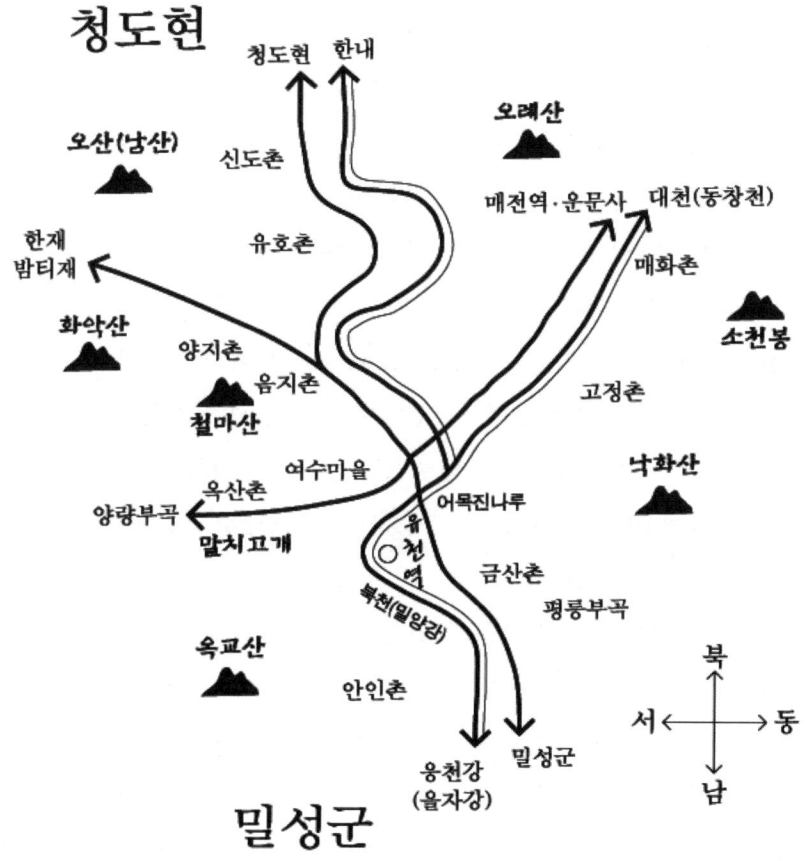

밀성군 북천 어목진나루 · 유천역 · 화악산 · 오례산

무 집무실인 평근당(平近堂)에서 사십대 중반인 박재구 감무는 술상을 앞에 놓고, 효심에게 몇 잔을 권하더니 부드럽게 타이르듯 권했다.

"효심 장사, 마치 이의민 장군을 대하고 있는 듯한 느낌이 들구나. 자네에 대해서는 많이 들었네. 지방에서 썩지 말고, 제발 개경의 이 장군 밑으로 가서 나라를 위하여 종사하도록 하게."

"감무님, 소인은 벼슬에 뜻이 없고 오직 고향 사람들과 더불어 살다가 가겠오. 인생이 별 것이 없다고 압니다."

"자네의 용력이 뛰어나다고 해서, 우리 수령들이 벌써 세 번이나 출사를 권유하는데도, 그렇게 박절하게 일언지하에 거절을 해버리나. 참으로 섭섭하구만. 이제 자네를 부르고 부탁하고는 않을 걸세."

감무의 술이 독했던지 대여섯 잔 받아마셨는데 정신이 몽롱해왔다. 효심은 가느다란 목소리로 중얼거렸다.

"호랑이 아가리 속인데 조심해야지. 무슨 일이 벌이질지도 모르지. 그런데, 와 자꾸 생각이 흐릿해오제."

읍성의 남쪽 정문 영화루(映花樓)를 나서는데 머리 위에서 여러 사람의 인기척이 났다. 사방이 어두컴컴하여 주위의 사람들 얼굴이 선명히 보이지 않았다. 비가 그친 푸른 하늘에는 반달이 휘영청 떠 있긴 하였다. 그가 머리를 들어 옹성 위에서 문을 지키는 군인들을 확인하고는 머리를 아래로 내리는 찰나였다.

"던져라!" 하는 짧은 외침을 들었다. 그가 엉겁결에

"앗차!" 라는 외마디 소리를 지르면서 공중으로 몸을 솟구치는데 벌써 굵은 밧줄로 된 그물이 온몸을 휘감아버렸다. 삼십여 명의 관군들이 성문 위에서 혹은 성문 좌우에서, 삼지창과 장검을 들고 그물에 갇힌 대어 신세가 된 그를 에워싸고 겨누었다. 효심이 그물에서 벗어나려고 격렬하게 발버둥을 치니 그물이 더욱 그를 옥죄었다. 그는 그물에서 탈출을 포기하고 씨부렁거렸다.

"시팔넘 새끼들, 나를 초대하고선. 다른 것 몰라도 그물 하나는 잘 만들었구나."

덩치 큰 한 군관이 그에게 다가와 낮은 목소리로 속삭이듯 말했다.

"효심 장사님, 개경으로 출세를 하러 가는 길이니 낙담 말고 한잠 푹 자두시오."

효심은 어이가 없어 생각했다.

'이 개자석들, 나를 억지로 개경으로 보내는구나. 에잇! 시팔!'

그때였다. 감무도 독주에 취한 듯 횃불 사이로 다소 비틀거리면서 나타나, 그를 비웃는 표정으로 지껄였다.

"효심, 수령의 말을 우습게 본 결과가 어떤지 이제야 실감이 나지. 그물 속에 갇힌 맹수와 같은 신세가 처량하구나. 하기야 출세를 위해 개경으로 가게 되니, 잘 될 것이네."

"박재구 이놈아! 내 손으로 반드시 너의 목을 따고 말리라."

"촌넘이 악다구 하나는 야무지게 하네. 너도 개경에서는 예법을 많이 배워 선배들을 잘 모셔라."

군인들이 그물에 묶인 채로 효심을 쌍두마차에 싣더니 검정 천으로 마차를 덮어버렸다. 읍성 안에 근무하던 농민군의 첩자 진학이가 진원에게 와서 귀띔을 해주었다.

"수리장군이 마차에 실려 천화령(석남재 : 가지산터널, 석남터널)을 넘는데, 청도를 지나서 개경으로 갈 것 같아요."

"왜? 그 험한 석남재를 넘느냐?"

"아마 농민군의 눈을 속이는 것 같소."

동경놈 코는 코도 아니다

어목진 사건이 발생한 그 이튿날 밤이었다. 효심이 호롱불을 끈 지가 벌써 오래 되었다. 그런데, 벽장 쪽에 흰옷을 맑게 차려입은 농부 한 사람이 나타났다. 사십대 후반으로 보이는 그 농부는 효심에게 말을 걸었다.

"당신은 누구신데 내방에서 이리 천연스럽게 누워 있소? 사정은 있는 모양인데 좀 심하지 않소이까?"

효심이 벌떡 일어나 미안한 심정을 전달하였다.

"주인장, 미안하오. 몸이 회복되는 대로 곧 떠나겠으니 너무 원망 마시오."

"그렇군요. 몸조리 잘 하시오. 보통 사람들은 내가 이런 모습으로 나타나면 까물어치는데 손님은 정말 담대하오."

"주인장이 올봄에 돌아가셨는데 왜 돌아가시었는지 그 원인을 몰라, 아주머님께서 아주 십십해 하시던데 그 사유라도 들려주면 안 되겠오? 지가 주제넘게 이 집안일에 끼어들어 죄송합니다만…"

"손님과 나도 인연이 있기에 이리 한방을 쓰는 일이 생겼지요. 말을 못할 까닭도 없겠지만 집 사람에게는 남새시러봐서 차마 이야기를 못 하고 죽고 말았다오. 손님께서도 마누라에게는 결코 말하지 마시오. 가난한 나에게 시집 와서 수십 년 동안 고생하면서 살았는데 내가 배신을 한 것이지요. 나도 내 혼자 끙끙 앓을 것이 아니라 누군가에게 다 털어놓고 나면 속이 후련해지리라 믿소."

"사나이 대 사나이로서 비밀을 지키겠오."

"이야기가 긴데 천천히 들어주시오. 마침 천지가 적막강산이고 여수마을 골짜기 위에는 먹구름 날고 바람소리 우니, 과거 이야기하기에는 분위기가 딱 좋네요."

효심이 들은 그의 죽은 사유를 효심의 입장에서 얘기를 하자면 다음과 같았다.

「삼년 전 봄날, 이집 주인은 관절염을 치료하러 동경(경주)에 갔다. 의원에게 볼 일을 보고 난 뒤, 근처 주막의 아래층 방에서 하룻밤 자고 가려고 누웠다.

그는 이층에 올라가 한참동안 무르익은 봄날 밤의 정경을 구경한 뒤에 아래층으로 내려오려는데, 희미하게 불 켜진 방에서 남녀의 이상하고도 가녀린 신음소리가 귀속을 간질였다. 그는 불이 켜진 방으로 다리를 끌면서 다가갔다. 그는 호기심으로 창호지에 침을 발라 구멍을 내고 눈을 그 구멍에 갖다 대었다.

방안의 희미한 황촉불 아래에서 두 남녀가 벌거벗고 방사를 시작하고 있었던 것이다. 남녀 모두 희디흰 살결인 것으로 미루어 보아 귀한 신분인 것 같았다. 여자는 지그시 눈을 감고 길고 치렁치렁한 흑발을 침상 아래로 내려두고, 얼굴은 천장을 향하도록 침상에 누워 있었다. 남자는 건장한 체격으로 근육이 불끈불끈 솟은 것으로 보아 무인인 듯 싶었다.

여자의 큰 젖가슴은 윤기 나는 빛깔을 하고 있었고 젖꼭지는 검고 부풀대로 부풀어 아름다웠고 환상적이었다. 여자가 미끈한 두 다리를 쩍 벌리고 누웠는데, 남자는 양다리 사이의 거웃에 이마를 가져다 대고 여자의 서이[鼠耳(쥐의 귀), 음핵]를 혀를 날름거리면서 핥고 있었다. 그는 양손으로 여자의 희고 큰 엉덩이를 받쳐 들고 있었다. 남자는 마치 굶주린 개가 개밥그릇을 핥듯이 여자의 서이를 급속하게 핥아대었다. 그에 따라 여자는 얼굴을 찡그리기도 하고 엉덩이를 아래위로 내렸다 올렸다 하면서 요분질을 하였고, 코와 입에서는 쾌감을 못 견뎌 간헐적으로 신음소리를 내뿜고 있었다.

"아이~ 너무 좋아."

"아~아, 여보 미칠 것 같네요."

두 남녀가 흥분의 절정으로 치닫는 그 때에 농부의 아랫도리도 끈적끈적 해왔다. 농부는 현기증을 느끼면서 쓰러질 것 같아, 겨우 정신을 가다듬고 다리를 이끌고 계단을 급히 내려왔다. 농부는 자기 방에 와서는 무릎의 고통도 잊고, 오직 윗방의 그 환상적인 장면이 뇌리에서 지워지지 않고 더욱 또렷이 눈에 떠올라 잠을 제대로 못 이루었다.

새벽녘에 잠시 눈을 붙였다가 깨어나니 벌써 해가 중천에 떠 있었다. 그는 서둘러 관도로 나가 역마차에 올라탔다. 다음 역에서 손님을 태우는데, 간밤에 주막 이층에서 격렬하게 방사를 벌이던 그 젊고 예쁜 여인이 탔다. 농부는 또 간밤의 환상에 사로잡혀 정신이 몽롱해왔다. 너무나 멀게만 느껴졌던 그 여인이 바로 눈앞에 서 있었다. 그는 그녀를 힐끗힐끗 바라보며 음탐한 욕정을 삭이고 있는데, 그 여인이 그의 자리 앞에 다가와 자기에게 말을 걸어왔다.

"아저씨, 지가 임신을 했는데 자리 좀 양보하여 주실 수가 없겠습니까?" 라고 나긋나긋하게 말을 걸어왔다. 농부는 꿈인가 생시인가 종잡을 수가 없어 벌떡 일어나면서

"앉으소." 라고 대답하고는 자리에서 일어났다.

여인은 고맙다는 말도 않고 자리에 앉았다. 사랑스런 그녀는 하품을 하고는, 눈동자에 안개가 낀 듯 요염한 표정을 짓더니 고개를 숙이고 졸기 시작하였다. 농부는 그 여인의 배를 아무리 쳐다보아도 임신한 배가 아니었다. 순간 농부는 골이 확 치밀어 올라 자제를 못하고 성난 음성으로 거칠게 따졌다.

"낭자! 앞배도 부르지 않은 것 같은데 언제 임신했어요?"

농부의 큰 소리에 놀라 정신이 번쩍 든 여인이

"간밤에! 임신했어요! 왜요? 촌 농부가 정말 별꼴이야. 여인네에게 까닭도 없이 화를 다 내고. 저런 남정네가 고생하는 아내를 괴롭히거든. 잘

해주지도 못하면서. 쳇!"

 농부는 오른손을 들어 여인의 볼을 후려치려다가 간신히 손을 내렸다. 마차에 탄 십여 명의 손님들이 둘을 뚫어지게 바라보았기 때문이었다. 농부는 분을 삭이면서 지리(의곡)역까지 왔다. 아무런 일도 없었다는 듯이 자던 그 문제의 여인이 깨어나 지리역에서 마차를 내렸다. 그녀는 어디 절로 불공드리러 간다는 말을 같은 역에서 탄 옆의 친우에게 하고는, 남쪽의 헌양현 방면으로 걸어갔다. 비단옷을 아름답게 휘감은 여인의 몸은 풍성했다. 남녘으로 봄길을 걸어가는 그 여인의 뒷모습은, 풍만한 둔부와 그 아래를 충실하게 떠받치고 있는 두 허벅지가 길고도 아름다워 선정적이었다.

 다리만 성하다면 저 여인을 따라가서 해가 질 때까지 지켜봤으면 하는 유혹감에서 헤어날 수가 없었다. 마차에서의 저 여인의 무례하고 방자한 행동거지에 대한 분한 감정은 벌써 봄날 눈 녹듯이 사라져 버렸다.

 마차는 서쪽의 매전역으로 달리는데, 농부의 눈에는 춤을 추듯이 길을 사뿐사뿐 걷는 사랑스런 여인의 뒷모습이 자꾸만 멀어져 가는 것이 안타깝기만 하였다. 여인이 걷는 큰길 위에는 종달새가 공중 높이에서 지저귀고 있었고, 아지랑이가 따스하고 곱게 피어오르고 있어 마치 꿈속 같은 세상을 연출하고 있었다. 동남풍에 그녀의 비단치마와 흑발의 치렁치렁한 머릿결이 농부가 탄 마차가 있는 북쪽으로 휘날리고 있었다. 그는 머리를 세차게 흔들며 저 여인으로 인한 악몽에서 벗어나고자 발싸심을 하였다.

 "여인이여! 여인이여! 내 영혼을 앗아간 여인이여! 그대는 정녕 내 영혼을 감금하고 결국에는 내 육체마저 시들게 하리라. 그러나, 후회는 않으리라. 간밤과 오늘은 생시에 아름다운 꿈길을 그대와 같이 거닐었으니, 내 여한이 없도다." 라고 울부짖듯이 외치면서 양손가락으로 깍지를

끼고는 상체를 부르르 떨었다. 옆좌석에 앉아 있던 승객들이 멀쩡한 농부가 혼자서

'여인, 육체, 영혼, 정녕, 감금, 꿈길, 그대, 여한'

같은 시구에나 나올 법한 말들을 유창하고도 크게 외쳐대니, 어안이 벙벙해 농부의 얼굴을 뚫어지게 쳐다보았다. 농부는 괴로워

"뭣들 쳐다보고 있어요! 나는 괴로워 미쳐버리고 말겠는데. 아이구!"

라고 벌컥 화를 내었다. 그들은 농부에게서 자신들의 얼굴을 외면하면서,

'저 농부가 지리역에서 내린 그 아름다운 여자와 필시 무슨 관계가 있는 것 같긴 한데…' 라고 막연한 추측만 하면서 고개를 갸우뚱하였다.

집에 온 농부는 뒷산에 가서 물거리를 한 짐 해온 아내가 저녁을 차려 주기에 맛있게 먹었다. 밤이 깊어지자 그는 곤히 잠자는 아내 곁으로 다가갔다. 아내의 삼베 서고리를 풀어 헤치고 허리띠를 풀어도, 그녀는 알아차리지 못 하고 젖가슴만 숨 쉬는 데 따라 오르락내리락 하였다. 드디어 삼베 속곳을 벗겼다. 그래도 아내는 계속 잠을 잤다.

남정네는 간밤의 그 충격적 장면이 너무나 또렷해 아내의 두 다리를 양옆으로 쫙 벌렸다. 조심스레 혀를 쭉 뻗어서 마누라의 거웃 밑의 옥문에 갖다 대었다. 간밤의 무사처럼 농부는 두 손으로 마누라의 큼지막한 두 엉덩짝을 떠받치고 있었다. 그가 혀를 마누라의 옥문에 접속시키자마자, 순간 비릿하고 콤콤한 생선 상한 역겨운 냄새가 코 속을 확 찔러왔다. 그는 자신도 모르게

"왝!" 하면서 크게 구역질을 하였다. 그때서야 아내가 잠에서 깨어나 희한한 남편의 짓거리를 알아차리고 외쳤다.

"지호 아부지! 와 전에 안 하던 짓을 하능교? 경주에 갔다 오더니 정신이 제정신이 아닌 것 같으네." 하면서 상체를 벌떡 일으켜 기분이 나쁜

표정으로 남편을 째려보았다. 창호지를 통과한 달빛이 다투는 부부를 희미하게 비추고 있었다. 남정네는 문을 박차고 마당으로 나왔다.

"에잇 시바! 동경 놈 코는 코도 아니다." 라고 꽥 소리를 쳤다. 급작스런 절망감에서 마음 기댈 곳을 못 찾아 비틀거리면서 허공에 뜬 달을 쳐다보면서 허허롭게 웃고야 말았다.

아내에게 목간을 시키고 동경 연놈들의 하는 짓을 흉내 내야하는 것인데. 흉내내기를 완전히 실패한 경우였다.

그 후로 그는 동경의 그날 밤 광경을 머릿속에서 떨쳐버릴 수가 없었다. 그는 산에서 땔나무를 할 때나 소를 몰아 논을 갈 때나 밥을 먹을 때나 길을 걸을 때나 항시 말이 없었다. 마누라는 그런 남편의 속마음을 알기 위해서, 여러 번 달래어 물어 보았으나 그는 일체 말을 하지 않았다. 그는 이렇게 삼 년을 시름시름 앓다가 관절염을 고치지도 못하고, 자기가 거처하는 방 천장의 대들보에다 목을 매어 죽었다.

죽기 전에 그도 자신이 관절염 때문에 건강이 좋지 않은지, 아니면 동경의 그 여인 때문에 심적으로 병을 앓는 것인지에 대해 명백한 결과를 알지도 못하고, 옥산촌 산하에서 서성이다가 세상을 떠난 것이었다. 그냥 떠난 것이 아니고 자기가 거처하는 방에서 천장의 대들보에다 목을 매어 죽었다. 이런 사정을 사람들이 알았다면

'지호 아버지는 경주 여자에 대한 상사병 때문에 죽었다.' 라고 소문을 아주 더럽게 내었을 것이다."

주인장이 이야기를 다 마치자 벌써 닭 우는 소리가 들렸다. 그는 말했다.
"손님, 몸조리 잘 하여 떠나시오. 나는 이제 갈 시간이오."
"주인장, 그건 바람피운 것도 아니고 속으로 꽁꽁 앓다가 죽은 것이니 너무 억울하고도 어리석은 일이네요. 아주머니가 알면 얼마나 섭섭해하겠오?"

"그러니, 내가 저승에 온 것을 후회하고 남새시럽다고 하지 않소. 내가 못난 인간이지요. 차마 후회스럽지만 손님 앞에서 목 놓아 울지는 못하겠오."

"주인장, 한 가지만 더 물어보겠소. 왜 죽은 사람들은 닭소리와 햇빛을 싫어합니까? 살아있는 사람들은 그것을 좋아하는데요."

"사자들은 캄캄하고 조용한 땅속의 습한 곳에 누워 있는 것이 제 자리가 아니겠는지요? 닭소리가 나고 햇빛이 비치는 밝은 곳에 다니는 것은 세상이치를 그르치는 것이지요. 아마 그래서 죽은 사람들은 소리와 빛을 피하여 도망가듯이 사라지는 것 같아요. 손님도 멀지 않아 나처럼 경험하게 되겠지요."

"말씀을 듣고 보니 알만하군요. 선배님, 저승에서 행복하게 사시오. 나도 곧 갈 테니 그때 또 인연되면 만나서 밀린 얘기들을 합시다."

주인상의 환영이 사라지자, 동이 트는시 장호지에 희끄무레한 여명이 스며들었다.

효심농민군의 전략가 김정열의 참수

횃불과 번쩍이는 청룡언월도를 든 장사가 말을 타고, 헌양읍성 서쪽에 있는 낮은 언덕배기를 이용하여 성벽 위로 날아올랐다. 성벽 위에서 군인들이 그 장사를 향해 수십 개의 화살을 날렸다. 인마가 날아오는데 그 장사가 귀가 찢어질 정도로 호통을 쳤다.

"이놈! 박재구 당장 목을 내놓아라!"

성벽 위에서 그것을 바라보던 수비병들이 날아오는 말의 발길질에 차여 비명을 지르면서 성벽 아래로 떨어졌다. 다른 군인들은 혼비백산하여 성벽 위에 꽈당! 소리를 내면서 쓰러져버렸다.

"아이고! 인마가 공중을 날아오네."

"에구구! 저것이 귀신이 아닌가?"

"박재구! 내 칼을 받아라!"

어둠 속에 날아온 대마와 침입자는 서쪽 성벽의 바로 안쪽에

"철커덕!" 하는 굉음과 같이 떨어졌다. 말이 읍성 마당의 가운데로 갔고 도적의 소리가 천둥이 치듯 크게 울렸다. 이 침입자는 바로 며칠 전에 자신과 스승의 가족을 감무에게 빼앗긴 효심이었다.

"박재구! 싸기 나와서 목을 뻗어라!"

그때 벌써 침입자들이 횃불을 쳐들고 읍성 남문인 영화문 앞에서 수비군들과 격전을 벌이고 있었다. 사생결단으로 침입하는 효심의 부하들에게 관군들은 제대로 싸워보지도 못하고 도망치기 시작하였다. 이때 성문 안에 있던 진학이 성문을 활짝 열었다. 횃불을 든 농민군이 주르르 성문 안으로 몰려 들어갔다.

현군들은 모두 숨어버리고 한 명도 보이지 않았다. 수리장군이 골이 정수리까지 올랐는지 읍성 안이 메아리 칠 정도로 고함을 질렀다.

"박재구를 죽여야 하는데 어디 숨고 나오지 않나?"

횃불을 든 농민군들이 감옥으로 몰려가 파옥을 하고서 수리장군의 가족과 김정열 훈장의 부인을 구했다.

수리장군 등은 어목진나루사건 사흘째 되는 날 새벽에 이천서당에 당도하였다. 총괄장군과 문서작성관리관의 얼굴색이 흙빛이 되어 보고하였다.

"아레께 한밤중에 감무가 직접 군인 이백여 명을 끌고 와서 훈장님 내외와 장군님 가족을 모두 잡아갔습니다. 장군님, 면목이 없습니다."

"그래? 읍성 옥에 갇혀 있는가?"

"예. 훈장님은 어제 석양에 남천 거랑에서 현민들이 지켜보는 가운데

참수를 당했답니다. 우리가 멀찌감치서 지켜보았습니다."

"뭐라고? 참수!"

"예."

수리장군의 인상이 찌푸려지면서 마치 넋이 나간 표정으로 이리저리 왔다 갔다 하다가, 골을 참지 못하고 버럭 고함을 질렀다.

"자네들은 손을 묶어 두었단 말인가? 가만히 당하기만 하고. 에잇! 머저리 같은 놈들아!"

누군가가 말했다.

"진학이가 전하는 바에 의하면, 배냇골 녹이라는 청년이 장군님이 압송 당할 때, 감무에게 우리가 반란군을 양성하고 있다는 등의 모든 것을 고해 바쳤답니다. 그때 농민군의 지도자가 사실은 김 훈장님이라고 했답니다."

"뭣! 녹이라고?"

"옛!"

"이놈의 새끼! 아직도 정신을 못 차리고 미련을 가지고 있는구나. 당장 녹이 그놈부터 죽여버려야지 가자!"

그는 녹이 집에 가서 녹이가 삽작문 밖으로 나오는 대로 목을 쳐 날렸다. 그의 노모는 효심에게 온갖 욕설을 퍼부으면서 피가 철철 흐르는 아들의 목을 안고서 땅을 치면서 통곡하였다. 녹이는 효심의 처 복순과 소꿉친구였다. 그는 몇 년 전 복순이가 모내기를 하고 알몸으로 마당 우물가에서 목욕을 하는데 덮쳤다가, 효심에게 코피가 나도록 귀싸대기를 맞은 적이 있었다.

김정열 훈장의 절명시

헌양읍성의 서남쪽 신불산에 해가 지려고 노을이 붉고도 아름다웠다. 그때가 효심이 여수촌에서 몸을 회복하고 배냇골로 돌아오기 하루 전이었다. 헌양 남천거랑 갱분에 김정열 훈장이 봉두난발을 하고 전신이 오랏줄에 묶인 상태로 꿇어앉아 있었다. 그는 모든 것을 체념한 듯 눈을 지그시 감고 있었다.

그의 목을 치려는 망나니가 긴 칼로 김 훈장 주변을 빙빙 돌면서 한동안 칼춤을 추었다. 이것을 보려고 헌양 현민 수백 명이 형장을 둥글게 둘러싸고 숨을 죽이면서 안타까운 표정을 하고 서 있었다. 망나니가 바가지로 옆의 막걸리 한 잔을 쭉 마시더니 술을 그가 쥐고 있는 번쩍이는 칼에다 쭉 뱉었다. 그것을 지켜보던 감무가 죄인에게 물었다.

"죄인은 마지막으로 할 말이 없는가?"

그러자, 훈장이 제법 큰소리로 말했다.

"법성(김사미)과 효심의 신라부흥운동은 계속될 것이다. 마지막으로 시를 한 수 남기겠다. 지필묵을 가져오너라."

그는 종이에 붓글씨를 써내려가면서 그것을 그대로 읽었다.

"형장의 북소리는 내 목숨을 재촉하는데(擊鼓催人命),

머리를 돌려보니 해는 서산으로 넘어가려고 하는구나(回頭日欲斜).

황천 가는 길에는 주막도 없다던데(黃泉無客店),

오늘밤에는 어느 집에서 자고 갈꼬(今夜宿誰家)."[36]

이천서당에 온 김 훈장의 아내 박씨 부인은 남편의 참수 소식을 듣고는 기절하여 누워버렸다. 부뜰이가 김 훈장이 남긴 시가 적힌 종이를 가져왔는데, 김진원이 읽어가자, 농민군 간부들의 눈에서는 눈물이 하염없이 쏟아져 거칠 줄을 몰랐다.

제9부 / 운문·초심농민군 드디어 주·현을 공격함

운문농민군 호사대 선발대회

극기용 '숯불 위 달리기' 시합

"아리령! 신라부흥!"

"아리령! 신라부흥!"

임자년 구월 초하루 날 오전 운문사 입구의 신원천 훈련장에서는, 농민군들이 미친 듯 기합소리를 지르면서 번개같이 빨리 뛰었다. 숯불 위 달리기가 끝이 나자, 곧바로 몸 전체를 붕 띄우더니 무쇠주먹으로 석판(石板)의 한가운데를 힘껏 내리치면서

"이얏!" 하는 기합소리를 목이 터져라 외쳤다. 석판도 농민군의 치솟는 용력에

"쩍!" 하는 소리를 내면서 갈라졌다. 농민군들은 벌써 반년 정도 주먹으로 두꺼운 송판격파와 석판격파를 연습해오고 있었다. 푸른 깃발을 쥐고 있던 감독교관들이 석판이 격파되는 것을 보고는 깃발을 공중 높이 쳐들면서 외쳤다.

"합격! 잘 했어!"

"합격! 축하해!"

그 뒤에는 서른 명씩 세 줄로 늘어선 농민군들이 눈에 열기를 뿜어대면서, 각기 공중으로 풀쩍풀쩍 뛰거나 양팔을 좌우로 휘두르면서 몸을 풀고 있었다. 훈련장 삼백삼십 자(약 100m) 거리 중에 백예순다섯 자의 거리에는 세 개의 불이 붙고 있는 둥근 테가 세워져 있었고, 나머지 절반의 거리(약 50m)에는 이글거리는 숯불이 깔려 있었다. 숯불이 끝나는 지점에는 양쪽 아래에 바위가 깔렸고, 그 사이에는 송판 같이 생긴 넓은 석판이 놓여 있었다. 이런 시험장이 옆으로 나란히 세 개나 설치되어 있었다.

처음 이 호사대(護寺隊) 선발대회가 시작될 때, 손무열 교관의 설명을 들으면서 군인들은 아주 긴장된 얼굴들이었다. 숯불의 불기가 조금 사위어지자 준비하는 사람들이 계속 불이 시뻘건 숯을 지속적으로 보충하였기 때문이었다. 세 곳의 시합장소에 각 장마다 서른 명 정도의 군인들이 줄을 서서 기다리고 있었다. 역시 손 교관이 세 줄의 한 병사씩 뛰어나갈 때마다 시작을 알리는 징을 힘차게 쳤다.

"찡!"
"찡!"
"찡!"

세 줄의 각 세 명의 농민군이 불테쪽으로 달려가다가, 적당한 거리에서 몸을 붕 띄우면서 발을 테두리 가운데의 허공을 차면서 내밀었다. 첫 번째 불테를 통과하자, 자신감이 붙은 듯 두 번째 불테를 통과하였고 세 번째 불테를 통과하였다. 다음에는 시뻘건 숯불 위에다 겁도 없이 죽을 각오로 맨발을 내디뎠다. 얼굴을 조금 찡그리더니 목이 찢어져라 기합소리를 내질렀다.

"아리령! 신라부흥!"
"아리령! 신라부흥!"

연이어 다음 번째 농민군도 앞의 군인들이 성공하자 용기를 내어 그

시험과정을 통과하였다. 그러나, 얼마 가지 않아 시험과정에 실패하는 군인들이 나타났다. 불테를 잘 통과한 군인이 이글거리는 시뻘건 숯불에 맨발로 뛰어들려니 순간적으로 겁이 났는지 숯불과정을 휙 우회하여 달려가서 석판을 쳐서 쪼개버렸다. 그것을 본 손 교관이 큰소리로 외쳤다.

"말수! 불합격!"

"태철이! 불합격!"

'숯불 위 달리기' 시합장에서는 곧 숯불을 피하는 군인들, 불테를 넘다가 테에 걸리어 머리를 땅에 처박는 군인들, 석판을 내려치다가 돌이 깨어지지 않자 손이 아파서 쩔쩔 매는 군인들 가지각색이었다. 결과적으로 숯불 위 달리기 시험에 실패한 군인이 오십여 명 이었고, 성공한 군인이 스무 명 남짓 되었다.

이 '숯불 위 달리기'라는 극기시험장 주변에도, 삼백여 명의 농민군들이 모여 각자 여러 종류의 시합에 열중하고 있었다. 여기에는 청도현과 풍각현의 열여 개 사찰의 교관과 향도 및 무예가 출중한 군인들이 다 모였다. 군인들의 짧고 날카로운 기합소리가 들판에 울려 퍼졌다. 일부는 말을 타고 달리면서 세워져 있는 짚단을 장검으로 쳐 날렸다. 또 다른 편에서는 말을 타고 달리면서 거랑가에 세워져 있는 다섯 개의 송판에다 화살을 쏘아 꽂았다. 또 한편에서는 웃통을 벗은 건장한 군인들이 수박희를 하노라 기합을 지르고 있었다. 훈련장의 사방에는 청색바탕에 호랑이가 그려진 커다란 깃발이 여러 곳에 꽂혀 있었다. 그 깃발에는 「운문농민군 운문국사, 아리령, 신라부흥」 이라고 적혀 있었다.

이윽고 짧은 가을 해가 운문산 정상에서 붉은 노을빛을 발하게 되었다. 훈련장의 높은 바위 위에서 운문국사가 군인들을 격려하는 연설을 시작하였다. 그 뒤에는 운문・효심농민군의 두 군대 간부들이 횡렬로 나란히 서 있었다.

"운문농민군 여러분! 오늘은 우리가 지난 봄날부터 여름날까지 죽자고 훈련한 결과를 시험하는 동시에, 우리군의 특별군대인 호사대(護寺隊)와 호사대원들을 선발하기 위해 하루 종일 애를 썼습니다. 오전에는 우리 절집 일주능선을 달리는 주력시험을 거쳤지요. 여러분! 각종 무술시험에서 열심히 하여 고맙기 그지없습니다. 우리는 임자년 구월 초하루인 오늘을 우리군의 창군일로 정하겠습니다. 의미심장한 날이니까 잘 기억해야겠지요.

이 자리에는 우리와 형제맹약을 한 배냇골의 효심농민군 간부들도 참관을 했습니다. 여러분! 수리장군과 그 부장들에게 감사의 박수를 보냅시다."

장내가 환영의 박수로 시끌벅적했다.

"수리장군! 만세!"

"효심농민군! 만세!"

배냇골 간부들도 고개를 숙여 감사를 표시했다. 이때 어떤 군인 하나가 손을 들어 질문을 하였다.

"운문국사님요! 아리령이 대체 무슨 소리요?"

이에 문수보살 구본석이 나서서 설명을 해주었다.

"아리령은 우리 절집의 사적기(寺蹟記)에도 나옵니다. 우리가 아리령을 넘어가면 전륜성왕(轉輪聖王)이 지배하는 이상세계가 나옵니다. 우리가 지향하는 신라부흥도 이런 이상세계여야 합니다. 그리하여, 그것을 우리 군의 구호로 정했습니다."

수리장군이 격려의 말씀을 끝낸 운문국사에게 다가가서 물었다.

"형님, 와 호사대라 하고 각기 여덟 명의 호사대장조에 각기 여덟 명씩의 호사대를 둡니까?"

"아우, 우리는 어디까지나 불문의 군대이자 절집을 방어하는 특수군대들이니까 호사대라고 이름 붙였다. 그리고, 불자들의 여덟 가지 실천수행의 덕목인 팔정도(八正道)가 중요하지. 그래서, 그것을 상징하는 숫자인 팔 명으로 하였다네."

"역시 스님 형님은 무슨 일이든 다 이유가 분명히 있군요."

얼마 뒤에 운문국사가 오늘 선발된 호사대장과 호사대원에게 임명장을 수여하였다. 호사대장으로 선발된 사람들은 동경 교관 손무열, 대적사 교관 손종익, 윤종관 장사, 풍각현의 장사 기찬 장사와 서역사, 적천사 교관 팽지랄, 운문사 교관 함만우, 봉림사(신둔사) 향도 고정철 등 총 여덟 명이었다. 임명장이 수여되고 난 뒤, 신원천 갱분에서 오늘의 무술시합과 호사대 선발을 축하하는 주연이 열렸다.

운문사에서 하룻밤 자고, 이튿날 배냇골로 돌아온 수리장군과 총괄장군 등은 구월 초사흘 날에 운문농민군과 똑같은 극기시험 '숯불 위 달리기'를 시행하였다. 이 날 배불뚝이 결사대장이 대장직을 잃고 그 대신 김대성 문서관리작성관이 작은 체구에도 불구하고 결사대장으로 선발되었다.

임자년 겨울 난장판이 된 구휼죽 배급소

"이 새끼가 죽으려고 환장을 했나?"

헌양읍성 앞에서 구휼죽을 나누어주던 군인이 어떤 현민이 품안에 감추고 왔던 바가지로 죽을 한 바가지 더 뜨자, 나무방망이로 죽을 타던 그 사내의 등판을 힘껏 내리쳤던 것이다. 맞은 사내가 얼굴을 찡그리면서

"아~욱!" 하면서 두 무릎을 땅바닥에 꿇었다. 동시에 그 사내의 박 바가지의 죽이 땅에 쏟아졌다. 그때 옆에 있던 비쩍 마른 아이 하나가 잽싸게 땅의 죽을 손으로 떠서는 입으로 가져갔다. 남정네 몇이서 죽이 묻은 바가지를 서로 차지하려고 싸우다가 바가지가 박살이 나버렸다. 그러자,

방망이를 든 군인들이 외쳤다.

"이 자식들! 줄 안 설래? 안 설거야!"

바가지를 박살낸 사내들이 죽 묻은 바가지를 차지하려고 다투고 있는데, 방망이를 든 군인들이 그 사내들을 두들겨 팼다. 방망이 맞은 사내들이 뿔이 나서 이번에는 죽을 각오로 군인들과 맞붙어 싸우기 시작하였다. 죽을 퍼고 줄을 관리하던 군인들이, 죽솥을 떠나서 싸움터로 가버렸다.

이때를 틈타서 줄을 서 있던 사람들이 죽솥으로 몰려들어 수십 개의 바가지를 죽솥에다 들이밀었다. 눈이 오고 있는데, 죽솥 안으로 사람들의 손이 빠지고 머리가 처박히고 난장판이 되었다. 허연 죽이 사람들 머리와 얼굴과 옷에 묻어서 사방이 온통 죽판이 되어버렸다. 굶주린 사람들이 옷과 머리와 얼굴에 묻은 죽을 손으로 떼어서 먹기 시작하였다. 빈민들이 죽솥에 몰려들어 다투는 난장판에 죽솥이 뒤집혀서 죽이 모래땅에 쏟아졌다. 여러 말이나 되는 죽이 쏟아지자, 사람들이 몰려들어 죽 위에 드러눕는 등 엉망진창이 되어버렸다.

싸우던 군인들이 다시 죽솥이 엎어진 곳으로 되돌아 와서 죽 위에 올라선 사람들을 방망이로 마구잡이로 두들겨 패면서 외쳤다.

"이 새끼들! 어서 안 나와! 불쌍해서 죽을 나누는데 이게 뭣꼬? 개자석들 다 죽여버려야겠다."

죽 위에 올라서서 두 손으로 죽을 퍼서 입으로 넣던 한 사내가, 군인들의 방망이를 맞자 발악을 하면서 외쳤다.

"군인이면 다가! 와 사람들을 개 패듯이 패노?"

"뭐라고 배고픈 너희 놈들 살리려고 진휼을 하는데. 죽어봐라! 이놈들아!"

엎어진 죽판 위로 사람들이 몰려들어 손으로 죽을 쥐어서 먹고 있는데, 그 사이에 끼어 있던 허리가 꼬부라진 노파들과 겨우 걷던 어린 아이들이 장정들에게 밟혀서 몇 명이 죽고 말았다. 이런 일은 비단 헌양현뿐만 아니라 다른 군현의 관아 앞에서도 벌어졌다. 차마 눈뜨고 볼 수 없는 생지옥의 한 단면이었다.

움직일 힘이 있는 자들은 배가 고파 무리를 지어 양식을 가진 자들을 벌건 대낮에 죽였고, 얼마 안 되는 양식을 빼앗아 가서 가족들과 굶주린 배를 채웠다. 굶주리다 못한 부모들은 젊고 예쁜 처녀 딸을 강제로 돈 많은 호족이나 지주와 향리들의 첩실로 들여보내어, 쌀 몇 말을 얻어먹고 죽음보다 흉악한 계절을 버티고 있었다. 이런 상황에서 역사급의 장사들은 남의 재산을 강제로 빼앗는 화적패의 두목이 되는 길 외에는 별다른 방법이 없었다. 마을 골목길에는 소고 닭이고 돼지고 고양이고 짐승이란 짐승은 구경을 할 수가 없었다. 마을 남정네들은 미친개를 몽둥이로 잡아서 가마솥에 삶아 먹었다. 굶주리다 미쳐버린 어린애들과 여자들이 미친 들개들과 마찬가지로 대처를 방황하고 있었다. 못 죽어 살아가는 농민들에게 전염병이 창궐하듯 나도는 괴소문이 있었다. 그 괴소문의 진원지는 용하다는 무당들이었다.

'내년 봄에 경상도에 크나큰 폭동이 일어나 관군들이 백성들을 수도 없이 죽이는 재앙이 발생할 것이다.'

이런 상황에서 농민반란을 겁낸 동경유수 서학수는 얼마 남지 않은 관곡을 방출하기 시작하였다. 그는 관할 수령들에게 관곡마저 못 빌리는 기민들을 위하여 구휼죽이라도 끓여서 나누어 주라고 명령했다.

하얀 눈발이 조금씩 흩뿌리는 동짓달 하순 어느 날, 헌양읍성 앞의 남천거랑 바닥에서 감무가 진휼(賑恤, 흉년에 곤궁한 사람을 도와주는 일)을 한다고 큰 가마솥을 걸어두고 송기(松肌, 소나무의 속 피질)와 보릿가루가 섞인 죽을 끓여서 행인들에게 나누어 주고 있었던 것이다.

농민군 동경유수군의 겨울철 기습을 격퇴

농민군 반란계획을 밀고 받은 동경유수의 대책

임자년 섣달 초하룻날 한밤중, 동경유수 서학수의 방에 어떤 낯선 사내 한명이 안내되어 들어왔다. 북풍이 귀를 얼게 할 만큼 매섭게 불고 있었다. 그 사내를 안내하여 들어온 속관(屬官)은 진영복(秦榮福) 사록참군사(司錄參軍事)였다. 서 유수의 큼직한 목소리가 밖으로 흘러나왔다.

"아니, 그 자는 누구인데 이런 야심한 밤중에 내방으로 데리고 왔느냐?"

"헌양현 배냇골에서 온 김민구란 사람인데 아주 중요한 정보가 있답니다."

"그래? 들어보자꾸나. 그기에 앉게나."

"유수님, 배냇골의 효심이란 자와 운문고을의 승려 법성(김사미)이 합세하여, 벌써 일 년 이상 수천 유민들을 훈련시켜 반란을 획책하고 있습니다."

"뭐, 반란이라고? 수천 유민들이라구?"

"예, 확실합니다. 지도 배냇골에서 군사훈련을 받다가 왔으니까요."

두 관리는 농민군 반란정보를 밀고하는 그의 언행과 얼굴을 찬찬히 뜯어보았다. 얼굴이 해풍에 그을린 듯 검고 개기름이 흘렀으며, 눈이 뱁새눈 같이 작았고 눈동자에는 교활함이 짙게 배어 있었다. 두 관리는 훤히 짐작하였다.

'이 놈이 반란군에서 큰 죄를 짓고, 주인을 밀고한 뒤 자신의 영달을 바라는 것이구나. 이번 일이 끝나면 멀리 귀양을 보내야 할 것이다.'

한편, 유수의 방 앞뒤와 좌우에는 각각 한명씩 네 명의 날랜 군사들이 한밤중에도 교대로 지키고 있었다. 오늘밤 삼경에 유수의 방 뒤를 지키는 사람은 건천촌의 설태진이란 이십대의 군사였다. 앞문을 지키던 박창기가 습관처럼 뒷문쪽으로 가보았더니, 설 군사가 장검을 찬 채 뒷문에 바짝 기대어 졸고 있었다. 박 군사가 그에게 살며시 다가가 귀에 대고 속삭이듯 물었다.

"설태진, 오늘 와 평소와 다르게 뒷문에 붙어서 졸고 있는고?"

"아앗! 날씨가 너무 차가와, 방안의 더운 기라도 덕을 좀 볼까 했는데 깜빡 잠이 들었네."

설 군사는 아무런 일도 없는 척, 슬그머니 방문에서 몇 발자국 물러나 정위치에서 똑바로 서서 근무에 임했다. 그러나, 그의 귀는 방안의 대화에 민감하게 반응하고 있었다. 다시 유수의 큼직한 목소리가 방안에 울려 퍼졌다.

"사록참군사 집 근처에 저 자의 집을 정해주고 감시를 잘 하게나. 곧, 수령들에게 공문을 내어서 두 곳의 도적들을 소탕하여야겠네."

"옛, 분부대로 시행하겠나이다. 유수님."

"정보가 사실이라면 포상금을 주어야지."

설 군사는 김민구가 유수 방을 나가는 것을 알아차리고, 종종걸음으로 유수 방 앞의 마당에 있는 우물로 가서 물을 마시는 척 하였다. 그러면서 당직군인이 든 불빛에 비친 김민구의 얼굴을 정확히 파악하였다.

'저 배신자를 베어버려야지.'

한편, 섣달 초이튿날 삼경 무렵 동경유수 관아 근처의 사록참군사 관사의 담장 밖에는, 복면을 한 네 명의 사나이가 바삐 움직이고 있었다. 한 괴한이 그 관사의 사랑방문을 소리 없이 열면서 나직한 목소리로 말했다.

"여보게, 민구 자는가? 친구가 찾아왔구만."

방안에서 겁에 질린 사내의 질정 없는 소리가 들려왔다.

"뭣! 친구라고. 여보! 속히 불을 켜봐."

그 말이 떨어지기가, 무섭게 두 괴한이 방안에 들어가 김민구의 입에 재갈을 물려 마당으로 끌고 나왔다. 아내가 다급하게 물었다.

"뉘시오?"

"산에서 왔오. 배신자 남편을 잊어버리세요."

그 말을 들은 아내와 아이들이 겁을 먹고 까무러쳐버렸다.

헌양현 동쪽의 문수산과 김신기산(남암산)에 붉은 놀이 비칠 때, 이우헌과 장골이가 김민구를 효심농민군 제1본부에 내려놓았다. 김민구가 무릎을 꿇고 앉아 수리장군에게 두 손을 싹싹 빌면서 용서를 빌고 있었다. 총괄장군이 우대에게 지시했다.

"군인들을 모두 모아라. 참수 장면을 보게 하라."

"옛!"

곧, 군인들이 다 모였다. 수리장군이 화를 못 참아 배신사에게 큰소리로 외쳤다.

"작년에 처음 봤을 때부터 너는 믿음이 안 갔다. 우리 처지가 어떤데, 유민의 과년한 딸을 겁탈하고 후환이 두려워 유수편에 붙었나?"

"장군님, 지발 살려만 주소."

"방퉁! 저 놈을 동쪽 바위절벽(아리랑릿지 · 쓰리랑릿지)으로 끌고 가서 참수하라.

독수리 밥이 되어야 해."

"옛! 거행하겠습니다."

이 광경을 본 효심농민군은 농민군에 대한 배신의 대가가 어떤 것인지를 몸서리치도록 똑똑히 알게 되었다.

한편, 동경유수는 농민군에 대한 염려 때문에, 급히 운문사 · 배냇골과 인접한 고을의 수령들을 유수 관아에 소집하여 농민군에 대한 기습의 방침을 밝혔다. 유수의 지시에 지밀성군사 노정식이 물어보았다.

"유수님, 내년 봄 해동하면 공격해야지 엄동설한에 하면 관군의 피해가 막대할 것입니다. 밀성군 깊은 산속에는 여러 곳에 도적들의 훈련장이 있다는 소문도 돕니다. 결코 소홀히 다룰 일은 아니라고 봅니다."

서 유수는 고집이 센 사람이었다. 그의 신념대로 즉시 행동하는 실천파였다.

"겨울이 도적들을 포위하여 공격하기는 더 좋소. 적들을 둘러싸 공격하고 몇 달을 지키면 굶어서도 항복할 것이요. 도적떼들의 숫자가 더 늘어나기 전에 싹을 잘라버려야 할 것이니 그리 아시오."

청도 감무 전신우가 근심어린 표정으로 말했다.

"유수님, 운문골이고 배냇골이고 작은 마을이 아닙니다. 엄청 넓고도 기나긴 고봉준령을 낀 천혜의 요새지이지요. 저들이 지세를 이용하면 관군이 아무리 많아도 손을 쓸 수가 없습니다. 지리를 잘 몰라서 하시는 말씀인데요."

"관군이 그 따위 오합지졸 도적들에게 겁이 나서 후환을 자꾸 키울 수는 없어요."

하늘같은 유수가 겁이 많은 수령들의 논란에 쐐기를 박아버리자, 모두가 입을 굳게 다물어버렸다.

수령들은 점심 먹을 때 청주를 한잔씩 하였는데 다들 무부들이라 낮술을 좀 과하게 마셨다. 수령들이 붉은 얼굴을 하고서 말 위에 오르며, 서로 인사를 하면서 여러 기밀을 지껄였다. 돌아가는 수령들을 뒷바라지하던 유수관의 호위군사들 가운데 원대발(元大發)이란 자가 있었다. 눈치 빠른 그는 유수군이 언제, 어느 규모로 군대를 움직일 것인가를 다 알아채었다.

동경유수군 지리(의곡)역 참패와 대천 얼음구덩이 몰사

섣달 초이렛날 아침, 경주 단석산 서쪽의 당고개를 넘어 지리(의곡)역으로 진군한 동경유수는 부장들에게 큰소리로 떠들었다. 유수는 그의 직속군인 삼백여 명과 영주(영천), 영덕군, 홍해군, 장기현의 숙련된 지방군인 사백 여명을 이끌고 왔다.

"운문사 일원만 완전히 장악해버리면, 향후 도적들 걱정은 할 필요가 없을 것이다."

그 말에 부장 중의 하나가 의아심을 갖고 응대했다.

"유수님, 도적들이 한 명도 안 보이네요. 저들도 경주의 세작들 말을 듣고 무슨 대비책을 세웠을 것인데, 전혀 그런 낌새가 안 보이네요. 우리가 계략에 말려든 것은 아닐까요?"

"글쎄다. 나도 그런 생각을 해보았네. 오히려 우리를 겁내서 깊은 산중으로 도망쳐버렸겠지."

유수가 말잔등에서 허리를 곧추세우고 뒤돌아보면서, 장검을 높이 쳐들어 독려하였다.

"좌군은 삼거리재를 넘어라! 중군과 우군은 나를 따라 대천으로 직공하라!"

"운문고을의 도적들을 짓밟아 버리자!"

그는 장검을 앞으로 뻗치면서 외쳤다.

"공격하라!"

좌군 우군 중군의 책임자 군관들이 일제히 장검을 앞 서쪽을 가리키면서 목이 터져라 외쳤다.

"공격하라!"

"오합지졸들이다! 겁낼 것 없다."

"선공자에게는 상급이 주어질 것이다. 빨리 공격하라!"

군악대들이 북, 장구, 꽹과리와 징을 정신없이 치고 두들겼다.

"둥! 둥! 둥!"

"찡! 찡! 찡!"

"땅! 따~땅! 땅!"

"깨~에~엥! 깽! 깽!"

관군들이 북쪽의 외칠촌과 남쪽의 일부촌 중간 벌판에서, 유수의 지휘에 따라 질풍노도처럼 서쪽으로 공격할 찰나였다. 동쪽의 단석산과 그 남쪽의 능선에서 세 개의 검붉은 화염기둥이 하늘로 높이 뻗어 올랐다. 그것이 신호인양 저 멀리 남쪽의 문복산과 옹강산, 서쪽의 서지산과 북쪽의 장육산 정상에서 하늘을 온통 뒤덮을 듯한 검붉은 화염기둥이 솟아 올랐다. 유수가 사방의 검붉은 연기를 근심스런 얼굴로 쳐다보더니 옆의 기상달(奇上達) 군사역(軍師役)에게 황급히 물었다.

"군사! 저것이 무엇인가?"

"도적들이 심리전으로 우리를 꺾을 작정입니다."

"그래? 신경 쓸 것 없다. 밀어붙이자."

"알았심더. 공격하라!"

불기둥이 솟아오르는 산봉우리들에서, 갑자기 요란스러운 함성이 아침 하늘을 찢어발겼다.

"달집에 불이야!"

"달집에 불이야!"

"와~아! 공격하라!"

"와~아! 공격하라!"

사방의 산에서 울리는 함성으로 보아 도적들이 수천 명이나 되는 것 같았다. 유수와 부하들이 어리둥절하여 사방을 둘러보고 있는데, 이번에는 숲과 논둑에 숨어 있던 무장한 도적들과 비무장한 노인·어린이·부녀자 수백 명이 벌판의 중앙으로 겁도 없이 악귀처럼 달려들었다. 도적들의 압도적인 숫자와 사기에 겁을 먹은 유수군이 어디로 갈까 우왕좌왕하고 있는데, 도적들이 사정거리에 접어들자 일제히 화살을 날렸다. 그리고, 뒤의 비무장한 부녀자 등은 어깨에 맨 돌주머니에서 주먹만한 돌을 꺼내어 던지기 시작하였다.

동쪽의 윤종관 호사대장은 말을 타고 전진하며 장창으로 달려드는 관군의 가슴팍을 정확히 찔러 쓰러뜨렸다. 서쪽의 운문국사는 장검으로 역시 달려드는 관군의 목을 댕강댕강 쳐 날렸다. 북쪽에서는 손무열 호사대장이 남쪽에서는 김상원 보현보살이 장검으로 적의 목을 쳐 날리기 시작하였다.

"도적놈들아! 내 칼을 받아라!"

"오냐! 그래 좋다! 붙어라!"

"쨍그랑! 휙!"

넓은 벌판의 관군들 사이로 운문국사·김상원·윤종관·손무열 대장이 창검을 휘두르면서 말을 달리자, 관군들이 겁을 먹고 일제히 도망가서 길이 생겼다. 그들이 창검을 휘두르면서 지나간 장소에는, 관군의 목이 논밭에 떨어지고 피바람이 불어 관군의 얼굴과 철릭 등 군복에 유혈이 낭자하였다.

그러나, 용감한 관군 수십 명이 전진하여 농민군에게 대들다가, 목이 날아가거나 칼을 맞고 낙마하여 논밭에 붉은 피를 꾸역꾸역 쏟아내었다. 누런 군복을 입은 관군과 검정 삼베옷과 짐승가죽옷에 '불(佛)'자를 가슴에 단 농민군들이 뒤섞이기 시작하였다. 칼과 칼, 창과 칼, 창과 창 등의 부딪히는 금속성과 기합소리·비명소리가 지리역 분지를 생지옥으로 만들어버렸다. 농민군의 일치단결되고도 용감무쌍한 대전태세에 사기가 꺾인 유수가 다급하게 물었다.

"기 군사(奇 軍師)! 완전포위다. 후퇴해야겠다."

"맞습니다. 당고개를 넘어 후일을 도모해야 합니다."

그때 획 하는 소리와 함께 날아온 화살이 유수의 오른쪽 어깨쪽지에 깊숙이 꽂혔다. 유수가 들고 있던 장검을 떨어뜨리면서 비명을 내뱉었다.

"아~욱!"

기 군사는 황급히 외쳤다.

"유수님을 호위하라! 당고개를 넘어라!"

후퇴명령이 떨어지기가 무섭게 관군들이 사생결단으로 동북쪽 당고개로 말을 달렸고 보병들도 그 뒤를 따랐다. 관군들이 후퇴하는 방향을 막고 섰던 김상원이 대장기 옆에 있던 서 유수를 향하여 장창을 겨누고 달려들었다. 유수가 부장들의 도움으로 김상원의 창날을 겨우 피했는가 했더니, 그 옆의 기 군사가 김상원의 창에 깊숙이 찔려 낙마하여 죽었다.

관군들이 도망가는 등 뒤에는 농민군의 화살과 돌멩이가 계속 날아갔다. 관군의 후미가 당고개에 갔을 때 운문국사가 명령했다.

"공격을 멈추어라! 더 이상 살상하지 말라!"

운문농민군이 지리(의곡)역 전투에서 유수군에게 압승을 거두었다. 운문농민군과 돌주머니를 짊어진 노인·부녀자 등은 동쪽 단석산 위에 높이 솟은 겨울 해를 올려다보면서 목이 터져라 외쳤다.

"운문농민군! 만세!"

"운문국사! 만세!"

살아남아 건천까지 도망 온 유수군의 옷은 땀과 피에 젖어 파김치가 되어 있었다. 대신에 운문농민군은 관군의 병장기와 말 등 많은 전리품을 획득하여, 군사력을 더욱 충실히 보충할 수가 있었다.

한편, 지리역 서쪽의 장산군(章山郡, 경산시) 갈(葛)고개를 넘어, 유수군과 보조를 맞추어 양면공격을 시도한 군사 오백 명의 지휘관은, 유수의 속관 소윤(少尹, 6품 이상) 조경상(趙京常)과 유수의 군사역(軍師役) 염진철(廉鎭鐵)이었다. 관군들이 남쪽의 운문천과 동쪽의 섬계(산내천)가 합류하는 대천촌(大川村)의 꽁꽁 언 얼음 위를 지나고 있을 때였다.

거랑 남쪽의 호산(虎山)과 북쪽의 개산(犬山) 정상은 물론 사방의 높은 산봉우리에서 검정 연기가 하늘을 뒤덮기 시작하였다. 곧, 관군의 동서남북에서 요란스러운 함성이 울려 퍼졌다.

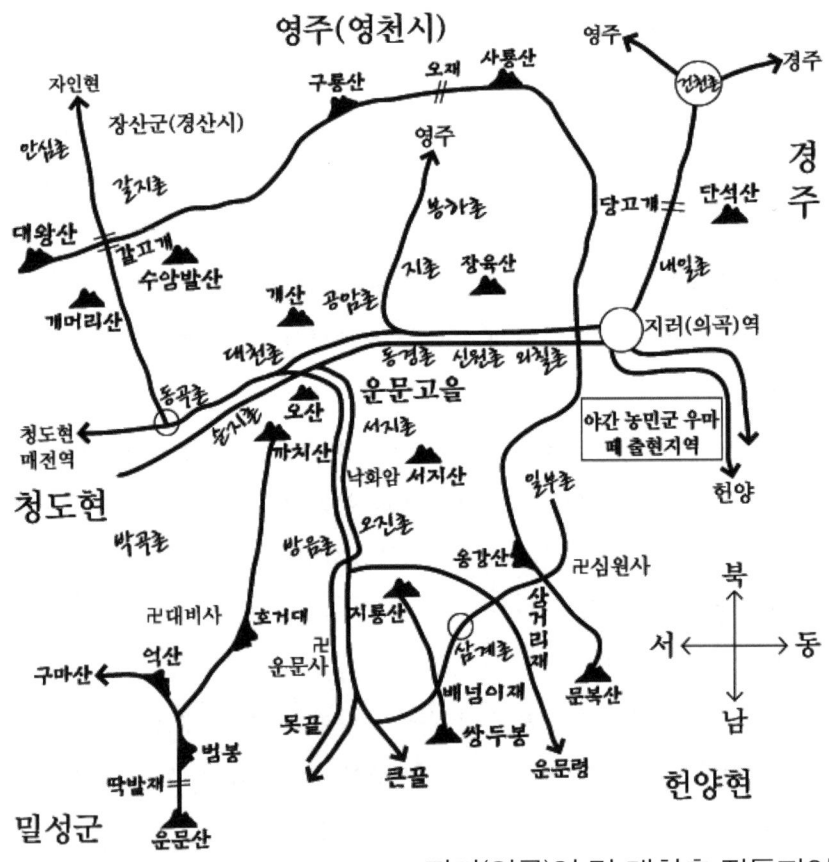

지리(의곡)역 및 대천촌 전투지역

"달집에 불이야!"

"공격하라! 한 놈도 남기지 마라."

"쏴라!"

"멈추지 말고 계속 쏴라!"

관군들이 짐작하기에 도적들 수천 명이 사방의 산기슭에서 자기들 쪽으로 달려 내려오고 있는 것 같이 보였다. 사방의 소나무숲에서 나타난 수많은 도적떼들이 사정거리에 다가와 활을 쏘기 시작하였다. 화살이 마치 비 오듯 관군에게 날아왔다. 말을 타고 갑옷을 입은 도적, 창검을 든 도적, 짐승가죽옷을 입은 수많은 노인·부녀자·소년이 가슴의 푸른 천조각에다 '佛(불)'자를 크게 달고 나왔다. 노인·부녀자·소년은 어깨에 돌주머니를 메고 궁수(弓手) 뒤에서 돌을 던지기 시작하였다.

동곡촌을 지나면서 조경상과 염진철은 맘을 탁 놓고 농담을 주고받았다.

"유수님 말씀대로 낫이나 괭이나 든 도적들이 관군이 수백 명 몰려오니 깊은 산속으로 숨어버렸겠지요. 운문사 가서 도적들 산채나 알아서 불질러버리고 옵시다."

"그러지 뭐. 이번에 도적들 동태나 파악해두지."

목을 쭉 빼고 사방의 높은 봉우리에 치솟는 불길을 빙 돌아본 중군장이, 오른손가락으로 산 위의 화염을 가리키면서 겁을 먹은 듯 다급히 말했다.

"염 군사! 저기 뭣꼬? 도적떼들이 대단히 많은 모양인데…"

"차분히 살펴봅시다. 저들이 우리를 포위했다고 겁을 주는 모양이네요."

"그럴까?"

농민군에게 포위된 관군들은 사방에서 날아오는 화살과 돌멩이를 피하노라 기병이나 보병이나 모두 호산 북동쪽의 얼음 위로 모여들었다. 관군들 오백여 명이 얼음 위의 한곳으로 모여들자, 호사대장들은 얼굴에 묘한 미소를 띠고 각자 거랑가의 사방을 쏜살같이 달리면서, 아직 얼음장 위로 가지 않은 관군들의 목을 쳐 날렸다. 얼음 위의 관군들은 화살과 돌멩이 때문에 천천히 뒷걸음질을 치면서 한가운데로 모이다가, 호사대장들이 장검으로 얼음장의 가장자리에 남아 있던 관군들의 목을 쳐 날리자 식겁을 하면서 얼음 한가운데로 갑자기 모여들었다. 거랑의 얼음 가장자리에는 벌써 수십 명의 관군의 목과 몸통이 붉은 피를 뿜으면서 뒹굴고 있었다. 관군 수백 명이 얼음 위에 엉키자 조 소윤이 급히 위험을 감지하고 외쳤다.

"얼음이 깨어진다! 빨리 산으로 도망가라!"

염 군사도 눈이 까뒤집혀 천둥 같은 고함으로 독전을 하였다.

"모두 물귀신이 된다! 얼음이 깨어신다!"

"빨리 빨리 산으로 튀어라!"

"모이지 말라!"

순간 관군들이 죽음을 감지하고 휙 뒤돌아서더니, 죽을힘을 다해 농민군의 포위망을 뚫기 위해 화살을 쏘고 창검을 휘두르면서 반격을 가했다. 농민군과 관군들의 창검이 부딪히는 굉음과 기합소리가, 목과 팔다리가 잘리는 고통스러운 비명소리에 뒤섞여 대천 상공에 울려 퍼졌다.

"죽여라! 쏘아라!"

"무조건 후퇴하자! 여기 있다간 모두 물귀신이 된다!"

"얏! 덤벼라!"

"에잇! 시팔 도독놈들!"

"앗! 내 죽는다. 살려다오!"

"죽어봐야 황천맛을 알지. 에잇!"

하늘은 구름 한 점 없는 파란 전형적인 겨울날의 그것이었다. 공중의 연기도 다 걷히었고 태양은 눈부시게 빛나고 있었다. 대천 얼음 위 생지옥의 아비규환은 계속 되었다. 포위된 관군들이 몇 곳에서 농민군의 포위망을 뚫고 퇴로를 확보하였다. 그러자, 관군들은 말을 타고 혹은 뛰어서 호산 위로 또는 북쪽 산기슭으로, 전신에 붉은 피와 검정 땀을 흩뿌리면서 새가 빠지게 달려 올라갔다. 그런 관군의 등 뒤에 농민군과 유민 가족들의 화살과 돌멩이가 계속 비가 퍼붓듯 날아갔다.

한편, 농민군에 포위되어 빠져나가지 못한 관군의 발아래 얼음장이 깨어지기 시작하였다. 그 소리가 얼마나 컸던지 관군과 농민군 모두가 들을 수 있도록 대천 양안에 메아리쳤다.

"쩡! 쩡!"

"쩌~어쩍! 쩌~어쩍!"

"꽈꽝! 꽝!"

관군들의 발아래 두 결(삼천 평) 넓이의 얼음은 하중을 못 견디고 깨어져버렸다. 그 위에 있던 관군들은 얼음구덩이 속으로 내려앉았다. 갑옷이나 겹철릭 같은 군복을 입고 무거운 병장기를 든 관군들 삼백여 명이 한꺼번에 얼음구덩이 속으로 빠져들었다. 이런 아비규환의 지옥을 보고는 농민군의 호사대장들이 불쌍한 마음이 들었다. 문수보살이 고함쳐 외쳤다.

"얼음구덩이에서 나오는 관군들은 죽이지 말고 포획하여라! 무장해제만 시켜라!"

조경상과 염진철도 결국은 대천거랑 얼음구덩이에서 수중고혼이 되고 말았다.

동경유수군의 배냇골 기습공격 박살남

섣달 초이레 날 아침, 석남사 앞 동경부유수 양광필(梁廣弼)을 위시한 헌양현, 울주, 동래현과 기장현 수령들이 자기 부하군인 일백여 명씩을 이끌고 배냇고개로 올라가고 있었다.

그런데, 길 가운데 대마를 탄 거구의 사내가 긴 쇠몽둥이를 들고 관군의 진군을 내려다보고 있었다. 얼굴이 온통 검정수염으로 뒤덮인 그는 행군의 앞길을 비켜줄 동작도 보이지 않고 떡 버티고 가만히 서 있었다. 그는 말안장에 토끼 한 마리와 꿩 한 마리를 달고 있었다. 그 장사는 배냇골의 방퉁이었다. 갑옷 차림의 양광필이 다소 긴장되어 그 사내에게 말했다.

"그대는 누군데 우리 갈 길을 막고 있느냐? 사냥꾼인가?"

"이 치운 겨울에 산짐승이라도 먹어야지 별수가 있소이까."

털북숭이가 곁눈질로 부유수 옆의 대장기를 힐끗 쳐다보면서 물었다.

"이리도 많은 관군들이 와 뭐 하러 가고 있소? 무슨 반란이라도 났는가요?"

그러자, 대장기 옆에 말을 타고 있던 얼굴이 옹기그릇마냥 온통 까만 장사 하나가 큰소리로 야단쳤다.

"이 자석아! 니가 뭔데 부유수님 가는 길에 콩이야 팥이야 묻고 지랄이야 지랄이긴!"

"아따! 그 양반 상판대기가 까마귀처럼 더럽게 검더니 주둥아리 하나 수채구녕이구나."

"뭐라! 이 돼지 발맞추는 똥골마실에 사는 넘이 눈에 보이는 것이 없는 모양이구나. 부유수님 본관이 저 놈을 짓밟아 놓겠오."

그는 골이 머리끝까지 올랐는가 부유수의 허락 소리도 듣지 않고 장검을 휘두르면서 몽둥이 든 장사에게 달려들었다. 두 장사가 맞붙어 마상에서 오합 정도 쇠가 부딪히는 불꽃을 아침 햇살에 튕기면서 싸웠다. 쇠가 맞부딪히는 굉음이 구경하는 군인들의 귀를 찢는 것 같았다.

"쨍!"

"야합!"

"흡!"

"찡!"

관군들이 손에 땀을 쥐고 두 사람 중 하나는 죽을 것 같아 심장을 벌렁거리고 있었다.

"깽!"

"제법이다."

관군이 길의 높은 곳에서 아래로 말을 달리면서 번쩍이는 장검을 몽둥이 든 장사의 머리 위에 정확히 내리쳤다. 그 순간 장사가 두 손으로 쇠몽둥이를 들어 공격해오는 칼을 막았다. 번개 같은 찰나의 순간

"쨍그랑! 쫙"

하는 소리를 내면서 관군의 칼이 두 동강 나고 말았다. 양 부유수가 엉겁결에 외쳤다.

"사냥개! 빨리 흑선풍을 구해라!"

"예!"

부유수 옆에 있던 사냥개라는 군인이 말을 솟구쳐 낯선 장사에게로 뛰어드는 순간, 장사는 벌써 긴 쇠몽둥이로 칼을 잘리어 당황하고 있는 흑선풍의 얼굴을 무참하게 쑤셔버렸다. 마치 바위덩어리 같이 큰 흑선풍의 몸뚱이가 땅에 떨어지면서 외마디소리를 질렀다.

"아~악! 나 죽는다!"

흑선풍의 눈과 코 입이 부서져 피가 쿨럭쿨럭 땅바닥에 흘러내리고

있었고 몸은 축 늘어졌다. 낯선 장사가 사냥개가 그의 얼굴로 찔러오는 칼을 옆으로 거세게 쳐버리고, 말머리를 배냇고개쪽으로 돌려 도망가면서 외쳤다.

"부유수 나으리! 좋은 말 할 때 속히 돌아가시오! 죽지 않으려거든 말이오."

부유수가 급히 목이 터져라 명령하였다.

"궁수들! 저놈에게 화살을 퍼부어라!"

"옛! 알았습니다."

말을 탄 궁수 서너 명이 달려가 장사에게 화살을 퍼부었으나 잘 맞지도 않았고, 그는 끄덕도 않고 달려가버렸다.

다음으로 부유수가 어이가 없는 듯 옆의 군사(軍師) 강현철(康賢鐵)에게 말했다.

"저 자가 단순한 사냥꾼은 아니네. 무술 고수가 분명해."

"그런 것 같네요."

"이런 배냇골에 어찌 저런 출중한 장사가 있을꼬. 여기까지 칠백 대군이 왔는데 일단 배냇골을 점령해야 될 것이 아닌가?"

"그렇지요. 부유수님, 저 절벽을 보십시오. 혹시 복병이 있다면 도둑 열 명이 관군 일백 명을 이기겠는데요. 궁수를 앞세워 천천히 고개를 넘읍시다."

"그렇게 하자꾸나."

부유수가 뒤돌아보면서 독전을 하였다.

"궁수는 모두 앞으로 나오고! 복병의 기습에 대비하여 천천히 진군한다!"

"알겠습니다."

관군들은 궁수를 앞세우고 정신을 바짝 차리고 삼열종대로 천천히 배냇고개로 향하고 있었다. 이윽고 관군의 중간대열이 배냇고개와 석남재의 갈림길 삼거리에 도착되었다. 바로 그때였다. 관군 대열의 동쪽 깊은 골짜기 건너 오두산 정상에서 검붉은 불기둥이 하늘로 솟아올랐다. 동시에 수십 명이 외치는 함성이 들렸다.

"공격하라!"

"한 놈도 살려 보내지 말라!"

관군이 그쪽을 바라보면서 근심스러운 표정을 짓고는 잠시 머뭇거리는데, 좀 전에 흑선풍을 이긴 장사와 비슷하게 생긴 장사가 관군대열 앞으로 말을 달려와, 골짜기가 쩌렁쩌렁 울리도록 고함을 쳤다.

"유수가 보냈다고? 잘 왔다. 나는 배냇골 효심이다. 속히 돌아가지 않으면 한 놈도 살려두지 않겠다. 알겠느냐?"

효심이 말머리를 남쪽으로 되돌려 달려 올라가자, 곧바로 관군의 서쪽 절벽 위에서 청천벽력 같은 고함소리가 관군의 귀를 때렸다.

"죽여라! 일제히 돌을 날려라!"

"쏘아라! 잠시라도 틈을 주지 마라!"

관군들이 놀라서 반사적으로 몸을 움츠리면서 서쪽의 수십 길 바위 절벽 위를 올려다보았다. 그 위에는 가슴에 '농(農)'자가 새겨진 노란 천을 단 수백 명이, 누런 깃발을 들고서 아래를 내려다보면서 함성을 질러대고 있었다. 계속해서 관군의 눈앞에 화살과 바윗돌이 소나기 오듯 날아오고 있었다. 아이들과 부녀자들과 노인들이 주먹만한 돌을 던지기 시작하였다. 관군들이 절벽 위로 화살을 쏘았으나 절벽이 높아서 화살이 도적들에게 닿지도 않았다. 벌써 대열이 엉망진창이 되어 버린 관군들이 찢어지는 목소리로 비명을 질러대었다.

"아~이야! 나 죽는대이."

"바위돌이 날아온다! 도망가자!"

"완전히 포위되었다. 도망가지 않으면 몰살당한다."

"다시 석남원으로 돌아가자!"

"와이고! 사람 살려라!"

관군들이 머리에 바위덩어리를 맞아 길바닥에 픽픽 나자빠졌다. 갑옷을 입지 않은 관군들이 화살에 맞아 비명을 지르면서 꼬꾸라졌다. 관군편이 돌을 맞아 얼굴이 피투성이가 되어 허물어져 내렸다. 말머리가 도적들의 바위덩어리에 맞아 말이 놀라서 힝힝거리면서 사방으로 날뛰자 말을 탄 관군들이 길바닥에 떨어져 말발굽에 밟히었다. 그야말로 차마 눈 뜨고는 볼 수가 없는 아비규환의 생지옥 바로 그것이었다.

양광필 부유수의 관군들이 배냇고개에서 효심농민군 제1군에게 참패를 당하고 있을 그 시각에, 금주방어사는 배태고개를, 양주방어사는 내석고개를, 지밀성군사는 고사천을 따라 올라와, 배내거랑의 방향이 바뀌는 고점촌 넓은 갱분에 집결하다가 오경(五更)부터 매복해 있던 효심농민군 제2군의 대장들에게 철서히 당했다.

이의민 · 동경유수 · 농민군의 현상유지 전략

임자년(1192, 명종22) 섣달 중순, 경주의 김상원과 손종익이 이의민 장군의 방에서 주인에게 큰절을 올리고 있었다. 이 장군이 비단으로 된 호랑(虎狼)보료에 바위덩어리처럼 앉아 있었다. 신장이 최소한으로 잡아도 팔 척은 되어 보였고, 골격이 우람차게 보이는 것이 마치 운문산의 노송 줄기처럼 생겼다. 그가 앉아 있는 보료의 뒷벽에는 용이 승천하는 큰 그림이 그려져 있었다. 그는 머리에 청색 건(巾)을 쓰고 붉은 비단옷을 입고 있었다.

이 장군의 얼굴은 사각형인데 크고 넓었으며, 오십대라서인지 이마에 주름이 조금 잡혀 있었다. 눈에는 광채가 나는 것이 마치 호랑이 눈을 보고 있는 것 같았다. 눈썹은 검고 짙었으며 눈썹의 꼬리가 위로 치켜들려 있었다. 그의 몸 전체가 마치 크나큰 호랑이를 보는 듯 착각에 빠지게 하였다. 이 장군을 자세히 들여다보니 연상되는 사람이 있었다. 배냇골에 가면 나타나는 수리장군 효심 바로 그 사람이었다. 운문농민군의 두 특사가 들어서는 것을 본 이 장군은 빙긋이 웃으면서 둘을 반기는 표정이 되었다. 그는 앉은 채로 오른손을 들면서 김상원에게 점잖게 천천히 말하였다.

"아이고! 김 장자, 이게 얼마만인가? 사업은 여전히 번성하고?"

이 장군의 기골이 장대해서인지 말을 하는데 방안이 쩡쩡 울리는 것 같았다.

"예, 평소 존경하옵는 판병부사(종일품)님, 그간 옥체 강녕하시온지요? 이번 승진을 감축드립니다."

"그래, 나를 천리땅 북풍한설을 불구하고 찾은 까닭이 무엇인가?"

그때에야 김상원은 운문농민군의 서한문과 은병이 든 상자를 열어 보이면서 내밀었다. 은병이 다섯 개가 들어 있었다. 그가 소리 내어 웃지는 않았으나 만족한 눈빛을 확연히 나타내고 있었다. 글을 모르는 이의민은 김상원에게 지시를 하였다.

"서찰은 김 장자가 읽어보렴."

서찰의 내용은 동경유수군이 농민군을 기습하다가 많은 관군들이 전사했다는 것이었다. 이 장군이 손을 써서 조정에서 농민군을 토벌하는 일이 없도록, 공론화를 막아달라는 간절한 당부말씀을 담고 있었다.

서찰을 다 읽자 이의민은 깊은 생각에 잠겼다. 그런 후에 눈을 번들거리면서 강한 어조로 말했다.

"지금은 한 겨울이니 내년 봄에 생각해보도록 하지. 경주에서 그런 불상사가 있었다면, 조정에서 내가 운신하기가 어렵다네. 곧, 사람을 보내자세한 내용을 조사하도록 하지. 반란 농민의 숫자가 그렇게나 많다면, 그냥 놔두기는 걱정이 되는구나. 유수나 큰스님에게 전하게. 더 이상 충돌이 있다면 단번에 짓밟아버리겠다고."

술상이 나와 주인과 경주 손님들은 술을 몇 잔씩 마셨다. 그때 김상원이 용기를 얻어 주인에게 물었다.

"판병부사님, 최고 높으신 자리에 계시면 눈에 거슬릴 것이 없어서 좋겠네요."

"하! 하! 하! 그렇지 않다네. 그렇지 않아도 요새 아주 심기가 불편한 사건이 있어서 잠을 못 이루네."

김 장자가 깜짝 놀라면서 재미가 당기는 듯 잔뜩 호기심어린 눈동자로 물었다.

"대관절 어떤 일인데요? 판병부사의 속을 끓이는 인간도 있는가 보네요."

"있고 말고지. 그래서 내가 개경은 살얼음판이라고 하지 않는가. 김 장자도 알지? 그 만경현(김제) 출신의 두경승(杜景升) 말이야. 그 자가 출신성분이 나보다 좀 좋고 뇌물을 받지 않아 깨끗하다고 자존심이 대단하지. 그나 나나 다 글 모르는 무식은 똑 같은데. 그 자도 힘은 나 못지않다네. 그 자가 항상 나보다 계급이 높아 나는 기분이 나빴다네.

그러던, 어느 날 중서성의 청사에서 정사를 논하다가 내가

'니가 무슨 공으로 관직이 나보다 위에 있느냐?'

라고 호통을 쳤다네. 내가 믿을 수 있는 것은 완력밖에 없지. 그 자를 겁 먹이려고 주먹으로 청사의 기둥을 콱 쳤다네. 아름드리 기둥이 앞뒤로 흔들리면서 천장의 서까래까지 들썩거렸지.

아니, 그런데, 그 자도 가만있지 않더라고. 내가 겁을 주자, 그 자는 호랑이 눈을 하고서 나를 노려보더니 주먹으로 벽을 힘껏 쳐버렸지. 그

러자 그의 주먹이 벽을 뚫고 밖으로 나가버렸다네. 보고 있던 관리들이 혼비백산하여 멀리 달아나버리더군. 하! 하! 하! 두경승은 나의 영원한 적수지. 우리 둘의 주먹대결은 두고두고 인구에 회자되어, 개경 백성들의 비상한 이야기꺼리가 되고 있다네.[37]"

운문농민군의 특사 둘이 이의민에게 다녀간 그 이튿날 동경유수의 특사가 또 이의민에게 다녀갔다. 서학수는 오합지졸인 농민군에게 참패를 당한 수모를 벗어나고 삭탈관직을 면하기 위해, 김상원이 갖다 바친 것의 두 배나 되는 뇌물을 이의민에게 상납하였고, 선처를 바란다는 서신을 보내어 신신당부를 하였다. 이지순 장군은 동경유수에게 엄명을 내렸다.

"고향의 반란군 동향을 면밀히 파악하는 동시에, 이번 겨울을 잘 넘기면서 군사조련에 최선을 다하라."

한겨울에 수백 명의 사상자를 낸 동경유수군과 농민군의 처절한 전투에 대해 아무도 책임을 지지 않았다. 그리고, 서로의 이익을 위해 아무런 조치도 없이 눈만 껌뻑껌뻑하면서, 그렇게 기나긴 임자년 겨울은 흘러가고 있었다.

지난 섣달 초열흘날 유수의 방에서 수령들이 모인 가운데 기습 참패에 대한 의논이 있었다. 유수가 수령들의 의견을 종합한 결과, 무슨 결심이 선 듯 강한 어조로 딱딱 잘라 말했다.

"본관이 이번 토벌실패에 대해서 마무리를 짓겠소. 앞으로는 도적들이 스스로 운문고을과 배냇골이란 요새지를 벗어나지 않을 때에는 결코 우리가 그곳으로 들어가지는 않을 것이오. 군현의 지방군은 모두 농민 출신이라 농민과 한패이지 결코 우리 관군의 편은 아니오. 겉으로는 관군 옷을 입고 있으나 속사정은 모두 농민패요.

경상구산 관리 모두가 선정을 베풀어 농민의 바다에 온기가 돌도록 하여, 백성들이 우리에게 등을 돌리지 않도록 해야만 할 것이오. 내일부터 군현의 군사훈련을 제관들이 책임지고 더욱 열심히 하도록 하시오. 동경 관할 전 지역의 세작들을 다 잡아낼 수야 없지만, 우선 관아와 호위 무사들 가운데 적과 내통자들을 색출한 뒤, 모두 참수하여 본때를 보이도록 할 것이오. 알겠소?"

유수의 심기가 불편한데다, 앞으로의 농민반란에 대한 확고한 의지가 있음을 눈치를 챈 수령들이 모두 일시에 목청을 높여 답했다.

"명심하겠습니다! 유수님!"

유수 관아의 수령들 회의가 있고 난 그 이튿날, 운문고을과 배냇골 토벌에 참전하였던 고을에서는 수령의 최측근 향리나 무사가 몇 명씩 참수를 당하였다. 참수된 사람 가운데는 참전 고을의 촌장 및 향도는 물론이고 주막집 주인이나 잔심부름을 하던 중노미나 음식을 장만하던 찬모도 쉬어 있었다. 유수 관아에서도 몇 사람이 참수되었는데, 그날 밤 유수의 방문 뒤에 기대어 조는 척 했던 설태진이 극구 항변을 하였으나, 결국 세작으로 낙인이 찍혀 참수를 당하고 말았다.

고려 귀족사회에서 입신양명한 천민출신의 무신들

손종익이 이의민 장군을 만나고 고향으로 내려오던 길에 김상원에게 물어보았다.

"보현보살님, 이의민 장군은 어찌 이 나라 최고의 권력자가 되었나요? 그 과정을 알아보면 흥미가 있겠네요. 저도 좀 참고를 하고로요."

"손 교관도 개경에서 무관으로 한번 출세를 하고 싶은 모양이지?"

"평생 경주에서 썩을 수는 없잖아요?"

"이의민 장군은 패륜아와 같은 형편없는 자이다. 차라리 운문농민군에서 활약하여 신라부흥의 공신이 되는 것이 나을 것이네."

"죄송하지만 농민군의 장래가 어떨지 확신이 서지 않아 그렇습니다."

"이 기회에 이의민 장군과 같이, 고려의 귀족사회에서 유별나게 천민이 하늘의 별처럼 출세한 사람들 이야기를 들려주마. 그런데, 이런 자들이 권력자가 되어서는 모두 포악한 악업을 쌓아, 원성의 대상이 되어 비참한 최후를 맞았다네."

"인생 참고삼아서 한번 들어봐 두는 것이 크게 도움이 되겠네요."

"손 교관에게 크게 도움이 된다면 내가 해야지. 하! 하! 하! 이 장군은 천민으로서 최고집권자까지 오르는 동안에 그와 관련된 재미난 이야기들이 많단다. 그의 아버지는 이름이 이선(李善)이었고 직분은 소금과 체를 파는 상인이었단다. 그 어미는 연일현 옥령사(玉靈寺) 여종[사비(寺婢)]였다고 한다. 그의 아버지 꿈에 '푸른 옷을 입고 황룡사구층탑에 올라가는 어린 의민'을 보았기에, 그는 부모의 관심 속에서 성장하였다고 한다네. 그는 삼형제 중 막내였는데 경주 시가에서 두 형과 불량배짓을 일삼다가, 경주 안렴사 김자양(金子陽)에게 체포되어 두 형은 고문 후유증으로 죽었고, 장사인 의민은 안렴사에 의해 군적에 올라 개경의 경군에 올랐지. 그가 처를 데리고 보름간 걸어서 개경에 갔더니, 성문이 닫히어 성 밖의 연수사(延壽寺)에서 하룻밤 묵었단다. 그날 밤 꿈에

'궁궐에서부터 성문까지 긴 사다리가 내려오는데, 자신이 그 사다리를 타고 궁궐 안으로 들어갔다.'

고 전해오고 있단다. 이튿날 성문으로 들어가 선군도감(選軍都監)을 찾아 김자양이 써준 증명서를 보이고 그 날로 경군에 소속되었지. 이때가 전 황제 의종(毅宗)의 후반기였다."

"이 장군은 승진이 아주 빨랐다고 하던데요?"

"그랬지. 수박희를 잘 하여 의종 황제의 눈에 들어서 총애를 받았단다. 그의 나이 서른 살 때 무신란이 발생했고, 이의방 밑에 있던 그가 경

주에 와서 곤원사 연못에서 의종의 등마루뼈를 꺾어 죽였다. 조위총(趙位寵)의 난 때는 집권자 이의방에 의해 정동대장군 지병마사(知兵馬使)에 임명되어, 동북면에서 많은 공을 세웠단다. 워낙 용감무쌍하여 반란군은 그가 온다는 소식을 듣고는 모두 도망 가버렸다고 한다. 그런 공로로 그는 상장군에 올랐다. 정중부가 그가 개경에 오는 것을 원하지 않았기 때문에, 그는 서북면에서 조위총 잔당들의 계속되는 반란을 진압하면서 정중부가 죽을 때까지 서북면에 머물렀다. 정중부가 스물여섯 살의 친위군 출신의 경대승(慶大升) 장군에게 죽임을 당한 뒤에, 조정의 신료들이 경대승의 난 성공을 축하하는 자리에서

'황제를 죽인 자가 아직 살아 있는데 무슨 축하인가?'

라면서 이의민을 견제하겠다는 의지를 밝혔다. 그는 경대승이 자신을 죽일까 겁이 나서 개경을 떠나서 전에 근무하던 서북면병마사의 군진으로 피신해버렸지."

"그럼, 이 장군도 겁이 많고 도망을 다니는 비겁자가 아닌지요?"

"더 들어 보아라. 서북면병마사 군진에 있던 그가 정중부의 아들 정균을 살해한 허승과 김광립이란 자가, 경대승에게 죽은 것을 잘못 전달받고는 기뻐서 주변군사들에게 외쳤단다.

'내가 경대승을 죽이고자 했는데 누가 먼저 손을 썼단 말인가!'

이 말은 그대로 경대승에게 전달되었지. 황제가 그를 개경에 불러서 경대승을 견제하려고, 서북면병마사에서 형부상서(정삼품)로 승진발령을 내었단다. 의민은 개경에 와서 자기가 경대승을 죽인다는 얘기가 퍼져 있음을 알고는 죽을까 불안하여, 개경에서 보름간 머문 뒤에 황제의 만류에도 불구하고 고향 경주로 낙향해버렸지. 경대승은 무신란을 부정하고 문신들이 반기는 복고주의로 나아갔기에, 무신들에 의해 옹립된 황제는 경대승과 사이가 좋지 않았단다."

"이 장군이 경주로 낙향하여 무슨 일을 꾸몄나요?"

"경대승의 침략에 대비하여 군사들을 모아서 자기 기반을 튼튼하게 구축하였지. 이때부터 신라부흥운동의 싹이 텄다고 봐야지. 경주 낙향 이년 뒤에 경대승이 돌연 병사하자, 황제가 그를 불러 경주에서 삼년 머문 뒤에 상경하였지. 지금으로부터 구년 전 일이었다. 황제는 이 장군이 경주에서 군사들을 모아서 반란을 일으킬까 두려워서 그를 개경으로 불러서 상서공부(정3품)에 임명하였다."

"개경에 귀환한 이 장군은 자기 천하를 구가했겠군요?"

"그렇지가 않았다. 개경에 가서 그는 아주 조심스럽게 굴었고 권력에 욕심을 부리지 않았단다. 왜냐면 그는 경대승을 타도하고 정권을 잡은 것이 아니었고, 의종을 살해한 장본인이라는 정치적 굴레를 벗어날 수가 없었기 때문이었다. 그 뒤에 일이 잘 풀리어 지금은 최고 집권자가 되었지."

"그럼, 이 장군은 앞으로 꿈이 무엇입니까? 그 꿈이 확실한가요?"

"앞에 말한 꿈 이야기 둘과, 그가 의종 황제를 살해하고 중앙정치 무대에 등장하면서 꾼 꿈

'즉, 붉은 무지개가 두 겨드랑이 사이에서 일어나는 꿈'

등 모두 세 번의 황제가 되는 꿈을 꾸어 이 장군은 황제가 될 뜻을 품었다고 알려져 있다네."

"그런 꿈은 고려 황실에 반역인데 황제는 왜 이 장군을 지금까지 그대로 두나요?"

"이번에 내가 그에게 우리 농민군이 그의 꿈을 실현시켜 줄 것이라고 감언이설로 설득하여, 경군이 토벌대를 보내지 않게 된 것이지."

"그럼, 앞으로 우리가 이 장군의 부하로 변질되는 것인가요?"

"그것은 앞으로 정황이 전개되어가는 것을 보아서 결정할 일이지. 이 장군의 사 부자가 개경에서 저지르는 악행들에서 썩은 냄새가 진동하여,

깨끗한 운문농민군과의 야합은 있어서는 안 될 일이지. 이 장군과 우리가 손을 잡으면 우리도 그와 같이 똥물을 뒤집어쓰는 결과에 빠지지."

"보살님, 다른 사람들³⁸에 대하여도 말씀하여 주십시오."

"그러지. 최세보(崔世輔)는 하급장교가 수상까지 승진한 경우인데, 그는 성품이 탐오하고 뇌물을 좋아하였단다. 그의 아들 최비(崔斐)가 태자(후의 강종)의 애첩과 계속 간통했다는 소문이 났으나, 이의민이 뒤를 봐주어 버티고 있단다.

정방우(鄭邦佑)는 관청간 연락이나 문서수발을 하던 잡류에서 대장군까지 올랐고, 무신란 전에는 무신으로서는 전례가 없던 지어사대사(종사품)라는 막중한 대간의 지위도 겸직하였단다.

박순필(朴純弼)은 말단 서리(胥吏)에서 재상급에 올랐는데, 동궁 바로 곁에 사제(私第)를 짓자 태자와 왕도 말리지 못할 정도로 권세가 대단하였나네.

이영진(李英搢)은 고령군(高靈郡) 출신의 생선장수로 평민 이하의 미천한 신분이었다. 그 후 나졸이 되어 무신란 때 그 흉포한 성질을 유감없이 발휘하여 이고, 이의방의 칭찬을 받았지. 그 뒤에는 무관인사를 담당하는 병부상서까지 승진이 되었다네. 그는 금나라 사신을 자청하여 가면서, 국경까지 가는 연도의 군현에 착취와 탐학을 자행하여, 금나라에까지 이미 그 소문이 퍼져 있었단다. 금나라 수도에서는

'고려에 인재가 그렇게도 없는가?' 하면서 사신대접을 해주지 않자, 귀국해서 자식들에게

'너희들은 절대로 금나라에 사신으로 가서는 안 된다.'

고 했다는 서글픈 이야기가 전해오지.

석인(石隣)은 대대로 창고 곁에서 낙정미를 주워서 생활한 평민 이하의 신분이었는데, 친위군에 발탁되어 무신란 때 이영진과 같은 노선을

걸었다. 조위총의 난을 진압한 공로로 대장군, 상장군이 되었다네. 횡포와 탐학이 이영진과 우열을 가리기가 어려웠단다.

조원정(曺元正)은 옥(玉)을 다루는 옥공의 아들이었고, 어머니와 할머니는 관청의 기생이었단다. 그는 무신란 때 이의방을 도와 승진을 했지. 이의민 때 정치에 관여하기 시작하였는데, 아들 셋과 사위와 더불어 탐학과 착취에 빈틈이 없었단다. 결국 그는 공해전의 조세마저 수탈하려다 탄핵을 받고 공부상서로 좌천이 되었지. 좌천의 울분을 참지 못 하고, 석인과 함께 반란을 일으켰다가 실패하여 참수 당하였지.

백임지(白任至)는 농부에서 재상까지 오른 사람인데, 의종에 의해 친위대로 발탁이 되었고 조위총의 난 때 공로로 대장군이 되었단다. 범죄 수사능력이 뛰어나 조원정 반란에서도 수사의 총책을 맡았다. 그는 재작년에 지문하성사(종이품)로 재상에 올랐고 작년에 죽었단다."

"하여간 대단한 사람들이네요. 고려는 초기에는 문벌귀족사회를 형성하여 그런 하층민들이 출세한다는 것은 불가능했는데, 무신란 이후에는 희한한 일이 다 벌어지네요. 그런 사람들 때문에 이렇게 나라가 죽을 지경이 아닌지요?"

"일면 그런 일도 있단다. 그러나, 무신란 이후의 이런 신분상승은 백성들의 권리가 크게 상승되어 가는 징조로 좋게 볼 수도 있단다. 나라가 불안정하고 혼란스러울 때 이런 현상이 일어나는데, 우리 삼한의 역사상 이런 일은 처음 있는 일이기도 하지."

손 교관이 고개를 끄덕이면서 물었다.

"보살님, 그런 천인들의 출세의 방법이 대체 무엇입니까?"

"여러 가지가 있지만, 한 가지로 요약하면 자신의 직무에 겨울암생이가 되어야 한다는 것이네."

손 교관이 이해가 안 된다는 듯 고개를 갸우뚱하면서 물었다.

"겨울얌생이가 뭔데요?"

"겨울얌생이는 하늘은 높아서 못 먹고 돌은 야물어서 못 먹지. 식성이 워낙 좋아서 닥치는 대로 입을 대고 먹고 갉아보기도 하지. 자신이 맡은 일에 빈틈을 보이지 않고 일을 만들어서 해야 하며, 부하들의 온갖 일에 간섭을 해야 한다네."

운문고을의 정신적 지주 혜자 입적, 신임주지 숭산 주석

계축년 이월에 효심은 복순과의 사이에 꽃다지라는 건강하고 예쁜 딸아이를 낳았다. 수리장군은 거친 부하들과 낮에 비지땀을 흘리면서 군사훈련과 일을 하였고, 밤에는 마누라와 더불어 딸의 재롱을 즐기는 시간이 최고로 행복하였다.

조정에서는 무당들을 모아 비를 빌고 근신(近臣)들을 파견하여 모든 산천제단에 비를 빌게 하였다. 정월부터 비가 내리지 않아 냇물과 우물들이 바짝 마르고 곡식 싹들이 마르는데다가 역질(천연두)까지 유행하였다. 엎친 데 덮친 격으로 화재도 빈번히 발생하여 사람들은 심한 근심과 한탄 속에 쌓여 있었다. 경상구산 고을마다 용하다는 무당들은 군·현민들의 희망을 끊어버리는 소문들을 쏟아내었다. 이런 흉흉한 소문들은 역질과 같이 겁나게 번지어 나갔다.

"계축년 올해는 홍수가 심하여 흉년이 계속될 것이고 농민반란이 일어나 관아를 습격할 것이다. 북쪽의 경군이 억수로 내려와 경상구산의 농민들을 무참히 살육할 것이다."

대천거랑 앞 석양에 화려한 쌍두마차가 나타나더니 동쪽의 섬계(산내천)를 따라 달리기 시작하였다. 그때 동경과 청도읍성을 오가는 관도를 지키던 농민군들이 그 마차를 에워싸고 막았다. 마부가 마차 안의 주인에게 무엇인가 속삭이자, 주인이 마차의 가림막을 확 올리더니 농민군에게 호통을 쳤다.

"당신네들이 대체 무엇인데, 주지를 막아서고 난리인가? 자네들은 겁도 예의도 없는 무뢰배들인가?"

그러자, 농민군에서도 나이가 들어 보이고 유들유들한 사내가 노기를 참지 못하고 뼈가 있는 말을 하였다.

"당신은 주지인지 모르겠지만, 이 고을은 운문농민군의 세상이니 빨리 마차에서 내리시오. 우리 지시에 따르지 않는다면 사지가 성하지 못할 것이오."

"뭐라? 내참 개경에서 산골에 왔더니 별 거지 같은 것들이 속을 썩히는구나. 그래 해볼 대로 해보자구."

얼마 뒤 마차는 운문주막에 와 있었다. 농민군 지도자들이 삼월 스무날 저녁에 운문주막에서 저녁을 먹고 있는데, 개산 앞을 지키던 경비병들이 운문국사에게 고하였다.

"주지와 마부가 아마 야음을 틈 타 동경으로 가던 길이라 생각됩니다."

"알았네. 옆방으로 모시게."

운문국사가 급히 저녁밥을 먹고 승산에게 건너가니 주지의 얼굴이 다소 일그러져 있었다. 법성이 주지 앞에 마주앉자마자 그는 제법 큰소리로 나무랐다.

"법성! 내가 명색이 운문사 주지인데 왜 동경 나들이를 가로막나?"

"큰스님은 아직 관군과 농민군과의 묘한 관계를 모르시는 모양이신데, 동경유수에게 두 군대 사이를 충동시키면 작년 겨울마냥 또 수백 명의 사람들이 피를 흘리고 죽어가야 합니다. 세상이 잠잠해질 때까지 절집을 한 발자국도 벗어나지 마시고 불도에 전념하십시오. 저희들의 당부를 저버리고 계속 동경으로 나가시려면, 절집 담장 밖으로 나가지 못하도록 조치를 할 수밖에 없답니다."

"잘도 하는구만. 나를 절에다 억류하는 근거라도 있는가?"

"했던 말 또 해야만 합니까? 운문고을 백성들의 생명이 달려 있기 때문이오."

"핑계거리가 좋구만. 나는 반드시 동경에 가서 내 볼일을 보고 올 것이야."

"큰스님, 마지막 경고인데요. 정 그러시다면 큰스님과 딸린 일가권속들을 광안에 가두고 조석을 넣겠어요. 단단히 명심하십시오."

"뭐라고! 듣자하니 너무 심하네. 그대가 폭도들의 두목이지 어찌 명분을 갖춘 농민군의 우두머리인가?"

"이것이 운문사와 농민군과 큰스님의 현실이니 이해를 하시고 자숙하시기 바랍니다. 개경에서 주지로 내려왔으면 절집을 관리하고 불도에 전념하심이 본분이지, 이런 난세에 동경에 쌍두마차를 타고 들락거림이 계율에도 맞지 않는 사치가 아니고 무엇입니까?"

"내가 오십 평생을 살다가 이런 빡빡한 무대책은 처음이네."

"개경 대찰의 큰스님들은 불도보다는 호의호식과 황제에게 연줄을 잇는데 더 골몰한다더니만, 큰스님도 그런 못된 습성이 몸에 배인 듯하오. 불자는 자신을 태워 주위를 밝히는 촛불처럼, 모든 것에 절제를 하여 하화중생 상구보리를 해야 한다고, 저는 혜자 큰스님께 배워 왔거든요."

"이제 나에게 아예 불교 강론을 하는구만. 에잇!"

숭산은 벌떡 일어나더니 문을 꽝 닫고 나가버렸다.

운문고을에 겨울이 꼬리를 보이고 봄이 오기 시작하는 이월에 운문사 주지 혜자 스님이 열반에 들었다. 그는 십대의 아동으로 운문사에 입문하여, 거의 사십년을 오직 운문사에서만 불도에 전념하고 운문사만을 위하여 애써왔다.

계축년 삼월 중순 따뜻한 봄 햇살 속에, 오십대 초반의 숭산 스님이 운문사의 주지로 개경에서 내려왔다. 숭산과 권속들의 의복은 개경 큰 사찰에서 입던 것이라서인지 화려하고 깔끔해 돋보였다. 큰스님은 첫 번째 원로회의에서 분명히 자신의 의지를 밝혔다.

"절집에서 농민군을 양성함은 나라에 반역행위니 향후 농민군 얘기는 꺼내지도 말라. 유민들은 각기 귀향하여 착실히 농사를 짓는 백성이 되도록 하라."

법성과 원로 승려들이 아무리 신임 주지를 설득하려 했으나 계란으로 바위치기였다. 운문농민군은 그 이튿날부터 운문사 주변 능선에 경비병을 더욱 늘렸고, 지룡산의 후방본부의 돌집을 더욱 보강하여 증축하였다. 숭산은 운문농민군 지도자들의 이름을 운문사 승적부에서 파버렸다. 어차피 법성 등의 지도자들은 농민군으로 병장기를 들고서 경군과 전투를 하려면, 그 편이 더 명분이 설 것이라 생각하였다.

이즈음 운문국사는 울주의 굴화촌(屈火村)에서 주막을 하던, 이모의 딸을 후방본부 아래로 불러서 '운문주막'을 운영하게 하였다. 이 과부댁은 삼십대 후반의 나이로 얼굴이 참했으며 몸매도 삼동 갖아 보는 남정네들이 침을 흘릴 정도였다. 그녀는 열심히 돈을 벌어서 자식들을 향교에서 공부를 시켰다. 이 억척스런 여편네의 이름은 이정희(李貞姬)였다. 그녀는 수많은 주객들이 와서 집요하게 유혹을 하였으나, 끄덕도 하지 않고 험한 세상을 잘 헤엄쳐 나가고 있었다. 운문주막은 운문사 앞을 거쳐 헌양현으로 가거나 청도현으로 가는 나그네의 목을 축여주는 훌륭한 쉼터가 되었다. 특히, 운문농민군의 슬픔과 기쁨의 격정을 토로하는 쉼터가 되었고, 주린 배를 채워주는 어머니의 품속과 같은 역할을 하게 되었다. 운문주막이 개업을 한 뒤에 농민군 지도자들은 여전히 운문사에서 조석을 먹거나 운문주막에서 끼니를 해결하였다.

연합농민군 드디어 주·현을 공격하다

장마가 끝이 나고 하늘이 점차 푸르러지는 초가을이 되었다. 계축년(1193) 올해도 잦은 비로 근래에도 보기 힘든 흉년이었다. 농민들은 말할 것도 없었고 조세징수를 책임진 수령과 향리들의 근심도 태산 같았다. 굶주리고 있는 농민들에게 세금을 거두는 것은, 정말이지 눈뜨고 볼 수 없는 엄청난 비극이었기 때문이었다. 그래도 개경 조정에서는 군현마다 할당량을 통지해왔고

'국고가 텅텅 비었다.'는 식의 경고장을 보내왔다. 그런데도, 할당량의 세금을 거두지 못 한다면 그 결과는 수령들의 파직이었던 것이다.

이비와 김순 주·현의 공격을 부추기다

초가을에 접어들어 운문주막에 눈매가 날카롭고 선비와 무인의 몸을 겸비한 남정네 둘이 나타났다. 나이는 삼십대 후반으로 보였다. 그들은 여주인에게 물었다.

"주인장, 법성 스님(김사미)을 만나고 싶은데 연통을 좀 넣어주실래요."

"손님들은 어디서 온 누구요?"

"경주에서 온 이비(利備)와 김순(金順)이라 하오."

운문정 경비대장인 윤종관이 운문주막에서 매가 차고 온 서찰을 운문국사(김사미)에게 전달하였다. 이정희가 운문정과 운문주막 간에 신속한 연락을 위하여 최근에 경주에서 산 해동청(海東靑)을 지룡산의 수십 길이나 되는 바위절벽 위로 날려 보낸 것이었다. 이 해동청은 장산곶

(황해도) 대청도 보라매로 날래고 사냥 잘 하고 사람들과 쉽게 친해져 전국에 유명했다. 이 영리한 보라매가 최근에 두 곳을 오가면서 자기 밥값을 톡톡히 하고 있었다.

보리밥 한 솥을 지을 시간이 지나서, 운문국사와 문수보살이 운문주막에서 두 손님과 이야기를 나누고 있었다. 이비란 자가 먼저 입을 떼었다.

"운문고을에는 농민군과 유민들이 수천 명이나 된다고 들었습니다. 현재 운문고을이나 경주나 양식이 바닥이 났는데, 이대로 백성들이 굶어 죽을 순 없겠지요. 현재 그래도 양식이 있는 곳은 관아의 세곡창고뿐이지요. 스님, 농민군을 동원하여 세곡창고를 털어 굶주리는 농민들에게 나눠 줍시다요."

"손님들도 군대를 가지고 있나요?"

"예, 이백 정도 가지고 있답니다."

"내일 군대를 이끌고 이 주막으로 오시오. 그렇게 합시다."

"예, 분부대로 거행하겠습니다."

운문국사는 그날 곧바로 전 호사대장들을 모아 주·현 공격에 대한 동의를 받았다. 손종익 연락관을 배냇골로 보내어 같이 관아를 공격하자고 하였다. 배냇골에서도 적극적으로 호응을 해왔다. 승려 혜광이 운문국사의 서찰을 청도감무와 풍각현에 전했다.

청도현 감무 전신우와 풍각현 상호장 척다경(拓多慶)은 운문국사가 보낸 서찰을 펼쳐보고, 얼굴이 붉으락푸르락 노기를 참지 못하고 서성댔다. 드디어 전 감무는 자신의 감정을 억제하지 못하고 향리와 군인들 앞에서 노발대발 고함을 질러대었다.

운문 · 효심농민군 연합하여 주 · 현을 공격하다

한내(청도천) 청도교다리 부근에서 여유롭게 순찰을 돌던 현군들이, 동쪽의 곰티재에서 마치 홍수처럼 쏟아져 내려오는, 수효도 셀 수 없을 정도로 많은 농민군의 행군을 보고는, 식겁을 하고 읍성의 감무에게 달려가서 보고를 하였다. 감무는 간밤에 관기와 술타령을 한 뒤 늦잠이 들었다가 조금 전에 일어나 양치질을 하던 중이었다.

"감무님! 큰일 났심더!"

"왠 일이니?"

"한내 납닥바위에 시방 도적들이 수를 셀 수 없이 많이 쳐들어오고 있심니더. 곧 여기에 당도할긴데요. 깃발에 보니까 운문농민군이라고 쓰여 있는 것 같습디다. 우짤랍니꺼?"

"아이쿠! 그래? 기어코 몰려오는구나."

"현군들 모두 모아라! 상호장!"

상호장이 감무의 급격한 부름에 따라 대령하였다.

"상호장, 기어코 김사미가 농민군을 몰고 온다는데 어떻게 해야 하나?"

"참, 빠르기도 하네요. 일단 현군들을 집합시키지요."

"김사미와 한판 붙어야 하나?"

"싸우면 감무님과 현군들이 다 죽고 감무 관아가 불 탈 것이니 저들이 하자는 대로 하십시오. 달리 방법이 없습니다."

"그래?"

"그들이 물러가거든 동경유수에게 사후보고나 합시다. 중과부적이라 도저히 어쩔 수가 없었다고요."

"어허! 이게 망신살이 아니고 무엇인가? 도적들에게 깨끗이 항복한다니. 이것이 관군이고 현군인가? 지금이라도 남성현고개를 넘어서 동경유수에게 보고를 해야 하지 않나?."

"김사미는 벌써 일 년 동안 각 고개에 수비대를 배치하여 지나는 사람들을 검색하고 있답니다. 사후보고를 하는 것이 좋습니다. 그들은 동경유수군과 맞붙어도 이길 것이오."

"에잇! 개경에서 이 촌 골짝에 내려와 이런 망신을 당하다니. 그럼, 김사미란 놈이 얼마나 대단한지 한번 보자고."

"그에게 말을 부드럽게 하십시오. 거칠게 다루다간 죽을 수가 있지요."

한여름 조용하기만 하던 청도현 감무 관아가 벌집을 쑤신 듯 난리가 난 것이다. 얼굴에 비지땀을 흘리면서 논밭에서 일하던 비번의 현군들까지 다 군복을 찾아 입고 근무지로 꾸역꾸역 몰려들었다. 청도현의 현군은 다 합해야 삼백 명 정도였다. 즉, 군현의 지방군은 치안과 방비를 담당하는 보승군(保勝軍)과 정용군(精勇軍), 노동부대인 일품군(一品軍)의 세 종류의 군인들로 구성되어 있었다. 이미 근무하고 있던 군인과 집에서 호출을 받고서 나온 군인들 일백여 명이 감무의 관아에 모였을 때, 화양촌 감무 관아(청도읍성)의 동서남북을 농민군들이 질서정연하게 에워싸고 있었다. 기병이 앞에 서고 보병들이 창검을 들고서 뒤에 섰다.

감무는 그래도 고려무인의 상무정신이 몸에 배여 접전을 하면 몸을 던져서 죽기로 싸우는 용맹한 군인 출신이었으나, 지금으로서는 도저히 싸울 용기가 나지 않았다. 일백여 명의 현군들을 보니까 농사일을 하다가 와서 몸에는 흙냄새가 나고 있었고, 눈동자를 똑바로 쳐다보니 흐릿하여 독이 바짝 올라 떼거리로 몰려오는 도적들과 맞서 싸울 것 같지가 않았다.

전신우는 반란군이란 일천여 명의 장정들이 마치 몇 년이나 훈련한 듯, 질서정연하게 움직이는 것을 보고는 다리에 맥이 탁 풀렸다. 아니 소름이 끼쳤다. 그는 모든 것을 포기했다.

'에라잇! 모르겠다. 김사미와 타협을 해야지. 촌에 와서 감무 한자리 해먹는 것이 이리도 힘이 드나. 농사는 개판이 되어 세금 거두기도 글러 먹었으니 말이다.'

감무가 걱정을 하고 있는데 벌써 선두 도적들이 깃발을 들고 관아의 정문 안으로 들어왔다. 다음에 김사미인 듯 선비풍의 사내가 말을 탄 채 들어왔다. 동헌의 마루 위 푹신한 의자에 앉아 있는 흰 모시옷 차림의 감무에게 김사미가 먼저 말을 걸었다. 말 위에 앉은 채로 말을 하는 김사미의 음성은 조금도 떨림이 없었다. 얼굴이 갸름하고 흰 것이 개경에서 흔히 보던 문관의 인상 바로 그것이었다. 그는 감무를 똑바로 쳐다보면서 말했다.

"그대가 청도현 감무 전신우인가?"

"그렇다. 그대가 김사미인가?"

"그렇소. 감무는 왜 내가 보낸 서찰의 내용을 즉시 시행하지 않고 이제껏 미적거리고 있는가? 청도 현민들이 다 굶어죽고 난 뒤에야 관곡을 방출할 작정인가?"

"그대들은 화적패이지 무슨 농민군이니 뭐니 혼란스런 말을 지껄이고 있는가?"

"그대는 청도현 감무로 현민들의 재산과 생명을 보호함이 본분인데, 현민들이 수없이 굶어죽어 가고 있는데도 관아에 앉아서 관기들과 술이나 마시고, 악덕지주들로부터 농토나 받아 챙기면서 매일을 지내니 참으로 한심하도다. 우리는 화적패가 아니고 활빈도들이다. 속히 창고를 열어서 관곡을 방출하라."

이 소리를 들은 전 감무가 갑자기 얼굴이 붉으락푸르락 하더니 고함을 꽥 쳤다.

"너희놈들이 화적패지 어찌 활빈도라고 우기느냐? 절대로 관곡을 방출하지 않을 것이다."

"안 되겠구나. 서 역사! 감무에게 맛을 좀 보여주라."

상호장과 현군들은 꼼짝하지 않고 감무가 당하는 모욕적인 장면을 지켜만 볼뿐이었다. 체격이 장대한 서역사가 말잔등에 싣고 온 긴 수청목(물푸레나무) 몽둥이를 들고 동헌 마루로 올라가려 하였다. 순간 위기의식을 느낀 감무가 장검을 빼어들고 마루로 오르려는 서역사에게

"얏!" 하는 짧은 기합소리와 함께 칼을 내리쳤다. 서역사가 몽둥이로 감무의 칼을 살짝 막고는 섬돌 위에서 잽싸게 감무의 칼 쥔 손목을 확 잡아 당겨서 마당으로 처박아버렸다. 칼을 쥔 채로 마당에 나뒹구는 감무의 배를 서역사가 밟고 서서 몽둥이로는 감무의 목을 꽉 눌렀다. 서역사가 고함을 쳤다.

"감무 더 이상 날뛰지 말고 칼을 버리고 일어서라. 당신만한 무예는 우리 군대에도 수십 명이나 된다."

그때서야 감무는 고운 모시옷에 묻은 흙먼지를 털고서 일어섰다. 감무와 같이 개경에서 내려온 소윤도 상호장 및 현군들도 누구 하나 나서서 감무를 보호하려들지를 않았다. 감무는 자신이 수령으로 있는 이 관아가 절해고도라고 생각했다. 그는 모든 것을 포기하고 상호장 말에 따르기로 작정을 하였다.

'저 놈의 덩치 큰 장사 말대로 나 혼자 날뛰어 봐야 창피만 당하지. 아무 것도 아니다.'

이때 여유가 없다는 듯이 운문국사가 다급하게 물었다.

"전 감무, 상호장, 속히 관곡을 방출할 것이요? 아니면, 우리가 직접 창고를 열어야 하오?"

시무룩한 표정의 감무가 자포자기한 듯 내뱉었다.

"당신이 알아서 처리하시오. 당신들은 훗날 반드시 개경으로부터 보복을 당할 것이요."

운문국사가 대답하고는 부하들에게 지시했다.

"좋소. 자, 관곡과 피륙 등을 모두 현민들에게 나누어 주어라."

그때서야 김호주 상호장이 입을 떼어 김사미에게 간청을 하였다.

"운문국사, 현의 살림살이는 지속이 되어야 하니 양식 이외의 물자는 그대로 두시기 바라오. 아무리 흉년이라도 현치(縣治)는 되어야 하니까요."

"상호장님, 그만한 것은 알고 있소."

청도현 관곡창고에는 아직 벼 수확이 되지 않은 시기라 쌀이 일백 섬가량 보관되어 있었다.

운문농민군들이 쌀을 빼앗아 나누고 있는 그 시각에, 풍각현 관아에서도 청도현 관아에서와 꼭 같은 일이 벌어지고 있었다.

한편, 배냇골과 초전(덕계)의 효심농민군도 운문농민군과 꼭 같은 날 꼭 같이 보조를 맞추어 울주, 양주, 밀성군, 헌양현, 수산현의 관아에 쳐들어가서 수령과 상호장을 협박하여 관곡창고를 부수고 양곡을 백성들에게 나누어 주었다. 이런 과정에서 농민군의 어이없는 요구에 저항하던 몇몇 수령과 향리들이 몽둥이를 맞아 병신이 된 자들도 있었다.

경상구산의 운문·효심농민군의 인근 주·군·현에 대한 공격 소식은 삽시간에 이웃 고을로 퍼져나갔다. 그 결과, 경상도 대부분의 주·군·현에서 크고 작은 농민군들이 나름대로 두령을 앞세워서 그들의 수령과 관아를 습격하였다. 들불처럼 일어난 경상도의 농민봉기군들 가운데 일부는 온전한 화적패들로, 혼란한 농촌 분위기를 틈타서 부잣집 창고를 털어 자신의 배만 불린 흉측한 무리들도 많았다.

운문국사가 청도현 감무에게 관곡을 기민들에게 속히 풀고 그 결과를 통지해달라는 서찰을 보냈다. 감무가 서찰의 통지대로 속히 실천하지 않는다면 관아를 습격하겠다고 밝혔다. 그 서찰이 청도현·풍각현에 도착되고 며칠 뒤인 계축년(명종23, 1193) 칠월 신미일(辛未日, 7일) 진시(辰時, 07~09시), 운문국사는 대천의 넓은 갱분에서 운문농민군 일천여 명을 집합시켰다. 호산(虎山)을 배경으로 말 위에 높이 올라탄 운문국사가 농민군들을 동원한 동기를 설명하였다.

"형제 여러분! 우리는 오늘 드디어 경상구산의 백성들을 도탄에서 구하기 위하여 기치를 들었습니다. 우리는 썩어빠진 고려 조정과 수령들의 부패의 사슬을 박살내버리고, 백성들이 평등하며 굶지 않고 살아가는 나라를 만들기 위하여 부처님 발아래, 우리들의 피를 뿌리기로 결심하였습니다. 향후 우리는 몇 년이 될지 모를 긴 세월 동안, 우리의 이상을 위하여 한 명도 남지 않고 죽을 때까지 싸워야 할 것입니다. 부패한 나라에서 굶주리면서 굴욕적으로 살기보다는, 목숨을 던져서라도 우리의 이상을 실현하기 위하여 우리는 오늘 거병했습니다. 우리는 모두 확고한 신념을 가지고 그 동안 연마한 무술실력을 발휘하여, 기어코 아리령고개를 넘어 불교가 융성하고 모든 인간이 평등하며 배를 굶지 않고 편안하게 사는 나라를 이루도록 해야 할 것입니다."

갱분 가득한 농민군들이 깃발과 창검을 높이 쳐들면서 천둥치듯 외쳤다.

"운문국사! 옳소!"

"운문농민군! 만세!"

"아리령! 신라부흥!"

제 10 부 / 초전박살로 만신창이가 된 토벌대 정예병을 교체·증파

동경유수의 토벌대 파견요청과
농민군의 토벌대 격퇴 작전회의

농민군이 경상구산의 관창을 열어 농민들에게 양식을 나누어 준 그 이튿날, 동경의 부유수가 개경 이의민의 집으로 급히 말을 달리고 있었다. 간밤에 유수는 도적들이 저 단석산을 넘어 질풍노도처럼 유수 관아를 덮쳐서 자신을 죽일 것이라는 불안감에 잠을 이룰 수가 없었다. 그는 드디어 고민을 끝내고 다음과 같이 생각을 굳히며 죽음을 택하기로 하였다.

'확실해졌다. 경상도의 수령이나 관리들은 농민이란 바닷물 속에 떠 있는 배와 같은 신세다. 고도로 훈련되고 용감무쌍한 개경의 중앙군이 수천 명 내려 와야만 그들을 이길 수가 있을 것이다.'

그 날 오후, 운문·효심 농민군의 대장 수십 명이 석남산(가지산) 정상에 모였다. 농민군 사이에는 이런 소문이 돌면서 상황이 급박하게 돌아갔다.

"앞으로 스무 날을 넘기지 않고 토벌대가 경상구산에 투입되어 우리들의 목을 자를 것이다. 단단히 준비해야만 할 것이다."

석남산 정상의 바위봉에 둘러앉은 농민군 간부들의 얼굴에는 분명하지는 않으나 얼핏얼핏 불안감이 엿보이고 있었다. 그도 그럴 것이 농민군들은 이런 소문을 귀가 따갑도록 들어 왔기 때문이었다.

'경군은 아주 막강하다. 지금까지 이십여 년 동안의 농민봉기에서 경군을 이긴 적이 전무하다. 농민군이나 천민군이나 경군에게 대부분이 무참하게 살육당했다.'

대장들의 머리 위에는 물론이고 동서남북의 모든 고봉준령과 그 사이 골짜기의 마을에도 먹장구름이 꽉 끼어 있었다. 이 구름이 농민군의 험난한 앞날을 상징이라도 하듯 군인들에게 우울한 느낌을 주고 있었다. 제일 좌장인 운문국사가 심각한 표정을 짓고서 먼저 말문을 열었다. 이때 나온 주요한 전략들은 다음과 같았다.

"농민군 형제 여러분! 동경유수가 개경에 토벌대를 요청하였으니 멀지 않아 중앙군이 우리를 칠 것입니다. 그 대비책을 말씀하여 주십시오."

손무열 교관이 먼저 의견을 밝혔다.

"경군은 최소한 삼사천은 올 것이니, 청도현과 풍각현의 주요 관문인 고개를 철저히 막아야 합니다. 다음은 운문고을과 배냇골(초진)의 힘준한 능선을 산성 삼아 백분 활용하여야 합니다. 주력훈련과 지리학습 등 기존의 훈련을 더욱 강하게 하여야 합니다."

문서작성관리관 김대성이 제장들이 하는 말의 요지를 하나하나 적고 있었다. 다음은 총괄장군이 대비책을 말했다.

"토벌대와 장기전을 하려면 우선 군량미가 충분해야 하지요. 군·현의 창고에는 양곡이 별로 없으니까, 가까운 조창(漕倉) 즉 합포(合浦)의 석두창(石頭倉)을 공격하여 군량미를 충분히 확보해야 될 것이라 생각합니다."

마지막으로 박해운 작전관이 계책을 내놓았다.

"올해는 장맛비 등 비가 많이 오는 편이니 대천촌과 고점촌의 협곡을 막아둡시다. 틀림없이 요긴하게 그 못물이 사용될 것입니다."

연합농민군 대장들은 하산하기 전에 토벌대 격퇴의 결의를 다짐하면서, 석남산(가지산) 정상에서 천지신명께 제물을 바치며 기도를 올렸다.

독수리와 비호 금주방어사 관아와 석두창 동향파악

석남산 정상의 대책회의가 있었던 날 석양이었다. 총괄장군은 문서작성관리관, 작전관과 대장 방통, 우대, 장골과 원동 황산진(黃山津)나루터에서 황산강을 건너 금주(김해)로 갔다. 그는 내일 새벽에 석두창 뒤의 용마산 정상에서, 운문농민군의 문수보살, 호사대장 서역사와 운문사 교관 함만우와 만나기로 약속을 해두었다.

총괄장군 일행은 금주에서 가장 높은 무척산 기슭의 모은암(母恩庵)에서 하룻밤 자고, 그 이튿날 오후에는 분산성(盆山城)의 만장대(萬丈臺)와 타고봉(打鼓峰)에서 그 아래의 금주방어사 관아가 있는 분성(盆城)을 면밀히 탐색하고 있었다.

김대성은 총괄장군과 박 작전관의 이야기를 들으면서 상세지도를 계속 그렸다. 분성 내부를 내려다보았더니, 기와집이 십여 채나 되어 어느 것이 관곡창고인지 알 수가 없었다.

승려들의 후정놀음

금주방어사 관아 앞 구지봉주막에서, 급하게 허기진 배를 채운 염탐꾼들은 주인 영감에게 심심풀이로 이야기를 걸었다. 오랜만에 낯선 길손들에게서 많은 돈을 번 영감이 웃으면서 이에 응했다.

"손님들, 그렇지 않아도 몇 년 전에 우리 고을에 재미난 이야기가 생겨서, 손님들에게 간혹 들려주는 이야기가 있다오. 한번 들어보세요."

입담 좋고 경륜이 있어 보이는 주인장의 이야기[39]의 내용은 이러하였다.

「"금주의 어느 절집인데 황산강(낙동강) 근처란 것만 밝히지요. 금주 방어사의 아들과 그 관아의 십육 세 된 기생 향월(香月)이가 사랑에 빠졌답니다. 그녀는 관기 중에서도 가장 아름다워 인기가 좋았습니다. 방어사가 임기를 마치고 상경하게 되니, 향월은 정들었던 방어사의 아들이 떠나는 날, 이별하기 안타까워 한나절 동안 황산진나루쪽으로 따라 갔지요.

그 아들과 이별을 하면서 기생이 입고 있던 청색 장옷을 벗어 증표로 주니, 그 아들은 자기가 입고 있던 겉옷을 벗어 기생 어깨에 걸쳐 주었다 이겁니다.

애인과 작별한 그녀는 울면서 발길 닿는 대로 천천히 걸어오는데, 그만 길을 잘못 들어 산속으로 점점 깊이 들어가 날이 저물어 어두워졌답니다. 그녀는 어찌할 바를 모르고 어둠 속을 헤매다가 마침 불빛을 찾아 들어간 곳이 한 작은 절이었습지요.

그녀는 절에 들어가면서 치마를 빗고 대신 옛 연인이 벗어준 겉옷을 입어 남자처럼 변장을 하고 절 안으로 들어갔다더군요. 그녀는 길을 잃은 선비라 말하고 하룻밤 묵어가기를 청했지요. 스님들은 아름답게 생긴 미남자가 온 것을 보고 놀라면서 모두 좋아했답니다.

참말로 문제는 여기서부터 시작이 됩니다요. 밤에 자려고 하는데 스님들이 다음과 같이 말했다 이겁니다.

'절에는 여자가 없고 남자들만 있어서 밤에 잘 때에는 후정(後庭)놀음이라는 것을 하지요. 후정놀음이란 남자들끼리 짝을 이루어 남자의 음경을 상대 남자의 항문에 삽입하여 기분을 돋우는 놀이를 말합니다. 오늘 손님도 한 스님과 짝이 되어 그 놀음을 해야 하거들랑요. 우리 스님들 중에서 손님 마음에 드는 스님을 한 사람 고르시지요.'

이렇게 말하며 빨리 고르라고 재촉하자, 향월은 가만히 생각해 보았다 이겁니다.

'젊은 스님은 정력이 강렬하여 심하게 하다보면 여자라는 것이 탄로 날 것이 아닌가? 그러니, 나이 많은 노스님을 지명해야지. 노스님은 이미 정력이 쇠퇴하여 그 놀음을 하지 않고 잠을 잘 수도 있겠지.'

이렇게 생각한 기생은 스님 중에서 가장 나이 많은 노스님을 지명했다 이겁니다. 그러자, 젊은 스님들이 모두 미남 총각과 짝이 되지 못한 것을 못내 아쉬워했답니다. 그녀는 밤에 노스님과 한방에서 자게 되었는데 처음 생각했던 것과는 완전히 예상이 빗나가버렸지요. 노스님은 매우 큰 연장을 힘차게 세워 총각으로 알고 있는 기생의 엉덩이 옷을 까내리고 허리를 껴안으며, 막대기 같이 꽂꽂한 연장을 항문에 대고 힘차게 들이미는 것이었답니다.

'아이 참, 내 생각과는 전혀 다르네그려. 내 기생으로서 그 동안 여러 남자들과 접해 보았지만 이렇게 훌륭한 연장은 처음이네. 더구나 그 동안 함께 지냈던 그 풋내기 선비인 방어사 아들의 것과는 비교가 되지 않으니…. 이왕에 이렇게 되었으니 내 이 힘찬 연장의 재미를 한번 볼까? 그게 좋겠지?'

그 큰 연장에 호기심을 갖게 된 기생은 슬그머니 마음이 동했다 이겁니다. 그래서 스님이 연장을 그녀의 항문에 대고 힘을 주는 순간, 기생은 오므리고 있던 두 다리를 살짝 벌리면서 엉덩이를 약간 높여 양근을 앞문으로 유도해, 각도를 맞춘 다음에 몸을 뒤로 힘껏 밀어붙여 버렸다 이겁니다.

이렇게 되니 노스님의 힘찬 연장이 향월의 옥문 깊은 곳까지 미끄러져 들어가 박혀 버렸지요.

'아니! 이게 뭐야?'

노스님은 전혀 생각지도 않았다가 깜짝 놀라 입을 크게 벌려 소리치고는, 엉겁결에 기생을 힘껏 껴안는 순간 입 앞에 와 닿는 향월의 귀를 깨물어 버렸다 이겁니다. 곧 기생의 귀에서 피가 줄줄 흐르고 온 절 안이 소란해지니, 향월은 부끄러워 급히 옷을 입고 절을 빠져나왔답니다. 그리고 산중 밤길을 달려서 관아로 돌아왔는데, 그 뒤로 이 기생은 한쪽 귀가 잘리고 없어 별로 인기를 얻지 못했다고 합다.”」

배냇골 나그네들은 주막을 나선 얼마 후, 관도 주변의 어느 목장에 그림자마냥 숨어들어 말 여섯 마리를 훔쳤다. 그 부잣집 목장 뒷산 풀밭에는 일대 광풍이 일어났다.

"히~이~잉!"

"이럇!"

"빨리 튀어라!"

이런 소리들이 너무나 컸기에, 그 목장 아래의 부잣집에서 주인과 머슴들이 나와 보고는 대번에 천둥 같은 고함을 질러대었다.

"말도둑이다! 잡아라!"

"놓치면 안 된다!"

총괄장군 일행이 동해통(東海通) 관도를 따라 바람처럼 달려가는데, 목장 일꾼 하나가 말도둑을 잡으려고 말을 타고 급히 따라오고 있었다. 관도에 마치 말달리기 경주가 펼쳐진 듯 먼지가 자욱하고 말발굽 소리가 연도에 요란스러웠다. 우대 대장이 주머니에서 꺼낸 주먹만한 빤댓돌을 달려오던 일꾼의 가슴팍에다 정통으로 맞혀버렸다.

"슈~웅"

"억!"

하고는 일꾼이 땅바닥에 꼬꾸라졌는데 죽었는지 말이 없었다. 주인과 나머지 사람들은 앞의 용감한 사내가 이렇게 당하자 더 이상 달려오지는 않았다. 한숨을 돌린 우대가 총괄장군에게 물었다.

"장군님, 합포(마산시)로 가는 이 길은 오래 되었나요?"

"신라시대부터 이용되던 동해통이란다. 경주 - 울주 - 양주 - 동래현 - 금주 - 의안군(창원시) - 합포현 - 진주 - 하동군으로 통하는 길이지."

그 날 저녁 합포현 용마산(龍馬山) 앞 바닷가의 합포주막과 용마주막에서 농민군 간부들이 두 패로 나누어 저녁을 먹고 있었다. 총괄장군이 방안의 관리들이 들어라는 듯 목소리를 높여서 물어보았다.

"주인장! 요새 석두창에는 조세미를 운송하는 뱃사공이나 노역자를 뽑지 않는가요?"

"와요? 조세미가 들어오는 연말이면 등짐일꾼이라도 뽑을지요."

"그러면, 지금은 창고 안에 조세미가 하나도 없겠네요?"

이때 구석에서 청주를 들이키던 나이가 지긋이 들어 보이는 관리인 듯한 사람이, 이쪽을 바라보면서 말을 걸었다.

"여보시오. 누군데 석두창에 대하여 자꾸 묻고 있소. 그 자꾸 묻는 젊은 사람은 여기로 와 보시오."

진원은 속으로 쾌재를 지르면서, 급히 관리들 술자리로 다가가 두 무릎을 얌전하게 꿇고 큰절을 넙죽이 올린 후에 얌전히 앉았다.

"나으리 소인은 금주에서 노역으로 평생을 살아온 사람인데, 석두창으로 와서 일을 할 수 없을까요. 사람들이 여기 가면 일자리가 있을 거라고 하데요"

"그래? 연말에 이 주막에 와 보아라. 그때 노역자가 모자라면 일할 수가 있을 것이다."

"나으리, 고맙습니다. 그러면, 석두창에는 조세미를 전부 올려 보내고 현재는 한 섬도 없겠네요."

"몇 백 섬은 있어야 여기 관리들과 반란이 일어날 때 토벌대들이 먹을 수가 있지. 그대 이름이 뭔가?"

"석방우입니다."

"오호! 그래 석방우라고 석씨(石氏)란 말인가?"

"아닙니다요. 우리는 성이 없고 돌방우라는 것이 오히려 맞지요."

"하! 하! 하! 돌방우 재미난 이름인데. 내가 명색이 경창까지 조세미 운송의 책임을 지고 있는 감독관인 석두창 판관인데, 섣달이 오면 돌방우는 책임지고 노역자로 넣어주지. 자, 기분이 좋네. 돌방우 청주 한잔 받게나."

"소인이 감히 높은 분들 앞에서 귀한 술을 받아 마셔도 됩니까?"

"관리들이란 백성들의 세금으로 살아가는데 백성이 주인이지."

두 농민군 염탐꾼들은 운문농민군편을 비호, 효심농민군편을 독수리로 칭하기로 약속이 되어 있었다. 좀 전 석양 무렵 농민군 간부들이 용마산 정상의 전망대 바위에 올라서서 석두창을 내려다보니, 엄청 큰 창고가 열 개나 되었고 마당에 수비병도 한두 명 밖에 보이지 않아 한산하였다. 그런데, 그 앞의 합포만(마산만)은 넓고도 잔잔하여 마치 호수와 같아, 사명감에 불타면서 달려온 나그네들의 맘에 평화감을 안겨다 주었다. 서쪽의 무학산(舞鶴山, 두척산 혹은 풍장산)에 초가을 해가 걸리어 합포현과 합포만이 온통 저녁노을로 진홍색 천지를 연출하고 있었다. 무학산은 신라 말기의 최치원 선생이 합포에 머물 때, 이 산을 보고 학이 나는 형세라고 그런 이름을 붙였다고 전한다.

독수리와 비호는 이튿날 아침밥을 먹고 서둘러 의안군 주남저수지[40]로 달려갔다. 그들은 저수지 가장자리에 있는 월잠촌의 신영경(申英慶) 촌장집을 찾았다. 신 촌장은 손님들의 물음에 설명을 늘어놓았다.

"이 넓디넓은 저수지에는 겨울철에 가창오리떼 약 십만 마리가 도래하여 서식하는 데, 그 오리떼가 아침저녁의 붉은 노을 속에 환상적인 군무를 펼치는데, 그것이야말로 이 저수지의 겨울 진객이랍니다. 그것을 바라보노라면 너무나 황홀경에 빠져 오금이 저려오기까지 한답니다."

염탐꾼들은 황산강의 나루터와 교통편 및 나루터의 거룻배의 숫자 등의 사정을 소상히 알아보고 수산나루터를 건너 되돌아왔다.

경군 토벌대 파병 결정, 손유익과 박선구 개경 탈출

계축년(1193, 명종 23) 가을 칠월 병자일(丙子日, 12), 정전인 선경전(宣慶殿)[41]에 문무백관들이 마주보고 선 가운데 조회가 열리고 있었다. 조회가 시작되자마자 이의민이 먼저 황상께 보고를 하였다. 정전 안이 쩌렁쩌렁 울리도록 큰소리로 말했다.

"폐하, 신미일에 경상도 전역에서 농민반란이 크게 일어나 군현이 노략질을 당했다고 합니다."

황상이 깜짝 놀라서 다급하게 물었다.

"농민반란이라니 그 지겨운 반란이 또 일어났다고?"

"예, 그러하옵니다."

"반란군의 괴수는 누군가?"

"경상도 전역에서 반란군이 벌떼처럼 일어났는데, 그 정도가 아주 심하다고 합니다. 특히 운문고을의 김사미와 초전(배냇골)의 효심이란 자가 괴수입니다."

"그들이 이끄는 군대의 숫자가 얼마나 되는가?"

"수천이라고 하니 삼사천이나 되리라 믿습니다."

"어허! 수천이라니 너무 많은 반란군이라 그냥 방치해서는 안 되겠구나. 경들은 무슨 좋은 방도가 없어요? 기탄없이 말씀해보시오."

드디어 두경승이 역시 큰소리로 아뢰었다.

"폐하, 경주는 신라의 수도였고 삼년 전에도 농민반란이 일어났는데, 또 반란이 일어났다니 동경유수를 지경주사로 격하시키는 것이 옳을 것입니다. 동경유수를 파직하고 그를 천거한 자에게 반드시 책임을 물어야 할 것입니다."

두경승의 말에 격분한 이의민이 자신의 성질을 참지 못하고 드디어 강한 어조로 두경승에게 공격을 퍼부었다.

"폐하, 동경은 대처이고 수 만 명이 살고 있는데다, 근년에 연이어 흉년이 들어 굶주리던 백성들이 들고 일어난 것입니다. 동경유수에게 전적으로 책임을 지울 수는 없을 것입니다. 통촉하여 주시옵소서."

두경승이 황제의 눈치를 얼핏 살피더니 황상 앞임도 잊고 또 반격에 나섰다.

"폐하, 수령이 누구든지 관할지역에 반란이 일어나면 그 책임을 지고 물러나야 하지요. 책임이 없다니 말이 안 됩니다. 고려 무관답지가 않는 발언입니다. 통촉하여 주시옵소서."

"폐하, 지 판리부사는 지방의 촌 출신으로 경주에 대해서 알지도 못하면서 돼먹지 않은 주장을 하고 있으니, 유념하여 주시옵소서."

"경들은 다투지들 마시오. 경들은 남적(南賊)을 토벌할 장수들을 기묘일(己卯日, 15) 조회 때까지 선발하여 주시오. 용기와 지략이 뛰어난 무관들을 선발해야 할 것이오."

"폐하, 황명 받들겠나이다."

계축년 칠월 병자일(12) 이른 새벽, 동경부유수 김진오는 판병부사(判兵部事) 이의민의 집에 당도하였다. 판병부사는 눈에 핏발이 선 김진오가 큰절을 마치기도 전에 노한 음성으로 역정을 내었다.

"부유수, 대체 어떤 일이 급하단 말인가?"

"큰일이 났구만요. 지금 동경유수 관할의 군현에서는, 농민반란군들이 벌떼처럼 들고 일어나 수령들의 관아를 공격했습니다요."

"서학수, 그 자가 형편없구나. 그래! 나더러 어쩌란 말이냐?"

"유수님께서는 장군님께서 경군을 파견하여 김사미와 효심을 토벌해 달라고 했습니다요. 더 이상 머뭇거릴 형편이 아닙니다."

"그러지 않아도 전국에서 농민반란이 일어나 수많은 군인들이 토벌대로 가고 없는데, 내 고향에 수천 명의 토벌대를 내려 보내라고. 황상과 어전회의에서 내 얼굴이 무엇이 된단 말인고. 반란군의 숫자는 얼마나 되나?"

"거의 일만이나 될 것 같데요."

그 말을 들은 이의민이 심각한 표정을 짓더니 갑자기 얼굴이 밝아지면서 빙그레 웃는 것이 아닌가. 부유수는 어이가 없어 같이 따라 미소를 지으면서 생각했다.

'개경에서 정치한다는 고관대작들이란, 속에 능구렁이가 몇 마리가 들어있는지 도통 종잡을 수가 없네그려. 고향에서 큰 반란이 일어났는데 무엇이 그리도 반가운지, 저리 환한 표정을 짓고 난리인고.'

그로부터 며칠 뒤 기묘일 어전회의에서 두경승이 아뢰었다.

"폐하, 소신은 대장군 전존걸(全存傑)을 사령관으로 하고, 장군 이공정(李公靖)과 노식(盧植)을 토벌대로 보내기를 바랍니다."

두경승의 말이 끝나기가 무섭게 이의민이 또 토벌대 대장을 추천하였다.

"폐하, 소신은 고향 사람들을 죽이기보다는 진무하기 위하여, 소신의 자식 이지순과 김척후(金陟侯), 김경부(金慶夫) 세 장군을 보내기를 원합니다."

황상은 두 사람의 최고위직 무관의 추천을 받아들여 경진일(庚辰日, 16일)에 개경 외성 남문인 태안문 · 선계문 · 영풍문 · 덕풍문 앞의 넓은 공터에서 토벌대의 출병식을 치르게 하였다. 이날 남적 토벌대의 규모는 삼천여 명의 대군이었다. 발대식이 끝나니 오시(午時)나 되었다. 사령관 전존걸이 다섯 명의 장군들에게 명령을 내렸다.

"본 사령관과 다섯 장군은 개경의 금교(金郊) 역마을을 출발하되, 본 사령관과 이지순 장군, 노식 장군, 김척후 장군은 경주로 간다. 이공정 장군과 김경부 장군은 밀성군에 간다. 제장들은 신묘일(辛卯日, 27일)까지는 경주와 밀성군에 당도하여야 할 것이다."

"옛! 명령대로 거행하겠습니다."

전 장졸들이 농민봉기군들을 토벌하는데 군공을 세워 입신양명하려고 기세등등한 자세로 말을 남쪽으로 달려가고 있었다. 삼천의 군사가 달리기 시작하자 먼지가 안개처럼 자욱하였다. 사령관 소임을 맡은 전존걸은 누구보다도 용기백배하여 말에다 채찍을 가해야 하겠건만, 그의 눈에 비치는 서쪽의 산능성이, 북쪽의 송악산, 남쪽의 삼각산(북한산) 등이 왠지 슬프게만 느껴졌다.

'다시는 이 아름다운 황도를 못 볼 것 같은 예감이 드는구나. 내 어깨에 왜 이리도 맥이 빠지는가? 몹시 불길한 예감이 자꾸만 드는 것은 왜일까?'

전존걸의 토벌대가 출발한 그 이튿날, 임진나루에는 괴나리봇짐을 지고 삿갓을 쓴 세 사내가 나룻배에 올랐다. 그들은 손유익 대장군과 박선구 시랑 및 손종익 무사였다.

석두창과 금주관창 세곡탈취 대작전 감행

무학산 불기둥 치솟을 때 석두창 창고문은 박살나고

계축년(1193, 명종23) 칠월 정축일(13) 밤, 합포만 상공이 반달로 희끄무레해지자, 돝섬에서 수십 대의 배가 불을 켜고 석두창으로 서서히

다가오고 있었다. 석두창 앞의 용마주막 등에 가 있던 농민군 앞에서 현민들이 외쳤다.

"야! 저것 보라! 돝섬에서 불이 수십 개가 다가오고 있다. 저것이 대체 뭐란 말인가?"

"와이고! 왜구들이 옛날에 저런 식으로 쳐들어 와서 노략질을 했다던데. 큰일났대이. 아부지 어무이 모시고 무학산으로 올라가야겠다. 어여 도망치자."

옆에 서 있던 창고지기 군인들이 석두창에 들어가서 판관에게 급히 보고를 올렸다.

"판관님! 수십 척 배가 돝섬에서 이리로 오고 있네요. 왜구의 침입인 듯합니다."

"그래? 숨어서 동향파악을 하여라. 나는 내 방에 있겠네."

"알았심더."

석두창 일꾼들과 수비병들이 다가오는 물 위의 배를 지켜보고 있는데, 서쪽 무학산 위에서 하늘을 찌를 듯 검붉은 불기둥이 솟아올랐다. 어둠 속에 아스라이 높은 산 정상에서 불기둥이 솟아오르니, 마치 불기둥이 허공에 뜬 것 같은 착각을 불러일으켰다. 그 불빛에 합포현과 합포만이 온통 훤하게 밝았다. 곧 용마산 위에서도 불기둥이 솟아올랐다. 조금 있으니 보초 서러 갔던 창고의 군인들이 달려와서 떠들었다.

"판관님은 와 안 보이노? 현군은 얼씬거리지도 않네그려."

"오늘밤 합포에 있다가는 다 죽는다. 어디로 도망가야만 한다."

이때 농민군 삼개 군대가 벌써 석두창을 에워싸고, 얼씬거리던 수비병과 일꾼을 모두 다 묶어 석두창 창고 속에 처넣어버렸다. 선비옷으로 갈아입은 총괄장군 김진원이 판관의 집무실에 들어갔다. 농민군이 판관 방에 숨어있던 그를 잡아와서 총괄장군 앞에 무릎을 꿇리었다. 마루 위의 나무의자에 점잖게 앉은 총괄장군이 큰소리로 물었다.

"그대가 판관 신정규(辛貞奎)요?"

"예, 그러하옵니다"

판관은 고개를 푹 숙이고 말에 힘이 없었다. 진원이 몇 가지를 물어보았다.

"판관, 솔직히 말하시오. 고려의 매년 세곡은 얼마나 되는가요?"

"본관이 듣기로는 삼십만 석 정도인데, 직납지역인 동계와 북계의 국

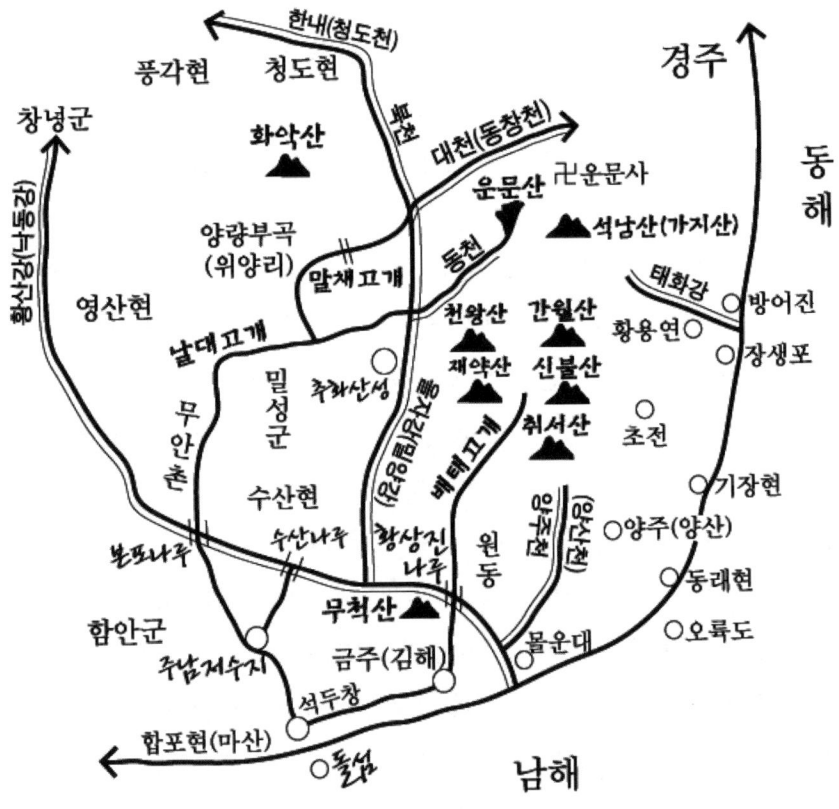

석두창 · 황산진 · 수산 · 본포나루터

경지대를 제외한 오도(五道)의 그것은 대략 이십만 석이라고 합니다."

"그럼, 석두창에 세곡미가 다 들어오면 이십만 석을 열세 개 조창으로 나눈 숫자인 이만 석 정도가 되겠군요?"

"예, 그렇게 추산을 할 수가 있지요."

신 판관은 위의 자신의 자리에 앉아 자기에게 세곡미에 대하여 물어오고 있는 자가, 어디서 본 사람임이 틀림없었고 음성 또한 그러하였다. 신 판관은 벼슬에 대한 모든 미련을 깨끗이 단념하기로 하였다.

'에라잇! 오늘로서 나는 판관이고 지랄이고 다 끝장났다. 그런데 저 사람이 누구인지나 좀 알자. 사람이 점잖은 것 같은데 설마 죽이기야 하겠나?'

"나으리, 실례지만 혹시 소관을 어디서 본 적이 없습니까요?"

"하! 하! 하! 나는 판관이 나를 몰라보는 것 같아 아주 섭섭했는데, 결국 나를 기억해주시니 고맙소. 우리도 알고 보면 다 불쌍한 중생들인데. 그렇지가 않소?"

"나으리 음성은 어디서 들은 적이 있는데, 멀어서 불빛에 얼굴을 알아보기가 힘이 듭니다."

"그래요. 그럼, 내가 판관과의 인연을 생각해서 가까이 가서 얼굴을 내보이겠소."

그리고는 선비풍의 덩치가 큰 사내가 마루에서 축담으로 내려오더니, 뚜벅뚜벅 걸어 자신의 앞에 와서 허리를 굽혀 얼굴을 바짝 가져다대었다. 횃불을 든 도적들이 재미난 구경거리라고 숨을 죽이고 두 사람을 바라다보고 있었다.

"판관, 불과 며칠 전 동석하여 청주를 마셨는데 그렇게도 기억이 안 난단 말이오?"

진원의 얼굴을 빤히 올려다보고 있던 판관이 청주 이야기가 나오자 깜짝 놀라면서 외마디 소리로 외쳤다.

"아니! 그대는 석방우!"

"이제야 겨우 알아보시는군요. 머리가 그렇게 안 돌아가서야 어찌 벼슬살이를 할 수가 있겠소?"

"석방우! 도대체 어떤 연유로 이렇게 많은 도적떼들을 이끌고 와서, 우리 창고를 부수고 있는 것이오?"

"우리 농민군과 유민들은 끝없는 흉년과 포악한 관리들의 수탈로 이대로 가다간 다 굶어죽을 것이기에, 주·현의 창고를 부수어 나누어 먹었는데, 조정에서는 토벌대를 보내어 우리들을 도륙내려고 해요. 토벌대를 맞아 장기전으로 가기 위해선, 군량미가 반드시 필요하여 판관의 창고를 부수고 있어요. 우리는 결코 도둑이 아니고 활빈당이요 정당방위란 말이오."

"사정은 짐작이 가오만 나는 목이 날아갈 것이요."

"판관, 마음을 비우시오. 당장 우리를 따라가든지 아니면 고향에 숨어서 조용히 여생을 보내구려. 나도 개경에 유학하여 대과에 급제하였으나, 거만금의 뇌물이 없어 출사를 포기, 그만 이 대열에 합류했다오. 또 인연이 되면 봅시다. 조세미만 가져가고 인명 살상은 않겠오."

운문국사는 최충길 방어진 촌장과 수십 척의 돛단배에 석두창의 양곡을 싣고, 어제 왔던 그 뱃길 즉, 황산강 하구의 몰운대(沒雲臺) 앞바다와 태종대를 거쳐 태화강 하구로 되돌아갔다.

운문농민군 필사적인 본포나루 도강과 이송 작전

칠월 열사흘 날 밤에 주남저수지 서편의 도로에, 수많은 사람들이 마차와 달구지와 말에다 가마니를 싣고 북쪽으로 달리고 있었다. 의안군(창원시) 감무 전구룡(全九龍)은 그 보고를 받고 지방군 일백여 명을 이

끌고 수상한 행렬을 살피러 도로에 나갔다. 그들은 호사대장 서역사와 교관 함만우에게 무장해제를 당하고 입에는 재갈을 물려, 어스름 달빛 아래서 하룻밤을 벌벌 떨면서 간신히 숨만 쉬면서 버티었다. 이튿날 새벽에 군민들이 그들을 구할 때까지 생지옥 같은 처지에서 울분을 삼켜야 했다.

석두창을 탈취한 운문농민군 선두부대는 의안군(창원시) 군대를 무장 해제시킨 뒤 삼경쯤에는 본포나루터에 당도하였다. 문수보살과 손무열 교관 및 서역사와 함만우는 황산강 강둑에서 장검을 빼어들고는 목구멍이 터져라 농민군을 독려했다.

"군사들이여! 관군(지방군)들이 몰려오면 안 된다! 젖 먹던 힘까지 다 내어라!"

"새벽녘에는 대천에 가도록 싸기 싸기 날라라!"

노을진 황산진나루 농민군과 금주 관군의 공방전

칠월 열나흘 석양 황산진나루터에서는 공방전이 벌어져 온천지가 불난 집 같았다. 방퉁, 김대성과 박해운이 화살을 쏘아대면서 목청이 터져라 독전을 하였다.

"화살을 있는 대로 날려라!"

"화살이 모자라니 정확하게 쏘아라!"

"원군이 건너오니 겁내지 말라!"

나루터에는 누런 군복 차림의 금주방어사 군대가 나룻배에다 가마니를 싣다가, 화살이 날아오고 강가의 풀섶에 불길이 번지니 일손을 멈추고 벌벌 떨고 있었다. 몇 척의 나룻배는 벌써 가마니를 잔뜩 싣고 북쪽 원동쪽으로 건너가고 있었다.

석양의 나루터에서 불기둥이 하늘 높이 솟아오르자, 갈대밭에 매복해 있던 농민군 삼백 명 중의 일백여 농민군이 선적작업이 중단된 나루터로 몰려가 금주 지방군들을 위협하여 작업을 계속시켰다. 또 이백여 명의 농민군이 나루터를 배경으로 하여 논둑에 바짝 엎드려 공격하는 관군에게 화살을 퍼부었다.

원동에서 황산강 남쪽의 선적작업을 유심히 살펴보고 있던 수리장군의 부하 삼백여 명이, 큰 배 세 척을 타고 강을 건너오고 있었다. 남쪽에서 급하게 달려오던 금주 관군이 나루터로 점점 다가오자 방통 결사대장을 선두로 박해운·우대·장골이·김대성이 말을 달려 적진 속으로 달려들었다. 농민군 결사대장들이 적진을 휘젓고 달려가면 큰 길이 열렸고 관군의 목이 추풍에 낙엽 지듯 땅바닥에 나뒹굴었다. 결사대장들은 창검을 휘두르면서 계속 외쳤다.

"공격허리!"

"물러나지 마라!"

"우리가 이긴다!"

오늘 칠월 열나흘 날 오전, 총괄장군은 김대성과 방통을 데리고 분성의 금주방어사 황장식(皇張植)을 만나고 있었다. 그들은 모두 비단옷을 입고 건을 썼으며 말을 타고 관아에 입성하였다. 장군은 방어사와 마주앉자마자 수행한 김대성에게 지시했다.

"황명 문서를 방어사님께 보여드려라. 본관은 황명을 받아 토벌대에 앞서 반란지역에 내려온 특사 문경희(文慶熙)요."

겨우 글을 읽을 줄 아는 무관 출신의 방어사가, 김진원이 철저히 위조한 황명 문서를 읽어보고는 일어서 넙죽 큰절을 올렸다.

"특사님, 황명대로 시행하겠나이다."

"방어사, 최근 운문고을 김사미와 초전(배냇골)의 효심이란 도적의 괴수가 농민군과 유민들을 이끌고 반란을 일으킨 것을 알고 계시오?"

"예, 듣기는 했습니다만, 우리 금주에는 그런 징후가 없답니다."

"방어사! 금주가 조용하다고 태평하게, 강 건너 불구경만 하고 있으면 낭패가 날 것이오. 방어사의 목이 몇 개라고 그리 천하태평이오."

총괄장군의 큰소리의 질책에 방어사는 찔끔하면서 겨우 말을 이었다.

"특사님, 소관이 어떻게 도울 수 있을까요?"

"며칠 내에 경군 토벌대 수천 명이 반란지역에 내리 닥칠 것이오. 그 때를 대비하여 금주의 군인들을 모두 동원하여 비축된 창고의 양곡을 군량미로 쓸 수 있도록 속히 원동까지 운송하시오. 한시가 급하니 당장 시행하시오."

"분부대로 속히 거행하겠나이다."

대청마루에서 김진원과 방어사의 대화를 듣고 있던 소윤 한광후가 고개를 갸웃거렸다. 겉으로는 느긋하게 앉아있었으나 김진원과 김대성은 한 소윤의 눈치를 알아차렸다. 부임한 지가 며칠 안 되는 신임방어사는 세상물정에도 금주의 정치판에도 어두워 어리벙벙한 상태였다. 방어사의 지시로 금주 관창에 비축되어 있던 쌀과 보리쌀 및 콩 등 삼백여 가마가, 금주의 군사들에 의해 황산강가 황산진으로 운반되기 시작하였다. 분성에서부터 무척산 남동쪽의 여덟말고개와 동쪽의 백학교다리를 지나 황산진까지, 사십여 리 길에 많은 마차와 달구지와 말이 줄지어 바삐 움직이고 있었다. 금주의 주군은 모두 다 동원되었다.

김진원 일행은 속으로는 극도로 불안하였으나 겉으로는 태연한 낯빛으로 방어사와 점심을 먹었다. 방통은 만일의 경우를 대비해서 품속에 든 쇠뭉치를 수시로 만지작거리고 있었다. 방어사와 소윤은 술이 좀 된 데다, 진원의 탁월한 문장력과 필체에 감탄하여 방문객 일행을 황제의 특사로 굳게 믿게 되었다. 그때에야 진원이 슬그머니 방어사에게 능청스럽게 말했다.

"방어사, 이제 본관과 같이 황산진나루로 가서 어둡기 전에 관곡을 모두 북쪽 나루로 옮기도록 독려를 합시다."

한편, 호정(戶正)·병정(兵正)·창정(倉正)이 분성에서 창고의 관곡 반출을 감독하고 있었다. 그때 먼지를 뒤덮어 쓴 향리 행색의 관리 하나가 말을 타고 달려왔다. 그는 말 위에서 이쪽을 보고 외쳤다.

"여보시오. 방어사님은 어디 계세요?"

그를 알아본 창정이 답했다.

"의안군 유희수(兪喜壽) 호장님이 아니시오? 어인 일로 이리도 서두르세요?"

"창정님, 큰일 났다오. 간밤에 석두창이 도적들에게 다 털리었소. 이 관곡을 와 방출하고 있소?"

"황명을 가져온 어떤 특사가 우리 관곡을 해가 지기 전에 원동으로 운송하라고 하였다오."

"와이고! 그 자가 바로 도적이오. 속았단 말이오."

"아차! 큰일 났네. 나도 그들이 왠지 미덥지가 않아서 지금도 꺼림칙하였다오."

이 말을 듣고 있던 병정 예강구(芮姜具)가 다급하게 외쳤다.

"나루로 쳐들어가서 그들의 목을 처날립시다."

"그럽시다. 벌써 배가 출발했을 지도 모르겠소. 서두릅시다."

황산진나루의 총괄장군이 작업 상황을 지켜보다가 남쪽의 관곡 실은 마차가 달려오는 곳을 바라보니, 저 멀리서 금주 군인 수백 명이 먼지를 뿌옇게 일으키면서 이리로 달려오고 있는 것이 아닌가. 그는 즉시 방통에게 지시를 내렸다.

"금주의 군사들이 쳐들어온다. 즉시 방어사와 소윤을 포박하라. 그라고, 저 볏가리와 갈대밭에 불을 놓아라."

"옛! 알았심더."

방퉁이 쇠몽치를 꺼내어 번개같이 방어사와 소윤의 등짝을 사정없이 후려갈겼다. 두 관리가 푹 꼬꾸라지면서 외쳤다.

"특사! 와 우리를 죽이려고 그러오."

"우리는 농민군이오. 저기 방어사 군인들이 이리로 몰려오고 있소. 그대가 저들이 조용히 물러가라고 지시를 하시오. 그렇게만 한다면 죽이지는 않겠오."

칠월 보름날 동이 틀 때, 운문국사는 오십여 척의 어선에 몇 가마씩의 쌀을 싣고 여유롭게 태화강 황룡연에 들어서고 있었다. 최충길 촌장은 태화나루에서 하역작업을 시작하였다. 그때 농민군의 정보를 입수한 동경유수군과 울주 군인들이 하역작업을 하던 농민군을 기습 공격하여 최 촌장이 전사했다. 그는 운문사에 모셔졌고 그 가족들은 운문사에 와서 살게 되었다.

그 며칠 후에 운문국사와 수리장군은 온갖 고생을 겪으며 귀향한 손유익과 박선구 두 전직 고위관리에게 개경에서와 걸맞은 자리를 주었다.

"참으로 반갑소. 손유익 대장군을 운문농민군의 운문대장군으로 박선구 시랑을 효심농민군의 제2총괄장군으로 임명합니다."

두 장군은 군자금으로 은병 3~5개씩을 헌납하였다. 두 사람은 개경에서의 구린내 나는 생활을 깨끗이 청산하고, 경상구산의 백성을 구제하고 신라부흥운동에 매진하기로 작심을 하였다.

토벌대 분리 주둔, 농민군의 협조 격문 부착

마누라가 두렵지 않은 자는 푸른 깃발 아래로

계축년 칠월 계미일(癸未日, 19)이었다. 전존걸 대장군이 이끄는 경군 토벌대가 삼 일간을 달려서 양광도 이천군((利川郡)에서 숙영을 하게 되었다. 전존걸의 토벌대는 옛 신라 오통(五通) 가운데 북요통(北遙通)의 관도로 경주로 내려가고 있었던 것이다. 군인들과 말들도 많이 지쳐 있었다. 흉년인데도 이천군 감무가 나와서 토벌대를 환영하면서 소를 몇 마리 잡아서 막걸리를 권하여 기분이 흐뭇하였다.

「이때 장군 김척후(金陟侯)의 진영에서 있었던 일이었다. 김척후 장군은 평소에 이런 생각을 하면서 살아왔다.

'배짱 좋다는 남자치고 부인을 두려워하지 않는 사람이 과연 몇 사람이나 있겠는가?'

그는 평소 마누라를 매우 두려워하였다. 김 장군은 자기 부하들도 자기와 같이 평소 집에 가서 마누라를 두려워하는지 알고 싶어서 한 가지 조사를 시도하였다. 그는 숙영장 앞의 넓은 거랑에 푸른 깃발과 붉은 깃발 두 개를 높이 세웠다. 그리고는 자기 부하 오백 명에게 명령을 내렸다.

"마누라를 두려워하는 자는 붉은 깃발 아래에 서고, 마누라를 두려워하지 않는 자는 푸른 깃발 아래에 서라."

그 결과 오직 한 병사만 푸른 깃발 아래에 서고 나머지 모두가 붉은 깃발 아래에 섰다. 이에 김 장군이 이 병사를 장하게 여겨 물어보았다.

"네가 정말 대장부다. 세상 사람들이 아내를 두려워하는 것이 유행처럼 되어 버렸다. 나 자신도 한 나라의 장군으로 수많은 병사를 이끌고 적을 만나 온 힘을 다하여 싸울 때는, 돌과 화살이 비처럼 쏟아져도 오히려 간담은 더욱 매서워져서 공포심이란 아예 없는 사람이다. 그러나, 오로지 아내 방에 들어가 잠자리에만 들면, 사랑하는 마음을 이기지 못해 마누라에게 제압당해버린다. 대체 너는 어찌하여 그렇게 강할 수가 있느냐?"

"장군님, 제 마누라가 항상 제게 훈계하기를

'남자란 세 사람만 모이면 반드시 여색을 논하니, 세 사람 이상이 모인 장소에 당신은 절대로 들어가지 마시오.'

라고 말했습니다. 하물며 지금 오백 명의 남자가 모인 장소가 아닙니까? 그래서 혼자 푸른 깃발 아래 서 있는 것입니다."

하고 군졸이 대답하자, 김 장군이 크게 웃으며 말했다.

"네가 마누라를 두려워하는 것은 확실히 나보다 한 수 위다."[42]

전 대장군이 경주로 내려가면서 경상도 각 고을의 수령들을 만나보니 어느 고을이든지 농민봉기가 일어나지 않은 곳이란 없었다. 경상도 경주로 가는 길이 마치 농민반란군의 포위망 속으로 들어가는 것 같은 착각을 느낄 정도였다. 경상도라는 바다 위에 자신들이 토벌대라는 이름의 배가 되어 떠 있는 듯 두려움마저 들었다.

계축년 가을 칠월 경인일(庚寅日, 26일), 전존걸 대장군은 영주(永州, 영천시)에 당도하여 자기 휘하의 토벌대 장군들에게 지시를 내렸다.

"지금부터 우리 군대는 분리 주둔한다. 장군 이지순과 김척후는 이곳에 주둔한다. 본관과 장군 노식은 경주로 간다."

「울주, 밀성군, 청도현, 풍각현, 양주, 헌양현 농민 여러분, 어제 개경에서는 우리 농민군들을 몰살하려고 토벌대를 수천 명 보내왔습니다. 이제 개경 조정에 세금을 낼 필요가 없습니다. 우리가 피땀 흘려 낸 세금이 개경의 썩어 빠진 관리들과 종놈과 개새끼들의 배를 불리기 때문입니다. 앞으로는 우리가 지은 농사는, 우리가 수확하여 우리들이 먹고 살아 굶어죽는 일이 없도록 해야 할 것입니다. 자기 배만 불리는 부패한 수령들을 믿어서도 안 됩니다.

경상구산 농민여러분! 굶지 않고 토벌대와 싸울 용기가 있으면 운문사나 배냇골(초전)의 농민군에 들어오시기 바랍니다. 우리 농민군들은 토벌대를 물리치는 대로 썩어 빠진 고려 조정을 뒤엎고, 신라를 다시 일으켜 세워 예전처럼 잘 사는 나라를 만들 것을 약조드립니다.

경상구산 농민 여러분! 우리 농민군들을 적극 협조하여 주시기 바랍니다. 우리들은 경상구산 농민 여러분들을 위하여 뼈가 가루가 되고 피가 다 뿌려지는 그 날까지, 한 사람이라도 남아 있는 한 토벌대와 끝까지 싸워 승리를 쟁취할 것입니다.

계축년 칠월 신묘일 운문농민군 운문국사 김사미
효심농민군 수리장군 효심 백」

칠월 스무이레 날부터 경상구산 길목마다 위와 같은 격문이 나붙었다. 이 방문은 개경 토벌대가 경성도에 파견되어 오자, 농민군 간부들이 사자평 효심농민군 제2본부에서 토벌대 방어 전략회의를 하면서 결정한 것이었다. 그 목적은 흉년에 수령의 폭정에 진저리가 난 백성들 즉 농민들을 농민군의 편에 확실히 서게 하기 위해서였다.

농민들은 길목마다 나붙은 방문을 보고 이런 생각들을 하고 있었다.

'굶어 죽는 것보다 관군과 싸우다 죽는 편이 더 낫다. 일단 내가 생산한 쌀을 내가 먹고 살아야지. 여차하면 농민군에 들어가서 끝까지 관군과 싸우다가 죽겠다. 이래 죽으나 저래 죽으나 한번 태어났다가 죽는 것은 매 한가지가 아니냐.' 라고 생각하고 농민군의 뜻에 따라서 계축년 가을에는 세금을 내지 않았다. 추수마당의 알곡은 얼마 되지 않았지만, 그래도 거머리 같은 수령들에게 세금을 내지 않으니 우선 굶어 죽지는 않게 되었다. 그 대신 밤마다 관군에게 끌려가다가 창검에 찔려 죽거나 곤장을 맞는 꿈을 꾸는 등, 극도의 불안 속에서 지내야만 했다.

지리를 이용한 농민군에게 연패를 겪는 토벌대

이지순 장군과 농민군의 은밀한 밀통

칠월 말 어느 날 오후, 영주(영천시) 이지순 장군의 군영 막사 안에서 그를 방문한 어떤 승려가 장군에게 낮은 목소리로 말했다. 막사 안에는 부장 두 명이 있었다.

"장군님, 참으로 오랜만입니다. 속명이 박부라인데 소승을 알지 못하시겠지요?"

"세월이 너무 흘러서 기억이 흐릿하네요. 일단 앉으시오."

"운문고을 도적들을 짓이겨버릴 묘책이 있어 왔사오니, 주위를 물려주시면 좋겠습니다만…"

장군은 아주 흐뭇한 표정을 지으면서 오른손을 들어 막사문을 가리켰다. 수비대장인 박대순은 왠지 모르게 승려의 하는 짓이 미심쩍어 고개를 갸우뚱하면서 다른 부관과 막사문을 나섰다. 승려가 장군에게 바짝 다가가 속삭이듯 말했다.

"장군님, 소승은 운문고을의 혜광이란 승려인데, 운문국사(김사미)가 보낸 밀사랍니다. 우리는 토벌대와 정면충돌을 피하고 이의민 장군님과 협조하기를 갈망하고 있습니다. 농민군은 장군님과 협력하여 경주에서 장군님 부자의 나라를 건국하기를 소망하고 있습니다. 적극적으로 협조하여 주시기 바랍니다."

"그래요. 김사미와 효심의 연합군이 얼마나 되나요?"

"농민군과 유민을 합하면 약 오륙천은 됩니다."

"병장기며 마차 등과 군의 사기는 어때요?"

"벌써 일 년 이상 교관을 두고 철저히 군사훈련을 했기에 모든 것이

막강합니다. 도와주십시오. 장군님."

장군은 얼굴에 득의의 미소를 지으면서 역시 속삭이듯 화답하였다.

"알았오. 내가 부관들에게 그대를 나의 죽마고우라고 소개할 테니, 수시로 와서 그대들의 군대동향을 보고하시오."

혜광은 두 무릎을 꿇고 마치 충성맹세를 하듯 장군에게 큰절을 넙죽 올렸다.

"장군님, 하해와 같은 어진 마음씨를 존경 또 존경합니다. 토벌대가 언제쯤 우리군을 기습할 작정입니까?"

"현재 세작들이 반란군들의 근거지를 철저히 조사하고 있으니, 열흘 쯤 뒤엔 군대를 움직일 것이오."

"장군님, 소승이 막사에 출입하는 것은 아무래도 두 쪽 다 불리할 것이니, 심복을 영주의 한복판 만포장주막으로 보내어 토벌대의 동향을 알려주시기 바랍니다. 소승이 그 주막의 천지인방(天地人房)에서 매일 저녁밥을 먹도록 하겠습니다요. 그리고, 수년간 흉년이 들어 우리는 군수물자가 크게 달리는 형편인데 그 점을 크게 도와주시옵소서. 우리군은 장군님 편에서 적극협조 하겠나이다."

"알았소. 내 수결을 친 서신을 심복 김치민의 편으로 보내겠소."

두 사람은 붓으로 각자의 수결을 휘갈겨 바꾸어 가졌다. 장군은 막사 문밖까지 따라 나와 혜광의 손을 잡으면서 부관들이 들으라는 듯 큰소리로 말했다.

"죽마고우, 다음에 또 봄세. 참으로 반가왔네."

혜광은 그로부터 며칠 뒤 팔월 초하루 날 저녁, 영주 만포장주막에서 이지순의 수결을 가진 젊은 병사와 만났다. 그는 혜광을 만나자마자 대뜸 요구하였다.

"장군님께서 스님을 따라 운문고을에 가서 김사미 운문국사와 그 본부를 둘러보고 오라고 명했습니다."

김치민이 운문고을에 와서 운문국사와 그 부관 등을 만나보고 그 군대의 실태를 둘러보고 갔다. 그 후로부터 매일 이지순 장군의 군대로부터 군수물자가, 장사꾼들을 통해 건천촌, 영주, 울주, 헌양 등의 장시에서 농민군에게로 극비리에 서서히 흘러 들어갔다. 그것은 농민군에 절대로 부족했던 의복, 식량, 신발과 버선 등이었다. 짐승껍데기를 뒤집어쓰고 다니던 농민군들이 고급옷과 신발 및 버선을 신고서는 좋아서 떠들었다.

"야! 세상에 이런 좋은 입성들도 있었구나. 이 물건들은 저 토벌대 녀석들에게 가서 훔쳐온 것인가?"

그들은 정작 이런 군수물자들이 어디서 어떤 경로를 통해서 들어온 것인가를 알 수가 없었다.

불덩이 마소떼에 짓밟혀 풍비박산이 난 토벌대

계축년 팔월 신축일(7일) 사시(巳時, 09~11), 토벌대의 두 장군 이공정과 김경부의 일천여 군대가 밀성군 동천을 지나가고 있었다. 그런데, 동쪽인 승학산 정상과 그 북쪽인 둥굴레밭 정상에서 검붉은 불기둥이 공중 높이 솟아올랐다. 토벌대들이 행군을 멈추고, 그들의 우측 높은 산봉우리에 솟아오르는 하늘을 찌를 듯한 불길을 보고는, 왜 불길이 솟아오르는지 의아해하면서 한편으로는 불안해하였다.

바로 그때였다. 동천 서쪽 한박산(용암산)에서 용암봉을 거쳐 오치마을까지 약 십리의 높고 가파른 남북방향의 능선 위에서 마소떼들이 울부짖는 굉음이, 고요하던 동천 일원을 마치 천둥이 울리 듯 고막을 때렸다. 경군들이 이번에는 머리를 서쪽으로 돌려서 산능선을 올려다보면서 중얼거렸다.

"이게 무슨 굉음인고? 청천벽력일세."

그 다음은 군인들이 깜짝 놀라 아연실색하고 말았다. 수백 마리의 마소떼가 대가리와 꼬리에 건초더미를 이고 달고, 마치 홍수에 둑이 터져 물이 쏟아져 내려오듯 겁나게 관군쪽으로 내달려오고 있었다. 그런데, 그 건초더미에 불이 활활 붙고 있었다. 건초더미의 불길이 절벽과도 같이 가파른 산기슭에 삽시간에 번져 불바다로 변했다. 마소떼가 울부짖는 소리가 관군들의 귀를 찢었다.

"우~웅~우~웅!"

"이~히~잉! 이~히~잉!"

"우~웅~웅!"

토벌대 군인들이 마소떼에 밟혀 죽지 않으려고 황급히 우측의 동천 거랑에 뛰어내렸다. 또 그때였다. 동천 우측의 둥굴레밭과 승학산 산발치로부터 천둥이 치는 듯 함성이 들렸다.

"공격하라! 죽여라!"

"한 놈도 놓치면 안 된다."

"쏴라! 쉬지 말고 쏴라!"

"도망가는 놈은 목을 쳐라!"

"개경놈들! 인정사정 봐 줄 것 없다! 내리쳐라!"

토벌대들이 서쪽의 마소떼와 동쪽의 농민군의 기습에 대오가 흐트러져 우왕좌왕하는데, 동편 산의 숲속에서 화살이 비 퍼붓듯이 날아들었다. 몸에 불이 붙은 벌건 소떼들과 말떼들이, 마차와 기마병 및 보병을 한꺼번에 짓밟아버리니 관군의 행군은 아비규환의 생지옥으로 변해버렸다.

관군들이 불붙은 마소떼를 보기에는 전설 속에 나오는 불가사리와 같았다. 쇳조각을 먹는 작은 쥐만한 불가사리를 장롱 속에다 키웠더니, 나중에는 황소만큼 자라서 개경 전체 골목길을 미친 듯이 뛰어다니면서 집들을 풍비박산 내어버렸다는 그 불가사리 말이다.

"아이고! 나 죽는다!"

"이것이 화탕지옥이구나!"

"불을 이고 날뛰는 소와 말은 왠일인고? 확 미쳐버리겠구나."

이공정과 김경부가 목이 터져라 독전을 하였다.

"후퇴하라! 후퇴하라!"

"왔던 길로 후퇴하라! 나를 엄호하라! 빨리 도망가자!"

"여기서 꾸물거리다간 다 죽는다. 후퇴하라!"

"적군들이 수천이나 되는 것 같다. 빨리 달려라!"

토벌대 기병들은 불붙은 소와 말이 높은 산능선에서 미친 듯이 뛰어내려와 박아버리니, 땅에 떨어져 죽거나 병신이 되었고 타고 있던 말들은 놀라서 미친 듯이 도망가버렸다. 병장기와 양곡을 싣고 가던 마차 수십 대는 불붙은 소떼와 말떼가 덮치니, 불이 나버렸고 마차를 끌던 말은 미친 듯이 도망 가버렸다. 마차들이 나뒹굴어 박살나고, 수백 마리 소떼와 말떼가 마차와 기병들과 보병들을 짓밟으니, 동천의 협곡에 천둥이 치는 듯 굉음이 계속 되었다.

"우당탕! 쿵!"

"우르릉! 킥! 큭!"

"아이고! 나 죽네!"

"사람 살려!"

관군과 농민군이 창검으로 찌르고 찔리고 마소들이 날뛰어 마차들이 불타고 있는 와중에, 기수들이 들고 있던「토벌대 이공정 장군(討伐隊 李公靖 將軍)」이란 커다란 깃발이 불길에 타고 있었다. 다른 기수들은 마소에 떠받치어 들고 있던 깃발을 잡고서 거랑바닥에 바짝 엎드리고 말았다.

이공정과 김경부는 죽을힘을 다해 다시 밀성군 추화산성의 행영쪽으로 도망을 갔다.

'아이고! 내가 죽는다. 큰일 났구나. 개경의 처자식도 못 보고 죽게 생겼네.'

두 장군과 그들을 따르던 무리들이 북천(밀양강)의 밀산나루를 건너고서야 겨우 안도의 한숨을 쉬었다. 몸만 살아있지 정신은 거의 죽은 거나 마찬가지 상태였다.

이 날 동천거랑에서의 농민군의 승리는 운문과 효심의 두 농민군의 협공의 결과물이었다. 즉, 서쪽의 마소떼는 운문농민군의 공격이었고 동쪽 둥글레밭에서의 화살공격은 효심농민군의 그것이었다.

동천거랑에서의 참패를 당한 뒤 전존걸은 동경유수를 앞에 두고 한탄을 하였다.

"나는 농민반란군이라기에 오합지졸로 낫이나 곡괭이를 들고서 우리에게 맞설 줄 알았는데, 어찌 토벌대가 침략하는 것을 정확히 알고 협곡에 관군을 몰아넣어 몰살을 시킨단 말인가? 귀신이 곡할 노릇이구나! 평지에서 농민군과 우리가 맞붙는다면야 승산은 확실한데, 운문사와 배냇골이 모두 일당백의 천험의 요새지에 있으니 크게 걱정이 되는구나."

대천촌과 고점촌의 수공작전에 수중고혼이 된 토벌대

팔월 신해일(辛亥日, 17) 사시(巳時, 09~11), 김척후 장군이 부하 칠백을 이끌고 호산(虎山) 아래의 대천거랑을 올라가면서 박차를 가하고 있었다. 그는 뒤돌아보며 장검을 하늘 높이 쳐들고서 부하들에게 독전의 함성을 목이 터져라 외쳤다.

"운문사가 코앞이다! 단번에 덮쳐서 적도들을 몰살시키자!"

그런데, 남쪽의 호산과 북쪽의 대천마을에서 동시에 징소리가 요란하게 울렸다. 갑자기 징소리보다도 더 큰 도적들의 목소리가 들렸다.

"끊어라! 빨리 끊어라!"

"쏘아라! 한 놈도 남기지 말라!"

"적들이 무디기로 올라온다. 싸기 싸기 줄을 끊어라!"

선두에 달려가던 김 장군과 부관들은 도적들이 외치는 줄을 끊으라는 말에 신경이 쓰여 앞쪽을 쳐다보았다. 바로 그때였다. 멀리서 볼 때는 바위절벽으로 보였던 벽이 갑자기 머리 앞으로 꽝! 하는 굉음을 내면서 튀어나왔다. 김 척후는

"꽝!"

"꽈 ~ 꽝!"

"콰~다~당!"

하는 엄청난 굉음을 듣고는 정신을 잃어버렸다. 김 장군을 뒤따르던 오백여 명의 경군과 이백여 명의 지방군들이, 마치 홍수물과 같은 대천의 급류에 파묻혀 매전역을 지나 유천역까지 삼십여 리를 떠내려가고 말았다. 기병이고 보병이고 급류의 홍수 같은 물줄기에 살아남는 것은 운이 좋아 살아남은 자들이었다. 그나마 김척후와 부관들 및 헤엄에 능하고 골격이 강철 같은 경군들은 제법 살아남았다. 하여간 절반의 토벌대가 수중고혼이 되었다.

그때에야 천천히 동곡촌에 도착한 이지순 장군은 홍수물 같은 대천의 큰물에 떠내려가는 김척후의 부하와 지방군들을, 거랑가 언덕 위에서 내려다보면서 빙그레 웃을 뿐이었다.

불과 삼 식경(食頃) 전에 이지순과 김척후 장군이 장산군(경산시)과 청도현의 경계인 갈고개를 넘었다. 고개를 넘자 이 장군이 김 장군에게 넌지시 제안을 하였다.

"김 장군은 나보다 나이도 많고 승차도 빨리 해야 하니, 나보다 선두

에 서서 적도들을 확 쓸어버리시오. 군공을 세우면 황상께서 한 계급 승차시켜 주겠지요. 나야 아버님 덕분에 때가 되면 승진이 되니까요. 어때요? 김 장군."

김 장군은 이지순 장군에게 잘 보여야 출세를 할 수가 있었기에 늘 이 장군의 말에 잘 따랐다. 그리하여, 김 장군의 군대가 앞에 서서 대천촌으로 말을 달렸다.

대천촌에서 운문농민군이 미리 만들어둔 못둑을 터뜨려 김척후의 토벌대를 궤멸시키고 있던 그 시각에, 효심농민군도 고점촌에 막아두었던 못을 터뜨려 이공정과 김경부의 중앙군과 밀성군 주변의 지방군에게 수공을 가하여 절반 이상이 전사하였다.

이 날 대천촌과 고점촌의 수공작전의 성공은, 토벌대가 내려올 것을 예상하고부터 농민군들이 근 사십 일간 합심하여 둑을 잘 막아두었기 때문이었다.

전존걸 대장군은 몇 차례의 패전 뒤부터 말수가 적어지고 사기가 꺾였으며 우울한 표정으로 일관하였다. 그는 경주의 동경유수 관아, 황룡사, 분황사 등지를 홀로 방황하면서, 갈바람에 지는 낙엽을 보고도 빙그레 웃기도 하고 분노를 못 참는 듯 두 주먹을 불끈 쥐어보기도 하였다.

이천옥 여주인 떠돌이 장인을 탐하다
이천옥 주모 간곡댁이 떠돌이 장인 장씨를 안채의 여주인 이씨에게 데려다 준 것은 올해 봄날이었다. 장씨가 뜨뜻한 방에서 장롱문짝을 한참 고치고 있는데, 이씨가 갑자기 자신의 배를 움켜쥐고서 신음소리를 내질렀다.

"아이고 배야!"

"아야~야! 아이쿠 내 죽겠네!"

하면서 누워서 방을 빙글빙글 돌았다. 배와 얼굴을 방바닥에 처박고, 소리는 낮았으나 아주 절박한 목소리를 질러댔다. 그가 난감해서

"주인님, 어쩌면 되겠습니까? 의원을 부를까요?"

라고 다급하게 물었다.

그녀는 다 죽어가는 목소리로

"아니요. 갑자기 한 번씩 이러는데 우리 주인이 없심더. 주인의 따스한 배로 내 이 찬 배를 문지르면 낫습디다."

눈치를 챈 남자가 얼른 받아서

"주인님, 내 배로 문질러도 되겠지요?"

"이대로 두면 언제 나을지 모르니 속히 그렇게 해주시오. 그렇지만, 외간 남자와 문제가 생기면 안 되니, 나뭇잎으로 음호[陰戶, 음문(陰門)]를 가리고 서로 배를 맞댐이 좋을 것이오."

그는 부리나케 방안에 있던 화초의 큰 잎을 그녀의 음호 위에다 올려놓았다. 그리고, 바지말기를 무릎까지만 내려서 장대한 그의 물건을 이씨의 무릎과 무릎 사이에 두었다. 서서히 장씨의 육중한 엉덩이가 맷돌처럼 돌기 시작하였다.

뜨뜻하고 묵직한 남성의 체중에 이씨는 포만감을 느끼면서 스르르 양눈을 감았다. 그는 자신의 귀두가 뜨뜻하고 미끈거리는 부드러운 동굴 속에 있는 것 같아 기분이 좋아지기 시작하였다. 둘이 의식도 하지 못한 새에 그의 양물이 이미 이씨의 음호 안에 들어가 있었다. 장씨가 눈을 떠 이씨의 두 눈을 보니 눈동자에 흰자위가 많았고, 검은 눈동자는 아래쪽에 몰리어 작아 보였다. 바로 그때, 여주인이 깜짝 놀란 듯 외쳤다.

"엇! 나뭇잎이 어디에 있노? 장씨의 양물이 곧바로 내 음호 안으로 들어와 버렸네요."

그러자, 사내가 자랑삼아 말했다.

"내 물건이 본래 강하여, 나뭇잎을 뚫는 것은 강한 화살이 결이 곱고 누런 삼베를 꿰뚫는 것과 같지요."

그 뒤부터 둘은 서로의 무르익을 대로 무르익은 몸을 탐닉하면서 몇 번이나 사정을 하였다. 안주인이 말하기를

"과연, 배를 문지르는 것이 효험이 있네요. 복통이 말끔히 가시고 기분이 날아갈 듯 좋습니다요."

간곡댁은 두 남녀가 너무 오래 안방에 있어서, 종종걸음으로 안방 뒷문에 가서 안에서 나는 소리를 엿들었다. 장인 사내가 여주인에게 시를 읊조리듯 속삭였다.

"마님, 미안합니다만 소인의 양물을 한번만 빨아주시오. 그렇게만 해주시면 평생 여한이 없겠네요. 뜬구름 같이 떠돌이 생활을 평생 하다 보니 맘을 둘 데가 없네요. 주인님이 제 소원을 들어주시면 평생 가슴에 아름다운 추억으로 간직하고 살아가겠구먼요. 마님의 부드러운 입술, 헛바닥, 뜨거운 입김이 소인의 투박한 가슴 속에 맑은 샘물이 되어, 죽을 때까지 솟아날 것으로 믿습니다요."

그 말에 이씨가 간드러지는 콧소리로

"호! 호! 호! 아이! 쑥쑥고로(꺼림칙하게) 그래요? 정 그렇다면, 소원을 풀어드려야지요. 죽은 사람 소원도 풀어주는데요." 라고 기쁨에 젖어 아양을 떠는 것이었다.

이씨는 지난 겨울부터 꿈속에서도 그리던 장씨와의 교접의 소원을 풀고 나니 나른한 행복감에 젖어 들었다.

때는 지난해 겨울 설날 며칠 전이었다. 설날에 손님을 맞기 위해 집 몇 곳을 손보도록 장씨를 불렀다. 이씨가 외양간에서 쇠죽을 끓이다가 연기가 눈에 들어와 숨이 차서 소가 매여져 있는 뒷간으로 나갔다. 밖은 어둠이 깔리려는 찰나의 속이었다.

그런데, 십여 발자국 앞에서 장씨가 두엄 위에다 시원스럽게 오줌을 누고 있었다. 그녀의 휘둥그레 뜬 두 눈이 그의 남성에 꽂히었다. 위로 약간 올라가 힘이 바짝 들어있는 그의 물건은 마치 대마의 연장처럼 길고도 굵었다. 즉, 초전역에서 눈을 지그시 감고 여물을 씹고 있는 수말의 물건 그것처럼 장대하였다. 너무나 경이로운 장면이 눈앞에서 펼쳐지고 있었던 것이다.

사내는 거센 오줌발이 끝이 나니 그의 허리와 엉덩이를 부르르 떨었다. 왼손으로 양물을 털털 털고는 자기의 검정색 삼베바지의 말기를 들더니 다소 맥이 빠진 그 물건을 집어넣었다. 여인은 믿기지 않는 장면에 너무나 당황하여 정신을 잃고 멍하니 서 있었다. 그때서야 남자는 자신을 바라다보는 눈을 의식했는지 움찔하고는 여자쪽을 바라다보았다. 장씨는 조금은 미안해하는 표정을 보이는 것 같더니만, 아무런 말도 않고 서 무표정하게 일하던 대로 터벅터벅 걸어가 버렸다.

안주인은 그 장면을 본 이후로 일이 손에 잡히질 않았고, 여유만 있으면 그 장면을 계속 연상하면서 몽롱해지곤 하였다.

'보통 체구의 다부지게 생긴 남정네가 오줌발이 그렇게나 세고, 또한 물건은 얼마나 장대한 것을 달고 다니는지…'

설을 지나고 정월 대보름을 지나고 이월을 지나 온천지가 소생하는 데도, 그녀는 그 장면을 잊어버릴 수가 없었다. 남편은 돈깨나 있다고 스무 살이나 젊은 자기를 재취댁으로 맞아서, 온종일 살림집에만 박혀 있게 하였다. 그러면서, 바깥주인은 자신 몰래 젊은 기생이 새로 오면 데리고 잠을 잤고, 미타암 밑 주막의 과부와도 간혹 자고는 재물을 건네곤 했다. 그런데 그녀는 중년에 접어들어 몸은 풍성해질 대로 풍성해져 몸에 색기가 좍 하게 흘렀다. 장씨와 일을 벌이다가 쫓겨나서 또 주막을 전전하면서, 험한 고생을 해야할 것을 생각하면서 장씨를 잊으려고 머리를 세차게 흔들어 보기도 했다.

그런데, 춘삼월 봄날이 한창 무르익는 때 마침맞게도 꿈속에서도 잊지 못했던 그가 나타난 것이다. 그녀는 내일 죽더라도 그 길고긴 괴로운 기다림에서 탈출해야 한다는 일념으로, 오늘 장씨에게 배탈이 났다고 극약처방전을 썼던 것이다. 그녀의 꿈은 실현되었고 장씨로부터 그녀 일생일대의 가장 간절했던 욕구를 충족시키는, 크나큰 은덕을 입었던 것이다.

그날 이후 장씨는 천성산 기슭의 허름한 초가를 한 채 얻어 살면서 이씨와 이따금 애욕을 불살랐다. 효심이 고점촌 수공작전에서 승전을 한 뒤, 잠시 짬을 내어 이천옥에 왔다가 수심과 간곡댁으로부터 숙모의 간통사건을 전해 들었다. 효심은 삼촌이 보는 앞에서 장씨를 발가벗겨 그의 장대한 남근을 확인하였다. 효심은 장씨의 물건이 영주(영천시) 대마의 그것과 흡사하다고 영주로 추방하여버렸다.

한 달 뒤에 장씨가 살던 집에는 수심이 장골 결사대장과 혼인하여 새 살림을 차렸다. 장씨가 떠나고 비실비실 하던 이씨는 어느 날 밤 야반도주를 했다. 초전 사람들이 쑤군거렸다.

"여편네는 바람이 나면 끝까지 안 살고 간다더니 정말로 떠나버렸네."

이씨가 떠난 것을 확인한 전동은 씁쓸한 웃음을 입가에 흘리면서 중얼거렸다.

"그 음탕한 년이 장가의 쇠몽댕이를 못 잊고 결국 떠났구나. 잘 거두어 주었는데도. 불여시 같은 년."

효심농민군 사자평의 화공작전으로 토벌대를 궤멸시킴

여천각시 때문에 단조산성의 전초전 패배

계축년(1193, 명종 23) 시월 스무닷새 날 새벽, 신불평원의 농민군은 간밤 내내 동쪽의 헌양현 가천촌·방기촌(울주군 삼남면)에서 횃불을 든 일천여 명의 관군들을 내려다보고 있었다. 수리장군과 총괄장군이 손유익 대장군에게 물었다. 손 대장군은 이지순 장군으로부터 토벌대가 공격한다는 정보를 입수하여, 이곳 농민군을 지원하기 위해 와 있었던 것이다.

"관군들이 와 저기에서 밤새 꼼짝 않고 있나요?"

"이 평원 동쪽의 수백 길 절벽이 워낙 가파르니 정면 돌파할 자신이 없어 시간을 죽이고 있는 것 같네요. 고개마다 보초병을 두었지요?"

"예, 열 명씩 배치했지요."

이윽고, 동쪽의 솥발산 - 천성산 - 원효산을 잇는 기나긴 남북능선 위에 동이 트려는지 붉은 노을이 비치기 시작하였다. 농민군은 신불평원 동쪽의 오리나 되는 절벽 위 능선에서, 맘을 푹 놓고 산 아래 관군의 횃불만 신경을 쓰고 있었다. 그런데, 새벽 서편 억새밭의 적막 속에 산짐승 떼가 잡풀을 헤치고 급속도로 달려오는 듯한 인기척을 느끼고 뒤를 돌아보았다. 누런 군복을 입은 수많은 관군들이 소리기 하나 없이 이쪽으로 안간힘을 다하여 뛰어올라오고 있었다. 겁에 질린 농민군 하나가 자신도 모르는 사이에 고함을 질렀다.

"관군이다! 빨리 일어나라!"

"싸울 준비를 해라!"

억새 잎들만 초겨울 바람에 써걱써걱 소리를 내던 고요한 신불평원에 갑자기 산불이 난 듯 난장판이 되었다. 잠이 들깬 농민군들이 관군들의 창칼에 찔리어 외마디 소리를 지르고 죽어갔다. 삽시간에 일백여 명의 농민군들이 평원의 막사에서 자다가 죽었다.

"얏! 악!"

"나 죽는다!"

"죽여라! 정신을 차리기 전에 다 죽여라!"

"적도들을 몰살시켜라!"

수리장군이 신불마 위에서 청룡언월도를 휘두르면서 독전을 하기 시작하였다.

"후퇴하라! 관군의 기습이다!"

"무조건 사자평으로 퇴각한다!"

농민군 삼백여 명은 천지샘 - 신불재 서편 - 간월재 - 내리정 윗길 - 배냇고개 - 국수봉 북편길 삼사십 리를 정신없이 달렸다. 신불평원에서는 농민군의 전사자가 관군의 네 배나 되었다. 그리하여, 후세 사람들은 신불평원 일원의 요소요소에 백발등·피못·피폐등이란 이름을 붙였다고 하였다.[43]

어제 새벽, 통도사 앞 사하촌의 여천각시집에 헌양의 심마니 두 명이 찾아왔다. 그들은 취서산 남쪽 기슭의 여천각시굴에서 베를 짜는 각시에게 물었다.

"각시. 신불평원에 산삼이 있다던데 올라가는 길을 좀 가르쳐 주세요. 이 고급 삼베 열 필을 드리겠오. 동쪽이 온통 바위절벽이라 올라갈 수가 있어야지요."

각시가 보니 누런 삼베는 자기가 짜는 베와는 비교도 안 될 정도로 고급이었다. 그녀는 그 남정네들이 관군이란 것을 꿈에도 생각 못했다. 장군 이공정과 김경부의 이천여 관군은 여천각시가 가리켜준 대로 통도사 자장암 앞의 자장동천(慈臟洞天)을 거쳐 한피기고개를 넘었다. 두 장군은 신불평원의 농민군을 속이려고 가천촌과 방기촌에 밤새 내내 허수아비를 세워두었다. 농민군들은 동쪽의 허수아비가 관군들이 머물고 있는 것으로 방심하고 있다가, 배후에서 관군의 기습공격을 당한 것이었다.

수리장군 등의 결사대장들이 배냇고개에서 천왕산 사자평으로 가기 위해 진군방향을 바꿔 잡는데, 수도 헤아릴 수 없이 많은 경군들이 농민군을 따라오고 있었다. 농민군의 주력군대가 배냇골을 통과한 얼마 후, 이공정과 김경부는 헌양에서 배냇고개로 올라온 전존걸과 노식의 군대와 합류하게 되었다. 그러자, 관군들의 사기는 다시 승천하게 되었다. 전 대장군이 부관들을 앞세우고 독전을 하였다.

"적도들은 불과 수백에 지나지 않는다! 겁낼 것 없다! 닥치는 대로 쳐 날려라!"

관군들이 서쪽의 국수봉을 넘어서자, 남쪽에서 북쪽으로 재약산, 천왕(황)재, 천왕산(사자봉)이 정면에 보였다. 바위봉으로 우뚝 솟은 웅장한 재약산과 천왕산은 마치 형제와 같았고 절경이었다. 관군들이 사자평의 억새평원에 들어섰다. 그곳에는 도적들의 기병 오십여 명과 보병 삼백여 명이 웅성거리고 있었다. 전존걸이 농민군들을 보자마자 갑자기 맥이 솟구치는지 고함을 질렀다.

"저것 보아라! 적도들이 얼마 되지 않는다! 한꺼번에 밀어붙여버리자!"

그러자, 옆의 노식 장군이 말렸다.

"대장군님! 적도들이 배냇골에서는 일천도 넘었다고 합니다. 저들이 아무래도 수상합니다. 무슨 흉계를 꾸미고 있는 듯합니다."

"무슨 소리! 머뭇거리면 더 문제다. 다 도망가버렸을 것이다. 공격하라! 화살을 퍼부어라!"

관군 이천 명 정도가 기병을 앞세워 사자평 팔백여 결(結)(약 125만 평)에 들어서면서, 서쪽 재약산 수미봉 능선의 농민군에게 화살을 쏘아대었다. 능선의 농민군도 아래쪽으로 화살을 쏘면서 응사하였다. 그러는 사이에, 이천여 명의 관군들이 사자평에 거의 다 들어왔을 때였다. 수미봉 정상 능선에서 결사대장들이 관군쪽으로 화살을 날렸다. 그러자, 평원 사방에서 농민군들의 함성이 귀가 찢어질 만큼 크게 들렸다.

"공격하라! 불화살을 쏘아라!"

"한 놈도 놓쳐선 안 된다. 계속 쏘아라!"

"돌격하라! 처 날리자! 빨리 덮쳐라!"

전존걸은 눈앞이 캄캄해졌다.

'불화살이라니… 이런 젠장! 바싹 마른 건초더미 위에 우리가 서 있지 않은가? 또 대참패구나. 빨리 도망가자. 불에 타서 죽겠구나.'

그러자, 사자평을 가운데 두고 가장자리의 산기슭에서 불화살 수백 개가 날아들었다. 넓디넓은 사자평 전체가 삽시간에 불바다가 되었다. 벌건 화염이 하늘 높이 치솟아 올랐다. 누런 옷을 입은 관군들이 불에 타 죽기 시작하였다. 대장군이 사태의 심각성을 보고는 목청이 터져라 고함을 쳤다.

"아이고! 적들의 화공이다!"

"퇴각하라! 여기 오래 있으면 몰살이다!"

사자평 가장자리의 산기슭에 숨어있던 일천 명도 넘을 듯한 농민군이

"와! 죽여라! 공격!"

"와! 개경 놈들 죽이기가 딱 좋은 때다."

이런 함성을 지르면서 벌떼처럼 사자평 가운데의 관군들을 향하여 달려들었다.

전 대장군이 이번에도 역시 농민군을 우습게보고 성급하게 쳐들어왔다가 완전히 궤멸되었던 것이다. 사자암과 제2농민군본부가 불타버리고 검정 재로 변한 억새밭 위에는 불에 타서 검게 변한 관군들의 시체가 수도 없이 뒹굴고 있었다. 사자평 평원 위로 초겨울 찬바람만이 황량한 느낌을 주면서 불고 있었다.

한편, 간신히 목숨만 건지고 경주로 퇴군한 전존걸은 동경유수와 수하 장군들에게 이런 말을 하였다.

"앞으로는 절대로 운문사나 배냇골로 쳐들어가서는 안 되겠다. 두 곳은

천험의 요새지로 관군 열 명이 달라붙어야 농민군 한 명을 당할 수 있다."

토벌대 사령관 전존걸 기양현에서 음독자살
　전존걸이 사자평에까지 쳐들어가서 초전적을 박살내려다 도리어 군졸을 거의 다 잃고, 겨우 목숨만 건진 뒤에는 두문불출 꼼짝 않고 있었다. 그러던 어느 날, 이지순의 부관이란 자가 그를 찾아왔다. 그 부관은 청천벽력 같은 소식을 전하였다.
　"대장군님, 소관은 박대순입니다. 우리 영주 군진을 한 차례 방문했던 승려 하나가 이 장군의 죽마고우라 했는데, 그 자가 이 장군의 심복과 영주주막에서 계속 만나서 정보를 교환하고 있답니다. 이 장군은 그 승려 편으로 양식, 의복, 신발, 버선 등을 운문고을로 보내고 운문고을로부터는 금은보화를 받아 챙기고 있습니다."
　대장군은 깜짝 놀라며 입을 다물지 못했다. 그의 표정은 분노와 놀라움이 교차된 복잡한 인상이 되었다. 그는 다급하게 물었다.
　"그럼, 군사기밀도 상호교류를 했겠구나?"
　"당연하지요."
　"이 장군이 왜 밀통을 했다고 보느냐?"
　"그 부자가 고향 경주의 세력을 이용하여, 적도들이 외치는 신라부흥을 하려는 허망한 꿈을 가지고 있는지 모르겠군요."
　전존걸은 오른손으로 자신의 왼쪽 무릎을 철썩 치면서 중얼거리듯 말했다.
　"그럴 가능성이 충분히 있지. 이의민이 전에 경주에 머물 때 많은 군인들을 모아서, 그런 흉계를 도모한 적이 있었다는 소문이 돌았지. 모두가 이지순 그 놈 때문이구나. 내가 경주에 머물러 있을 수가 없구나. 이지순의 밀통을 계속 눈여겨보고 수시로 나에게 보고하라."

계축년(1193년) 겨울이 깊어갔다. 흉년으로 먹을 양식이 없자 또 길거리에는 아사자들의 주검이 수도 없이 많이 늘어났다. 그러자 경상구산 인근은 물론 경상도 전역에 농민반란군들이 벌떼처럼 일어났다. 그들은 관아를 습격하여 관곡을 탈취하여 허기진 배를 채우는 경우가 부지기수였다. 전존걸은 경주에서도 농민군이 계속 들고 일어나는데, 이지순은 여전히 운문고을 반란군과 밀통을 계속하여 금은 보화를 챙기고 있으므로, 그는 생명의 위협까지 느끼게 되었다.

겨울 어느 날 석양, 그는 동경유수에게 경상도 북쪽의 적도들을 진압하러 간다고 부하들을 이끌고 경주를 떠나버렸다. 전존걸은 기양현(基陽縣, 경북 예천군)에 가서야 군영을 다시 설치하게 하였다. 그는 새 군영의 대장군 막사에서 술잔을 기울이면서 부관들에게 이런 말을 남겼다. 그런 말을 하는 대장군의 표정에는 수심기가 가득하였다. 그러더니, 어느 새인지 모르게 결연한 의지의 표징으로 변하였다.

"만약 본관이 법으로 이지순을 다스린다면 그 아비가 나를 해칠 것이요. 그렇지 않으면 적이 더욱 성할 것이니 죄가 장차 누구에게 돌아가리요."

새벽마다 대장군의 기침을 기다렸다가 문안인사를 드리던 심복 부관인 문맹돌(文猛乭)이가 보니, 그 이튿날 아침에는 늦게까지 대장군의 막사에 아무 소리도 없었다. 그가 조용히 문을 열어보았더니 대장군이 침상에 자는 듯 누워 있었다. 그런데, 침상 옆에 하나의 흰 사발이 뒹굴고 있었다.

'엇! 이상한데 저게 무엇인고?'

문 부관이 달려가서 그 사발을 잡아 들자말자 강한 독기가 확 느껴져 왔다.

'이크! 큰일 났네.'

그가 대장군의 얼굴을 살펴보니 온몸에 피가 돌지 않았기 때문인지 얼굴빛이 하얗게 변해 있었다. 대장군의 평소 얼굴은 화색이 돌아 꽃 색깔과 같이 붉은 그야말로 옥골선풍 그 자체였다. 벌써 온몸이 딱딱하게 굳어 있었다. 그는 상관의 상체를 끌어안고서 눈물을 글썽이면서 울부짖듯 외쳤다.

"대장군님! 기어코 자살을 택했군요. 그렇게도 갈망하셨던 사랑하는 처자도 만나지 못하고, 꿈에도 그리워했던 황도에 올라가보지도 못하고, 이렇게 머나먼 객지에서 허망하게 가셨군요. 으~흐~흑…"

전 대장군은 개경으로부터 패전에 대한 문책을 받을 것이 크게 염려되었던 것이다. 그는 개경에 가면 이의민에게 죽을 것이요, 경상도에서 반란군과 계속 싸우다가는 죄 없는 부하 관군들만 자꾸 죽게 되니, 괴로워서 험난한 세상을 하직하였던 것이다.

조정의 토벌대 지휘부 교체 · 강화로 위축되는 농민군

개경 조정에서는 농민봉기군과 내통하는 토벌대의 진용을 그대로 두고서 적을 평정할 수는 없었다. 그것은 전존걸 대장군이 죽을 때 한 말이 개경 조정에 전달되었기 때문이었다. 개경 조정 내부에서는 전존걸의 죽음을 두고, 이의민이 경주에서 농민봉기군을 부추겨 자기세력으로 하여 왕이 되려고 한다는 등의 소문이 나돌기 시작하였다. 그래서, 문신들은 물론이고 무신들도 이의민을 극도로 경계하고 미워하게 되었다.

그리하여, 개경 조정에서는 남적을 치러간 토벌대 지휘부를 전격 교체해버렸다. 계축년 동짓달 임진일(壬辰日, 29일) 한겨울에 토벌대 지휘부를 크게 격상시켰다. 상장군 최인(崔仁)을 남로착적병마사(南路捉賊兵馬使)로, 대장군 고용지(高湧之)를 도지병마사(都知兵馬使)로 각각 임명하여 장군들인 김존인(金存仁), 사량주(史良柱), 박공습(朴公襲), 백부공

(白富公), 진광경(陳光卿) 등을 인솔하고 가서 남적을 치게 하였다. 전존걸의 삼천여 명 군사보다도 훨씬 많은 오천의 토벌대가 남적을 치러온 것이었다. 이때 토벌군은 세 부대로 나누어 농민봉기군과 싸우게 되었다.

즉, 남로착적병마사 겸 좌도병마사(左道兵馬使)인 최인은 명주(溟州, 강릉)로 나아갔으며, 우도병마사(右道兵馬使) 사량주는 운문(雲門)의 농민군과 싸웠고, 남로병마사(南路兵馬使) 고용지는 효심 등의 농민군과 밀성군에서 대치하였다. 개경 조정에서 토벌대 전군(全軍)을 통솔하는 임무를 맡은 상장군 최인을 명주에 파견한 것은, 명주의 농민봉기군의 세력이 운문과 밀성군의 농민반란군보다도 더 강성했기 때문이었다. 경상도 운문고을과 밀성군에서 동해안을 따라서 북상하면 명주에도 쉬이 갈 수가 있었다. 사실 경상도 북단과 명주는 그리 먼 거리는 아니었다.

경상도 전역이 농민봉기군의 소용돌이에 휩싸여 극도로 질서가 문란한 전쟁터와 같았다.

개경 조정에 의해 교체된 토벌대 지휘부의 사량주와 고용지 등은 군사 오천을 이끌고 운문사와 배냇골을 중앙에 두고, 운문사와 배냇골을 둥글게 포위하는 방식으로 그 길목마다에 군영을 설치하였다. 막강한 정예군으로 구성된 금번 토벌대는 전존걸의 군대처럼 농민군들을 선제공격을 하지는 않았다. 사량주와 고용지는 농민군의 본거지를 포위만 할 뿐 급하게 공격을 서두르지 않고 장기전으로 버티기로 하였다. 그 대신 특공대를 수십 조 편성하여, 밤중에 청도현·풍각현과 밀성군의 험한 산능선을 넘어 농민군의 동정을 샅샅이 파악하였다.

개경 토벌대의 이런 전략에 대하여 김사미와 효심의 농민군의 사기는 반대로 많이 꺾이어 갔다. 이지순 장군이 철군하여버리자 첫째, 새로 내려온 토벌대의 군사기밀을 빼낼 수가 없었고, 둘째, 엄동설한에 동서남북으로 관군에 포위된 농민군들이 군수품을 제대로 조달할 수가 없었기 때문이었다.

토벌대가 농민군에게 이렇게 압박을 가하자 가장 민감하게 반응을 보인 것은 운문농민군의 운문국사였다. 그는 호사대장들과 의논을 한 결과 개경 조정의 황상의 남적에 대한 대응 정도를 알아보기로 하였다. 운문국사는 섣달 정사일(丁巳日, 24일)에 풍각현 농민군 소두목 가운데 득보(得甫)를 개경에 보내었다. 득보가 황상 앞에서 무릎을 꿇고 간청하였다.

"폐하께서 안업(安業)을 보장하신다면 항복하겠습니다."

이에 황상은 이런 말을 하였다.

"남적도 다 백성인데 어찌 많이 죽여야 하느냐? 은혜로써 감복시켜야 할 것이다. 득보의 죄를 묻지 않겠다. 고향으로 돌아가서 우도병마사 사량주 장군의 처분에 따르도록 하라."

개경 조정의 이런 통지를 접한 사량주는 운문고을에 돌아온 득보에게 농사일에 열중하고, 앞으로는 반란군에 가입하지 말라고 당부하였다.

운문국사 및 호사대장들은 토벌대의 강성함에 승산이 없다고 판단하고, 득보가 개경에 가서 항복했는데도 죽지 않고 살아와서 농사일에 종사하는 것을 보고는 이런 생각을 하게 되었다.

'우리들도 여차하여 항복을 하면 조정에서 죽이지는 않겠구나. 그러나, 사나이 결심이 장엄했는데 견디는 데까지는 견뎌보자.'

갑인년 범띠해가 시작되자마자 고용지와 사량주가 두 농민군의 근거지에 대한 포위망을 점차로 좁혀오기 시작하였다.

농민들의 몸에 돌을 매달아 강물에 빠뜨려 죽이는 토벌대

계축년 정월 스무날 새벽 청도현 섬계변[산내천변(山內川邊)] 공암촌, 공암풍벽(孔巖楓壁)이란 열 길이나 되는 절벽 위에서 괴한들이 강수 부자의 등허리에다가 바윗덩이를 달았다. 입에 재갈을 문 채로 부자는 절벽 아래의 깊고 푸른 물길을 내려다보면서, 죽음을 직감하고는 온몸을 비틀면서 땅바닥에 뒹굴기 시작하였다. 부자의 눈에는 피눈물이 범벅이 되었고 간혹 살려달라는 애절한 눈길을 보내기도 하였다.

절벽 위 용산(龍山)의 고목나무 뒤에서, 이 장면을 지켜보던 이 마을의 아동 토깡이는 강수 아재 부자의 살아나려고 치는 몸부림이 얼마나 처절한지 자신의 가슴이 터질 것만 같았다.

'저들이 그 악독하다는 토벌대가 아닐까? 토벌대들이 악독하다는 말을 들었긴 해도 저렇게나 악독할 줄은 미처 몰랐다. 저들은 인간이 아니라 악마요 마귀다. 어찌 아무런 죄도 없는 강수 아재집 사람들을 눈물도 인정도 없이 저렇게 무참하게 다 죽여버리는가?'

그 괴한들은 강수 부자의 처참한 몸부림에도 아무런 동정의 기미를 보이지 않고, 부자가 발버둥을 치면서 뒷걸음질을 하는데도 힘껏 발로 차서 절벽 아래의 깊은 강물에 빠뜨렸다. 바위절벽 밑의 푸른 물 위에는 얇은 얼음이 얼어 있었다. 아재 부자를 강물에 차 넣은 괴한은 조금 전 아재집 앞에서 순분이 누나와 그 엄마를 발로 차서 죽인, 사납고 성질 더럽게 생긴, 덩치 큰 바로 그 괴한이었다. 아재와 형님이 떨어지는

"풍덩! 철썩!"

"풍덩! 철썩!"

하는 소리가 그 아이의 귀에 아련히 들렸다. 그때 마침 동산에 겨울 해가 솟아올랐고 토깡이는 지금 본 광경들이 마치 악몽 같이만 느껴졌다. 아이는 너무나 착한 강수 부자가 절벽에 떨어진 생각을 하니 가슴이 찢어질 듯 아팠다. 그는 정신이 몽롱하여 자신도 모르게 크게 고함을 질러버렸다.

"아이고! 강수 아재요!"

그 소리를 들은 괴한들이 흠칫 놀라면서 그 아이가 있는 바위쪽으로 얼굴을 돌렸다. 그 아이는 순간 그가 자주 다니던 북쪽의 발백산쪽으로 마치 다람쥐처럼 소리도 없이 달려 올라갔다.

점심때가 되어 그 아이는 부모님께 자신이 본 것을 전했다.

"아부조, 간밤에 제사를 지낸 강수 아재집에 새벽에 떡 얻어먹으러 갔지요. 괴한 다섯이 아재와 형님을 밧줄로 묶어 집에서 나왔네요. 그 넘들이 아재를 살려달라고 울며불며 따라 나오던 누나와 아지매의 배를 차서 죽였고, 남자 둘도 절벽 아래로 밀어 죽였심더."

그러자, 부모님이 깜짝 놀라면서 물었다.

"아이고! 그 괴한들이 대체 누구인고?"

"아부조, 그 개경에서 내려왔다는 군인들이 아닐는지요?"

아들의 말을 듣고서 아버지는 무릎을 탁치면서 놀라운 듯 외쳤다.

"옳거니! 토벌대다. 빨리 촌장님께 가서 알리고 방도를 찾아야겠구나."

공암촌장이 토깡이가 본 사실을 보고하러 운문정에 올라갔더니, 대천의 거랑가에서도 물길이 깊은 마을의 촌장들이 벌써 와 있었다. 그들 마을에서도 각각 두세 명의 사내들이 흔적도 없이 사라졌다고 했다.

토벌대가 농민을 학살한 곳은 비단 청도현뿐만이 아니었다. 밀성군의 용두연, 황산강의 수산나루, 원동의 황산진나루, 울주의 선바위, 양주(양산)의 양주천 등의 십여 곳에서 이런 끔찍한 사건이 발생되어 농민군 본부에 속속 보고가 들어왔다.[44]

개경 조정에서는 계축년 동짓달 하순, 상장군 최인을 남적을 토벌하는 총사령관으로 내려 보내는 동시에, 그해 섣달 하순 인사인 대정(大政)에서 동경유수 관할의 지방수령들도 아주 독종들을 임명하여 내려 보냈다. 그 수령들을 살펴보면 다음과 같았다. 동경유수 최자량(崔自良), 양주방어사 정달희(鄭達熙), 지울주사 박원구(朴元求), 지밀성군사 신길남

(愼吉男), 청도감무 유광수(柳廣秀), 헌양감무 오경철(吳硬哲)이 바로 그들이었다.

이렇게 토벌대에 의해 강물에 빠져 죽은 자들은 대부분 스무 살에서 마흔 살로, 농민군과 합세하여 토벌대를 공격할 가능성이 있는 농민들이었다. 경상구산의 농민군은 각 마을마다 순찰조를 구성해 야간순찰을 강화하였다. 그러나, 자고나면 새벽에 젊은 농부들이 몇 명씩 사라졌다. 그러자, 경상구산 농민들은 극도의 불안감에 휩싸여 잠도 이룰 수가 없었다. 연이어 토벌대는 한술 더 떠 밤에 경상구산 길목에 방문을 붙여 농민들에게 도움을 요청하는 동시에 겁도 주었다.

「농민 여러분이 농민반란군 지도부를 속히 해체시키지 않는다면, 앞으로 몇 년이고 매일밤 우리 특공대에 의한 여러분과 가족들의 죽임은 계속될 것이다.」

농민군 봉기가 반란인가? 혁명인가?

**토벌대는 농민군의 봉기를 주인을
물려는 개와 같은 역적들의 반란이라 함.**

갑인년 정월 스무하룻날 새벽, 경상구산 길목마다 관군 토벌대의 다음과 같은 기나긴 방문이 나붙어 있었다. 이 글월은 토벌대가 농민반란군의 바닷물과 같은 농민들로부터 협조를 받아 반란군 진압을 쉬이 하고자 함이었다. 그런가 하면 한편으로는 농민군에 협조하는 농민들을 엄히 다스리겠다는 엄포를 겸한 것이었다.

「경상구산 백성들이여! 벌써 수년간이나 흉년이 들어 전국토의 선량한 백성들이 굶주림으로 죽어가고 있다. 이런 때일수록 백성들은 수령들을 어버이와 같이 따르면서 농사에 전념해야 할 것인데, 최근에 와서 동도[東都(경주)]의 역적들이 개처럼 으르렁거리면서 주인(조정 혹은 수령 등)에게 덤벼들고 있어 참으로 개탄스러운 일이다. 우리 토벌대는 장차 군사를 정돈하여 도적들을 정벌하려고 하니, 백성들은 이를 명심하고 그 개와 같은 농민군들에게 일체 협조하거나 동조하지 말지어다.

이 기회에 분명히 밝혀두는데 농민군의 봉기는 나라의 위정질서를 뿌리째 뒤흔드는 역적행위이며 반란행위다. 반란이란 대의명분도 없이 개인적 야망만으로 무력을 행사할 때를 말하는데, 현금의 운문의 김사미와 초전(배냇골)의 효심이 경상도 남적의 대표적 반란 수괴들이다. 우리들에 의해서 그 수괴들은 곧 궤멸될 것이다. 우리 오천 토벌대는 최대한 짧은 시일내에 적도들의 수괴를 처형하고 개경으로 귀경할 것이다. 반란군에게 협조하는 백성들에게는 죽음이 기다릴 것이며, 토벌대에 협조하는 백성들에게는 상급만이 기다릴 것이다.

현명한 백성들이여! 토벌대에 적극 협조하여 현금의 남적 김사미와 효심의 난을 속히 종결하고, 편안한 마음으로 농사에 임하기를 원하는 바이다.

마지막으로 덧붙여 밝혀둔다. 그러나, 남적들도 모두 황상폐하의 백성들이니 김사미와 효심까지도 이 기회에 항복해오면, 그에 상응한 벼슬을 내리고 그 부하 농민들은 안업(安業)에 종사하도록 최대한의 선처를 할 것임을 밝혀둔다.

갑인년 정월 스무하루
남로병마사 대장군 고용지 · 우도병마사장군 사량주 백」

청도현 매전촌에서 방문을 읽을 수 있는 선비들이나 촌장들은 글을 다 읽고 난 뒤에, 얼굴이 벌겋게 변하여 노기를 참지 못하고 떠들어대었다.

"이 놈의 새끼들! 누가 누구를 개라고 부르나! 나라와 수령들을 믿고 살다가 얼마나 많은 농민들이 종놈으로 전락되고 굶어 죽었는데. 살기 위해 몸부림치는 우리가 반란군이고 역도들이란 말인가? 개새끼들이 정치를 지대로 하면 우리가 죽음을 무릅써가며 나라에 반기를 들었겠나?"

"맞아요. 내가 당장 운문국사에게 가서 보고를 드리고 대책을 세워야 겠오. 그래야 우리 매전촌 사람들이 살아남지요. 돌로 쳐 죽여도 속이 안 풀리겠구나."

위기의식 속에 결별하여 독자노선을 택하는 두 농민군

지룡산 운문정에서는 농민군 간부들이 모여 관군의 방문을 분석한 결과 각자의 주장을 밝혔다. 먼저 문수보살 구본석이 심각한 표정을 지으며 말하였다.

"운문국사님, 조만간 적의 대공세가 있을 것 같아요. 우리는 농민의 강물에서 살고 있는 물고기떼와 같은 존재가 아닙니까? 경상구산 지역의 농민들이 토벌대편에 붙는다면 우리 농민군은 물이 말라 죽는 가뭄 날의 물고기와 같은 신세가 될 것입니다. 우리도 토벌대의 방문에 대한 반박문을 길목마다 붙여서 농민들의 민심을 우리편으로 끌어들여야 할 것입니다."

운문국사가 간명하게 답했다.

"맞는 말이오. 문수보살은 방문을 작성하여 내일 당장 붙이도록 하시오."

다음은 성질 급하고 덩치가 황소 같은 윤종관 대장이 분기를 참지 못하고 주먹으로 앞의 탁자를 쾅 두드리면서 외쳤다.

"우리라고 하나뿐인 목숨이 아깝지 않아요? 개자석들이 농민군이 개라고 농민들에게 선동을 하나요. 이렇게 방문으로만 토벌대를 비난할 것이 아니라 건천촌으로 나아가 사량주 군대를 박살냅시다요. 그까짓 이지순 같은 부패한 인간들이 우리 군대에 무슨 큰 도움을 주었나요."

이 말을 들은 운문국사가 대뜸 평소의 그와 같지 않게 결연히 강조했다.

"그것은 안 되오. 전처럼 이지순 장군이 정보를 우리에게 줄 때는 몰라도 적들의 움직임을 전혀 모르는 상태에서, 천혜의 요새지를 벗어나 낯선 지역에서 오천이나 되는 강군을 상대로 싸운다는 것은 바로 자살행위오. 적들이 우리의 요새지로 쳐들어 올 때까지 기다려야만 할 것이오."

운문국사의 이런 말에 윤 대장이 못 마땅한 듯 자리를 슬쩍 옮겨 앉으면서 얼굴을 찡그렸다. 호사대장들이 각자 자기 할 말을 한마디씩 하는 사이, 윤 대장은 운문정을 빠져나와 한달음에 운문주막으로 내려와서 막걸리를 급하게 몇 사발 목구멍에 들어부었다. 그는 문을 확 열면서 여주인에게 들으라는 듯이 내뱉고는 주막을 나가버렸다.

"에잇! 시바! 나는 운문군 체질이 아니야. 배냇골로 가서 꿈을 이루어야지."

여주인은 윤종관이 아무래도 운문국사에게 해가 될 짓을 할 것 같아 해동청에 쪽지를 달아서 운문정으로 소식을 전했다. 쪽지를 받은 운문국사는 운문대장군을 곧장 배냇골로 보냈다.

한편, 신불평원의 제1본부에서 토벌대의 농민들을 선동하는 방문을 분석하고 있던 수리장군과 총괄장군 등은, 얼굴이 붉어서 달려온 윤종관 대장의 말을 듣고 있었다.

"장군님들, 죄송하지만 소장을 거두어 주십시오. 소장은 운문국사가 토벌대 이지순 같은 놈과 밀통하고 군수품을 지급받는 것에 헛구역질이 났으나 오늘까지 참고 있었답니다. 그러나, 이제는 더 이상 못 참겠습니다. 저놈들이 우리를 개에 비유하는데도 사량주 군대를 칠 생각은 않고, 겁을 먹고 적들이 쳐들어오기만을 기다리니 얼마나 비겁합니까. 인자 군량미도 다 떨어져 가는데, 가만히 앉아서 기다리다가 결국은 운문군 부하들이 다 귀향해버려 군인도 없는 이름뿐인 군대가 될 것입니다요."
 총괄장군이 윤 대장을 달래었다.
 "윤 대장, 심정은 이해가 된다만, 우리 두 군은 형제맹약을 맺고 서로 돕는 사이인데 그러면 되나요? 사태를 지켜봅시다."
 "총괄장군님, 나는 화통한 것을 좋아하지 저런 식으로 찌지리한 전투는 싫어요. 나는 화통하고 밀성군 출신이니 아무래도 고향 배냇골에서 싸우는 것이 제격일 것입니다요."
 효심농민군 간부들의 의논이 한창일 때 마침 손유익 운문대장군이 본부에 들어왔다. 손 대장군은 자신과 전혀 다른 전략을 떠벌이고 있는 효심농민군 간부들의 말을 듣고서 자신의 견해를 밝혔다.
 "나 먼저 도착한 윤 대장에게 운문국사님의 전략을 이미 들었을 것이니 더 이상 할 말이 없습니다. 소장도 국사님의 생각과 다를 바가 없습니다."
 이때 눈치 빠르고 주관이 뚜렷한 김대성 결사내장이 손을 들고 일어나서 말했다.
 "나는 운문국사님의 소극적인 대응에 반대합니다. 토벌대 사령관이 죄인으로 바뀐 뒤 벌써 한 달 반이나 흘렀습니다. 운문고을은 물자의 여유가 있을지 모르지만 배냇골은 수많은 유민들과 지내다보니 이제 양식이고 다른 물자가 다 바닥을 보이고 있습니다. 우리가 근동으로 나가서 양식이고 물자를 빼앗아 와서 일단 살고 봐야 합니다. 적들이 쳐들어오기만을 기다릴 수는 없습니다."
 김대성 대장 못지않게 꼬장꼬장한 외통수의 박선구 제2총괄장군이 발딱 일어서더니 큰소리로 또박또박 말했다. 그가 손 대장군에게 두 농민군의 전략상의 차이점을 설명한다는 것이, 두 군 사이의 감정의 골을 더욱 깊숙이 파버린 결과를 초래하고 말았다.
 "나도 운문국사님의 대응방식에는 반대입니다. 김 대장 말대로 이대로 가다간 한 달도 못 버티고 다 굶어죽게 됩니다. 우리는 내일이라도 울주나 양주로 쳐들어가서 양식과 물자를 조달해 와야 합니다. 그라고, 이지순의 이름을 무슨 부처님인양 말씀하시는데, 그런 작자들이 이의민과 더불어 현금의 고려 조정을 망치고 백성들의 원성이 하늘에 닿게 하고 있단 말입니다."

아주 불행하게도 이 날의 만남이 운문고을과 배냇골의 정리(情理)가 벌어지게 되는 계기가 되었다. 오천의 정예병 중앙 토벌대가 경상구산을 포위한 상태에서, 한겨울 군수품이 바닥을 보이고 있는데다 죽음을 두려워한 농민군들이 야음을 틈타 고향으로 돌아가는 위기 속에서 발생한 두 군 사이의 균열현상이었다. 박선구가 카랑카랑한 음성으로 주장하였다.

"운문농민군은 농민군의 투쟁목표가 무엇인지 정확히 모르고 그냥 살아남을 방도만을 찾는 허약함을 노출시켰오. 썩어빠진 조정의 토벌대와 죽어라고 싸워야 한다는 강건한 투쟁정신이 미흡하여, 결국 대다수의 농민들로부터 외면을 당하고 있네요. 지난 날 이지순의 정보에 빌붙어 전투에 나섰으며 필요한 군수품을 구걸하여 겨우 버티다가, 이지순이 가 버리자 이제는 적극적으로 싸울 생각은 않고 수세작전으로만 나오니 이것이야말로 비겁한 군대가 아니고 무엇입니까? 앞으로 이점을 크게 반성하여 마음을 독하게 먹어야 할 것이오."

손 대장군은 효심농민군을 설득하기가 이미 때가 늦었다는 것을 느꼈다. 생각이 여기까지 미치자 그는 자리에서 일어서면서 간단하게 말했다.

"더 이상의 의논은 필요 없을 것 같군요. 운문국사님께 전하지요."

손 대장군과 효심농민군 결사대장들 사이에 냉랭한 찬 기운이 감돌고 있어 아무도 인사말을 따사로이 건네지도 못했다. 이날의 이 냉랭한 헤어짐이 삼년간 찰지게 끌어오던 김사미와 효심 사이 형제애의 영원한 끝일 줄은 아무도 알지를 못했다. 손 대장군은 자신과 운문국사가 최근 배냇골 결사대장들 앞에서 당한 수모를 생각하면 몸서리가 쳐졌다.

손 대장군의 이런 생각이 운문국사의 생각과 한 치의 오차도 없이 일치됨을 그는 너무나 잘 알고 있었다. 대장군이 운문국사에게 배냇골에서 있었던 일들을 보고하자 운문국사의 얼굴이 굳어지면서 일언반문도 없었다.

농민군은 자신들의 봉기를 신라부흥을 위한 '아래로부터의 혁명'이라 함

총괄장군은 손 대장군이 더 이상 할 말이 없다는 식으로 떠나버리자 뭔가 모르게 대단히 허전한 심사가 되었다.

'우리가 선명성과 적극성에서는 운문군을 앞서지만 저들은 사찰세력을 등에 업은 온건한 군대가 아닌가. 세상만사가 명분과 선명성으로만 해결되는 것이 아니지 않는가. 아무리 생각해도 대쪽 같은 성질의 박선구와 김대성이 너무 세게 나가버렸네.'

손유익 대장군이 운문고개를 넘을 시각에, 배냇골의 김진원, 박선구와 김대성 세 선비가 의논 끝에 토벌대의 방문을 반박하는 다음과 같은 장문의 방문을 써내려가고 있었다.

「경상구산의 농민형제 여러분! 최근에 우리가 살기 위하여 관청의 양곡을 털어서 백성들에게 나누어 주었다고, 나라에서는 우리를 '주인을 물려고 으르렁거리는 개'로, 또는 '몇몇 수괴들이 자신의 사리를 만족시키려고 선량한 농민들을 선동하여 관청을 습격하는 역적이나 적도(賊盜)'라고 합니다.

농민형제 여러분! 우리 농민군은 경상구산 농민을 살리기 위해 일어났지, 운문국사나 수리장군의 사익을 위해 거병한 반란은 결코 아닙니다. 우리 역사상 흉년과 수령들의 착복 때문에 배가 고파서 농민들이 자기 자식을 다른 사람의 자식과 바꾸어 삶아 먹고, 또 관군의 구토물을 핥아 먹는 경우가 지금이 아니고 이전에 본 적이 있었습니까?

조정과 수령의 부패 때문에 백성의 절대다수가 조정을 불신하고 있으며, 이대로 계속 가다가는 백성들이 모두 굶어 죽을 것이니, 우리는 '아래로부터의 역성혁명(易姓革命)'의 기치를 든 것입니다. 우리 경상구산 농민들은 개경 조정이 거꾸러지고 신라가 다시 부흥하는 그 날까지, 한 치의 흔들림이 없이 단합하고 뭉쳐야 할 것입니다.

농민형제들이여! 저 이리와도 같은 개경의 흉악한 토벌대가 우리 농민들의 목을 치려고 운문고을과 배냇골을 포위하고 있습니다. 우리는 한 사람도 빠짐없이 낫, 도끼, 곡괭이를 들고서 토벌대를 한 명씩 맡아서 죽여 버리면 결국 우리가 꿈에도 그리던 신라부흥의 그 날을 맞이할 수가 있을 것입니다. 개경의 토벌대를 다 쳐 죽일 그 때까지는 절대로 맘을 놓아서는 안 됩니다. 우리 모두 끝까지 흐트러지지 말고 금강석 같이 뭉쳐서 토벌대와 싸웁시다.

갑인년 정월 스무이틀
운문농민군 운문국사 김사미 · 효심농민군 수리장군 효심 백」

이 방문은 경상구산의 각 길목에 나붙었다. 물론, 운문농민군의 문수보살이 작성한 방문도 각 요지에 다 나붙었다.

효심농민군의 방문을 보고 배냇골을 찾아온 한 늙은 선비가 있었다. 그는 밀성군 정승촌 영산서당의 김상렬(金相烈) 훈장이었는데, 과거에 개벽회 방문을 붙여 수령들의 간담을 서늘하게 한 장본인이었다. 그는 농민군의 봉기에 대해 크게 만족해하면서 적극적으로 돕겠다고 장담을 하였다.

제 11부 / 삭풍에 애처로이 지는 저전촌 꽃잎들이여

토벌대 병마사 항복하는 김사미를 참수함

운문농민군에게 죽자고 항의하는 운문고을 농민들

갑인년(1194) 정월 스무사흘 날 오전, 운문고을의 농민군 간부들과 촌장들은 신원천 눈밭 여기저기에 장작불을 벌겋게 피워두고 서로의 속사정을 털어놓고 있었다.

먼저 동곡촌장 서준길이 입을 열었다.

"운문국사님, 농민군의 사정은 이해가 됩니다만 토벌대의 촌민 수장을 막지 못한다면, 항복하여 이런 끔찍한 불안에서 우리를 해방시켜 주십시오. 도저히 잠을 이룰 수도 없고 밥도 못 먹겠고 말라비틀어져 죽을 지경입니다. 내일까지 결단을 내려주십시오."

이 담판을 지켜보던 이백여 명의 농민들의 시선이 아주 차갑고 절망적임을 운문국사는 대번에 읽었다. 그가 촌민들의 심정을 충분히 알고 있는지라 한동안 아무 대답을 못하고 고개만 떨구고 있었다. 그러자, 문수보살이 하도 딱해서 한마디 뱉어버렸다.

"촌장님, 우리에게 고맙다고 입에 침이 마르도록 격려할 때가 엊그제였는데, 벌써 마음이 변해서 전 촌민들을 동원하여 국사님께 따지고 난

립니까? 너무 심하지 않아요? 우리도 방도를 생각하고 있는데 말입니다."

그 말은 벌써 열흘 동안 잠도 못 자고 밥도 제대로 못 먹어 지쳐버려 눈이 붉게 충혈 된 촌민들의 가슴속에다 불을 질러버린 꼴이 되었다. 왕돌이라는 중년의 사내가 우락부락한 생김새 그대로 문수보살에게 마구잡이로 대들었다.

"문수보살의 말은 사실이나 지금의 우리는 죽지 못해 살지 이렇게 살 바에야 차라리 죽는 것이 낫소. 건천촌으로 쳐들어가 토벌대의 씨를 말려버리든지 아니면 속히 항복하여 농민군을 해체하시오. 촌장님 말씀대로 내일까지 답을 주시오. 이렇게 우유부단하게 시간만 끌다가는 운문고을 백성들이 다들 물귀신이 되겠소. 웃을 일이 아닙니다."

옆의 한 촌장이 그의 격한 저항에 힘을 얻어 한술 더 떴다.

"맞지요. 농민군을 속히 해체하지 않는다면 고을 백성들이 농민군과 일전도 불사하겠소. 이 말을 허투로 듣지 마시오."

촌장들과 문수보살간의 험한 분위기를 진정시키려고 손 대장군이 일어서서 말했다.

"촌장님, 문수보살, 막걸리나 한잔 하시면서 성질 좀 누그러뜨리십시오."

그러자, 왕돌이와 그의 친구인 듯한 사내가 갱분의 자갈을 확 차버리면서 마지막 말을 남기고는 돌아서 가버렸다.

"형편도 모르고 구질구질한 말을 삼가시오. 내일 해질녘까지 좌우당간 서 촌장님께 결과를 알려주시오. 우리는 인자 돌아갑시다."

오늘 항의하러 온 사람들은 대천과 섬계(산내천) 양안의 이백여 명이나 되는 촌장과 촌민들이었다. 그들은 다음과 같은 구호가 적힌 커다란 백색 깃발들을 올라올 때 펄럭이며 들고 왔다가 그대로 들고 되돌아갔다.

「토벌대 격퇴냐 토벌대에 항복이냐, 수장에서 촌민보장」

「생명보장이냐 항복이냐 그것이 문제로다」

「죽기 전에 살길 찾자. 운문농민군이여 해답을 달라.」

문수보살은 저들이 가슴속에 꽉 찬 화를 못 푼 듯 돌아가는 촌민들을 붙잡을 수도 없어 그냥 보고만 있었다. 왕돌이의 말 한마디에 이백여 명이나 되는 현민들이 아무런 다른 의견도 없이, 벌떡 일어서서 고개를 푹 숙이고 거랑 길을 따라 내려가고 있었다. 문수보살과 운문대장군은 그것을 보고는 똑같이 생각했다.

'저들이 수장 사건 이후 우리 군에 대한 대책을 얼마나 심도 있게 논의했기에, 저리도 질서정연하게 우리에게 강단 있게 결단을 전하고 돌아가는고…'

수많은 촌민들이 농민군 간부들의 가슴속에다 칼로 쑤시고 파 듯 저항한 뒤에 밀물처럼 한꺼번에 빠져나가자, 장작불도 사위었고 갱분 위에는 찬기만 감돌았다. 운문국사와 그 부하들은 아무런 말도 없이 터벅터벅 운문정으로 올라왔다.

그 이튿날 석양 무렵 운문농민군 간부 십여 명이 동경촌 반월재에 모였다. 오늘 저녁은 이전에 반월재에서의 화기애애했던 분위기와는 달리 분위기가 대단히 무거웠다. 운문국사가 간부들에게 갑자기 가슴이 철렁 내려앉는 발언을 했다.

"대장들, 간밤에 심사숙고한 결과 본인이 곧 최인 병마사 행영에 가서 항복을 하겠오."

당황한 표정의 문수보살과 보현보살이 동시에 크게 염려하는 얼굴로 비슷한 질문을 하였다.

"작년에 우리가 관군을 얼마나 많이 죽였는데 그가 운문국사님을 살려주겠오? 믿어서는 안 될 것입니다."

"전존걸 대장군도 우리에게 투항을 하면 전죄를 묻지 않는다고 하지 않았오. 그리고, 득보도 아무 탈 없이 현재 안업에 종사하고 있지 않습니까?"

그 말에 호사대장 모두가 고개를 푹 숙이고 한숨만 쉴 뿐이었다. 손유익 대장군도 운문고을을 벗어나 관군과 싸운다면 필패라고 장담을 한 상태였기 때문이었다. 운문국사가 다시 무겁게 입을 열었다.

"스무이레 날 새벽에 행영으로 출발하겠소."

그 말이 떨어지기가 무섭게 문수보살이 큰소리로 말했다.

"운문국사님, 지가 꼭 수행하겠나이다."

함만우 교관도 연이어 같은 뜻을 밝혔다. 그리고, 세 명의 핏죽군인도 말에 짐을 싣고 수행하기로 하였다.

운문국사와 연화의 배넘이재 이별

정월 스무엿새 날 정오, 삼계촌 서쪽의 배넘이재에 운문국사와 삼십 대 초반의 여인이 두 손을 마주잡고 이별을 나누고 있었다. 여인이 남정네에게 눈물을 글썽이며 애워했다.

"지는 아직도 사미님의 여자로 언제든 다시 합치자면 합칩니다. 다시 혼인을 할 것을 간청합니다. 불과 몇 년 전에만 하더라도, 검정머리 파뿌리가 될 때까지 부부로 동고동락하기로 굳게 약조를 하지 않았나요?"

"자네와 나의 인연은 벌써 끝났으니, 그 부자 영감과 일생을 평안히 지내시게."

"사미님! 지발 예전의 그때로 다시 돌아갑시다요. 우리 둘은 얼마나 행복했고 남들이 부러워하는 나날을 보냈어요."

"연화, 더 이상 나를 슬프게 말라. 나는 수천 명 농민군의 우두머리다. 저승에서 다시 연화와 해후를 하게 되면 생각해보마."

"우리가 이렇게 헤어져서는 안 됩니다. 정말이에요." 라고 연화는 울먹이면서, 하얀 손수건으로 충혈 된 두 눈에서 계속 흘러내리는 굵은 빗방울 같은 눈물을 닦아내었다. 남자도 사랑스런 여인을 보내기가 죽기보다도 싫었다. 그는 항복을 앞둔 괴로운 치욕적 감정과 연화를 보내기 싫은 애욕이 뒤범벅되어, 갑자기 억제해 왔던 감정의 둑이 꽝! 하고 터져버렸다. 그가 눈물을 훔치고 있는 연화를 두 팔로 와락 끌어안았다.

"연화! 정말로 미안해! 저 세상에서는 떨어지지 말고 꼭 같이 살자꾸나!"
순간 연화도 극한의 희열을 느끼면서
"사미님! 죽도록 사랑해요! 더 시기 더욱 시기 안아주세요!"
"그래! 그래! 알았다!"

여인이 다시 정신을 차려 두 팔로 남자의 허리를 힘껏 껴안았다. 그러자, 옛 애인이 갑자기 동작을 멈추더니 두 손으로 여자의 가슴팍을 거세게 밀쳐버렸다. 그리고는 획 돌아서더니 왔던 길로 급히 내려가면서 질정 없이 외쳤다.

"연화! 잘 가!"
"고마워! 미안해!"

그녀는 닭 쫓던 개 모양으로 상체를 꼿꼿이 하여, 내려가는 옛 연인을 내려다보고 있었다. 그런데,

'아하! 저게 왠일인가?'
그 남정네가 비틀거리는 걸음걸이로 내려가면서 옷소매로 눈물을 쓱쓱 닦고 있는 것이 아닌가?

어제 석양에 운문주막에 나타난 연화란 여인은 청색 비단치마와 붉은 저고리를 곱게 차려입었는데, 외모가 시원하고 귀티가 나는 손님이었다. 그녀는 키가 훤칠하게 크고 고운 살결인데다 몸에 살집이 적당히 올라 탐스러웠다. 머릿결도 옻칠을 한 듯 흑발인데다 유난히 윤기가 반들거렸고 그 머리카락에서 향기가 진하게 나고 있었다. 저고리 안의 젖가슴 부분이 불룩하여 몸이 풍만함을 한눈에 알아볼 수가 있었다.

어제 초저녁 운문정에서 운문주막에 내려온 운문국사에게서 그녀는

수년만의 해후인데도, 심한 꾸지람을 듣고는 밤새 '대영씨'를 부르면서 잠을 설쳤다. 그녀는 옛 연인에게 현재 자신의 처지를 눈물로 하소연했다.

"사미님이 저와 혼인을 하지 않고 운문사에서 일생을 마칠 거라면, 저도 돈 많고 나이 든 사람과 혼인을 하려고 합니다. 사미님, 가부간에 결정을 내려주십시오."

"미련을 갖지 말고 그렇게 하게나. 내 같은 어중개비 이상주의자는 딸린 가족을 불행하게 만들지. 그 노인장이 현실주의자로 연화의 말년을 행복하게 해줄게야. 연화는 실익의 길로 가고 나는 명분의 길로 가야 맞는 것이다. 더 이상 내 심정을 어지럽게 하지 말라."

이월 계사일(癸巳日, 초하루) 명주 최인 병마사 행영 앞의 군문(軍門)에 운문국사가 함만우 교관과 같이 다가갔다. 문수보살은 멀리 언덕 위에서 두 사람의 행동을 내려다보고 있었다. 함만우가 수비병에게 다가가자 수상스럽게 여긴 군사가 물었다.

"그대는 누군데 여기에 왔느냐?"

"저 분은 경상도 운문산에서 오신 농민군 총지휘관 운문국사로 김사미라고도 하는 분이라오."

함만우와 말하고 있는 수비병 옆의 누런 군복을 입은 상사가 그 말을 듣고는 벌떡 일어섰다. 그는 급하게 함만우에게 다가와 황급하게 물었다.

"저 자가 김사미라고?"

"예, 그러하옵니다."

그 상사가 운문국사의 아래 위를 쭉 훑어보더니 부하에게 지시를 하였다.

"두 사람을 무장해제시켜라. 김사미 그대는 이리 와 봐요."

운문국사가 자신을 부른 군인에게 다가갔다. 그 군인은 함만우와 운문국사에게 낮고 짧은 음성으로 지시를 했다. 그 음성에는 불안과 경계심과 반가움이 교차되는 묘한 기분이 서려 있었다.

"김사미, 당신이 운문사 남적의 두령이란 증명서를 제시하시오."

그는 군인이 시키는 대로 그가 보자기에 싸간 대장기를 내보였다. 그 대장기에는 푸른색 바탕천에 '雲門農民軍 雲門國師 金沙彌(운문농민군 운문국사 김사미)'라는 검정글씨가 크게 쓰여 있었다. 그 군인은 점점 확신을 가지는 표정이었다. 그 군인은 옆의 군인에게 지필묵을 가져오라고 하였다. 그리고는 운문국사에게 또 지시를 하였다.

"그대는 이 대장기에 있는 글자를 써보시오."

또 운문국사는 옆의 바위 위에 종이를 놓고 일필휘지로 휘갈겨 써버렸다. 그때서야 그 군인은 김사미를 완전히 믿는 표정으로 또 물었다.

"그대는 무슨 일로 여기에 왔소?"

"그것은 최인 병마사에게 직접 말씀드리겠소. 병마사님을 불러주십시오."

군인은 운문국사의 날카로운 눈매 등을 보고 범상치 않는 인품에 기가 꺾인 듯, 별 말도 없이 병마사 막사 안으로 들어갔다. 일다경(一茶頃)의 시간이 지난 뒤, 갑옷차림을 한 부리부리한 눈매의 병마사가 운문국사 곁으로 다가왔다. 그는 턱수염을 멋지게 기른 오십대 초반의 무장이었다. 그는 허리에 장검도 차고 있지 않았다. 운문국사와 함만우는 그가 최인 병마사라는 것을 한눈에 알아보았다. 병마사는 조심스럽게 발걸음을 옮기면서 김사미에게 다가와 물었다.

"김사미, 그대가 어떤 일로 나에게 왔는가?"

"병마사님, 소인의 항복을 받아들여 운문고을 백성들이 안업에 종사할 수 있게 선처바랍니다."

"그렇게 하겠네. 그대의 용기가 가상하네."

병마사가 운문국사의 서너 발자국 앞에 오더니 번개처럼 그 옆의 군

인이 차고 있던 장검을 뽑아서 운문국사의 목을 쳐 날려버렸다.[45]

"아~악!"

"엇!"

운문국사가 외마디 소리를 지른 뒤 그의 목이 달아나 땅바닥에 뒹굴었다. 함 교관은 너무나 갑작스런 충격에 말문이 막혀 엇! 하는 소리를 지르고 도망가려고 죄인에게 등을 보였다. 그러자, 병마사 막사쪽에서 크고 번쩍거리는 도끼를 날려서 함만우의 등에 꽂아버렸다. 함 교관 역시 외마디 소리를 지르고는 앞으로 꼬꾸라져서 등에서 선혈을 콸콸 흘렸다.

한편, 멀리서 두 사람이 처참하게 살육당하는 모습을 지켜보던 문수보살은, 가슴이 콱 막혀서 두 주먹으로 쾅쾅쾅 정신없이 자신의 가슴을 두드려대었다. 그리고는, 옆의 노송나무에다 이마를 쿵쿵 내리찧으면서 목이 메어 외쳤다.

"아~아. 저 개보다도 못한 악당놈의 머리통을 부서비려야 하는 것인데…"

"아이고!"

그는 운문국사가 참수당하는 모습에 너무나 큰 충격을 받고는 퍼뜩 생각했다.

'안 되겠다. 운문산에 깊숙이 들어가 토벌대와 끝이 없는 전투를 계속해야겠구나. 역시 관군놈들은 믿을 것이 못 되.'

운문농민군 운문산에서 장기전으로
관군과 결사항전을 맹세함

운문산 동쪽 천문지골(天門之谷)은 수십 길 높이의 바위절벽으로 동·서·남쪽이 둘러싸여 있었다. 그 골짜기에서 일천여 명의 운문농민군이 목이 터질 듯 눈이 튀어나올 듯 함성을 질러대고 있었다. 운문산 일원이 흔들리 듯 함성이 우렁찼다.

"운문국사의 원수를 갚자!"
"운문국사의 원수를 갚자!"
"우리 군은 다시 태어나, 토벌대를 박살내자."
"우리 군은 다시 태어나, 토벌대를 박살내자."
"우리는 다 죽을 때까지, 결코 물러나지 않는다."
"우리는 다 죽을 때까지, 결코 물러나지 않는다."

지룡산과 운문고을이 떠나갈 듯 함성이 우렁찼다.

문수보살이 가슴에 울분의 덩어리를 안고서 이월 초닷새 날 운문정에 되돌아왔다. 운문국사가 무참히 참수되었다는 소문이 운문고을과 배냇골 등 경상구산 전역에 확 퍼졌다. 운문대장군과 보현보살은 너무나 충격이 커서 며칠간 밥도 먹지 못했다. 운문농민군은 이를 빠드득빠드득 갈면서 토벌대에 대한 복수심에 불탔다. 그 소식을 전해들은 동곡촌장 등 지난 날 운문국사에게 강하게 저항했던 운문고을 농민들은, 곧바로 운문정의 빈소에 절을 올리면서 자신들의 과오를 반성하면서 대성통곡을 하였다.

그리고, 배냇골 효심과 김진원 등도 운문국사의 영혼을 위해 제사를 지내고 관군과의 일전을 단단히 각오하였다. 수리장군은 배냇골과 초전의 전 농민군을 모아두고 외쳤다.

"우리는 절대로 토벌대에 항복하지 않을 것이다. 한 조각 심장이라도 남은 이상 전멸할 때까지 관군과 싸워야한다."

운문과 효심 농민군 공히 또다시 봄을 맞아 농민군의 군사훈련을 적극적으로 강화하고, 농민군 본거지 주변의 능선에 성을 쌓는 등 방어시설을 확충하였다. 특히, 운문농민군은 운문사의 승려를 제외한 농민군과 유민들의 산채를 산의 오부 이상의 높은 산기슭에 지었다. 동시에 토벌대의 기습에 대비하여야 한다는 방침을 세웠다. 운문대장군의 토벌대 방어대책의 설명이 끝나자, 보현보살이 농민군 앞에서 새로운 각오를 다지고 사기를 북돋우기 위하여, 선창을 하고 농민군들이 후창을 하였던 것이다.

농민군과 토벌대의 피 말리는 공방전

효심에게 눈이 멀어버린 지밀성군사의 아내

갑인년(1194, 명종 24) 이월 열나흘 날 밀성군 기회송림 숲속, 당사(唐絲)실 같은 따스한 봄 햇살이 두 남녀가 앉아있는 공터에 내리비치고 있었다. 얼마 후 그곳 모래밭에는 붉은 비단이불이 깔리었고, 그 이불에는 털북숭이의 건장한 체구의 남성이 아래에 누워있고, 그 남정네의 사타구니 위에는 젊은 여인이 걸터앉아 앙증맞은 엉덩이를 올렸다 내렸다 하고 있었다. 그런 남녀의 모습이 마치 동해안 귀신고래의 어미와 새끼와 같았다. 귀신고래는 항상 새끼고래를 업고 다니지 않는가. 남자가 어미고래요 배위에 걸터앉은 여자는 새끼고래의 모습이었다.

남녀가 한창 정사에 열중하고 있는데, 그 공터에서 조금 떨어진 숲속에는 배냇골의 박선구와 한 처녀가 누가 올까봐 망을 보고 있었다. 여인이 엉덩이를 급하게 수십 차례 오르내리기를 반복하더니 이윽고 희열에 겨워 낮은 목소리를 내질렀다.

"아~ 어~헉! 아앗!"

여인이 전신에 힘이 쭉 빠지는 듯 땀에 범벅이 된 얼굴을 남자의 넓은 가슴팍에다 스르르 내렸다. 옷을 대강 수습한 남녀는 술잔을 주거니 받거니 하면서, 첫 번째 정사에 서로 만족하면서 화기애애한 시간을 보내고 있었다. 그녀가 무엇이 우스운지 혼자서 까르르 웃더니 말했다.

"장사님, 지가 수수께끼를 낼 테니까 한번 맞추어 보실래요?"

"그러지 뭐. 한번 말해보게나."

"남녀가 방금 우리처럼 격렬한 정사를 치른 뒤에 찬물을 마셨는데, 남자가 먼저 마셨겠어요? 여자가 먼저 마셨겠어요?"

여인이 정이 넘치는 다정한 눈길로 남자에게 묻자, 그는 그런 그녀가 너무나 귀여운가 빤히 쳐다보고서 빙그레 웃으며 화답하였다.

"잘 모리겠는 걸."

"여자가 남자의 매운 고추를 먹었으니 여자가 먼저 마셨답니다."

"하! 하! 하! 그대는 농담도 아주 잘 하구나. 요 귀여운 여편네야." 하면서 웃고 있는 여인의 허리를 꽉 끌어안으면서 여인의 입에다 자신의 두툼한 혀를 깊숙이 밀어 넣었다.

효심 장사가 여자를 만나자마자 성급하게 애욕을 불태운 뒤 정신을 가다듬고 찬찬히 여자의 자태를 살펴보았다. 그녀는 마치 한여름 신불평원의 억새밭 가운데 피어나는 노랗고 크고 화사한 원추리꽃과 같아 보였다. 호녀가 입은 비단옷은 잠자리 날개같이 얇아, 다음과 같은 옛 시인의 시에 나올듯한 사치의 극치였다.

'불면 날 듯, 연기인가 안개인가. 희디 흰 빛, 눈인가 서리인가. 청(靑)·홍(紅)·주(朱)·녹(綠)으로 물들여 만든 얇은 비단이라 움직일 제, 바스락바스락 떨치며 반짝이구나'

부총괄장군 박선구는 부하들 십여 명을 이끌고 밀성군 추화학당 뒤의 옥교산(玉轎山)을 타고 내려가 고향 본가에 스며들었다. 박용남 훈장은 오 년만에 그것도 밤에 나타난 아들의 행색을 살핀 뒤, 농민군이 되었다는 것을 듣고는 크게 근심하는 표정을 지었다. 그러나, 아버지는 가타부타 말을 않았고 다만, 몸 관리를 잘 하며 살아가라고 했다.

박 훈장은 아들에게 지군사 관아에서 허드렛일을 하고 있는 자기 소작인의 딸 분필이를 소개했다. 부총괄장군은 농민군에서 군공을 세워야 한다는 일념에서 수리장군과 지군사의 아내를 붙여주었던 것이다.

며칠 전 호녀는 분필이가 경상도 대장부를 소개해준다는 말을 듣자마자, 최근의 답답하여 미칠 것만 같은 가슴 속에 신선한 한줄기 회오리 바람이 지나가는 것만 같아 기대감이 공중에 붕 떠 있었다. 간밤에도 지군사 신길남은 토벌대와 술을 만취상태로 마시고 와서 젊은 관기를 끼고 잤다. 그녀는 밤마다 넓은 추화산성 관사에서 정말 지루하게 독수공방 신세를 견뎌야만 했다. 그녀는 혼자만 되면 늘 이런 생각을 하곤 했다.

'사내의 뜨뜻한 양근이 내 살동굴을 헤집고 들어온 지도 벌써 한 달이 넘은 것 같구나. 개 같은 자식! 개경에서 데리고 내려오지나 말지. 높은 산성 관사에다 감옥살이 시키고 나를 젊은 과부로 만들다니. 젊은 향리들이나 지방군인들과 할딱 벗고 배꼽을 맞추려니 아무래도 겁이 나. 저 놈이 입버릇처럼 하는 말 - 니가 객지에 와서 다른 녀석과 배를 맞추었다간 내 칼에 죽을 줄 알아라-이 있지 않나'

성질 급하고 말술인 그의 포악한 성격으로 보아서 평소 하던 말대로 군서방질 하면 목이라도 칠 것 같아서, 사타구니에 불길이 지글지글 타오르는 데도 지금껏 참아 왔다.

기회송림에서 술을 몇 잔씩 주고받은 뒤, 벌건 눈을 한 남자가 자신의 몸뚱이를 여자의 나체 위에 포개더니, 왼손 손가락을 그녀의 속치마 안의 개당고형(開襠袴形)바지(밑이 트인 바지) 아래쪽으로 우악스럽도록 푹 쑤셔 넣었다. 순간 호녀가 허리를 위로 불쑥 솟구치면서

"아~악! 헛" 라고 외치면서 까무러치는 것 같은 반응을 보였다. 망을 보던 부총괄장군은 자신도 개경에서 기생들과 교접을 더러 해봤지만, 저렇게 성기능이 뛰어난 여자는 보질 못했다고 추억하였다. 호녀는 그렇게

삼세번의 진한 성희를 즐기고 헤어지면서 남정네에게 물었다.

"배냇골에 효심이란 장수가 있는 모양이던데요?"

"그래, 걸출한 두목이 있다네. 지군사가 효심을 잡으러 온다던가?"

"그가 효심 그 새끼의 뱃대지에다 칼을 박아야 하는데, 라는 말을 입버릇처럼 하데요."

"효심은 나중에 소개하지. 고용지가 언제 배냇골을 도륙낼 작정인지 그것을 확실히 알아서 나에게 알려줘. 그럼, 내가 육보시를 더 확실히 해주지. 응? 부탁해요."

"곧, 날짜가 잡힐 것 같은데 알려드리지요. 배냇골 가서 당신을 만나려면 누굴 찾아야 해요?"

"총괄장군을 찾으면 된다네. 고마워."

영남루 앞 모래밭의 효심과 고용지의 각저 시합

이월 열엿새 날, 이른 봄날의 따사로운 햇살이 밀성군 영남루 앞 모래사장의 각저대회장에 쏟아지고 있었다. 해가 종남산 위로 근접하고 있을 때 마지막 결승시합이 진행되고 있었다.

얼굴에 수염이 많이 난 상단 장사는 주로 수비형이었고 반면 병마사는 공격형이었다. 두 장사가 한동안 밀고 당기고 치고 막고 하더니, 병마사가 오른손 주먹으로 장사를 치려고 상체를 앞으로 확 밀어재꼈다. 그 순간 상단 장사가 오른손으로 상대의 주먹을 쥔 손목을 잡고서 아래로 잡아당기면서, 상체를 낮추어 왼손으로는 병마사의 사타구니를 들어서 처박아버렸다. 그러자, 병마사가 두 손을 모래바닥에 짚으면서

"엇! 허~헉!"

하는 헛소리를 외치면서

"꽈당!"

소리를 내고 거구를 땅에 처박고 말았다. 순간 박수소리가 모래사장이 떠나 갈 듯 요란스럽게 났다. 동시에 심판이 징을 세 번 크게 울렸다.

대회장 둘레에 세워진 여러 개의 울긋불긋한 깃발에는 이런 글귀가 적혀 있었다.

'南路兵馬使(남로병마사) 高湧之(고용지) 角抵大會場(각저대회장)'

신길남 지군사가 사회를 보았다. 효심의 눈에 비친 신 지군사는, 키도 큰데다 몸이 날렵해보였고 눈이 항상 무엇인가 찾고 있는 독수리와도 같았다. 효심은 그 지군사에게 비웃음을 지어보였다.

'너그 마누라는 나와 배꼽이 맞아 정신이 혼돈상태에 있으니 너 놈도 불쌍한기라. 하기야 인간들이란 것이 다 불쌍한 존재들인데야 어쩌나.'

오늘 대회에 우수한 성적을 거둔 장사들에게 상급이 주어졌다. 그 후에 병마사가 참석한 장사들을 내접하는 술자리가 있었다. 그 자리에서 병마사가 흥분한 음성으로 떠들었다. 효심은 병마사 바로 앞자리에 앉았다.

"장사 여러분, 본관도 개경에서 각저에는 소문이 난 무관인데, 여기 합포현 건어물 장수 구룡은 당할 수가 없었다오. 자, 구룡 장사는 본관의 술 한 잔 받으시게나."

"예~이~. 병마사님. 고맙구만요."

"자네는 이의민 장군과 맞붙어도 될 정도로 힘이 세더구나. 구룡이 자네도 나와 같이 배냇골과 경상도 적도들을 물리친 다음, 개경에 가서 벼슬살이를 하는 것이 어떻겠나? 내가 이의민 장군께 천거를 하지. 건어물 장수로 평생을 살기는 그 힘이 너무 아까워 권하네."

배냇골 대장들은 병마사의 이야기를 유심히 듣고 있었다. 막걸리 몇 잔을 들이킨 효심이 아주 공손하게 대답했다.

"병마사님, 너무 과찬의 말씀이네요. 고향에 노모가 홀로 기시니 멀리

가진 못합니다. 돌아가신 뒤라면 몰라도요."

"노모님은 모셔가면 될 것이 아닌가? 잘 생각해보게나."

지군사가 다시 병마사의 술잔에 술을 가득 따루었다. 그러자, 얼굴에 불콰하게 취기가 오른 병마사가 자리에서 일어나 술잔을 높이 쳐들고는 건배를 하였다. 그가 선창하자 다른 사람들이 후창을 하였다.

"배냇골 효심을 처단하자!"

"배냇골 효심을 처단하자!"

"구룡의 우승을 축하한다!"

"구룡의 우승을 축하한다!"

구룡이 효심은 술자리를 떠나면서 병마사와 지군사에게 고개를 숙여 공손하게 절을 하였다.

"병마사님! 지군사님! 내일 새벽에 지군사 관아에 출두할 것이니, 저도 토벌대에 꼭 넣어 주십시오."

술이 취하여 기분이 좋아진 그들은 일어나서 떠나는 효심의 손을 잡고서 기탄없이 떠들어대었다.

"그래. 구룡아! 당장 오라고! 오늘 참으로 훌륭한 군인을 발굴했네. 남적들만 다 소탕하면 우리는 개경에서 호의호식을 할 수가 있단 말일세. 좋은 인연이야!"

그 날 밤, 박선구 일행은 추화산성 아래의 주막에서 술 취한 관군들로부터, 갑인일 새벽에 병마사가 배냇골을 칠 것이란 정보를 입수했다.

호녀도 얼굴만 예쁜 것이 아니고 잔머리도 잘 굴리는 편이었다. 그녀는 간밤에 남편이 만취 중에 지껄인 배냇골 기습일자의 비밀을 총괄장군에게 신속히 전하려고 발싸심을 했다. 그녀는 남장을 하고 석양에 수채구멍을 통하여 몰래 관아를 빠져나갔다. 수리장군과 호녀는 이천서당의 사랑채에서 하룻밤을 자면서 코피가 날 정도로 육체의 향연을 벌렸다.

고용지의 속임수 작전에 말려 농민군 기습에 찬동하는 토벌대

토벌대 울주의 주성황신 계변천신께 제사 올림

갑인년(1194) 이월 신해일(辛亥日, 19일) 울주 신두산(神頭山) 계변성(戒邊城), 고용지, 사량주와 최자량 및 그들의 부관과 속관들 도합 삼십여 명이 모여 울주 계변천신께 제사를 올리고 있었다. 먼저 지울주사가 계변천신은 경상구산에서도 가장 영험 있는 신이란 설명을 했다.

얼마 후, 성황당에서 고용지 병마사가 제주가 되고 나머지 참석자들은 제관이 되어 제사를 올렸다. 제주가 제문을 읽었다.

「… 아득한 천년 고군(古郡)에 우뚝 서 있는 외로운 성(城)은 오직 신령이 진압하심이라. 행인이 감히 침도 뱉지 못합니다.

본래 하늘에서 정령이 내려오신 것이니 어찌 독귀(瀆鬼, 도깨비)나 산영(山英, 산신)에게 빌겠습니까? 사녀(士女)들이 분주이 복을 빌며 아침에 고하면 저녁에 보응하거든 어찌 안연(安然)히 구원하지 않으시겠습니까! 아, 저 운문적과 초전적이 개처럼 으르렁거리면서 주인에게 덤벼들므로 장차 군사를 동원하여 정벌하려고 하는데, 지신(至神)의 은밀한 도움을 바라 서둘러 제사를 드립니다. 진실로 정성이 상천(上天)에 전달되면 보응은 반드시 부고(북채로 북을 치는 것처럼 감응이 빠르다는 뜻)보다도 빠르나니 부디 천병(天兵)의 함성소리만 들려도 적도들이 모두 소멸되게 하여, 해초가 우거지기 전에 개가(凱歌)가 길을 꽉 메우게 하여 주소서. 그러면 그 공을 꼭 우리 신에게 돌려 국고를 기울여 보답하겠습니다. 이 술 한잔이 비록 야속하나마 부디 성의를 흠향하시고 냄새만 흠향하지 마소서.」[46]

제사가 끝이 나자 고 병마사가 큰 소리로 제장들에게 선언하였다.

"오늘 영험이 큰 울주의 계변천신께 제사를 지냈으니, 본관에게 천지신명의 가호가 전신으로 느껴지고 있소이다. 천지신명의 가호가 감응이 되는가 머릿속에 굉음이 크게 울리고 있어요."

이때 고 병마사의 부관 황성진이 이상한 제안을 하였다.

"병마사님! 그러면 그 가호를 참석자들이 눈으로 직접 볼 수 있도록 무엇으로 증명을 해보시지요."

"좋은 생각이다. 중랑장은 이 은병을 가지고 저 높은 나무 위에 올라가거라."

중랑장이 상관이 내민 은병을 가지고 성황당 마당에 있는 은행나무 위에 급히 올라갔다. 그것을 본 병마사가 무릎을 꿇고서 눈을 감았다. 그는 두 손을 공중으로 뻗더니 기도문을 외웠다.

"천지신명이시여! 소관에게 적도들을 무찌를 힘을 주시옵소서!"

병마사가 눈을 뜨더니 무릎을 꿇은 상태에서 중랑장에게 지시를 하였다.

"중랑장! 이제 그 은병을 저 흙밭에 던져라! 은병이 거꾸로 서면 천지신명이 토벌대에 감응하는 것이고, 바로 서면 감응을 않는 것이라 보면 된다."

참석한 부관 등은 참으로 해괴한 두 사람의 증명행위라는 것에 고개를 갸우뚱하여 침을 삼키면서 지켜보고 있었다. 나무 위에서 중랑장이 은병을 일백 척 거리에 있는 보드라운 흙 밭 위에다 던졌다.

'아! 그런데, 이게 웬 조화인가! 천지신명의 감응인가! 바로 서야 할 은병이 거꾸로 바짝 서는 것이 아닌가!'

참석한 토벌대 간부들이 거꾸로 선 은병을 보고는 벌린 입을 다물지 못했다. 이때 다소 덜 뜨는 기질의 사량주가 간부들에게 고함을 쳤다.

"천지신명이 병마사님에게 감응한 것을 보았제? 이제 운문사와 배냇골을 치면 우리는 반드시 승전할 수가 있다. 이 기운이 사그라들기 전에 적도들을 도륙내자."

이 소리를 듣는 순간, 병마사가 두 손을 하늘을 향하여 쳐들고 근엄한 표정을 짓더니 외쳤다.

"천지신명이시여! 우리는 그 감응을 받아들여 적도들을 기습하겠나이다. 나약한 우리들을 도와주옵소서! 이렇게 비나이다!" 고 병마사가 일어나더니 소리쳐 설명했다.

"은병은 상하의 두 단으로 된 호리병박처럼 생겨 우리 삼한의 지도를 닮게 만들었지. 그래서 아래가 굵고 불룩하며 크고 무거워 던지면 바로 서거나 옆으로 눕는데, 거꾸로 선 것은 천지신명이 책임자인 나에게 계시를 준 것이다. 이제 모든 것이 분명해졌으니, 제장들은 적도들을 두려워 말고 기습공격을 감행하자. 알았지?"

사량주와 황성진이 목이 터져라 대답을 크게 하였다.

"옛! 병마사님! 알았슴니다."

이 말에 모든 부관 등이 후창을 하였다.

"옛! 병마사님! 알았슴니다."

"알았습니다."

며칠 전 고용지는 가슴속의 울화중을 풀기 위해, 자기의 부관과 사량주 및 동경유수에게 다음과 같이 강력하게 도적을 도륙내자고 독촉을 했다.

"이달 중에 적도들을 토벌해야만 한다. 이러다간 백년하청 속의 남로 병마사가 되어 파면당할 지도 모른다. 사내대장부가 나라의 임무를 맡았으면 용기를 내어 끝장을 봐야한다."

그러나, 최고 병마사인 그의 말에 아래 지휘관들은 묵묵부답이었다. 그리하여, 오늘 영험이 있기로 소문난 울주의 계변천신께 제사를 올린 것이다.

사량주 운문고을 정면돌파 중 농민군에 참수 당함

김사미가 원수 갚아달라며 김상원의 꿈에 현몽

갑인년 이월 스무날 오밤중이었다. 김상원이 동경의 반월재에서 곤한 잠을 자고 있었다. 오늘 새벽 건천촌에서 온 세작으로부터 갑인일(22) 새벽에 사량주가 운문고을을 공격할 것이란 정보를 받고 난 뒤, 하루 종일 동경 거랑 훈련장에서 격렬한 훈련을 한 뒤라 극도로 피곤하였기 때문이었다.

반월재 동쪽 섬계(산내천)에서 마치 동이 트는 듯 훤한 빛이 비추더니, 보릿짚 모자를 쓰고 깨끗한 회색 승복을 차려입은 한 승려가 빛을 등지고 이리로 오고 있었다. 그는 신비하고도 상쾌한 기분이 들어 다가오는 승려를 찬찬히 살펴보았다. 그가 자기 바로 앞에 다가선 승려의 얼굴을 알아보는 순간 깜짝 놀라서 고함을 질렀다.

"운문국사! 동생! 이게 어인 일인가?"

"형님, 그간 잘 계셨지요? 지가 너무나 억울하여 차마 극락정토로 갈 수가 없어 이렇게 운문고을을 떠돌고 있답니다."

"그렇겠지. 우리가 그들의 호의를 믿은 것이 큰 잘못이었네."

"형님, 지가 작년에 토벌대를 무수히 죽여 그가 나를 참수한 것은 이해가 가나, 너무 급작스레 참혹하게 죽이더군요. 지가 그 놈이 살아 있는 것을 보고는 극락에 못 가고, 원혼으로 운문고을에 떠돌 것입니다. 죽어서까지 형님께 부담을 드려 죄스럽습니다. 이 몸이 이승에서의 모든 미련을 버리고 돌아갈 수 있게, 형님께서 사량주라도 참수하여 주십시오."

"그래, 운문국사! 모레 사량주가 운문고을을 기습한다니, 우리가 동생의 억울한 한을 풀어주마. 걱정 말거라."

"고맙군요. 앞으로는 운문국사라고 부르지 말아주세요. 지가 끝까지 운문고을 백성들을 지켜내지 못한 채 그들에게 짐만 잔뜩 지우고 왔는데, 그런 분에 넘치는 호칭은 안 됩니다. 명예와 재물은 뜬 구름과 같은 것이지요."

"동생은 영원히 역사에 남을 인물로 기록될 것이네. 손이나 잡아보자꾸나. 동생! 너무나 반갑구려."

그 순간 운문국사는 사라져버렸다. 김상원은 안타까움에 목이 메여 벌떡 일어나면서 잠을 깼다. 사방이 칠흑같이 어둡고 고요하기만 하였다.

'모레, 기어이 동생의 원수를 갚아 주어야지. 비록 명주까지 가서 죄인을 죽이지는 못해도 사량주나마 참수해야지.'

갑인년(명종 24년, 1194) 이월 갑인일(22일), 운문천 동쪽의 서지산(西芝山) 위에 밝은 해가 솟아올랐다. 병마사 사량주의 선두 토벌대가 운문사쪽으로 더 빨리 달리기 위해 마지막 최고속도를 낼 찰나였다. 동쪽의 서지산과 서쪽의 방음산(芳音山) 기슭에서 벼락 치는 굉음이 운문천에 울려 퍼졌다. 말을 달리던 토벌대는 귀를 찢을 듯 큰소리에 잠시 주춤하였다.

"총공격하라! 한 놈도 남기지 말라!"

"독안의 쥐다! 잠시도 쉬지 말고 던져라!"

운문천 양쪽의 절벽 산기슭에서 화살과 주먹돌이 비 오듯 날아왔다. 서쪽의 완만한 산기슭에서는 수백 개의 아름드리 나무기둥들이, 마치 바위덩이가 굴러오듯 운문천의 토벌대가 달리고 있는 거랑가로 굴러 떨어졌다. 동시에 동쪽의 바위절벽 위에서는 벼가마 크기의 바위덩어리 수백 개가 굴러 떨어졌다. 선두에 달리던 사량주와 특공대는 혼비백산하여 고함을 질렀다.

"빨리 이곳을 벗어나라!"

"여기 있다간 다 죽는다!"

삽시간에 이백여 명의 토벌대가 화살에 맞고 바위덩이와 나무기둥에 깔려 죽었다. 죽어가는 토벌대의 절규가 처참하게 들렸다.

"개경에 가서 장가도 못 가고, 몽달귀신 되어 운문골에서 살겠네!"

이번에는 산위의 농민군들이 화살을 쏘면서 응답했다.

"개경놈들아! 범아가리에 들어온 한심한 개자석들아! 한번 죽어봐라!"

그때 오진촌쪽에서 대마를 탄 두 농민군이 나타나더니, 도망가는 토벌대의 목을 마구잡이로 쳐 날리는 품새가 마치 비호와 같이 날랬다. 워낙 활약이 눈부시고 용감무쌍하기에 농민군들이 누군지를 확인해보았다.

"와~아! 기찬장사와 미혜각시다! 역시 대단한 부부로다." 라면서 감탄을 해마지않았다.

사량주와 그의 부관 중랑장이 빗발치는 돌과 화살을 피하기 위해 동쪽의 큰 바위(낙화암) 밑으로 황급히 피했다. 그때 그 바위 위에서 밧줄이 획 떨어져 사량주의 목을 조여 끌어올렸다. 그는 엉겁결에 외쳤다.

"날 살려…꽥!"

사량주가 의식을 잃자 밧줄이 통째로 땅에 떨어져버렸다. 그와 동시에 머리보다 큰 바윗돌이 중랑장의 등에 떨어져 땅에 쳐 박혔다.

"오!~우~ 큭!"

한편, 운문사쪽으로 사량주를 따라 들어오던 일천 명도 넘는 토벌대가 낙화암 앞 거랑에서 죽어가는 수백 명의 동료들을 멀리서 쳐다보다가는 간담이 써늘해 도로 왔던 길로 도망쳐버렸다. 바위 위에 있던 손유익과 보현보살 및 호사대장 몇 명이 바위에서 내려와 두 부부 앞에 섰다. 토벌대 지휘자 두 사람이 한참 뒤에 정신을 차려 자기 앞에 선 농민군을 올려다보았다. 두 포로가 동시에 깜짝 놀라면서 외쳤다.

"앗! 당신은 손 대상군이 아니오?"

"그래. 사량주 장군 오랜만이군."

사량주가 입에 가득 찬 붉은 핏물을 땅바닥에 확 뱉더니, 분기를 참지 못하고 미친 듯 악을 쓰며 고함을 쳤다.

"손유익! 자네는 고향을 위한답시고 운문적과 한통속이 되어 나라를 반역해도 되느냐? 고려 무인으로 말이야."

"자네는 고려가 나라라고 생각하느냐? 백성들 절반 이상이 굶어 죽어 가는데, 개경의 고관대작들은 맑은 술과 기름진 육고기를 배가 터지게 먹고, 농민들의 토지를 다 빼앗아 챙기는데도 말일세. 자네야 어차피 우리 손에 죽겠지만 고려는 속히 망해야 하네."

"손유익! 자네가 완전히 미쳤군."

"썩어빠진 고려 조정을 떠받들고 부패한 수령들을 돕는 자네야 말로 미친 무신정권의 사냥개지. 저승에 가서 김사미에게 깊이 사과나 하게나."

"알았네. 고려 무인답게 깨끗이 죽겠다. 빨리 참수하라."

"자네 마지막 말이 맘에 드는구나. 하기야 인간 못 된 놈이 죽을 때 철이 든다드니 자네를 두고 하는 말인 것 같구나."

"손유익! 이 새끼야! 너거 고향이라고 억울하게 죽어가는 마지막 옛 동료에게 그런 섭섭한 말을 해도 되느냐? 너도 중앙군에 의해 멀지 않아 죽겠지. 온전할 것 같으냐?"

손유익에게 악발이로 대드는 사량주를 보고 기가 차서 보현보살이 크게 꾸짖었다.

"사량주! 우리 운문국사를 살려내라. 내 동생이란 말이다."

"이 영감탱이가 내가 운문국산가 지랄인가를 어찌 아나? 김사미만 알지."

그때 옆에 있던 서역사 호사대장이 주먹으로 사량주의 턱 쪼가리를 확 까돌려버렸다.

"악!" 하는 외마디 비명 뒤에 사량주의 목이 돌아가버렸다. 손유익이 장검을 썩 뽑더니 두 토벌대 지휘관의 목을 내리치면서 외쳤다.

"사량주 장군! 미안하이. 저승에서 다시 만나세."

"악!"

"헉!"

한편, 건천촌 행영에서 사량주의 부하들이 조정에 갑인일 토벌대의 참패를 다음과 같이 보고하였다.

「우도병마사 장군 사량주, 운문고을까지 기습하여 운문적을 정면 돌파하였으나 사로잡혀 참수 당하였음. 토벌대 일천여 명 전사함. 장군이 운문적 두령 김사미의 참수 후에 분노에 찬 적도들을 가벼이 여겨 초래한 결과임. 천연적 요새지인 운문고을의 지형을 간과하고, 무모하게 너무 깊숙이 공격한 것이 대참패의 원인임. 속히 새 병마사와 토벌대의 증파를 요구함.」

남로병마사 고용지 배냇골 초토화

이월 갑인일 우도병마사 사량주가 건천촌에서 지리(의곡)역으로 침입하던 그 시각, 밀성군의 고용지 병마사는 이천여 명의 토벌대를 이끌고 고점촌을 지나고 있었다. 토벌대는 싸울 생각은 않고, 삼열종대로 질서정연하게 배냇골로 계속 행군을 해 올라왔다. 토벌대의 숫자가 워낙 많은데다 정예병이고 침착하여 농민군이 이천서당까지 결국 밀리고 말았다.

얼마 뒤에 토벌대가 배냇골 유민촌에다 불을 지르기 시작하였다. 사시(巳時, 09~11)에 접어든 시각, 초가집들이 불에 타자 화염이 하늘로 치솟았다. 배냇골 유민들은 갑옷과 황색 군복을 입고 정렬된 수 천 명의 토벌대를 보고는 까무러칠 뻔하여 산속으로 도망가고 말았다.

이천서당의 남·북쪽이 처참한 살육의 현장으로 변했다. 결사대장들도 수리장군을 따라 전신에 피범벅이 되어 맹렬하게 싸웠다. 고용지가 수리장군이 좌충우돌 싸우는 것을 보고는 가슴이 섬뜩하여 부관에게 물었다.

"청룡도를 든 저 자가 누구냐?"

"저 자가 바로 효심이랍니다."

"오호! 그래. 역시 듣던 대로구나. 정말로 대단해!"

고용지가 감탄을 하는 그 순간에, 청룡도를 휘두르면서 효심이 대장기가 있는 자기쪽을 향하여 전속력으로 달려오는 것을 보았다. 효심이 달려오는 모습이란 마치 전신에 불이 붙어서 저돌적으로 돌진하는 전설 속의 불가사리의 그것과 꼭 같았다. 그는 소스라쳐 놀라면서 외쳤다.

"아니, 저 자가 나를 치러 오고 있구나! 나를 엄호하라!"

그가 말을 끝맺자, 벌써 효심이 눈앞에 다가와 청룡도로 자신을 에워싸고 있던 부관 두서넛의 목을 쳐 날렸다. 그가 정신을 바짝 가다듬고 장검을 앞으로 겨누었다. 수리장군이 자기 키 길이만한 청룡도로 고용지의 머리 위를 한번 휙 휘둘러서 겁을 주었다. 그가 큰소리로 물었다.

"너가 효심인가?"

효심이 짐짓 여유를 보이면서 대답했다.

"병마사! 나는 구룡이라네."

"너가 바로 그 구룡이?"

"하! 하! 하! 각저대회에서 병마사 술은 잘 마셨네. 오늘은 죽어봐라!"

하면서 청룡도를 번개같이 휘둘러 고용지의 목을 압박해 왔다. 병마사는 엉겁결에 효심의 청룡도를 막긴 했으나 그 괴력에 하마터면 칼을 놓칠 뻔하였다. 그는 효심과 붙었다간 목이 날아가는 것은 의심의 여지가 없다고 생각했다. 그는 군인들이 적은 배냇고개쪽으로 전력질주하였다. 그때 고용지와 그 부관들의 목을 노리면서 따르는 여자 두 명이 있었다. 앙칼진 여자 목소리가 섬뜩한 기분을 주었다.

"게 섰거라! 고용지!"

달아나던 고용지가 여자들에게 쫓기다보니 자존심이 무척 상했다. 지켜보는 부관들에게 체면도 서지 않았다. 그리하여, 말머리를 휙 돌려서 두 여전사쪽으로 달려갔다. 부관들도 모두 병마사를 엄호하러 달려갔다. 고용지가 고함쳤다.

"병마사를 완전 쫄장부로 보나? 이 기집년들이 간뎅이가 부었구나."

"그래, 간뎅이가 부었다. 와 여자를 업신여기냐?"

"와 불쌍한 유민촌에 불을 질러?"

"도적들 주제에 주둥아리가 험하구나! 에잇!" 하면서 장검으로 두 여자를 공격하였다. 두 부관이 두 여전사에게 달려들었다. 두 여자는 장검으로 각기 맡은 부관의 옆구리와 배를 찔러 죽였다. 연이어 달려온 다섯 부관이 바짝 긴장하여 장창으로 두 여자를 에워싸고 찔러대었다. 고용지도 합류하여 여자에게 장검을 휘둘렀다. 결국 두 여전사는 배냇고개에서 여섯 명의 토벌대에 에워싸여 한참 동안 격렬한 싸움을 벌이다가 장렬하게 최후를 마쳤다.

병마사는 부관들의 엄호를 받아가면서 헌양감무가 대기하고 있던 석남사쪽으로 바람처럼 도망갔다. 토벌대가 남쪽의 배태고개로 북쪽의 배냇고개로 이마에 땀을 팥죽같이 흘리면서 쏜살같이 도망쳤다. 배냇골에 널린 시체가 마치 가을날 논바닥에 널린 짚단 숫자처럼 이리저리 널려 있었다.

고용지가 헌양읍성으로 내려가면서 뒤따르던 황 중랑장에게 말했다.

"배냇골도 이제는 살기가 힘들 것이다. 오늘의 전투는 도적들과 싸우지 않고 불만 질러댄 초토화 작전이 성공적이었다."

"맞습니다. 병마사님, 도저히 이해가 안 되는 것이 하나 있구만요."

"뭔데?"

"그때 소관이 던진 은병이 어째서 거꾸로 섰나요? 그것이 거꾸로 선다는 것은 꿈에도 생각 못 했는데요."

그 말에 고용지가 고개를 들어 하늘을 올려다보면서 파안대소하였다. 그리고선 통쾌하다는 듯 대답했다.

"이것은 비밀이네. 내가 속임수를 쓴 것이네. 그때 그 은병의 아랫부분은 비었고 윗부분은 무쇠를 넣어 특별하게 만든 은병이니 거꾸로 설 수밖에 없었지. 토벌대 장수들이 운문사와 배냇골 침입을 겁내기에, 그들을 부추긴 기만전략이었지."

중랑장이 어이가 없어 크게 웃으면서 상관을 격찬했다.

"과연 소장의 상관이십니다. 어찌 그런 신이나 내실 묘안을 짜내었습니까? 존경하옵니다."

한편, 수리장군과 총괄장군은 이천서낭과 수리장군의 집에 달려가 보았다. 토벌대가 불을 지른 지 얼마 안 되어서 그런지, 화마가 초가를 무시무시한 기세로 집어 삼키고 있었다. 수리장군은 도저히 접근할 수가 없어 멀찌감치 아기 때부터 자란 정든 집이 타는 것을 하릴없이 지켜보아야만 하였다. 수리장군은 그때서야 가족들 생각을 하였다. 그는 말에서 내려서 다급하게 고함을 질렀다.

"어머님! 꽃다지야!"

라고 목 놓아 부르면서 뜨거워서 불 주위를 빙글빙글 돌았다. 한참 뒤에야 철구소 건너 송림 속에 숨어 있던 복순이 외쳤다.

"오라버니! 여기 있어요!"

수리장군이 계곡을 건너가 보았더니 송림 밑에 노모는 기절해 있었고, 형님부부는 서로 부둥켜안고 두려움에 와들와들 떨고 있었다. 복순은 딸을 꼬옥 껴안고 있었다. 수리장군은 아버지가 보이지 않아 다급하게 아내에게 물어보았다. 그녀는 눈물을 글썽이면서 입을 삐죽거리며 죄스런 표정으로 겨우 답했다.

"주무시다가 방에서 미처 못 나오시고 불속에 갇혔어요."

신불평원과 사자평의 유민촌에는 세 집 가운데 두 집이 불탔으며, 완전히 타지 않은 집도 연기에 그을어 보기가 흉측하였다. 화마가 휩쓸고 간 배냇골의 민가, 군사훈련장, 유민촌 모두가 검은 연기에 그을려 마치 유령의 마을이 되어 버렸다.

효심농민군 지기쇠왕설 따라
중산·용암산으로 본거지 이동

운문농민군 동해안을 따라 명주(강릉)까지 북상

이월 정사일(丁巳日, 25일) 새벽, 보현보살, 운문대장군 두 사람을 책임자로 하여 호사대장 기찬장사, 팽지랄, 서역사가, 경주를 지나 동해안의 망망대해를 우측 옆구리에 벗하면서 북쪽으로 북쪽으로 말을 달렸다.

운문농민군 지도자들이 드디어 이월 경신일(庚申日, 28일)에, 농민봉기가 요원의 불길처럼 번져나가고 있는 진앙지 명주(溟州, 강릉)에 도달하였다. 그들이 주막에서 아침밥을 해결하고 거리를 나서니, 마침 농민군 수백 명이 명주성으로 진격하고 있었다. 김상원 등도 말을 타고 농민군의 뒤를 따라서 명주성으로 가 보았다. 명주의 농민군 선봉대장이 강릉성에 이르러 어떤 여인을 붙들고 물어보았다.

"여보시오, 죄인 병마사가 어디에 있는가요?"

"성안에 있소이다. 왜요?"

"아이고! 큰일 났네. 빨리 도망가자."

그 선봉대장이 놀라서 확 돌아서서 도망가려고 하였다. 이때 명주성에 숨어 있던 최인 병마사의 복병들 수백 명이, 한꺼번에 농민군들을 잡으려고 말을 내달려 쏟아져 나오면서 외쳤다.

"도적들아! 게 섰거라!"

"적도들을 한 놈도 남기지 말고 다 죽여라!"

농민군들이 겁을 먹고 확 돌아서서 산 쪽으로 도망가기 시작하였다.

"병마사의 관군이다! 빨리 산으로 가자!"

말을 탄 농민군들은 뒤를 돌아보지도 않고 목숨을 보전하려고 죽자고 달렸다. 그러나, 창검을 든 농민군 보병들은 미처 토벌대 기병들의 화살을 피하지 못하고

"아이쿠! 지쿠!" 하면서 쓰러졌다. 갑옷을 입은 관군들과 누런 군복을 입은 관군들이 수없이 뒤섞여 달려 나왔다. 반면에 농민군들은 갑옷을 입은 자는 눈에 보이지 않았고, 낡고 더럽혀진 삼베옷과 모시옷 및 짐승 가죽옷을 입고 있어 대단히 초라해보였다.

나머지 농민군 보병들도 관군의 칼날에 목이 수없이 날아갔다. 관군들은 말을 달려 도망가는 농민들의 목을 뒤에서부터 거리낌 없이 쳐 날렸다. 그 모습은 마치 관군들이 군사훈련장에서 벼 짚단 기둥을 쳐 날리며 연습하는 광경과 흡사하였다. 동해안 바닷물은 푸르디푸르고 백사장은 흰쌀을 뿌려 놓은 듯 새하얀데, 관군들이 쳐 날리는 농민들의 목에서 흩뿌려지는 핏물은 진홍색의 분출이었다.

운문농민군들은 아까운 목숨을 보전해야지 객지에 와서 싸울 까닭이 전혀 없었다. 그 간부들이 혹시나 명주에서 우군을 얻을까 싶어 천리 길을 올라왔다가 큰 실망감만 가지고 다시 남하했다.

경상도에서 말머리를 동계(연해명주도)로 돌린 좌도병마사 최인은 이때 정예한 군사 수천 명을 거느리고 명주에 주둔하고 있었던 것이다.

이 날 명주성 최인의 복병들에 의해 농민군 일백오십여 명이 목숨을 잃었다. 그러나, 좌도병마사 최인은 계축년 동짓달 하순에 토벌대 사령관으로 개경을 떠나서 실로 석달만에 전공을 세우고, 개경의 황상에게 그런 상황을 자랑스러운 양 보고를 하였다.

김상원이 같이 남하하고 있던 손유익에게 군사적 측면에 관하여 물어보았다.

"운문대장군! 우리군과 명주농민군이 손을 잡는 것이 가능하고 실익이 있겠는가?"

"동해안 농민군 두령들의 숫자가 워낙 많고 이합집산이 심하니, 하나로 결집이 되면 토벌대의 군세를 능가할 것입니다. 그러나, 그들은 숫자만 많고 훈련도 제대로 되지 않았으며 뚜렷한 목적의식도 없는 것 같아요. 수령들과 토호들의 가렴주구나 벗어나 굶주린 배나 채우려는 무리들이 대부분이라, 하나로 강성한 군대로 결집되기에는 아주 강한 구심점이 있어야 할 것입니다."

"조정에서도 우리 운문사와 배냇골의 농민군을 운문적과 초전적이라 하여 가장 난적(亂賊)으로 점찍고 있으니, 이번 기회에 배냇골의 수리장군과 재협상하여 이전처럼 굳게 뭉쳐, 동해안과 경상도의 산발적인 농민봉기군들을 모두 결집하여 고려를 엎어버리도록 해봄세."

"그렇게만 되면 얼마나 좋겠습니까? 각 지역별로 각기 다른 목적을 갖고 산발적으로 일어난 봉기군을 하나로 결집하는 것이 그리 쉬운 일은 아닐 것입니다. 일단 내려가서 배냇골의 두령들과 협상을 해봅시다."

지리산 청운거사의 배냇골 지기쇠왕설

봄이 깊어져 신록이 배냇골 전 산야에 어우러지기 시작하던 때의 석양이었다. 검정 삼베옷을 입고 머리에는 큰 죽립을 쓴 오십대 중반의 한 도사가 수리장군을 찾아 왔다. 그 외벽이 불타버려 검정 색깔인 이천서당 큰방에서 그 낯선 도사가 수리장군에게 큰절을 하면서 자신의 신분을 밝혔다.

"소생은 지리산 도인촌에서 온 청운거사(靑雲居士)라고 합니다."

흥미가 당기는 듯 청운거사를 뚫어지게 바라보던 수리장군이 이윽고 말문을 열었다.

"그래, 거사님은 어떻게 우리를 찾아왔소?"

"며칠 전부터 지리산 천왕봉에서 백일기도를 드리고 있었는데, 동방에서 건국의 조짐이 어리어 그 기운을 따라 왔더니 이곳 배냇골이었다오. 마침 배냇골에 농민군이 운집되어 있고 그 두령이 수리장군님이라 하여서 아주 흡족해서 왔습니다. 수리장군님, 저를 받아서 잘 써주시옵소서."

고용지가 배냇골을 초토화시킨 뒤, 수리장군은 별로 말이 없고 매사에 의욕이 없었다. 다른 대부분의 결사대장들도 그 의욕이 이전과는 달랐다. 그런 상황에서 부총괄장군 박선구가 총괄장군과 김대성 결사대장을 부추겨 「효심농민군 사기 앙양운동」을 적극적으로 추진하여 나갔다. 그 결과 배냇골의 분위기는 서서히 되살아나기 시작하였다. 그런 기운은 봄날이 무르익어감에도 크게 영향을 받았다. 박선구는 회의시마다 군인들에게 역설하였다.

"군인들에게 사기는 생명인데 우리는 현재 생명이 없는 시체와 같은 농민군이다. 여러분! 빨리 상처를 회복하고 이전의 사기를 되찾읍시다."

그런 시기에 청운거사가 나타나 용한 예언을 하자, 수리장군은 말할 것도 없고 옆에 있던 두 장군이 깜짝 놀라서 거사를 유심히 쳐다보았다. 수리장군은 기분이 좋은가 드디어 싱긋이 웃었다. 그리고는 밝은 음성으로 크게 말했다.

"청운거사님, 보시다시피 배냇골은 토벌대의 습격을 당하여 초토화가 되었다오."

청운거사가 배냇골에 들어오고 사흘이 지난 삼월삼짇날, 거사가 수리장군 등에게 자신의 견해를 밝혔다.

"소위 '지기쇠왕설(地氣衰旺說)'에 의하면, 배냇골의 지기는 많이 쇠하였답니다. 그래서 말씀인데요. 이곳 사방 수십 리를 살펴본 결과, 농민군의 근거지를 지기가 왕성한 밀성군의 중산과 용암산으로 옮겨야 한다고 생각합니다."

농민군 간부들이 중산 등에 가보고 여러 가지 입지조건을 확인한 뒤, 지기가 쇠한 배냇골을 떠나 그곳으로 농민군의 근거지를 옮기기로 작정을 했다. 새 근거지가 될 곳은 높은 산악지대임에도 천지(天池)[47]라는 큰 못이 있었고, 솔방마을에도 샘터가 많았다. 천지는 괴곡촌(산내면) 뒷산에 있는 넓고 얕은 연못이었다.

삼월 열 하룻날 운문농민군의 운문대장군과 문수보살 및 보현보살이 수리장군을 찾아와 간청하였다.

"수리장군님, 운문국사께서 돌아가신 뒤로 운문사와 배냇골이 많이 소원해졌지요. 우리가 남도 아니고 토벌대가 호시탐탐 우리의 목을 죄여오는데, 형제들이 다시 손잡고 적들을 퇴치해야 하지 않겠습니까?"

과묵한 수리장군이 천천히 입을 열었다.

"맞지요. 다시 굳게 뭉쳐 토벌대를 이겨내도록 향후 단합합시다."

삼월 보름날 석양부터 배냇골의 효심농민군 가족들과 유민들은 배냇골 - 주암계곡 - 천화령(천왕재) - 천왕산(사자산, 천황산) - 도래재 - 영산 - 정승봉 - 끝방재 - 정각산 - 둥글레밭 - 동천(용전교다리) - 괴곡촌 - 중산과 용암산까지의 동서능선 칠팔십 리의 능선길을 수백 명씩 떼를 지어 이동하였다.

농민군의 본거지가 이동한다고 하여 모두가 다 옮겨간 것은 아니었다. 수리장군의 허락을 받아 배냇골과 초전에 남을 식구들은 그대로 남게 되었다. 수리장군, 총괄장군과 부총괄장군 등은 수리장군 가족과 함께 제일 마지막으로 배냇골을 떠났다. 이천서당 박씨 부인도 같이 길을

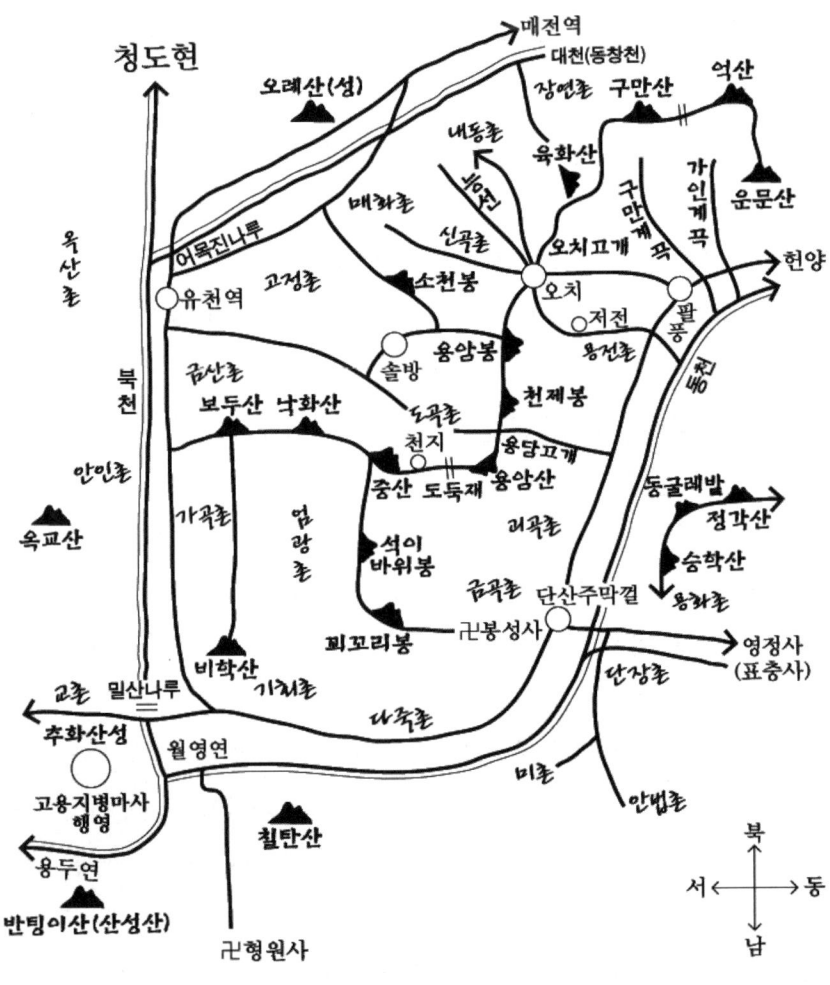

효심과 고용지의 마지막 전투지 밀성군 중산 · 용암산

떠났다. 최근에 급하게 지은 철구소 옆의 초가집을 떠나면서 수리장군 가족들은 마당에서 집을 향해 큰절을 하였다. 그러면서, 효심이 침통한 표정으로 말했다.

"아부지! 배냇골을 끝내 지키지 못하고 멀리 밀성군 산중으로 갑니다. 저 웬수들을 물리치고 반드시 배냇골로 돌아올게요. 몸은 밀성군 산만뎅이에 있어도 마음만은 배냇골에 있을 것입니다."

대원들이 주암계곡과 사자평을 지나가는데, 주개더미에서 두견의 울음소리가 피를 토하듯 울려 퍼지고 있었다.

삼월 열 나흗날 점심시간에, 영정사(표충사) 앞 시전촌(柿田村, 감밭)에 사는 문필봉(文筆峰) 도사가 이천서당을 남 몰래 찾아 왔다. 그가 총괄장군에게 조심스럽게 말했다.

"청운거사가 매일 밤마다 우리 촌락 주막에서 만취되도록 마시고, 삼경이나 되어서야 천화령(천왕재)을 넘어 주암계곡 심종태바위굴에 가서 잡니다."

수리장군과 총괄장군이 믿는 도끼에 발등 찍힌 듯 멍하니 그 도사의 얼굴을 바라다보았다. 두 장군의 눈치를 챈 도사가 더욱 놀랄 말을 하였다.

"차마 이 말씀은 올리지 않으려 했는데, 요즘은 밤에 우리 마을 과부와 정을 통해 그 굴에까지 데리고 가서 잡니다요."

총괄장군이 자신의 견해를 분명히 했다.

"그가 처음 왔을 때, 맑지 않은 눈동자와 눈알이 계속 움직이면서 무엇을 찾아 헤매는 듯한 그것이 상당히 맘에 걸리었소. 도사가 주색을 한시라도 잊지 않고 그렇게 방탕하게 지낸다니, 그의 예측력을 믿을 수가 없소이다."

장군들과 대장들이 수리장군에게 물었다.

"당장 그를 참수하고 지금이라도 본거지 이동을 중단해버릴까요?"

그러자, 수리장군이 드디어 통이 큰 결단을 내렸다.

"지금 우리 군이 한참 기대를 걸고 본거지 이동을 하고 있는데, 도사를 참수하거나 이동을 중단한다면 사기가 크게 저하될 것이니, 모른 체하고 빨리 이동을 끝내게. 누구 감시자를 붙여 도사가 이상한 행동을 하거든 그 때 참수해도 늦지 않을 걸세."

그 날 밤 배냇골과 천왕산에 노을이 질 때, 총괄장군과 부총괄장군은 영정사(표충사) 앞의 시전촌(柿田村)에 갔다. 시전촌민들은 영정사의 감밭을 경작하여 상납하고 살았다. 두 간부는 '감밭주막'에서 만취된 청운거사가 살찐 젊은 과부와 진하디 진한 애정행각을 하는 현장을 덮쳤다.

새 본거지의 촌민들과 형제애로 뭉치다

수리장군과 호사대장들이 새 본거지에 이삿짐을 내려놓자마자, 수리장군은 천지 주변에 일천여 명에 가까운 가장들을 모아두고 강도 높게 독려를 하였다.

"형제들이여! 이제 우리는 불과 이십 리 밖에 우리의 철전지 웬수 고용지 놈을 이웃하고 있다. 앞으로는 배냇골에 미련을 갖지 말고 중산과 용암산에 정을 붙여 살아가야 할 것이다. 향후 보름 동안에 각자가 살 초가집을 짓고 요소요소에 축성과 목책 설치를 할 것이며, 나아가 바위지대이거나 절벽이 아닌 모든 산과 들에는 개간을 하여야 할 것이다. 그리고, 새 본거지 아랫마을[48] 촌장들과 더불어 생활을 해나가도록 협력에 최선을 다 해야 할 것이다. 여러분! 알겠지요?"

"예! 수리장군님!"

"더 이상 긴 말은 않겠다. 각자가 주인이란 생각을 갖고 무소의 뿔처럼 혼자서 가라!"

삼월 열엿새 날부터 새 본거지 구축의 혹독한 작업이 시작되었다. 기나긴 봄날 온종일을 송이가루와 보릿가루로 쑨 얼굴이 비치는 희멀건 죽을 먹으면서 작업을 계속했다. 본거지가 설치된 능선이란 중산 - 도덕령(뒤실재) - 용암산까지의 동서능선과 용암산 - 천제봉 - 용암봉 - 오치령(烏峙嶺)까지의 남북능선과 중산 북서쪽의 굴덤산 - 낙화산 - 보두산까지의 동서능선이 그곳이었다. 그때 새 본거지 일원에는 대암산성, 보두산성, 소천봉산성 등이 축성되었다.

새 본거지의 농민군과 유민들의 생활은 비참하기 그지없었다. 능선에 솥을 걸어두고 밥을 하니 연기가 올라 관군이 볼 것이 염려가 되었다. 그리하여, 땔감은 바싹 마른 나무를 사용하였다. 농민군은 근거지 능선의 아랫마을 촌민들과 형제와 같이 정을 나누면서 황무지를 개간해나갔다.

폭풍전야 - 정중동 속의 전쟁준비

효심농민군과 고용지 병마사 간의 치열한 첩보전

고용지 병마사는 사량주 장군이 전사하자, 초전적은 물론 운문적까지 토벌하는 막중한 임무를 맡게 되었다. 그는 남로병마사 겸 우도병마사를 겸직하게 되었던 것이다. 그는 승부욕과 출세욕이 강한 대장부였다.

고 병마사는 삼월 초열흘 날, 개경에서 외삼촌이 내려 보낸 만수거사(萬壽居士)라는 열일곱 살의 미남 소년 도사를 맞이하였다. 거사는 그 날부터 병마사 행영이 있는 용두연(龍頭淵) 건너편의 형원사(滎源寺, 구서원 마을 소재)에서 지극 정성으로 기도를 하였다.

한편, 청운거사는 수리장군과 결사대장들의 철저한 감시를 받으면서 천제봉(天祭峰) 작은 기도처에서 주야간으로 정성을 모았다.

만수거사는 잠을 거의 안자고 꼬박 보름 동안을 기도한 뒤에야, 법당

안에서 고용지를 불러서 마주 앉았다. 병마사가 그에게 물어보았다.

"만수거사, 무슨 좋은 계시라도 받았는가?"

그러자, 거사는 흰 자위가 많은 눈을 부릅뜨고 귀신이 들린 듯 몸을 덜덜덜 떨면서 법당이 울리도록 큰 소리로 말했다.

"고용지 병마사! 내가 바로 자네의 대선배로 인종 황제 때 묘청의 난을 평정하여 수충정난정국공신(輸忠定難靖國功臣)의 칭호를 받은 문하시중 판이부사 김부식(金富軾)이라네."

병마사는 만수거사가 김부식이라고 하자, 깜짝 놀라 두 손을 법당의 바닥에 짚고 두 무릎을 꿇고 엎드려 벌벌 떨면서 말을 이어나갔다.

"아이구! 대선배님, 아니 하늘같은 공신님. 남적의 난도 속히 평정이 되도록 도와주십시오."

"그렇겠지. 내가 곧 방도를 가르쳐 줄 테니 잘 들어라."

엎드려 이마를 바닥에 대일 듯 말 듯 하고 있던 병마사가 거사를 올려다보다가 갑자기 고개를 세차게 흔들면서 의아한 듯 물어보았다.

"한 가지 의문점이 있어 물어보고 싶은데요?"

"무엇인데?"

"문하시중님은 육십여 년 전에 개경파로 동경 출신의 신라계였는데, 어찌 지금 효심이 신라부흥운동을 외치는데 토벌대인 소장을 도우십니까요?"

"병마사는 무부라서 머리가 잘 안 돌아가는 모양인데 남적의 본질을 잘 꿰뚫어 보아야 하느니라. 지금의 적도들은 신라의 적통 후계자들도 아니고 배가 고파 현재의 무신정권에 반기를 든 도적떼에 불과하지. 그래서, 내가 지극한 거사의 기돗발에 감응한 뒤 인종 황제의 명을 받고서, 거사의 머릿속에 내려앉아 자네와 방도를 궁리 중이네."

"그래도, 문하시중님은 신라의 후예로 신라편을 들어야지요. 소장은

448

통 이해가 잘 안 되네요."

"쯧! 쯧! 쯧! 자네와 같은 무부들은 계급의 고하를 막론하고 지혜가 없고 머리가 우둔한 것이라. 그러니까, 무신들이 집권하니 나라가 어지럽고 전국토가 농민란이지. 신라 천년은 이미 역사의 강물에서 흘러간 강물이니라. 역사의 강물에서 한번 흘러간 물은 절대로 되돌아오는 법이 없단다. 나는 철저히 지금의 살아있는 권력인 고려 조정에 충성하는 유학자일세. 병마사도 이 정도의 역사관은 가지고 있어야 하지 않겠나?"

고용지가 고개를 숙이다가 다시 쳐들어 또 물었다.

"철저한 유학자이신 시중님이 어찌 도학계통인 만수거사의 영혼의 주인으로 나타나십니까? 지가 알기로는 유학자들은 주관이 뚜렷하고 다소 교조주의적인 사상으로 똘똘 뭉쳐 타 종교 같은 것은 인정하지 않는다고 들었습니다만…"

"병마사는 무부라도 완전 무식꾼은 아니구만. 우리 민족의 사상이나 종교는 도가(道家)·불가(佛家)·유가(儒家)에 두루 나타나고 있지. 나도 죽어 반야용선(般若龍船)을 타고 삼도천(三途川, 요단강)을 건넌 후에는 안목을 더 넓히기 위해 유가 일색에서 벗어나 불가와 도가에도 깊이 빠졌네. 내가 말하는 '도가'는 순수한 중국의 전통적인 도학자인 노장 사상가와 달리, 단군 이래의 우리 민족 고유의 신앙인 신교(神敎)의 신봉자를 말한다네."

그때 병마사의 바로 옆에서, 이마를 바닥에 대일 듯 말 듯 머리를 조아리고 있던 부관 대도달(大道達)이 갑자기 머리를 확 치켜들었다. 그러면서 큰소리로 말하기 시작하였다.

"대선배님, 듣자 듣자하니 눈에 뵈는 것이 없는 모양이네요. 말씀 중에 무부들이 다 머리가 잘 안 돌아간다고 수차례나 무시하시다니 말씀이 됩니까? 시중의 아들 김돈중(金敦中)은 무부들을 거렁뱅이 취급하여 정중부의 수려한 수염에 불을 질렀고, 그런 원한들이 모여 무신난이 발발한 것이 아닌지요?"

"자넨 와 갑자기 지난 과거사를 들추고 내 아들 이야기를 하여 나를 심란하게 하는고? 자네의 병마사가 김사미와 효심에게 당하여 전존걸 대장군의 전철을 밟도록 할 것인가. 대 부관은 그 정도로 자신이 있다는 것인가?"

"소관도 경주 출신이외다. 우리 고려 무인들은 자주성 빼면 남는 것이 없다 아닙니까? 현재 남적 반란의 원인을 무부들인 우리에게 몽땅 뒤집어씌우지 마십시오. 시중님의『삼국사기』에 대해서도 후세에는 말이 많다고요."

"대 부관! 자네, 무신을 업신여겼다고 내 불후의 업적인『삼국사기』를 물고 늘어지는가? 너무 심하지 않은가? 일개 무관이 그 역사서를 평할 능력이 되는가 말이야?"

"이왕 나왔으니 다 까발리겠습니다. 문하시중의 바로 윗대 김근(金覲) 때부터, 경주에서 무명이었던 가계를 벗어나 개경에서 고관대작이 되셨지요. 그 아버님이 얼마나 고려의 선비로서 줏대가 없었으면 첫째 아들의 이름에 중원의 문장가 소식(蘇軾) 소동파의 이름 가운데 식자를 따서 부식이라 하였으며, 그 동생 부철(富鐵)이란 이름에도 소동파의 아우 소철의 이름 가운데 철자를 박았겠습니까?[49]"

그러자, 만수거사의 눈에 흰 자위가 더 많아지면서 얼굴은 푸르락누르락 변하면서 노기가 더해 가고 있었다. 그러더니, 다시 평상심을 되찾은 듯 조용해지더니 천천히 말했다.

"무신들이 들어서고 우리 집안이 망하니 후세인들이 그런 혹평을 하고 있단 말이지. 자네는 누구에게 그런 말을 들었는고?"

"경주 친구 문신에게서 들었지요. 삼국사기는 철저한 사대주의 사관이라고도 하더군요. 오직 중국 사서만을 참고로 하여 썼기 때문이라고요. 그리고, 시중님은 연개소문(淵蓋蘇文)을 반드시 개소문으로만 적었다고 하더군요. 당태종 이세민의 아버지인 당고조의 이름이 이연(李淵)인 까닭이었다고 하더군요. 시중님은 또 개소문의 성(姓)을 굳이 적을 때는 천(泉)으로 적었다고 하더군요."

"대 부관 자네는 모든 역사서가 다 완벽해야 한다고 믿는 모양인데 그런 것은 오히려 예외적일 뿐이네.『삼국사기』는 세상이 인정하듯 그렇게 좋게 믿어주어야 하지 않겠나. 개소문의 성에 대한 말이 나왔으니 한마디만 하지. 연(淵)은 흐르는 강물이 깊은 웅덩이를 만나 빙빙 돌면서 끓어 넘치는 것을 형상화한 글자이지. 그것은 사람들이 들어갈 수가 없이 크고 위험한 물이란다. 용(龍)이 그러한 연에 잠긴다네. 반면, 천(泉)은 옹달샘이 겨우 언저리를 넘어 졸졸거리고 흐르는 것을 나타낸다네. 내가 연개소문의 성을 구태여 쓸 때는 천(泉)을 쓴 것을 두고, 후세인들이 개소문의 기상을 한껏 축소하기 위해서 그 성씨로 골라 쓴 것이라고 비난했겠지. 내가 신라 후예로 고구려의 왕을 죽이면서 정변까지 일으킨 독재자 개소문을 좋게야 적었겠느냐?"

"판이부사님, 시간도 많이 흘렀으니 한 가지만 더 말하겠습니다. 도대체, 삼국의 역사를 쓴다면서 가야를 모두 접었고, 진국사(震國史, 발해사)는 한 줄도 쓰지 않았지요? 그래서, 『삼국사기』는 정사(正史)를 기록한 것이 아니라, 철저한 사대주의의 결과에서 나타난 잘못된 책자로 보아야만 할 것 같습니다."

"내가 자네들과 그 문제로 더 다투고 싶지가 않네. 세월이 흐르면서 후손들이 정당한 평가를 할 것이네. 자! 병마사 시간이 없으니 속히 반팅이봉 꼭대기로 올라가자."

"하믄요. 당연히 그래야겠지요. 대 부관은 소장의 부관인데도 고집이 너무 세어 꺾기가 쉽지가 않네요. 문하시중님께서 아량으로 포용해주시기 바랍니다."

"병마사 심정 이해가 가네. 고려 무인들이란 자주성 빼면 남는 것이 없지."

병마사는 대 부관 및 형원사 주지와 서쪽의 반티이봉 정상에 올라갔다. 거사는 반티이봉 정상의 바위 위에서, 효심군의 근거지가 있는 북동쪽을 바라보며 가부좌를 틀고 앉아 눈을 감고 합장을 하였다.

"나는 여기에서 한 달이고 두 달이고 머물면서 공격의 날짜와 방법의 대강을 알아내도록 하겠네."

"너무나 황송해 몸 둘 바를 모르겠나이다."

삼월 스무닷새 날 박선구가 천제봉기도소에 가서 청운거사에게 물어보았다.

"청운거사! 기도소가 지어지고 벌써 열흘이 다 되어가오. 주색을 멀리하고 기도를 정성으로 했으니, 지금쯤 토벌대에 대한 동정이 떠오르지 않아요?"

"글쎄요. 오늘 기도를 하면서 천기를 보아야겠네요."

그는 거사의 맥 빠진 말에 주먹으로 가슴을 꽝꽝 치면서 나와버렸다.

한편, 화악산 남쪽의 촌장들은 다음과 같은 생각을 하고, 독약을 탄 막걸리를 월산촌에서 관군의 염탐꾼을 하고 있던 농민군 세작들에게 먹였다. 그리고는, 토벌대에 고발하여 그 세작들을 잡아가게 하였다.

'농민군이 우리를 도운 것은 고용지가 내려오기 전이다. 인자는 사정이 많이 달라졌다. 효심 장사도 그 좋은 고향 배냇골을 버리고 중산으로 온 것은 관군에게 쫓기고 있다는 것이 분명해. 농민군을 돕다가 몰살당하는 것보다야 토벌대의 편을 들어 목숨과 농지를 보전하는 것이 이로울 것이야.'

그 후로는 농민군의 보복이 두려워 입도 벙긋하지 않고 며칠을 보냈다.

토벌대 밀성군 동북부 산골마을 초토화 시작

사월 초하룻날 중산 동쪽의 안법촌(安法村)과 남쪽의 단장촌(丹場村, 단장면)에서 검붉은 불기둥이 하늘로 솟아올랐다. 그 화염은 삽시간에 밀성군 동북부 지역을 다 덮어버릴 것만 같았다.

박선구 등이 안법촌 입구의 송림 속에서 난장판이 된 마을을 살펴보았다. 누런 군복을 입은 토벌대들이 젊은 농부 여덟 명을 기다란 밧줄로 꽁꽁 묶어 일렬로 끌고 오고 있었다. 두 손이 뒤로 묶인 젊은이들이 끌려가면서 충혈 된 눈을 하고서 큰소리로 따지면서 발악을 하였다.

"나으리들! 아무 죄도 없는 우리 집에 와 불을 질렀어요?"
"죄 없는 우리들을 와 끌고 가요? 까닭이나 좀 알고 갑시다!"
"와이고! 미쳐버리겠네. 관군이 생사람 잡는대이."

끌려가는 자들이 악을 쓰면서 저항을 해대자, 우악스럽게 생긴 관군이 몽둥이로 반항하는 자들의 어깨를 연이어 힘껏 내리쳤다.

"악! 아얏!"
"개새끼들아! 다 죽여라!"
"이노무 새끼들아! 아예 칼로 찔러 죽이거라!"
"나으리들! 살려주세요! 말 잘 들을게요."

몽둥이로 두들겨 패기만 하던 관군들이 드디어 입을 열어 꽥꽥 고함을 질러댔다.

"이 개자석들아! 너희들 효심과 한패지?"
"저 산 만댕이에다 양식과 옷가지들을 갖다 주지?"
"너희들이 어찌 양민이냐? 도적들이지!"
"생사람 잡지마소! 저 산에 누가 있다고 그러시오!"

관군들이 끌고 가던 젊은이들을 얼마나 팼던지 코와 입에서 벌써 붉은 피가 흘러내려 다 낡아빠진 삼베옷에 흘러내리고 있었다. 붉은 화마가 할퀴고 있는 집에서 가재도구를 급히 꺼내고 있던 할머니와 아낙네들이, 아들과 남편이 끌려가는 것을 확인하고는 머리카락이 산발이 된 채로 이쪽 마을 입구로 미친 듯이 달려왔다. 그녀들의 얼굴은 화염에 익어서 검붉고 눈동자에는 초점이 흐려 있었다. 청천벽력 같은 뜻밖의 방화와 구속에 얼이 나간 듯 그녀들은 달려오면서 앙칼진 목소리로 외쳤다.

"이 양반들아! 우리 아들 와 데리고 가노?"
"이 놈들아! 무슨 죄로 끌고 가느냐?"
"여보! 죽으면 안 됩니대이!"
"애야! 살아 오너라!"
"아범아! 애미를 생각해라이!"

고함을 치면서 따라온 아낙네들이 남편과 아들을 붙잡고 질질 끌려가면서 울고불고 난리였다. 그러자, 우락부락한 관군들이 또 여편네들의 가슴팍과 배를 몽둥이로 사정없이 꽉꽉 찔러버렸다. 그러자, 여편네들이 땅바닥에 픽픽 쓰러지면서 네 발로 뿔뿔 기기 시작하였다. 노인들과 아이들은 가문 날 물웅덩이에서 물을 길러와, 도저히 진정이 안 될 불난 집에 갖다 뿌리거나 가재도구들을 꺼낸다고, 정신없이 왔다 갔다 하고 있었다.

성질 급하고 밀성군 재지세력의 뼈대를 타고 난 박선구가 그것을 보고는 도저히 못 참겠는가, 칼집에서 시퍼런 칼을 확 빼서 머리 높이 번쩍 들면서 외쳤다.

"이 악마 새끼들! 다 죽여버리자!"
"그래! 갑시다!"

그러자, 헌양현 산적 출신의 간짓대, 몽쇠, 바우, 도야지가 한 조가 되어 관군에게로 달려 나가서, 장창으로 관군들의 배와 등을 사정없이 찔러대었다. 관군들은 어이가 없다는 표정으로 피가 솟아나는 배를 한손으로 움켜쥐고, 다른 한 손은 허공에 올려 허우적거리면서 비명만 질렀다. 부총괄장군이 묶여가던 농부들에게 권했다.

"나도 밀성군 사람으로 저 용암산 위의 효심농민군이오. 모두 산 위로 올라가 고용지 병마사 군대를 다 잡아 죽입시다. 힘을 합하면 우리가 이길 수가 있어요."

끌려가다가 살아난 그들은 서로 번갈아 보면서 갈지 여부를 결정지으려 망설이고 있었다. 가장 젊고 우락부락하게 생긴 청년이 외쳤다.

"좋소. 당장 따라가서 웬수를 갚아야겠오. 아재요! 갑시더."

절반은 산 위로 가겠다고 고개를 끄떡였으나 나이가 들어 귀밑머리가 희끗희끗한 한 사내는 잠시 생각하더니 말했다.

"나는 우리 집 불을 끈 뒤 지군사에게 가서 따지겠네. 산에 가서 도적이 되긴 싫어."

그 말에 또 절반이 고개를 끄떡이면서 그와 뜻을 같이 하겠다고 하였다. 두 촌락의 집들이 모두 관군에 의해 불타버리자, 오갈 데 없던 농부들이 효심 밑으로 찾아들었다.

한편, 농민군 간부들은 병마사 행영의 관군들이 바쁘게 움직이는 것으로 짐작하여 공격날짜가 임박했음을 눈치 채었다.

삭풍에 지는 저전촌 꽃잎들이여!

사월 초닷새 날 밤부터 경상구산 산봉우리마다 달집에 불이 붙기 시작하였다. 달집도 집채만 하게 지었기에 캄캄한 밤에 밀리서 토벌대들이 보고는 겁을 집어먹고 불안에 떨었다. 효심군의 새 본거지에는 집을 잃은 근동의 군민들은 물론, 멀리 울주, 창녕군, 금주(김해), 합포(마산), 기장현, 헌양현 등에서도 유민들이 밀려들었다. 중산 일대가 농민군과 유민들로 가득 차서 더 이상의 유민들을 받아들이기도 힘들게 되었다.

무술일 남서풍이 불 때 화공작전으로 초전적을 불살라라

사월 초닷새 날 정오, 만수거사가 이윽고 맑고도 분명한 큰 목소리로 병마사에게 계시를 전했다.

"병마사, 사월 무술일(戊戌日, 7일) 묘시(卯時, 05~07)부터 한나절 동안 서남풍이 거세게 불 테니, 그때 화공작전으로 초전적을 모조리 불살라버려라."

"앗! 예~. 시중님의 은혜 죽어서도 못 잊을 것입니다."

"나는 마, 되었네. 병마사나 군공을 세워 출세하기를 바라노라."

거사는 오랜 동안 물만 마시면서 땡볕에서 기도를 했기에, 그 몰골이 길거리에서 죽어 햇빛에 말라비틀어진 개구리와 흡사하게 되어 있었다.

고 병마사는 사월 초순 밀성군 동북부 촌락에 대한 초토화작전에서 절반은 성공하였다고 자평하고 사기가 충천하였다. 왜냐하면, 군민들의 집단저항이 없었기 때문에 안도의 한숨을 내쉬었다. 토벌대의 워낙 무자비한 초토화 작전에 군민들은 어이가 없어 대항할 힘도 잃고 토벌대의 만행을 지켜보기만 하였다.

사월 초엿샛날 밤, 효심과 복순은 어린 딸 꽃다지를 사이에 두고 중산의 바위전망대에 걸터앉아, 저 멀리 서남쪽의 고용지 행영을 내려다보고 있었다. 행영 근처에 수십 개의 횃불이 바삐 움직이고 있었다. 엄마와 아비 사이에서 따뜻한 체온을 받은 딸은 부모를 번갈아 쳐다보다가 두 눈이 스르르 감기어 잠이 들고 말았다.

중산에는 신록이 절정에 달하여 향긋한 풀냄새가 밤바람에 섞이어 두 남녀의 콧속에 스며들었다. 멀리 남쪽의 꾀꼬리봉과 북쪽의 소천봉에서 뻐꾸기 소리가 이따금 구슬프게 들려왔다. 서남쪽 반티봉 위의 맑은 하늘에 솟아있는 살이 통통하게 찐 초승달이 깜찍하게만 느껴졌다. 복순이 향긋한 향내가 나는 흑발의 머리를 효심의 가슴에 살며시 안기어왔다. 그러면서 말했다.

"오라버니, 내일이나 모레 고용지가 쳐들어온다는 소문이 돌던데 괜찮을까요?"

"그럴 것 같네. 단단히 각오를 하고 있어야 할 것이네."

"배냇골에 쳐들어온 토벌대를 보니 줄을 쭉 바로 서서 당당하게 걷는 품이 만만치가 않던데, 오라버니는 겁이 나지 않아요?"

"백성 구제를 한다는 크나큰 포부를 가슴에 지니고 농민군의 대장이 되었네. 벌써 삼년이 지났는데도 앞길도 안개속이고 자신감은 자꾸만 없어지는구나. 당신은 죽을까 겁이 나는가?"

"우리야 아무 것도 가진 것 없이 짐승처럼 살다가 저승으로 가는데, 조금 일찍 죽는다고 무슨 한이 있겠어요. 다만, 관군의 칼날 아래 죽기는 싫고, 꽃다지가 좋은 신랑 만나 사는 것도 못 보고 일찍 죽는다는 게 안타까울 뿐임더."

"형제들과 더불어 숨이 멎을 때까지 끝까지 싸우다가 가야지 뭐."

"농민군 장군이 후회는 안 되나요?"

"불쌍한 농민들을 위해 뜻을 펼치다가 실패하면 죽는 것이지. 다만, 복순과 꽃다지에게 따스한 아비가 못 되어 정말로 미안하네. 용서해다오."

"이년은 죽어도 오라버니와 함께 죽으면 한도 원도 없구만요. 미안해 하지 마세요."

"고맙구나. 천지신명이 도울 것이네. 훈장님도 우리 편을 들고 계시겠지."

남편이 어둠 속에서 아내의 두 눈을 빤히 쳐다보더니, 큼지막한 혀를 쭉 내밀어 그녀의 입속에 가만히 밀어 넣었다. 복순이 남편의 혀를 자신의 입술로 천천히 빨기 시작하였다. 그런 복순의 눈두덩 위에 남편의 뜨거운 눈물이 뚝뚝 흘러내리고 있는 것이 아닌가. 깜작 놀란 마누라가 빨기를 그치고 머리를 쳐드는데, 남편이 그녀의 가슴을 와락 끌어안으면서 외쳤다.

"여보! 미안해! 평생 호강시키려 했는데…"

이때 꽃다지가 울어버릴 듯한 목소리로 말했다.

"엄마, 추워. 방에 가자."

불바다능선으로 변한 효심농민군 본거지, 농민군 시체가 산을 이룬 저전촌·오치고개

사월 초이렛날 진시(辰時, 07~09), 중산과 용암산 서쪽 능선에는 하늘로 검붉게 치솟은 불길의 높이가 수십 길은 됨직 하였다. 용암산 도덕재 좁은 능선 주변은 한마디로 끔찍한 화탕지옥 바로 그것이었다. 산을 통째로 삼킬 듯한 화마가 덮쳐오는데, 그 동쪽 능선의 좁은 길로 농민군과 그 가족들이 겁을 집어먹고 악발이로 도망치고 있었다. 좁은 산길에 넘어지고 밟고 밟히어 벌써 수백 명이 죽어갔다. 결사대장들이 뛰면서 외쳤다.

"토벌대의 화공작전이다! 모두 운문산으로 간다!"

"머뭇거리다간 다 타 죽는다! 싸기 싸기 뛰어라!"

"짐은 다 버리고 몸만 속히 피해야 한다! 급히 달려라!"

대장들이 목이 터져라 눈망울이 튀어나올 정도로 피신을 독려하고 있는데, 중산과 용암산 주변의 산과 능선이 온통 불바다가 되어버렸다. 그것을 목격한 수리장군과 지도층은 입을 다물지 못하고 절망하여 지껄였다.

"적들과 한번 싸워보지도 못하고, 고생하여 지은 산채를 모두 불쏘시개로 만들어버리고 말았구나."

불과 두 식경 전에 중산 전망대에서 산 아래 관군들의 움직임을 내려다보던 농민군은 소스라치게 놀라서 입을 다물지 못했다. 그들은 동시에 떠들었다.

"날이 새는데 횃불을 저렇게 많이 들고 와서 어쩌겠다는 것인가?"

"아이쿠! 큰일 났네. 화공작전으로 나올 모양이야. 봄 가뭄으로 산 전체가 마치 섶과 같은데…"

바로 그때였다. 저 멀리 종남산쪽에서 서남풍이 거세게 휘몰아치기 시작하였다. 농민군 간부들이 모두 화들짝 놀라서 한 마디씩 외쳤다.

"바람 한 점 없더니 웬 서풍이고? 야! 큰일 났네. 엇! 저것 보라!"

"관군들이 산에다 불을 놓고 있구나! 아니, 수백 명이 불을 붙이고 있네."

운문대장군이 외마디 소리로 외쳤다.

"수리장군님! 여기 있다간 모두 불귀신이 됩니다. 빨리 운문산으로 갑시다."

반티봉 정상의 만수거사는 간밤 삼경부터 일어서서 기도를 드리고 있었다. 그는 두 손을 하늘을 향하여 쳐들었다가 주문을 외우면서 가슴 앞으로 내려서 합장을 하였다. 그는 그 동작을 수백 번이고 되풀이하였다.

"천지신명이시여! 서남풍을 내려주시옵소서."

"비나이다! 비나이다! 서남풍을 비나이다."

드디어 서남풍이 불기 시작하였다. 거사는 미친 듯이 들떠 외쳤다.

"야~ 드디어 서남풍이 불기 시작하는구나. 천지신명이시여! 감사하나이다. 더욱 세게 불게 해주시옵소서!"

"더 세게! 더 세게!"

묘시 이전에는 바람기 하나 없던 늦봄의 날씨가 서남쪽에서 바람이 불기 시작하였던 것이다. 그 시각 농민군 근거지의 서·남·북쪽 아래에서 수백 명의 관군들이 불을 질렀다.

맨 선두를 달리던 수리장군 가족, 총괄장군 및 운문대장군이 오치(오태)고개[50]에 당도하였다. 매복하고 있던 관군들의 함성이 산을 울렸다.

"빨리 쏘아라!"

"한 명도 살려 보내지 말라!"

"공격하라! 죽여라!"

동·남·북쪽에서 화살이 비가 쏟아지듯 날아와 농민군 수백 명이 쓰러졌다. 눈동자가 뒤집힌 수리장군이 청룡언월도를 휘두르면서 진로를 뚫었다. 몇몇 대장들도 고개를 통과하여 육화산쪽으로 달렸다.

"뒤로 물러서지 말라! 나를 따르라!"

총괄장군이 다급하게 외쳤다.

"운문산까지 능선에 매복조가 자꾸 나타나니, 일단 북쪽의 대천(동창천)을 따라 운문사로 갑시다."

"알았네. 꽃다지와 집사람을 잘 보살펴 내려가자."

제일 선두인 수리장군 일행이 육화산 북쪽의 좁은 바위절벽길을 지나서 장연촌(長淵村)으로 하산해버렸다. 그때 서쪽의 내동촌에서 이백여 명을 이끌고 올라온 젊은 토벌대 부장 한 명이, 육화산 정상으로 가기 위해 폭이 좁은 바위절벽길에 접어들었다. 그 젊은 부장이 마침 그때 수리장군을 뒤따르던 제2진의 손유익 대장군과 좁은 바위절벽길에서 마주쳤다. 아래쪽의 토벌대 부장이 갑옷차림으로 윗쪽 손 대장군의 앞을 막아서면서 고함쳤다.

"하! 하! 하! 너희들은 독안에 든 쥐다. 어디를 가겠다고 새앙쥐처럼 도망가느냐!. 내 칼을 받아라!"

손 대장군이 앞의 부장을 해치우기 위해 앞의 절벽길을 살펴보았다. 절벽길의 폭은 사람키만큼 되었고 길이는 60자 정도였으며 그 높이는 사람 키의 스물다섯 배는 됨직 보였다. 그는 머리가 빠르게 돌아갔다.

'내가 앞의 토벌대를 물리쳐야 우리 군이 다 살아남는다. 이 기회에 내 무술실력을 한번 보여주자.'

결심이 선 손 대장군이 상대방을 바라보고 대꾸를 하였다.

"어떤 버르장머리 없는 작자가 손 대장군이 가는 길을 막는가? 어서 썩 비켜라!"

"손 대장군이라고? 엇! 손유익 대장군이네. 개경에서 자취를 감추었다더니 남적의 대장군이 되었구나."

"아니! 자네는 안북도호부사 조영대의 장남 조광우가 아니더냐?"

"그래 맞소! 잘 알아보서서 고맙소."

"몇 년 전에 내가 압록강에 갈 때 들렸더니, 부친이 양근에 힘이 없어 걱정하시던데, 요새는 괜찮은가?"

"아버님 연식 때문이지요. 그러나 저러나, 결판을 냅시다."

"그래야겠지. 누가 죽든 원망일랑 말기로 하자."

"당연하지요."

"좋다! 덤벼라!"

좁은 바위절벽 위에서 두 장수가 칼을 휘두르는데, 두 사람 모두 이마에 땀이 바짝바짝 났다. 십오 합 정도를 칼이 부딪쳐도 우열을 가리기 힘들었다. 발을 조금만 헛디뎌도 떨어져 죽을 정도였다.

두 장수 모두 평생 무술훈련으로 다져진 몸이라 지칠 줄 모르고 칼을 휘둘렀는데, 남쪽과 북쪽의 군인들이 두 사람의 검술실력을 구경하고는 그 신기에 탄복을 하였다. 손 대장군이 드디어 상대의 오른쪽 옆구리를 찔렀다. 그는 고통을 참지 못하고 왼손을 오른쪽 옆구리로 가져가면서 비명을 내질렀다.

"앗! 어~헛."

손유익은 무관 선배의 장남이라 동정심이 생겨 잠시 방심하는 사이, 아침햇살 같은 강한 햇빛이 대장군의 눈에 비쳤다. 그가 순간적으로 눈을 감고 정신을 가다듬는 사이에, 악에 바친 조 중랑장이 대장군의 복부를 깊숙이 찔러버렸다. 앞을 못보고 있다가 허를 찔린 대장군이

"악!" 하는 외마다 소리를 부르짖고는 절벽에서 떨어졌다. 그때 손종익이 그의 재종형이 떨어지는 것을 보고 부하의 창을 잽싸게 빼앗아 던져, 대장군의 눈에 동경(銅鏡) 빛을 반사시킨 토벌군 군사의 심장을 관통시켰다. 그는 연이어 절벽길 위에서 옆구리를 찔리어 간신히 몸을 가누고 있던 중랑장의 목을 번개같이 찔러버렸다.

농민군의 생명줄도 억새꽃잎처럼 아름답고 고귀한 것이거늘

효심농민군 본거지의 제3진 결사대장들은 불바다로 변해버린 능선을 벗어나 동쪽의 운문산에 가서, 운문농민군과 합세하려고 가다가 오치고개에서 토벌대의 삼중 포위망에 막혔다. 성질 괄괄한 방퉁 결사대장이 앞장서서 목이 터져라 외치면서 독전을 하였다.

"수리장군과 손 대장군도 이미 동쪽으로 가버렸다. 우리만 갇혔다. 죽을 각오로 싸우자!"

박선구도 악발이로 고함을 쳤다.

"비겁하게 도망가지 말고 싸우다가 죽자! 수리장군이 운문군을 데리고 올 것이다."

농민군들은 서편에는 수십 길 높이의 불길이 서남풍을 타고 따라오고, 앞의 오치고개에는 일천여 명의 갑옷 차림의 관군이 세 겹으로 포위하고 있어, 위기감을 느끼고 우왕좌왕 하였다. 농민군은 벌써 수천 명이 관군의 화살과 칼날에 맞아 죽어갔다. 한참 뒤, 가물어 물이 거의 없던

저전촌 계천이 붉은 핏물로 홍건할 정도였다. 오치고개와 저전촌에 효심 농민군과 유민들의 주검이 산을 이루었다.

한편, 오치고개 동쪽의 관군의 포위망을 뚫지 못한 결사대장들은 남쪽의 저전촌으로 달려 내려왔다. 방퉁, 박선구, 김대성 등의 결사대장들을 뒤따라온 농민군과 유민들이 아직도 이천여 명이나 살아남았다. 그들은 피투성이가 된 채로 앞을 가로막는 관군들의 공격을 막아내면서, 동천거랑(용전교다리)을 건너 남쪽의 높은 산인 둥굴레밭으로 피땀을 흘리면서 뛰어올라갔다. 동천 동쪽의 급경사 능선길을 십리 정도 올라가면, 둥굴레가 많이 자생하는 둥굴레밭이란 평평한 봉우리가 있었다. 그곳의 동쪽은 정각산(正覺山)이고 남쪽은 승학산(乘鶴山)이며 그 서쪽은 수십 길 바위절벽 아래의 용암(龍岩)마을이었다.

대도달 부관은 저전촌을 방어하고 있다가 사생결단으로 퇴로를 확보하던 농민군에게 포위망이 뚫리게 되었다. 그러자, 그가 앞장서서 용암마을 뒤의 바위절벽 능선을 올라가는 농민군을 죽자고 따라 올라왔다. 기진맥진하여 둥굴레밭에 올라선 박선구와 방퉁 등은, 휙 돌아서 그들을 추격하던 대도달에게 장검을 겨누며 발악하였다.

"악마놈들아! 와 자꾸 따라오나? 여기에서 결판을 내자!"

"좋다! 이 도적놈들아! 끝장을 보자."

둥굴레밭에서 농민군과 대도달의 중앙군이 좁은 산능선길에서 밀고 밀리는 공방전을 계속하였다. 정오가 조금 지난 시각이라 머리 위에는 봄 햇살이 따갑게 내리쬐고 있었다. 그때 남쪽의 동천 경주산(競珠山, 慶州山)쪽에서 금주와 양주의 방어사 군대가 수백 명 능선을 타고 처들어 올라왔다. 동쪽의 정각산쪽에서는 울주와 헌양 및 동래현의 군대가 또 수백 명 처들어왔다.

세 방향에서 협공을 당한 농민군들은 피가 범벅이 되어 죽어가면서 외쳤다. 어떤 이들은 처절하게 싸우다 화살을 수십 개나 맞아 고슴도치가 되어 쓰러졌다. 죽어가는 농민군들은 배냇골에서 몇 년간의 행복했던 생활이 연상되는지, 두 팔과 머리를 대부분 동쪽의 천왕산(사자산, 천황산) 방향으로 하고 죽어갔다.

"배냇골… 어~흑 배냇골."

"신불평원, 사자평……"

"수리장군님, 총괄장군님, 우리를 두고 어디로 가버렸나요?"

후세 사람들은 효심농민군의 마지막 전투지로, 그들이 관군에게 몰살당하였던 둥굴레밭을 역적평지(逆賊平地)라고 불렀다.

이날 농민군과 토벌대의 전투에서 저전촌과 오치고개 및 둥굴레밭에서 죽은 농민군과 유민들은 7천여 명이나 되었다. 그 외에도 토벌대가 농민군과 유민들이 버리고 달아났거나, 혹은 농민군 본거지 인근의 촌락에 버려져 있기에 노획한 병기와 마소의 숫자도 약 칠천에 달했다. 이런 사실은 후세의 역사서에 남게 되었다.

저전촌 전투가 끝난 그 이튿날, 수리장군과 총괄장군 등은 운문산 - 억산 - 구만산 - 육화산 능선을 달려 오치마을과 저전촌에 가보았다. 수천이나 되는 농민군 동료들과 유민들과 관군들의 주검이 마치 산더미를 이루듯 많이 널브러져 있었다. 벌써 썩어가는 시체에서 악취를 풍기고 있었고 그 위 공중에는 까마귀 떼 수십 마리가 원을 그리면서 날고 있었다. 수리장군이 그 참담한 모습을 보고 울음을 삼키며 생각했다.

'곧, 여름날이 되면 우리 형제들의 시체가 다 썩어 문드러져, 까마귀 수백 마리의 밥이 되고 결국은 앙상한 뼈만 남을 것이다. 세상에 이런 끔찍한 일이……'

이우헌 대장이 얼굴을 찡그리면서 말했다.

"수리장군님, 어제 우리만 급히 운문산으로 갈 것이 아니라 여기 남아서 관군과 싸워야 했는데 잘못 되었네요."

수리장군이 북받쳐오는 슬픔을 억지로 참는 듯 괴로운 표정을 짓고서 답했다.

"우리도 형제들과 같이 죽어야 했는데… 급히 운문농민군에게 가노라 미처 생각을 못했네. 어~으~흑."

총괄장군은 가슴이 터지는 듯 충혈 된 자신의 두 눈을 옷소매로 가리면서 목이 메어 물었다.

"수리장군님, 사람의 생명이 얼마나 귀중하겠어요. 우리 농민군 수천 명이 북쪽 개경 토벌대의 창검에 죽어간 것이 가을날 신불평원에 흰 눈처럼 흩날리는 억새꽃잎과 같군요. 억새꽃잎도 한 잎 한 잎이 아름답고 고귀한 것이거늘. 우리 형제들 한 명 한 명의 목숨도 억새꽃잎마냥 아름답고 가치가 있는 것. 한 군인이 죽는 것은 억새꽃잎 한 잎이 지는 것과 같지요.

더구나, 경상도의 따뜻한 지방에서 꽃피운 농민군의 생명들이 북쪽 개경군에 의해 무참히 살육당한 것이, 마치 삭풍에 진 꽃잎들과 같이 애처롭게만 보이는군요."

고용지 배냇골의 잔여 효심농민군까지 소탕함

사월 계축일(癸丑日, 22일) 새벽, 고용지는 또 토벌대 일천여 명을 이끌고 배냇골을 기습하였다. 효심농민군이 저전촌에서 몰살당하였고 수리장군도 나타나지 않아, 실의에 빠져 있던 배냇골 농민군은 새벽에 나타난 토벌대와 맞서 싸우다가 사십여 명이 사로잡혔다가 참수되었다. 토벌대는 그 후로도 이틀 동안 배냇골에 진영을 두고서 유민들의 돌집을 일일이 수색하여 저항하는 농민군을 잡아 죽였다.

갑인년 사월 하순경 남적의 상황은 크게 변했다. 작년 계축년(1193) 칠월에만 하더라도 운문군과 효심군은 남적 중에서도 가장 강성하여 난적(亂賊)이라 불리면서, 조정에서 토벌대를 파견하여 진압하기 시작하였던 것이다. 그러나, 그 이듬해 갑인년 사월에 고용지 병마사가 저전촌에서 효심농민군 칠천여 명을 잡아 죽였고, 또한 운문농민군의 김사미 역시 목이 날아간 상태라, 두 고을의 농민봉기는 지도자도 없어 소강상태에 접어들었다.

제12부 / 재궐기의 몸부림을 치던 효심, 자결을 택함

신비가 흐르고 있는 대곡천(大谷川)의 남쪽 병풍바위에 수십 마리의 고래와 사슴 등 수백 마리의 짐승이 그려져 있었다. 그 앞에서 이곳 반구대촌(盤龜臺村)의 박상홍(朴相洪) 촌장이 손가락으로 그림을 하나하나 가리키면서, 효심과 김진원에게 설명을 하고 있었다.

"이 반구대암각화에는 대략 사천 내지 육천 년 전에 그린 동물과 사람 및 도구(道具)가 삼백여 개나 되는데, 병풍만한 한 개의 바위에 빽빽하게 그려져 있어 마치 동물원 같은 느낌을 주고 있단다."

진원이 물었다.

"왜 그 당시 사람들이 이런 그림을 그렸을까요?"

"놀러온 선비들이 말하길, 글이 없던 시대의 선사인들이 자기들 희망사항을 적은 역사서라고 하더구나. 여기에서 상류로 오리를 더 가면 천전리각석(川前里刻石)이 있는데, 그곳에도 많은 동물그림과 도형 및 한자가 새겨져 있어 역사서가 되고 있단다."

효심은 이모가 사는 반구대촌에 어머니와 처자식을 피신시켜두고 있었다. 박 촌장은 이모의 남동생이었다. 그 당시 복순은 두 번째를 임신 중이었다.

재궐기의 꿈을 안고 경상도 농민군 두령들 접촉

양주 색골첩에 빠져 한동안 절망감에서 탈피

양주(양산시) 신전촌 선학재(仙鶴齋)에서 효심은 첩실과 신혼초야를 맞고 있었다. 뒤뜰에는 온갖 기화요초(琪花瑤草)가 봄의 산들바람에 일렁거리고 있었다. 신혼방에는 청등과 홍등이 은은한 분위기를 연출하고 있었다.

산나리처럼 붉디붉은 몸에서 진한 향기를 내뿜던 신부가 신랑에게 안겨있더니, 완전 맨몸이 되자마자 갑자기 몸을 뒤로 확 돌려버렸다. 그녀는 두 손으로 옆의 경대를 잡고 허리를 굽히더니 홍도 복숭아 같이 예쁜 엉덩이를 남정네의 사타구니 앞에다 갖다 대었다. 순간 남자는 이런 생각을 하였다.

'도화살이 낀 각시는 엉덩이도 홍도처럼 생기고 붉은가보다.'

그는 용기를 얻어 장대한 연장을 여자의 보드라운 살동굴에다 강하게 밀쳐 넣었다. 신부가 외쳤다.

"악! 아파! 생잽이로 그라면 어째요! 애무를 해야지요!"

신랑은 양손으로 신부의 허리를 잡고, 젖 먹던 힘까지 다 내어 한바탕 불길을 지폈다. 그는 최근의 답답한 그의 처지에 대한 화풀이라도 하듯 수십 번을 넣었다 뺐다를 계속하였다. 여자가 장대한 남근을 문 채로 엉덩이를 뒤로 밀쳤다가 앞으로 뺏다가를 계속하면서 열락의 신음소리를 연방 되풀이하였다.

"오~잉. 아~아."

"좋아요. 너무 좋아."

두 사람이 한참 몸을 푸다닥거리더니 신부가 먼저

"아~허~엇!" 하더니 두 다리가 돌덩이처럼 굳어졌다. 그때 신랑도 입에서 무슨 소리인지 구별하기 힘들 정도로 웅웅대는 맹수의 울부짖음을 쏟아내었다. 그리고 두 사람은 서로를 힘껏 껴안고 방바닥에 쓰러져버렸다. 신부가 향긋한 향기가 나는 입술을 효심의 귀밑털 아래에 문지르면서 속삭였다.

"당신의 물건은 정말로 대장간의 불붙는 쇳덩이요 쇳덩이라. 이전의 서방 죽고 처음인데, 지금까지 남편들이 이렇게 뒤치기로 반년 정도 매일을 하고 나니 피를 토하면서 죽어버리더군요. 당신은 한 일 년 정도 버틸 수가 있겠어요?"

"허~허, 내가 그렇게 부실하게 보여요?"

혼인식이 있던 오월 마지막 날의 한 달 전, 초전에 와서 삼촌의 농사일을 돕던 효심과 진원은 어느 날 밤, 삼촌의 방에 불려가 부자 노인 둘에게 큰절을 하고 있었다. 그때 효심을 유심히 바라보던 얼굴이 둥글고 수염이 수려한 노인이 갑자기 벌떡 일어났다.

"엇! 이 분은 재상이나 장군상인데 큰일 났구나. 내가 절을 해야겠구나." 하고는 오른손으로 효심을 가리키면서 말했다.

"젊은 대인! 여기에 좌정하시오. 내가 큰절을 올리겠소."

이에 당황한 효심이 어쩔 줄 몰라 하면서 진원을 바라다보았다. 그러자, 김 선비가 말했다.

"형님, 어르신 말씀대로 하시지요."

그 말에 효심은 방바닥에 점잖게 좌정하였다. 그제야 노인들이 효심을 바라보니 마치 큰 범 한 마리가 방 한가운데 버티고 앉아 있는 것 같았다. 그 노인이 효심을 향하여 큰절을 공손하게 올렸다. 그러면서 자신을 정중하게 소개하였다.

"소인은 외석촌(外石村)에 사는 하덕경(河德慶)이라 하오. 앞으로 잘 부탁하오이다."

효심이 겸연쩍게 물었다.

"장자님, 와 저에게 절까지 하시면서 그렇게 하시는지요?"

"내가 보는 관상에 의하면, 젊은 대인은 재상이 되거나 수천 명을 거느릴 장군이 될 운명을 타고 태어난 것이오."

그때 전동이 눈동자를 반짝이면서 무슨 계산을 하는 표정으로 하 장자에게 물었다.

"장자님, 그럼 조카가 전에 장군이 된 적이 있었습니까? 아니면 앞으로 장군이 된다는 말씀입니까?"

"그 전후는 정확히는 모르겠으되, 그런 관상과 운명을 타고난 것은 분명하외다."

전동이 다소 실망한 표정을 지으면서 맥이 빠진 말을 하였다. 그때의 묘한 분위기를 다른 사람들은 몰라도 전동 자신과 효심과 김진원은 알았다. 이번에는 전동이 효심에게 하 장자의 자랑을 하였다.

"하 장자님은 양주에서 알아주는 명문가이다. 양주의 내석촌 주변에 있는 논의 절반 정도가 다 장자님의 것이니라. 그리고 학식도 양주에서는 당할 자가 없고, 특히 관상이나 인간의 운명과 철학을 잘 아신다네."

하 장자가 전동의 말을 손으로 막는 시늉을 하였다. 그리고 전동에게 물었다.

"그래 조카는 혼인을 하였겠지?"

"예, 그러하옵니다."

"그래도 좋다. 내 손녀가 아주 젊은 나이에 과부가 되어 혼자 사는데, 이 젊은 대인과 혼인을 시키고 싶네. 괜찮겠나?"

"소인이야 좋다만요, 조카와 형수님 의견을 들어봐야 하는데요."

"그래요. 사흘 뒤에 확답을 해주게."

이튿날 효심이 삼촌에게 물어보았다.

"작은 아부지, 그 집 손녀가 와 과부가 되었는가요?"

"사실은 그 손녀가 양주에서는 가장 이쁜 여자로 소문이 나 있단다. 나이가 인자 서른 정도 되는데 벌써 남자와 여러 번 사별을 했단다."

그 소리를 듣고 효심의 얼굴이 갑자기 흙빛이 되어 버렸다. 그리고는 대뜸 물었다.

"아재요. 그러면 나도 죽을지 모르겠네요. 그런데, 와 하 장자와 아재가 그래요?"

"그것은 걱정 않아도 된다. 그가 양주에서 제일가는 관상쟁이이고, 그 혼인에 문제가 없을 것이란 것을 미리 알고 하신 말씀일거야. 손녀가 원동에서 일 년간이나 혼자서 살고 있다네. 웬만한 남정네와 혼인하면 남자가 자꾸 죽으니, 니가 나타날 때까지 그대로 둔 것이겠지."

한편, 외석촌의 궁궐 같은 자신의 기와집에 간 하 장자는 자정이 되도록 잠자리에서 몸을 뒤척이면서 궁리를 하였다.

'이천옥 조카가 괴력의 장사로 배냇골에서 수천 농민군을 거느린다더니 저전촌에서 죽지 않고 용케 살아남았구나. 혼인 소문이 나면 방어사가 나를 무던히 괴롭힐 텐데. 차라리 애매한 남자에게 또 시집가서 자꾸 사람을 죽이니, 그 자와 혼인시켜서 남녀간의 운우지정을 나누면서 행복하게 살면 되지 뭐. 남녀간에는 보들보들한 살과 억센 살을 비비지 않고 젊은 시절을 보낸다는 것은 고역이지. 내일 아범에게 강하게 밀어붙여야지.'

하 장자는 이튿날 아들을 불러서 당부했다.

"아범아, 수임을 불러서 혼인을 시켜야겠다."

그 말을 들은 아들이 펄쩍 뛰었다.

"아버님, 안 됩니다. 벌써 몇 남자를 죽였는데 또 시집을 보낸다고요.

우리가 시방 사람 죽일 작정을 하고 있습니다. 제발 그만 둡시더요."

"아니다. 절대로 죽지 않을 항우장사가 있다. 수임이가 먼저 죽을지도 모르지만. 내일 나와 같이 초전에 가서 그 장사를 보자꾸나. 보고 난 뒤에 결정을 하여라. 그 장사의 첩으로 들어간다. 우리가 숨겨서 행복하게 살도록 하면 아무런 문제가 없다."

오월 마지막 날 석양에, 하 장자 집에서 전동이 가족과 장자 가족만 모인 가운데 효심과 하수임의 비밀 혼례식이 있었다. 혼례식을 올리던 신랑 각시는 서로 큰절을 할 때, 상대방의 얼굴을 보고는 깜짝 놀라서 기절을 할 뻔했다. 서로가 이미 이전에 두 번이나 보았고 신불산고개에서는 말도 나누었던 것이다. 두 사람 다 얼굴을 보고는 기대감에 부풀어 가슴 속에 기대의 뿌연 안개가 계속 올라오고 있었다.

'그래 이것이 진짜 인연인기라. 우리는 벌써 세 번째나 만난 것이다. 오늘 신혼 초야가 정말 재미가 있겠구나.'

벌써 유월에 접어들었다. 효심과 하수임은 그간 오직 서로의 몸을 탐닉하는 데만 열중하였다. 날씨가 엄청 무더워 왔고 가뭄이 더욱 극성을 부렸다. 요부의 깊디깊은 육욕의 늪에 빠져서 헤어나지 못하던 효심이 유월 중순이 끝나갈 즈음 김진원에게 말했다.

"김 선비, 반구대에 한번 다녀오자. 마누라 뱃속의 아기가 밥이나 제대로 먹는지 모르겠구나."

항복과 재궐기를 동시에 생각함

조정 동향 - 이순, 황제께 항복하고 벼슬을 받다

팔월 정유일(丁酉日, 9일) 오전, 문무백관이 황상 앞에 양쪽으로 도열한 가운데 어전회의가 열리고 있었다. 오늘의 긴급한 현안들에 대한 격

론이 대강 마무리 되자, 판병부사 이의민이 줄의 조금 앞으로 나와서 아뢰었다.

"폐하, 아직도 경상도에서는 적도들이 기가 꺾이지 않고 날뛰고 있는데, 본관이 초전적 효심을 설득하여 항복을 받아냈습니다. 본관이 그 항복자 네 명을 데리고 왔아옵니다."

순간 어전회의장이 온통 조용해졌다. 조정의 많은 신하들이 그가 자신의 세력을 증강하기 위해, 초전적과 운문적을 양성하고 지원한다고 믿고 있었기 때문이었다. 그런데, 갑자기 항복하는 초전적을 어전회의에까지 데리고 와서 황상께 고한다니 정말 대단한 사건이었다. 황상의 얼굴에 갑자기 희색이 만연하였다. 그도 이의민이 황제인 자신의 뜻에 반하여, 경상도 백성들을 부추겨 농민반란을 일으킬까 노심초사하고 있었던 터였기 때문이었다.

"오! 판병부사! 정말 대단한 일을 하였오. 그래, 그 백성들을 속히 데리고 오시오."

"예, 대령하겠나이다."

그때 삼베옷을 말쑥하게 차려입은 이순(李純)과 그 부하 세 명이 들어와 황제 앞에 무릎을 꿇고 머리를 조아렸다. 이의민이 황제께 또 다시 아뢰었다.

"이들은 항복하여 폐하의 은혜를 입어 안업(安業)에 종사하기를 원하옵니다. 부디, 폐하의 은혜를 비옵니다."

"오호! 그래. 죄가 있다고 백성들을 다 처단할 수는 없는 판국이다. 이순! 들어라. 그대가 고향에 돌아가거든 효심에게 말하여, 병장기를 모두 버리고 농사일에 전념하라더라고 전하여 주게."

이순은 머리를 더욱 마루바닥에 가까이 숙이면서 떨리는 음성으로 아뢰었다.

"폐하! 반드시 그렇게 하겠나이다. 하해와 같은 성심으로 저희들을 용서하여 주시니, 몸 둘 바를 모르겠사옵니다."

"그래. 알았다. 짐은 이순과 그의 부하들에게 대정(隊正, 종9품) 벼슬을 내리노라. 저들이 돌아갈 때 포를 충분히 주어 가져가도록 하라."

초전의 이순은 칠월 스무날 경주 이의민의 일가로부터 소개장을 받아, 그의 심복부하 세 명을 데리고 황상께 항복하러 개경으로 떠났다. 그는 초전을 떠나면서 비장한 결심을 했다.

'내 한 몸 죽는 한이 있더라도 황상에게 항복하여 초전민이라도, 살육의 불안에서 벗어나 편안하게 살도록 해야겠다.'

어제 이순의 당부를 받은 이의민은 그의 항복을 자신의 정치적 입지 확장에 이용하려고 신경을 곤두세웠다. 그는 정유일에 이순 등을 데리고 입궐하면서 관복을 점잖게 차려입고 만월대 앞에 나타났다. 정적들이 그를 힐끗 쳐다보면서 의아한 눈치를 보이고는 겉치레로 인사를 하였다. 그는 조례에 참석하여 어전회의를 할 때마다, 이런 경우를 많이 당하여 왔기에 별로 신경을 쓰지 않았다.

'이놈들! 간에 붙었다 쓸개에 붙었다 하면서, 내 앞에서는 슬슬 기고 내 뒤에서는 황상과 두경승에게 고해바치면서 내 욕들을 하지. 오늘은 어디 한번 두고 봐라. 내가 경상도 농민봉기군의 몸통이 아니고 진압에 앞장서는 것이란 사실을 똑똑하게 보여주리라.'

반구대의 효심과 김진원은 유월 스무날, 서로 머리를 맞대고 향후 그들의 진로에 대하여 궁리를 하였다. 역시 세상 돌아가는 사정을 폭넓게 알고 있는 김 선비가 먼저 방향을 제시하였다.

"형님, 일단 초전에 가서 이순을 황상께 항복하도록 하는 동시에, 우리는 이번 여름에 경상도를 돌면서 농민군을 모아 재궐기를 도모해봅시다. 여기서 시간만 자꾸 보내면 좋을 게 없습니다."

"김 선비와 내가 직접 가서 항복하는 것이 어떻겠느냐?"

"그럴 경우 운문국사와 같이 될 수도 있지요. 황상도 초전(배냇골)의 대두령 형님을 악에 바쳐 죽일 수도 있을 것입니다. 이순은 글도 알고 용맹과 지혜를 겸비한 중간 두령이니, 우선 그를 보내어 황상의 심중을 알아보십시다."

"황상은 몰라도 개경의 무신들이 이순 등을 죽일 가능성이 있지 않겠나?"

"그 반대일 수도 있지요. 현재 어느 고을 농민봉기가 일어나지 않은 곳이 없습니다. 병마사가 그 많은 농민군을 다 소탕하기란 불가능합니다. 그렇기에 황상이 본보기로 이순 등을 후히 대접하여, 다른 농민봉기군들이 그 본을 따라서 모두 항복을 하도록 유도할 수도 있지요."

두 사람은 그 날로 바로 초전에 가서 이순에게 개경에 가서 항복을 해보라고 권했다.

오방사거리 주막에서 인육을 장만하는 주인에게 죽을 뻔함

유월 말, 효심과 김진원은 수산현을 거쳐 창녕군 우포늪에 살고 있는 전병수 장자를 찾아갔다. 그는 몇 년 전 효심이 데려다 준 산적의 밀고로 관군의 포박을 피해 고향에 가서 숨어 살고 있었다. 효심이 태평스럽게 그에게 자신의 속내를 밝혔다.

"장자님, 혹시, 여기에는 봉기하는 농민군이 없는가요?"

"몇 달간 눈여겨보니 수십 명씩 몰려다니면서 좀도둑질을 하는 농민들은 있더라만, 수천 명의 무리는 못 보았어. 효심 장군, 정 의탁할 데가 없으면 우리와 같이 지내시지."

"며칠간 더 지내보고요."

효심은 밀성군과 수산현 및 영산현으로 가는 오방교차로(五方交叉

路)의 "오방주막"에서 점심을 맛있게 먹었다. 간밤에 전 장자와 이별주를 과하게 한 결과, 뱃속이 불편하여 정랑에 갔다. 그가 정랑채 이층 안에 들어가 급히 바지를 까내려 일을 보기 시작하였다.

"쭈~르~륵~"

"찌~지~직. 씨~쏴~아."

바로 그 순간이었다. 오른쪽 발아래 판자가 밑으로 확 내려가는 느낌을 받았다. 그 순간 머릿속에 전광석화처럼 진원의 '주인 눈에 살기가 번쩍인다.'는 충고가 떠올랐다.

'아차! 당하는구나. 살아야한다.' 라고 생각하는 순간 벌써 몸은 똥구덩이에 빠졌다. 역겨운 냄새보다는 죽는다는 생각이 뒤통수를 번개처럼 스쳐갔다. 똥구덩이 옆의 돌담장을 두 손으로 짚고서 두 발을 빼서 밖으로 나왔다. 바로 그때였다.

"이 새끼야! 꼼짝 마라!" 라는 낮지만 짧고도 강한 목소리와 더불어, 어둠 속에서 은빛 같은 빛을 발산하며 장검이 목줄기 옆에

"휘~익!"

날카로운 소리를 내면서 지나갔다.

그의 동공이 급팽창하면서 위층에서 희미한 빛이 들어오는데 몽둥이 같은 것이 한 쪽에 놓여 있기에 급하게 손에 쥐었다. 건너편 사내가

"니놈이 똥통에서 튀어나와? 이 개새끼야 죽어봐라!" 라고 악을 써가며 자신에게 장검을 휘둘렀다. 어둠속의 거구가 칼을 들어 머리를 두 동강 낼 셈으로 칼을 내리쳤다. 그가 급하여 두 손으로 몽둥이의 양끝을 잡고 머리에 떨어지는 칼을 막았다. 갑자기

"쨍~앵~." 하는 금속 부딪히는 소리가 날카롭게 나고 부딪히는 칼과 몽둥이에서 불꽃이 번쩍했다. 효심은 안도의 한숨을 쉬면서 크게 외쳤다.

"살인마! 손님을 죽이다니!"

주인장이 효심의 자신에 찬 함성과 더불어 칼을 막아내는 쇠몽둥이의 능란함에서 두려움을 느꼈는지, 문을 확 열더니 죽어라고 도망을 쳤다. 효심이 그를 쫓아가면서 외쳤다.

"이놈! 게 섰거라!"

이때 평상에서 쉬던 진원이 정랑쪽에서 고함소리를 듣고 다급하게 뛰어왔다. 둘이 주인장의 뒤를 죽어라고 쫓았다. 주인장이 남쪽의 비봉촌쪽으로 가는 수레길을 죽을 각오로 달리고 있었다. 오백여 보 따라갔을 때 그 앞에 제법 큰 기와집이 나왔다. 주인장이 그 집으로 달려가면서 벼락같이 큰소리로 도움을 요청하였다.

"을득아! 도와줘! 성님 죽는대이!"

효심이 오십여 보 앞서서 달리던 주인장의 등허리에다 들고 있던 쇠몽둥이를 던졌다. 쇠몽둥이가 마치 화살이 날아가듯 날아가 주인장의 등허리에 부딪히어 주인장이

"악! 나 죽는다!" 하면서 앞으로 퍽 쓰러져버렸다. 그때 잠방이를 입은 을득이가 기와집에서 나오더니 쓰러지는 형님을 보고는 부리나케 뛰어왔다. 그는 쓰러진 형의 장검을 잡고서 두 손님에게 달려들었다. 그를 보니 주인장과 쌍둥이였다. 효심이 번개같이 길에 떨어져 있던 굵은 돌을 하나 주어 사정없이 그의 얼굴에다 처발라버렸다. 그가 칼을 손에 꼭 쥐고서 뒤로 발랑 자빠졌다. 을득의 얼굴이 피로 묵사발이 되고 말았다. 주인형제가 얼굴에 피범벅이 되었고 옷과 가슴에도 피가 범벅이 되어 처참하였다.

쌍둥이는 살기가 번득이는 눈동자로 준엄하게 꾸짖는 진원을 올려다보면서, 두 손을 닳아빠지게 비벼대면서 사정사정하였다. 김진원이 조목조목 물고 늘어졌다.

"정낭 손님들을 무조건 다 똥구덩이에 빠뜨려 죽이는가?"

"아니오. 두 손님처럼 몸집이 크고 살집이 오른 사람만 해치지요."

"이 새끼들아! 완전 피도 눈물도 없는 살인광이구나. 똥 누는 손님들을 죽여서 그 고기를 팔다니 악마가 따로 없는구나. 인육은 잘 팔리는가?"

"비밀을 유지해야 하고, 요즘은 굶어 죽는 사람들이 많아 그런대로 괜찮은 편입니다."

"와? 사람의 영혼을 팔아야 하는 악마 같은 짓을 자행하느냐?"

"흉년이 지속되어 사람들이 굶어 죽어가고, 아무도 그런 백성들을 돌보는 이가 없어 우리도 먹고 살기 위해서 그랍니다. 지발 살려주시오. 인자 안 그럴게요."

"그 인육을 너거 주막 음식에다 섞는가? 장시에서만 파느냐?"

"근동에서 팔면 잡혀 죽게 되니, 배를 타고 멀리 왜국이나 섬 지방에 가서 팝니다."

김 선비가 옆에 서 있던 효심에게 눈을 돌리자 효심이 눈 깜짝할 사이에 두 사람의 목을 쳐 날렸다.

"이얏!"

"앗!"

"억!"

그는 장검으로 왼쪽 갑득의 목·가슴·배를 내리긋고, 다음은 오른쪽 을득의 배·가슴·목을 올려 긋다보니 V자형으로 칼끝을 사용하여 죽여버렸다.

두 나그네는 후다닥 횃대를 만들어 주방에 들어가 맹화유(석유)에 푹 적셨다. 마당에 나온 두 사람은 오방주막의 요소요소에 쌓여있던 땔감에 모두 불을 놓았다. 손님들이 모두 놀라서 황급히 평상에서 일어나 짚신들을 발에 끼워 넣노라 야단법석들이었다. 술 취한 어떤 사람이 고함을 질렀다.

"초적이 쳐들어 왔는 모양이다. 빨리 도망가자!"

주막의 손님들이 모두가 뿔뿔이 흩어져 도망치기 시작하였다. 효심도 머리에서부터 한 동이의 물로 옷의 똥물을 씻어버리고 말안장에 성큼 올라탔다. 그리고는 북편의 무안촌을 통과하여 날대고개로 전력질주 하였다. 두 사람이 바람처럼 달려 고개로 올라가면서 남쪽을 뒤돌아보았다. 오방교차로쪽의 불볕 더위 속의 여름하늘에 검정연기가 하늘을 가득 메우고 있었다.

헌양현에 돌아온 갈 곳 없는 두 나그네는 헤어져 효심은 반구대로 갔고 진원은 오랜만에 태화학당으로 갔다. 진원이 매미소리가 한가로운 학당에 들어가니 학동들의 글 읽는 소리가 낭랑하게 들려왔다. 그는 훈장 몰래 학당방에 들어가 네 활개를 뻗고 잠들어버렸다.

'인생 오륙십년 살아가는 것이 이리도 힘이 드나. 이제 신라부흥운동의 열정도 사라졌고, 가을 소슬바람에 사공 없는 배 신세가 된 이 몸은 어디로 가야할꼬.'

이정건 훈장이 그를 반기면서 지난날을 이야기 하더니 마지막에 반가운 소식을 전했다.

"성님, 불과 며칠 전 금란이 여기 와서 형님을 꼭 만나야겠다고 하였오."

"그래? 어디서 산다고 하던가?"

"여유를 봐서 한 번 더 온다고 했소."

"그때는 반드시 행선지나 일하는 주막의 이름을 정확히 알아두어라. 알았제?"

"예, 성님. 지난번엔 내가 깜빡했네요."

그는 금란의 출두가 반갑기도 하고 한편 대견하기도 하여 너털웃음을 웃으면서 말했다.

"기생의 정조를 믿는 남자는 골이 비어도 보통 빈 것이 아니라던데,

내가 기생의 십년도 넘은 정조를 믿어야 하게 생겼네."

효심과 이비의 재궐기 협상 결렬

문무왕 수렛길로 기림사·오어사에 가다

칠월 말 효심과 진원은 경주 토함산 북쪽의 추령[楸嶺, 관해동(觀海東, 가내동)]에 올라, 저 멀리 동해안의 시원한 만경창파를 내려다보고 있었다. 효심이 동쪽의 깊디깊은 산골로 내려가려니 진원이 그의 손을 잡아끌면서 북쪽의 모차골로 안내하였다.

"형님, 오늘은 중요한 길을 가게 됩니다. 신라인들이 경주에서 동쪽의 높은 산능선을 넘어 동해로 나가는 길은 대략 세 갈래가 있었답니다. 남쪽의 울주로 가는 길과 북쪽의 장기현(長鬐縣)이나 연일현(延日縣)으로 가는 길과 지금 우리가 가는 이 길입니다. 남북의 두 길은 평지길이니 문제가 없겠지요. 이 길 즉, 추령을 넘어서 동해의 대왕암 등으로 가는 길은 정말 험난했답니다. 이 길을 넘어야 문무왕의 수중릉, 감은사, 기림사, 오어사, 골굴암, 장항사 등에 질러서 갈 수가 있었으니까요. 신라의 왕과 신하, 수많은 석공들이 줄을 지어 이 길을 넘나들었을 것입니다."

"그라면, 이 길이 그 길이고 무슨 이름이라도 있단 말인가?"

"예, 최근에 경주 사람들이 그 길을 알아내었는데 '문무왕 수레길'[51]이라고 부른답니다."

진원은 형님을 모시고, 추원(楸院)마을 - 모차골(毛車谷) - 황룡약수터를 거쳐 서낭재를 넘었다. 서낭재 동쪽의 도통골(道通谷)과 용연(龍淵)을 지나 드디어 기림사(祇林寺)에 도착하였다. 진원의 설명이 또 있었다.

"추원에서 기림사까지는 약 이십 리며 네 식경(2시간)이 소요되네요.

형님은 잘 모르시겠지만, 이 길은 신라의 삼국통일, 만파식적(萬波息笛), 이견대(利見臺), 감은사(感恩寺), 문무왕의 수중릉과 관련이 깊습니다."

효심은 그런 것에는 관심이 없는 듯 중얼거렸다.

"이비란 자가 우리말을 잘 들을 지 모리겠네."

두 사람은 함월산 기슭의 호국사찰 기림사(祇林寺)와 선무도로 유명한 골굴사(骨窟寺)를 둘러보고 당시 감포항에 머물고 있던 이비 집을 방문했다. 마침 점심을 먹고 있던 모시옷 차림의 건장하고 강직한 인상의 주인이 마당에 들어서던 효심 일행을 보고 버선발로 뛰어나와 반겼다. 주인은 두 손을 내밀어 효심의 두 손을 잡으면서 외쳤다.

"아이고! 효심 장군! 이게 얼마만이요. 여봐라! 술상을 빨리 준비하거라!"

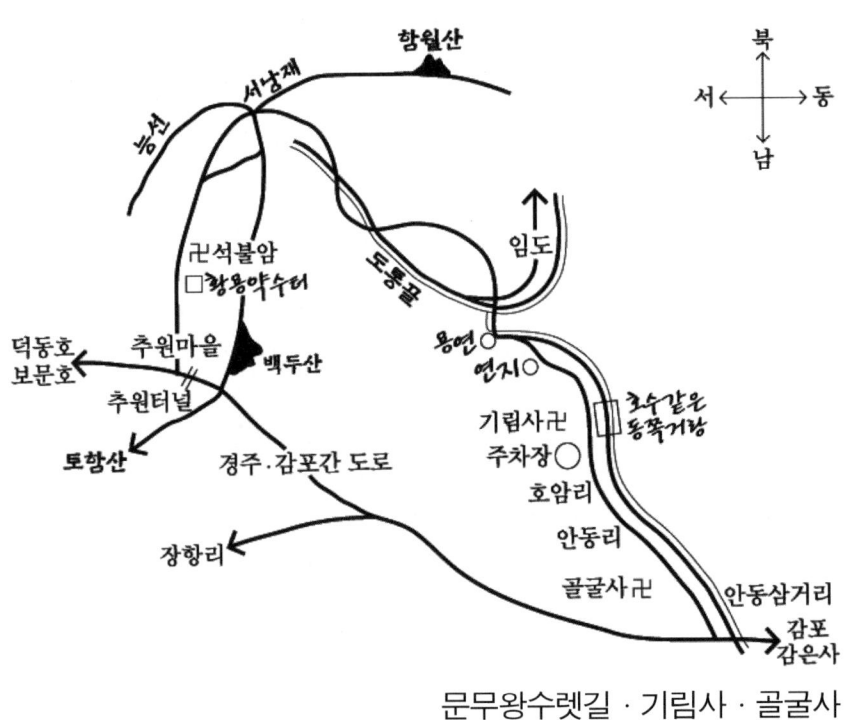

문무왕수렛길 · 기림사 · 골굴사

효심은 그 집 뒤의 작은 정자에 안내되었다. 술상이 나오기 전에 주인장이 효심에게 말했다.

"지가 김순과 장군님을 만나러 간 것이 엊그제 같네요. 불과 일 년 몇 개월 밖에 지나지 않았지요. 저전촌 실패는 정말 가슴 아픈 일이오. 요즘은 어떻게 지냅니까?"

효심이 심각한 표정으로 말했다.

"그래서 군관님을 뵈러 온 것이오. 경주에서 다시 농민봉기의 조짐이 있다고 해서 내가 필요하지 않을까 해서요."

"당연히 효심 장군의 힘이야 필요하지요. 허지만, 장군님은 유민들을 모아서 봉기를 선동한 분으로 관군과 맞붙어서 이길 군사전략이 취약할 것 아닙니까? 그래서 말인데요. 장군님이 내 밑에서 선봉대장 역할을 맡아주신다면 기꺼이 같이 궐기하도록 하겠소. 그것도 지금 당장 하자는 것은 아닙니다. 아시다시피 지금은 밀성군에 고용지 병마사가 버티고 있고, 명주에는 최인 병마사가 버티고 있으니 농민군이 관군에게 저항한다는 것은 대단히 무모한 것이지요. 내가 멀지 않아 경주 도령(都領)⁵²에 승차하면, 그때 수하군사들을 이용하여 동경유수와 병마사들을 무찌를 작정입니다. 장군님이 잘 생각해주시오."

효심이 진원의 의향을 묻는 듯 얼굴을 쳐다보았다. 진원이 천천히 낮은 목소리로 말했다.

"군관님, 급한 것이 아니니 우리들의 마음이 굳어지는 대로 재방문을 하겠습니다. 군사들이나 많이 모아 두십시오."

"그렇게 합시다. 김 선비도 우리가 거병할 시에 그 학문이 크게 소용될 것이요. 잘 생각해보시오."

"예, 그러지요."

효심도 진원의 마음을 꿰뚫어 보는지라 일이 파이 된 것을 짐작하고는, 술과 밥만 적당히 먹고서 그의 집을 떠났다. 서북쪽의 연일현 운제산(雲梯山) 오어사(吾魚寺)로 달리면서 진원이 효심에게 그 심중을 말했다.

"이비, 그 자는 장사님을 자기 수하로 부리려고 하는데, 언행이 건방지고 오만불손하여 글러먹었습니다. 칠천 명도 넘는 농민군의 우두머리였던 형님을 자기 밑에서 부리겠다니 형편없는 군관 나부랭이요. 그가 군인을 모아봐야 얼마를 모우겠소. 경주 도령이 되어봐야 그 지방군이 관군인데 조정과 피터지게 싸울까요? 형님, 미련을 버리고 달리 생각해봅시다요."

"나도 그래."

나그네들은 오어사에 가서 이전에 농민군 부하였던 연일현의 이우헌과 김석기를 만났다. 실의에 빠져있던 두 사람은 옛 두 상관을 극진히 대접했다. 효심은 그들의 환대에 감사하면서 초가을을 그곳에서 보냈다. 동해안의 왜구 방어시설인 장기읍성과 신라시대 '연오랑(延烏郞)과 세오녀(細烏女)'의 설화가 서린 동해안의 일월지(日月池)도 둘러보았다. 이우헌이 막걸리와 생선회에 취한 중인데도 효심에게 쓸만한 제안을 했다. 그는 게슴츠레한 눈동자로 떠들었다.

"성님, 내가 배냇골에서 이년 정도 경험해보니, '목청 크고 밥 빨리 먹고 목간 빨리 하는 놈이 최고.'더라고요."

"왜 그런 확신을 갖게 되었나?"

"방퉁과 장골이 우대 대장 등이 모두 기골도 장대하지만 밥을 보면 '마파람에 게 눈 감추듯' 뚝딱 해치웠지요. 그라고 목청이 쩌렁쩌렁하여 절대로 남에게 사기를 치기는 틀렸다고요. 그런 군인들이 보니 화통하게 적과 잘 싸우고 뒤끝이 없어서 좋더라고요."

"옳거니! 앞으로 농민군 선발시에 참고하자꾸나. 밥을 깨작깨작 먹고 목소리가 가는 사람들은 용기도 힘도 없어서 관군을 보면 잔머리나 굴리고 도망을 가버리더군. 그런 작자들이 건강이 별로 좋을 리도 만무하구."

사로잡힌 초전민들 서해도(황해도) 귀양의 처참한 최후

초전의 소두목 패좌 초전민을 훈련시킴

고용지 병마사는 저전촌 승리 후, 추화산성의 행영에 계속 주둔하면서 경상도의 크고 작은 농민반란을 무수히 진압하였다. 그러나, 아직 효심의 잔여세력들이 초전에 남아 있고, 최근에는 패좌(孛佐)[53]라는 젊은 소두목이 나타나 초전 근동의 부잣집들의 창고를 털고 있다는 보고를 연이어 받고 있었다.

초전 동쪽 불광산(佛光山, 대운산)에서 활약중인 패좌는, 어릴 때부터 효심을 존경하면서 그를 본받으려고 무던히 애써왔던 스무 살의 젊은 장사였다. 그 장사는 근동의 용감하고 정의에 불타는 젊은이들을 모아 격한 무예를 익히면서, 장차 신라를 부흥하겠다는 웅대한 꿈을 키우고 있었다.

묵형당한 얼굴로 서해도(황해도)에 귀양가서
노비가 된 초전민들

"한 놈도 빼지 말고 모조리 묶어라! 도망가는 놈은 목을 쳐 날려라!"

시월 정유일(丁酉日, 10일) 오시(午時, 11~13), 초전촌에는 고용지 병마사에 의한 잔학한 인간사냥이 자행되고 있었다. 토벌대가 몇 채의 민가에 불을 놓자, 검붉은 불꽃이 푸른 가을하늘을 뒤덮고 마을이 온통 검정 연기로 가득하였다. 들판에서 추수를 하던 노인들과 여자들은 물론이었고 집에서 잠을 자던 어린이까지도, 이웃에 난 불을 보고 놀라서 불난 집 근처로 모여들었다.

관군들은 집에 불붙고 있는 것을 걱정스레 바라보고 있던 촌민들을 마치 굴비 엮듯 한 사람도 빠짐없이 모조리 다 묶었다. 발이 빠르면서 힘이 센 중년층 몇 명이 겁을 집어먹고

'걸음아 날 살려라.' 하고는 간곡역(울주군 웅촌면)쪽으로 달리기 시작하였다. 병마사가 엄명을 내렸다.

"활을 쏘아 잡아라!"

고용지가 장검으로 서쪽 대로변에 있는 큰 기와집을 가리키면서 물었다.

"중낭장! 저 집이 효심의 삼촌집이지. 그 노인을 속히 끌고 오너라."

얼마 뒤, 전동은 겁을 잔뜩 집어먹고 병마사 앞에 끌려왔다. 말을 탄 갑옷 차림의 병마사가 쩌렁쩌렁한 목소리로 물었다.

"전동이! 본관은 병마사다! 조카 효심을 빨리 내어놓아라! 머뭇거리면 목이 달아날 줄 알아라!"

"예~이, 하늘같은 병마사님. 조카놈은 저전촌 싸움 이후로 우리 집에 온 적이 없사옵니다."

"웃기지 말라! 초전 여동생 집에서 묵으면서 모내기를 했고, 며칠 전에도 이천옥에서 자고 갔다. 거짓을 고해? 정말로 목이 날아가고 싶은가?"

순간 전동의 얼굴이 흙빛이 되어버렸다.

"병마사님! 죽을죄를 지었심더. 조카는 며칠 전에 하룻밤 자고 간 뒤에는 오지 않았어요. 용서하여 주시오."

토벌대 오백여 명이 둘러선 중앙에 초전민 삼백오십여 명이 십 명씩 줄에 묶여서 가지런히 정렬되어 줄을 서 있었다. 고용지가 부하들에게 끔찍한 지시를 내렸다.

"나의 병사들이여! 각자 가지고 온 바늘로 죄수들의 얼굴에 먹으로 이름을 새겨라. 죄수들은 듣거라! 너희들은 효심을 숨겨주고 그들을 도왔으며, 아직도 그가 돌아와서 우리와 싸워 이기기를 기대하고 있으니, 천하에 그보다 더 큰 대역죄가 없다. 그래서, 죄수들은 얼굴에 묵형(墨刑)

을 당한 뒤 서해도(황해도)로 이송되어, 여러 성의 노비로 전락될 것이다. 나를 원망하지 말라. 다 너희들의 운명이다. 요즘 새로 나타난 패좌란 놈도 나는 반드시 잡아 죽일 것이다. 죄수들은 패좌와 더불어 양민을 죽이고 괴롭힌 죄 또한 가볍지 않은 것이다."

그것은 청천벽력이었다. 병마사의 말이 떨어지기가 무섭게, 자신들의 비참한 앞날을 알게 된 초전민들이 고함을 지르면서 애걸복걸하였다.

"아이고! 병마사님! 우리가 무슨 죄가 있능교? 지발, 살려주시오!"

"인자 나라가 시키는 대로 말 잘 듣겠심더."

"와, 죄도 없는 초전민을 이리도 구박하고 미워하십니까요? 살려주시오."

초전민들이 겁에 질려 남녀노소 할 것 없이 바지가랑이와 속치마에 오줌을 질금질금 싸대었다. 짚신도 신지 않은 맨발이고 바지도 입지 않아 자지를 그대로 내어놓은 아이가, 눈동자에 잔뜩 겁을 집어먹은 얼굴로 같이 손이 묶인 어머니에게 물었다.

"엄마야, 우리는 어디로 가노? 서해도가 어디고?"

"할매요? 서해도가 우리 외갓집 있는 데인가 어디고, 나는 도통 모리겠심더."

근심 뭉치의 얼굴인 어머니가 그 아이를 위로라도 하듯 조용히 말했다.

"엄마도 몰라. 가만히 있거라. 니도 마음 독하게 먹거라. 애비 엄마 없더라도 독한 마음 묵고 살아나야한다."

"아부지요, 엄마와 헤어져 살아야 한단 말인가요?"

"그렇단다. 죽지 말고 살다보면 만나는 날이 언젠가는 올 것이다."

토벌대 군인들이 초전민의 얼굴에 바느질을 해대자, 초전민들은 손이 묶인 채로 몸을 땅바닥에 뒹굴고 몸을 비비꼬고 비명을 질렀다. 얼굴에서 피가 발신발신 솟아오르자, 어른들은 얼굴을 찡그리고 억지로 참는다고 코와 눈에서 콧물과 눈물이 주르르 흘러내렸다. 아이들은 얼굴에 바느질을 해대자 죽는다고 목이 쉴 정도로 고함을 지르고 땅바닥에 뒹굴면서 몸부림을 쳐대었다. 아비규환의 그야말로 생지옥 바로 그 장면이 연출되었다.

 부모들이 보는 앞에서 자식들의 얼굴에 바느질을 해대니 부모가 눈에서 눈물이 비오듯 흘러내렸다. 생지옥이 따로 없었다. 초전민들은 이 아비규환의 현실이 차라리 꿈이길 빌었다. 대부분의 초전민들이 기절하여 초죽음이 된 가운데 얼굴에 묵형을 당하였다. 전동과 수심은 물론 수심의 아들 쇳덩이도 예외 없이 몽둥이찜질을 당하여 기절한 가운데 묵형을 당하였다. 대부분의 초전민들이 기절한 상태에서 한참을 지나고 정신을 차려보니, 얼굴에 핏자국이 낭자한 가운데 먹물이 바늘로 뜬 살갗 아래에 가득 고여 있었다.

 짧은 가을해가 벌써 천성산 능선 위로 근접하고 있었다. 군인들도 인간이라 자신들이 한 만행이 양심에 거리끼는지 묵형을 마친 뒤에, 말 한마디 하지 않고 묵묵히 병마사가 지시하는 대로 따랐다. 병마사가 최종 지시를 내렸다.

 "병사들이여! 죄인들을 채찍질 하여 서해도로 간다. 즉시 시행하라!"
 "옛! 병마사님!"
 군인들이 몽둥이로 죄수들을 두들겨 패면서 고함을 쳤다.
 "죄수들은 더 어두워지기 전에 빨리 걸어라! 걷지 않고는 절대로 서해도로 갈 수가 없느니라!"

 초전민 모두가 졸지에 얼굴에 묵형을 당하여 가족과 뿔뿔이 헤어져, 천리타향 서해도로 가서 노비로 팔려가게 되었으니, 가슴속에 북받쳐 오르는 분노의 불길을 가누지 못하고 목을 놓아 울기 시작하였다.

 이때였다. 전동이가 옆의 관군에게 낮은 목소리로 속삭였다.

"나으리! 소인이 병마사에게 긴히 드릴 말씀이 있으니, 좀 불러주시오."

토벌대와 초전민의 대열이 동쪽으로 긴 그림자를 남기면서 북쪽의 간곡역으로 서서히 움직이기 시작하였다. 그때 고용지가 말에서 내려 전동이 곁으로 바짝 다가갔다. 병마사는 전동의 귀에다 대고 속삭였다.

"전동이! 자네의 은병 보관장소를 나에게 말하면 자네만은 방면해주겠네."

"병마사님, 정말로 고맙습니다. 뒷산으로 갑시다."

"자네 혼자만 나를 따르라."

전동이 이천옥 뒷산에서 바윗돌을 들어내고 은병이 든 철재상자를 꺼내었다. 그것을 지켜보던 병마사의 가슴이 뛰기 시작하였다.

'아이쿠야! 이것만 하면 개경 가서 한자리 승차하거나 평생 호의호식하면서 잘 살 수가 있다. 살다가 이게 웬 떡이냐? 이 영감탱이가 참으로 기특하구나.'

상자 안에는 올망졸망하게 생긴 흰 은병이 다섯 개가 들어 있었다. 그는 너무나 기쁜 나머지 급히 상자를 닫아서 자신의 말안장에 실었다. 그리고는 전동에게 부드럽게 말했다.

"전동이 고맙네. 조카가 역적이지 자네야 무슨 죄가 있겠느냐? 돈을 너무 밝히는 죄 말고는."

전동이 이제 서해도로 귀양 가지 않아도 된다는 안도감으로, 고개를 꾸벅꾸벅하는 동시에 두 손을 싹싹 비비면서 말했다.

"병마사님, 고맙습니다. 잘 가시와요."

고용지는 말 위에 성큼 오르면서 한마디 하였다.

"전동이, 고마움을 죽음으로 갚아서 미안하이. 잘 가게나."

눈치로 평생을 살아온 전동이 갑자기 외쳤다.

"이 개새끼야! 천벌을 받을… 악!"

말안장에 오른 고용지의 칼등이 벌써 전동이 뒤통수의 급소를 정확하게 가격하여 절명시켜 버렸다. 병마사는 어둠이 내리는 이천옥 뒷산에서 만면에 미소를 머금고 박차를 가하였다. 겨드랑이 밑으로 시원하게 스며드는 석양의 갈바람을 상쾌하게 느끼면서 그는 생각했다.

'효심이 무슨 죄가 있나? 난세영웅이지. 무신들이 이렇게나 썩어빠졌는데 반란을 일으키지 않을 농민이 누가 있으랴. 전동이 자네의 은혜는 내가 죽을 때까지 잊지 않으마. 전동이 너도 서해도 끌려가서 노비가 되느니 고향에서 안장되는 것이 훨씬 행복하지 뭐. 저승 가서 자네 만나면 사과를 하겠네. 허! 허! 허!'

포박된 초전민들은 피범벅이 되어 극심한 통증으로 욱신거리는 얼굴을 푹 숙이고 천리 길을 짚신이 다 닳도록 걸어야만 하였다. 귀양 가는 초전민들에게는 죽지 않을 정도의 죽과 물만 주어졌다.

효심과 패좌 새벽녘 고용지 행영 기습으로 원수 갚기 시도
"악마! 고용지! 내 칼을 받아라!"

마침 일찍 일어나 막사 안에서 새벽예불을 올리던 고용지가 효심이 막무가내로 막사벽을 장검으로 쫘~악 찢고서 뛰어들자, 벌떡 일어나 칼을 뽑으면서 얼떨결에 외쳤다.

"엇! 효심이! 큰일 났네."

사력을 다해 효심의 칼을 막던 병마사가, 효심이 자기의 뒤에서 칼을 휘둘러대는 대도달 중랑장에게로 몸을 돌리는 순간 바람처럼 줄행랑을 쳐버렸다. 머리끝까지 골이 난 효심이 대도달의 공격을 가볍게 막더니 그의 심장에 칼을 꽂았다. 그의 발악에 찬 고함소리가 행영에 메아리쳐 나갔다.

"삼촌과 수심이를 살려내라! 철천지 웬수야!"

시월 열사흘 날 사경(四更) 밀성군 고용지의 행영, 수십 명의 괴한들이 막사 사이를 헤집고 나아갔다. 보초를 서거나 졸고 있던 관군들이 괴한의 칼에 여러 명 죽어갔다. 패좌도 막사에 뛰어 들어 아직 잠이 덜 깬 채동태의 목을 날려버렸다. 여기저기서 외마디 비명들이 달빛으로 침침한 밤하늘의 공기를 째지게 하였다.

"야잇! 토벌대 웬수들아! 우리 아부지 내놓아라!"

"이 노~므 새끼들아! 우리 마누라 아이들 살려내라!"

병마사 부관들을 절반 정도 죽였을 때, 잠들었던 막사 안의 관군들이 웅성거리면서 밖으로 쏟아져 나오기 시작하였다. 효심이 고함을 질러 명령을 내렸다.

"막사를 모조리 불살라라! 빨리 퇴각하라!"

패좌의 부하들이 햇불로 막사에 불을 붙이기 시작하였다. 삽시간에 고용지 병마사의 행영이 불바다로 변했다.

처음 대면한 효심과 패좌는 힘을 합해, 오늘 새벽 고용지 행영을 불지르고 부관들을 몇 명 죽여 철천지원수를 조금이나마 갚았다. 효심과 진원은 고용지를 기습한 뒤, 북받쳐 오르는 울분을 삼키며 운문재에서 쉬고 있었다. 그때 운문재에서 쉬고 있던 한 촌로가 십여 년 전에 발생했던 다음과 같은 재미있는 이야기[54]를 하였다.

경상도 안찰사가 운문령 여자 떡장수에게 당한 봉변

「경상도 안찰사 박장수가 초경(初更, 19~21시) 무렵, 청도현 감무관아 대청에 좌정하여 그 아래 꿇어 앉아있는 두 여인에게 머리를 들라고 명하였다. 그때 깜짝 놀란 두 여인 중 한 여인은, 얼굴이 사색이 되어 눈물을 흘리면서 살려달라고 애걸하였다. 안찰사는 오늘 낮에 그에게 친절히 대해 주었던 다른 한 여인에게는 포상을 내렸다.

"너는 인심이 가상한 여인이다. 백 냥을 상금으로 줄 테니 염려 말고 받아 두거라."

이어 낮에 자신에게 욕하였던 여인을 준엄하게 꾸짖었다.

"너는 재주 좋은 계집 같으니 소원대로 이 밤송이를 보지로 마음껏 까먹어라."

이때 상금을 받은 여인이 고두백배하며 대신 용서를 청하였다.

"안찰사께서 지각없는 계집의 죄를 다스리는 것은 지당하오나, 소인의 낯을 보아 한번만 용서하소서."

이에 안찰사는 껄껄 웃더니 벌 받은 여인을 보고 이렇게 꾸짖었다.

"저 사람 때문에 네 소원을 들어주지 못해 미안하다. 그러나, 그저 외상떡을 못 주겠다고 할 것이지, 무슨 입버릇이 그렇게 고약한가? 다음에 누구한테 그런 패담을 하다간 큰 봉변을 당할 터이니 정신을 차려라."

경상도 안찰사(도지사) 박장수가 오늘 정오 무렵 헌양현에서 볼 일을 보고 혼자서 운문재를 넘고 있었다. 그는 헌양에서 경주로 보낸 부하들에게 돈을 다 맡기고 온 것을 뒤늦게 알고야 크게 당황했으나, 이미 때가 늦어 후회해도 어쩔 수가 없었다.

노자도 없거니와 길을 떠나올 때 요기도 변변히 못해 걱정이 태산이었다. 운문재 아래 당도했을 때 벌써 시장기를 느꼈지만, 소임이 중대한지라 간신히 고개 위로 올랐다. 고갯마루 정자나무 밑에 철퍼덕 주저앉아 식은땀을 훔치며 사방을 살펴보니, 수수떡을 부쳐 팔고 있는 두 여인이 보였다. 그는 안도의 숨을 내쉬며 한 여인에게 값을 물어보았다. 그는 무일푼이라 하는 수 없이 그 여인에게 사정을 말하였다.

"제가 지금 몹시 배가 고파요. 청도에 가면 아는 사람이 있어 노자를 변통할 수 있으니, 외상으로 떡 한 푼어치만 요기시켜 주시오."

그 말을 들은 여인은 입을 삐죽거리며 코웃음을 치고는 대답도 하지 않았다. 그가 다시 공손히 사정하자, 여인은 욕설을 퍼부으며 그를 떼밀어버렸다.

"이런 제미! 재수가 없으려니 별 거지 같은 자식 다 보겠네. 보지 밤까는 수작을 다 듣겠네. 저리 꺼져!"

그래도 화가 덜 풀렸는지, 여자로서 입에 담지 못할 음담패설을 행인들이 보는 앞에서 마구 퍼부어대었다. 옆에서 이 광경을 지켜보던 다른 떡장수 여인이 너무 딱하게 여겼던지 그를 불렀다.

"오죽 시장했으면 한 푼 어치 외상 때문에 그런 수모를 당하시오. 돈을 받지 않을 터이니 내 떡을 자시오."

그러자, 먼저 번의 여인이 화를 벌컥 내었다.

"너는 인심도 좋고 돈도 많구나. 너도 밤 깔 년이다."

여인도 말을 받았다.

"왜 그래. 이 어른이 거지는 아닌 것 같은데 외상 한 푼이야 못 받아도 좋지 않아?"라고 대꾸하고는 안찰사에게 떡을 친절히 권하였다.

"체할 테니 천천히 자시고 가시오."

그는 떡으로 허기를 겨우 면하고 그 여인에게 고맙다고 여러 번 고개를 숙여보였다. 그는 떠나면서 말했다.

"오늘 저녁 안으로 은혜를 갚겠오."

그는 떡장수 여인에게 약속을 한 후 길을 서둘러 청도 고을에 당도하였다. 그는 감무관아로 들어가 까지 않은 밤송이를 준비하라 일렀다. 그리고, 군인 두 사람을 운문재에 보내서 떡을 팔고 있던 두 여인을 데려오라고 명령했던 것이다.

경상도 안찰사의 임기가 끝내고 개경에 돌아간 그는 조 재상 집을 방문하였다. 조 재상이 반가이 맞으며 노고를 위로하고, 안찰사 시절의 재미있는 이야기를 하라고 하였다. 그는 청도 운문고개에서 있었던 이야기를 하게 되었다.

"소인은 평생 그 같은 창피는 처음 당했소이다."

"밤송이를 그것으로 까보라고 줬다고? 핫! 핫! 핫!"

조 재상도 너털웃음을 터트렸다. 때마침 조 재상의 큰조카가 옆에서 그 이야기를 듣고 며칠 뒤 친구들에게 그 이야기를 퍼뜨렸는데, 곧 조정에서 모두 알고 박 안찰사만 보면 무슨 말도 하기 전에,

"밤까라. 밤까라." 하고 껄껄댔다는 것이었다.

그 뒤로부터 청을 들어줄 수 없을 경우에는

"밤이나 까라." 라는 말이 유행되었다고 한다.」

농민반란군 토벌 도중 죄인 파면, 고용지 상장군 승진

갑인년 윤시월 을해일(18), 개경 황궁의 정전에서 어전회의가 열리고 있었다. 병부상서가 목청을 높여 다음과 같이 아뢰었다.

"폐하! 현금의 남적 소탕에 대하여 한 말씀 올리겠습니다. 다름이 아니오라, 좌도병마사 최인은 일찍이 패전을 한 뒤로 싸움 한번 하지 않고 시일을 끌면서 비용을 적지 않게 허비하고 있사오니, 그의 관직을 파면하여 죄를 다스리고 남로병마사 상장군 고용지로 하여금 그 직무를 겸임하게 하시기 바랍니다."

그의 건의에 황제가 말하기를

"적도 다 백성인데 어찌 많이 죽여야 되겠느냐? 은혜로써 감복시켜야 할 것이다." 라고 했다. 어전회의의 문무백관들은 병부상서가 황제의 말에 순순히 따르리라고 생각하고 본 사안은 매듭이 진 것으로 생각했다. 그런데, 병부상서가 그의 주장을 철회하지 않고 끝까지 밀어붙였다.

"폐하! 본 사안은 그리 가벼이 여길 것이 아닌 줄 아옵니다. 남적들

이 요원의 불길처럼 삼한 전체를 덮치면서 농민란을 부추기고 있는 판국에, 토벌대를 책임진 병마사란 자가 지방에서 백년하청으로 인생을 즐기는 듯한 정신자세로 임하는 것은 도저히 간과할 수가 없습니다. 죄인은 나라와 조정 및 백성들에게 큰 폐해를 끼치고 있으므로 관직을 파면하여 소환하심이 적합할 것입니다. 폐하! 통촉하여 주시옵소서."

"짐은 병부상서의 주청에 일리가 있다고 생각하니, 병부상서가 필요한 인사 조치를 취하도록 하시오."

"폐하! 황은이 하해와 같사옵니다."

이 어전회의가 있고 난 뒤, 명주(강릉)에서 농민봉기자들에 대한 공격을 게을리 하면서 술과 기생에 찌들어 나날을 살아가던 죄인은 파면을 당하여 개경으로 소환을 당하였다. 그 반면에, 밀성군 저전촌과 초전촌에서 혁혁한 무공을 세운 남로병마사 고용지는, 농민반란군 진압 도중에 대장군에서 상장군으로 승진하였다. 그 외에 그는 죄인이 맡았던 좌도병마사도 남로병마사와 같이 겸직하게 되었다.

사로잡힌 효심 자결 후 저승의 부하 농민군 곁으로

헌양장터에서 사로잡히는 효심

섣달 계해일(癸亥日, 7일) 석양의 헌양장터 '남천주막', 효심과 진원이 술 한 말을 다 마신 뒤 남창의 창호지를 통하여 쏟아져 들어오는 따스한 햇살을 이불 삼아 서서히 깊은 잠에 빠져들고 있었다. 얼마 뒤 갑자기 방문이 왈칵 열리면서 사색이 된 주철이 황급하게 외쳤다.

"효심아! 큰일 났대이!"

"와? 그런데 친구야!"

"관군들이 우리 집을 포위해버렸네!"

두 손님이 벌떡 일어나 대막대기 안에 들어있던 장검을 빼어들었다. 효심이 주철에게 급히 물었다.

"몇 놈쯤이야?"

"수십 명이야!"

"알았다! 김 선비! 둘이 나가 맞짱을 뜨자!"

"알았오!"

두 사람이 칼을 앞에 세우고 방문을 막 나서려는데 햇불 대여섯 개가 방안으로 날아들었다. 방안이 삽시간에 불바다가 되었다. 세 사람의 코에 맹화유(석유) 냄새가 확 스치고 지나갔다. 김 선비가 순간적으로 외쳤다.

"맹화유다! 빨리 나갑시다!"

진원이 마루에서 보니 사랑채 방에서도 불길이 밖으로 활활 타오르고 있었다. 마당에 나서니 돌담장 밖에 누런 군복을 입고 철모를 쓴 관군들이 겹겹이 포위를 하고 있었다. 효심이 장검을 곧추세우면서 얼굴에 쌍심지를 그렸다. 주철에게 물었다.

"설마 자네가?"

"아니야! 아까 정랑에서 너와 마주친 옆집 그 놈일 것이야."

김 선비가 담장 밖 군인들을 보니 일백여 명은 될 것 같았다. 효심이 급히 주철에게 말했다.

"내가 싸우는 동안 니는 토껴라"

"그래! 알았다! 살아서 만나자!"

축담에서 마당을 가로질러 대문간으로 나가려니 대문간에 궁수들 수십 명이 무릎을 꿇고 화살을 겨누었다. 지휘자가 독촉했다.

"쏘아라! 두 놈 다 잡아야 한다!"

손님들은 바로 눈앞에 화살이 날아오자 피하려고 칼을 격렬하게 휘두르며 뒷걸음질을 쳤다. 큰채와 사랑채의 방에서 불길이 튀어나오고 있어 마당에서 두 사람이 몸을 가까이 근접했을 때였다. 초가지붕 위에서 갑자기

"던져라! 이때다!" 라는 천둥소리 같은 큰소리가 들렸다. 큰 채 지붕 위에서 밧줄 그물이 두 사람을 덮어버렸다. 연이어 사랑채 위에서 밧줄 그물이 두 사람을 또 덮어버렸다. 두 사람이 졸지에 그물에 갇히자

"아앗! 이게 뭐꼬!" 하는 사이에 관군들이 담장을 넘고 주막집 마당으로 뛰어들었다. 수십 개의 날카로운 장검과 장창 끝이 그물 속에 갇힌 두 사람의 얼굴과 가슴을 겨누고 있었다. 주철은 그 새 어디로 숨었는지 보이지 않았다. 갑옷을 잘 차려입은 군인 하나가 그물 속의 두 사람을 뚫어지게 바라보더니 회심의 미소를 지어보였다.

"너희 둘이 효심과 진원이란 그 환상의 조구나. 참 안 되었구나."

주막은 벌써 뻘건 불기둥으로 변해버렸다. 두 사람이 포박되어 헌양읍성으로 끌려가고 있는데, 헌양현민들 수백 명이 전설적인 효심과 영원한 제2인자 김진원을 구경하려고 길 양쪽으로 몰려들었다.

두 사람은 굵은 밧줄로 칭칭 묶여 헌양읍성 안의 옥에 갇혔다. 마구간 같은 옥 안의 바닥에 앉아 밤새껏 떨면서 효심이 물었다.

"김 선비, 내가 너무 방심했네. 우리는 어떻게 될 것 같아?"

"헌양에서 고용지에게 목이 잘리든지, 아니면 개경으로 압송될 지도 모르지요."

"죽어도 김 선비와 같이 죽어야 외롭지가 않을 텐데."

"동생도 마찬가지요."

반구대의 효심은 겨울이 되자마자, 진원에게 자꾸 배냇골 생가에 한 번 가보자고 졸랐다. 거리도 멀지가 않은데 관군의 눈이 무서워 못 간다니 자존심도 상하고 하여, 오늘 용기를 내어 헌양을 지나다가 옛 친우 주

철의 주막에서 막걸리로 갈증을 풀려고 들렸던 것이다. 진원은 관군이 두려워 주막에 들리는 것을 말렸으나 효심은 괜찮다고 우겼다.

두 사람이 남천주막에 삿갓을 쓴 채 나타나자, 주철이가 깜짝 놀라 효심의 손을 잡고 그의 귀에다 입을 갖다 대고 속삭였다.

"아니 자네 저전촌에서 죽지 않고 살아남았구나. 정말 반갑다야."

"그래, 나만 살아남아 몹시 괴롭다네. 배냇골 우리집터에나 한번 가보려고 이리 왔네. 돼지국밥과 막걸리 한 동이만 주게나."

"알았네. 저 머릿방에 들어가서 잠시만 기다리게나."

효심이 술을 반동이나 마신 뒤 정랑에 소변을 보러나갔다. 그가 정랑에 들어서는데, 어떤 남자가 정랑에서 나오면서 그를 뚫어지게 쳐다보고 옆을 스치는데 그는 예사로 생각하였다.

이튿날 새벽에, 박순환 훈장이 삶은 닭과 따뜻한 이밥을 두 죄수에게 갖다 주었다. 그러면서, 그가 효심에게 조용조용 격려의 말을 건넸다.

"현민들은 두 사람이 잡혀가는 것을 보고 잠을 못 이루고 있다네. 너무 낙심 말고 기다려 보게나. 무슨 조치를 취해보겠네."

"장자님, 매번 폐를 끼쳐 면목이 없습니다."

효심과 김진원 헌양장터에 목만 내놓고 산 채로 묻히다

한겨울의 헌양장터 동쪽 태화강에서 불어오는 세찬 바람에 뿌연 먼지가 공중에 날아올랐다. 장터를 지나던 사람들이 삽시간에 수십 명이 되어 구경거리 주변을 둘러쌌다. 그들은 소문으로만 듣던 바람과 같은 신비의 장수 효심의 얼굴을 보기 위해서였다. 두 사람이 흙구덩이에 묻히는 것을 보면서 현민들이 쑤군거리기 시작하였다.

"저 사람이 효심이구나. 그라고, 늘상 그림자처럼 따라다닌다는 선비가 저 사람이고. 둘 다 풍채가 아주 좋구나."

"이 사람아! 풍채 좋으면 뭐하나? 농민반란군이고 도적이라 나라에서 토벌을 하고 있는데."

"내참! 내가 백발이 되도록 살아도 산사람을 묶어서 구덩이에 묻는 것은 또 처음 본다."

"효심과 저 사람이 구덩이에 묻혀서 과연 며칠간 살 수가 있을꼬?"

"밥도 물도 못 먹으니 닷새 뒤에는 송장을 치게 되겠지. 뭐."

술이 불콰하게 취한 고용지가 현민들의 소리에 귀를 기울이다가 재미가 있다는 듯이 말했다.

"우리가 밥과 물은 주니까 제법 오래 살아 있을 것이오. 아마 보름은 넘게 버틸 것이라 믿소."

"아니 밥과 물을 준다고요? 그러면 나도 묻어주소."

"이 사람아! 병마사에게 농담을 심하게 하면 진짜로 묻어버린다. 정신차리라구!"

현민들은 병마사란 말에 찔끔하고는 입을 굳게 다물어버리고 말았다.

간밤에 효심이 사로잡혔다는 보고를 받은 고용지는, 효심의 목을 치고 싶어 밤에 천화령(석남재, 가지산터널)을 넘어오려고 설쳐대었다.

"그 놈이 어찌 겁도 없이 헌양장터에 나타났지?"

"친우집 주막방에 있는 것을 그 옆집 주막 하인이 밀고를 했답니다."

"이제 황궁으로 돌아갈 명분이 확실하네. 지금 당장 가서 효심의 목을 쳐버려야겠다. 그래야 황상이나 나나 근심을 끊지. 안 그렇나?"

"천화령은 높고 험하며 적도들이 득실거리니 참으로 위험합니다. 병마사님, 명일에 정예병 일백 명을 데리고 가야할 것입니다."

간밤 내내 죽지 못해 떨다가, 이제 겨우 잠이 든 효심과 김진원을 고용지가 소리쳐 깨웠다.

"효심 장군님! 왜 늦잠을 자고 그래. 군인이 아침 일찍 기상하여 무술 연마를 해야지."

효심을 사로잡아 기분이 찢어지게 좋은 그는 무인 본래의 시원시원한 성격을 유감없이 드러내어, 효심에게 빈정거리는 말투로 농담을 하기 시작하였다. 옥문 앞에 서 있는 자는 분명히 고용지였다. 효심은 달리 더 할 말도 없어 한마디 뱉어버렸다.

"와? 곤하게 자는 백성을 깨우고 지랄인가?"

"미안하이. 지난 가을에 자네가 내 막사를 기습했을 때는 정말로 섬뜩했네. 효심이! 아니 구룡이! 너와 나는 인연이 깊었지. 지금까지 일승일패를 거듭했지만, 이제는 자네가 나에게 졌네. 자네가 살아서 도망갈 수 있거든 한번 가봐라!"

"고용지! 사람 열 작작 채우지 말고 빨리 죽여라! 사나이 세상에 태어나 좋은 세상 이루려고 용쓰다가 여의치 않아, 다시 돌아가는 것인데 무슨 그리 말이 많나? 실성한 사람처럼. 아침부터 술을 처마셨나? 고관대작이 말을 헤프게 막 해대는가?"

"아휴! 구룡이! 골이 많이 난 모양이제. 칠천여 명의 농민군 대장일 때가 좋았지. 밧줄에 칭칭 묶여 옥에 갇힌 꼴을 보니, 사나이 대 사나이로서 동정심이 대개 쏟아나네그려."

"우리 경상도 남자들은 말이 적어서 탈이라더니 너희 개경놈들은 말이 되게 많네. 너거 개경 무신들이 정치 잘 하고 수령으로 지방 내려와서 선정을 베풀었다면, 우리 농민군들이 와 밤이슬 맞아가며 나라의 군대를 찔러 죽이는 봉기를 했겠나?

이 돌대가리 같은 병마사놈아! 내 놀리는 소리 듣기 싫으니 빨리 참수해라."

"효심은 확실히 역사에 남을 인물 같아. 안 그렇나? 감무."

감무가 한마디 거들었다.

"병마사님 말씀에 일리가 있네요. 곧 죽을 적도가 끝까지 당당하니 대단하긴 합니다요."

"맞아! 대저 사람이 죽음을 앞두고는 조용하거나 처량한 모습을 보이는데, 저렇게나 당당한 것을 보니 농민반란이니 신라부흥이니 외친 것이, 헛말은 아니고 확실한 소신을 가지고 싸운 것 같구나. 사람이 소신대로 살다가 죽는다면 미련이 없지. 암 그렇고말고."

"병마사! 사나이 대 사나이로서 한 가지만 묻겠다. 나를 어떻게 죽일 것인가?"

"자네를 그냥 죽이기는 너무 싱거운 일이니 헌양장터에 구덩이를 파서, 둘의 목만 내어놓고 묻어서 오랫동안 고생 시킨 뒤에 죽도록 하겠다. 효심이 알겠지? 더 이상 나에게 무슨 바람이 있느냐?"

"왜? 바로 참수하지 않고 번거롭게 구느냐?"

"경상구산 농민들에게 자네의 인기가 좋다는 말을 들었네. 과연 너의 인기가 좋은가를 구덩이에 묻어서 지켜볼 것이네. 자네가 지쳐서 죽지 않고 한 달을 버틴다면 다시 살려두겠다."

"그럼, 밥과 물은 준다는 이야기인가?"

"그렇다. 얼마나 오래 견디나 한번 견뎌보라. 그럼 다음에 또 보자고."

헌양장터의 구덩이에 간 고용지는 두 도적을 묻을 때 한 가지 인심을 더 베풀었다.

"자! 저 놈들을 구덩이에 묻어라. 앗! 참! 얼어 죽으면 안 되니깐, 헌옷가지를 흙이 몸에 안 닿게 두툼하게 넣어주어라."

양주 처가에서 효심을 구해주다

섣달 열하루 날 새벽 인시(寅時, 03~05), 헌양과 그 읍성이 적막강산인데 장터에 묻힌 두 죄수를 지키던 관군들이 주변의 횃불을 다 꺼버렸다. 얼마 후 죄수가 묻힌 곳에 있던 마차가 양주로 쏜살같이 달려가버렸다. 곧 다시 이전과 같이 횃불이 밝혀졌다.

새벽 동이 트기 한참 전에, 죄수를 지키던 백운정 중랑장과 방홍규 낭장이 이상한 농민군들과 부닥쳤다. 죄수들이 묻혀 있는 곳에 일백여 명의 창검을 든 농민군들이 몰려와 자신의 부하들에게 달려들었다. 그러나, 두 무장은 농민군과 싸울 필요가 없어 읍성 안으로 철수해버렸다. 중랑장은 잠을 자다 일어난 감무에게 보고를 올렸다.

"감무님, 꼭두새벽에 죄송합니다만 적도들이 간밤에 죽었습니다."

"그래요? 병마사님은 한 달은 버틸 것이라고 잘 지키라고 했는데요."

"그러게 말입니다. 적괴가 현민들에게는 인기가 좋았던 것 같습니다. 벌건 대낮에 현민들이 보는 앞에서 화장을 하면, 현민들이 동요할 가능성이 있으니 지금 당장 화장을 하겠습니다."

"맞는 말이요. 그래도 효심이 헌양현 사람이니, 감무인 내가 그의 마지막 주검을 확인하는 것이 도리가 아닐까요?"

두 무관은 어두울 때 감무가 효심을 확인하는 것이 낫겠다 싶어 그리하라고 했다.

"감무님, 일일이 맞는 말씀이군요. 그럼, 지금 당장 가서 확인합시다."

현장에 간 감무가 부하들에게

"여봐라! 적괴의 얼굴을 나에게 보여라!" 라고 명령했다. 감무의 부하들이 둘의 얼굴을 들어서 감무가 볼 수 있게 하였다. 감무가 횃불 아래서 죽은 두 죄수의 얼굴을 유심히 살펴보았다. 그런데, 아무리 봐도 어제 낮에 본 두 죄수의 얼굴과는 조금 다른 것 같았다. 감무가 고개를 갸우뚱하여 생각에 잠기자, 탄로날까봐 낭장이 독촉을 하였다.

"감무님, 뭐를 그리 골똘히 보시나요? 죽은 자식 자지 만지기지요."

"하긴 그래. 화장하시오."

중랑장이 드디어 안도의 한숨을 내쉬면서 호쾌하게 말했다.

"감무님은 시원시원해서 맘에 꼭 든답니다. 감무님께서 도적들의 사망확인서나 만들어 주십시오. 그래야 병마사님께 보고를 하지요."

감무도 덩달아 좋다고 말했다.

"우리 헌양읍성도 이제 한숨 놓았답니다. 허! 허! 허!"

한편, 박순환 훈장은 첫날밤 옥문에 가서 효심과 진원을 보고 온 뒤, 밤새 뒤척이다가 새벽에야 결심을 굳혔다.

'내 일생 마지막으로 현민들을 위해 선한 일을 하나 더 해야지. 개경놈들이 우리 헌양현 백성들을 죽이다니 도저히 보아 넘길 수가 없다.'

그는 효심에게서 들은 적이 있는 패좌의 농민군과 자신의 사병을 합해, 열하루 날 새벽 인시에 헌양장터를 포위하여 효심이 묻힌 곳으로 돌진하였다. 화톳불을 밝히고 장터를 지키던 관군들이, 그의 군대를 보고는 부리나케 도망가서 읍성 안으로 들어가버렸다. 그는 이상한 생각이 들어 땅에 묻혀있던 죄수의 얼굴을 확인하였다. 둘은 효심과 진원을 닮았으나 분명 그들은 아니었다. 그리고, 그들은 벌써 죽은 지가 며칠 지난 시체였다.

"아하! 한발 늦었구나! 무슨 흑막이 있었다. 하여간, 두 사람이 죽지 않고 구조되어 갔으니 천만다행이다. 내 말고도 용기 있는 양심가가 헌양에 있었다니 참으로 고마운 일이구나."

효심 장사가 헌양장터의 흙구덩이에 파묻혀 있다는 소문이 하루만에 경상구산 방방곡곡에 퍼져나갔다. 경상구산 일원의 백성들이 너도 나도 효심을 구경하러 구름처럼 헌양장터로 몰려들었다. 병마사 부하들이 창검을 바짝 세워들고 두 죄수를 지키고 있는데, 백성들이 두 사람의 옆으로 쓰~윽 지나가면서 얼굴만 볼 뿐이었다. 한 이틀 정도 지나자 두 사람의 머리는 봉두난발이 되었고 얼굴은 흙투성이가 되어 처참한 모습이 되었다. 그 사이 수천 명의 사람들이 지나가고 또 지나갔다. 두 죄수는 눈을 지그시 감고 있었다. 중랑장의 부하들이 정확하게 하루 두 끼 정한 시간에 죽지 않을 정도의 밥과 물을 주니까 죽지는 않았다.

그들이 묻힌 지 이틀이 지났음에도 행인 가운데 어느 누구도, 두 사람의 머리에다 침을 뱉거나 발로써 얼굴을 차는 사람이 하나도 없었다. 그것을 본 중랑장과 낭장은 감탄한 듯 말했다.

"비록 적도지만 실인심하지는 않았는 모양이야. 대단해."

효심이 묻히고 사흘째 되던 날인 섣달 열흘날, 그 동안 말 한마디 않던 효심이 김 선비에게 속삭였다.

"김 선비! 우리가 죽어도 이렇게 죽을 순 없다. 어쨌건 여기서 살아나서 다시 생각해보자."

"예, 알겠습니다. 형님!"

오전 사시(巳時, 09~11)나 되어 늦겨울 햇살이 따뜻해졌는 데다, 효심과 진원은 아침밥을 먹은 지 얼마 안 되어 졸리어 눈이 스르르 감겨왔다. 눈을 감고 잠이 드는 차에 누군가 짚신발로 효심의 얼굴을 슬쩍 문질렀다. 잠이 번쩍 깨어 얼굴을 찡그리고 짚신의 주인을 올려다보니, 반구대 이종사촌동생 시진이가 내려다보고 있었다. 효심이

"앗! 시진이!" 하니까 진원도 눈을 뜨고 그를 올려다보았다. 그는 낮은 소리로 속삭이듯 말했다.

"형수님이 옥동자를 분만했어요. 보시오."

복순이가 강보에 싸인 건강한 아이의 남근을 효심에게 보여주었다.

그때 뒤따르던 효심 엄마와 이모가 시진과 복순을 둘러쌌다. 그가 먼지로 덮인 얼굴에 웃음을 흘리더니 만족한 듯 입을 헤 벌리고 웃었다. 검은 얼굴에 흰 이빨만 드러나서 가족들은 효심이 웃는 것을 알아차렸다. 효심이 낮은 목소리로 말했다.

"여보, 잘 되었구나. 관군을 원망 말고 다 운명이라 생각하고 굳세게 살아다오."

"예, 여보. 잘 기시오."

"내 아들을 김 선비에게도 보여다오."

"예."

그녀가 재빨리 아들의 작은 양근을 진원에게도 보여주었다. 그도 웃으면서 말했다.

"형수님, 경하드립니다. 우리는 걱정 말고 굳세게 사십시오."

"선비님. 미안하오."

복순과 시진이가 어른들을 모시고 물러가자, 두 사람은 마주보며 빙긋 웃었다.

한편, 며칠 전에 양주의 거부로부터 막대한 재산을 받은 백 중랑장과 방 낭장 및 그의 심복부하들은 지껄였다.

"에따! 모르겠다. 내일이나 모레 개경으로 가면 효심이가 뭔데. 부하가 있을 때 반란군 두목이지 부하 한 놈 없는데 무슨 힘이 있다고. 이 흉년에 쌀 열 가마니가 웬 떡인데. 그놈은 헌양 사람들에게 인기가 그만이던데 뭐."

개경 상경길에 공부상서 승진 통첩을 받는 고용지

갑인년 섣달 기묘일(己卯日, 23일) 고용지의 군대가 열수(한강)를 건너려고 하는데, 조정에서 통첩이 고용지에게 날아들었다. 조정에서 여러 고관대작들의 승진자 명단을 발표하였는데, 마지막 부분에 최인을 형부상서(정3품)로 고용지를 공부상서(정3품)로 각각 임명한다는 내용이 포함되어 있었다.

조정의 통첩을 받은 고용지의 부관들은 일제히 불만을 털어놓기 시작하였다.

"병마사님이 승차하신 것은 경하드릴 일이온데, 병마사님이 상서성(尙書省) 육부 가운데 가장 아래인 공부상서가 되셨고, 최인은 파면 소환까지 되었는데, 어찌 상서의 네 번째인 형부상서가 되었단 말이요? 이번 인사는 잘못되어도 한참 잘못 되었어요."

부관들의 불만을 잠자코 듣고 있던 고용지가, 억울함을 속으로 삼키는 듯 충혈 된 눈을 하고는 나지막하게 말했다.

"조정에서는 예나 지금이나 고관대작들에게 손 잘 비비고 상납을 잘 하는 자들이 빨리 승진되는 것 아닌가? 그는 이의민 문하시중과 아주 친하지 않느냐? 나는 비록 군공은 세웠으나 최인 상서와 같은 능수능란한 처세술은 체득하지를 못 했지. 그 차이야. 본관이 상서가 된 것으로 만족해야지, 조정에 들어가서 쓸 데 없는 분란을 일으키지 말기다. 알았제?"

"옛! 알겠습니다."

그의 이런 처세술도 조정내의 험난한 파도를 잘 타는 하나의 행태였다. 그 이틀 뒤인 섣달 신사일(辛巳日, 25일), 고용지는 밀성군 행영에서 그토록 가고 싶어하였던 황도에 입성하였다. 황제는 그를 불러 그 전공을 높이 치하하였다.

이렇게 고용지와 그의 부하들은 경상도에서 무수히 많은 농민들을 죽인 군공을 인정받아, 개경에서 편안하게 잘 살게 되었다.

효심 신불산 억새평원에서 자결 후 저승의 부하 농민군 곁으로

김진원 신불산 억새평원에서 효심의 목을 치다

갑인년 섣달 스무사흘 날 경상구산의 오룡산·재약산·천왕산 일대가 붉은 저녁노을로 아름답게 물들어 있었다. 신불평원 단조산성 돌축대 옆의 장작더미 위에는 효심이 서편에 지는 붉은 태양쪽을 향해 앉아있었다. 그는 두 눈을 감고 두 손은 합장하는 자세를 취하였다. 수천 농민군을 거느렸던 두령답게 죽으면서도 전혀 동요되는 빛을 보이지 않았다. 진원은 장검으로 효심의 목 뒷부분을 정확히 겨누면서 생각했다.

'내가 효심 장사를 상전으로 모시기를 잘 했구나.'

"얏! 합!"

"엇! 억!"

효심의 굵은 목 줄기가 한꺼번에 잘리어 머리통이 억새밭 위에 떨어졌다. 순간, 효심의 목에서 선혈이 펑펑 솟아올랐다. 그 순간, 진원의 눈에서 하염없이 눈물이 쏟아지기 시작하였다. 그가 갑자기 마음을 의지할 곳이 없어지자 극도의 외로움을 느끼며 몸서리를 쳤다.

'이제 정말로 나 혼자가 되었구나. 엄마, 아버지, 덕순 누나와 효심 장사도 다 가버렸네. 외로운 이내 신세를 불쌍해서 어쩌나. 빨리 갈무리 하고 스승 곁으로 돌아가야지.'

그는 눈물을 자제하려고 무척이나 애를 썼다. 그러나, 두 눈에서 눈물이 자꾸만 흘러 마치 가랑비가 내리듯 앞섶을 적시었다. 그가 서북쪽의 청수좌골로 내려가는데, 맹화유가 뿌려진 장작은 검붉은 불길이 되어 높이높이 타올랐다. 그는 어둠이 깔리는 골짜기로 내려가면서 상전을 위해 기도를 지속했다.

"부처님이시여! … "

"천지신명이시여! …"

'효심 장사는 이제 고려의 농민이나 정치는 생각할 필요 없이 저승에서 평안하게 살겠지. 저전촌에서 죽은 형제들을 만나서 말이야.'

이윽고 사방이 컴컴해왔다.

오늘 오후 효심은 진원과 꿈에도 그리던 배냇골의 효심 생가터에 와서 아버지와 형님 부부에게 제사를 지냈다. 두 사람은 파래소폭포에서 신불평원의 천지샘으로 올라왔다. 두 인걸이 손을 잡고 평원의 억새밭을 지나 취서산 정상의 독수리바위봉으로 가는데, 효심이 다른 손으로는 허리가 꺾인 억새풀을 계속 어루만지면서 올라갔다. 진원도 주인의 심정을 이해한다는 무언의 동감 표시로, 다른 손으로는 옆의 억새풀을 계속 어루만지면서 올라갔다. 그런 장사를 보며 진원은 생각했다.

'장사님도 칠천 부하들을 죽음으로 내몬 죄책감 때문에 자결을 택했지만, 개똥밭에 굴러다녀도 이승이 저승보다 낫다는 말이 있는데, 죽는데 미련이야 없을라고. 겨울바람에 꺾인 억새줄기마냥 일생의 가운데 잘룩이를 잘라서 끝을 내려니 더욱 미련이 남겠지.'

김 선비가 물어보았다.

"형님! 왜 죽음의 마지막 장소로 신불산 억새평원을 택했습니까?"

"이 평원은 내 일생 동안 가장 정들었던 마음의 고향이었고, 허기진 내 배를 채울 수 있게 한 텃밭과 같은 곳이기도 하였지. 그라고, 바다와 같이 드넓은 초원이라, 봄날의 파릇파릇한 새순의 천지와 가을날 누런 황금빛 억새줄기 위에 흰 눈이 쌓인 것 같은 절경이 너무 좋았어. 청년시절부터 나는 죽으면 반드시 신불산 억새평원에 묻힐 것이라고 결심을 했단다. 헌양장터에서 관군에게 죽어 화장됐으면 안 되었지."

깊은 생각에 잠긴 듯 효심이 진원에게 물었다.

"김 선비, 글이니 학문이니 그런 것을 모르는 나 같은 사람도, 수천수만 농민군을 이끌고 결국은 개경의 황궁까지 점령했다면, 황제가 될 수가 있었을까?"

"물론입니다. 중국 한(漢)나라 초대황제인 유방(劉邦)은 글도 모르던 농사꾼의 아들로 폭력배 무리의 두령에 지나지 않았으나, 그 유명한 무관가문의 항우를 이기고 나라를 세웠지요. 항우 역시 자기 이름자만 쓸 줄 안다고 전해져 오지요. 나라를 건국하는 데는 문신보다도 무신이 유리했지요. 그런 사례는 역사상 한없이 많답니다. 적을 이기고 점령을 하는 자가 곧 왕이 되는 것이지요. 더 이상의 무슨 말이 필요합니까? 백성을 귀히 여기며 백성들이 많이 몰리게 하는 덕을 지녀야 하지만요."

효심은 지난 열흘간 죽음을 골똘히 생각했기에 사방을 둘러보고 생각했다.

'그렇게나 눈부시던 가을날의 신불산 억새평원이 지금은 자결을 하러 가는 패전지장인 나의 모습과 와 이리도 흡사한고. 허리가 꺾인 억새풀로 가득 찬 평원, 차디찬 늦겨울 바람, 서산에 지는 태양, 이 모든 것들이 내가 자결하는 분위기를 극적으로 돋구어주는구나.'

얼마 뒤 두 사람은 독수리바위봉 위에 앉았다. 효심은 마음이 무거운가 천천히 고개를 돌려서 사방에 솟아있는 명산들을 둘러보았다. 그리고는 담담하게 말했다.

"김 선비, 우리의 군세가 번성하던 작년 가을까지만 하더라도, 저 경상구산 만뎅이마다 형제들이 만든 달집에 불이 대낮같이 밝아 관군들이 사족을 못 썼지. 불과 일 년만에 내가 김 선비만 거느리고 죽음을 목전에 두고 있구나. 전쟁이나 정치 같은 것은 최고 책임자였던 내 뜻대로 되지 않고, 마치 거대한 강물에 떠내려가는 작은 나룻배와 같다는 것을 느꼈어. 수천 군인의 통합된 힘과 지략과 천운에 의하여, 그 나룻배는 급속도로 빨리 혹은 천천히 폭풍의 바다로 내려가거나 혹은 잔잔한 호수와 같은 바다로 내려가, 뒤집히거나 안착을 하는 것 같아. 우리는 폭풍의 바다로 접어들어 뒤집힌 것이지. 내가 몇 년간 살아오면서 느낀 소감일세.

그러나, 지금의 나는 김 선비가 곁에 있어 외롭진 않아. 곧 저승에서 나를 기다리고 계실 수천의 형제들, 훈장님, 아버님, 형님 내외, 삼촌 및 김사미 형님을 또 만나게 될 것이니 말일세. 곧 김 선비도 나에게로 올 테고… 김 선비 혼자서 내 뒤처리에 고생이 많겠구나. 별 수가 없지 뭐. 동네방네 소문을 내고 갈 수야 없지."

"형님, 걱정 마십시오. 지가 다 알아서 갈무리하지요. 가벼운 기분으로 돌아가십시오."

"저 오룡산 위의 붉디붉은 저녁노을의 진홍색이 오늘따라 너무나 아름답구나."

"저도 반드시 그 날이 오리라고 기대하진 않았지만, 형님이 경주에 새로운 나라를 건국하면 형님을 임금이나 윗분으로 모시면서, 백성들이 굶지 않고 헐벗지 않게 사는 나라를 건국하여 반석 위에 올려두고 죽고 싶었답니다."

"김 선비, 우리가 가고 나면 누가 또 우리와 같은 꿈을 실천하기 위하여, 저 썩어빠진 고려 조정에 맞서겠는가?"

"이비와 패좌 및 김순 등이 머잖아 우리의 뒤를 따를 것입니다."

"그렇겠지."

"김 선비는 이 무지한 나를 와 그리도 착실히 섬기고 따라다녔나? 나는 그것이 언젠가 한번은 물어보고 싶었네."

"형님은 신분이 낮아서 글은 못했지만, 속내가 바다와 같이 넓은데다 사내다운 의리와 두터운 정이 있어 모시는 저의 마음이 항상 평온했습니다. 불쌍한 이웃을 보면 물불을 안 가리고 도왔으며 수천 무리를 이끌 수 있는 통솔력과 괴력이 있어, 시운을 잘 만났다면 능히 나라를 세울 수도 있을 것이란 나름대로의 확신을 가졌기 때문입니다. 형님의 아름다운 모습은 저의 눈에 남고, 멋진 말씀은 저의 귀에 남지만, 특히 따뜻한 베품은 저의 가슴속에 길이길이 남을 것입니다."

"고맙구만. 고용지는 지금쯤 황궁에 가서 황제에게서 격려를 받고, 한 자리 승차를 하여 기고만장이겠지."

"추화산성을 떠난 지가 열이틀이나 지났으니 그렇게 되었겠군요."

진원은 캄캄한 밤에 횃불을 밝혀들고 말을 달렸다. 양주의 선학재에는 서신만 전한 뒤 도망치듯 나와 버렸고, 반구대에는 효심의 노모와 아내에게 그의 자결을 전했다. 노모가 두 손으로 흐르는 눈물을 훔치면서 말했다.

"아들이 태어나기 전날 밤 꿈이었어요. 취서산 대호가 몸에 화살을 수십 개나 맞고, 우리 마당에 들어오더니 피를 토하며 쓰러져 죽어버리더군요. 이 어미는 장사인 아들이 항상 절벽 위에 뛰노는 아이처럼 겁이 났다오. 결국 그렇게 살다가 갔군요. 김 선비, 아들을 잘 챙겨주어 참으로 고맙다오."

며칠 전 선학재에서 체력을 회복한 효심이 진원에게 중대한 결심을 밝혔다.

"김 선비, 그간 너무나 고마웠네. 나는 더 이상 살아갈 명분이 없네. 죽어서 밤마다 눈에 밟히는 수천의 부하 곁으로 돌아가겠네. 우리 둘이 몇 년간 실과 바늘처럼 빛과 그림자처럼 살아온 것이 정말로 행복했네. 내 맘에 늘상 부담이 된 것은, 나는 두 여자를 거느려 여한이 없으나, 김 선비를 장개도 한번 못 보내고 노총각으로 살게 한 것이 참으로 미안하네."

"저도 형님을 따라 형제들 곁으로 가겠습니다. 저는 딸린 가족도 없거니와 형님의 영원한 2인자로 죽음까지도 같이 하기로 결심하고 있답니다. 훌륭한 여자 만나 이승에서 삶을 더 연장시키고 싶은 맘이 아에 없기야 하겠습니까만, 형님 홀로 저승으로 보내는 것은 저의 신념에 어긋납니다. 지가 죽지 않고 혼자서 살아남는 것은, 저전촌에서 죽어간 중산의 솔방울과도 같이 많은 형제들에게 의리를 저버리는 삶입니다. 저도 사실, 봄보리가 무성하게 자라난 보리밭 길을 달빛 아래 걸을 때나, 선혈보다 더 붉은 낙엽들이 갈바람에 어지럽게 흩날릴 때는, 이승의 모든 것을 벗어던지고 저승으로 조용히 떠나고 싶었소."

효심이 진원의 말이 다소 의외라는 듯 물었다.

"와 죽고 싶었나?"

"형님을 모시는 일 말고는 저의 일이 무엇 하나 제대로 된 것이 없었다 아닙니까? 그래서, 저의 속에도 숯검정이 덕지덕지 엉겨 붙어 있었답니다. 이 험난한 세상을 살아가면서, 착한 살림꾼이었고 나를 몹시 사랑해주셨던 어머님과 맘이 부처님 가운데 토막보다 더 넓으신 아버님이 너무나도 그립고 보고 싶었소. 형님이 농민군 지휘로 시달리는데 속내를 내보일 수가 없었지만요. 내가 죽어서 또다시 우리 부모님과 같이 살 수만 있다면, 정말이지 속히 돌아가고 싶었답니다."

"김 선비도 맘속에 켜켜이 쌓인 그리움이 있었구만. 섭섭한 사람아! 틈틈이 나에게 그런 이야길 하지 그랬어."

"죄송합니다."

음독자살 후 스승무덤 옆에 묻히는 김진원

섣달 스무닷새 날 동안군 스승의 집, 진원은 점심을 먹고 자러간다고 하고는 사랑채에 내려갔다. 얼마 후 마침 친정집에 와 있던 정심이 김 선비에게 내려갔더니, 그의 입에서 독한 냄새가 확 났다. 순간 정심이 애인에게 물었다.

"김 선비, 입에서 독한 약재 냄새가 심하게 나고 있네요. 어찌 된 일이요?"

"부자를 먹었다오. 얼마 뒤에 나는 죽을 것이오."

"엇! 와 그래 어리석은 결정을 내렸소. 우리 집에서 살면 되지요."

"나는 저승에 가서 부모님 스승님과 같이 사는 것이, 험난한 이승에서 사는 것보다는 더 편안하다고 생각했네. 이승에서 살아갈 명분도 없고. 걱정도 말고 원망도 말아라. 돌이켜보니 정심이가 있어서 내가 행복했네. 이필경 공이 나를 스승님의 무덤 곁에 묻어주기로 약속했으니 그렇게 해다오."

그때 바깥에서 김 선비를 부르는 소리가 났다.

"김 선비님! 방에 계시나요?"

"예! 누구요?"

"개경에서 온 금란이라오."

정심이 문을 열었다. 마당에는 금란과 성산월이 서 있었다. 진원이 숨을 헐떡거리면서, 금란을 맞아 고통스런 표정으로 말했다.

"오호! 금란이! 성산월! 들어오시오."

정심은 큰방으로 올라가서 어머니에게 김 선비가 곧 죽을 것임을 전했다. 그가 겨우 몸을 세우고 앉아서 금란의 양손을 맞잡았다.

"금란이! 이게 얼마만인가? 벽란도의 그 날 밤이 그립구나. 정말 반갑고. 찾아와주어 고맙구나."

성산월이 크게 염려스러운 표정으로 물어왔다.

"그런데, 와 머리에 진땀을 흘리고 숨을 가쁘게 쉬고 그러오? 몸이 심상치가 않은 것 같소."

"그래요. 정말로 미안하네. 나도 농민봉기군 우두머리를 따라 저승으로 가려고, 방금 부자를 먹었다네."

그러자, 금란이 성산월의 눈도 아랑곳하지 않고 진원을 꼭 껴안았다. 그리고는 하염없이 눈물을 흘렸다.

"제가 얼마나 오랫동안 그리워한 선비님인데 만나자마자 이별이란 말씀입니까? 십 년간이나 하루도 잊은 적이 없었다오. 선비님!"

"금란이! 정말로 미안하다. 아~아~ 속에 열이 나고 죽을 것 같이 숨쉬기가 어렵구나."

이때 급하게 방문이 열리면서, 박씨 부인과 정심이 쌀뜨물을 가지고 들어와 진원의 입속에다 계속 퍼 넣었다. 이때 마침 선학재의 하수임도 찾아왔다. 그녀는 누워서 숨을 헐떡이고 있는 진원에게 나무라듯 당당하게 말했다.

"선비님! 나는 당신을 선학재의 주인으로 삼으려고 이렇게 왔다오. 어리석게도 왜 죽으려고 그러오?"

진원이 붉고도 흐릿한 눈동자로 하수임을 올려다보면서 말했다.

"나는 효심농민군의 영원한 제2인자로 장사를 따라서 저승으로 가는 길이오."

하수임이 김 선비의 손을 잡아보면서 나무랐다.

"그대를 위하여 이렇게 훌륭한 여인네들이 찾아와서 애를 태우는데, 와 야속하게도 죽으려고 그래요."

"여러분들은 우리들의 세상을 이해하기 어려울 것이오. 나를 원망하지 말고 다들 평안히 사십시오. 나는 여복이 지지리도 없는 박복한 남자라고 생각하고 있었는데, 오늘 보니 꼭 그런 것도 아니구만. 내가 생각이 짧았네요. 다들 미안하오."

박씨 부인이 김진원에게 크게 나무라듯 따지듯 한마디 쏘아붙였다.

"이렇게도 참한 배필들이 늘렸는데 골라잡을 것이지. 와 농민군을 한다고 높은 산속에서 미치광이처럼 뛰어다녔나? 이 사람아! 원망스럽구나."

그가 숨을 더욱 가쁘게 몰아쉬고 이마에 땀을 팥죽처럼 흘렸다. 그리고는 눈을 꽉 감고 극심한 고통을 참는 것 같았다. 다음은 입에서 검붉은 피를 꾸역꾸역 토해내더니 한참 동안 아무 말도 못하였다. 그는 자신을 걱정스레 쳐다보고 있는 여인들을 물끄러미 바라보다가 눈을 스르르 감더니만 숨이 멎었다.

이필경과 정심은 불쌍하게 살다간 진원을 그의 유언대로 용곡산 스승의 무덤 곁에 안장하였다.

어제 오후 진원은 스승의 묘소 앞에서 동해의 망망대해를 내려다보면서 깊은 생각에 잠겼다.

'김사미와 효심의 난은 일만여 명의 경상도 백성들이 어우러진 이제까지 삼한에서는 볼 수가 없었던 가장 규모가 큰 농민혁명이었다. 농민혁명을 일으킨 백성들의 피와 땀과 함성과 눈물은 중앙군 토벌대의 무참한 진압에 의하여 막을 내리고 말았구나. 이 혁명은 결국 피와 땀과 함성과 눈물만 남기고 안개처럼 사라져버리고 말았네. 그러나, 무신들의 부패한 조정이 지속되는 한 농민봉기는 끝나지 않을 것이다. 백성들이 발 뻗고 굶지 않고 사는 세상은 언제나 오려나. 쉬이 오지는 않을 것이구마는. 그러나, 황제와 개경의 고관대작들이 정신을 차리고 백성을 두려워하는 민권의 신장은 있을 것이지. 즉, 계속된 농민봉기로 인하여 양인과 천민들이 귀족과 하급관리가 되는 신분상승의 현상은 끊임없이 이어질 것이구마는. 소금과 체 장수 아들인 이의민이 문하시중이 되듯이 말일세.'

'아리랑'이란 말은 운문고을에서 처음 태동

운문사 사적기에 등장하는 아리령

운문사의 혜자 주지가 열반에 들기 일 년 전, 법성·혜광·엄장 스님과 구본석을 자신의 방으로 부르기에 갔었다. 큰스님은 병이 깊어져 기침을 심하게 하고 음성도 힘이 없고 떨리었다. 그는 네 사람에게 운문사의 전통을 이어 받으라는 듯 천천히 말하였다.

"우리 절의 사적기에 보면, 이적(異蹟)이란 부분이 있단다. 이것은 특별히 다른 이야기이면서 전설적인 이야기들을 모아둔 것이지. 이적이란 기적과 비슷한 말로 신기한 이야기인 것이다. 우리 절의 명부전 뒤쪽 벽면에 지금 내가 하려는 이야기와 관련된 그림이 있단다. 즉, 탑이 구름 위의 허공에 떠 있는 벽화가 그것이라네. 여러 스님들도 사적기를 읽었고 그 그림도 보았을 것이지."

성질 괄괄한 혜광이 대답하였다.

"예, 그러하옵니다."

"사적기의 이적부분에 이런 기록이 나온다.

「아리령[55] 또는 아리탑 혹 아육봉이라고도 한다. 무심초자(보통 사람)가 반공중을 문득 보니 황금 탑이 솟아나는지라 다시 머리를 들어보니 형상이 없어졌다(或 阿利嶺 又阿利塔 或 阿育峰 無心樵子 忽見黃金塔聳出於半空 更首無形云也)」

이것을 해석해보면 다음과 같을 것이다. 선량한 백성들이 하릴없이 무심코 건너 산등성이를 바라보니 공제선상에 아주 아름다운 이상세계(황금탑)가 나타나 있는 것을 보았지. 얼마나 아름답던지 넋을 잃고 생각한 것이, 저 곳에 사는 사람들은 근심걱정이 하나 없고 즐거움만 있는 곳, 바로 우리가 추구하는 이상세계가 저 곳이 아닌가라 생각한 뒤, 다시 고개를 돌려보니 온 데 간 데가 없었다.」"

법성이 차분히 듣고 있다가 물어보았다.

"스님, 그럼 아리령 혹은 아육봉의 의미는 무엇입니까?"

"아육이나 아리란 우리말로 서축(인도)의 아쇼카왕을 말한다. 우리말로 아서가(阿恕伽) 또는 아수가(阿輸伽)라고도 번역하며 무우(無憂 근심이 없는)라는 뜻이란다. 그리고, 아리령은 즉 전륜성왕(轉輪聖王)이 지배하는 이상세계로 들어가는 고개이다. 극락이나 천당을 지칭하는 것이라 생각하면 쉽게 이해가 될 것이야. 아리령만 넘어가면 전륜성왕이 다스리는 이상세계에 도달하고, 그곳에 가면 아무런 고통과 근심 걱정이 없는 세상을 만날 수 있다."

"큰스님, 우리 농민군의 이상도 그 아리령으로 하겠습니다."

후기 _ 그 후의 농민항쟁과 최충헌에 의한 마지막 함락

　명종 24년(1194) 섣달에 김사미와 효심의 난은 겉으로 보기에는 끝났다. 그러나, 농민봉기는 그것으로 끝이 난 것은 아니고 전국 방방곡곡에서 크고 작은 항쟁이 지속적으로 일어났다. 김사미와 효심의 난이 처음 발생한 명종 23년 구월에 문하시중에 올라 최고집정자가 된 이의민은, 명종 26년 사월 무오일(戊午日, 9일)에 장군 최충헌 형제에게 주살당하였다. 김사미와 효심의 난이 끝난 8년 뒤인 신종 5년, 경주의 관리와 백성들은 최충헌의 경주에 대한 대대적인 군대 파견에 반대하여 조정의 중앙군에 맞서게 되었다. 이때 경주의 이민(吏民)은 운문산·울진·초전의 유민과 합세하여 조정의 중앙군과 맞서게 되었는데, 이들을 이끄는 대표적인 반란세력이 경주 도령이었던 이비와 초전의 괴수였던 패좌였다.

　따라서, 경주지역의 항쟁은 신라부흥에의 열망을 간직하고 있었던 이비 부대와, 국가의 수탈체제와 토지소유관계에 더 큰 불만을 가지고 있었던 패좌 부대, 두 세력이 연합하여 조정 중앙군에 저항하였다.

　명종·신종 때에 집중적으로 일어났던 민란은 모두 진압되었고, 그 후 최충헌의 강력한 독재정치로 무신집권이 안정되면서 그 기세가 꺾이게 되었다. 그때가 바로 신종 7년(1204)의 이비와 패좌의 난이 끝이 난 때였다. 그 뒤 고려는 몽고의 침입을 받게 되었다(고종 18년, 1231).

부록 _ 해설서 모둠

1. 여기의 전각 이름은 조선시대 언양읍성의 그것들임. _40P
2. 초전(草田)이 현재의 어디냐에 대해서는, 양산시의 덕계리[김사미난 당시에 울주(울산)], 밀양시의 저전마을과 경북 성주군 초전면의 세 가지로 나뉨. 여기에서는 첫 번째 주장에 따랐음. _45P
3. 조선시대 남녀의 성관계에 대한 옛 책자들을 번역한 울산의 강형중과 김경익 두 선생님의 『옛사람들의 재치와 웃음』, 가림출판사, 2000, p.89~90. _52P
4. 청도군, 『길따라 인심따라 문화의 향기 찾아』, 2005, 강산애드, p.139~141. _55P
5. 김현룡 건국대학교 교수가 조선시대의 야사와 설화집을 번역한『조선왕조 500년 유머』, 자유문학사, 2003, p.18~21.을 인용한 것임. _65P
6. 한국역사연구회,『고려시대 사람들은 어떻게 살았을까 2』,청년사, 1997, p.188. _70P
7. 김현룡, 앞의책, p.139~144. _70P
8. 20세기 초에 일본으로부터 배가 우리나라에 유입되고부터는, 21세기 초 현재 전국의 면 가운데 서생면의 배 재배면적이 가장 넓음. 서생배를 포함한 울산배는 적당한 강수량과 온도, 토양 또한 배나무에 적합한 사질토양이어서 배 재배에 최적의 조건을 갖추고 있는데다, 배 생육기간 중 일조량이 많고 염분기가 있는 해풍의 영향으로 과색이 약간 불그스름하며 당도가 높은 것이 특색임. _76P
9. 이 도로는 21세기초 현재의 교통로로 본다면 경부고속도로 보다는 중앙고속도로에 근접하고 있음. 지명은 현대의 것을 적었음. _79P
10. 이때를 계기로 우리나라가 전 세계에 '코리아(korea)'로 불려지게 되었음. _80P
11. 한국역사연구회, 위의책, p.263~266. _81P
12. 군산은 조선말까지만 해도 섬이었음. _84P
13. 강형중·김경익, 앞의책, p.178~182. _90P

14 김현룡, 앞의책, p. 285~287. _93P

15 김현룡, 위의책, p.246~249. _112P

16 『고려사절요』11, 의종 21년 3월조. _119P

17 강형중 · 김경익, 앞의책, p.34. _123P

18 『고려사』에 의하면, 고려 원종 때 원나라 달로화적이 함경도와 경상도 바다에 가서 신루지라는 고래 기름을 구하였다고 함. 원나라에서 채취한 그 고래 기름은 양질의 등유로 추측되고 있음. _135P

19 일본의 소형 연안 포경을 보면, 원시시대는 궁취법(弓取法, 활을 쏘아 잡는 법),16세기에 돌취법(突取法, 작살로 잡는 법), 17세기에 망취법(網取法 작살과 그물로 잡는 법)을 거쳐 19세기(1894년)에 이르면 미국식 포경총(捕鯨銃)에 의한 양식(洋式) 방법이 채용되어 상업포경으로 발달되었다고 함. 여기서는 반구대암각화의 포경방식인 돌취법을 사용하였음. _147P

20 김현룡, 앞의책, p.250~251. _148P

21 처용무는 본래 혼자 추는 춤이었으나 고려시대에는 두 사람이 추었다고도 함. 조선 초기에 들어 도교사상과 접목되어 오방(五方)처용무로 발전되면서 다섯 명이 추게 된 것임. _153P

22 김현룡, 앞의책, p.72~73. _178P

23 고려 명종 19년(기유년, 1189년) 이후 7년 동안 한해도 빠짐없이 가뭄이나 홍수가 발생했음이 역사서에 나타나고 있음. 세계사에 비추어 볼 때, 특히 12세기 이후부터 아시아에는 저온현상이 1세기 이상 계속되어 빈번하게 흉년이 들었다고 함. 이 같은 재해가 고려 농민들의 생활을 더욱 빈곤하게 만들었고 전국적인 농민란 발발의 한 요인이 되었음을 짐작할 수가 있음. _192P

24 권분이란 일반적으로 조선시대에 고을 수령이 관내의 부자들에게 권하여 극빈자를 구제하던 일이었음. 중국에서는 북송 때 벌써 권분이 장려되었으니, 고려 무인시대에도 권분이란 제도를 치자들이 인식하고 있었으리라 여겨짐. _195P

25 울주군,『내고장의 정기』, 소문출판사, 1983, p.519~520. 이 이야기는 조선 영조 때 암행어사 박문수가 직접 확인한 것임. 박문수가 임금께 보고한 뒤 충효비를 세워주었는데 현재는 그 흔적이 남아있지 아니 함. _198P

26 고추는 일반적으로 임진왜란 때 조선에 유입된 것이라고 하니, 본 이야기 당시(고려 무인시대)에는 없었다고 보여짐. _212P
27 쇠점골 남쪽의 밀양 얼음골에서 천황산·재약산 동쪽의 사자평(약 125만 평의 억새밭 평원)까지 1.8km 거리에 케이블카가 2012.9 운행되어 매일 2~3천 명의 등산객들이 이용하고 있음. _221P
28 한국역사연구회, 앞의책, p.189. _224P
29 송나라 사신 서긍이 지은『고려도경』에 나오는 말임. _225P
30 한국역사연구회,『고려시대 사람들은 어떻게 살았을까1』, 청년사, 1997, p.147. _226P
31 본 역도는 현재의 경부고속도로가 아니라 중앙고속도로와 비슷한 도로에 해당함. _231P
32 이 이야기는 밀양문화원의 '밀양지명'에 소개되어 있음. _255P
33 강형중·김경익, 앞의책, p.100~102. _264P
34 김현룡, 앞의책, p.320~324. _268P
35 울산광역시가 2011년에 발표한 '하늘억새길'과 같은 능선코스임. _276P
36 조선 세조 때 사육신 성삼문의 절명시임. _309P
37 이승한,『고려 무인 이야기』1) 4인의 실력자, 백왕인쇄, 2003, p.342~344. _337P
38 이승한, 위의책 1) 4인의 실력자. _342P
39 김현룡, 앞의책, p.137~139. _359P
40 주남저수지는 일제강점기인 1920~30년대에 만들어졌음. _364P
41 고려 황궁의 정전은 회경전(會慶殿)이었으나 인종 병오년(1126) 이자겸(李資謙)의 난 때 궁궐이 불타고 난 뒤에, 인종 무오년(1138) 10월에 새 궁궐을 지어 입주한 뒤 선경전(宣慶殿)으로 개칭됨. _365P
42 강형중·김경익, 앞의책, p.134~135. _379P
43 여기서 말한 여천각시, 방기촌과 가천촌의 허수아비와 피폐등, 백발등, 피못(단조늪)에 관한 이야기는, 실제로는 임진왜란 때 부산에서 경주로 북상하던 왜군을 단조산성의 양산, 언양 의병들이 저지하던 중, 왜군들이 여천각시로부터 우회로를 알아 한피기고개를 넘어 기습하여 의병들이 전멸한 데서 생겨났음. _394P

44 그 원인을 정확히 알 수는 없지만 '김사미와 효심의 난' 당시 세계역사를 살펴보면, 동서양을 불문하고 국가 지도층에서 반란 농민들과 농노들을 잡아 몸에 돌을 달아서 깊은 물에 수장시킨 사례가 발견되고 있음. _403P

45 강릉시 등에 알아보았으나 김사미가 어느 병마사의 행영에서 참수되었는지에 대한 역사서의 기록을 발견하지는 못했음. _420P

46 「울주 계변천신 제문」(출처『동국이상국집』권38)이란 이 글월은 이규보가 그의 직책상 동도적(東都賊)의 평정과 관련하여, 계변천신에 대하여 지은 제문임. 여기에서는 시기상 앞 제문 내용의 일부를 8년 전의 사정에 맞게 고쳤음. 울산향토사연구회 전 회장이었던 고(故) 이유수 선생이 번역한 제문을 참고하였음. _428P

47 밀양의 향토사연구자들은 이곳이 효심의 활약지일 것이라고 짐작하고 있음. _443P

48 이 지역은 현재 밀양시 동부의 산내면, 산외면, 단장면, 상동면인데, 대부분의 마을이 높은 산능선 사이에 위치하고 있음. 밀양시의 일부 향토사연구가들은 이 지역에서 효심이 활약하였으리라고 믿고 있는 것 같았음. 초전도 산내면 용전리 저전부락의 와음(訛音)이라고 하고 있음. 중산·용암산 일원의 작은 성터도 그때 축성되었다고 짐작되고 있음. _446P

49 이 부분 이후의 김부식에 대한 내용은 황종국,『의사가 못 고치는 환자는 어떻게 하나?(제3편)』, 도서출판 우리문화, 2005, p.45~47 참고. _450P

50 오치고개(烏峙嶺)는 그 산봉우리 모양이 까마귀가 앉아있는 형상이라고 하여 생긴 것이라 함. 이러한 풍수지리설과는 달리 이 마을이름에 대해 다음과 같이 설명하는 사람들도 있음. 즉, 고려 무인집권시대 '김사미와 효심의 난' 때 효심의 군대가 이 마을에서 중앙의 토벌대와 싸우다가 많이 죽어 그 시체가 산을 이루었는데, 그 시체를 뜯어먹기 위해 수많은 까마귀떼가 몰려들어 이런 마을이름이 유래되었다는 설도 전해옴. _460P

51 '문무왕 수레길'에 대한 탐색은 부산일보 기사를 참고했음(부산일보/입력시간 2007. 4. 19. 09:18). 최근에 경주와 그 주변 사람들이 이 길을 많이 답사하고 있는 실정임. 그러나, 이 길이 진정한 문무왕 수레길인가에 대한 확실한 결론은 내리지 못하고 있는 것 같았음. _481P

52 도령은 고려시대 전투부대의 실질적인 최고 지휘관으로 그 계급은 중

랑장·낭장이었는데, 그 지역의 토호 출신으로 임명되는 것이 일반적
　　이었음. _483P
53　패좌는 경주도령 이비와 경주에서 난을 일으켰다가, 이비가 체포되자 자
　　신은 운문산에서 끝까지 저항하다가 관군에게 죽었음. 그의 신분은 동경
　　야별초 혹은 초적이라는데 효심보다도 신분이 덜 알려진 자임. _485P
54　청도군, 앞의책, p.141~143. 이 이야기는 청도군에 전해 내려오고 있는
　　데, 실제는 조선 영조 때 영남지방을 둘러보았던 암행어사 박문수가 운문
　　재에서 당한 봉변을 조금 변형시킨 것임. _491P
55　이 부분은 경북 청도향토사학회장이며 문화관광해설사인 박윤제(朴允
　　濟) 선생의 글「운문사 사적기를 통해서 본 아리랑」을 그 내용으로 구성
　　해본 것임. 그는 아리랑이란 말이 운문사 혹은 운문고을에서 '김사미와
　　효심의 난'이 실패로 끝난 뒤, 고향으로 돌아가지 못하고 운문고을에 남
　　은 농민반란자들 사이에서 처음 생겨난 말이 아니겠느냐는 짐작을 하고
　　있음. 그는 이러한 말의 유래가 분명한지 단정 지을 수는 없지만, 적어도
　　그럴 것이란 말(아리랑)의 태동의 껄티기를 만들어 놓겠다는 것이 자신의
　　의도라고 밝히고 있음. 그 이유를 요약하면 다음과 같음.
　　「정선아리랑, 밀양아리랑, 진도아리랑 등 아리랑이 생겨난 지역은 고려
　　명종·신종 때 농민반란과 원종 때 삼별초의 저항이 강하였거나 아니면
　　시발지였다는 점이 동일하다고 보고 있다. 고향을 떠나 반란에 참여하였
　　던 자들은 난이 평정되자 돌아갈 곳이 없었다. 고향에마저 돌아갈 형편이
　　못 되었던 그들이, 고향으로 돌아가고 싶은 생각을 가지고 망향가를 부른
　　것이 오늘의 아리랑이라고 생각할 수 있을 것이다.」_516P